Für Chana

ERSTER TEIL

Meine Aufgabe war es, die Geschichte der Sklaven zu erzählen. Der Geschichte ihrer Herren hat es nie an Erzählern gefehlt.
FREDERICK DOUGLASS

I

U ND ICH KANN SIE nur auf der Steinbrücke gesehen haben, die Tänzerin, gehüllt in gespenstisches Blau, denn dies muss der Weg gewesen sein, auf dem man sie zurückgebracht hat, damals, als ich klein war, damals, als die Erde Virginias noch rot war wie Ziegel, rot und strotzend vor Leben; und auch wenn es viele Brücken über den Fluss Goose gibt, wurde sie sicher gefesselt über ebendiese Brücke gebracht, führt doch keine andere zu der Landstraße, die sich durch die grünen Hügel hinab ins Tal windet, bevor sie schnurgerade Richtung Süden führt.

Ich hatte die Brücke stets gemieden, weil ich sie besudelt fand von der Erinnerung an jene Mütter, Onkel, Vettern, die nach Natchez verschwunden sind. Da ich aber die überwältigende Kraft der Erinnerung kenne, da ich heute weiß, dass sie eine blaue Tür von einer Welt in die andere öffnen kann, dass sie uns von den Bergen hinab zu den Weiden, vom grünen Wald auf schneebedeckte Felder zu führen vermag, da ich weiß, dass die Erinnerung ein Land wie ein Tuch falten kann, und weiß, dass ich jede Erinnerung an sie ins »dort unten« meiner Seele gedrängt habe, da ich weiß, wie ich vergessen konnte, aber nichts vergaß, weiß ich nun auch, dass diese Geschichte, diese

Konduktion, genau dort beginnen muss, auf dieser sagenhaften Brücke zwischen dem Land der Lebenden und dem Land der Verlorenen.

Und sie steppte den Juba auf der Brücke, einen irdenen Krug auf dem Kopf, vom Fluss stieg dichter Nebel auf, leckte an den nackten Fersen, die auf die Pflastersteine trommelten, dass ihre Muschelkette wippte. Der irdene Krug aber rührte sich nicht, schien ein Teil von ihr zu sein, und trotz ihrer hochgezogenen Knie, trotz ihrer Verrenkungen, Pirouetten, ausgestreckten Arme, saß der Krug auf ihrem Kopf so fest wie eine Krone. Und als ich dieses unglaubliche Kunststück sah, wusste ich, die da Juba tanzt, die in gespenstisches Blau gehüllte Frau, das war meine Mutter.

Niemand sonst sah sie – Maynard nicht, der hinten in der neuen Millenium-Kutsche saß, die Dirne nicht, die ihn mit ihren Künsten in Atem hielt, und, höchst seltsam, auch das Pferd nicht, dabei heißt es doch, Pferde hätten einen Riecher für Dinge, die sich aus anderen Welten in unsere verirrten. Nein, ich allein habe sie vom Kutschbock aus gesehen, und sie war genauso, wie man sie mir beschrieben hatte, genauso, wie sie in der alten Zeit gewesen sein muss, wenn sie mitten in den Kreis meiner Leute sprang – Tante Emma, Young P., Honas und Onkel John –, und sie klatschten, schlugen sich auf die Brust und die Knie, feuerten sie an, schneller, immer schneller, und sie stampfte so wild auf den Sandboden, als wollte sie ein Krabbelvieh unter ihren Sohlen zerstampfen, kreiste und beugte die Hüfte, kreiste und beugte die abgewinkelten Knie, auch die Hände, den irdenen Krug fest auf dem Kopf. Meine Mutter war die beste Tänzerin in Lockless, so hatte man es mir erzählt, und ich erinnerte mich daran, weil sie mir nichts davon vererbt hat, vor allem aber erinnerte ich mich, weil ihr Tanz die Aufmerksamkeit meines Vaters geweckt hatte und ich letztlich so ins Leben fand. Mehr noch, ich erinnerte mich daran, weil ich mich an alles erinnerte – an alles, wie es scheint, nur nicht an sie.

Es war Herbst, die Jahreszeit, in der die Rennen in den Süden kommen. An jenem Nachmittag hatte Maynard mit einem Vollblut Glück gehabt, einem Außenseiter, und geglaubt, das würde ihm endlich die Anerkennung der Oberen Virginias einbringen, an der ihm so gelegen war. Doch als er in seiner Kutsche eine Runde um den großen Stadtplatz drehte, zurückgelehnt und breit grinsend, kehrten ihm die Honoratioren den Rücken zu und pafften weiter ihre Zigarren. Niemand grüßte ihn. Er war, was er immer sein würde – Maynard, der Trottel, Maynard, der Lahme, Maynard, der Narr, der faule Apfel, der meilenweit vom Stamm gefallen war. Er tobte und hieß mich, zum alten Haus am Rande unserer Stadt zu fahren, nach Starfall, wo er sich eine Nacht mit einer Dirne kaufte und auf die glänzende Idee kam, mit ihr zum großen Haus in Lockless zurückzufahren, um dann, in einem plötzlichen Anfall von Scham, verhängnisvollerweise darauf zu bestehen, dass wir die Stadt hintenherum verlassen und über die Dumb Silk Road bis zur alten Landstraße fahren sollten, die uns zurück ans Ufer des Goose führte.

Während ich fuhr, fiel kalter, steter Regen, Wasser tropfte mir vom Hutrand, durchsuppte meine Hose. Ich konnte hinter mir Maynard hören, wie er vor der Dirne mit seiner Manneskraft protzte. Ich trieb das Pferd an, fuhr so schnell ich konnte, denn ich wollte nur noch nach Hause, wollte mich von Maynards Stimme befreien, auch wenn ich mich in diesem

Leben von ihm selbst niemals mehr würde befreien können. Maynard, der mich an der Kette hielt. Maynard, mein Bruder, zu meinem Herrn gemacht. Und ich gab mir alle Mühe, nicht hinzuhören, mich abzulenken – dachte ans Maisschälen, an Kinderspiele wie Blindekuh, doch weiß ich noch, dass all das nichts half. Stattdessen war da plötzlich eine Stille, die nicht bloß Maynards Stimme tilgte, sondern auch all die leiseren Geräusche dieser Welt. Und wie ich da in den Postfächern meines Gedächtnisses nachsah, fand ich die Erinnerungen der Verlorenen – Männer, die auf der Nachtwache ausharrten, Frauen, die einen letzten Gang über die Obstwiese machten, alte Jungfern, die Fremden ihre Gärten verboten, alte Käuze, die Lockless und das große Haus verfluchten. Legionen der Verlorenen, über diese unheilvolle Brücke gebracht; Legionen, die in meiner tanzenden Mutter Gestalt annahmen.

Ich riss an den Zügeln, doch es war zu spät. Wir rasten weiter; und was dann geschah, sollte mein Gespür für kosmische Ordnung auf immer erschüttern. Ich war dort, ich sah, was geschah und habe seither vieles gesehen, was die Grenzen unseres Wissens aufzeigt, aber auch vieles, das jenseits davon liegt.

Die Straße unter den Rädern verschwand, die gesamte Brücke brach in sich zusammen, und einen Moment lang spürte ich, wie ich auf einem blauen Licht dahintrieb, vielleicht auch *ins* blaue Licht hineintrieb. Und es war warm dort, für einen kurzen Moment, erinnere ich mich, denn kaum hatte ich zu treiben begonnen, war ich im Wasser, war unter Wasser; und selbst heute noch, wenn ich dies erzähle, spüre ich aufs Neue den eisigen Griff des Goose, wie das Wasser in mich strömt, und dann jene ureigene brennende Qual, die nur Ertrinkende kennen.

Keine Empfindung ähnelt dem Ertrinken, denn man spürt nicht bloß die Qual, sondern auch so etwas wie Fassungslosigkeit angesichts der fremdartigen Umstände. Der Verstand glaubt, da müsse Luft sein, weil Luft doch immer da ist; und der Drang zu atmen ist so instinktiv, dass es Mühe macht, dem Gegebenen Geltung zu verschaffen. Wäre ich von der Brücke gesprungen, wäre es mir sicher möglich gewesen, meine neue Lage zu erfassen. Wäre ich übers Geländer gefallen, hätte ich dies verstanden, und wenn auch nur, weil es vorstellbar war. Jetzt aber war es, als hätte man mich aus dem Fenster direkt in die Tiefen des Flusses gestoßen. Ohne jede Warnung. Ich wollte weiteratmen. Ich erinnere mich, wie ich nach Luft schrie, und ich erinnere mich auch an die qualvolle Antwort, die ich bekam, an das Wasser, das in mich eindrang, und daran, was ich mit offenem Mund auf diese Qual antwortete und so nur noch mehr Wasser schluckte.

Irgendwie aber beruhigten sich meine Gedanken, irgendwie begriff ich, dass ich mit meinem Gezappel nur meinen Untergang beschleunigte. Und kaum hatte ich das begriffen, fiel mir auf, dass in der einen Richtung Licht war und in der anderen Dunkelheit, und ich verstand, dass das Dunkel in die Tiefe führte, das Licht aber nicht. Ich strampelte mit den Beinen, streckte die Arme dem Hellen entgegen, drängte mich durchs Wasser, bis ich endlich, keuchend, würgend, die Oberfläche durchbrach.

Und als ich auftauchte, durchs dunkle Wasser ins Diorama der Welt – an unsichtbaren Fäden hingen Gewitterwolken, daran geheftet eine rote Sonne, die Hügel mit Gras bestäubt –, blickte ich zurück zur Steinbrücke, die, mein Gott, mindestens eine halbe Meile weit entfernt war.

Sie schien vor mir davonzujagen, so rasch zog mich die Strömung dahin, und auch als ich versuchte, ans Ufer zu schwimmen, war es wieder die Strömung oder ein unsichtbarer Wirbel, der mich weiter flussabwärts zog. Von der Frau, deren Zeit Maynard so leichtfertig gekauft hatte, war keine Spur mehr zu sehen. Doch welchen Gedanken über sie ich auch nachhing, sie wurden durch Maynard gestört, der schreiend und zeternd auf sich aufmerksam machte, fest entschlossen, die Welt so zu verlassen, wie er sie bewohnt hatte. Er war in der Nähe, wurde von derselben Strömung mitgerissen. Und er schlug um sich, schrie, trat ein bisschen Wasser und ging unter, nur um Sekunden später wieder aufzutauchen, zu brüllen, zu treten, zu zappeln.

»Hilf mir, Hi!«

Da war ich also, mein eigenes Leben baumelte über schwarzem Abgrund, und doch wurde ich aufgefordert, ein anderes zu retten. Bei so mancher Gelegenheit hatte ich versucht, Maynard das Schwimmen beizubringen, er aber nahm meinen Unterricht hin wie jeden Unterricht, achtlos, jede Mühe scheuend, doch störrisch und wehleidig, wenn seine Trägheit keine Früchte trug. Heute kann ich sagen, dass die Sklaverei ihn umgebracht hat, dass die Sklaverei ihn zum Kind gemacht hat, weshalb Maynard jetzt – in eine Welt geworfen, in der die Sklaverei bedeutungslos war – in ebendem Moment starb, da er das Wasser berührte. Ich war stets sein Schutz gewesen. Ich war es, der Charles Lee allein mit guter Laune und beschwichtigenden Worten daran gehindert hatte, Maynard zu erschießen; und ich war es, der Maynard auf diese Weise zahllose Male vor dem Zorn unseres Vaters bewahrt hatte; und ich war es, der ihn jeden Morgen angezogen und jeden Abend zu Bett gebracht hatte; und ich war es, der jetzt müde war an Leib und Seele; und ich war es, der dort draußen gegen den Sog der Strömung kämpfte, gegen die fantastischen Ereignisse, die mich hergeführt hatten, sodass ich jetzt gegen die Aufforderung ankämpfte, wieder einmal jemand anderen retten zu müssen, obwohl ich nicht mal genügend Energie besaß, mich selbst zu retten.

»Hilf mir!«, schrie er aufs Neue, und dann: »Bitte!«, rief er wie das Kind, das er immer geblieben war; er bettelte. Und so lieblos das auch klingen mag, kam mir in diesem Moment, als ich im Goose dem eigenen Tod ins Auge blickte, der Gedanke, dass ich mich nicht erinnern konnte, ihn je auf eine Weise reden gehört zu haben, die der wahren Natur unserer unterschiedlichen Stellungen gemäß gewesen wäre.

»Bitte!«

»Ich kann nicht«, schrie ich übers Wasser. »Wir sind verloren!«

Mit diesem Eingeständnis des nahenden Todes überkamen mich ungebetene Erinnerungen, und nun fand dasselbe blaue Licht, das ich auf der Brücke gesehen hatte, zu mir zurück und umhüllte mich erneut. Ich dachte an Lockless und an meine Lieben, und gleich in der Mitte dieses dunstigen Flusses sah ich Thena am Waschtag, eine alte Frau, die große Kessel mit dampfendem Wasser hierhin und dorthin wuchtete und mit letzter Kraft tropfnasse Wäsche schlug, bis die nur mehr feucht und die Haut an ihren Händen aufgescheuert war. Und ich sah Sophia mit ihren Handschuhen, ihrer Haube, wie eine hochherrschaftliche Frau, denn ebendies vorzugeben verlangte ihre Pflicht; und ich sah ihr zu, wie ich es viele Male zuvor getan hatte, sah, wie sie den Glockenrock bis zu den Knöcheln hob und sich auf Nebenwegen zu jenem Mann bringen ließ, der sie in Ketten hielt. Ich spürte, wie meine Glieder schwächer wurden; und das Rätsel, die wirren Ereignisse, die mich in diese Tiefen geworfen hatten, quälten mich nicht länger, sodass ich, als ich aufs Neue unterging, kein Brennen mehr spürte und keine Atemnot. Ich fühlte mich schwerelos, und noch während ich im Meer versank, fühlte ich, dass ich zu etwas anderem aufstieg. Das Wasser fiel von mir ab; ich war allein in einer kleinen blauen Luftblase, draußen und um mich herum der Fluss. Und da wusste ich, ich würde endlich belohnt werden.

Meine Gedanken reisten weiter, reisten zurück zu jenen, die man aus diesem Virginia hinunter nach Natchez gebracht hatte, und ich fragte mich, wie viele von denen wohl noch weitergezogen waren, so weit, dass sie mich in jener nächsten Welt begrüßen würden, der ich mich nun näherte. Ich sah meine Tante Emma, die all die Jahre in der Küche gearbeitet hatte, sah sie mit einem Tablett Lebkuchen für die versammelten Walkers vorbeigehen; und kein Lebkuchen war für sie, keiner für ihre Familie. Vielleicht wäre auch meine Mutter da, und dann, in Gedankenschnelle, sah ich sie schon vor meinen Augen wirbeln, sah sie im Kreis beim Wassertanz. Und wie ich daran dachte, an diese Geschichten, spürte ich Zufriedenheit, freute mich sogar, ins Dunkel aufzusteigen, ins Licht zu fallen. Denn es war Friede in diesem blauen Licht, ein größerer Friede als im Schlaf selbst, mehr noch, da war Freiheit, und ich wusste, die Alten hatten nicht gelogen, es gab für unsereins tatsächlich eine Heimat, ein Leben jenseits der Verpflichtungen, jenseits der Sklaverei, wo jeder Augenblick war wie ein Sonnenaufgang über den Bergen. Und so groß war diese Freiheit, dass ich merkte, wie ein Gewicht an mir zerrte, ein Gewicht, das ich seit jeher für gegeben gehalten hatte, ein Gewicht, das nun andeutete, mir ins Jenseits folgen zu wollen. Ich drehte mich um, und noch in der Bewegung sah ich das Gewicht, und das Gewicht war mein Bruder, der brüllte, zappelte, schrie und um sein Leben flehte.

Mein Leben lang war ich Opfer seiner Launen gewesen. Ich war sein rechter Arm und hatte folglich keinen eigenen. Doch damit war nun Schluss, denn ich stieg auf, ließ die Welt der Oberen und der Verpflichteten hinter mir. Der letzte Anblick von Maynard, der sich mir bot, zeigte ihn im Wasser strampelnd, nach dem greifend, was er nicht länger halten konnte, bis sein Bild vor mir verschwamm wie Licht, das über eine Welle huscht, und seine Schreie schwanden im lauten Nichts, das mich umgab. Dann war er fort. Ich würde gern behaupten können, ich hätte um ihn getrauert oder seinen Tod auch nur irgendwie zur Kenntnis genommen. Tat ich aber nicht. Ich ging meinem Ende entgegen. Er seinem.

Um mich herum verfestigten sich die Visionen, und ich konzentrierte mich auf meine Mutter, die nicht länger tanzte, sondern vor einem Jungen kniete. Sie legte dem Jungen eine Hand an die Wange, und sie küsste ihn auf den Kopf, und sie drückte ihm eine Muschelkette in die Hand, schloss seine Finger darum, und dann stand sie auf, beide Hände vorm Mund, und drehte sich um und ging, und der Junge sah ihr hinterher, dann weinte er ihr nach, dann folgte er ihr nach, dann rannte er, dann fiel er hin, lag da und weinte in seine Arme, bis er aufstand und sich umdrehte, zu mir diesmal, und auf mich zukam. Er öffnete die Hand und hielt mir die Kette hin, und endlich wurde ich belohnt.

2

MEIN LEBEN LANG wollte ich raus. Das war nicht gerade besonders originell – allen Verpflichteten ging es so. Doch anders als sie, anders als alle anderen in Lockless, hatte ich die nötigen Mittel.

Ich war ein seltsames Kind. Ich redete, ehe ich laufen konnte, auch wenn ich nie viel redete, da ich lieber beobachtete und mich erinnerte. Ich hörte die Leute reden, sah aber deutlicher als ich hörte, sah Worte vor meinen Augen zu Bildern werden, zu Farbfolgen, Strichen, Formen und Gestalten, die ich in mir aufbewahren konnte. Und meine Gabe war es, diese Bilder in jedem beliebigen Moment wieder hervorholen und sie exakt in jene Worte zurückübersetzen zu können, die sie heraufbeschworen hatten.

Mit fünf Jahren konnte ich ein Arbeitslied, das ich nur einmal gehört hatte, nachschmettern, und zwar den gesamten Text des Wechselgesangs, dem ich noch eigene Improvisationen hinzufügte, all das zur großäugigen Begeisterung der Erwachsenen. Jedem Tier gab ich einen eigenen Namen, der festhielt, wo oder wann ich es gesehen oder was es da gerade getan hatte, weshalb das eine Reh »Gras im Frühling« hieß, ein anderes »Abgebrochener Eichenast«; nicht anders war es mit dem Hunderudel, vor dem mich die Älteren oft warnten, für mich aber waren die Hunde nie nur ein Rudel; jedes Tier war einzigartig, selbst dann, wenn ich es nie wiedersah, so einzigartig wie jeder Gentleman und jede Lady, wie alle, die ich nie wiedersah, denn auch an die erinnerte ich mich.

Und es war unnötig, mir eine Geschichte zweimal zu erzählen, denn wenn man mir erzählte, dass Hank Powers drei Stunden geweint habe, als seine Tochter geboren worden sei, vergaß ich das nicht mehr; und wenn man mir erzählte, dass Lucille Simms sich aus den Arbeitssachen ihrer Mutter für Weihnachten ein neues Kleid genäht habe, dann vergaß ich das nicht mehr; und wenn man mir von damals erzählte, als Johnny Blackwell seinen Bruder mit einem Messer bedroht habe, dann vergaß ich das nicht mehr; und wenn man mir alle Vorfahren von Horace Collins aufzählte und sagte, wo sie im Elm County geboren worden seien, dann vergaß ich das nicht mehr; und wenn Jane Jackson alle Generationen vor ihr benannte, ihre Mutter, die Mutter ihrer Mutter und jede weitere Mutter, bis hin zum Rand des Atlantiks, dann vergaß ich das nicht. Deshalb war es also nur natürlich, dass ich auch im Schlund des Goose, selbst als die Brücke einstürzte und ich in den Abgrund meines eigenen Schicksals starrte, nicht vergessen hatte, dass dies nicht meine erste Pilgerreise zur blauen Tür war.

Es war schon einmal passiert. Es war passiert, als ich neun Jahre alt war, einen Tag, nachdem man meine Mutter geholt und verkauft hatte. An jenem kalten Wintermorgen wurde ich wach, und für mich stand fest, sie war fort, nur hatte ich keine Bilder, keine Erinnerung an einen Abschied, tatsächlich nicht ein einziges Bild von ihr. Ich erinnerte mich bloß indirekt an meine Mutter, war mir sicher, dass man sie geholt hatte, wie ich mir sicher war, dass es Löwen in Afrika gab, auch wenn ich selbst nie welche gesehen hatte. Ich suchte nach einer vollständigen Erinnerung, fand aber bloß Bruchstücke. Schreie. Ein Flehen – jemand flehte mich an. Strenger Pferdegeruch. Und aus diesem Dunst flackerte ein Bild auf, mal scharf, mal unscharf: ein langer Wassertrog. Mich packte eine entsetzliche Angst, nicht allein, weil ich meine Mutter verloren hatte, sondern weil ich ein Junge war, der alles Vergangene in den frischesten Farben erinnerte, in so satten Tönen, dass ich sie geradezu hätte greifen können. Und jetzt wurde ich mit einem Mal wach, und da war nichts, nur Flüchtiges, nur Schatten und Schreie.

Ich muss hier raus. Auch das war für mich eher ein Gefühl als ein Gedanke. Da war ein Schmerz, ein Bruch, eine Trennung, von der ich wusste, ich hatte sie nicht verhindern können. Meine Mutter war fort, und ich musste ihr nach. Also zog ich an diesem Wintermorgen mein sackleinenes Hemd an, die Hose, fuhr mit den Armen in den schwarzen Mantel und band mir die Schuhe zu. Ich lief auf die Straße, den Gemeinschaftsbereich zwischen zwei langen Reihen gegiebelter Blockhütten, wo jene von uns daheim waren, die auf den Tabakfeldern arbeiteten. Ein eisiger Wind fuhr über den staubigen Grund zwischen den Hütten und peitschte mir ins Gesicht. Es war ein Sonntag, zwei Wochen nach Weihnachten, am frühen Morgen, kurz vor Sonnenaufgang. Im Mondlicht konnte ich aus den Schornsteinen in schwarzen Wölkchen Rauch aufsteigen sehen, und hinter den Hütten schwankten Bäume schwarz und kahl wie trunken im pfeifenden Wind. Wäre es Sommer gewesen, hätte auf der Straße selbst um diese Stunde reger Gartenhandel geherrscht – Kohl und frisch gezogene Karotten, aufgeklaubte Hühnereier, die eingetauscht oder gar zum Haupthaus gebracht und verkauft wurden. Lem und die älteren Jungen wären draußen gewesen, hätten ihre Angelruten geschultert, mir auf dem Weg zum Goose lächelnd zugewinkt und geschrien: »Komm mit, Hi!« Ich hätte Arabella mit ihrem Bruder Jack gesehen, schlafäugig noch, doch würden sie schon bald Murmeln in einen zwischen zwei Hütten gezogenen Kreis werfen. Und Thena, die gemeinste Frau der Straße, würde sicher bereits ihren Vorhof fegen, einen alten Teppich ausklopfen oder die Dummheit anderer Leute mit einem Augenrollen strafen und missbilligend mit der Zunge schnalzen. Doch es war Winter in Virginia, und wer bei klarem Verstand war, hockte drinnen am Feuer. Als ich nach draußen ging, war also niemand auf der Straße, niemand sah aus der Tür seiner Hütte, niemand packte mich am Arm, klopfte mir zweimal auf den Hosenboden und rief: »Hi, bei dieser Kälte holst du dir noch den Tod! Und wo ist deine Momma, Junge?«

Ich folgte dem gewundenen Pfad in den dunklen Wald und blieb in Sichtweite von Boss Harlans Hütte stehen. Hatte er seine Hand im Spiel gehabt? Auf Lockless war er der Vollstrecker, ein niedrer Weißer, der Züchtigungen austeilte, sobald sie angebracht schienen. Boss Harlan war der ausführende Arm der Sklaverei, Gebieter über die Felder, während Desi, seine Frau, über das Haus herrschte. Doch als ich die Reste meiner Erinnerung durchforstete, fand sich darunter keine an Boss Harlan. Ich konnte den Wassertrog sehen, konnte die Pferde riechen. Ich musste zum Stall. Ich war mir sicher, dort wartete irgendwas auf mich, das ich nicht benennen konnte, etwas Entscheidendes, bei dem es um meine Mutter ging, ein geheimer Pfad vielleicht, der mich zu ihr führen würde. Als ich

den Wald betrat und der Winterwind durch mich hindurch-
fuhr, hörte ich wieder die scheinbar sinnlos daherredenden Stimmen, die sich um mich herum zu einem Gewirr vervielfältig-
ten – und in Gedanken wandte ich mich einer meiner Visionen
zu: dem Wassertrog.

Und dann rannte ich, lief, so schnell mich meine kurzen
Beine trugen. Ich musste zum Stall. Meine ganze Welt schien
davon abzuhängen. Ich kam zur weißen Holztür und zog am
Riegel, bis sie aufsprang und mich zu Boden warf. Rasch rap-
pelte ich mich auf, stürzte ins Innere und sah, was mir in meiner morgendlichen Vision erschienen war – Pferde und den langen Wassertrog. Ich trat nahe an jedes Pferd heran und schaute
ihm in die Augen. Sie stierten dumm zurück. Ich ging zum
Wassertrog und starrte in die tintige Schwärze. Die Stimmen
kehrten wieder. Irgendwer flehte mich an. Und dann formten
sich Erscheinungen im schwarzen Wasser. Ich sah Verpflichtete, die einst in der Straße gewohnt hatten, für mich jetzt aber
verloren waren. Ein blauer Nebel stieg aus der tintigen Schwärze
auf, von irgendetwas darin erleuchtet. Ich spürte, wie mich das
Licht ansaugte, wie es mich in den Trog zog. Und dann schaute
ich mich um, und ich sah, wie der Stall verblasste, sah ihn verschwinden wie all jene Jahre später die Brücke, und ich dachte:
Das ist es, was der Traum zu bedeuten hat – ein geheimer Pfad,
der mich wegführt von Lockless und mit meiner Mutter vereint. Als aber das blaue Licht schwand, sah ich nicht meine
Mutter, sondern eine hölzerne Spitzdecke, in der ich bald die
Decke jener Hütte wiedererkannte, die ich erst wenige Minuten zuvor verlassen hatte.

Ich lag auf dem Boden, auf dem Rücken und wollte aufstehen, aber Arme und Beine waren wie mit Gewichten beschwert,

wie gefesselt. Es gelang mir, mich zu erheben und zum Seilbett zu stolpern, das ich mit meiner Mutter geteilt hatte. Ihr Geruch hing noch in unserem Zimmer, in unserem Bett, und ich versuchte, diesem Geruch durch die Gassen meines Geistes zu folgen, doch obwohl all die Windungen und Kehren meines kurzen Lebens deutlich sichtbar wurden, erschien mir meine Mutter nur wie Nebel und Rauch. Ich wollte mich an ihr Gesicht erinnern, und als nichts kam, dachte ich an ihre Arme, ihre Hände, doch da war nur Rauch, und auch als ich mich an ihre Züchtigungen, ihre Liebkosungen erinnern wollte, fand ich nur Rauch. Sie war aus der warmen Steppdecke der Erinnerung in die kalte Bibliothek der Fakten gewechselt.

Ich schlief. Und als ich aufwachte, spät am selben Nachmittag, wachte ich mit der Gewissheit auf, dass ich allein war. Längst habe ich jede Menge Kinder in derselben Situation erlebt, in der ich mich an jenem Tag befand, Waisen, die sich verlassen fühlten, ungeschützt allen Elementen der Welt ausgesetzt, und ich habe erlebt, wie manche vor Wut explodierten, während andere fast wie betäubt umherliefen, wie manche tagelang weinten, während andere unheimlich konzentriert wirkten und sich nur um das jeweils Nächstliegende kümmerten. Etwas in ihnen war abgestorben, und wie Chirurgen wussten sie, eine Amputation darf man nicht hinauszögern. Das war ich also, an jenem Sonntagnachmittag, als ich aufstand, immer noch in denselben Schuhen, denselben sackleinenen Sachen, und ich lief erneut nach draußen, diesmal, um zum Lagerhaus zu gelangen, wo ich einen Viertelscheffel Korn und ein Pfund Schweinefleisch abholte, die Ration, die meiner Familie wöchentlich zustand. Ich brachte beides nach Hause, blieb aber nicht, nahm vielmehr meine Murmeln, meinen einzigen Besitz außer dem Beutel Lebensmittel und den Kleidern, die ich am Leib trug, und ging nach draußen, ging zum letzten Gebäude in der Straße, einer großen, etwas zurückgesetzten Hütte. Thenas Haus.

Die Straße war Gemeinschaftsbereich, Thena blieb aber lieber für sich, beteiligte sich nie am Klatsch, am Tratsch, stimmte nie in die Gesänge ein. Sie arbeitete im Tabak, dann ging sie nach Hause. Sie besaß die Angewohnheit, uns Kinder mit finsterem Blick zu mustern, wenn wir in Hörweite tobten, und manchmal, je nach Laune, stürzte sie auch mit weit aufgerissenen Augen aus der Hütte und fuchtelte drohend mit ihrem Besen vor uns herum. Für jeden anderen hätte dies vielleicht ein Problem bedeutet, doch war mir zu Ohren gekommen, dass Thena nicht immer so gewesen war, dass sie in einem anderen Leben, einem direkt hier auf der Straße geführten Leben, nicht bloß die Mutter ihrer eigenen fünf, sondern die Mutter aller Kinder der Straße gewesen war.

Das geschah zu einer anderen Zeit, einer Zeit, an die ich mich nicht erinnerte. Und ich wusste, ihre Kinder waren fort. Was habe ich mir gedacht, als ich vor ihrer Tür stand, in der Hand einen Beutel mit Schweinefleisch und Maismehl? Sicher gab es Leute, die mich aufgenommen hätten, Leute, die sich sogar über Kinder gefreut hätten. Doch kannte ich nur eine Frau in der Straße, die das Leid verstehen würde, das gerade in mir wuchs. Selbst wenn sie uns mit dem Besen verscheuchte, spürte ich die Tiefe ihres Verlusts, ihren Schmerz, ihre Wut, die sie, anders als die anderen, nicht zu verbergen versuchte; und ich fand diese Wut ehrlich und richtig. Thena war nicht die gemeinste Frau in Lockless, sondern die ehrlichste.

Ich klopfte an die Tür, und da niemand aufmachte, ich nun aber die Kälte spürte, schob ich mich ins Haus. Die Ration ließ ich gleich neben der Tür stehen, stieg die Leiter nach oben, legte mich hin, schaute nach unten und wartete auf ihre Rückkehr. Sie kam wenige Minuten später, blickte hoch und musterte mich mit gewohnt finsterem Blick. Dann ging sie zum Kamin, machte Feuer und zog einen Topf vom Sims; wenige Minuten später durchzog der vertraute Duft von Schweinefleisch und in Asche gebackenem Maiskuchen ihre Hütte. Sie sah noch einmal zu mir hoch und sagte: »Du musst schon runterkommen, wenn du was essen willst.«

Ich wohnte anderthalb Jahre bei Thena, ehe ich den genauen Grund für ihre Wut erfuhr. In einer warmen Sommernacht wurde ich auf der schmalen Pritsche, die ich im Dachboden der Hütte in Beschlag genommen hatte, von lautem Stöhnen geweckt. Thena redete im Schlaf. »Alles ist gut, John. Alles ist gut.« Sie redete so deutlich, dass ich erst glaubte, sie unterhielte sich mit einem Besucher. Dann aber schaute ich nach unten und sah, dass sie noch schlief. Damals hatte ich es mir bereits angewöhnt, Thena ihren Geistern zu überlassen, doch je mehr sie redete, desto deutlicher schien mir diesmal, dass sie mehr litt als sonst. Ich stieg nach unten, um sie zu wecken. Im Näherkommen hörte ich sie weiterhin klagen und reden: »Alles ist gut, alles ist gut, habe ich dir doch gesagt. Alles ist gut, John.« Ich fasste sie an die Schulter, rüttelte sie, bis sie erschrocken auffuhr.

Sie sah mich an, dann blickte sie sich in der dunklen Hütte um, offenbar unsicher, wo sie war. Gleich darauf kniff sie die Augen zusammen und richtete ihren Blick erneut auf mich.

Die letzten anderthalb Jahre war ich größtenteils unempfindlich gegen Thenas Wutanfälle gewesen. Zur großen Erleichterung der Straße hatten ihre Anfälle sogar nachgelassen, fast, als würde meine Anwesenheit eine alte Wunde heilen. Das stimmte nicht, und ich wusste es, sobald ich merkte, wie sie mich ansah.

»Was zum Teufel machst du hier?«, sagte sie. »Verdammt, verschwinde, du kleiner Hosenscheißer! Raus mit dir, verflucht noch mal!« Ich stürzte nach draußen und sah, dass es schon fast Morgen war. Bald würden gelbe Sonnenstrahlen über die Baumspitzen linsen. Ich ging zurück zur alten Hütte, in der ich mit meiner Mutter gewohnt hatte, setzte mich auf die Türstufen und wartete, bis es Zeit für die Arbeit wurde.

Damals war ich elf und für mein Alter eher klein, aber Ausnahmen wurden keine gemacht, also ließ man mich arbeiten wie einen Mann. Ich tünchte und verfugte Hütten, hackte im Sommer die Felder und hängte wie alle anderen Tabakblätter zum Trocknen auf. Ich angelte, richtete Fallen ein und kümmerte mich um den Garten, auch nachdem meine Mutter gegangen war. An einem heißen Tag wie dem, der heute anbrach, wurde ich mit den übrigen Kindern losgeschickt, um den Arbeitern auf dem Feld Wasser zu bringen. Den ganzen Tag stand ich mit Kindern in einer Reihe, die vom Brunnen nahe beim Haupthaus bis hin zu den Tabakfeldern reichte. Als die Glocke ertönte und alle zum Abendessen gingen, kehrte ich nicht zu Thena zurück, sondern suchte mir einen sicheren Posten im Wald und beobachtete. Auf der Straße herrschte inzwischen reges Leben, mein Blick blieb aber allein auf Thenas Hütte gerichtet. Etwa alle zwanzig Minuten sah ich sie nach draußen kommen und in beide Richtungen schauen, als würde sie Gäste erwarten, dann ging sie wieder hinein. Als ich schließlich ihre Hütte betrat, war es spät, und ich sah sie auf einem Stuhl neben dem Bett sitzen. Die beiden leeren Schalen auf dem Sims verrieten mir, dass sie noch nicht gegessen hatte.

Wir aßen zu Abend, und gerade als es Zeit wurde, zu Bett zu gehen, drehte sie sich zu mir um und flüsterte mit krächzender Stimme: »John – Big John – war mein Mann. Ist gestorben. Am Fieber. Ich find, das solltest du wissen. Ich find, du sollst ein paar Dinge über mich wissen, über dich, über diese Plantage.«

Sie hielt inne und blickte in den Kamin, wo die letzten Kochkohlen verglühten.

»Ich versuch, nicht zu viel drüber nachzudenken. Der Tod ist so natürlich wie alles andere auch, jedenfalls natürlicher als der Ort hier. Der Tod aber, den *dieser* Tod nach sich gezogen hat, der von meinem Big John, der war ganz und gar nicht natürlich.«

Lärm und Unruhe auf der Straße hatten sich gelegt, und nur noch das leise, rhythmische Sirren der Nachtinsekten war zu hören. Unsere Tür stand offen, hieß eine leichte Julibrise willkommen. Thena nahm sich die Pfeife vom Sims, zündete sie an und begann zu paffen.

»Big John war der Vorarbeiter, der Treiber. Du weißt, was das heißt, oder?«

»Heißt, er war Boss auf den Feldern hier unten.«

»Ja, war er«, sagte sie. »Wurde ausgesucht, um die ganzen Tabakkolonnen zu beaufsichtigen. Big John ist nicht Treiber geworden, weil er der Gemeinste war, so wie Harlan. Ist Treiber geworden, weil er der Klügste war – klüger als irgendwer von diesen Weißen, denen ihr Leben von ihm abhing. Diese Felder,

27

das sind nicht bloß Felder, Hi. Sind das Herz des Ganzen. Du kennst dich aus. Kennst die Plantage, kennst ihre ganzen schicken Seiten; du weißt, was die hier haben.«

Das wusste ich. Lockless war riesig, Abertausend Morgen, den Bergen abgetrotzt. Ich stahl mich gern von den Feldern fort, um dieses Gelände zu erforschen, und ich entdeckte Obstwiesen reich an goldenen Pfirsichen, im Sommerwind wogende Weizenfelder, mit gelbseidiger Hoffnung gekrönte Maisstängel, eine Molkerei, eine Schmiede, eine Tischlerei, einen Eiskeller, Gärten mit Flieder und Maiglöckchen, all das angelegt in exakter Geometrie, in herrlicher Geometrie, deren Logik zu verstehen ich zu jung war.

»Schön, nicht?«, sagte Thena. »Aber das alles steht und fällt mit dem, was hier unten auf den Feldern wächst, und mit dem, was hier in meiner Pfeife brennt. Herr über das Ganze war Big John, mein Mann. Gab keinen, der mit den goldenen Blättern besser tricksen konnte als mein Mann. Wusste, wie man am besten die Raupen des Tabakschwärmers ausgräbt, die zwar die Blätter anknabbern, die man aber trotzdem lieber in Ruhe lässt. Deshalb war er bei den Weißen gut angesehen. Hab so diese große Hütte gekriegt.

War für alle gut. Von unseren Extrarationen haben wir denen abgegeben, die nichts hatten. War John, der drauf bestand.«

Sie schwieg, um an ihrer Pfeife zu ziehen. Ich sah, wie Glühwürmchen brandgelb durch die Schatten trieben.

»Hab den Mann geliebt, aber er ist gestorben, und danach ging alles den Bach runter. Die erste fürchterliche Ernte, an die ich mich erinnern kann, hat's gegeben, als John nicht mehr da war. Dann die nächste. Und noch eine. Die Leute sagten, sogar

John hätte uns nicht retten können. Es war das Land, das die Weißen dafür verfluchte, was sie ihm angetan hatten, dass sie es ausgelaugt hatten. Bisschen Virginia-Rot ist noch übrig, ist aber auch bald grauer Virginia-Sand. Wissen die. Deshalb ist es die Hölle hier, seit es John nicht mehr gibt. Die Hölle für mich. Die Hölle für dich.

Muss an deine Tante Emma denken. An deine Momma. Erinnere mich gut an Emma und Rose. Was für ein Paar, die beiden. Haben sich geliebt. Gern getanzt. Erinnere mich gut an sie, o ja. Und auch wenn's manchmal wehtut, darf man nicht vergessen, Hi. Man darf nicht vergessen.«

Während sie erzählte, starrte ich stumm vor mich hin, da mich jetzt mit voller Wucht traf, was ich schon vergessen geglaubt hatte.

»Ich weiß, ich werde mich immer an meine Kleinen erinnern«, fuhr Thena fort. »Sie haben sie mir genommen, alle fünf, unten bei der Rennbahn, haben sie mit dem Rest zusammengepfercht und verkauft, wie sie ihre Tabakfässer verkaufen.«

Thena senkte den Kopf, legte die Hände an die Stirn. Als sie wieder zu mir hochblickte, sah ich Tränen über ihre Wangen rinnen.

»Als das passiert ist, hab ich John nur noch verflucht, weil ich gemeint hab, wenn er noch leben würde, wären meine Kleinen noch bei mir. Aber nicht bloß, weil er so gescheit gewesen ist; ich hab auch gespürt, John hätte was getan, wozu mir der Mut gefehlt hat – er hätte es verhindert.

Du weißt, wie ich bin. Hast gehört, was sie über mich reden, aber du weißt auch, in der alten Thena ist was zerbrochen, und als ich dich da oben auf dem Boden gesehen habe, hab ich das Gefühl gehabt, in dir ist auch was zerbrochen. Außerdem hast du mich ausgewählt gehabt, warum auch immer hat dir dein junger Verstand das geraten; du hast mich ausgewählt.«

Dann erhob sie sich und begann mit dem allabendlichen Aufräumen. Ich kletterte auf den Dachboden.

»Hi«, rief sie. Ich sah nach unten, sah, wie sie mich beobachtete.

»Ja, Ma'am?«

»Ich kann nicht deine Mutter sein. Ich kann nicht Rose für dich sein. Sie war eine schöne Frau mit großem Herz. Habe sie gemocht, und es gibt nicht mehr viele, die ich mag. Sie hat nicht getratscht, ist meist für sich geblieben. Ich kann nicht sein, was sie dir war. Aber du hast mich ausgewählt, das versteh ich. Und du sollst wissen, dass ich das verstehe.«

Ich blieb in jener Nacht noch lange wach, starrte ins Gebälk und dachte an Thenas Worte. *Eine schöne Frau mit großem Herz, hat nicht getratscht, ist meist für sich geblieben.* Ich fügte dies zu jenen Erinnerungen über sie hinzu, die ich von den Leuten auf der Straße gesammelt hatte. Thena konnte nicht ahnen, wie sehr ich diese kleinen Puzzlesteine brauchte, die ich, über die Jahre, zu einem Porträt der Frau zusammensetzte, die wie Big John in Träumen lebte, wenn auch bloß als Rauch.

Und was war mit meinem Vater? Was mit dem Herrn von Lockless? Ich wusste von klein auf, wer er war, denn meine Mutter hatte kein Geheimnis daraus gemacht, so wenig wie er. Manchmal sah ich ihn auf einem Pferd den Besitz abreiten, und wenn sein Blick meinen traf, hielt er inne und tippte sich an den Hut. Ich wusste, er hatte meine Mutter verkauft, denn Thena hörte nie auf, mich daran zu erinnern. Aber ich war ein Junge, sah in ihm, was Jungen unwillkürlich in ihren Vätern sehen – eine Gussform, die ihnen ein mögliches Abbild ihrer selbst als Erwachsener zeigt. Mehr noch, begann ich doch gerade erst zu verstehen, welch große Kluft die Oberen von den Verpflichteten trennte – und die Verpflichteten, tief gebückt auf den Feldern, trugen den Tabak vom Hügel ins Fass, führten ein hartes Leben, die Oberen aber, die hoch oben im Haus wohnten, dem Sitz Lockless, die nicht. Und da ich dies wusste, war es nur natürlich, dass ich zu meinem Vater aufschaute, sah ich in ihm doch das Symbol eines anderen Lebens – eines Lebens in Saus und Braus. Außerdem wusste ich, da oben gab es einen Bruder, einen Jungen, der im Luxus hauste, wohingegen ich schuftete; und ich fragte mich, welches Recht er auf sein Leben im Müßiggang hatte und welches Gesetz mich dazu verdammte, zu den Verpflichteten zu gehören. Ich musste nur eine Möglichkeit finden, meinen Stand zu verbessern, mich an einen Platz zu versetzen, an dem ich meine Fähigkeiten unter Beweis stellen konnte. Das war es, was mich an jenem Sonntag beschäftigte, als es zu der schicksalhaften Begegnung mit meinem Vater auf der Straße kam.

Thena war in besserer Stimmung als gewöhnlich, saß auf den Stufen vor der Haustür und zog kein finsteres Gesicht, verjagte auch die kleinen Kinder nicht, wenn sie vorüberhuschten. Ich war auf dem Gelände, irgendwo zwischen den Feldern und der Straße, und sang ein Lied:

Oh Lord, trouble so hard
Oh Lord, trouble so hard
Nobody know my trouble but my God
Nobody know nothing but my God.

Ich sang Strophe um Strophe, führte den Wechselgesang vom *trouble*, der Mühsal, zur Arbeit, zur Hoffnung, zur Freiheit. Strophe um Strophe ging es weiter. Sang ich den Ruf, passte ich meine Stimme der des Vorsängers auf dem Feld an, kühn und kräftig. Sang ich die Antwort, glich meine Stimme jener der Leute um mich herum, imitierte ich sie einer nach dem anderen. Sie waren begeistert, die Älteren, und ihre Begeisterung wuchs, je länger mein Lied wurde, während Strophe um Strophe anschwoll, bis ich Gelegenheit gehabt hatte, jeden Einzelnen nachzumachen. An diesem Tag aber behielt ich nicht die Älteren im Blick. Ich beobachtete den weißen Mann auf dem Tennessee Pacer, der den Hut tief ins Gesicht gezogen hatte, auf mich zuritt und angesichts meines Auftritts zustimmend lächelte. Es war mein Vater. Er nahm den Hut ab, fischte ein Tuch aus seiner Tasche und wischte sich über die Stirn. Dann setzte er den Hut wieder auf, griff erneut in seine Tasche, zog etwas heraus und schnippte es mir zu; und ich, der ihn keine Sekunde aus den Augen gelassen hatte, fing es mit einer Hand auf. Lange stand ich da, und wir sahen uns an. Ich konnte die Anspannung hinter mir spüren: die Älteren, die jetzt fürchteten, meine Dreistigkeit könnte Harlans Zorn auf sie ziehen. Aber mein Vater lächelte einfach weiter, nickte mir zu und ritt dann davon.

Die Anspannung legte sich, und ich kehrte zu Thenas Hütte zurück, kletterte zu meinem Platz auf dem Boden. Ich holte die Münze aus der Tasche, die mir mein Vater zugeschnippt hatte, ehe er davongeritten war, und ich sah, sie war aus Kupfer, hatte einen rauen Rand und zeigte vorn das Bild eines Weißen, hinten das einer Ziege. Oben auf meinem Boden betastete ich die raue Kante und spürte, ich hatte eine Möglichkeit gefunden, meinen Coupon, meine Fahrkarte raus aus den Feldern und fort von der Straße.

Und es geschah am nächsten Tag nach unserem Abendessen. Ich spähte vom Dachboden nach unten und sah, wie Desi und Boss Harlan leise auf Thena einredeten. Ich hatte Angst um sie. Weder Desi noch Harlan hatte ich je zornig erlebt, aber mir genügten die Geschichten, die man sich erzählte. Es hieß, Boss Harlan habe einen Mann erschossen, weil der die falsche Hacke benutzt habe, und Desi habe ein Mädchen in der Molkerei mit der Kutscherpeitsche verprügelt. Ich spähte nach unten und sah, wie Thena zu Boden blickte und gelegentlich nickte. Kaum waren Desi und Harlan gegangen, rief Thena mich zu sich.

Schweigend ging sie mit mir auf die Felder, dorthin, wo uns niemand hören konnte. Inzwischen war es spät am Abend. Ich spürte, wie die stickige Luft des Sommers in die Nacht entwich, und war voller Erwartungen. Ich meinte zu wissen, was kommen würde, und als um uns herum die Nachtgeräusche der Natur wie ein lauter Chor erklangen, glaubte ich, sie würden meine großartige Zukunft besingen.

»Hiram, ich weiß, was du alles siehst. Und ich weiß, irgendwie müssen wir alle mit der Grausamkeit dieser Welt zurechtkommen, und das schaffst du besser als die meisten Älteren. Aber jetzt wird es noch grausamer«, sagte sie.

»Ja, Ma'am.«

»Weiße sind zu uns runtergekommen, haben gesagt, dass deine Zeit auf den Feldern vorbei ist, dass du raufkommen sollst. Die aber sind nicht deine Familie, Hiram, ist wichtig, dass du das verstehst. Du darfst dich nicht vergessen, da oben, und wir dürfen einander nicht vergessen. Sie holen uns jetzt rauf, hörst du? *Uns.* Dieser Trick von dir, den habe ich gesehen, wir alle haben ihn gesehen, und der hat mich auch beeindruckt. Ich soll mit dir raufgehen, mich um dich kümmern, und glaub jetzt nicht, dass du mich vor was rettest, weil von nun an haben die mich noch besser im Blick.

Wir haben hier unten unsere eigene Welt – unsere eigene Art, zu leben, zu reden und zu lachen, auch wenn das mit dem Lachen bei mir eher selten vorkommt. Hier unten treff ich die Entscheidungen. Ist nicht toll, diese Welt, ist aber unsere. Da oben, mit denen direkt über dir … tja, das ist anders.

Du musst auf dich aufpassen, Junge. Sei vorsichtig. Vergiss nicht, was ich dir gesagt habe. Deine Familie sind die nämlich nicht, Junge. So, wie ich hier stehe, bin ich mehr deine Mutter, als dieser Weiße auf seinem Gaul je dein Vater sein wird.«

Sie versuchte, mir zu sagen, was auf mich zukam, wollte mich warnen. Meine Gabe aber war die Erinnerung, nicht die Weisheit. Und als Roscoe, der hängebackige, leutselige Butler meines Vaters, uns holen kam, gab ich mir größte Mühe, mir meine Aufregung nicht anmerken zu lassen. Wir gingen durch die Tabakfelder, vorbei an den Arbeitern, deren Lieder über die Felder schallten:

When you get to heaven, say you remember me
Remember me and my fallen soul
Remember my poor and fallen soul.

Und dann hatten wir die Weizenfelder im Rücken, liefen über den grünen Bowlingrasen und durch den Blumengarten, als ich es sah, da oben auf dem flachen Hügel, das Herrenhaus von

Lockless, glänzend wie die Sonne selbst. Im Näherkommen nahm ich die Steinsäulen wahr, den Portikus, die Lünette über dem Eingang. All das war so prächtig. Dieses Haus, spürte ich mit einem plötzlichen Schaudern, gehörte mir. Es stand mir zu, durch das Recht des Blutes. Das stimmte, wenn auch nicht in dem Sinn, wie ich es mir dachte.

Roscoe drehte sich zu mir um, grinste, glaub ich, sah das Leuchten in meinen Augen. »Wir gehen hier lang«, sagte er und führte uns fort von der Tür zum Fuß des flachen Hügels, auf dem das Haus stand. Dort entdeckte ich den Eingang zu einem Tunnel. Beim Betreten sah ich andere Verpflichtete aus angrenzenden Räumen kommen, die Thena und Roscoe grüßten, während sie an uns vorbei in schmalere, angrenzende Tunnel strömten. Wir waren in einem Labyrinth, in einer Unterwelt unter dem großen Haus.

Wir blieben vor einem der angrenzenden Räume stehen, und ich begriff, dies hier war mein Zimmer. Es gab ein Bett, einen Tisch, ein Waschbecken, eine Vase und ein Handtuch. Einen Dachboden gab es nicht, keinen oberen und keinen unteren Raum. Kein Fenster. Roscoe blieb an der Tür, ich an seiner Seite, während Thena ihre Sachen abstellte. Sie ließ mich nicht aus den Augen, und ich spürte, dass ihr Blick wiederholte, was sie zuvor gesagt hatte – *die sind nicht deine Familie.* Nach einem Moment aber wandte sie den Blick ab und sagte nur: »Kannst ihn von mir aus raufbringen.« Roscoe legte eine Hand auf meine Schulter, führte mich zurück ins Labyrinth und eine Treppe hinauf, bis wir vor einer Mauer standen. Er berührte irgendwas, das ich nicht sehen konnte, die Wand glitt beiseite, und wir traten aus der Dunkelheit in ein großes, lichtdurchflutetes Zimmer voller Bücher.

Überwältigt blieb ich stehen: das helle Licht im Zimmer, der Geruch von Terpentin, glänzende Holzdielen unter goldblauen Perserteppichen, doch waren es die Bücher, die meinen Blick gefangen hielten. Bücher hatte ich schon gesehen – es gab immer ein, zwei Verpflichtete in der Straße, die lesen konnten und in ihren Hütten alte Zeitschriften hatten oder Liederbücher –, nie aber so viele, an jeder Wand Regale vom Boden bis zur Decke. Ich gab mir Mühe, nicht zu glotzen, weil ich wusste, was mit Farbigen passierte, die zu neugierig auf die Welt jenseits von Virginia waren.

Als ich mich von den Büchern losreißen konnte, sah ich meinen Vater, bequem in Hemdsärmeln und Weste, wie er in einer Ecke des Zimmers saß und mich beobachtete, Roscoe beobachtete. Sobald ich den Kopf wandte, entdeckte ich in einer anderen Ecke einen Jungen, älter als ich – und weiß. Ich wusste instinktiv, dass dies mein Bruder war. Mein Vater winkte, eine beiläufige, ungezwungene Geste, die, wie ich merkte, Roscoe verriet, dass er sich zurückziehen sollte. Also machte er kehrt, als vollzöge er ein militärisches Manöver, und verschwand hinter der Gleitwand. Dann war ich allein mit meinem Vater, Howell Walker, und mit meinem Bruder, die mich beide schweigend und neugierig musterten. Ich griff in meine Tasche, fand die Kupfermünze und befingerte ihren rauen, unebenen Rand.

3

ÜBER DESI UND THENA gelangte die Anweisung meines Vaters zu mir – mach dich nützlich. Also stand ich, wie alle Verpflichteten, jeden Morgen vor Sonnenaufgang auf, ging durchs Haus und half, wo immer ich konnte – machte Feuer in der Küche für Ella, die Chefköchin, holte Milch aus der Molkerei, sammelte nach dem Frühstück die Tabletts ein – oder arbeitete draußen, wusch und striegelte mit Roscoe die Pferde oder pfropfte Stecklinge auf der Obstwiese mit Pete. Es gab immer was zu tun, denn die Arbeiten im Haus wurden nie weniger, die Zahl der Verpflichteten aber schon, und so begann ich zu begreifen, dass man sogar nach Natchez geschickt werden konnte, wenn man im Haus Verpflichteter war. Ich arbeitete gern, voller Elan, besonders, wenn ich von Zeit zu Zeit meinen Vater dabei ertappte, wie er mit einem schmallippigen, halben Lächeln in meine Richtung blickte. Er hatte eine Verwendung für mich gefunden.

Ich war zwölf, und es war im Herbst, vier Monate nach meinem Umzug ins Haupthaus. Zur Feier der Saison hatte mein Vater zu einer Gesellschaft geladen. All jene, die im Haus arbeiteten, lähmte den ganzen Tag lang eine gewisse Müdigkeit. Frühmorgens brachte ich die Eier zu Ella, deren breites, warmherziges Lächeln für mich zu einem normalen Bestandteil des Tages geworden war. Heute aber war alles anders, und nichts war normal, sodass, als ich mit meinem Weidekorb in die Küche kam, Ella nur den Kopf schüttelte und andeutete, ich solle die Eier auf den Tisch stellen, an dem Pete stand und einen Scheffel Äpfel aussortierte.

Ella stellte sich zu Pete, schlug sechs Eier auf, trennte Eigelb vom Eiweiß und schlug das Eiweiß steif. Sie redete kaum lauter als im Flüsterton, wollte ihre Gefühle in Zaum halten. »An nichts und niemanden denken die«, sagte Ella. »Ist nicht richtig, Pete. Ist einfach nicht richtig, und das weißt du.«

»Schon gut, Ella«, sagte er. »Gibt Schlimmeres.«

»Reg mich nicht auf. Mir geht's um Respekt. Ist das zu viel verlangt? Sollte eigentlich ein kleines Essen sein, heut Abend. Wieso ist jetzt das ganze Land eingeladen?«

»Weißt doch, wie's läuft«, sagte Pete. »Weißt doch, was los ist mit denen.«

»Nein, weiß ich nicht«, sagte Ella. »Reich mir das Nudelholz, Hi. Und kümmere dich ums Feuer, ja?«

»Hast doch Augen im Kopf. Ist nicht mehr wie früher, und auch die goldenen Blätter sind nicht mehr, was sie mal waren. Die ganzen alten Familien ziehen nach Westen. Tennessee. Baton Rouge. Natchez. So was halt. Sind hier jetzt nicht mehr viel übrig. Und die, die bleiben, die merken, wie sie immer weniger werden. Halten sich grad noch so. Also werden kleine Abendessen größer. Weiß keiner von denen nicht, wer als Nächstes wegzieht. Jeder Abschied könnte der letzte sein.«

Da lachte Ella leise in sich hinein, ein ausgelassenes, spöttisches Lachen, so ansteckend, dass ich mitlachen wollte, dabei war nichts Lustiges passiert. »Hi, das Ding da, Baby«, sagte sie und deutete auf die Regale. Wenn sie mich Baby nannte, wurde mir innerlich warm. Ich wandte mich vom Feuer ab, griff nach dem Teigschneider und brachte ihn ihr. Ella lachte immer noch in sich hinein. Sie blickte auf, und da war es, ihr großes, warmherziges Lächeln.

Dann aber fiel ihr Lachen in sich zusammen, und sie sah mich ernst an, schaute fast durch mich hindurch, ehe sie sich zu Pete umwandte: »Was kümmern mich denen ihre Gefühle. Dieser Junge hier weiß mehr über Abschied als die alle zusammen. Dabei ist er noch ein Kind.«

Den ganzen Tag über war bei den Verpflichteten diese Anspannung zu spüren, die mir schon an Ella aufgefallen war. Doch weder mein Vater noch Desi bemerkten sie, oder es kümmerte sie nicht, und als am Abend die Kutschen und Fiaker eintrafen, waren wir alle ganz Lächeln und Höflichkeit. Ich wurde der Bedienung zugeteilt. Längst hatte ich gelernt, wie ich mich wusch und wienerte, bis ich glänzte, wie ich in der Linken ein Silbertablett hielt und mit der Rechten bediente, wie ich in den Ecken verschwand und wieder auftauchte, um Brotkrümel fortzuwischen und mich gleich darauf erneut in den Schatten zurückzuziehen. Nach dem Essen räumten wir das Geschirr ab und standen im kirschroten Salon in Bereitschaft, während die Gäste sich in den Sofas und tiefen Sesseln niederließen.

Ich sah mich im Raum um und begegnete den Blicken der anderen drei, deren Aufgabe es war, sich um jeden nur erdenklichen Wunsch unserer Gäste zu kümmern. Dann beobachtete ich die Gäste selbst, versuchte vorherzusehen, welches Verlangen sie als Nächstes überkommen mochte. Mir fiel Mr. Fields auf, Maynards Hauslehrer, ein allzu ernster junger Mann mit tief liegenden Augen, der in seinem Sessel versank. Ich fand es schwer, ganz bei der Sache zu bleiben. Ich merkte, wie ich die Mode der Damen bewunderte – die weißen Hauben, ihre rosaroten Fächer und Seitenlocken, ihren Babyatem und die Gänseblümchen im Haar. An den Männern gab es weniger zu sehen, sie trugen alle Schwarz. Trotzdem fand ich sie bemerkenswert, denn sie bewegten sich würdevoll, waren vornehm noch in den kleinsten Gesten, etwa wenn sie die Erkertüren öffneten, um sich zurückzuziehen, oder wenn sie sich zu einem der Verpflichteten vorbeugten, um sich Feuer für ihre Zigarre geben zu lassen und dann über Gentleman-Dinge zu reden. Ich stellte mir vor, einer von ihnen zu sein, mich im Sessel zurückzulehnen oder einer Dame etwas ins Ohr zu flüstern.

Sie spielten siebzehn Runden Karten. Sie tranken acht Korbflaschen Most. Sie aßen Damentorte, bis sie fast platzten. Dann, kurz nach Mitternacht, begann eine Frau mit verkehrt herum aufgesetzter Haube, hysterisch zu kichern. Einer der Männer in Schwarz machte seiner Frau Vorhaltungen, ein anderer döste in einer Ecke vor sich hin. Die Anspannung unter den Bediensteten wuchs, eine subtile Anspannung, von der die Gäste gewiss nichts mitbekamen. Mein Vater saß da und starrte ins Feuer; Mr. Fields lehnte sich zurück und blickte gelangweilt drein. Die Frau hörte auf zu kichern, nahm ihre Haube ab und enthüllte die brüchige Maske zerlaufener Schminke.

Die Frau war eine Caulley, Alice Caulley, eine Familie, die sich vor vielen Jahren geteilt hatte. Die eine Hälfte war nach Kentucky gezogen, die andere Hälfte geblieben. Ich erinnerte mich daran, weil die Caulleys, die fortzogen, ihre Verpflichteten mitnahmen, darunter auch Petes Schwester Maddie. Ich habe sie nie kennengelernt, aber er redete oft von ihr; und immer wenn über jene Verpflichteten, die unter den Zweigen der Familie ausgetauscht wurden, Neuigkeiten aus Kentucky zu uns durchsickerten – etwa dass Maddie gesund und munter sei, vereint mit dem Rest der mit ihr fortgezogenen Familie –, dann leuchtete Petes Gesicht auf und blieb so für den Rest der Woche.

»Ein Lied!«, fauchte Alice, und als niemand reagierte, ging sie zu Cassius, einem der Kellner, gab ihm einen Klaps und schrie erneut: »Ein Lied, verdammt noch mal!«

So lief es immer – jedenfalls hatte man mir das erzählt. Gelangweilte Weiße waren barbarische Weiße. Solange sie die Aristokraten spielten, waren wir ihre herausgeputzten, stoischen Diener. Doch hatten sie keine Lust mehr, sich würdevoll zu benehmen, lief alles aus dem Ruder. Man erfand neue Spiele, und wir waren dabei nichts weiter als Bauern auf einem Schachbrett. Es war fürchterlich, und es gab nichts, wozu sie in ihrer Verzweiflung nicht fähig gewesen wären, nichts, was ihnen mein Vater nicht durchgehen ließ.

Der Klaps rüttelte ihn auf. Mein Vater erhob sich und blickte sich nervös um.

»Jetzt lass doch, Alice. Wir haben Besseres zu bieten als irgendwelche Negerlieder.« Er drehte sich zu mir um und sagte nichts weiter, aber ich wusste, was er wollte.

Ich warf einen Blick durch den Salon und entdeckte auf einem der kleinen Beistelltische einen Stapel übergroßer Spielkarten. Ich kannte sie, es waren Karten wie jene, die Maynard für seinen Leseunterricht verwendete. Auf der einen Seite sah man immer das Gleiche – eine Weltkarte. Die andere zeigte einen Akrobaten, der sich zu einem jeweils anderen Buchstaben verkrümmte, darunter ein kurzer Reim. Ich hatte Maynard mit seinem Hauslehrer aus diesen Karten lesen hören. Mit wenigen flüchtigen Blicken und ein paar Minuten der Konzentration hatte ich sie mir eingeprägt, eigentlich nur, weil mir die dummen Sprüche so gut gefielen. Jetzt nahm ich die Karten vom Tisch und wandte mich an Alice Caulley.

»Mrs. Caulley, würden Sie bitte mischen, Ma'am?«

Leicht schwankend beugte sie sich vor, nahm die Karten in ihre Hände und mischte. Anschließend fragte ich sie, ob sie so freundlich sein wolle, mir die Karten zu zeigen. Nachdem sie das getan hatte, gab ich sie zurück und bat sie, die Karten falsch herum, aber in beliebiger Reihenfolge auf den Tisch zu legen. Ich beobachtete ihre Hände, bis der kleine Beistelltisch mit Miniaturweltkarten bedeckt war.

»Und was jetzt, Junge?«, fragte sie misstrauisch.

Ich bat sie, eine Karte aufzuheben und jemandem ihrer Wahl zu zeigen, nur mir nicht. Nachdem sie das getan hatte, drehte sie sich mit hochgezogenen Brauen zu mir um. Ich sagte: »Ach, es tut so weh, also hilft er mit dem Buchstaben ›E‹.«

Während Skepsis der Neugier wich, sanken ihre Brauen ein wenig und näherten sich wieder ihrer natürlichen Position. »Noch mal«, sagte sie, griff sich eine andere Karte und zeigte sie diesmal mehr Leuten. Ich sagte: »Da steht er, gekrümmt und verdreht, ein ›S‹ zu formen, sofern es nur geht.«

Und der Neugier folgte ein schwaches Lächeln. Ich merkte, wie die Anspannung im Raum ein wenig nachließ. Sie nahm sich noch eine Karte, zeigte sie, und ich sagte: »Er muss sich kräftig bücken, soll das ›C‹ ihm glücken.«

Da lachte Alice Caulley, und als ich zu meinem Vater blickte, sah ich sein dünnes, schmallippiges Lächeln. Die übrigen Bediensteten dieses Abends standen noch in Habachtstellung, doch spürte ich, wie die Angst aus ihren stoischen Gesichtern wich. Alice Caulley langte immer wieder nach einer der Karten, drehte sie immer schneller um, aber ich hielt mit ihrem Tempo Schritt. »Beide Arme hoch in der Luft, als ob er den Buchstaben ›H‹ sucht.« ... »Hier sieht man den Buchstaben ›V‹, ich muss mich spreizen wie ein Pfau.«

Als wir mit dem Kartendeck durch waren, lachten alle und applaudierten. Der Mann in der Ecke schnarchte nicht länger, sondern fuhr auf und versuchte herauszufinden, was es mit diesem plötzlichen Lärm auf sich hatte. Kaum war der Beifall verklungen, schaute Alice Caulley mich an, eine Spur Boshaftigkeit in ihrem Lächeln. »Und was jetzt, Junge?«

Ich starrte sie an, länger, als es sich für einen Verpflichteten gehörte, und nickte dann. Ich war erst zwölf, war mir dessen, was ich als Nächstes vorführen wollte, aber ganz sicher, einen Trick, den ich auf der Straße schon oft erprobt hatte. Da ich nun das Vertrauen der Gäste besaß, bat ich sie, sich in einer Reihe an der Wand des Salons aufzustellen. Zuerst ging ich zu Edward Mackley, der seine blonden Locken nach hinten gebunden trug wie eine Frau, und forderte ihn auf, von dem Augenblick zu erzählen, in dem ihm zum ersten Mal bewusst geworden sei, dass er sich in seine Frau verliebt habe. Dann fragte ich Armatine Caulley, Alices Kusine, welcher Platz ihr auf der ganzen Welt der liebste sei, und ging zu Morris Beacham, um ihn zu bitten, mir von seiner ersten Fasanenjagd zu erzählen. Ich ging die ganze Reihe ab, bis ich ein Bündel Geschichten in meinem Kopf trug, so viele, dass niemand sich mehr daran erinnern konnte, wer was gesagt hatte und welche Details sie enthalten hatten. Nur Mr. Fields, Maynards unwirscher Hauslehrer, lehnte ab. Dann jedoch ging ich die Reihe zurück und wiederholte jede einzelne Geschichte in allen Einzelheiten, dramatisierte sie und schmückte sie aus, und ich sah, wie der Hauslehrer an den Rand seines Sessels rutschte und seine Augen glänzten, so, wie die Augen aller anderen glänzten und wie es die der älteren Verpflichteten auf der fernen Straße stets getan hatten.

Jetzt verzogen sich sogar die ernsten Mienen der Kellner zu einem Lächeln. Ja, von allen Versammelten wahrte nur Mr. Fields das gewohnt unwirsche Äußere, sah man einmal vom Glanz in seinen zusammengekniffenen Augen ab. Es war spät geworden. Mein Vater begleitete die Gäste auf ihre Zimmer im weitläufigen alten Haus und hieß uns, dafür zu sorgen, dass es niemandem an etwas fehlte. Sobald alle Gäste versorgt waren, zogen wir uns erschöpft ins Labyrinth zurück und wussten, in wenigen Stunden würden unsere Pflichten erneut beginnen, da alle Gäste ein fertiges Frühstück erwarteten, sobald sie aufstanden.

Am Montag nach diesem Fest half ich Thena, die Wäsche vorzubereiten, als ich von Roscoe gerufen und zu meinem Vater in den Nebensalon geschickt wurde. Erst hastete ich auf mein Zimmer, wusch mich, zog mir die Hauslivree an und eilte dann die Hintertreppe hinauf, die zum Hauptflur führte, um dort auf meinen Vater zu stoßen, als hätte er auf mich gewartet. Hinter ihm sah ich Maynard an einem Tisch im Nebensalon sitzen; ein Herr stand vor ihm. Dieser Herr war Mr. Fields, der Maynard dreimal die Woche unterrichtete. Sein Gesicht zeigte einen Ausdruck bekümmerter Verzweiflung, Maynards Miene wirkte leidgeprüft.

Mein Vater lächelte mich an, was aber nichts über den Blick aussagte, mit dem er mich betrachtete, konnte mein

Vater doch auf vielerlei Weise lächeln – missvergnügt oder gelangweilt, schockiert oder erstaunt –, ja, er lächelte so oft, dass es schwerfiel, ihn zu deuten; das Lächeln aber, das ich an diesem Morgen sah, kannte ich, denn es war das gleiche Lächeln, das ich erst vor wenigen Monaten gesehen hatte, unten nahe der Straße, bei den Feldern, als er mir die Kupfermünze zuschnippte.

»Guten Morgen, Hiram«, sagte er. »Wie geht es dir?«

»Bestens, Sir«, erwiderte ich.

»Gut, gut«, sagte er. »Hiram, ich möchte, dass du einige Augenblicke mit Mr. Fields verbringst. Würdest du das für mich tun?«

»Ja, Sir.«

»Ich danke dir, Hiram.«

Und dann schaute mein Vater, immer noch lächelnd, Maynard an und sagte: »Komm, Junge.«

Als Maynard aufstand, bemerkte ich, wie sich Erleichterung in seinem Gesicht breitmachte. Er sah mich nicht an, als er mit meinem Vater aus dem Zimmer ging. Wir beide, Maynard und ich, standen uns zu dieser Zeit unseres Lebens ziemlich fern und tauschten nur Banalitäten aus, ohne je anzuerkennen, was wir füreinander waren.

Mr. Fields redete mit einem Akzent, den ich nie zuvor gehört hatte, doch stellte ich mir gleich vor, er könnte aus jenem Natchez stammen, von dem die Älteren so oft redeten.

»Vorgestern«, sagte er, »das war ein wirklich beeindruckender Trick.« Ich nickte stumm, da ich mir noch nicht sicher war, worauf er hinauswollte. Es gab Strafen für Verpflichtete, die lesen lernten, weshalb mir jetzt der Gedanke kam, mein »Trick« könnte für einige Empörung gesorgt haben. Dabei hatte das nichts mit Lesen zu tun, denn lesen konnte ich nicht. Ich hatte mir nur gemerkt, was Maynard stotternd vorlas, und es mit den Karten abgeglichen, die verstreut auf dem Tisch lagen. Mr. Fields wusste allerdings nichts davon, und ich war mir nicht sicher, wie und ob überhaupt ich es ihm erklären sollte.

Er musterte mich einen Moment lang, dann zückte er einen Satz regulärer Spielkarten und gab sie mir.

»Schau sie dir an.«

Ich zog eine Karte nach der anderen vom Stapel, nahm mir die Zeit, sie einzeln zu betrachten, und legte die Stirn in Falten, allerdings eher, um Mr. Fields zu beeindrucken, und nicht, weil ich mich wirklich anstrengen musste. Sobald ich fertig war, sagte Mr. Fields: »Jetzt leg jede Karte verdeckt auf den Tisch.«

Das ergab vier Reihen von jeweils dreizehn Karten. Dann nahm Mr. Fields eine nach der anderen auf, sodass nur er sie sehen konnte, und bat mich, Wert und Farbe zu nennen. Das tat ich bei jeder einzelnen Karte. Mr. Fields' Miene hellte sich nicht auf.

Anschließend langte er in seine Tasche und holte eine Schachtel heraus. Als er sie öffnete, sah ich, dass sie eine Sammlung runder, kleiner Elfenbeinscheiben enthielt, in jede war ein Gesicht, ein Tier oder ein Symbol geschnitzt. Er legte die Scheiben mit der Vorderseite nach oben aus, forderte mich auf, sie mir eine Minute lang anzusehen, um sie dann umzudrehen, sodass nur mehr ihre blanke Rückseite zu sehen war. Anschließend bat er mich, die Scheibe mit dem Porträt des alten, langnasigen Mannes zu finden, das hübsche Mädchen mit dem langen Lockenhaar oder den Vogel auf einem Ast, und es war, als hätte er sie nie umgedreht, als lägen sie offen vor mir.

Zum Schluss zog Mr. Fields einen Bogen Papier aus seiner Mappe, danach ein Buch mit Zeichnungen. Er blätterte zum Bild einer Brücke vor, bat mich, sie mir anzusehen, mich darauf zu konzentrieren, und nach einer Minute schloss er das Buch, gab mir einen Stift und trug mir auf, die Brücke zu zeichnen. Ich hatte dergleichen noch nie versucht und wusste nicht genau, worauf Mr. Fields hinauswollte, wusste aber durchaus, dass es den Oberen missfiel, wenn Verpflichtete allzu stolz wirkten, es sei denn, ihre Oberen konnten diesen Stolz für ihren Profit nutzen. Also tat ich verwirrt und als verstünde ich nicht recht, was von mir verlangt wurde. Mr. Fields wiederholte sich und sah dann zu, wie ich den Stift nahm, zögerlich erst, und meine Zeichnung begann. Ich blickte auf und tat, als müsste ich mich mühsam an das Bild erinnern, unnötigerweise, denn mir war, als sähe ich die Brücke direkt vor mir auf dem weißen Blatt und bräuchte nur die Konturen nachzuzeichnen, um sie deutlich zu machen. Also fuhr ich mit dem Stift den steinernen Bogen lang, die kleine Öffnung an der rechten Seite, die Krone über dem Bogen, den Felsvorsprung im Hintergrund und die baumbestandene Schlucht, über die sich die Brücke spannte. Als Mr. Fields das sah, bekam er große Augen. Er erhob sich, richtete seine Jacke, nahm das Blatt, bat mich zu warten und ging nach draußen.

Mr. Fields kehrte mit meinem Vater zurück, der aus seinem Repertoire an Lächeln eines wählte, das verriet, wie zufrieden er mit sich war.

»Hiram«, sagte mein Vater, »würdest du gern regelmäßig mit Mr. Fields zusammenarbeiten?« Ich blickte zu Boden und tat, als ließe ich mir die Frage durch den Kopf gehen. Das musste ich, denn ich spürte, wie sich vor mir ein breiter, in

helles Licht getauchter Weg öffnete. Nur wollte ich nicht übereifrig wirken. Lockless war immer noch Virginia – gar der In-
begriff von Virginia. Noch konnte ich mir nicht eingestehen,
wie viel mir dieser Moment bedeutete.

»Soll ich, Sir?«, fragte ich.

»Ja, Hiram«, antwortete mein Vater. »Ich finde, du solltest.«

»Dann gern, Sir. Ich will.«

Und so begann der Unterricht – Lesen, Rechnen, ein bisschen
Rhetorik –, meine Welt erblühte, mein gefräßiges Gedächtnis
füllte sich mit Bildern und schließlich mit Wörtern, die so viel
mehr waren, als ich zuvor vermutet hatte, Wörter von je eigener
Gestalt, eigenem Rhythmus, eigener Farbe, Wörter, die selbst
Bilder waren. Mit Mr. Fields traf ich mich dreimal die Woche
für eine Stunde, mein Unterricht folgte stets dem von Maynard,
und auch wenn ich wusste, dass Mr. Fields sich große Mühe
gab, sich nichts anmerken zu lassen, sah ich stets die Erleichterung in seinem Blick, wenn Maynard ging und ich eintrat.
Diese Momente wurden mir nicht nur Anlass zu einigem Stolz,
sondern auch zu leiser Verachtung – ich war besser als Maynard,
hatte so wenig und machte so viel mehr daraus.

Er war unbeholfen und kniff ständig die Augen zusammen,
als suchte er immerzu nach einem Halt. Er war nachlässig und
unhöflich. Hatte mein Vater Gäste zum Tee, dachte Maynard
sich nichts dabei, einfach hereinzuplatzen und über alles zu reden, was ihn gerade beschäftigte. Er scherzte gern, und das war
seine angenehmste Seite –, doch selbst diese Eigenschaft geriet
ihm zum Nachteil, wenn er etwa den jungen Töchtern der Oberen dreckige Witze erzählte. Beim Abendessen langte er nach
dem Brot quer über den Tisch, und er redete mit vollem Mund.

Ich war mir sicher, dass mein Vater ihn genauso sah, und ich fragte mich, wie falsch es einem vorkommen musste, wenn man merkte, wie das Beste von einem selbst auf diese Weise zum Vorschein kam, dort, wo man nicht damit gerechnet hatte, ja, genau dort, wo es sich – in der eigenen Welt – auf keinen Fall zeigen durfte.

Ich versuchte, die Straße nicht zu vergessen und Thenas Mahnung: *Die sind nicht deine Familie*. Doch wenn ich jetzt das Gut sah – sanfte grüne Hügel im Sommer, rotgolden schimmernde Wälder im Hebst, im Winter alles von Schnee besprenkelt – und wenn ich, obwohl ich unten wohnte, das Herrenhaus von Lockless sah, die großen Säulen des Portikus, das durch die Lünette fallende Licht der untergehenden Sonne, wenn ich die gewundenen Flure sah und die großen Porträts meines Großvaters und meiner Großmutter, meine Augen in den ihren wiedererkannte, dann begann ich in stillen Momenten, mir auszumalen, dass ich einer von ihnen war. Und dann war da noch mein Vater, der mich zur Seite nahm und mir von unseren Vorfahren erzählte, unserer Abstammung, die von seinem Vater John Walker bis zurück zum Urahn Archibald Walker reichte, der mit einem Muli, zwei Pferden, seiner Frau Judith, zwei kleinen Jungen und zehn Verpflichteten hergewandert war. Er erzählte mir diese Geschichten, als sollten mir diese verstreuten Bemerkungen einen verlockenden Ausblick auf mein Erbe gewähren. Und ich vergaß nichts.

Es gab Abende, an denen ich, nach der Arbeit, zum östlichsten Rand des Anwesens ging, vorbei an Wiesen mit Timotheegras und Klee, um ehrfürchtig vor dem Steinmonument zu verharren, das jenen Ort markierte, an dem die ersten Flächen der künftigen Plantage gerodet worden waren. Und wenn mein Vater mir die von seinem Großvater überlieferten Geschichten erzählte, davon, wie sie Berglöwen vertrieben, Bären mit dem Bowiemesser gejagt, große Bäume gefällt, Steine fortgeräumt und Flussläufe verlegt hatten, um mit eigener Hand jenen Besitz zu schaffen, den ich nun vor mir sah, wie hätte ich sie da nicht als mein Erbe einfordern wollen, all diese mit Mut und Scharfsinn und von starken Armen geschaffene Pracht?

Trotz dieser Fantastereien wurden aber auch die Fakten über Lockless immer deutlicher. Natürlich gab es da die Geschichten von Pete und Ella, die Natchez und Baton Rouge heraufbeschworen. Es gab die Tragödie von Big John, die von meiner Mutter. Zu alldem aber fügte ich hinzu, was ich nun, allein gelassen im Büro meines Vaters, aus der gelegentlichen Lektüre der *De Bow's Review* erfuhr, in der immerzu über die fallenden Tabakpreise geklagt wurde, und dazu das, was mir die Gespräche der Oberen verrieten. Es war der Tabak, der den Wohlstand von Lockless ermöglichte, ja, den Wohlstand von ganz Elm County, nur sank der Tabakertrag jedes Jahr, und damit sanken auch die Einnahmen der reichen Familien Virginias. Die Zeiten, in denen es Tabakblätter groß wie Elefantenohren gegeben hatte, waren vorbei, zumindest für Elm County, wo Ernte um Ernte das Land auslaugte. Weiter im Westen, jenseits des Tales und der Berge, an den Ufern des Mississippi, runter nach Natchez, da gab es noch Land, das verbessert werden wollte, das Vorarbeiter brauchte und Männer zum Hacken und Ernten, Männer wie jene auf den immer karger werdenden Feldern von Lockless.

»Haben sich früher geschämt, wen zu verkaufen«, hörte ich Pete einmal sagen, als ich in der Küche arbeitete.

»Mit der Ernte im Sack schämt es sich leichter«, antwortete Ella. »Kannst du dir als Sandbauer nicht leisten.«

Das waren die letzten Worte, die ich je von ihr hörte. Eine Woche später war sie fort.

Meine unbedarfte Art, all dies zu verstehen, war einzigartig, eine Ahnung, dass nicht der Ackerboden das Schicksal von Lockless besiegelte, sondern jene, die das Land verwalteten. Maynard wurde so für mich zu einem empörenden Exempel seiner ganzen Klasse. Ich beneidete sie. Ich verabscheute sie.

Während ich mich mit dem Haus vertraut machte und lesen lernte, sah ich die Oberen öfter und begriff, so, wie die Arbeiter auf den Feldern der Motor des Ganzen waren, so wäre auch das Haus ohne jene verloren, die darin ihre Arbeit verrichteten. Wie alle Plantagenbesitzer hatte auch mein Vater eine ganze Maschinerie geschaffen, um diese Schwäche zu vertuschen, um zu verbergen, wie sehr sie auf uns angewiesen waren. Der Tunnel, durch den ich das Haus zum ersten Mal betreten hatte, war der einzige Eingang, den wir Verpflichtete benutzen durften, und zwar nicht bloß, um das Hochgefühl der Oberen nur ja nicht zu trüben, sondern auch, um uns zu verstecken, war der Tunnel doch nur eines von vielen technischen Wundern, die den Eindruck weckten, Lockless würde von einer unsichtbaren Energie angetrieben. Es gab Aufzüge, mit denen das üppige Abendessen wie aus dem Nichts serviert wurde; Hebel, die wie durch Zauberei genau die richtige, tief im Innern des Herrenhauses versteckte Flasche Wein hervorholten; Pritschen, verborgen unter den Himmelbetten der Schlafgemächer, denn jene, die das Nachtgeschirr leerten, durften noch weniger zu sehen sein als die Töpfchen selbst. Die magische Wand, die an meinem ersten Tag vor mir beiseite

51

glitt und so die Glitzerwelt des Hauses freigab, verbarg auch jene Hintertreppe, die hinab ins Labyrinth führte, in den Maschinenraum von Lockless, den nie ein Gast zu Gesicht bekam. Und wenn wir, etwa während der Soireen, uns in den offiziellen Räumen des Hauses blicken ließen, hatten wir so ansprechend gekleidet und gepflegt zu sein, dass man meinen konnte, wir wären gar keine Sklaven, sondern mystische Ornamente, Bestandteil des Charmes dieses Hauses. Nun aber kannte ich die Wahrheit – dass Maynards Dummheit zwar ziemlich ausgeprägt, aber auch nichts Besonderes war. Die Oberen konnten kein Wasser zum Kochen bringen, kein Pferd satteln, noch wussten sie, ohne unsere Hilfe ihre eigenen Schubladen zu öffnen. Wir waren besser als sie – mussten es sein. Buchstäblich den Tod bedeutete jeder Müßiggang für uns, dem der ganze Ehrgeiz ihres Lebens galt.

Da kam mir der Gedanke, dass auch mein eigener Scharfsinn nichts Besonderes war, denn worauf auch immer der Blick in Lockless fiel, bewunderte man unwillkürlich das Genie derer, die es geschaffen hatten – das Genie jener, deren Hände die Säulen des Portikus gemeißelt hatten, das Genie jener, deren Lieder selbst in den Weißen größte Freude und tiefsten Schmerz zu wecken vermochten, das Genie der Männer, die zu ihren Tänzen die Geigensaiten wimmern und tirilieren ließen, das Genie jener, die für das Aromabouquet der Speisen verantwortlich waren, die aus der Küche hochgebracht wurden, das Genie in all unseren Verlorenen, das Genie von Big John. Das Genie meiner Mutter.

Ich stellte mir vor, man würde eines Tages den Anteil der Oberen in mir würdigen, um mich dann, vielleicht, weil ich verstand, wie das Haus funktionierte und wie es auf den Feldern, aber auch in der weiten Welt zuging, als wahren Erben, als *rechtmäßigen Erben* von Lockless anzuerkennen. Mit meinem breit gefächerten Wissen würde ich dafür sorgen, dass der Tabak auf den Feldern wieder wuchs, was uns vor allen Auktionen und Trennungen bewahren sollte, davor, in die Finsternis von Natchez gesandt zu werden, denn Natchez war der Sarg, der, das wusste ich, unter Maynards Herrschaft auf uns alle warten würde.

Eines Tages lief ich die Hintertreppe hinauf zu meinem Unterricht mit Mr. Fields, und ich war aufgeregt, hatten wir doch gerade unser Studium der Astronomie begonnen, der Sternenkarten, angefangen mit Ursa Major; und in der folgenden Stunde sollte ich mehr darüber erfahren. Doch als ich ins Arbeitszimmer kam, wartete da nicht Mr. Fields auf mich, sondern mein Vater.

»Hiram«, sagte er. »Es ist an der Zeit.« Bei diesen Worten überfiel mich Todesangst. Seit einem Jahr nahm ich jetzt Unterricht bei Mr. Fields, und ich fragte mich, ob ich nur gemästet worden war, um nun auf jenen Weg geschickt zu werden, den Ella hatte gehen müssen. Vielleicht hatte man meine Gedanken gehört und in meinen Augen verschwommen die Träume von einer Machtübernahme gesehen. Vielleicht hatte irgendwer auch selbst eins und eins zusammengezählt und begriffen, dass mein Lernen nur mit einem Putsch enden konnte.

»Ja, Sir«, antwortete ich, ohne zu wissen, wofür es jetzt an der Zeit war. Hinter meinen Lippen biss ich die Zähne zusammen und versuchte, mir die Angst nicht anmerken zu lassen, die in meinem Gedärm pulsierte.

»Als ich dich unten bei den Feldern sah und dann deine

Partytricks, da wusste ich, in dem Jungen steckt was, etwas, das niemand sonst sieht. Du hast ein gewisses Talent, eines, von dem ich glaube, dass es nützlich sein könnte, denn dies sind keine Zeiten blühenden Wohlstandes mehr, und wir brauchen hier oben im Haus jedes Talent, dessen wir habhaft werden können.«

Ich sah ihn ausdruckslos an, verbarg meine Verwirrung, nickte nur und wartete darauf, dass klarer wurde, worauf er hinauswollte.

»Es ist an der Zeit, dass du dich um Maynard kümmerst. Ich werde nicht ewig leben, und er braucht einen guten Diener – einen wie dich, der sich ein bisschen auf den Feldern auskennt, ein bisschen im Haus und der sogar was über die große weite Welt weiß. Ich habe dich beobachtet, Junge, und mir ist aufgefallen, dass du niemals etwas vergisst. Trag meinem Hiram was auf, und es ist so gut wie erledigt. Solche wie dich gibt es selten, nur wenige haben deine Qualitäten.«

Und jetzt blickte er mich an, und seine Augen schimmerten ein wenig.

»Die meisten Leute in dieser Gegend würden einen Jungen wie dich auf den Block stellen. Brächtest ein Vermögen ein, weißt du. Nichts ist wertvoller als ein Neger mit Grips, aber so bin ich nicht. Ich glaube an Lockless. Ich glaube an Elm County. Ich glaube an Virginia. Es ist unsere Pflicht, unser Land zu retten: Das Land, das mein Großvater der Wildnis abgerungen hat, soll nie wieder der Wildnis anheimfallen. Verstehst du?«

»Ja, Sir.«

»Es ist unsere Pflicht. Unser aller Pflicht, Hiram. Und sie beginnt hier. Ich brauche dich, Junge. Maynard braucht dich an seiner Seite, und es ist deine große Ehre, diesen Platz einnehmen zu dürfen.«

»Danke, Sir.«

»Schon gut«, sagte er. »Du fängst morgen an.«

Und so fand mein Unterricht an dem Tag ein Ende, als mir sein Zweck offenbart wurde. Ich bekam Maynard zugewiesen, wurde für die nächsten sieben Jahre der persönliche Diener meines Bruders. Heute mag es seltsam klingen, aber die Beleidigung, die dies bedeutete, war mir nicht gleich bewusst. Sie nahm erst langsam, aber unerbittlich über jene Jahre Gestalt an, in denen ich Maynard in seinem Verhalten beobachtete. Und davon hing so viel ab – das Leben derer, die ich auf der Straße zurückgelassen hatte, aber auch derer, die unter diesem gleißenden, verfallenden Palast wohnten; das Leben dieser vielen Menschen hing davon ab, dass Maynard zu einem kompetenten Verwalter heranwuchs, so ungerecht das gesamte Konstrukt auch sein mochte. Doch dafür war Maynard nicht der richtige Mann.

All das brach am Abend vor dem schicksalhaften Renntag über mich herein. Ich war neunzehn. Ich saß im Arbeitszimmer meines Vaters im zweiten Stock, hatte seine Korrespondenz in die Fächer des Mahagonisekretärs eingeordnet und war unter den Silberarmen der Argandlampe ganz in die neuste Ausgabe der *De Bow's Review* vertieft. Ich staunte darüber, wie in dieser Ausgabe Oregon Country beschrieben wurde, eine Region, die ich bislang nur von den wahllos über das Haus verteilten Landkarten gekannt hatte, die mir auf diesen Seiten aber als ein wahres Paradies nahegebracht wurde, als ein Land der Berge und Täler, von Jagdwild wimmelnder Wälder und mit einer Erde so schwarz, dass darin praktisch alles gedieh.

Ich erinnere mich noch an die Worte, die mich stutzen ließen: »Falls es das Land der Freiheit, des Wohlstands und Reichtums überhaupt gibt, dann hier.« Ich stand auf. Ich schloss die Zeitschrift. Ich lief auf und ab. Ich schaute aus dem Fenster weit über den Fluss Goose hinweg und sah im Süden die Three Hills, schwarze, in der Ferne aufragende Riesen. Ich verbrachte einige Minuten damit, mir einen Kupferstich an der Wand anzuschauen. Ein angeketteter Cupido und eine lachende Aphrodite.

Und dann dachte ich an Maynard, meinen Bruder, dessen blondes Haar lang und widerspenstig geworden war, der Bart ein Gewirr schütterer Moosflecken. Das Erwachsenwerden hatte ihn weder Anstand noch gesellschaftlichen Umgang gelehrt. Er spielte und trank zu viel, weil er es konnte. Er schlug sich auf den Straßen, denn wie sehr er auch verprügelt wurde, niemand konnte ihn von seinem Thron prügeln. Er verlor ein Vermögen in den Armen irgendwelcher Dirnen, und die Arbeit der Verpflichteten – manchmal auch deren Verkauf – deckte, was er verprasste. Noch in Elm lebende Familie, die auf Besuch kam, sprach oft von Lockless' Schicksal, und wenn Maynard sich außer Hörweite befand, hörte ich sie seinen Namen verfluchen und die verschiedensten Pläne spinnen, wie sich ein anderer Erbe finden ließe, der den Familienbesitz führen könnte. Doch es gab keinen anderen Erben, denn als diese Verwandten die Erbfolge der Walkers durchgingen, stellten sie fest, dass alle aus Maynards Generation dorthin gezogen waren, wo das Land noch ergiebig und fruchtbar war. Virginia war alt. Virginia war die Vergangenheit. Virginia war dort, wo die Erde starb und der Tabak darbte. Und da es keinen brauchbaren Erben gab, musterten die Oberen Walker Lockless mit Sorge.

Mein Vater verfolgte seine eigenen Pläne – besorge für Maynard eine begabte, passende Partnerin und beteilige so eine weitere Familie an dem Bemühen, Lockless zu retten. Überraschenderweise fand er sie in Corrine Quinn, der vielleicht reichsten Frau in ganz Elm County, die von ihren verstorbenen Eltern ein Vermögen geerbt hatte. Unter den Verpflichteten kursierten Gerüchte darüber, wie sie zu diesem Erbe gekommen war, Gerüchte darüber, auf welche Weise Corrine Quinns Eltern ihr Ende gefunden hatten, die Oberen aber glaubten, sie sei Maynard in jeder Weise überlegen. Nur brauchte Corrine unbedingt einen Mann, denn in Virginia galt noch das Gesetz der Gentlemen, was bedeutete, dass es Orte gab, an die sie nicht gehen, Geschäfte, die sie nicht abschließen konnte. Also brauchten diese beiden einander – Maynard eine kluge Partnerin, um Land und Besitz zu retten, Corrine einen Gentleman, der ihre Interessen vertrat.

Erschüttert und verstört verließ ich an diesem Abend das Arbeitszimmer und lief ziellos durchs Haus, bis ich mich an der Schwelle zum Salon wiederfand, von wo aus ich den Feuerschein im Kamin und Maynard im Gespräch mit meinem Vater sehen konnte. Sie unterhielten sich über Edwin Cox, den Patriarchen einer der ältesten und geschichtsträchtigsten Familien des Landes. Letzten Winter war er aus dem Haus gegangen und von einem mächtigen Blizzard überrascht worden, der an ebendiesem Morgen über die Berge zog und im gesamten County wütete. Irgendwie musste Cox sich verirrt haben, und so fand man ihn am nächsten Tag steif gefroren, nur wenige Schritte vor dem Haus seiner Vorväter. Ich verharrte im Schatten vorm Salon und lauschte.

»Es hieß, er sei nach draußen gegangen, um nach seinem Pferd zu sehen«, sagte mein Vater. »Er hat das verdammte Biest geliebt, doch als er vor die Tür trat, konnte er den Stall nicht von der Räucherkammer unterscheiden. Ich bin am selben Tag auf unsere Veranda gegangen, und der Wind, mein Gott, ich sage dir, ich konnte die Hand nicht vor Augen sehen.«

»Warum hat er nicht seinen Burschen geschickt?«, fragte Maynard.

»Er hatte im Sommer zuvor fast alle freigelassen. Brachte sie rauf nach Baltimore – gibt da oben wohl Verwandte – und hat sie dann sich selbst überlassen. Die armen Narren. Glaub nicht, dass die auch nur eine Woche überlebt haben.«

Da sah Maynard mich an der Tür stehen.

»Was hängst du da rum, Hi?«, fragte er. »Komm rein und leg Holz nach.«

Ich betrat den Salon und sah zu meinem Vater hinüber, der mich betrachtete, wie er es in diesen Tagen oft tat – so als schwankte er zwischen zwei Ansichten und könnte sich nicht entscheiden, welcher er Wort verleihen sollte. Für mich hatte er sich ein ganz bestimmtes Lächeln angewöhnt – ein nur angedeutetes, zur makabren Grimasse erstarrtes Lächeln. Ich bezweifle, dass er wusste, wie finster er aussah. Howell Walker war kein Mann, der zum Nachdenken neigte, sosehr er auch glauben mochte, einer sein zu sollen, schließlich war er in jene Generation hineingeboren worden, die sich die revolutionären Gelehrten der Zeit ihrer Großväter zum Vorbild genommen hatte – Franklin, Adams, Jefferson und Madison. Überall auf Lockless fanden sich Instrumente der Wissenschaft und Zeugen der Entdeckungen – große Weltkarten, elektrostatische Generatoren, ja, auch die Bibliothek gehörte dazu, die mir so oft Zuflucht bot. Allerdings wurden die Karten nur selten zurate gezogen, die Gerätschaften meist bloß auf Partys vorgeführt, und falls die Bände in der Bibliothek aufgeschnitten waren, dann von meinen Händen. Die Lektüre meines Vaters beschränkte sich auf Nützliches – *De Bow's Review, The Christian Intelligencer* oder *The Register*. Bücher waren für ihn eine Modeerscheinung, Stammbaum und Status geschuldet, hoben sie ihn doch von den niedren Weißen des County mit ihren Lehmhütten ab, deren kargen Mais- und Weizenfeldern. Was aber bedeutete es, mich, einen Sklaven, träumend zwischen diesen Büchern anzutreffen?

Mein Vater hatte später als üblich eine Familie gegründet. Jetzt war er in seinem siebzigsten Jahr und verlor seinen Elan. Die blauen Augen, ihr Blick früher so intensiv und wachsam, wurden längst von Tränensäcken und einem Kranz Krähenfüßen umlagert. Augen, die so viel verrieten – aufblitzenden Zorn, warmherzige Freude, tiefe Trauer –, aber all das hatte mein Vater verloren. Ich glaube, er ist einmal ein attraktiver Mann gewesen. Vielleicht wünschte ich mir das auch nur. Doch habe ich von jenem Tag nicht allein die verloren blickenden Augen, sondern auch die tiefen Sorgenfalten in Erinnerung, das nur nach hinten gestrichene, aber nicht gekämmte Haar, die drahtigen, in alle Richtungen abstehenden Bartstoppeln. Er trug noch immer die würdevolle Kleidung eines Gentlemans, die seidenen Strümpfe, die vielen Schichten – Unterhemd, Hemd, farbenfrohe Weste und schwarzen Gehrock –, doch war er der Letzte seiner Art, und der nahende Tod stand ihm ins Gesicht geschrieben.

»Das Rennen morgen, Daddy«, sagte Maynard. »Da zeig ich's ihnen. Mit diesem Pferd, mit Diamond, werde ich's ihnen beweisen; ich setze alles auf den Gaul, und der wird das ganze Feld hinter sich lassen.«

»Du brauchst denen gar nichts zu beweisen, May«, sagte mein Vater. »Die sind unwichtig. All das, worauf es ankommt, ist direkt vor deiner Nase.«

»Zum Teufel auch«, stieß Maynard in aufflammender Wut hervor. »Der Mann hat mich aus dem Jockey-Klub geworfen und die Waffe auf mich gerichtet. Denen zeig ich's. Ich nehme die Millenium-Kutsche und erinnere sie daran …«

»Vielleicht solltest du das lieber nicht tun. Vielleicht solltest du dem allen besser aus dem Weg gehen.«

»Ich fahre hin. Und verfluche sie. Irgendwer muss schließlich für den Namen Walker einstehen.«

Mit einem kaum hörbaren Seufzer wandte mein Vater sich vom Feuer ab.

»Ja, fürwahr«, sagte er. »Ich glaube, morgen wird ein besonderer Tag.«

Trotz der Schatten sah ich, wie mein Vater, erschöpft von der Starrköpfigkeit seines erstgeborenen Sohnes, mir einen gequälten Seitenblick zuwarf, um dann an seinem Bart zu zupfen, eine Geste, die ich verstand. »Pass auf deinen Bruder auf«, besagte sie, was ich wusste, weil ich sie mein halbes Leben lang immer wieder gesehen hatte.

»Sollten alles für morgen vorbereiten«, sagte Maynard. »Hi, sieh doch mal nach den Pferden.«

Ich lief die Treppe hinab ins Labyrinth, dann durch den Tunnel nach draußen, kümmerte mich um die Pferde und kehrte auf demselben Weg ins Haus zurück. Maynard war fort, aber ich sah meinen Vater noch vor dem Feuer sitzen. Es war ihm zur Gewohnheit geworden, manchmal im Sessel einzuschlafen, bis Roscoe ihn weckte und fürs Bett zurechtmachte. Roscoe war nirgendwo zu sehen. Ich legte noch ein Scheit aufs Feuer.

»Lass es ausgehen, Hiram«, sagte mein Vater. »Ich bin müde.«

»Ja, Sir«, sagte ich. »Kann ich Ihnen noch was bringen?«

»Nein.«

Ich fragte, ob Roscoe noch komme.

»Nein, ich habe ihn früher entlassen.«

Roscoe hatte zwei kleine Jungen, die zehn Meilen westlich lebten, und bei jeder sich bietenden Gelegenheit ging er zu ihnen. Falls mein Vater in der entsprechenden Stimmung war, entließ er Roscoe früher, damit der ein paar zusätzliche Stunden mit seinen Söhnen verbringen konnte.

»Warum setzt du dich nicht einen Moment zu mir?«, fragte mein Vater.

Das war eine ungewöhnliche Aufforderung an einen Verpflichteten, wenn auch nicht so ungewöhnlich für uns beide, zumindest nicht in jenen Momenten, in denen wir allein waren; und solche Momente schien es mit jedem Tag öfter zu geben. Im vergangenen Jahr hatte mein Vater das halbe Küchenpersonal verkauft. Schmiede und Tischlerei standen leer. Carl, Emmanuel, Theseus und all die Männer, die dort ihre Arbeit verrichtet hatten, waren runter nach Natchez geschickt worden. Der Eiskeller wurde seit zwei Jahren nicht mehr genutzt. Eine einzige Magd, Ida, kümmerte sich ums ganze Haus, was bedeutete, dass es jene Ordnung, an die ich mich aus Kindertagen erinnerte, nicht mehr gab, mehr noch, es hieß, dass es das herzliche Lächeln von Beth nicht mehr gab, das Lachen von Leah oder die traurigen, leer dreinblickenden Augen von Eva. In der Küche arbeitete ein neues Mädchen, Lucille, die sich überhaupt nicht auszukennen schien und deshalb oft Maynards Zornausbrüche über sich ergehen lassen musste. Lockless begann, trostlos und grau zu wirken, was allerdings nicht allein auf Lockless zutraf, sondern auf alle Gutshäuser entlang des Goose, die ihren Lebensgeist verloren, als das Herz des Landes sich nach Westen verlagerte.

Ich setzte mich in den Sessel, den Maynard verlassen hatte, und einige Minuten lang sagte mein Vater kein Wort. Er starrte nur ins Feuer, das langsam erlosch, weshalb sein Gesicht allmählich zu einem blassgelben Streifen wurde.

»Du kümmerst dich doch um deinen Bruder, nicht wahr?«, sagte er.

»Ja, Sir.«

»Gut«, sagte er, »gut.«

Es folgte eine kurze Pause, ehe er weiterredete.

»Hiram, ich weiß, es ist mir nicht gestattet, dir viel zu geben«, sagte er. »Doch glaube ich, dass ich dank dessen, was mir zu geben erlaubt war, dafür sorgen konnte, dass jedermann weiß, wie viel ich von dir halte. Das ist nicht gerecht, ich weiß, ganz und gar nicht gerecht. Doch bin ich verdammt, in einer Zeit zu leben, in der ich mit ansehen muss, wie meine Leute fortgebracht werden, über die Brücke und weiß Gott, wohin.«

Wieder schwieg er und schüttelte dann den Kopf, erhob sich und ging zum Kaminsims, um das Lampenlicht aufzudrehen, sodass die Porträts und Elfenbeinbüsten unserer Vorväter im flirrenden Schatten des Salons nun heller beleuchtet wurden.

»Ich bin alt«, fuhr er fort. »Ich kann mich nicht mehr an diese neue Welt anpassen und werde mit dem alten Virginia untergehen. Mit den schwierigen Zeiten fertigwerden zu müssen wird daher Maynards Aufgabe sein, letztlich also deine. Du musst ihn retten, Sohn. Du musst ihn beschützen. Damit meine ich nicht nur am morgigen Renntag. Es kommt so viel auf ihn zu, auf uns alle; so viele Schwierigkeiten erwarten ihn; und Maynard, den ich über alles liebe, der ist dafür einfach nicht bereit. Pass auf ihn auf, Sohn. Pass auf meinen Jungen auf.«

Er schwieg und schaute mich direkt an. »Pass auf deinen Bruder auf, hörst du?«

»Ja, Sir.«

Wir blieben vielleicht noch eine halbe Stunde sitzen, bis mein Vater erklärte, er wolle sich zurückziehen. Ich wünschte ihm eine gute Nacht, um dann ins Labyrinth und auf mein Zimmer zu gehen. Ich saß auf dem Bettrand und dachte an den Tag, an dem mein Vater mich vom Feld zu sich gerufen hatte – an jenen Tag, an dem er lächelte und mir eine Kupfermünze zuschnippte. Alles in meinem Leben hatte sich in jenem Augenblick geändert. Und es hatte mich davor bewahrt zu sehen, wie schlecht es wirklich um uns stand. Nahezu jeder Verpflichtete in Lockless hätte sein Leben gern gegen meines getauscht. Und doch war es auch eine Last, ihnen so nahe zu sein, eine Last, vor der Thena mich zu warnen versucht hatte, mehr noch, eine erdrückende Last, mit eigenen Augen zu sehen, was all dieser Luxus für die Oberen wirklich bedeutete und wie viel sie uns tatsächlich nahmen.

In jener Nacht träumte ich, ich sei wieder auf den Tabakfeldern, sei mit den übrigen Verpflichteten draußen, und wir waren aneinandergekettet, und unsere Ketten hingen wiederum an einer langen Kette, an deren Ende Maynard stand, so gedankenverloren, dass er kaum merkte, dass er uns alle in der Hand hielt. Und ich sah mich um, und ich sah, dass wir alle alt geworden waren, dass ich ein alter Mann war, und als ich zurückschaute, war Maynard nicht mehr der junge Mann, den ich kannte, sondern ein Baby, das auf einem Bowlingrasen krabbelte, und dann sah ich, wie die Verpflichteten langsam vor mir verschwanden, wie ihre vertrauten Gesichter, ihre Leiber nach und nach verblassten, bis ich allein übrig blieb, ein alter, gefesselter Mann, gekettet an ein Baby. Und dann brach alles weg, die Kette, Maynard, das Feld selbst, und die Schwärze der Nacht hüllte mich ein. Und plötzlich ragten die schwarzen Äste eines Waldes vor mir auf, und ich war allein, fürchtete mich und hatte mich verirrt, bis ich zur silbernen Mondsichel aufsah, und aus der Schwärze des Himmels blinkte es zu mir herab, und im Gefunkel konnte ich Ursa Major ausmachen, den großen mystischen Bären, den die alten Götter dort oben versteckt hatten. Ich wusste das, weil Mr. Fields mir an unserem letzten gemeinsamen Tag eine Sternenkarte gezeigt hatte. Und wie ich die Hinterbeine des großen Bären betrachtete, sah ich noch etwas: das Zeichen meiner künftigen Tage, umhüllt von gleißendem, gespenstischem Blau, und dieses Zeichen war der Nordstern.

4

VERSTÖRT UND ZITTERND ERWACHTE ich aus diesem Traum. Ich setzte mich kurz in meinem Bett auf und legte mich dann wieder hin, fand aber keinen Schlaf mehr. Ich nahm den Steinkrug aus der Ecke, verließ den Tunnel, ging hinaus ins morgendliche Dunkel zum Brunnen, zog Wasser, füllte den Krug und lief durch die frische Herbstluft zurück ins Labyrinth.

Ich musste an meinen Traum denken. An all die Seelen, die mit mir angekettet gewesen waren und verschwanden, Seelen, zu denen eines Tages auch meine eigene Familie zählen mochte, wir alle in Maynards schlaffer Hand, um hierhin und dorthin gezerrt oder, je nach Laune, auch fallen gelassen zu werden. Es schmerzte mich. Ich war in einem Alter, da es für natürlich gehalten wurde, sich nach einer Frau umzuschauen, doch hatte ich verpflichtete Frauen gesehen, die verpflichteten Männern versprochen waren, und ich hatte gesehen, wie solche »Versprechen« eingehalten wurden. Ich erinnerte mich, wie diese jungen Paare einander umarmten, jeden Morgen, ehe sie ihren unterschiedlichen Arbeiten nachgingen, wie sie abends auf den Türstufen ihrer Hütten saßen und sich an den Händen hielten, wie sie kämpften und Messer zückten, wie sie sich lieber umbrachten, als ohne einander zu sein oder nach Natchez geschickt zu werden, das war schlimmer als der Tod, war die Hölle auf Erden, diese unerträgliche Qual, stets zu wissen, irgendwo in der Weite Amerikas lebte von einem getrennt der, den man am meisten liebte und den man in dieser gefesselten, gefallenen Welt nie wieder sehen würde. Solcherart war die Liebe, die Verpflichteten freistand, und es war diese Liebe, an die ich dachte, als es Zeit wurde, mich um Maynard zu kümmern – an Familien, die im Verborgenen und auf die Schnelle gegründet wurden, um dann, durch die flüchtige Geste einer weißen Hand, zu Staub zu zerfallen.

Ich verließ mein Quartier, ging durchs Labyrinth und kam an Sophias Zimmer vorbei, dessen Tür offen stand, weshalb ich sehen konnte, dass Sophia beim Licht einer Lampe strickte. Ich blieb an der Tür stehen und betrachtete ihr Profil – die schmale Nase, die sanft vorgewölbten Lippen, die widerspenstigen Haarsträhnen, die unter dem Tuch hervorlugten, das sie sich um den Kopf geschlungen hatte. Sie saß auf einem Schemel, den Rücken gerade wie eine Steinmauer, und das Licht der Lampe warf ihren Schatten auf den Flur, während ihre langen Spinnenarme mit zwei Nadeln hantierten, die das Garn zu etwas verknüpften, das noch keine erkennbare Form angenommen hatte.

»Kommst du, um dich zu verabschieden?«, fragte sie, was mich ein wenig erschreckte, da sie sich nicht umgedreht hatte und ihr Blick unverwandt auf das rätselhafte Etwas gerichtet blieb, das zwischen den beiden Nadeln hing. Ich murmelte irgendwas Vages, Wirres, woraufhin sie sich doch umdrehte; und ich sah, dass ihre wie Sonnentropfen glänzenden Augen aufleuchteten und die weichen Lippen sich zu einem warmherzigen Lächeln weiteten. Unter den Verpflichteten begegnete man Sophia mit einigem Misstrauen, da sie offenbar keiner Arbeit nachging. Sie strickte gern, und ich sah sie oft durch die Gärten und Obstwiesen spazieren und mit ihren Nadeln klappern, weshalb man meinen könnte, Stricken sei ihre einzige Beschäftigung. Dabei wusste es ganz Lockless besser. Sie gehörte Nathaniel Walker, meinem Onkel, dem Bruder meines Vaters. Und niemand machte sich Illusionen darüber, was es mit diesem Abkommen auf sich hatte. Falls ich noch irgendwelche Zweifel gehabt haben sollte, wurden die rasch beseitigt, als man mir auftrug, sie jedes Wochenende zu Nathaniels Anwesen zu fahren und auch wieder abzuholen.

So ein »Abkommen« war nichts Ungewöhnliches, war unter den männlichen Oberen sogar üblich. Irgendwas in Nathaniel aber wehrte sich dagegen, eine Mätresse zu haben, selbst wenn er sie zu sich bestellte. Und wie die Speisenaufzüge und geheimen Korridore, mit deren Hilfe die Oberen ihren Raub verschleierten, sorgte Nathaniel dafür, dass es aussah, als würde er nichts nehmen, obwohl er sich etwas nahm, ließ es aussehen, als wäre Raub eine Wohltätigkeit. Also befahl er Sophia, im Labyrinth auf der Plantage seines Bruders zu leben. Und er bestand darauf, dass sie sich wie eine hochherrschaftliche Dame anzog, wenn sie ihn besuchte, doch musste sie, wenn sie zu ihm kam, den Hintereingang benutzen. Er kontrollierte, wer sie auf der Plantage besuchte, und ließ unter der Belegschaft des Labyrinths verbreiten, dass sie unter seiner Beobachtung stehe, um Verpflichtete abzuschrecken, weshalb sich die Männer von Sophia fernhielten, alle, nur ich nicht.

»Bist du gekommen, um dich zu verabschieden, Hiram?«, fragte sie erneut.

»Nein, ähm, eigentlich, um dir einen Guten Morgen zu wünschen«, sagte ich und bekam mich langsam wieder in den Griff.

»Ach so, na dann, guten Morgen, Hi«, sagte sie, um sich von mir ab- und dem Strickzeug wieder zuzuwenden.

»Entschuldige, ich fürchte, ich hab die Reihenfolge durcheinandergebracht«, fuhr sie fort. »Das Komische ist nämlich, dass ich, kurz bevor du gekommen bist, an dich denken musste, an dich, an den jungen Herrn, an das Rennen und dass ich froh bin, nicht hinzumüssen. Hab mich im Kopf länger mit dir unterhalten, und es war, als wie wenn du hier bei mir gewesen wärst. Als ich dich dann tatsächlich in der Tür stehen sah, ist es mir vorgekommen wie das Ende von etwas.«

»Mhmm«, sagte ich und fühlte mich kaum imstande, ein vernünftiges Wort hervorzubringen. Ich fürchtete mich vor dem, was ich sagen könnte, und musste an den Traum der letzten Nacht denken – an jenen Traum, in dem wir alt wurden, während Maynard jung blieb und uns alle an der Kette hielt.

Sie seufzte, als ärgerte sie sich über sich selbst, und sagte: »Kümmere dich gar nicht um mich.«

Dann blickte sie wieder zu mir auf, und mit einem Mal schien sie zu begreifen. »Also schön«, sagte sie. »Bin jetzt ganz bei dir. Wie geht es dir, Hi?«

»Mir geht es gut«, erwiderte ich. »So gut wie nur möglich. Hatte eine schlimme Nacht.«

»Willst du drüber reden?«, fragte sie. »Setz dich doch kurz. Der Himmel weiß, ich rede sowieso ständig mit dir, dräng dir meine Geschichten auf, meine Meinungen zur Welt.«

»Kann nicht«, sagte ich. »Muss zum jungen Herrn, aber mir geht's gut.«

»Siehst nicht so aus«, sagte sie.

»Ich seh bestens aus.«

»Woher willst du das wissen?«, fragte sie und lachte dann.

»Das lass mal meine Sorge sein«, sagte ich und erwiderte ihr Lachen. »Kümmer dich lieber darum, wie du selber aussiehst.«

»Und wie seh ich heut Morgen aus?«

Ich trat gerade zurück in den Flur, fort von der Tür, und sagte: »Gar nicht mal übel, wenn du mich so fragst. Gar nicht mal übel.«

»Danke. Bist aber scheinbar nicht zu einem Schwätzchen aufgelegt, also wünsch ich dir nur noch einen angenehmen Samstag. Und lass dich vom jungen Herrn nicht allzu sehr triezen.«

Ich nickte, und dann ging ich die Hintertreppe der schrecklichen Geheimnisse hinauf ins Haus der Knechtschaft. Und bei jeder Stufe, die ich nahm, spürte ich, wie die grausame Logik des Verrichtens griff, die Logik meiner Arbeit. Ich verstand nicht bloß, dass ich niemals nur einen einzigen Quadratzentimeter von Lockless erben würde, auch, dass ich niemals die Früchte meiner eigenen Arbeit ernten würde. Nein, darüber hinaus musste ich mir meine eigenen natürlichen Wünsche für immer versagen und würde mich mein Leben lang vor diesen Wünschen fürchten müssen, würde folglich nicht allein in Angst vor den Oberen leben, sondern notwendigerweise auch in Angst vor mir selbst.

An jenem Morgen fuhren wir spät los, folgten dem Hauptweg, vorbei an den Obstwiesen, der Werkstatt und den Weizenfeldern, verließen Lockless, bogen in die West Road und fuhren in der Millennium-Kutsche an dem vorbei, was von den alten Ländereien noch übrig war – Altbrook, Lowridge, Belleview, Namen, die damals noch in ganz Virginia einen Klang besaßen, heute aber, in dieser elektrischen Zeit der Telegrafie und Fahrstühle, nur noch Staub im Wind sind. Maynard redete den ganzen Weg über, aber das war nichts Neues, redete wie immer nur davon, wem er es zeigen wolle und wie. Ich hörte eine Weile zu, dann ließ ich ihn weiterplappern und zog mich in meine eigene Gedankenwelt zurück.

Und dann überquerten wir die Brücke und fuhren nach Starfall, und es war ein so schöner, so frischer, wolkenloser Novembertag, dass man weit im Westen noch die letzte, baumgesäumte Kurve sehen konnte, hin und wieder auch Orangefarbenes und Gelbes, das von den Bergen herabzüngelte. Wir stellten Pferd und Kutsche unter, gingen zur Market Street und trafen auf eine Parade, die die ganze Pracht Virginias zur Schau stellte. Sie waren alle unterwegs, die Oberen mit ihren Masken, ihren Kleidern, die Damen mit gepuderten Gesichtern, weißen Handschuhen und Seidenschals, mit wogenden Busen und Sonnenschirmen, die farbige Mädchen für sie hielten, um den Elfenbeinschimmer ihrer Haut zu wahren. Die Männer trugen ausnahmslos eine Art Uniform – schwarze Mäntel, einen Gürtel um die Taille, dazu graue Hose, Rosshaarstrümpfe, Zylinder, Spazierstock und kalbslederne Stiefel. Wie stets überließen sie den Löwenanteil allen Prunks ihren Frauen, die so in Korsett und Leibchen gezwängt waren, dass sie nur langsam vorankamen, bedächtig jede Bewegung. Dennoch lag auch was Tänzerisches in ihrem Gang, im Schwenken der Schwanenhälse, dem Schwung ihrer Hüften. Ich wusste, diese Art zu gehen hatten sie von klein auf von Müttern und Gouvernanten gelernt, war es doch nie allein das Kostüm, das eine Dame zur Oberen machte, sondern die Art, wie sie es trug. Die Leute aus dem Norden New Hampshires, die Pioniere aus Paducah und Natchez und die niedren Weißen aus Elm, sie alle wandelten unter ihnen und schienen doch mehr zu schauen, als zu gehen, während sich über die Hauptstraße unseres Starfalls diese Parade der Schönen und Göttlichen ergoss, die aussahen, als bräuchten sie niemals zu sterben, als müsste Virginia niemals sterben, und dieses Imperium aus Tabak und Leibern würde wie eine alte Stadt auf dem Hügel für immer so strahlen, dass alle Welt sich erstaunt fragen sollte, warum man selbst nicht in der ewigen Pracht dieser ersten Familien von Elm County lebte.

Ich kannte viele von ihnen und erinnerte mich sogar an solche, denen ich nie vorgestellt worden war, erinnerte mich an sie wegen einer zufälligen Bemerkung, einer beiläufigen Geste. Und dann waren da jene, die ich sogar recht gut kannte, Männer wie meinen alten Lehrer Mr. Fields, der allein in der Parade mitlief. Er schien die Menge zu mustern, und als er mich sah, reagierte er mit einem nur angedeuteten, dünnen Lächeln, um sich dann an die Mütze zu tippen. Seit dem Unterricht vor so vielen Jahren hatte ich ihn nicht mehr gesehen, doch wusste ich, unsere letzte Stunde, in der es um den Schwanz des Großen Bären ging, war selbst ein Vorzeichen gewesen. Ich blickte zur Seite, wollte mich vergewissern, ob Maynard ihn auch gesehen hatte, aber mein Bruder war von all der Pracht wie hypnotisiert, die Augen weit offen, der Blick verträumt, ein breites Grinsen im Gesicht. Er war nicht wie sie, und ich weiß noch, dass ich mich für die Rolle, die ich bei alldem spielte, schämte. Ich hatte am Morgen mein Bestes für ihn getan, hatte ihm seine Sachen zurechtgelegt, aber wegen seines Umfangs und der Angewohnheit, immerzu an Weste und Kragen zu zupfen, wollte keine Kombination recht passen. Trotzdem war Maynard froh, hier zu sein. Das ganze Jahr über hatte er seine Wunden geleckt, und jetzt hoffte er, dank seiner Verdienste als ein Mann des Sports wieder in den Schoß der Oberen aufgenommen zu werden. Sie waren *sein Volk*, seines, kraft seines königlichen Blutes, und so stand er da vor der Parade und schien doch unfähig, seinen Platz darin zu erkennen. Wieder zupfte er an seinem Hemdkragen, lachte laut und watete dann in die langsame Prozession der Oberen, die alle unterwegs zur Rennbahn waren.

Maynard entdeckte Adeline Jones, die er einmal umworben hatte, jedenfalls so, wie Maynard es eben verstand, jemanden zu umwerben. Mir war zu Ohren gekommen, dass sie aus Elm County fortgezogen war, aus Virginia, fort zu einem Anwalt oben im Norden. Und ich nahm an, dass es das Rennen war, das Adeline zurückgelockt hatte, wenn auch nur, um zu sehen, wie sich ihre alte Heimat veränderte. Sie war eine gutherzige Frau, Maynard aber hatte diese Güte stets als Aufforderung missverstanden. Jetzt bahnte er sich einen Weg durch die Menge, winkte mit dem Hut und rief ihr im Näherkommen zu: »Hallo, Addie! Wie geht's dir denn so?«

Adeline wandte sich um und begrüßte Maynard mit einem verkrampften Lächeln. Sie unterhielten sich eine Weile, ehe sie sich beide wieder der Prozession anschlossen, Adeline widerwillig, Maynard aufgeregt, weil er Gesellschaft gefunden hatte. Ich beschattete sie vom Rand der breiten Straße, wie auch die übrigen Verpflichteten ihre Schäfchen beschatteten, sah aus der Distanz zu, wie Maynard immer erregter auf Adeline einredete und ihre Geduld sichtlich strapazierte. Doch sie trug es mit Fassung, ganz, wie man es den Damen der Oberen beigebracht hatte. Sie hatte den Fehler gemacht, nicht in Begleitung eines Gentlemans aufzutauchen, der sie retten könnte vor diesem Redefluss und meinem Bruder, der jetzt so laut wurde, dass ich ihn über den Lärm der Menge hinweg hören konnte. Er ereiferte sich über Lockless, über Reichtum und Charme der Plantage und darüber, was es doch für ein Fehler gewesen sei, sich diesem Reiz nicht hinzugeben; und all das spickte er mit schlechten Witzen und allzu offensichtlichen Prahlereien. Adeline war gezwungen, alles mit einem Lächeln über sich ergehen zu lassen.

Als sie die Rennbahn erreichten, beobachtete ich, wie Adeline endlich von einem Passanten gerettet wurde, einem Gentleman, der Maynard die Hand gab, rasch die Situation erfasste und Adeline zügig entführte. Maynard blieb vor dem Tor stehen und sah zu den Tribünen des Jockey-Klubs hinüber, die sich gerade mit Mitgliedern füllten. Dort hatte er früher Hof gehalten, ehe man ihn ohne viel Federlesens vor die Tür gesetzt hatte. Jetzt, da Adeline fort war, schloss ich zu Maynard auf, hielt mich aber weiterhin abseits und sah zu ihm hinüber, der sich offenbar in einer Welt schmerzlicher Erinnerung an jene Tage verlor, da er bei Rennen willkommen geheißen oder von den Oberen des Landes zumindest geduldet worden war. Und dann merkte ich, wie sich für ihn Kränkung auf Kränkung häufte, als sein Blick von den Herren zu jenem Bereich wanderte, der allein den Damen von Virginia vorbehalten blieb, damit diese nicht das Wettgeschehen erdulden mussten, das grobschlächtige Gerede, den Zigarrenrauch. In diesem Bereich entdeckte ich auch Corrine Quinn, deren Verbindung mit Maynard ihr allem Anschein nach nicht geschadet hatte. Maynard lächelte nicht länger und stand nun als Pantoffelheld da, denn obwohl sie seine Frau werden sollte, schien sie ihm gesellschaftlich doch einiges vorauszuhaben.

So dezent wie nur möglich, warf ich einen Blick in den Ladys-Klub, um mir diese Frau etwas genauer anzusehen. Corrine Quinn wirkte wie aus einer anderen Zeit. Sie verschmähte den Pomp der Parade, die Kleider, die in ihrer Extravaganz nur ein trotziges Zeugnis für den verkümmernden Boden abgaben, für die zerrissenen Familien der Verpflichteten, den Tabakschwund, den überall zu spürenden Niedergang. Corrine Quinn stand in Kattun und Handschuhen auf der Tribüne und unterhielt sich mit einer der Damen, während Maynard sie mit höhnischem Blick musterte. Dann schüttelte er den Kopf und ging, um seinen Platz einzunehmen, nicht unter den Gentlemen, sondern in der kunterbunten Menge der niedren Weißen, einem Menschenschlag, dessen Stellung in unserer Gesellschaft mich stets aufs Neue erstaunte. Die niedren Weißen, Leute wie unser Harlan, wurden von den Oberen offiziell toleriert, im Privaten aber verachtet; auf Banketts wurden ihre Namen nur ausgespuckt; in den Salons mokierte man sich über ihre Kinder; ihre Frauen und Töchter wurden verführt und dann fallen gelassen. Sie waren ein erniedrigtes und geknechtetes Volk, das einzig unterm Stiefel der Oberen stand, um mit den eigenen Stiefeln wiederum die Verpflichteten treten zu können.

Mein Platz war unter den Farbigen, von denen manche Verpflichtete waren, manche frei. Sie saßen auf dem hüfthohen Holzzaun gleich vor den Ställen, in denen einige Farbige noch die Rennpferde versorgten, sie fütterten und sich um ihr

Wohlergehen kümmerten. Ich kannte ein paar Leute – so auch Corrines Diener Hawkins, den ich auf dem Zaun neben anderen Farbigen entdeckte. Ich nickte ihm zu. Er nickte zurück, lächelte aber nicht. So war er nun mal, dieser Hawkins. Er wirkte seltsam kalt, distanziert und hatte immer den Ausdruck eines Menschen im Gesicht, der keine Dummköpfe duldete, sich aber ständig von ihnen umgeben sah. Er machte mir Angst. Er strahlte eine gewisse Härte aus, und allein seine Art verriet mir, dass er als Verpflichteter Schreckliches, Unaussprechliches erlitten haben musste. Ich sah zu ihm hinüber und verfolgte dann das Treiben der Farbigen am Zaun, wie sie einander zuriefen und lachten, auch wenn manche noch mit der Stallarbeit beschäftigt waren. Und während ich zusah, stumm wie meist, staunte ich über die Bindung zwischen uns – die Art, wie wir Wörter abkürzten und uns gelegentlich ganz ohne Worte austauschten, die Erinnerungen ans Maisschälen, an Hurrikans, an Helden, die nicht in Büchern lebten, dafür aber in unseren Köpfen; unsere ganz eigene Welt, vor ihnen verborgen; und Teil dieser Welt zu sein war für mich auch damals schon, als wäre ich in ein Geheimnis eingeweiht, in ein Geheimnis, das man in sich trug. Unter uns gab es weder Obere noch Niedre, auch keinen Jockey-Klub, aus dem man hinausgeworfen werden konnte. Unseres war ein eigenes Amerika, hatte seine eigene Größe – eine, die Maynard verborgen blieb, der sich ewig um seinen Platz in der Hackordnung Sorgen machen musste.

Inzwischen war es früher Nachmittag geworden, immer noch wolkenlos, und das Rennen würde jeden Moment beginnen. Als dann das erste Feld losgaloppierte, schaute ich nicht zu, sondern beobachtete Maynard, der, so schien es, alle Beleidigungen und Provokationen vergessen hatte, um jetzt mit den niedren Weißen zu lachen und vor ihnen zu prahlen, sodass man den Eindruck gewinnen konnte, Maynard habe wider Erwarten doch noch seine Leute gefunden. Oder sie hatten ihn gefunden. Der Anblick eines hochwohlgeborenen Walkers, der in ihrer Mitte sein Vergnügen fand, erlaubte auch diesen niedren Weißen, sich im Glanz des Tages zu sonnen. Ihre Achtung vor Maynard wuchs noch, als sein Augenblick gekommen war und sein Pferd, Diamond, mitten aus der Menge der übrigen Pferde, dieser großen Wolke brauner und schwarzer Leiber, nichts als Nüstern und Beine, hervorbrach, die Führung übernahm und sie bis zum Schluss nicht wieder abgab. Maynard explodierte. Er kreischte, herzte jedermann, riss die Arme in die Luft, zeigte zur Tribüne hinüber, zum Jockey-Klub, und brüllte etwas Herablassendes, Unanständiges. Und als er Corrine auf der Damentribüne entdeckte, begann es gleich wieder von vorn. Die Männer des Jockey-Klubs aber blieben stoisch; ihr schöner Sport wurde von diesem Rüpel verspottet, der zwar in ihre Mitte hineingeboren worden war, dessen Sieg aber das ganze Rennen entweihte.

Nach dem letzten Lauf traf ich ihn abseits der Market Street. In seinem ganzen kurzen Leben hatte ich Maynard noch nie so glücklich gesehen. Mit breitem Grinsen schaute er mich an und sagte: »Verflucht noch eins, Hiram, ich hab's dir doch gesagt, oder? Das war mein Tag, und ich hab's dir gesagt.«

Ich nickte. »Das haben Sie.«

»Ich hab's ihnen gezeigt«, fuhr er fort und stieg in die Kutsche. »Ich hab's denen allen gezeigt.«

»Das haben Sie.«

Und da ich mir der Mahnung meines Vaters bewusst war, wendete ich die Kutsche, um heimzufahren.

»Nein, nein! Was tust du da?«, rief er. »Fahr zurück! Ich will sie sehen. Ich hab's denen gezeigt, aber sie haben nicht auf mich gehört. Deshalb müssen wir uns jetzt zeigen. Sie sollen uns sehen!«

Und so machte ich kehrt und fuhr zurück ins Zentrum, wo sich auf den Straßen die obere Riege der Stadt zum letzten Defilee versammelt hatte, um den Tag ausklingen zu lassen. Doch als wir in der Millennium-Kutsche vorüberrollten, zollten uns die Oberen keinerlei Respekt, schauten nur flüchtig herüber, nickten, ohne zu lächeln, und wandten sich wieder ihren Gesprächen zu. Ich weiß nicht, was genau Maynard gewollt oder erwartet hatte. Ich weiß nicht, was ihn glauben ließ, diesmal würde man endlich die Gnade seiner hohen Geburt anerkennen oder ihm seine impulsiven Handlungen, seine Wutanfälle vergeben. Als klar wurde, dass ihm diese Genugtuung verweigert blieb, befahl er knurrend, ans andere Ende der Stadt zu fahren, wo ich ihn vor dem Freudenhaus absetzen und eine Stunde später wieder abholen sollte.

Ich war jetzt allein und dankbar dafür, ungestört meinen Gedanken nachhängen zu können. Ich band das Pferd an und lief durch die Stadt. Mir ging kürzlich Erlebtes durch den Sinn, auch was ich geträumt und wie ich begriffen hatte, dass die Sklaverei eine immerwährende Nacht war, aber ich dachte auch an den Morgen, als ich das Strahlen Sophias wie das Licht der untergehenden Sonne über den blauen Bergen Virginias verblassen sah. Ich will nicht behaupten, Sophia geliebt zu haben, auch wenn ich mir das damals einredete. Ich war jung, und Liebe war für mich eine brennende Zündschnur, kein blühender Garten. Liebe hatte nichts mit profundem Wissen über die Geliebte zu tun, über ihr Wollen, ihre Träume, sondern vor allem mit der Freude, die man in ihrer Gegenwart, und dem Kummer, den man in ihrer Abwesenheit fühlte. Und Sophia selbst, in ihren privaten Augenblicken, liebte sie mich da? Ich glaube nicht, doch glaubte ich, in einer anderen Welt, einer Welt jenseits der Verpflichteten, könnte sie mich lieben.

Es gab zwei Wege, die in eine solche Welt führten – sich die Freiheit erkaufen oder fortlaufen. Was ich über den ersten Weg wusste, beschränkte sich auf jenes Grüppchen freier Farbiger, die im Südviertel von Starfall lebten und denen man in der Zeit roter Erde und reicher Tabakernten gestattet hatte, von ihrem kümmerlichen Lohn genug abzuzweigen, um sich den eigenen Leib zurückzukaufen. Dieser Weg war mir versperrt. Virginia hatte sich verändert. Das alte Land von Elm County, von Lockless, hatte an Wert verloren, aber der Wert jener, die darauf verrichteten, war gewachsen. Was ihre Arbeit nun weniger einbrachte, konnte ihr Verkauf wettmachen, dadurch, dass man sie nach Natchez schickte, wo sie als Mangelware galten und das Land noch fruchtbar war. So hatten sich die Verpflichteten früher ihren Weg in die Freiheit erkaufen können, doch fand man sie heute viel zu kostbar, als dass man ihnen erlauben könnte, das eigene Lösegeld aufzubringen.

Der erste Weg war also versperrt, der zweite undenkbar. Ich kannte keinen Menschen, der versucht hatte, von Lockless fortzulaufen, ohne entweder von Rylands Bluthunden zurückgebracht zu werden, jenen Patrouillen aus niedren Weißen, die für die Einhaltung der herrschaftlichen Ordnung sorgten, oder der den Mut verlor, und sich deswegen für eine Rückkehr entschieden hatte. Überhaupt war meine Unkenntnis der Welt jenseits von Virginia so umfassend, dass Fortlaufen verrückt gewesen wäre. Allerdings gab es da jemanden, von dem es hieß, er wisse mehr.

Unter all den Farbigen und Weißen von Elm County wurde niemand so geschätzt wie Georgie Parks. Er war der Bürgermeister, der Botschafter, der Traum, auch wenn der Traum seine Bedeutung änderte, je nachdem, aus welchem Blickwinkel man ihn betrachtete. Als Georgie noch Verpflichteter war, hatte er auf den Feldern gearbeitet und schien, ähnlich wie Big John, eine geradezu übernatürliche Kenntnis der Landwirtschaft in all ihren Kreisläufen zu besitzen. Er konnte Stunden damit zubringen, durch Weizenfelder zu laufen und davon zu erzählen, wie die Ernte in drei Jahren ausfallen werde; oder er legte seine Hand auf den Tabakhügel und spürte den Herzschlag der Erde, um dann zu verraten, ob der Tabak Blätter groß wie die Ohren von Elefanten oder klein wie die von Mäusen haben werde. Er hatte die Oberen auch vor dem gewarnt, was sie mit ihrer Liebe zum Tabak anrichteten, war dabei aber behutsam vorgegangen, sodass man sich nicht voller Zorn, sondern mit gutmütigem Bedauern an seine Warnungen erinnerte. Dennoch war Georgie umgeben von etwas Undurchsichtigem, das unsere Neugier reizte. Er verschwand oft für längere Zeit, dann wurde er in Starfall gesehen, oder er war zu den seltsamsten Stunden draußen in den Wäldern. Wir hatten keine andere Erklärung für diese Rätsel, als dass Georgie in Verbindung zum Underground stand.

Und was war dieser Underground? Die Verpflichteten erzählten sich, es gebe eine geheime Gesellschaft von Farbigen, die sich tief in den Sümpfen Virginias eine eigene Welt erschaffen hätten. Welche Mächte sie dort schützten, war mir unbekannt. Ich kannte nur Geschichten über Rylands Bluthunde, die losgeschickt wurden, den Underground zu finden und auszumerzen, Geschichten darüber, wie sie von diesen Expeditionen zurückkehrten, dezimiert, verwundet, zerschlagen, und dass sie von Schlangen berichteten, von merkwürdigen Leiden, Giften und von Heilern, die Krokodile und Berglöwen auf sie gehetzt hatten. Und dieser Underground, so wurde mir erzählt, nehme von Zeit zu Zeit Rekruten auf, denen die wilde Freiheit in den Sümpfen lieber sei als das zivilisierte Sklavenleben in Elm County. Und so schien es nur folgerichtig, dass der edle Georgie, der von den Weißen gelobt und geschätzt wurde und dem die Farbigen ein geheimes Leben nachsagten, ein Mann des Undergrounds war.

Das Geräusch von Schüssen riss mich aus meinen Grübeleien. Ich war am südlichen Ende des Stadtplatzes, folgte dem Lärm und sah einen Gentleman in typisch schwarzer Gesellschaftsuniform, wie er lauthals lachend seine Waffe in die Luft reckte. Die Stimmung schlug um. Wolken dräuten am Himmel. Ich sah zwei Männer, die miteinander ringend aus einer Bar auf die Straße stolperten – der ältere Mann mit einer langen Narbe quer über die Wange –; als er überwältigt schien, zog er wie mit einer einzigen Bewegung ein langes Messer und schlitzte dem jüngeren das Gesicht auf. Darauf stürzten zwei weitere Männer aus der Bar und sprangen den älteren Mann an. Als sie begannen, auf ihn einzuprügeln, machte ich mich rasch davon. Im nächsten Straßenzug sah ich, wie eine niedre Weiße ein holländisches Mädchen bei den Haaren packte und auf es einschlug. Ihr Begleiter lachte, langte nach einer Flasche, nahm einen Schluck und leerte den Rest über den Kopf der Holländerin aus. Ich lief weiter. Dies waren die Exzesse, vor denen mein Vater mich gewarnt hatte und von denen ich, so seine Bitte, Maynard fernhalten sollte. Es war jedoch immer das Gleiche mit dieser Rasse kichernder Alice Caulleys. Wie die Feste auf Lockless begann auch der Renntag mit großem Gepränge, dann fing die Sauferei an, die festliche Stimmung schlug um, und die Masken aus Mode und Stand fielen, bis schließlich das eitrige, pockennarbige Gesicht von Elm County zutage trat.

Außer mir waren keine Farbigen unterwegs, weil wir alle wussten, was als Nächstes kam – der dumpfe Groll, der die Weißen erfasste, würde sich bald gegen uns wenden. Es mag merkwürdig klingen, aber die freien Farbigen hatten unter diesen Umständen am meisten zu fürchten. Wir, die Verpflichteten, gehörten jemandem. Wir waren Besitz, und jeder Schaden, der uns zugefügt wurde, durfte uns einzig auf Befehl des Besitzers angetan werden, konnte man den Sklaven eines anderen Mannes doch ebenso wenig verprügeln wie etwa dessen Pferd. Trotz meiner relativen Sicherheit fühlte ich mich unwohl. Und in dieser Verfassung machte ich mich auf den Weg vom Stadtplatz nach Freetown und zum Haus von Georgie Parks.

Es war eine kleine Gemeinschaft, die so beengt hauste, dass ich alle kannte, die dort wohnten. Ich kannte Edgar Combs, der einst Eisen geschmiedet hatte auf der Plantage der Carters und jetzt für die Schmiede in der Stadt arbeitete; und Edgar war verheiratet mit Patience, deren erster Mann gestorben war, als vor all den Jahren das Fieber ausbrach. Und gegenüber wohnten Pap und Grease, zwei Brüder; und daneben wohnte Georgie Parks. Also ließ ich den Irrsinn des Stadtplatzes hinter mir und ging zum Südende der Stadt; und ich lief vorbei an Rylands Gefängnis, das am Eingang zum Viertel der freien Farbigen in Starfall stand.

Das war Absicht, ganz bestimmt, denn Rylands Gefängnis war kein Gefängnis für Verbrecher. Groß wie zwei Wohnblöcke, war es ein Aufbewahrungsort für jene Verpflichtete, die man auf der Flucht geschnappt hatte, oder aber für jene, die bis zu ihrem Verkauf dort festgehalten wurden. Täglich erinnerte das Gefängnis daran, dass die Farbigen in Starfall, selbst wenn sie frei waren, im Schatten einer furchterregenden Macht lebten, die sie, wenn ihnen danach war, jederzeit wieder in Ketten legen konnte. Rylands Gefängnis wurde von niedren Weißen geführt. Diese Männer waren durch den Fleischhandel reich geworden, doch waren ihre Namen noch nicht alt genug, ihre Arbeit zu schlecht beleumundet, als dass sie sich je über ihre Bestimmung erheben könnten. Dass man diese niedren Weißen mit jenem Gefängnis in Verbindung brachte, das sie führten und betrieben, war der Grund, warum man sie Rylands Bluthunde nannte. Wir fürchteten und wir hassten sie vielleicht sogar noch mehr, als wir die Oberen fürchteten und hassten, denn arm waren wir alle, wir lagen alle in Ketten, deshalb sollten wir uns gegen die Oberen vereinen, sollten gemeinsam gegen sie vorgehen, wenn denn die niedren Weißen nur auf ihre Krümel zugunsten eines Stückes vom ganzen Kuchen verzichten könnten.

Amber, Georgies Frau, begrüßte mich an der Tür mit einem Lächeln. »Hab mir schon gedacht, dass du heut bei uns vorbeischaust«, sagte sie. »Kommst genau richtig, gleich gibt's Abendessen. Hast du Hunger, Hiram?« Ich lächelte, begrüßte Amber und betrat die Hütte, die aus nicht mehr als einem Raum bestand, kaum besser als meine Behausung unten im Labyrinth. Der Geruch von Schweinefleisch und in Asche gebackenen Maisfladen stieg mir in die Nase, und ich merkte, dass ich tatsächlich hungrig war. Georgie hockte auf dem Bett, gleich neben seinem neugeborenen Sohn, der dalag und in die Luft tatzte.

»Jetzt sieh sich einer den an«, sagte er. »Wie groß Rosies Junge geworden ist.«

»Rosies Junge«, so nannten sie mich unten auf der Straße, allerdings hatte mich schon eine ganze Weile niemand mehr so gegrüßt, da nur noch wenige übrig waren, die mich als Rosies Jungen kannten. Ich umarmte Georgie, fragte, wie es ihm gehe, und er lächelte und sagte: »Tja, ich hab eine Frau, und ich hab einen kleinen Jungen«, und er ging zum Baby auf der Bettdecke und hob es hoch. »Also nehm ich mal an, mir geht's ganz gut.«

»Warum nimmst du Hiram nicht mit nach hinten«, sagte Amber.

Wir betraten die kleine Parzelle, auf der Georgie einen Garten angelegt und einen Hühnerstall gebaut hatte, und wir setzten uns auf zwei Holzklötze. Ich langte in meine Tasche, zog ein kleines Holzpferd heraus, das ich mir aus Maynards alter Spielzeugsammlung ausgesucht hatte, und gab es Georgie.

»Für deinen Jungen«, sagte ich.

Georgie nahm das Pferd, nickte seinen Dank und steckte es in seine Tasche.

Wenige Minuten danach kam Amber mit zwei Tellern, beide mit Fladen und gebratenem Schweinefleisch beladen; einen gab sie mir, einen Georgie; und ohne ein weiteres Wort begann ich zu essen. Amber ging wieder ins Haus und kam mit ihrem gurrenden Jungen auf dem Arm zurück. Mittlerweile war es später Nachmittag.

»Heut wohl noch nichts gehabt, wie?«, fragte Georgie mit breitem Lächeln; sein rotbraunes Haar loderte im vergehenden Licht des späten Herbstnachmittags.

»Stimmt, jetzt wo du's sagst«, sagte ich. »Muss ich irgendwie vergessen haben.«

»Hattest sicher Wichtigeres im Kopf.«

Ich schaute Georgie an und setzte zu einer Antwort an, aber dann fürchtete ich mich vor dem, was ich sagen wollte, und hielt inne. Ich stellte den Teller neben dem Holzklotz ab. Amber war wieder im Haus. Ich wartete einen Moment, lauschte dem gedämpften Lachen, das von drinnen erklang, dem kreischenden Baby, und sagte mir, dass Amber sich über die Gesellschaft anderer Besucher freute.

»Georgie, wie hast du dich gefühlt, als du von Master Howells Plantage fort bist?«

Er nahm einen halben Bissen und brauchte einen Moment, ehe er antwortete. »Wie ein Mann«, sagte er dann, kaute weiter und schluckte den Rest. »Heißt nicht, dass ich vorher keiner gewesen bin, nur hab ich mich nie so gefühlt. Mein ganzes Leben hing damals davon ab, dass ich mich nicht wie einer fühlte, weißt du?«

»Ja, ich weiß.«

»Dir brauch ich das nicht zu erzählen, vielleicht aber doch, weil du immer ihr besonderer Liebling gewesen bist. Egal, ich sag's jedenfalls, und du kannst damit anfangen, was du willst. Heut steh ich auf, wann ich will, und ich geh schlafen, wann ich will. Ich heiße Parks, weil ich das so gesagt habe. Hab mir den Namen einfach so zugelegt – hab ihn herbeigezaubert, ein Geschenk für meinen Sohn. Hat nichts zu bedeuten, außer, dass ich ihn mir selbst ausgesucht habe. Seine Bedeutung liegt darin, dass ich's getan hab. Verstehst du, Hiram?«

Ich nickte und ließ ihn weiterreden.

»Weiß nicht, ob ich dir das je gesagt hab, Hiram, aber wir waren alle wie verrückt in deine Rosie verliebt.«

Ich lachte.

84

»War eine schöne junge Frau, aber damals gab es viele schöne Frauen auf der Straße. Nicht nur Rose, weißt du, auch ihre Schwester – deine Tante Emma. So schöne Frauen.« Emma, noch ein Name wie der meiner Mutter, verloren im Rauch; ich wusste, sie war meine Tante, sie hat in der Küche gearbeitet, eine schöne Tänzerin, ansonsten aber blieb sie für mich verschwunden in den schalen Worten anderer Leute, im Nebel meiner Erinnerung. Für Georgie gab es sie jedoch. Für ihn breitete sich die Vergangenheit wie eine Karte vor ihm aus, und ich sah seine Augen aufleuchten, sobald er von seinen Reisen erzählte, vorbei an jeder Schlucht, jedem Schlund und über jeden Gebirgspass.

»Mann«, sagte er, »wenn ich an die Zeit denke! Was haben wir das Tanzbein geschwungen! Himmel. Und gegensätzlicher als deine Momma und Emma konnte man kaum sein – Rose war so still, wie Emma laut war, wenn es aber drauf ankam, dann merkte man, dass sie ein Fleisch und Blut waren. Ich sag's dir, ich war dabei, fast jeden Samstagabend. Und wenn Jim the Phenomenal mit seinem Sohn Young P. auftrat. Ein Banjo, dazu die Maultrommel, eine Fiedel, auf Töpfen und Pfannen wurde getrommelt, Schafsknochen gaben den Takt an, und wenn es richtig heiß herging, zeigten Emma und Rose, was sie konnten. Und das war was, das kann ich dir sagen, mit dem Wasserkrug auf dem Kopf, hin und her, bis das Wasser aus einem der Krüge schwappte. Dann haben sie gelacht, einen Knicks gemacht, und wer gewonnen hatte, blickte sich suchend nach jemandem um, der es mit ihr aufnehmen wollte.«

»Hat aber nie einer.« Georgie lachte laut und fragte: »Hast du je den Wassertanz versucht, Hi?«

»Nee«, sagte ich. »Liegt mir nicht.«

»Schade, schade«, sagte Georgie. »Was für eine Schande, so eine Schönheit in sich zu tragen, sie aber nicht weiterzugeben. Und was gab es damals für Schönheiten. Schöne Mädchen. Schöne Jungs.«

Georgie war jetzt mit dem Essen fertig, stellte den Teller ab und stieß einen langen Seufzer aus.

»Und manchmal denk ich dran, wie diese ganze Schönheit in den Ketten verwelkte … Mann, ich sag dir, als das mit Amber anfing, hab ich mir geschworen, ich hol sie da raus. Koste es, was es wolle. Ich glaub, um sie da rauszuholen, hätte ich wen ermorden können, Hiram. Alles nur, um nicht mit ansehen zu müssen, wie sie …«

Da unterbrach sich Georgie, sicher weil ihm die Wirkung seiner Worte aufging, weil ihm aufging, was sie für mich bedeuteten und was sie über meine Momma sagten.

»Aber jetzt bist du draußen«, sagte ich. »Du hast es geschafft. Du bist raus.«

Georgie lachte leise und sagte dann: »Keiner kommt raus, Sohn, hörst du? Keiner. Müssen alle irgendwie schuften. Ich schufte lieber hier als auf diesem oder jenem Lockless, das geb ich gern zu, aber ich schufte, kannst du mir glauben.«

Wir blieben einige Minuten still sitzen. Georgie nahm noch einen Bissen. Die Stimmen im Haus verklangen, und ich hörte, wie die Vordertür geschlossen und die Hintertür geöffnet wurde. Amber kam nach draußen und nahm Georgies Teller, dann meinen.

Sie schaute mich an, hob eine Braue und fragte: »Trichtert er dir wieder irgendwelche Lügen ein?«

»Schwer zu sagen«, erwiderte ich.

»Na ja«, sagte sie, als sie ins Haus zurückging. »Pass auf ihn auf, kann ich nur sagen. Pass nur ja auf Georgie auf. Ist glitschig wie ein Aal.«

Von Georgies Garten konnte man das andere Ufer des Goose sehen. Die Sonne stand jetzt tief am Himmel, Wolken türmten sich auf, und es wurde kühler. Bald war die Stunde um. Maynard würde warten. Also entschied ich mich, Georgie Parks etwas zu sagen, das mein Leben verändern sollte.

»Georgie, ich glaub, ich muss gehen.«

Er blickte auf, und ich denke, er verstand, was ich ihm sagen wollte, zog es dann aber vor, mich falsch zu verstehen, und sagte: »Alles klar. Musst zurück über den Fluss, wie?«

»Nein«, erwiderte ich. »Ich sag dir, ich werde älter, und ich seh, wie Menschen verschwinden, runter nach Natchez, und ich seh, wie es mit allem bergab geht. Das Land ist tot, Georgie. Die Erde ist bloß noch Sand, und die wissen das, sie alle. Als ich herkam, hab ich unterwegs gesehen, wie ein Mann mit dem Messer angegriffen und wie ein Mädchen geschlagen wurde. Gibt kein Gesetz. Ich bilde mir ein, früher hätte es Gesetze gegeben, die alten Leute, sie erzählen von solchen Zeiten, und auch wenn ich die selbst nicht gekannt hab, merk ich doch, wie sich alles verändert. In mir wächst ein Mann heran, Georgie, und den kann ich nicht in Ketten legen. Er weiß zu viel. Hat zu viel gesehen. Und er muss aus mir raus, dieser Mann, oder er kann nicht leben. Ich schwör dir, ich fürcht mich vor dem, was kommt. Fürcht mich vor meinen eigenen Händen.«

Georgie ließ mich ausreden und setzte dann an, um etwas zu erwidern, aber ich kam ihm zuvor.

»Es heißt, du bist ein Mann, der Bescheid weiß, es heißt, du weißt mehr als jeder hier in diesem kleinen freien Viertel.

Und es heißt, du hast Kontakte zu Leuten, die so was organisieren. Ich will zum Underground, Georgie. Ich will über den Underground hier raus, und mir wurde gesagt, du kennst dich damit aus.«

Jetzt stand Georgie auf, wischte sich den Mund ab, und dann wischte er sich die Hände an seinem Overall ab. Ohne mich dabei anzusehen, setzte er sich wieder.

»Hiram, geh nach Hause«, sagte er. »In dir wächst kein Mann heran. Der ist längst ausgewachsen. Du bist, wer du bist. Und du lebst, wie du lebst, und wenn du das ändern willst, musst du das so machen, wie ich es gemacht habe.«

»Klappt so nicht mehr«, sagte ich. »Kein Verpflichteter kann sich noch von Natchez freikaufen.«

»Dann ist das eben dein Leben. Und es ist, wenn ich das sagen darf, ein gutes Leben. Brauchst dich doch bloß um deinen dummen Bruder zu kümmern. Geh nach Hause, Hiram. Such dir eine Frau, und ihr macht euch ein glückliches Leben.«

Ich gab keine Antwort. Noch einmal sagte er: »Geh nach Hause.«

So also lautete Georgies Rat, und ich befolgte ihn. Doch glaubte ich damals, dass Georgie mich belog und dass er war, was ihm nachgesagt wurde – ein Offizier der Freiheit, eines anderen Lebens, eines Oregon für Farbige. Er hatte das nicht abgestritten, und deshalb wurde es für mich einfach – ich brauchte ihm bloß zu beweisen, wer und was ich war, dass man mir, zu diesem späten Zeitpunkt, nichts mehr ausreden konnte. Ich war fest davon überzeugt, dass mir das gelingen würde, und so war ich mir, als ich zurück zu Maynard und zur Kutsche ging, am Platz vorbei, sicher, dass Georgie mir helfen würde, hier rauszukommen, denn in diesem Hier und Jetzt gab es für mich keine Zukunft, was sich selbst auf dem kurzen Weg durch den Kehricht des Tages aufs Neue bestätigte. Überall in den Straßen Müll. Ein Mann der Oberen, den ich an seinen Kleidern erkannte, lag volltrunken mit dem Gesicht im Pferdedung, während seine Gefährten, beschämend entblößt bis auf die Hemdsärmel, über ihn lachten. Ich sah zerrissene Hüte und die Blumen, die sie einst geschmückt hatten. Ich sah azurblaue Schals in den Straßen. Ich sah Männer an der Wand einer Gaststätte beim Würfelspiel, während vorm Eingang zwei Hähne kampfbereit gemacht wurden. Dies war ihre Zivilisation – ein so dünner Schleier, dass ich mich zum ersten Mal in meinem Leben fragte, was ich mir in jenen Tagen, unten auf der Straße, von jenem Gedächtnistrick eigentlich erhofft hatte, der mir die Aufmerksamkeit des Pharao von Lockless einbringen sollte – und nicht zum ersten Mal begriff ich, dass ich meine Erwartungen viel zu niedrig angesetzt hatte. Wir im Labyrinth nämlich, wir lebten mit ihnen unter einem Dach, wir wussten aus eigener Erfahrung, dass sie wie alle Welt aufs Klo mussten, dass sie jung und dumm waren oder alt und gebrechlich, ihre Macht nichts weiter war als eine Fiktion. Sie waren kein bisschen besser als wir und in vielerlei Hinsicht schlimmer.

Maynard stand vor dem Hurenhaus mit seinem Hurenmädchen, wartete, und neben ihm sah ich Hawkins wieder, Corrines Diener. Maynard lachte über irgendeinen Scherz, während Hawkins ihn mit stummer Wut musterte, was Maynard entging, weil er zu betrunken dafür war. Als Maynard mich bemerkte, lachte er noch lauter, wollte auf mich zugehen, stolperte, fiel und riss das Mädchen mit sich. Ich half der jungen Frau auf, während Hawkins sich beeilte, Maynard zu stützen, dessen Reithose und Wams jetzt mit Schlamm bedeckt waren.

»Gottverdammt, Hiram!«, rief er. »Du musst mich doch auffangen!« Wie wahr. Ich hatte ihn stets aufgefangen.

»Die Kleine gehört heute Nacht mir«, brüllte er. »Sie gehört mir, verdammt! Genau, wie ich es allen gesagt habe, Hiram! Wie ich es ihnen allen gesagt habe! Wie ich es all den Frauen gesagt habe!«

Dann sah er zum wütenden Hawkins hinüber. »Kein Wort davon zu deiner Herrin, Bursche. Nicht ein einziges Wort. Hörst du?«

»Ein Wort worüber, Sir?«, fragte Hawkins.

Nachdem er ihn einen Moment mit zusammengekniffenen Augen betrachtet hatte, lachte Maynard aufs Neue. »Jawoll, Sir, wir werden gut miteinander auskommen, du und ich.«

»Wie es sich für Familie gehört«, erwiderte Hawkins.

»Wie es sich für Familie gehört!«, grölte Maynard und setzte sich in die Kutsche. Ich half dem Mädchen beim Einsteigen, und wir fuhren los, folgten der Strecke, die wir gekommen waren. Doch dann, wer weiß, warum, hatte Maynard einen klaren Moment, empfand eine Scham, die ihm bislang fremd gewesen war, und er hieß mich umkehren, den Stadtplatz meiden und die Dumb Silk Road nehmen. Und wir verließen Starfall auf jenem Weg, verließen so die uns bekannte Welt, denn während wir aus der Stadt fuhren und die Häuser Bäumen wichen, goldenen, orangefarbenen Bäumen, und während ich in der Ferne Krähen hörte, vor mir Hufgeklapper, und den Wind im Gesicht spürte, wusste ich, ich hatte jeden Zipfel der einzigen Welt gesehen, die ich kannte. Und ich wusste, wie meine Tage auf Erden zu Ende gehen würden. Irgendwann schied mein Vater dahin, und was blieb, würde an Maynard übergehen; und ich wusste, wenn dieser Tag kam, führten alle Wege nur noch nach Natchez.

Ich fuhr, gefangen in den Gefühlen der letzten Stunden, dem Traum, der Angst, der Wut, der nie endenden Nacht, der hinter den Bergen verblassenden Sonne Sophias, meiner Mutter und Tante Emmas, beide verloren. Und da war auch dies Verlangen, diese Sehnsucht, Maynard zu entkommen, dem Verhängnis seiner Herrschaft. Dann passierte es.

Der Goose kam in Sicht, und ich sah vom Wasser einen seltsamen Nebel aufsteigen – einen dünnen Nebel, der so gar nicht zu diesem lauen Herbstabend zu passen schien. Doch war er da, ein blauer, aufkommender Nebel, der das jenseitige Ende der Brücke verhüllte. Und dann – und weil wir ziemlich schnell fuhren, erinnere ich mich daran genau – verklang das Hufgeklapper. Unmittelbar vor mir sah ich das Pferd, wie es uns lautlos weiterzog, und ich dachte, vielleicht liegt es an mir, eine flüchtige Taubheit, doch dachte ich nicht lange darüber nach, denn ich wollte nach Hause, wollte Maynard loswerden, und sei es auch nur für den Rest des Abends, als wir jedoch auf der Brücke waren, teilte sich plötzlich der dünne Nebel, und das war der Moment, da ich sie sah, die Frau, meine Mutter, die Wassertänzerin auf der Brücke, wie sie aus der Schwärze meines Gedächtnisses heraustanzte, und ich versuchte, das Pferd zu verlangsamen, das weiß ich noch, zog die Zügel an, nur raste das Pferd weiter, und ich fragte mich schon, ob ich wirklich die Zügel hielt, ob ich überhaupt dort war, auf dieser Brücke, denn selbst jetzt noch, nachdem es längst vorbei ist, kann ich nicht sagen, ob ich es wirklich verstehe, ob ich die Konduktion in Gänze verstehe und ob ich mehr weiß als dieses eine entscheidende Etwas – du musst dich erinnern.

5

ICH WAR IM WASSER, und dann stieg ich auf zum Licht, geführt von meiner tanzenden Mutter, bis mich dieses Licht überwältigte; und als es schwächer wurde und erlosch, war meine Mutter fort; und ich spürte Land unter den Füßen. Es war Nacht. Ich sah, wie sich der Nebel langsam lichtete, sah, dass er wie ein Vorhang beiseitegezogen wurde, bis ich den klaren Himmel erkennen konnte, und über mir blinkten die Sterne, an, aus. Als ich mich umdrehte, nach dem nebelbedeckten Fluss suchte, aus dem ich gerade aufgetaucht war, sah ich nur hohes, schwarz im Wind schwankendes Gras. Ich lehnte an einem großen Stein und konnte in der Ferne, jenseits des Feldes, Wald aufragen sehen. Ich kannte diesen Ort. Ich wusste, wie weit es vom Stein zu den Bäumen war. Ich kannte dieses Gras und wusste, es war ein brachliegendes Feld, mein Lockless. Und ich wusste, das hier war keine zufällige Wegmarke, sondern das Denkmal für den Gründervater Archibald Walker. Meinen Urgroßvater. Der Wind fuhr durch mich hindurch, ließ mich zittern, wie Eis fühlten sich meine mit Wasser vollgesogenen Schuhe an. Ich machte einen Schritt, schwankte, stürzte, und unten im Gras packte mich das mächtige Verlangen zu schlafen. Vielleicht war ich gestrandet in einer Vorhölle ähnlich der Welt, die ich kannte, einer Vorhölle, die ich erdulden musste, ehe mir meine Belohnung offenbart wurde. Und so lag ich zitternd da und traf keine Anstalten, mich zu bewegen. Ich fischte in meiner Tasche nach der Münze, die ich stets bei mir trug, und spürte ihren rauen Rand, ehe mich Dunkelheit umfing.

Doch es gab keine Belohnung. Zumindest keine jener Art, von der die Alten unten auf der Straße sprachen. Ich bin hier, erzähle diese Geschichte, und zwar nicht aus dem Grab heraus, noch nicht, erzähle sie aus dem Hier und Jetzt und schaue zurück in eine andere Zeit, als wir Verpflichtete waren, der Erde nahe und jener Kraft nahe, die Gelehrte verblüffte und die Oberen verwirrte, eine Kraft, die sie, wie unsere Musik, wie unseren Tanz, nicht verstehen, weil sie sich nicht erinnern können.

Es war unsere Musik, der ich aus der Dunkelheit hinausfolgte, nach drei Tagen, wie man mir später sagte, der ich aus dem Grenzland zwischen Leben und Tod folgte, aus sinnlosem Gebrabbel und grässlichem Fieber. Als Erstes nahm ich wahr, dass jemand leise summte, offenbar weit fort, und dann wiederholte sich die gesummte Melodie, verklang für ein, zwei Minuten, kehrte zurück, und mir wurde dunkel bewusst, dass ich die Melodie kannte, also begann ich, sie in Gedanken mit Worten zu ergänzen:

All the heavenly band a-churning
Aubrey spying and good girls turning.

Da war der Geruch von Essig und Bleichsoda, so scharf, dass ich ihn zu schmecken meinte, eine warme Decke, unter meinem

Kopf ein weiches Kissen, und als ich mit den Augen blinzelte, sah ich ein von Sonnenlicht durchflutetes Zimmer. Ich konnte mich nicht rühren. Den Kopf vom Kissen gestützt und zur Seite gedreht, schaute ich aus einem Alkoven, die Vorhänge beiseitegezogen. Ich sah einen Sekretär im Zimmer, und auf dem Sekretär stand eine Büste des Gründervaters, daneben ein Schemel aus Mahagoni, und darauf, den Rücken gerade, den Hals lang, sah ich Sophia sitzen, eine Rolle Garn, zwei klappernde Nadeln, und ihre Spinnenarme, die sich vor- und zurückbewegten. Ich versuchte, mich zu rühren, doch meine Gelenke waren wie erstarrt. Ich geriet in Panik, denn einen Moment lang fürchtete ich, ich wäre verletzt und ein Gefangener in meinem eigenen Leib. Verzweifelt blickte ich mich um, hoffte, Sophia würde in meine Richtung sehen, stattdessen aber stand sie auf, immer noch die alte Melodie summend, immer noch strickend, und ging zur Tür hinaus.

Wie lang lag ich in diesem großen Entsetzen und fragte mich, ob ich in meinem eigenen Körper eingesargt war? Ich kann es nicht sagen, denn erneut überkam mich Dunkelheit, und als ich das nächste Mal daraus erwachte, war die Lähmung teilweise verschwunden. Ich konnte meine Zehen bewegen. Ich konnte den Mund öffnen und mit der Zunge rollen. Ich konnte den Kopf drehen, und dann kehrte auch in meine Arme Leben zurück, sodass ich mich hochschieben, mit großer Anstrengung aufrichten konnte. Ich blickte mich um und sah wieder die Sonne, die Büste, das Licht, und ich wusste, ich war in Maynards Zimmer. Ich schaute am Schemel vorbei, sah den Schrank, den Sekretär, den Spiegel, vor den ich ihn erst kürzlich gebeten hatte, damit ich ihn anziehen konnte. Und dann erinnerte ich mich an das Wasser.

Ich saß da und versuchte, etwas zu sagen, jemanden zu rufen, aber die Worte waren wie in mir verschlossen. Sophia kam, immer noch strickend, mit gesenktem Kopf wieder ins Zimmer, hörte meine keuchenden Bemühungen, sah auf, ließ ihr Strickzeug fallen, lief zu mir und umfing mich mit ihren langen Spinnenarmen. Dann wich sie zurück und betrachtete mich.

»Willkommen zurück, Hi«, sagte sie.

Ich versuchte, mich daran zu erinnern, wie man lächelte, muss aber das Gesicht zu einer so erbärmlichen Grimasse verzogen haben, dass alle Freude von Sophia abfiel. Sie fuhr sich mit der Hand ins Gesicht, bedeckte ihren Mund, legte sie dann auf meine Schulter, die andere in meinen Rücken, und drückte mich zurück ins Kissen.

»Sei bloß still«, sagte sie. »Du glaubst vielleicht, du hast es aus dem Goose geschafft, aber noch ist der Goose nicht ganz aus dir raus.«

Ich ließ mich sinken, und die Welt verschwand in derselben Reihenfolge, in der sie zu mir zurückgekommen war – erst das Licht im Zimmer, dann der Geruch von Bleichsoda und schließlich Sophia, deren Hand ich noch auf meiner Stirn fühlen, deren sanftes Summen ich noch hören konnte. Und ich fiel in Schlaf und in einen Traum von meinem Sturz in den Goose. Das Ganze spielte sich jetzt wie in weiter Ferne ab. Ich sah meinen Kopf aus dem Wasser schießen, sah, wie ich mich umschaute und zu dem Schluss kam, dass dies mein Ende war. Und ich sah Maynard im Wasser strampeln, ums Überleben kämpfen. Und ich sah, wie das blaue Licht den Himmel teilte und zu mir herabfuhr, und diesmal griff ich nach Maynard, meinem einzigen Bruder, wollte ihn retten, aber er entriss mir seinen Arm und versank im Dunkel der Tiefe.

Als ich das nächste Mal aufwachte, taten meine Arme zwar weiterhin weh, doch fühlte ich meine Hände, matt und schlaff. Der Geruch von Essig hing im Zimmer, schwächer diesmal. Mühsam richtete ich mich auf und sah, dass der weiße Vorhang um meinen Alkoven zugezogen war, durch ihn hindurch aber konnte ich die grobe Silhouette von jemandem ausmachen, der in einsamer Wacht auf dem Schemel hockte. Mir fiel ein, dass Sophia zuletzt dort gesessen hatte, und bei dem Gedanken schlug mein Herz schneller. Ich hörte den Gesang der Morgenvögel, als mich plötzlich eine übergroße Freude packte, weil ich noch am Leben war. Dann zog ich den Vorhang beiseite und sah, dass auf dem Schemel mein Vater saß, die Ellbogen auf die Beine gestützt, das Gesicht in den Händen, und als er zu mir herübersah, entging mir nicht, wie verquollen und blutunterlaufen seine kleinen Augen waren.

»Wir haben ihn verloren«, sagte er kopfschüttelnd. »Mein kleiner May ist nicht mehr, und jedermann im großen Haus, ja, in ganz Elm County, trauert.« Dann stand er auf, kam zu mir und setzte sich auf den Bettrand. Er streckte eine Hand nach mir aus, packte mich fest an der Schulter. Mein Blick wanderte an mir herab, und ich sah, dass mir von irgendwem ein langes Nachthemd übergestreift worden war, eines, das, wie ich wusste, Maynard gehört hatte. Ich sah meinen Vater an, und in diesem Moment war zwischen uns eine geheime Verbindung, wie es sie nur zwischen Eltern und Kind geben kann, auch wenn unsere Beziehung noch so ungewöhnlich sein mochte. Ich sah seine kleinen Augen, trauerrot und zusammengekniffen, als mühte er sich, eine Botschaft zu verstehen, zu begreifen, wieso alles, was von ihm geblieben war, hier vor ihm lag, ein Sklave. Als diese Einsicht zu ihm durchdrang, wich er zurück, vergrub den Kopf wieder in den Händen, stand dann auf, weinte laut und ging nach draußen.

Ich stand gleichfalls auf und trat ans Fenster. Es war ein klarer Tag, und von der Rückseite des Hauses Lockless konnte ich bis hinüber zu den verschwommen in der Ferne liegenden Bergen sehen. Als mein Vater erneut ins Zimmer kam, wandte ich mich vom Fenster ab. Hinter ihm sah ich Roscoe, der mich vor all den Jahren hier herauf ins Haus gebracht hatte. Sein gealtertes, faltiges Gesicht zeigte eine ernste, sorgenvolle Miene, und ich erinnerte mich daran, dass es Menschen gegeben hatte, die mich kannten, die mich liebten, Ältere, denen meine Lieder, meine Spiele gefielen. Roscoe legte einen Satz Kleider auf Maynards Kommode – meine Kleider. Dann zog er das Bett ab, wickelte die Wäsche zu einem Bündel zusammen, das er sich unter den Arm klemmte, und ging hinaus. Mein Vater nahm wieder auf dem Schemel Platz.

»Wir haben seine Leiche am Fluss gesucht, aber das Wasser …«, sagte er mit versagender Stimme. Er zitterte jetzt.

»Wenn ich an meinen Jungen unten in diesem Fluss denke …«, sagte er dann. »Und ich kann an nichts anderes denken, hörst du, Hiram? Wenn ich daran denke, wie er da auf dem Grund liegt … Verzeih. Ich kann nur erahnen, was du draußen im Wasser gesehen hast, aber da ich dies niemand anderem sagen kann, muss ich dir gestehen: Maynard war alles, was mir von seiner Mutter geblieben war. Wenn seine Augen fröhlich aufblitzten, sah ich sie. War er vergesslich, erinnerte mich das an sie. War er voller Mitgefühl, und das war er immer, sah ich sie.«

Er weinte nun. »Und jetzt ist er fort, und ich bin zum zweiten Mal verlassen worden.«

Roscoe kehrte zurück, diesmal mit einem Waschlappen, einer Schüssel Wasser sowie einer größeren, leeren Schüssel, und stellte alles auf die Kommode.

»Tja, so steht es jetzt«, sagte mein Vater. »Einiges muss organisiert werden. Die Erinnerung an ihn stirbt nicht, wo immer sein Leichnam auch ruht. Du musst wissen, und weißt es sicherlich auch, dass Maynard dich geliebt hat, weshalb ich nicht daran zweifle, dass er sein Leben gab, damit du dem Fluss entkommen konntest.«

Kaum war mein Vater gegangen, nahm ich den Waschlappen, tunkte ihn ins Wasser und wusch mich, und meine Hände zitterten, als ich mir den Irrsinn seiner letzten Worte durch den Kopf gehen ließ. *Maynard hat dich geliebt.* Dass Maynard irgendwen liebte, dass Maynard für jemand anderen sein Leben geben würde, und dann auch noch für mich – allein der Gedanke verblüffte mich. Doch während ich mich anzog und weiter darüber nachsann, begann ich zu begreifen – mein Vater glaubte diesen Quatsch. Das musste er. Maynard war er selbst, war seine Frau, und das verklärte Bild von ihm existierte irgendwie neben den Ermahnungen meines Vaters – dass ich Maynard nicht aus den Augen lassen solle, da ihm nichts zuzutrauen sei. Während ich die Hintertreppe nahm, begriff ich, dass die Aussagen meines Vaters nur mithilfe des seltsamen Glaubens zu verstehen waren, der in Virginia praktiziert wurde – Virginia, wo man es hinnahm, dass eine ganze Rasse in Ketten lag; Virginia, wo Mitglieder derselben Rasse die Kunst beherrschten, Eisen und Marmor in präzisem Maße zusammenzufügen, und dennoch Tiere genannt wurden; Virginia, wo jemand in einem Moment beteuerte, wie sehr er dich liebe, um dich im nächsten Moment zu verkaufen. Oh, die Flüche, die ich mir für meinen närrischen Vater ersann, für dieses Land, in dem Menschen sich in Protz und Prunk kleideten, in Kotillons und Krinolinen, wo das, was es antrieb, tief im Keller ihres Geistes verborgen blieb, auf dieser Sklaventreppe, die ich gerade hinabstieg, ins Labyrinth, in die geheime Stadt, die ein so großes Reich antrieb, dass niemand seinen wahren Namen auszusprechen wagte.

Als ich das Labyrinth betrat, sah ich Thena im Dämmerlicht vor ihrer Tür stehen und mit Sophia reden. Sie musterte mich mit finsterem Blick. Ich lächelte sie an. Thena kam auf mich zu, schüttelte den Kopf, dann legte sie eine Hand an meine Wange und schaute mir in die Augen. Sie lächelte nicht, betrachtete mich nur einen Moment von unten bis oben, und mir war, als vergewisserte sie sich, dass alles an seinem rechten Platz war.

»Nun«, sagte sie, »siehst mir nicht so aus, als wärst du in einen Fluss gefallen.«

Sie war keine warmherzige Frau, Thena, meine zweite Mutter. Man war im Allgemeinen der Ansicht, wenn sie dich nicht verfluchte oder verscheuchte, dann hatte sie vielleicht was für dich übrig, worauf ich auf meine Weise mit stummer Zuneigung reagierte. Und daran war nichts Verwerfliches. Wir hatten unsere eigene Sprache, mit der wir uns versicherten, was wir einander bedeuteten.

Ohne nachzudenken, bediente ich mich an jenem Tag aber einer anderen Sprache. Ich schlang meine Arme um Thena, zog sie an mich und hielt sie fest, als wollte ich ihr zeigen, wie froh ich war, noch am Leben zu sein, hielt sie, als wäre sie Treibgut und ich wieder im Fluss Goose.

Nach einigen Sekunden entzog sie sich, musterte mich noch einmal von oben bis unten, drehte sich um und ging.

Sophia sah ihr nach, und sobald Thena um die Ecke gebogen war, schaute sie mich an und lachte.

»Die alte Schachtel weiß, wie sehr sie dich liebt«, sagte sie.

Ich nickte.

»Ich mein's ernst. Sie hat nie viel mit mir geredet. Seit du aber untergegangen bist, stellt sie ständig Fragen, so von hintenrum, hat versucht, alles von dir rauszufinden.«

»Hat sie nach mir gesehen?«

»Nicht ein einziges Mal – und das sagt mir, wie sehr sie dich liebt. Ich hab sie gefragt, und als sie ganz verlegen wurde, da hab ich gewusst, worum's geht – sie hat's nicht ertragen, dich so zu sehen. Ist auch schwer, Hiram. War sogar schwer für mich, dabei mag ich dich nicht mal, und lieben tu ich dich schon gar nicht.«

Bei diesen Worten klopfte sie mir auf die Schulter, und wir lachten leise miteinander, aber das Herz in meiner Brust setzte kurz aus.

»Und? Wie geht's dir?«, fragte Sophia.

»Ging schon besser«, sagte ich, »bin aber froh, wieder da zu sein, wo ich hingehöre.«

»Soll heißen, nicht am Grund des Goose«, sagte Sophia.

»So ungefähr, ja.«

Eine Stille breitete sich zwischen uns aus, die sich erst unsicher, dann unhöflich anfühlte. Also bat ich Sophia auf mein Zimmer. Sie nahm an. Ich zog einen Stuhl für sie vor, und sobald sie saß, langte sie in ihre Schürze, holte eine Rolle Wolle nebst Nadeln hervor und begann, eine ihrer rätselhaften Sachen zu stricken. Ich saß auf meinem Bett, unsere Knie berührten sich fast.

»Freut mich, dass du dich wieder berappelst«, sagte sie.

»Ja, wird langsam«, sagte ich. »Konnten es aber wohl kaum erwarten, mich aus Maynards Zimmer zu kriegen, findest du nicht?«

»Ist doch besser so, oder?«, erwiderte sie. »Könnte nicht behaupten, dass ich gern im Bett eines Toten schlafe.«

»Stimmt, ist besser so.«

Instinktiv griff ich in meiner Tasche nach der Münze, aber die war nicht mehr da. Sicher hatte ich sie verloren, was mich traurig stimmte. Sie war mein Glücksbringer gewesen, mein Talisman der Straße, auch wenn aus all meinen großen Plänen nichts geworden war.

»Wie hat man mich gefunden?«, wollte ich wissen.

»Corrines Diener«, sagte Sophia, immer noch strickend. »Kennst du ihn? Hawkins?«

»Hawkins?«, fragte ich. »Wo?«

»Am Fluss«, sagte Sophia. »Am diesseitigen Ufer. Mit dem Gesicht nach unten im Schlamm. Keine Ahnung, wie du es da rausgeschafft hast, kalt, wie das Wasser ist. Hast sicher jemanden, der auf dich aufpasst.«

»Kann schon sein«, sagte ich, dachte aber nicht darüber nach, wie ich es aus dem Wasser geschafft hatte. Ich dachte an Hawkins – dass ich ihn am Renntag zweimal sah und dass er es gewesen war, der mich gefunden hatte.

»Hawkins, ja?«

»Genau«, sagte sie. »Corrine, er und Amy, ihr Mädchen, die waren fast jeden Tag da. Wäre sicher nett, sich bei denen zu bedanken.«

»Hast recht«, erwiderte ich. »Schätze, das mach ich auch.«

Sie stand auf, um zu gehen, und ich fühlte den leisen Schmerz, der mich immer überkam, wenn sie das tat.

Nachdem Sophia gegangen war, blieb ich auf dem Bettrand sitzen und dachte über die vergangenen Ereignisse nach. Irgendwas passte nicht zusammen. Sophia hatte gesagt, Hawkins habe mich am Ufer gefunden. Ich aber sah noch deutlich vor mir, wie ich auf dem brachliegenden Acker zu Boden fiel. Ich wusste außerdem, dass ich das Denkmal gesehen hatte, den Stein, der an die Pionierarbeiten meines Vorfahren Archibald Walker erinnerte. Die Brache lag zwei Meilen vom Fluss entfernt, und ich konnte mich nicht erinnern, diese Strecke gelaufen zu sein. Vielleicht hatte ich mir das in meiner Nahtoderfahrung auch nur eingebildet, hatte dieses letzte Bild meiner Ahnen – meine tanzende Mutter, das Denkmal des Gründervaters – gleichsam als das eines Abschieds von dieser Welt heraufbeschworen.

Ich stand auf und verließ mein Zimmer. In der Hoffnung, etwas zu finden, was meine Erinnerung mit Hawkins' Geschichte vereinte, wollte ich zum Brachland gehen, zum Denkmal. Ich folgte dem schmalen Flur, an dem ich wohnte, ging vorbei an Thenas Zimmer und bog in den Tunnel ein, der nach draußen führte. Das Sonnenlicht blendete mich. Ich stand da und blickte mich um, die Linke wie eine Hutkrempe an die Stirn gelegt. Ein Grüppchen Verpflichteter zog mit Spaten und Säcken auf den Rücken an mir vorbei, unter ihnen auch Pete, der Gärtner, der wie Thena zu den Ältesten gehörte, die dank eigenem Geschick Natchez bislang entgangen waren.

»Hallo, Hi, wie geht's?«, fragte Pete, als er an mir vorbeiging.

»Geht so, danke.«

»Gut zu hören«, sagte er. »Aber mach langsam, Sohn, hörst du? Und sorg dafür …«

Er redete weiter, aber die Entfernung und meine Gedanken verschluckten seine Worte, und während er mit seinen Männern ins gleißende Licht verschwand, stand ich nur da, und aus Gründen, die ich nicht kannte, stieg heftige Panik in mir auf. Irgendwie hatte sie mit Pete zu tun – mit der Art und Weise, wie er im Sonnenlicht verschwunden war, so, wie ich nur Tage früher zu verschwinden gemeint hatte, wenn auch nicht ins Licht, sondern ins Dunkel. Erfasst von dieser Panik, hastete ich zurück auf mein Zimmer und warf mich aufs Bett.

Wieder langte ich instinktiv in meine Tasche, nach der Münze, die nicht mehr da war. Den Rest des Tages blieb ich liegen und dachte noch einmal an Hawkins' Geschichte, daran, dass er mich am Ufer gefunden hatte. Ich war mir sicher, im hohen Gras gelegen zu haben, ich konnte mich deutlich erinnern, auch an den großen Stein, ehe ich dann hinfiel, und mein Gedächtnis hatte mich noch nie getrogen.

Wie ich dalag, lauschte ich den Geräuschen des Hauses, diesem Ort der unsichtbaren Sklaverei, hörte, wie sie sich mehrten, je weiter der Nachmittag fortschritt, um später zu verklingen, und damit verrieten, dass es Abend geworden war. Sobald Stille herrschte, ging ich durch den Tunnel nach draußen, vorbei am Licht der Laterne in die Nacht. Der Mond lugte hinter einer Gischt dünner schwarzer Wolken hervor und sah aus wie eine helle Pfütze an dem vom Licht der Sterne durchlöcherten Himmel.

Am Rand der Grünfläche sah ich jemanden über den Bowlingrasen laufen und erkannte im Näherkommen, dass es

Sophia war. Sie hatte sich einen langen Schal um den Kopf gewickelt.

»Bisschen spät für dich, jetzt noch draußen zu sein«, sagte sie. »In deinem Zustand.«

»War den ganzen Tag im Bett«, sagte ich. »Brauch frische Luft.«

Als eine Böe sanft aus der westlichen Baumgruppe herüberwehte, schlang Sophia den Schal fester um sich und schaute dabei die Straße hinab, als hätte etwas von ihr Besitz ergriffen.

»Besser, ich lass dich in Ruhe«, sagte ich. »Schätze, ich mach einen kleinen Spaziergang.«

»Wie?«, sagte sie und sah sich jetzt nach mir um. »Ach was, entschuldige, ist so eine Angewohnheit von mir. Kennst du sicher schon. Manchmal überkommt mich ein Gedanke, und ich vergesse, wo ich bin. Ist gelegentlich ganz praktisch, das kann ich dir sagen.«

»Und was war das für ein Gedanke?«, wollte ich wissen.

Sie schaute zu mir zurück, schüttelte den Kopf, lachte leise.

»Du hast gesagt, du willst spazieren gehen?«

»Genau.«

»Wie wär's, wenn ich mitkomme?«

»Von mir aus gern.«

Ich sagte es eher beiläufig, hätte sie mich in diesem Moment aber gesehen, hätte sie gewusst, dass es für mich viel mehr war als das. Schweigend folgten wir dem gewundenen Weg an den Ställen vorbei zur Straße, demselben Weg, den ich vor all den Jahren auf der Suche nach meiner Mutter entlanggelaufen war. Und dann öffnete sich der Blick, und ich sah die lange Reihe gegiebelter Hütten, früher einmal mein Zuhause.

»Da hast du früher gewohnt, nicht?«

»In der Hütte da vorn«, sagte ich und zeigte sie ihr. »Später dann weiter unten, nachdem ich zu Thena umgezogen war.«

»Vermisst du es?«

»Manchmal, glaub ich«, erwiderte ich. »Aber wenn ich ehrlich bin, dann wollte ich rauf ins Haus. Hatte damals Träume. Große, dumme Träume. Lang vorbei.«

»Und wovon träumst du jetzt?«, fragte sie.

»Nach dem, was ich grad hinter mir hab?«, sagte ich. »Vom Atmen. Ich träume nur vom Atmen.«

Wir sahen zu den Hütten hinüber und beobachteten zwei Gestalten, kaum mehr als Schatten, die bei einer der Hütten auftauchten und davor stehen blieben. Ein Schatten zog den anderen an sich, und so blieben sie minutenlang, bis sie einander freigaben, langsam, und ein Schatten ging wieder hinein, der andere zur Rückseite der Hütte, wo er verschwand, um auf den Feldern wieder aufzutauchen, von wo aus er hinüber zum Waldrand hastete. Ich war mir sicher, dass es sich bei dem Schatten, der jetzt davonlief, um den Schatten eines Mannes handelte, und bei jenem, der zurück in die Hütte gegangen war, um den seiner Frau. So was war damals keineswegs ungewöhnlich, gar nicht wenige Ehen wurden von vielen Kilometern getrennt. Als ich klein war, hatte ich mich gefragt, warum sich Menschen das antun, heute aber, wie ich dort mit Sophia stand und dem durch die Felder rennenden Schatten nachsah, meinte ich, es zu verstehen.

»Weißt du, ich bin von woanders«, sagte sie. »Ich hatte schon ein Leben vor diesem hier. Hatte meine Familie.«

»Und wo war dieses Leben?«

»In Carolina«, antwortete sie. »Bin im selben Jahr geboren wie Helen, Nathaniels Auserwählte. Aber es geht nicht um sie oder um ihn, weißt du. Es geht darum, was ich da unten gehabt hab.«

»Und was war das?«, fragte ich.

»Na ja, vor allem hab ich einen Mann gehabt. Einen guten Mann. Groß. Stark. Wir haben gern getanzt, weißt du. Sind samstags mit den Leuten zu diesem alten, halb verfallenen Räucherhaus gefahren und haben das Tanzbein geschwungen.«

Sie verstummte, vielleicht, um der Erinnerung nachzuhängen.

»Tanzt du, Hi?«

»Kein bisschen«, sagte ich. »Meine Momma hatte das Talent, wurde mir gesagt, aber ich schlag in der Hinsicht wohl eher nach meinem Vater.«

»Hat nichts mit ›Talent‹ zu tun, Hi, man macht's einfach. Das Beste am Tanzen ist, dass es völlig egal ist, ob wer Talent dazu hat oder nicht. Das Einzige, was man falsch machen kann, wäre, sich den ganzen Abend einsam an die Wand des alten Räucherhauses zu lehnen.«

»Was du nicht sagst.«

»Ja, sag ich. Aber dass wir uns nicht falsch verstehen: Ich war ein verdammt heißer Feger, ein Schwung mit den Hüften, und die übrigen Ladys konnten heimgehen.«

Wir mussten beide lachen.

»Wie schade, dass ich das nicht erlebt habe – dass ich dich nicht hab tanzen sehen«, sagte ich. »Früher war das hier alles anders, weißt du. Und als Kind war ich ein Eigenbrötler. Bin ich auch als Mann eigentlich noch.«

»Ja, merk ich«, sagte sie. »Erinnert mich an meinen Mercury. War auch so ein Stiller. Das hat mir so gefallen an ihm. Egal, was war, ich wusste, zwischen uns gab es dieses Band. Hätte wissen müssen, dass es nicht hält. Aber, Mann, konnte der tanzen. Damals war uns tanzen wichtiger als essen. Brachten das alte Räucherhaus zum Toben, und mein Mercury, in Tretern dick wie Biskuits, war leichtfüßig wie eine Taube.«

»Was ist passiert?«, fragte ich.

»Dasselbe, was hier passiert. Was überall passiert. Ich hatte eine Familie, Freunde, Kansas, Millard, Summer … Leute eben, weißt du? Nein, kannst du nicht wissen, aber du weißt, was ich meine.«

»Ja«, sagte ich. »Tu ich.«

»Doch keiner war wie Mercury«, fuhr sie fort. »Hoffe, ihm geht's gut. Hoffe, er hat sich in Mississippi eine dicke Frau geangelt.«

Und sie machte wortlos kehrt und ging zurück.

»Ich hab keine Ahnung, warum ich dir das alles erzähle«, sagte sie. Ich nickte und hörte weiter zu. So war es immer. Leute redeten mit mir. Sie erzählten mir ihre Geschichten, vertrauten sie mir an, und ich bewahrte sie auf, hörte zu, vergaß nichts.

Am nächsten Morgen wusch ich mich und ging nach draußen, als die Sonne gerade über den Bäumen aufstieg. Ich ging vorbei am Bowlingrasen, dann an den Obstwiesen, auf denen Pete und seine Truppe – Isaiah, Gabriel und Wild Jack – bereits Äpfel pflückten und behutsam in Jutetaschen legten. Ich lief zum kleeüberwucherten Brachland, lief, bis ich das steinerne Denkmal sah. Einen Moment lang blieb ich dann stehen, ließ alles zu mir zurückkommen – den Fluss, den Nebel, das schwankende hohe Gras, schwarz im Wind, und auch das Ahnendenkmal, das so plötzlich aufgetaucht war. Ich ging einmal herum, zweimal; dann sah ich etwas in der Morgensonne glitzern, und noch ehe ich mich bückte, ehe ich es aufhob, ehe ich den Rand abtastete, ehe ich es in meine Tasche steckte, wusste ich, es war meine Münze, mein Coupon für den Eintritt in ein besseres Reich – nur war es nicht das, was ich mir lange darunter vorgestellt hatte.

6

ICH WAR ALSO AUF DEM BRACHLAND gewesen. Und wenn ich auf diesem Acker gewesen war, musste auch alles andere stimmen – der Fluss, der Nebel, das blaue Licht. Stocksteif stand ich in Klee und Wiesenlieschgras, die Münze jetzt in der Tasche und in meinem Kopf ein so großer Druck, dass die Welt um mich herum ins Trudeln und Schlingern geriet. Ich kniete mich ins hohe Gras. Ich hörte mein Herz wummern. Ich zog ein Taschentuch aus meinem Wams und trocknete mir den Schweiß, der mir plötzlich von der Stirn tropfte. Ich schloss die Augen. Ich holte mehrmals lang und tief Luft.

»Hiram?«

Als ich die Augen aufschlug, sah ich Thena vor mir stehen. Schwankend kam ich auf die Beine und spürte, wie mir der Schweiß jetzt in Strömen übers Gesicht lief.

»Oje«, sagte sie und legte dann eine Hand an meine Stirn. »Was tust du nur, Junge?«

Ich fühlte mich schwach. Ich brachte kein Wort heraus. Thena legte meinen Arm um ihre Schultern und führte mich zurück zu den Feldern. Mir war bewusst, dass wir uns bewegten, doch mein Fieber verzerrte jede Wahrnehmung zu einer Sturzflut herbstlicher Braun- und Rottöne. Der Geruch von

Lockless, die stinkenden Ställe, das brennende Gestrüpp, die Obstwiesen, an denen wir vorbeitaumelten, selbst Thenas süßer Schweiß roch auf einmal so intensiv, so überwältigend. Ich weiß noch, wie ich im Dunst vor mir verschwommen den Tunnel ins Labyrinth wahrnahm, ehe ich mich krümmte und mich in ein Becken erbrach. Thena wartete, bis es vorüber war.

»Alles in Ordnung?«

»Ist alles gut.«

Zurück in meinem Zimmer, half Thena mir, die Übersachen auszuziehen, reichte mir frische Unterwäsche und ging nach draußen. Als sie wieder hereinkam, lag ich auf meinem Seilbett, die Decke bis zu den Schultern hochgezogen. Thena nahm den Steinkrug vom Sims, ging zum Brunnen, kehrte zurück, stellte den Krug auf den Tisch, nahm sich ein Glas, schenkte Wasser ein und gab es mir.

»Musst dich ausruhen«, sagte sie.

»Ich weiß.«

»Wenn du das weißt, was treibst du dich denn da draußen rum?«

»Ich wollte nur … wie hast du mich gefunden?«

»Hiram, ich finde dich immer«, sagte sie. »Deine Sachen nehme ich zum Waschen mit. Bring sie dir nächsten Montag wieder.«

Thena stand auf und ging zur Tür.

»Wir reden noch mal drüber«, sagte sie, »aber jetzt ruh dich aus. Sei nicht dumm.«

Ich schlief gleich ein und versank in eine Traumwelt, doch keine, an die ich mich erinnerte. Ich war wieder draußen bei den Ställen, hatte eben erst meine Mutter verloren und guckte in die Augen des Tennessee Pacers, bis ich mich darin verlor und in jenem Speicher wieder zu mir kam, wo ich, versunken in Kindergedanken, so oft gespielt hatte.

Am nächsten Morgen kam Roscoe auf mein Zimmer. »Mach langsam«, sagte er. »Die lassen dich früh genug wieder hart arbeiten. Ruh dich erst mal aus.«

Doch wie ich so dalag, spukten mir nur Fragen und Wahnvorstellungen im Kopf herum – Hawkins' Schwindel, meine tanzende Mutter auf der Brücke. Arbeit bot die einzige Zuflucht. Ich zog mich an, ging durch den Tunnel nach draußen und wollte ums Haus herumlaufen, als ich Corrine Quinns Kutsche langsam die Hauptstraße hinaufrollen sah. Seit Maynards Dahinscheiden war dies ein vertrauter Anblick geworden. Meist kam Corrine mit Hawkins und ihrer Magd Amy, um den Nachmittag mit meinem Vater im Gebet zu verbringen. Früher war man in diesem Haus nicht sonderlich religiös gewesen. Mein Vater stammte aus Virginia, und als Nachfahren seiner revolutionären Ahnen haftete ihm eine gewisse Gottlosigkeit an, wie auch jener alten Zeit, in der alles infrage gestellt worden zu sein schien. Jetzt jedoch, da mein Vater den einzigen Erben verloren hatte, sein Vermächtnis an die Welt, schien ihm nur noch der christliche Gott zu bleiben. Ich wich zurück, einige Schritte bis in den Tunnel, und sah, wie Hawkins erst seiner Herrin, dann der Magd aus der Kutsche half; zu dritt gingen sie hinauf zum Haus. Ich wusste damals nicht, warum sie mir so unheilvoll erschienen. Ich wusste nur, dass sich ihre Nähe schrecklicher anfühlte als irgendein Heiliger Geist.

Ich dachte daran, eine Gewohnheit aus Kindertagen wieder aufzugreifen und dort mitzuarbeiten, wo ich gerade gebraucht wurde. Doch als ich von der Küche zur Räucherkammer ging, von der Räucherkammer zum Stall und weiter zur Obstwiese, erntete ich überall nur bedauernde Blicke, und mir wurde klar, dass irgendwer – Thena, Roscoe, vielleicht auch beide – befohlen hatte, mich nicht arbeiten zu lassen. Also entschied ich, mir selbst eine sinnvolle Tätigkeit zu suchen. Ich ging zurück auf mein Zimmer, tauschte meine Haussachen gegen einen Overall sowie festes Schuhwerk und ging zum Ziegelschuppen kurz vorm Wald, gleich westlich vom Haupthaus, in dem mein Vater ein Sammelsurium an Sofas, Schemeln, Sekretären, Rollpulten und anderen Möbeln aufbewahrte, die auf ihre Restaurierung warteten. Es war später Vormittag, die Luft kalt und klamm. Laub klebte an meinen Schuhsohlen. Ich öffnete den Schuppen. Ein Lichtbalken fiel durch ein kleines viereckiges Fenster auf das Durcheinander, in dessen Licht ich einen Adams-Sekretär sah, ein Kamelrückensofa, einen Eckstuhl aus Seidenholz, eine Aufsatzkommode aus Mahagoni und anderes Mobiliar so alt wie Lockless selbst. Aus Sentimentalität entschied ich mich für die Mahagonikommode. Darin hatte mein Vater einst geheime und wertvolle Dinge verwahrt, was ich wusste, weil Maynard sie oft genug durchsucht und mir von seinen Funden erzählt hatte. Nachdem ich mich also entschieden hatte, kehrte ich zurück ins Labyrinth, ging mit einer Lampe zum Lagerschrank und suchte, bis ich eine Dose Wachs, einen Becher Terpentin und einen Tontopf fand. Gleich vorm Schuppen rührte ich Wachs und Terpentin im Topf zusammen, ließ die Lösung ruhen und zog mit nicht geringer Anstrengung die Kommode nach draußen. Danach war mir ein wenig schwindlig. Ich stützte mich mit den Händen auf den Knien ab und atmete einige Male kräftig durch. Kaum blickte ich wieder auf, entdeckte ich

Thena auf dem Rasen unter den Bäumen, wie sie zu mir herüberschaute.

»Geh zurück auf dein Zimmer!«, schrie sie.

Ich lächelte und winkte, sie schüttelte den Kopf und stakste davon.

Den Rest des Tages brachte ich damit zu, die Kommode abzuschmirgeln. Wenn ich dabei in eine Art Gedankenlosigkeit versank, fühlte ich mich so friedlich wie seit Tagen nicht mehr.

In jener Nacht schlief ich lang und tief, traumlos, und ich freute mich beim Aufwachen darauf, die gestrige Arbeit fortsetzen und mich wieder dieser Gedankenlosigkeit überlassen zu können. Kaum hatte ich mich angezogen, ging ich zurück zum Schuppen und sah, dass die Mixtur aus Terpentin und Wachs jetzt fertig war. Am späten Vormittag glänzte die Kommode in der Sonne. Ich trat einen Schritt zurück, um mein Werk zu bewundern. Und gerade, als ich auf der Suche nach einem weiteren lohnenswerten Möbelstück erneut in den Schuppen gehen wollte, sah ich Hawkins über den Rasen auf mich zukommen. Während ich gearbeitet hatte, war Corrine offensichtlich zurückgekehrt.

»Morgen, Hi«, sagte Hawkins. »So wirst du doch genannt, oder?«

»Von manchen«, sagte ich.

Daraufhin lächelte er, was die kantige, knochige Architektur seines Gesichts noch unterstrich. Er war ein hagerer Mann von mulattenhaftem Äußeren, die Haut so straff gespannt, dass man an einigen Stellen den grünen Rand der Blutgefäße sehen konnte. Wie in eine Blechdose eingelassene Edelsteine saßen die Augen tief im Schädel.

»Wurde hergeschickt, um dich zu holen«, sagte er. »Miss Corrine hätte gern ein Wort mit dir.«

Ich kehrte mit Hawkins zum Haus zurück und verschwand auf mein Zimmer, um festes Schuhwerk und Overall gegen Anzug und Hausschuhe zu tauschen. Dann lief ich über die Hintertreppe zur Geheimtür, schob sie auf und betrat den Salon. Mein Vater saß auf dem ledernen Chesterfield, Corrine neben ihm. Mit beiden Händen umfasste er ihre Hand, das Gesicht schmerzlich verzerrt, als er allem Anschein nach versuchte, ihr in die Augen zu blicken, was Corrines schwarzer Trauerschleier aber unmöglich machte. Hawkins und Amy flankierten in respektvollem Abstand das Chesterfield, ließen ihre Blicke durch den Salon schweifen und warteten auf Anweisungen. Corrine redete fast im Flüsterton mit meinem Vater, wenn auch laut genug, dass ich quer durch den lang gezogenen Raum Teile ihrer Unterhaltung verstehen konnte. Sie sprachen über Maynard, teilten ihre Sehnsucht nach ihm, vielmehr seiner schöngeredeten Version, denn dieser Maynard – für sie ein zur Reue bereiter Sünder – war nicht der Maynard, den ich gekannt hatte. Corrine sprach, mein Vater nickte, dann sah er zu mir herüber und ließ ihre Hand los. Er stand auf, wartete, bis Hawkins die Schiebetür aufgezogen hatte, warf mir einen immer noch schmerzverzerrten letzten Blick zu und ging. Hawkins schloss die Tür wieder, und ich fragte mich, ob ich das Gespräch falsch gedeutet hatte, denn mich überkam das ungute Gefühl, dass es dabei nicht allein um Maynard gegangen war.

Mir fiel auf, dass alle Schwarz trugen, Hawkins einen schwarzen Anzug, Amy ein schwarzes Kleid und wie Corrine einen Schleier, wenn auch einen von etwas schlichterer Art. Als ich Corrines Bedienstete so dastehen sah, kamen sie mir vor wie die Verlängerung ihres innersten Befindens, wie ätherische Projektionen der Witwentrauer.

»Du hast bereits Bekanntschaft mit meinen Leuten gemacht«, sagte sie. »Oder?«

»Denk schon, Ma'am«, sagte Hawkins lächelnd, »aber als ich den Jungen das letzte Mal gesehen hab, war er gerade dabei, mit dem Tod Bekanntschaft zu machen.«

»Ich sollte mich bedanken«, erwiderte ich. »Mir wurde gesagt, dass ich wohl gestorben wäre, wenn du mich nicht am Ufer gefunden hättest.«

»Kam zufällig vorbei«, sagte Hawkins, »und sah ein großes Vieh am Boden liegen. Erst im Näherkommen seh ich, ist gar kein Vieh, ist ein Mensch. Brauchst mir aber nicht zu danken. Hast dich selbst aus dem Fluss gerettet, und da gehört schon was zu. Hat dieser Goose dich erst in den Fängen, Bruder, lässt er dich eigentlich nicht wieder los. Und es allein bis ans Ufer zu schaffen? Eine ziemliche Leistung, bist ein echter Kerl. Der Goose hat Kraft, richtig mächtig viel Kraft zu dieser Jahreszeit. Reißt jeden mit.«

»Nun, ich danke dir trotzdem«, sagte ich.

»War doch nichts weiter«, sagte Amy. »Er hat nur getan, was man für einen tut, der so gut wie zur Familie gehört.«

»Und genau das wären wir doch geworden, eine Familie«, sagte Corrine. »Und ich finde, daran sollte sich nichts ändern. Diese Tragödie darf uns nicht auseinanderbringen. Ein Mensch wählt seinen Weg. Er weiß, wohin er gehen muss, welche Sintflut auch immer über ihn hereinbricht.«

»Die Frau ist die Vollendung des Mannes«, fuhr Corrine fort. »Dafür hat unser Herrgott gesorgt. Wir geben uns die

Hand zum Ehebund, und die Rippe findet an ihren Platz zurück. Du bist ein kluger Junge, das wissen alle. Dein Vater spricht von dir wie von einem Wunder. Er redet von deinem Genie, deinen Fertigkeiten, deinen Lesekünsten, wenn auch nicht allzu laut, denn Neid lässt die Knochen der Menschen faulen. Aus Neid erschlug Kain seinen Bruder. Aus Neid täuschte Jakob seinen Vater. Und deshalb muss dein Genie im Verborgenen bleiben, doch ich weiß, ich weiß.«

Der Salon lag im Dämmerlicht, die Vorhänge waren halb zugezogen. Von Corrines und Amys Gesicht konnte ich nur die Umrisse erkennen. Corrine sprach mit leichtem Tremolo, als hätte sie nicht eine, sondern drei zitternde Stimmen, eine groteske Harmonie, die der unbestimmbaren, vom Trauerschleier verborgenen Düsternis entströmte.

Und nicht nur der Ton ihrer Stimme war ungewöhnlich, sondern auch das, worüber sie sprach. Heute lässt sich das kaum noch erklären, denn damals herrschte eine andere Zeit mit eigenen Ritualen, eigener Choreografie und eigenen Manieren für die Schichten und Unterschichten aus Oberen, Verpflichteten und niedren Weißen. Es gab Dinge, die man sagte, und solche, die man nicht sagte, und was man tat, bestimmte den Platz in der Hierarchie. So erkundigten sich die Oberen nie nach dem Befinden ihrer »Leute«. Man kannte unsere Namen, und man kannte unsere Eltern. *Uns* aber kannte man nicht, denn uns nicht zu kennen war entscheidend für ihre Macht. Um ein Kind aus den Händen seiner Mutter verkaufen zu können, durfte man diese Mutter nur so weit kennen wie unbedingt nötig. Um einen Mann entkleiden, ihn zu Schlägen verurteilen, ihm die Haut vom Leib peitschen und ihn dann mit Salzwasser einsalben zu lassen, darfst du für ihn nicht wie für deinesgleichen empfinden. Du darfst dich in ihm nicht wiedererkennen, da deine Hand sonst zögert, und deine Hand darf niemals zögern, denn in dem Moment, wo sie zögert, wissen die Verpflichteten, dass du sie siehst und damit auch dich selbst. Nach diesem Moment tiefsten Begreifens bist du erledigt, denn du kannst nicht mehr so herrschen, wie du es müsstest. Du kannst nicht länger sicher sein, dass der Boden um die Tabakpflanzen gemäß deinen Erwartungen angehäufelt wird, dass die Stecklinge zur rechten Zeit gesetzt werden, dass Unkraut gejätet und der Boden sorgsam gehackt wird, dass die Ernte eingebracht und der Same eingelagert wird, dass man die Blätter am Stängel lässt und dass die Stängel aufgefädelt und im rechten Abstand zueinander aufgehängt werden, damit die Pflanzen weder schimmeln noch vertrocknen, sondern zu jenem Virginia-Gold heranreifen, das gewöhnliche Sterbliche in den Pantheon der Oberen erhebt. Auf jeden Schritt kommt es an, jeder einzelne muss mit äußerstem Bedacht verfolgt werden, und es gibt nur eine Art, dafür zu sorgen, dass jemand sich solche Mühe bei einem Verfahren gibt, das ihm selbst nichts einbringt, und diese Art heißt Folter, Mord und Verstümmelung, Kindesraub und Terror.

Dass Corrine so mit mir redete, dass sie versuchte, eine menschliche Bindung zu knüpfen, fand ich daher erst bizarr, dann beängstigend, war ich mir doch sicher, dass diesem Versuch dunklere Ziele zugrunde lagen. Nur konnte ich ihr Gesicht nicht sehen und folglich nicht nach Anzeichen Ausschau halten, die diese Ziele vielleicht verrieten. *Ich weiß*, hatte sie gesagt, *ich weiß*. Und während ich mich daran erinnerte, was Hawkins erzählt hatte, aber auch an das, was wirklich geschehen war, fragte ich mich, was genau sie wusste.

Ich suchte nach Worten – »Maynard konnte sehr charmant sein, Ma'am«, sagte ich – und wurde gleich korrigiert.

»Nein, charmant war er nicht«, sagte sie. »Er war grob. Leugne das nicht. Schmier mir keinen Honig ums Maul, Junge.«

»Natürlich nicht, Ma'am«, sagte ich.

»Ich habe ihn gut gekannt«, fuhr sie fort. »Er hatte nicht den geringsten Unternehmungsgeist und keine Spur Talent. Aber ich habe ihn geliebt, denn ich bin eine Heilerin, Hiram.«

Sie schwieg einen Moment. Es war spät am Vormittag. Die Sonne blinzelte durch die grüne Jalousie, und es herrschte eine unnatürliche Stille in diesem Haus, in dem die Verpflichteten sonst so eifrig ihrer Arbeit nachgingen. Ich wollte unbedingt wieder zurück in den Schuppen, um mir den Sekretär oder vielleicht auch einen Eckstuhl vorzunehmen, denn ich spürte, es war nur noch eine Frage der Zeit, bis sich unter mir eine Falltür öffnete.

»Sie haben sich über uns lustig gemacht, weißt du«, sagte sie. »Die ganze Gesellschaft hat gekichert – ›die Herzogin und ihr Simpel‹ hat man uns genannt. Vielleicht weißt du ja ein wenig über diese ›Gesellschaft‹. Vielleicht weißt du etwas über Männer, die ihre irdischen Ziele mit Frömmigkeit und Stammbaum kaschieren. Maynard kannte sich damit nicht aus. Er besaß keinen Charme, war frei von Arglist. Er konnte keinen Walzer tanzen. Auf den Sommerfesten führte er sich auf wie ein Trampel, aber er machte keinen Hehl daraus. Er war ein echter Trampel. Mein Trampel.«

Als sie dies sagte, erbebte ihre Stimme auf neue Weise – in tiefer Trauer.

»Ich sage dir, ich bin untröstlich«, erklärte sie. »Untröstlich.« Ich hörte sie leise hinter dem Trauerschleier weinen und fragte mich, ob sie mir vielleicht doch nichts vormachte, ob sie nicht womöglich war, was zu sein sie vorgab – eine junge, trauernde Witwe, deren Verlangen, Kontakt zu mir zu finden, nur dem Verlangen entsprang, jenen nahe zu sein, die ihm nahe gewesen waren, und ich war schließlich nicht bloß sein Sklave gewesen, sondern auch sein Bruder und trug also etwas von ihm in mir.

»Ich denke, du weißt sicher, wie untröstlich man sich fühlt«, fuhr sie fort. »Du warst seine rechte Hand, und so frage ich mich, was ohne seine Führung aus dir wird, ohne seinen Schutz. Ich meine das keineswegs unfreundlich. Es heißt, du hättest ihn vor seiner Impulsivität, vor seinem Leichtsinn bewahrt. Und mir wurde auch gesagt, du hättest ihm in schwieriger Zeit mit Rat und Tat beiseitegestanden. Zudem sagt man, dass du ein kluger Junge seist. Nur Narren verachten Weisheit und Belehrung. Und er war dir doch ein Lehrer, nicht wahr? Aber jetzt, so der gute Howell Walker, sieht man dich planlos umherirren, ständig beschäftigt, nur ohne Ziel.

Fühlst du wie ich, schlägst die Zeit mit Aktivitäten tot und hoffst, auf diese Weise nicht an ihn denken zu müssen? Einer Frau ergeht es gar nicht so viel anders, weißt du? Alle haben ihre Arbeit. Und deshalb frage ich mich, ob du ihn wie ich in allem siehst, was du tust, denn für mich ist er überall, Hiram. Ich sehe sein Gesicht in den Wolken, im Land, in meinen Träumen. Ich sehe ihn verirrt in den Bergen. Und ich sehe ihn im Fluss gefangen, sehe ihn in jenen letzten, schrecklichen Momenten, in seinem edlen Kampf mit der Tiefe. So ist er doch gewesen, nicht wahr, Hiram?

Du warst es, der ihn zuletzt gesehen hat, du allein kannst davon berichten. Ich will nicht gegen sein Ableben aufbegehren, da vertraue ich ganz meinem Herrn und niemals dem eigenen gemeinen Verstand. Nur leide ich unter dem Unwissen, unter meinen Fantasien. Sag mir, dass er starb, wie es sich für einen Mann seines Namens, seines Standes geziemt. Sag mir, dass er im Einklang mit dem wahren Wort starb, nach dem er lebte.«

»Er hat mich gerettet, Miss Corrine, so viel steht nun mal fest.« Ich weiß nicht, warum ich das gesagt habe. Ich hatte nur wenig Zeit mit Corrine Quinn persönlich verbracht, und alles an ihr verstörte mich. Also folgte ich meinem Instinkt, und der riet mir, sie zu trösten, ihren Schmerz so gut wie möglich zu lindern, zu meinem eigenen Besten.

Sie hob die behandschuhten Hände unter den Schleier. Ihr Schweigen zwang mich weiterzureden.

»Ich ging unter, Ma'am, und fuchtelte mit den Armen«, sagte ich. »Die Wellen waren wie riesige Messer, und ich dachte, es geht zu Ende mit mir. Er aber zog mich wieder nach oben und hielt mich, bis ich stark genug war, aus eigener Kraft zu schwimmen. Als ich ihn zuletzt sah, war er gleich neben mir, aber Kälte und Strömung waren wohl doch zu stark.«

Sie schwieg einen Moment. Und als sie dann wieder das Wort ergriff, bebte ihre Stimme wie eine Stimmgabel. »Master Howell hast du nichts davon erzählt?«

»Nein, Ma'am«, erwiderte ich. »Die Einzelheiten hab ich ihm erspart, da er es kaum ertragen hat, auch nur den Namen seines verstorbenen Sohnes zu hören. Der Vorfall bekümmert uns alle. Ihnen erzähle ich es bloß, weil Sie mich so rührend darum gebeten haben und weil ich hoffe, meine Worte schenken Ihnen ein wenig Frieden.«

»Dafür danke ich dir«, sagte sie. »Es macht dir größere Ehre, als du wissen kannst.«

Wieder sagte sie einen Moment lang nichts. Ich stand da und wartete auf die nächste Frage. Als sie weiterredete, klang ihre Stimme ein wenig heller. »Dein Herr ist also von dir gegangen. Du bist noch jung – lässt dich aber treiben, wie mir zu Ohren kam. Was soll nun aus dir werden?«

»Ich gehe dahin, wo ich gebraucht werde, Ma'am.«

Sie nickte. »Vielleicht wirst du ja an meiner Seite gebraucht. Maynard hat dich so geliebt. Dein Name bot Anlass zu hohen Erwartungen. Mein Held war auch dein Held. Er hat sein Leben für dich gegeben. Wenn die Zeit gekommen ist, bist du es vielleicht, der gibt. Könntest du dir das vorstellen, Hiram?«

»Das könnte ich.«

Das konnte ich tatsächlich, wenn auch nicht sofort, dann doch in jener Stunde, in der ich darüber nachdachte. Trauer und Tränen mochten echt gewesen sein, ganz sicher aber wusste ich nur, dass sie dunkle Absichten hegte, dass sie mich von Lockless loseisen und meine Dienste, meinen Körper als ihr Eigen beanspruchen wollte. Man sollte nicht vergessen, was ich war, kein Mensch, sondern Besitz, und zudem wertvoller Besitz – jemand, der sich mit allen Belangen des Herrenhauses und auch mit der Ernte auskannte, der lesen konnte und mit Gedächtniskunststücken zu unterhalten wusste. Ich war für meinen Fleiß bekannt, mein ruhiges Naturell, meine Wahrhaftigkeit. Mich zu sich zu holen würde ihr gewiss nicht allzu schwerfallen. Schließlich war ich ihr durch ihre Verbindung mit Maynard gleichsam schon versprochen. Jetzt brauchte sie nur noch meinen Vater zu bitten, diesen Teil ihres Abkommens einzuhalten, mich ihr in Trauer und Leid zum Trost zu überlassen. Wo aber wäre dann mein Zuhause? Es war bekannt, dass Corrine Ländereien in Elm County besaß und auch tiefer im

Westen, jenseits der Berge in den weniger entwickelten Gegenden dieses Staates. Sie waren das Fundament ihres Reichtums, denn dank der Verwaltung verschiedenster Interessen – Holz, Salzminen, Hanf – habe sie, hieß es, jenen allgemeinen Verfall meiden können, der Elm County nun heimsuche. Doch was es auch war, nach diesem Treffen wusste ich, dass mir eine neue Gefahr drohte, nicht Natchez, sondern die Trennung von Lockless, dem einzigen Zuhause, das ich kannte.

Maynards Leiche wurde nie gefunden. Doch man entschied, dass sich all die weit verstreut lebenden Walkers, sofern es ihnen möglich war, zu Weihnachten auf Lockless versammeln sollten, um Erinnerungen an den dahingeschiedenen Erben auszutauschen. Einen Monat lang trafen wir die nötigen Vorbereitungen. Wir putzten, fegten, wischten die oberen Salons, die in den Jahren seit dem Tod von Maynards Mutter nicht mehr genutzt worden waren. Ich staubte im Schuppen aufbewahrte Spiegel ab, reparierte zwei alte Seilbetten und ließ sie, zusammen mit einem kleinen Piano, ins Haus bringen. Abends arbeitete ich auf der Straße mit Lorenzo, Bird, Lem und Frank. Es tat gut, wieder dort und bei ihnen zu sein, sie waren in Kindertagen meine Spielkameraden gewesen. Wir richteten Hütten her, die leer standen, da die Zahl der Verpflichteten abgenommen hatte. Wir flickten Dächer, entsorgten Vogelnester und holten aus dem Haus Bezüge für die Pritschen, da wir wussten, wir würden nicht bloß die Walkers, sondern auch deren Verpflichtete unterbringen müssen.

Die Arbeit leerte meinen Geist und verlief jetzt in einem vertrauten Rhythmus, der so spürbar wurde, dass Lem nicht anders konnte, als laut zu singen:

Going away to the great house farm
Going away to where the house is warm
When you look for me, Gina, I'll be far gone.

Und dann sang er noch einmal, hielt diesmal aber die Pausen für den Chor ein, und wir alle wiederholten Zeile für Zeile. Und dann waren wir an der Reihe, ergänzten das Lied mit den Strophen anderer Versionen oder reimten selbst, bauten die Ballade aus, Zimmer um Zimmer, wie das große Haus, über das wir sangen. Als ich dran war, röhrte ich:

Going away to the great house farm
Going up, but won't be long
Be back, Gina, with my heart and my song.

Dann beschlossen die Älteren, wir sollten auch ein Fest feiern, und dafür brauchten wir einen passenden Tisch. Ein Baum wurde gefällt, entastet und geschält, Beine wurden angebracht, und so bekamen wir unsere Festtafel. Die Arbeit war hart, aber sie verdrängte all die schwierigen und heiklen Fragen aus meinem Kopf.

Heiligabend stand ich am frühen Morgen auf der Hausveranda, schaute mich um; und gerade, als die Sonne über die kahl und braun gewordenen Berge lugte, sah ich im aufkommenden Sonnenlicht den langen, gewundenen Treck der Walkers. Ich zählte zehn Wagen, lief die Treppe hinunter, hieß willkommen und half den mitgereisten Verpflichteten beim Entladen des Gepäcks. In meiner Erinnerung ist dies eine schöne Zeit, denn zum Zug der Walkers gehörten Farbige, die mich schon als Kind gekannt hatten, die auch meine Mutter gekannt hatten und die mit großer Zärtlichkeit von ihr erzählten.

Damals war es weihnachtlicher Brauch, uns allen eine Extraportion Lebensmittel zu geben – zwei Scheffel Mehl und Schrot, die dreifache Menge an Speck und gesalzenem Schweinefleisch sowie das Fleisch zweier ganzer Rinder zur beliebigen Verwendung. Aus unseren Gärten holten wir Blumen- und Gemüsekohl, und die schlachtreifen Hühner wurden gerupft. Am ersten Weihnachtstag teilten wir uns auf, die eine Hälfte bereitete das Fest oben im Haus vor, die Übrigen arbeiteten für unser Fest am Abend unten auf der Straße. Fast den ganzen Morgen sammelte und hackte ich Holz für die Küche und fürs Lagerfeuer. Am Nachmittag ging ich dann durch den Wald hoch zum Haus und kehrte mit zehn Korbflaschen Rum und Bier zurück. Nach Sonnenuntergang am frühen Abend wehten die pikanten Gerüche unseres späten Essens – gebratene Hühnchen, Biskuits, Aschkuchen und Gemüsesud – über die Straße. Männer und Frauen aus Starfall, die Verwandte in Lockless hatten, brachten Pasteten und Süßes für den Nachtisch. Georgie und seine Frau Amber lächelten, als sie zwei frisch gebackene Apfelstrudel hervorzauberten. Ich half den Männern, die langen Bänke zu holen, die wir erst tags zuvor behauen hatten, doch waren wir mehr Leute, als es Plätze gab. Also besorgten wir noch Kisten, Tonnen, Holzstämme, Steine und was auch immer wir finden konnten, um sie rund ums Feuer zu verteilen. Nachdem das Küchenpersonal zu uns herabgekommen war, wurden Gebete gesprochen, und wir aßen.

Als sich alle vollgestopft hatten und bis zum Platzen satt waren, begann man beim Licht des Lagerfeuers, Geschichten über die Geister von Lockless zu erzählen, über unsere Dahin-

und Fortgegangenen. Zev, ein Cousin ersten Grades meines Vaters, den es nach Tennessee verschlagen hatte, kehrte mit seinem Diener Conway zurück, einem meiner Kindheitsfreunde, und mit Conways Schwester Kat. Sie hatten meinen Onkel Josiah gesehen, jetzt mit einer neuen Frau und zwei kleinen Mädchen. Und sie hatten Clay und Sheila gesehen, die dank eines unfassbaren Wunders zwar verkauft, aber zusammen verkauft worden waren, und das war ein Trost. Und da waren Philipa, Thomas und Brick, die man mit Zev fortgebracht hatte und die alt geworden, aber noch am Leben waren. Dann kam das Gespräch auf Maynard.

»May, dieser Junge, wird im Tod mehr betrauert, als er im Leben je geliebt wurde«, sagte Conway. Er saß am Feuer, die Hände ausgestreckt, um sie zu wärmen. »Bei denen klingen die Lügen wie's reinste Evangelium. Dabei, das sag ich euch, haben die früher über den Jungen geredet wie über einen Fehler der Natur, aber heute wollen sie uns weismachen, er sei der wiedergeborene Christus gewesen.«

»Ist eine Art Wiedergutmachung«, sagte Kat. »Sollten sie vielleicht seine ganzen Verfehlungen herunterbeten?«

»Wär doch ein Anfang«, sagte Sophia. »Wenn ich abtrete, soll bloß keiner Lügen über mich erzählen. Sollen alle ruhig sagen, was ich war, von Anfang bis Ende.«

»Wie ich unsereins kenn«, sagte Kat, »sagt kein Mensch ein Wort, höchstens: ›Fang an zu graben.‹«

»Was auch immer«, sagte Sophia. »Bloß keine Lügen. Kein Schöngerede. Kam auf die harte Tour, hab so gelebt und sterb auch so. Mehr gibt's nicht zu sagen.«

»Geht nicht um Maynard«, sagte Conway. »Geht um die, die ihn begraben, ist so was wie ihre Entschuldigung, weil sie den Mann wie Dreck behandelt haben, und jetzt ist er im Goose ertrunken. Ich sag euch, ging sogar mir an die Nieren. Ich hab den Jungen nie für voll genommen, hab ihn nie für einen Mann gehalten. Nach allem, was ich so hör, hat er sich auch nicht großartig verändert. Und wenn das stimmt, will ich wetten, dass die sich jetzt ihre Schuldgefühle von der Seele reden wollen.«

»Ihr Nigger seid wirklich so blöd, wie es immer heißt«, erklärte Thena. Sie stand nahe am Feuer, blickte direkt in die Flammen. »Glaubt ihr wirklich, hier geht's um Maynard?«

Niemand gab Antwort. Thena blickte auf und musterte ihr Publikum. Ehrlich gesagt, sie hatten alle Angst vor ihr, doch das Schweigen, das aus dieser Angst erwuchs, brachte Thena nur noch mehr auf.

»Land, Nigger! Land! Dieses Land hier um uns herum! Sie schmieren dem Howell Honig um den Bart«, sagte sie, schwieg erneut und schaute sich um. Ich war nah genug, um die Schatten des Lagerfeuers über ihr Gesicht spielen zu sehen, ihre winterlichen Atemwolken. »Hinter seinem Erbe sind sie her. Geht ums Land, Nigger! Ums Land und um uns! Das Ganze ist ein Spiel, und dem Gewinner gehören die Plantage und wir.«

Wir hatten schon verstanden. Nur war dies hier auch unser Abschied, vielleicht die letzte Gelegenheit, bei der wir alle beieinandersaßen. Und niemand wollte den Abend verderben, indem er dies laut hinausposaunte. Aufgrund dessen aber, was Thena durchlitten hatte, aufgrund ihrer Natur, konnte sie nicht lächeln, konnte sich nicht in Scherzen und Erinnerungen ergehen. Also schüttelte sie den Kopf, schnalzte mit der Zunge, wickelte sich in ihr langes weißes Schultertuch und stapfte davon.

Alle wirkten jetzt niedergeschlagen, von Thena brutal in die Wirklichkeit zurückgeholt. Ich wartete einige Augenblicke, dann folgte ich ihr bis ans andere Ende der Straße, bis zur letzten, ein wenig abseits stehenden Hütte, jener, vor der Thena früher mit ihrem Besen gestanden hatte, um Kinder zu verscheuchen, und vor der ich, all die Jahre zuvor, aufgetaucht war, weil ich gespürt hatte, dass gerade diese Frau den Verrat verstehen würde, den ich empfand. Und jetzt sah ich sie vor ihrer alten Hütte, gedankenverloren. Ich ging zu ihr und blieb so nahe neben ihr stehen, dass sie wusste, ich war bei ihr. Einige Sekunden lang musterte sie mich von oben bis unten, und ich sah, dass ihre Miene sanfter geworden war, dann ging sie in ihre Hütte.

Ich blieb noch einen Moment, überließ sie aber schließlich ihren Gedanken und ging zurück zum Fest. Man erzählte sich wieder Geschichten, welche, die weit in die Vergangenheit zurückreichten und so sehr Mythen wie Erinnerungen waren.

»Das gibt's nicht«, sagte Georgie.

»Doch, das gibt es«, erwiderte Kat.

»Und ich sag, das gibt's nicht«, wiederholte Georgie. »Wär je ein Farbiger zum Goose gegangen und verschwunden, ich sag euch, dann wüsste ich das.«

Jetzt entdeckte Kat mich und sagte: »Du weißt das doch sicher, Hi. Sie war deine Großmutter, deine Santi Bess.«

Ich schüttelte den Kopf und sagte: »Hab sie nie kennengelernt. Da weißt du so viel wie ich.«

Georgie schüttelte ebenfalls den Kopf und fuchtelte abwehrend mit den Händen. »Halt den Jungen da raus, Kat. Der weiß rein gar nichts. Und ich sag euch, wär eine Sklavin aus Lockless verschwunden und hätte knapp fünfzig von uns mitgenommen, dann wüsste ich das. Außerdem hab ich's satt, dieselbe Geschichte immer wieder zu hören. Jedes Jahr das Gleiche.«

»War vor unserer Zeit«, sagte Kat. »Meine Tante Elma, die hat damals hier gelebt und die sagt, sie hat ihren ersten Mann verloren, weil der mit Santi Bess zum Goose gegangen ist. Sagte, er ist heimgekehrt.«

»Jahr für Jahr«, sagte Georgie kopfschüttelnd. »Ist in jedem verdammten Jahr dasselbe. Aber ich sag euch – ich weiß Bescheid und kein Mensch sonst.«

Alle verstummten. Es stimmte. Bei jeder Versammlung gab es diesen Streit wegen der Mutter meiner Mutter, Santi Bess, und ihrem Schicksal, denn es hielt sich das Gerücht, sie habe die größte, je in den Annalen von Elm County verzeichnete Flucht von Verpflichteten angeführt – achtundvierzig Seelen. Dabei ging es nicht bloß darum, dass ihnen die Flucht gelungen war, sondern auch darum, wohin sie geflohen waren – nämlich nach Afrika. Man erzählte sich, Santi habe sie einfach nur zum Goose geführt, sei mit ihnen hineingestiegen und auf der anderen Seite des Meeres wieder aufgetaucht.

Das war natürlich Unsinn. Jedenfalls hatte ich das immer geglaubt, musste es glauben, wurde Santis Geschichte mir doch in einer Mixtur aus Gerücht und Geschwätz zugetragen. Und diese ganz offensichtlich falsche Mär litt zusätzlich darunter, dass so viele aus ihrer und der nachfolgenden Generation verkauft worden waren, weshalb zu meiner Zeit niemand mehr im Elm County lebte, der Santi Bess noch persönlich gekannt hatte.

Ich hielt es wie Georgie – ich zweifelte sogar an ihrer Existenz. Doch war es Georgies Angriff auf Santi Bess, der alle verstummen ließ, seine Gewissheit – *ich weiß Bescheid*, hatte er gesagt.

Kat ging zu ihm, blieb direkt vor Georgie stehen, lächelte und sagte: »Und wieso ist das so, Georgie? Wieso weißt du so genau Bescheid?«

Aufmerksam beobachtete ich Georgie Parks. Die Sonne war längst untergegangen, im Licht des Lagerfeuers aber war sein vor lauter Unbehagen erstarrtes Gesicht deutlich zu erkennen.

Jetzt nahm Georgies Frau Amber neben ihm Platz. »Ja, Georgie«, sagte sie. »Woher weißt du das?«

Georgie schaute sich um. Alle Augen waren auf ihn gerichtet. »Nur keine Sorge«, sagte er. »Ich. Weiß. Es.«

Ein rumpelndes, nervöses Gelächter brandete auf, doch wandte sich die Unterhaltung wieder Maynard zu und den Neuigkeiten aus jenen fernen Orten, die so viele von uns nun ihr Zuhause nannten. Es war spät geworden, trotzdem schien niemand willens, schon zu gehen. Und ich bin mir nicht ganz sicher, wie es passierte oder wann, denn ich hatte nicht darauf geachtet, war in Gedanken noch bei Thena gewesen, aber als ich es bemerkte, war es bereits in vollem Gange. Ich hörte den Rhythmus, dachte mir aber nichts dabei, bis sich einige auf der anderen Seite des Feuers versammelten, und als ich hinsah, fiel mir auf, dass Amechi, einer der Tabakarbeiter, einen Stuhl aus einer Hütte geholt hatte, eine Schüssel sowie Stöcke, mit denen er den Takt schlug, einen gut gelaunten, fröhlichen Rhythmus, und dazu begannen zwei, dann drei Verpflichtete, zu klatschen und sich auf die Knie zu schlagen, und dann sah ich Pete, den Gärtner, der ein Banjo brachte und in die Saiten griff, und dann kam es mir vor, als geschähe alles gleichzeitig, Löffel,

Stöcke, Maultrommeln, der Tanz überkam uns, war aus sich selbst heraus entstanden, und jetzt bildete sich ein Kreis unweit vom Feuer, und da war die junge Frau mit der Hand am Rock, die ihre Hüften im Takt wiegte, und was ich nun sah, das war ein irdener Krug auf dem Kopf der jungen Frau, und als ich in ihr Gesicht blickte, erkannte ich, die junge Frau war Sophia.

Ich blickte in die sternenübersäte, wolkenlose Nacht und schätzte am Lauf des Halbmonds über den Himmel ab, dass es auf Mitternacht zuging. Das Feuer loderte hoch auf, verdrängte die Dezemberkälte, und ehe ich mich's versah, tanzte die ganze Straße. Langsam wich ich zurück, bis ich alles überblicken konnte. Dutzende von uns waren hier unten, eine Nation in Bewegung. Manche fanden zu Paaren zusammen, andere saßen im Halbkreis, wieder andere allein. Ich schaute hinüber zu den Hütten und sah Thena auf den Türstufen sitzen und im Takt mit dem Kopf nicken.

Ich sah Sophia zu, ihren vibrierenden, stets kontrollierten Gliedern und dem auf ihrem Kopf wie festgewachsenen Krug, der nie ins Schwanken geriet; und kam ihr ein Mann zu nahe, sah ich, wie sie ihn zu sich zog und ihm etwas ins Ohr flüsterte, sicher etwas Grobes, denn der Mann erstarrte kurz und ging dann einfach. Und da blickte sie hoch und sah, dass ich sie beobachtete, woraufhin sie lächelte und auf mich zukam. Im Näherkommen neigte sie den Kopf, sodass der Krug ins Rutschen geriet, und sie langte mit der rechten Hand nach oben, fing ihn am Henkel auf, stand vor mir, nippte daran und reichte ihn an mich weiter. Ich hob ihn an die Lippen und zuckte zusammen, hatte ich doch erwartet, Wasser zu trinken. Sie lachte. »Verträgst du wohl nicht, wie?«

Den Bierkrug noch in der Hand, sah ich sie an, hob erneut den Krug, den Blick an ihren geheftet, und trank und trank und trank und gab ihr den leeren Krug zurück. Ich weiß nicht, warum ich das getan habe, zumindest wusste ich es damals nicht, doch wusste ich sehr wohl, was es bedeutete, auch wenn ich es mir nicht eingestand. Sie wusste es auch. Und sie wandte den Blick ab, stellte den Krug hin, lief zum anderen Tischende, verschwand zwischen den Schatten, kam mit einer vollen Korbflasche zurück und gab sie mir.

»Lass uns gehen«, sagte sie.

»Na gut«, erwiderte ich. »Und wohin?«

»Entscheide du.«

Und so gingen wir und ließen hinter uns die Musik verklingen, während wir die Straße hinaufspazierten, bis wir wieder am Bowlingrasen waren, nahe beim Haupthaus von Lockless. An der Seite, oberhalb vom Eiskeller, gab es eine kleine Gartenlaube. Wir setzten uns und ließen die Korbflasche mit Bier stumm hin und her wandern, bis uns die Köpfe schwammen.

»Also«, sagte Sophia und brach das Schweigen. »Thena.«

»Nun ja«, sagte ich.

»Hast nicht gelogen, oder?«

»Nee, hab ich nicht.«

»Weißt du, was mit ihr passiert ist?«

»Du meinst, warum sie so ist, wie sie ist? Das weiß ich, aber ich finde, die Geschichte kann nur sie selbst erzählen.«

»Aber dir hat sie sie erzählt, ja?«, fragte sie. »Hatte schon immer was für dich übrig.«

»Thena hat für niemanden viel übrig, Sophia. Ich glaub, auch bevor passiert ist, was nun mal passiert ist, hat sie nie viel für irgendwen von ihren Leuten übriggehabt.«

»Tja«, sagte sie. »Und was ist mit dir?«

»Hmmm?«

»Bist du auch so hart zu deinen Leuten?«

»Meistens schon«, sagte ich. »Hängt natürlich aber auch von den Leuten ab.«

Dann nahm ich noch einen Schluck aus der Korbflasche und gab sie ihr, und da sah Sophia mich an, ohne zu lächeln, musterte mich nur. Mir war klar, dass ich als der eine Mensch in den Goose gefallen und als ein ganz anderer wieder daraus hervorgekommen war. Jetzt fragte ich mich, wie ich die vielen Fahrten zu Nathaniel mit Sophia an meiner Seite ertragen hatte, fragte mich, ob ich blind gewesen war. Sie war eine hübsche Frau, und ich wollte so unbedingt mit ihr zusammen sein, wie ich es nie wieder wollen würde, wollte sie auf eine Weise, um die uns Alter und Erfahrung berauben, womit ich sagen will, ich wollte sie ganz und gar, wollte ihre kaffeebraune Haut und ihre braunen Augen, wollte sie von den weichen Lippen bis zu den langen Armen, von der sanften Stimme bis zum verruchten Lachen. Ich wollte sie mit Haut und Haar. Und ich dachte nicht an all den Schrecken, der damit auf mich zukommen würde, den Schrecken, der ihr Leben verschlungen hatte. Ich dachte allein an das Licht, das in mir tanzte, zu einer Musik tanzte, von der ich hoffte, nur Sophia allein konnte sie hören.

»Aha«, sagte sie und wandte dann den Blick ab. Sophia nahm einen Schluck, stellte die Flasche vor ihre Füße und schaute hinauf zum sternenübersäten Himmel; und da sie mich nicht länger ansah, wurde ich eifersüchtig auf den Himmel, ein Gefühl, das von einer Reihe von Gedanken begleitet wurde. Ich dachte an Corrine und Hawkins und daran, dass dies durchaus meine letzten Tage in Lockless sein könnten, dass ich bald fort sein würde – nicht in Natchez, aber doch fort. Ich dachte an Georgie und daran, was er wissen mochte. Und ich spürte, wie Sophia ihre Hand unter meinen Arm schob, wie sie sich bei mir einhakte. Sie seufzte, den Kopf an meiner Schulter, und so saßen wir da und schauten hinauf zu den Sternen von Virginia.

7

WEIHNACHTEN WAR VORBEI, und wir verabschiedeten uns, ein Abschied so endgültig wie kein anderer auf Erden; dann begann das neue Jahr, und unsere Anzahl wurde weiter reduziert. Corrine blieb bei der Gewohnheit, uns täglich zu besuchen und Andeutungen über mein künftiges Geschick fallen zu lassen; und da wusste ich, sie hatte so großen Einfluss auf meinen Vater, dass ihre Andeutungen bald wahr werden würden. Meine Tage auf Lockless waren gezählt.

Mein Vater hatte die restaurierte Kommode bemerkt. Und so wurde mir durch Roscoe mitgeteilt, dass meine Aufgabe von nun an darin bestehe, Mobiliar aus vergangener Zeit zu retten. Ich las im Arbeitszimmer meines Vaters Dokumente, die präzise angaben, wann jedes Möbelstück hergestellt oder gekauft worden war; manche gingen bis auf den Gründervater zurück, weshalb jedes dieser Stücke auch eine Geschichte meiner Herkunft erzählte. Ein Stammbaum, der mit mir enden würde, einem Sklaven, verkauft und von hier fortgebracht, unfähig, sich oder seine Leute zu retten, die dieses Land doch erst zu dem gemacht hatten, was es war, die es veredelt und zum Gedeihen gebracht hatten und nun auseinandergerissen wurden, verstreut in alle Winde, noch immer in Ketten. Während ich die Dokumente las, verfestigten sich die alten Gedanken an Oregon. Lockless konnte ich nicht retten, ein anderer Plan nahm jedoch immer konkretere Gestalt an. Wenn ich schon aus Lockless fortmusste, dann vielleicht zu meinen eigenen Bedingungen. Was mich wieder zurück zu Georgie Parks und der Frage brachte, was genau er eigentlich wusste.

Es war nur so eine Idee, als ich an diesem frühen Morgen nach draußen ging, um Sophia wie jeden Freitag zu Nathaniels Haus zu fahren. Ich ging zu den Ställen und spannte zwei Pferde vor die Wagonette. Noch war es dunkel, aber ich hatte das schon so oft gemacht und war so daran gewöhnt, vor Tagesanbruch zu arbeiten, dass ich die nötigen Handgriffe auch blind hätte ausführen können. Gerade als ich mit dem Anspannen fertig war, blickte ich auf und sah sie.

»Morgen«, sagte Sophia.

»Morgen.«

Sie hatte sich bereits in Schale geworfen – Haube, Krinolinenrock, langer Mantel. Ich fragte mich, wie früh sie wohl aufgestanden war, um jetzt schon fertig zu sein. Und während ich zusah, wie sie, von meiner Hand geführt, behände in die Kutsche stieg, begriff ich, dass es einen Grund dafür gab, wieso Sophia sich so geschickt in eine Dame verwandeln konnte. Es war ihre Lebensaufgabe gewesen, Helen Walker anzukleiden, Nathaniels verstorbene Frau, ihr bei den schwierigen Gepflogenheiten zu helfen, die mit Cremes und Maniküre zu tun hatten, mit Korsett und Leibchen. Diese Gepflogenheiten kannte sie besser, als Helen selbst sie gekannt hatte.

Auf halber Strecke blickte ich zu Sophia hinüber und sah, dass sie die raureifüberzogenen Bäume anstarrte, gedankenverloren, wie es so ihre Art war.

»Was denkst du?«, fragte sie. Ich kannte sie lange genug, um mit ihrer Angewohnheit vertraut zu sein, in Gedanken ein Gespräch anzufangen, um es dann plötzlich laut weiterzuführen.

»Denk nur so vor mich hin«, erwiderte ich. Jetzt sah sie mich an, und Verblüffung machte sich auf ihrem Gesicht breit.

»Hast keine Ahnung, wovon ich rede, oder?«, fragte sie.

»Nein, hab ich nicht.«

Sie lachte leise vor sich hin und sagte dann: »Wolltest mich also einfach reden lassen, als ob du Bescheid wüsstest.«

»Warum auch nicht?«, sagte ich. »Schätze, ich wäre schon bald dahintergekommen, worum es geht.«

»Und wenn das was gewesen wäre, was du gar nicht hören willst?«

»Tja, da mir klar ist, dass ich's nicht weiß, bis ich's hör, muss ich dieses Risiko wohl eingehen. Außerdem steckst du ja schon mittendrin. Hast jetzt keine Wahl mehr.«

»Mmmm«, sagte sie und nickte. »Glaub ich auch. Aber es ist persönlich, Hi, verstehst du? Reicht zurück bis in die Zeit, ehe ich nach Lockless kam.«

»Zurück bis Carolina«, sagte ich.

»Ja, das gute alte Carolina«, sagte Sophia sanft, hauchte jedes Wort.

»Du warst damals die Magd von Nathaniels Frau, richtig?«

»Nicht bloß irgendeine Magd«, antwortete sie. »Helen und ich, wir waren Freundinnen. Zumindest waren wir früher Freundinnen gewesen. Ich hab sie geliebt, weißt du. Ich glaub, das kann man so sagen, dass ich – dass ich sie geliebt hab, und wenn ich an Helen denk, dann denk ich nur an unsere schönsten Zeiten.«

Sie klang wehmütig, als sie das sagte, und ich meinte zu verstehen, wie es für Mädchen wie sie gewesen sein muss, wie für sie schon als Kinder alles begann, als sie zusammen mit ihren künftigen Herrinnen spielten, sich um keine Hautfarbe scherten und man ihnen sagte, sie sollten sie lieben, wie sie alle anderen Spielkameradinnen liebten. Gemeinsam wachsen sie auf, doch wenn die Zeit für Spiele langsam ausläuft, ändern sich die Rituale. Beide haben sie die Glaubenssätze der Gesellschaft mit der Muttermilch eingesogen, die Sklaverei, die aus keinem ersichtlichen Grund bestimmt, dass eine von ihnen im Palast leben, die andere zu einem Leben im Kerker verdammt sein würde. Es ist grausam, Kindern so etwas anzutun, sie aufwachsen zu lassen, als wären sie Geschwister, um sie dann gegeneinander aufzubringen und die eine zur Königin, die andere zu deren Schemel zu machen.

»Wir waren ganz in unsere Spiele versunken«, erzählte Sophia. »Haben uns mit prächtigen Kostümen als Damen verkleidet. Aber wir haben auch auf den Feldern gespielt, damals in Carolina. Einmal bin ich hingefallen und in dorniges Gestrüpp gerollt. Ich muss wie am Spieß geschrien haben, aber Helen war sofort da. Hat mir aufgeholfen und mich zurück zum Haus gebracht. Ich hab sehr lebhafte Erinnerungen an sie, Hi, und wenn ich heute Dornengestrüpp seh, denk ich nicht daran, wie weh ich mir getan hab, ich denk nur an sie.«

Ihr Blick war geradeaus auf unseren Weg gerichtet, als sie das sagte.

»Ich sag dir, wir waren wir selbst, ehe wir ihm gehörten«, sagte sie. »Wir haben einander etwas bedeutet, doch das hat sich längst in Luft aufgelöst. Der Mann, den sie liebte, wollte mich. Dabei ging es nicht um Liebe, Hiram. Für ihn war ich nichts weiter als bloßer Zierrat. Das wusste ich. Und dann starb meine Helen, starb bei der Geburt seines Kindes, und ich kann dir nicht sagen, welcher Schmerz mich überkam, welche Schuldgefühle.«

Sie hielt inne, aber wir fuhren weiter, und nur das Pferd und die Kutschräder, die über die gefrorene Erde knirschten, waren noch zu hören. Ich hatte so eine Ahnung, dass all dies zu einer schrecklichen Offenbarung führen würde.

»Weißt du, ich seh sie immer noch in meinen Träumen«, sagte Sophia.

»Überrascht mich nicht«, erklärte ich. »Ich seh Maynard auch noch, muss aber gestehen, dass meine Erinnerungen nicht halb so zauberhaft sind wie deine.«

»Von wegen zauberhaft«, sagte sie. »Manchmal, Hi, manchmal … da ist mir, als wär sie entkommen und hätte mich allein gelassen mit …«

Erneut wandte sie den Blick vom Wald ab und schaute mich an.

»Der gibt mich erst wieder frei, wenn ich alt und verbraucht bin, weißt du. Dann schickt er mich weg aus Elm, irgendwohin, und nimmt sich eine jüngere Farbige zur Gespielin. Für ihn sind wir wirklich nichts weiter als bloßer Zierrat. Ich glaub, das hab ich schon immer gewusst. Aber ich werd älter, Hi, und etwas zu wissen ist was anderes, als es wirklich kommen zu sehen.«

»Wird noch eine Weile dauern«, sagte ich.

Sie verstummte wieder, und eine Zeit lang war nur das leise Klappern der Hufe zu hören.

»Hast du dich je gefragt, was mit deinem Leben wird?«, wollte Sophia wissen. »Denkst du über Kinder nach? Über was auch immer für ein Leben, das da draußen auf dich warten könnte?«

»In letzter Zeit«, antwortete ich, »denk ich kaum über was anderes nach.«

»Ich muss immerzu an Kinder denken«, sagte sie. »Ich denk dran, wie es wäre, jemanden, ein kleines Mädchen vielleicht, in diese Welt zu bringen. Und ich weiß, dazu wird es kommen, eines Tages. Wird nicht mal meine eigene Entscheidung sein. Es wird so weit kommen, Hiram, und dann muss ich zusehen, wie man meine Tochter einarbeitet, so, wie ich eingearbeitet wurde, und … ich versuch nur, dir zu erklären, dass mich das alles auf andere Ideen bringt, ein anderes Leben, weit weg vom Goose, vielleicht sogar weit weg von den Bergen, weit weg …«

Und ihre Stimme verlor sich, und erneut schaute sie zum Wegesrand, und heute glaube ich, dass eine Flucht oft genau so beginnt, dass man sich in ebenjenem Moment dafür entscheidet, da man die Gefahr in vollem Umfang erkennt. Denn man ist ja nicht nur in der Sklaverei gefangen, sondern auch in einer Art Betrug, der die Täter zu Torwächtern gegen afrikanische Wilde umdeutet, dabei sind *sie* doch die Wilden, *sie* sind Mordred, sind der Drache, in Camelots Gewändern. Und in diesem Moment der Offenbarung, des Begreifens, ist die Flucht nicht bloß ein Gedanke, nicht einmal ein Traum, sondern eine drängende Not, nicht anders als die Not, aus einem brennenden Haus zu fliehen.

»Hiram«, fuhr sie fort. »Ich weiß nicht, warum ich dir das erzähl. Ich weiß nur, du bist schon immer einer gewesen, der mehr gesehen, der mehr gewusst hat. Und dann warst du im Goose. Wir hielten dich für tot. Du hast vorm Tor gestanden,

140

aber ich sah, wie du dich abgewandt hast, und ich hab mir gesagt, ein Mann, der von dort zurückkommt, der muss die Welt doch mit anderen Augen sehen.«

»Ich weiß, wovon du redest«, sagte ich.

»Ich rede von Tatsachen«, sagte sie.

»Du redest von Abschied«, sagte ich. »Und wohin dann? Wie könnten wir da draußen überleben?«

Sie legte eine Hand auf meinen Arm. »Wie kann man dem Goose lebend entkommen und immer noch hier leben? Ich red von Tatsachen.«

»Du findest nicht mal Worte dafür«, sagte ich.

»Doch, tu ich, ich kann dir jede Art von Leben beschreiben, die danach kommt«, sagte sie. »Wir könnten zusammen gehen, Hi. Du hast viel gelesen und kennst dich aus, jenseits von Lockless und vom Goose. Du musst doch auch diesen Drang spüren. Musst davon geträumt haben, musst hin und wieder noch nach dem Aufwachen ganz und gar davon gepackt gewesen sein. Und du musst auch wissen wollen, was aus dir, was aus uns werden könnte, wenn wir hier rauskommen.«

Ich gab keine Antwort. Wir konnten schon die große Einfahrt sehen, die das Anwesen von Nathaniel Walker markierte. Ich fuhr dran vorbei und bog in einen Seitenweg, unsere übliche Route. Am Ende des Weges zügelte ich die Pferde. Hinter den Bäumen konnte ich Nathaniel Walkers geziegeltes Haupthaus erkennen und bemerkte, dass uns ein adrett gekleideter Verpflichteter entgegenkam. Er nickte, als er uns sah, und bedeutete Sophia wortlos mitzukommen. Sie stieg aus der Kutsche und sah sich zu mir um. Da fiel mir auf, dass sie dies noch nie zuvor getan hatte, dass sie sonst immer gleich dem Diener gefolgt war. Diesmal aber hielt sie inne, blickte sich zu mir um, und was sie mir in dieser Stille ohne Worte mitteilte, war ihre Entschlossenheit. Wie ich sie so sah, wusste ich, wir mussten fliehen.

Als ich Nathaniel Walkers Anwesen verließ, konzentrierten sich meine Gedanken erneut auf Georgie Parks. Ich musste ihn finden. Ich kannte ihn schon mein Leben lang, und ich ahnte, dass er sich um mich sorgte, wie sich ein Vater um einen Sohn sorgt, der in den Krieg zieht. Das verstand ich. Georgie hatte so oft erlebt, wie jemand auf den Block gezerrt und nach Natchez geschickt worden war. Ich konnte es ihm sogar nachfühlen. Trotzdem musste ich fliehen. Alles schien darauf hinzudeuten – die Zeitschrift in der Bibliothek, die Pläne von Corrine und diesem seltsamen Hawkins, das Schicksal von Lockless selbst, stets ungewiss, doch jetzt, ohne Erben, geradezu düster. Und Sophia, die meine Verzweiflung zu teilen schien, mein Verlangen, sehen zu wollen, was jenseits der drei Hügel lag, jenseits von Starfall, jenseits des Goose mit seinen vielen Brücken, ja, jenseits von Virginia selbst. *Du musst doch auch diesen Drang spüren.* Das tat ich. Den einzigen Weg aber, den ich damals kannte, konnte mir nur Georgie Parks weisen.

Am nächsten Samstagnachmittag bearbeitete ich die Schubladen eines Kirschholzsekretärs, stellte zufrieden fest, dass sie sich nun wieder leicht öffnen ließen, wusch mich, wechselte meine Kleidung und machte mich auf den Weg zum Haus von Georgie Parks. Ich hatte gerade Starfall erreicht, als mir vor einer Gaststätte Hawkins und Amy auffielen, beide noch in Trauerschwarz gekleidet und so in ihr Gespräch vertieft, dass sie mich nicht bemerkten. Ich hielt Abstand und beobachtete sie eine Weile, ehe ich meinen Weg fortsetzte. Reden wollte ich nicht mit ihnen, da ich ihre Angewohnheit, mein Leben und meine Absichten in allen Einzelheiten zu zerpflücken, unerträglich fand. Diese vielen Fragen, die bloß zu neuen Fragen führten.

Georgie stand vor seinem Haus, nur wenige Schritte entfernt von Rylands Gefängnis. Ich lächelte. Georgie nicht. Er bedeutete mir, ihn zu begleiten. Eine Weile folgten wir der Straße, bogen aber dort, wo die Stadt in die Wildnis überging, auf einen schmaleren Pfad ab, dann auf einen Sandweg, der uns an dichtem Gebüsch vorbei zu einem kleinen Teich führte. Auf diesem kurzen Spaziergang hatte Georgie kein Wort gesagt, und auch jetzt schaute er einen Moment auf den Teich, ehe er zu sprechen begann.

»Ich mag dich, Hiram«, sagte Georgie. »Ich mag dich wirklich. Hätte ich das Glück, eine Tochter in deinem Alter zu haben, wärst du für sie meine einzige Wahl. Du bist klug, kannst, wenn nötig, den Mund halten und bist ein feinerer Kerl, als ihn jemand wie Maynard je verdient hatte.«

Er strich sich über den rotbraunen Bart, wandte sich um, blickte zu den Bäumen hinauf und kehrte mir den Rücken zu. Ich hörte ihn sagen: »Mir will bloß nicht in den Kopf, dass ein Mann wie du an meine Tür klopft und Ärger sucht.«

Als er sich wieder umdrehte, blitzten seine dunkelbraunen Augen. »Warum soll ein vernünftiger Mann wie du so was wollen?«, fragte er. »Und wie kommst du drauf, dass ich derjenige bin, der dir zu dem verhelfen könnte, was du dir wünschst?«

»Georgie, ich weiß Bescheid«, sagte ich. »Wir wissen alle Bescheid. Vor den Oberen kannst du es vielleicht verbergen, aber klüger als die sind wir doch schon immer gewesen.«

»Du kapierst nicht mal die Hälfte, Sohn. Und ich sag's dir noch einmal – geh nach Hause, such dir eine Frau und werd glücklich. Was anderes kann ich dir nicht raten.«

»Georgie, ich werde fliehen«, erwiderte ich. »Und ich geh nicht allein.«

»Was?«

»Sophia kommt mit.«

»Die Kleine von Nathaniel Walker? Hast du den Verstand verloren? Die mitzunehmen, das ist, wie wenn du dem Mann direkt ins Gesicht spuckst. Eine große Beleidigung der Ehre eines Weißen.«

»Wir werden gehen. Und, Georgie«, sagte ich und ließ nur leise die Wut anklingen, die ich jetzt spürte: »Sie gehört ihm nicht.«

Wut war nicht das Einzige, was ich spürte. Ich war neunzehn, ein zurückhaltender Neunzehnjähriger, der sich stets bemüht hatte, nichts dergleichen zu spüren, sodass es weder aus Absicht noch aus Gewohnheit geschah, als es mich jetzt überkam, in ebendiesem Moment, da ich spürte, dass ich sie liebte; und es war nicht die Art von Liebe, aus der eine Familie oder ein Zuhause entsteht, sondern eine, die zerstört; ich verlor jedes Maß.

»Dann muss ich wohl eins klarstellen«, erwiderte Georgie. »Sie gehört ihm. Sie gehören ihm alle, verstehst du? Amber gehört ihm. Thena gehört ihm. Deine Mutter hat ihm gehört …«

»Vorsichtig, Georgie«, sagte ich. »Ganz vorsichtig.«

»Ach, ich soll vorsichtig sein, ja? Das meinst *du*? *Du* erzählst mir was von Vorsicht? Du bist ihr *Besitz*, Hiram. Du bist ein Sklave, Junge. Ist mir egal, wer dein Daddy ist. Du bist ein Sklave, und glaub ja nicht, nur weil ich hier draußen wohne, hier in diesem Freetown, wäre ich nicht auch eine Art Sklave. Solang du ihr Besitz bist, gehört ihnen auch Sophia. Das musst du kapieren. Wir sind Gefangene. Wurden gefangen gesetzt. Mehr gibt's dazu nicht zu sagen. Wovon du hier allerdings redest, das könnte dich eine ganze Woche im Rylands kosten, und da werden sie dich verprügeln, bis dein Leben nur noch an einem seidenen Faden hängt. Du hast Gefühle im Herzen, und das respektiere ich. Hatte sie selbst mal, welcher junge Mann hat die nicht. Aber du wärst fast gestorben, Hi. Und wenn du das hier durchziehst, wirst du dir bald wünschen, es wäre tatsächlich so gekommen.«

»Georgie, ich sag dir, ich hab keine Wahl. Ich kann nicht bleiben. Und du musst mir helfen.«

»Selbst wenn ich der wäre, für den du mich hältst, könnte ich nichts für dich tun.«

»Du verstehst nicht«, gab ich zurück. »Ich werd gehen. Das steht fest. Und ich möchte, dass du mir dabei hilfst, weil ich dich für einen rechtschaffenen Mann halte, für einen, der den rechten Weg gewählt hat. Ich bitte dich, Georgie. Aber gehen werde ich auf jeden Fall.«

Georgie ging kurz auf und ab und stellte seine eigenen Überlegungen an, denn jetzt wusste er, ob mit seiner Hilfe oder ohne, ich würde gehen, und ich würde zusammen mit Sophia gehen. Damals konnte ich nicht wissen, dass er sich, während er mich musterte, und je mehr er begriff, desto größer wurden seine Augen, die Folgen einer solchen Tat ausrechnete und schließlich zu dem Schluss kam, dass es nun, wen auch immer er hasste, wen auch immer er liebte, Letzteres ganz besonders, nur noch einen Weg gab, den Weg vorwärts.

»Eine Woche«, sagte er. »Du hast eine Woche. Du triffst

mich genau hier, an dieser Stelle, und kommst mit der Frau. Und denk dran, ich mach das bloß, weil du dich mir anvertraut hast und weil du so fest entschlossen bist, notfalls auch ohne mich zu fliehen.«

Meine Stärke ist stets mein Gedächtnis gewesen, nicht mein Urteilsvermögen. Auf dem Rückweg von Georgies Haus war ich so mit meinem Misstrauen beschäftigt, dass ich mir keine Vorstellung davon machte, wie misstrauisch ich tatsächlich hätte sein sollen. Und als ich dann erneut Amy und Hawkins traf, sie erspähten mich diesmal vorm Gemischtwarenladen, begriff ich noch immer nicht, wie die Dinge zusammenhingen.

Diesmal hatte ich keine Chance, ihnen aus dem Weg zu gehen, denn in Gedanken war ich noch so sehr bei Georgie und Sophia, dass sie mich gesehen hatten, ehe ich sie sah.

»Wie läuft's so, Junge?«, fragte Hawkins.

»Ganz gut«, antwortete ich. Inzwischen war es früh am Abend, und Dämmerung legte sich über die Stadt. Die Landbewohner von Elm County, die in der Stadt Geschäfte erledigt hatten, strömten in ihren Kutschen oder Wagonetten nun wieder nach Hause. Argwöhnisch musterte ich Hawkins und überlegte, wie sich das Gespräch am schnellsten beenden ließe.

»Was führt dich in die Stadt?«, wollte er wissen und paarte seine Frage mit dem für ihn typischen, schmallippigen Lächeln. Ich gab keine Antwort, und die Veränderung auf seinem Gesicht verriet mir, dass er auf eine Vertrautheit gesetzt hatte, die es zwischen uns nicht gab. Was ihn nicht daran hinderte, einfach weiterzureden.

»Ach, tut mir leid«, sagte er. »Wollte dich nicht verletzen

146

oder gar beleidigen. Allerdings hat die Herrin ja gesagt, wir sind eine Familie, richtig?«

»Hab einen Freund besucht«, sagte ich.

»Einen Freund namens Georgie Parks?«

Es gab in Virginia vielerlei Arten von Sklaven, nicht nur auf dem Feld, in der Küche oder in den Stallungen. Manche Arbeiten verlangten keine handwerklichen Fertigkeiten. Unterhaltung bieten, Wissen teilen. Und dann gab es noch eher finsterere Pflichten. Augen und Ohren der Oberen sein, Informationen über andere Sklaven sammeln, damit sie, die Oberen, stets wussten, wer ihnen ins Gesicht lachte, um sich hinter ihrem Rücken über sie lustig zu machen, wer stahl oder Scheunen abfackelte, wer vergiftete oder Pläne schmiedete. Was zur Folge hatte, dass unter den Verpflichteten besondere Wachsamkeit herrschte, vor allem jenen gegenüber, die man nicht kannte. Dies galt auch andersherum, sodass, wer neu auf Lockless oder einem der vielen Häuser der Knechtschaft war, es besser bedächtig anging, weder zu viele Fragen stellte noch sich nach den Angelegenheiten fremder Leute erkundigte, denn wer das tat, geriet schnell in den Verdacht, zu jenen zu gehören, die Augen und Ohren waren, deren Pflichten über ihre eigentlichen Pflichten hinausgingen, und das war gefährlich, denn dann wurden womöglich Pläne gegen einen selbst geschmiedet, oder man wurde vergiftet. Hawkins aber ließ keinerlei Zurückhaltung erkennen, was seiner Frage einen unheilvollen Unterton verlieh.

»Muss dich nicht wundern«, fuhr er fort. »Meine Schwester Amy, die hat Bekannte, selber auch Verpflichtete, ganz in der Nähe. Sagt, sie hat dich ein paarmal bei Georgie gesehen.«

Amy stand vor dem Gemischtwarenladen, musterte uns

beide. Und ich merkte, dass irgendwas sie nervös machte, etwas, das bald passieren würde oder das sie nicht verpassen wollte.

»Klar«, sagte ich, immer noch misstrauisch. »Georgie kenn ich.«

»Tja«, sagte er, »ist auch ein feiner Bursche.«

Ich sah wieder zu Amy hinüber, deren Augen jetzt nicht länger nervös hin und her flitzten, sondern auf den nächsten Häuserblock gerichtet waren. Ihrem Blick folgend, erkannte ich meinen alten Lehrer, Mr. Fields, der auf sie zuging. Das war jetzt das zweite Mal in drei Monaten, zweimal, nachdem ich ihn zuvor sieben Jahre nicht gesehen hatte. Mehr noch, Mr. Fields ging offensichtlich direkt auf Amy zu, als wäre er mit ihr und Hawkins verabredet. Er sah mich, bevor er sie erreicht hatte, und erstarrte für einen Moment. Ich spürte, dass hier irgendwas nicht stimmte und er am liebsten eine andere Richtung eingeschlagen hätte. Stattdessen tippte er sich an den Hut, wie er es all die Wochen zuvor, am Renntag, gemacht hatte. Hawkins folgte meinem Blick zu Mr. Fields, der jetzt neben Amy stand. Sie beobachteten uns und wirkten verwirrt. Hawkins lächelte nicht länger, ja, es schien ihn sogar ziemlich nervös zu machen, dass die beiden zu uns herübersahen. Dann aber wandte er sich wieder zu mir um, und das Lächeln kehrte auf sein Gesicht zurück.

»Anscheinend«, sagte er, »verlangen meine Leute nach mir.«

»Sieht ganz so aus«, sagte ich. Und dann war ich es, der lächeln musste, dabei weiß ich gar nicht genau, warum, weiß nur, ich hatte so ein Gefühl, dass Hawkins mich belog, dass er log, wenn er sagte, wo er mich gefunden hatte, dass er log, wenn er mir erklärte, warum er mir Fragen stellte. Und ich merkte, ich hatte ihn kalt erwischt und es so geschafft, zumindest einen Teil seiner geheimen Machenschaften zu entlarven. Und weil ihm das sichtlich peinlich war, musste ich lächeln. Ich stand da, sah ihm nach, wie er zu Amy und Mr. Fields ging, und lüpfte dann meinerseits den Hut, während sie zusammen davongingen.

Ich hätte mehr über diese Vorfälle nachdenken sollen, hätte mich wundern sollen über die Vertrautheit zwischen Verpflichteten und einem Gelehrten aus dem Norden. Und ich hätte die Verbindung zu Georgie Parks erkennen müssen. Doch mir schwamm der Kopf angesichts des Ozeans von Möglichkeiten, den Georgies Zustimmung mir eröffnet hatte. Außerdem ging es mir weniger darum, die Pläne anderer Leute aufzudecken, als darum, wie ich meine eigenen am besten geheim hielt.

Am nächsten Tag fuhr ich zurück zu Nathaniels Anwesen, um Sophia abzuholen. Nach ungefähr fünfzehn Minuten, also unweit von daheim, hielt mich eine Patrouille niedrer Weißer an – Rylands Bluthunde –, die die Wälder nach Flüchtigen durchkämmte. Ich zeigte ihnen meine Papiere, und sobald sie Howells Namen sahen, ließen sie mich weiterfahren. Trotzdem verstörte mich der Vorfall, denn tief in mir drin hatte sich etwas verändert; ich war vom Verpflichteten zum Flüchtling geworden. Und ich hatte schreckliche Angst, dass sie es mir ansehen würden, dass mich ein allzu wissendes Lächeln, eine unangebrachte Gelöstheit verraten könnte. Rylands Bluthunde aber waren Weiße – niedre Weiße, aber dennoch Weiße –, und deshalb blendete sie ihre Macht.

Sophia und ich fuhren schweigend zurück, sagten kein Wort. Kurz bevor wir Lockless erreichten, hielt ich die Kutsche an. Es war spät am Vormittag und kalt. Außer uns war niemand unterwegs, und das einzige Geräusch machte der Wind, der durch die kahlen Äste peitschte, der Wind und mein pochendes Herz. Ich fragte mich kurz, ob Sophia in irgendeine Verschwörung verwickelt war. Phantome tanzten wie Motten vor meinen Augen, und einen Moment lang meinte ich, dass sie alle unter einer Decke steckten – Howell, Nathaniel, Corrine, Sophia, sogar Maynard, der nicht gestorben war, sondern meine Träume beherrschte, in denen er sich aus den eisigen Fängen des Goose befreite, um dann die Liste meiner Sünden aufzuzählen. Doch als ich zu Sophia hinüberblickte und sah, wie ihre braunen Augen in den Wald schauten, was so oft geschah, ohne dass sie überhaupt merkte, dass wir angehalten hatten, wie ich sie da sah, äußerlich so gefasst, so den Sorgen dieser Welt enthoben, wallten meine Gefühle auf und überwältigten mich.

Dann begann sie zu reden.

»Ich muss hier raus, Hi«, sagte sie. »Ich will nicht hier unten im Sarg alt werden. Ich will kein Kind in diese Welt setzen. Gibt keine Gesellschaft mehr, keine Regeln, keine Verbote. Sie haben das alles mit nach Kentucky genommen, nach Mississippi und nach Tennessee. Ist nichts mehr übrig. Ist alles runter nach Natchez verschwunden.«

Einen Moment lang hielt sie inne, und dann sagte sie es noch einmal, langsamer diesmal. »Ich muss hier raus.«

»Gut«, sagte ich, »dann nichts wie raus hier.«

8

Ich bin jetzt um so vieles älter, alt genug, um zu verstehen, wie sich ein Gewirr von Ereignissen zu einem einzigen Strang aufdröseln kann. Was meine Freiheit betraf, standen die Dinge folgendermaßen: Ich wusste, ich würde nie über meine, mir durch Geburt zugewiesene Stellung auf Lockless hinausgelangen können. Und ich wusste, selbst wenn, so verfiel Lockless doch ungeachtet seiner einstigen Größe, verfiel wie all die großen Sklavenanwesen, und obwohl sie verfielen, würde ich niemals frei sein, würde man mich verkaufen oder übernehmen. Und ich wusste inzwischen auch, dass mein Talent mich nicht retten konnte, ja, dass mein Talent mich nur zu einer wertvolleren Ware machte. Ich war überzeugt, dass ebendies Corrine lockte, dass sie, unterstützt von der Heuchelei ihrer Leute, frühe, wenn auch immer noch rätselhafte Ansprüche auf mich stellte. Und mein eigener Blick auf diese Ansprüche, mein Blick auf die Welt, hatte sich in dem Moment geändert, da ich aus dem Goose kam. All das – meine Erkenntnisse, mein Schicksal, meine Flucht vor dem sicheren Tod – war wie eine Bombe in meiner Brust, deren Lunte Sophia und ihre Ziele waren. Das war sie damals für mich, das, worauf meine Kalkulationen notwendigerweise hinausliefen. All das ergab für mich einen Sinn und hätte einen noch größeren Sinn ergeben, hätte ich berücksichtigt, dass Sophia eine Frau war, die ihren eigenen Kopf hatte, eigene Kalkulationen anstellte, eigene Ziele und Überlegungen verfolgte.

Später in der Woche kam sie, als ich draußen gerade an einer Gruppe Eckstühle arbeitete, und kaum sah ich sie, fing die Lunte in mir Feuer, und ich fühlte mich geradezu verwegen.

Sie blieb stehen, lächelte, besah sich die Eckstühle und ging dann auf den Schuppen zu.

»Glaub nicht, dass du da wirklich reinmöchtest«, sagte ich. »Ist kein Ort für eine Dame.«

»Bin keine Dame«, sagte sie und ging hinein.

Ich folgte ihr und sah zu, wie sie Spinnweben beiseitewischte und mit dem Finger über die Möbel fuhr, um zu sehen, wie viel Staub sich angesammelt hatte. Sie wanderte zwischen den einzelnen Stücken umher, ging am Kaffeehausstuhl aus Ahorn vorbei, am Hepplewhite-Tisch und der Queen-Ann-Standuhr; das Licht aus dem kleinen Fenster zerschnitt das Dunkel.

»Ha«, sagte sie und wandte sich zu mir um. »All das sollst du restaurieren?«

»Glaub schon.«

»Auf Howells Anweisung?«

»Klar. Kam über Roscoe. Aber eigentlich hatte ich bloß keine Lust mehr, krank im Bett zu liegen und darauf zu warten, dass man mir sagt, was ich tun soll. Hab ich als Junge schon gern getan. Mich nützlich gemacht. Hab gearbeitet, wo immer ich gebraucht wurde.«

»Könntest ja auch auf die Felder gehen«, sagte sie. »Die suchen ständig nach Helfern.«

»Hab ich lang genug gemacht, besten Dank auch«, erwiderte ich. »Wie steht's mit dir? Je auf diesen Feldern gewesen?«

»Kann ich nicht behaupten«, sagte Sophia.

Sie war näher gekommen, was mir auffiel, weil mir neuerdings alles an ihr auffiel, vor allem der Abstand, den sie zu mir hielt. Es gab da etwas in mir, das wusste, dies war falsch, doch sprach da der in Misskredit geratene Teil, jener, der geglaubt hatte, eine Münze könnte den Lauf der Dinge in Virginia umkehren.

»Ist nicht so schlimm«, sagte ich. »Wenigstens beobachtet man mich nicht auf Schritt und Tritt.«

Sie kam noch näher.

»Gibt es denn was, was du geheim halten möchtest?«, fragte sie und war mir jetzt so nahe, dass ich spürte, wie ich mein Gleichgewicht verlor. Ich stützte mich mit der Hand an einem Möbelstück ab, kann mich aber nicht mehr erinnern, welches das war.

Sie sah mich an, lachte und ging aus dem Schuppen.

»Können wir ein bisschen reden?«, fragte sie fast flüsternd. »Über das Ganze?«

»Sicher, können wir«, sagte ich.

»In einer Stunde? Unten bei der Schlucht?«

»Klingt gut.«

Ich weiß nicht, woran ich in der Zeit vor unserem Treffen gearbeitet habe. Ich konnte nur an Sophia denken. Sklaverei bedeutet tagtägliches Verlangen, bedeutet, in eine Welt aus verbotenen Speisen und verlockenden Unantastbarkeiten hineingeboren worden zu sein – das Land um uns herum, die Kleider, die man säumt, die Kekse, die man backt. Man vergräbt dieses Verlangen, weil man weiß, wohin es führt. Jetzt aber versprach mir ebendieses Verlangen eine andere Zukunft, eine, in der meine Kinder, welche Mühen sie auch immer plagen mochten, niemals den Auktionsblock würden kennenlernen müssen. Und kaum hatte ich einen Blick auf diese neue Zukunft geworfen, mein Gott, da war die Welt für mich wie neugeboren. Ich war auf dem Weg in die Freiheit, und diese Freiheit lebte in meinem Herzen so sehr wie in den Sümpfen, weshalb die Stunden, in denen ich auf unser Treffen wartete, die sorglosesten Stunden waren, die ich je verbracht hatte. Ich hatte Lockless verlassen, noch ehe ich überhaupt fortgerannt war.

»Wie soll das denn jetzt ablaufen?«, fragte sie. Wir waren unten bei der Schlucht, schauten übers wilde Gras auf den Wald an der anderen Seite.

»Weiß ich nicht genau«, erwiderte ich.

Sophia musterte mich mit zweifelndem Blick.

»Das weißt du nicht?«

»Ich setz meine ganze Hoffnung auf Georgie«, sagte ich. »Was anderes bleibt mir nicht übrig.«

»Georgie, ja?«

»Ja, Georgie. Hab nicht viele Fragen gestellt – den Grund dafür kennst du sicher. Das, worin Georgie verwickelt ist, nun, ich denk, da versteht es sich von selber, dass man nicht zu viel drüber redet. Mein Plan ist also ganz einfach. Zur vereinbarten Zeit kommen wir zum vereinbarten Ort, nur wir zwei, und dann gehen wir.«

»Und wohin?«

Einen Moment lang sah ich sie prüfend an, dann blickte ich wieder zur Schlucht hinüber.

154

»In die Sümpfe«, sagte ich. »Ist eine eigene Welt da draußen, ein Untergrund, in dem ein Mann so leben kann, wie ein Mann leben sollte.«

»Und eine Frau?«

»Versteh schon, hab eine Weile drüber nachgedacht. Ist vielleicht nicht der ideale Ort für eine Dame ...«

Sie unterbrach mich. »Ich hab dir heut schon mal gesagt, Hi, dass ich keine Dame bin.«

Ich nickte.

»Ich komm zurecht«, sagte sie. »Bring mich nur hier raus, mit dem Rest komm ich allein klar.«

Allein – dieses Wort hallte in mir nach.

»Du allein, ja?«, fragte ich.

Sie sah mich an, ohne zu lächeln.

»Hör mal, Hiram, ist wichtig, dass du was verstehst. Ich mag dich, ehrlich.« Sie sah mich mit festem, prüfendem Blick an, und ich spürte, was sie sagen wollte, kam aus ihrem tiefsten Innern. »Ich mag dich, und es gibt nicht viele Männer, die ich mag. Wenn ich dich anseh, seh ich was Altes, Vertrautes, etwas wie damals bei Mercury. Aber ich werd dich deutlich weniger mögen, wenn du vorhast, mit mir in diesen Untergrund zu gehen, um dann den Platz von Nathaniel einzunehmen. Wär für mich keine Freiheit, verstehst du? Ist keine Freiheit für eine Frau, einen Farbigen gegen einen Weißen einzutauschen.«

Erst da fiel mir auf, dass sie eine Hand auf meinen Arm gelegt hatte – und dass sie fest zudrückte.

»Wenn du das willst, wenn es das ist, was du vorhast, dann musst du mir das jetzt sagen. Falls du vorhast, mich an dich zu binden, damit ich dir jedes Jahr ein Kind gebäre, dann sag's gleich und sei so anständig, mich selber entscheiden zu lassen.

Du bist nicht wie sie. Tu mir den Gefallen, und überlass mir diese Entscheidung. Also sag: Was hast du mit mir vor?«

Ich erinnere mich, wie ungehalten sie in diesem Moment auf mich wirkte, dabei war der Tag so friedlich, später Nachmittag inzwischen, und die Sonne ging bereits unter in dieser Zeit der langen Nächte, die ideale Zeit, wie ich später erfahren sollte, für eine Flucht. Ich hörte keine Vögel, keine Insekten, keine Äste im Wind, sodass all meine Sinne auf Sophias Worte konzentriert waren, die ersten Worte in meinem Leben, die ich aus Gründen, die ich damals nicht recht verstand, wahrnahm, ohne Bilder im Kopf zu haben. Doch begriff ich, dass sie sich vor irgendwas schrecklich fürchtete – vor etwas in mir, und der Gedanke, dass ich für sie auch nur ansatzweise wie Nathaniel sein könnte, dass sie mich fürchten könnte, wie sie ihn fürchtete, machte mir Angst und beschämte mich zugleich.

»Nein«, sagte ich. »Niemals, Sophia. Ich möchte, dass du frei bist, und ich möchte, dass jede Beziehung zwischen uns, sollte es denn zu einer Beziehung kommen, eine ist, die du frei gewählt hast.«

Sie lockerte ihren Griff, sodass ihre Hand auf meinem Arm jetzt nur noch eine Berührung war.

»Ich kann dich nicht anlügen«, fuhr ich fort. »Ich hoffe, du wirst dich dort draußen eines Tages für mich entscheiden. Das gestehe ich. Ich habe Träume. Wilde Träume.«

»Und wovon träumst du?«, fragte sie. Sie griff jetzt wieder fester zu.

»Ich träum von Männern und Frauen, die sich selbst waschen, ernähren und kleiden können. Ich träum von Rosengärten, die denen Profit bringen, die darin arbeiten«, sagte ich. »Und ich träum davon, mich einer Frau zuwenden zu dürfen, für die ich was empfinde, einer, der ich von meinen Gefühlen erzählen kann, sie hinausschreien kann, dabei nur sie und mich im Kopf, ohne irgendwelche Befürchtungen, was sie sonst noch bedeuten könnten.«

Wir blieben eine Weile, dann verließen wir gemeinsam die Schlucht und gingen durch den Wald. Längst war die Sonne über Lockless untergegangen. Am Waldrand blieben wir stehen. Sophia sagte: »Von hier an gehe ich besser allein.« Ich nickte und sah ihr nach, wie sie unter den Bäumen hervortrat und verschwand. Dann machte ich mich auf den Weg, ging vom Wald zum Haus und sah bald den darunterliegenden Tunnel, der ins Labyrinth führte. Und dort, im Tunnel, stand Thena mit vor der Brust verschränkten Armen.

Mein neuer Blickwinkel ließ mich auch Thena mit anderen Augen sehen. Ich wollte fliehen, ein junger Mann mit einer jungen Frau, einem neuen Leben entgegen, dem ersten wahren Leben, das wir haben würden, eines, vor dem diese alten Farbigen sich fürchteten. Ich hatte sie retten wollen, wollte ganz Lockless retten, aber damit war es jetzt vorbei. Sie waren wie Lämmer, die man zur Schlachtbank führte. Die Alten wussten, was kommen würde. Sie wussten, was das Land flüsterte, denn niemand war so vertraut mit dem Land wie jene, die es beackerten. Nachts lagen sie wach, lauschten den stöhnenden Geistern früherer Verpflichteter, den Geistern all jener, die fortgebracht worden waren. Sie wussten, was kommen würde, dennoch warteten sie ab. Und diese plötzliche Scham und Wut, dieser Zorn und Groll auf jene, die derlei geschehen ließen, die es stoisch ertrugen, wenn ihre Kinder fortgeführt wurden, all dies, das wusste ich, lastete auf Thena, weshalb ich, als sie mich aus dem Wald kommen sah und mit verschränkten Armen und missbilligender Miene auf mich wartete, eine unfassbare Wut in mir aufkommen spürte.

»'n Abend«, sagte ich, woraufhin sie nur die Augen rollte. Ich betrat den Tunnel und ging zu meinem Quartier. Sie folgte mir. Kaum waren wir auf meinem Zimmer, drehte sie die Flamme der Lampe auf dem Sims höher und schloss die Tür. Sie setzte sich auf einen Stuhl in der Ecke, und ich sah, wie das Lampenlicht Schatten auf ihr Gesicht warf.

»Was ist los, Sohn?«, fragte sie.

»Keine Ahnung, wovon du redest.«

»Hast du noch Fieber?«

»Thena …«

»Führst dich die letzten Wochen ja mächtig seltsam auf. Also was ist? Was ist in dich gefahren?«

»Weiß nicht, was du meinst.«

»Na schön, dann lass mich dich was fragen. Was zum Teufel denkst du dir eigentlich dabei, auf Lockless mit der Kleinen von Nathaniel Walker rumzuscharwenzeln?«

»Ach was, scharwenzeln. Die Kleine sucht sich selber aus, mit wem sie zusammen ist – und ich auch.«

»Das glaubst du doch selbst nicht.«

»Doch, das glaub ich.«

»Dann bist du blöder, als du aussiehst.«

Daraufhin wich ich Thenas Blick aus, eine Geste, die ich Kindern abgeschaut hatte, die gegen ihre Eltern rebellierten. Und genau das war ich, ein Kind, das weiß ich heute, ein von Gefühlen überwältigter, von großem, bedeutsamem Verlust am Boden zerstörter Junge. Ich habe es schon damals gespürt, ohne es benennen zu können, habe gespürt, was ich verlor, als meine Mutter in dieses schwarze Loch meiner Erinnerung fiel, denn vor mir stand jemand, den ich nun auch zu verlieren drohte. Nur ertrug ich es nicht, sie zu verlieren, ihr in die Augen zu blicken und meine Pläne zu verraten, die einzige Mutter zu verlassen, die ich je gekannt hatte. Als ich daher meinen Mund öffnete, sprachen weder Trauer noch Ehrlichkeit aus mir, sondern Wut und Selbstgerechtigkeit.

»Was hab ich dir denn getan?«, fragte ich.

»Wie?«

»Was zum Teufel hab ich dir getan, dass du so mit mir redest?«

»So mit dir reden?«, fragte sie und schien mich mit beinahe amüsiertem Blick zu betrachten. »Verdammt noch mal, du fragst mich, wie ich mit dir rede? Bist aus dem Nichts bei mir reingeschneit, hab dich nie drum gebeten. Und wenn ich mich tagsüber für die da oben krumm geschuftet hatte, was hab ich da jeden Abend getan? Wer hat dir den Speck gebraten? Die Maisfladen? Tut deine Kleine das auch für dich? Und wer hat dich vor dem beschützt, was die anderen mit dir vorhatten? Hab ich dich vielleicht je um was gebeten, Hiram? Hab ich dafür je was von dir gewollt?«

»Und warum fängst du jetzt damit an?«, fragte ich, um Thena dann mit einem langen, harten Blick zu fixieren, einem, den niemand verdiente, wohl kaum die Frau, die mich liebte, und erst recht nicht die Frau, die sich so um mich gekümmert hatte.

Thena schaute mich ihrerseits an, als hätte ich sie geschlagen. Der Schmerz aber verflog schnell. Es war, als löste sich ihre letzte Hoffnung darauf, dass diese niederträchtige Welt je ein wenig Gerechtigkeit, ein wenig Licht zulassen würde, vor ihren Augen in nichts auf, und was blieb, war allein das dicke Ende, mit dem sie schon immer gerechnet hatte.

»Das wirst du eines Tages bereuen«, sagte sie. »Du wirst es
stärker bereuen als das Schlimmste, was dir mit deiner Kleinen
überhaupt passieren kann. Und für euch wird's schlimm, das
garantier ich dir. Diesen Moment jetzt, wo du so mit mir geredet hast, mit der Frau, die dich in deinen schwächsten Tagen
geliebt hat, den wirst du sehr bereun.« Dann öffnete sie die
Tür und sah sich nur noch einmal um: »Ein Junge wie du, der
sollte besser auf seine Worte achten. Du weißt nie, ob es nicht
vielleicht die letzten sind, die du zu wem sagst.«

Ich brauchte nicht lange zu warten, bis die Reue, die sie
prophezeit hatte, in mir erwachte, doch wurde ich in jenem
Augenblick damals von etwas anderem überwältigt, von jenem
Teil in mir nämlich, der nur an die bevorstehende Flucht aus
dieser alten Welt denken konnte, an die Flucht fort aus diesem
sterbenden Land, fort von den verängstigten Sklaven und den
armen und primitiven Weißen. All das würde ich zugunsten
der Freiheit, die der Underground versprach, hinter mir lassen,
und für Thena konnte ich da keine Ausnahme machen.

Die verbleibenden Tage vergingen, bis er endlich anbrach, jener Morgen, an dem sich Georgies schicksalhaftes Versprechen
erfüllen sollte, ein Tag, der wie das Leben selbst vor mir lag,
lang, doch schnell vorbei. Ich wachte mit einem Unbehagen
auf. Ich lag im Bett und hoffte, die Zeit bliebe stehen, aber
dann hörte ich das Schlurfen im Labyrinth, das Summen im
Haus über mir, und diese schreckliche Musik verkündete, dass
dieser Tag real war, dass mein Versprechen real war und dass
ich davon nicht mehr zurückkonnte. Also stand ich im Dunkeln auf, ging mit dem irdenen Krug zum Brunnen und sah
unterwegs Pete, der bereits angezogen und auf dem Weg zur

Obstwiese war. Ich erinnere mich so genau daran, weil es das letzte Mal war, dass ich ihn sah. Weiter hinten entdeckte ich Thena am Brunnen, die Wasser für die Wäsche holte. Das war eine so schwere Arbeit – Wasser holen, Feuer machen, die Kleider ausschlagen, die Seife zubereiten –, und sie machte alles ganz allein. Ich weiß noch, wie ich dastand und wusste, dass ich ihr unrecht getan, sie verschmäht hatte, respektlos zu ihr gewesen war, und ich fühlte eine beißende Scham, die nur Wut unterdrücken konnte, dachte: »Was glaubt die denn, wer sie ist?« Ich wartete, bis Thena fertig war, sah aus dem Tunnel zu, wie diese alte farbige Frau allein das Wasser schleppte, und wusste schon da, dass ich sie bereuen würde, dass sie mich bis an mein Lebensende verfolgen würden, die letzten Worte, die ich Thena an jenem Tag an den Kopf geworfen hatte.

Als die Luft rein war, lief ich zum Brunnen, um meine eigene Kalebasse zu füllen, kam zurück, wusch mich und zog mich an. Ich ging zum Tunneleingang, sah die Sonne über Lockless aufgehen und erwog ein letztes Mal den schweren Schritt, der nun vor mir lag. Ich dachte an Ozeane und an die vielen Forscher, über die ich an jenen langen Sommersonntagen in der Bibliothek gelesen hatte, und ich fragte mich, was sie empfunden hatten, als sie vom Land an Bord gingen, übers Meer schauten und über die Wellen, die sie auf ihrem Weg zu einem unbekannten Ziel überwinden mussten. Ich fragte mich, ob sie Angst gekannt, ob sie das Verlangen gespürt hatten, zurück in die Arme ihrer Frauen zu flüchten, ihre jungen Töchter zu küssen und bei ihnen, in einer Welt zu bleiben, die ihnen vertraut war. Oder ging es ihnen wie mir, und wussten sie, dass die Welt, die sie liebten, eine unsichere Welt geworden war, die vorzeitig dahinschwand, dass nur Veränderung allgültig war und dass sie, wenn sie nicht bald das Wasser überquerten, vom Wasser verschlungen werden würden? Also musste ich gehen, denn meine Welt war dabei zu verschwinden, und zwar schon seit Langem – Maynard rief aus dem Goose, Corrine aus den Bergen, und am lautesten rief Natchez.

Ich riss mich aus meinen Träumereien, ging die Treppe hinauf und sprach mit meinem Vater, der nun doch noch eine Aufgabe für mich gefunden hatte – vom nächsten Tag an sollte ich die verbliebenen Bediensteten in der Küche verstärken. »Dir bleibt noch ein Tag in Freiheit«, sagte er, aber das hatte für mich bereits keine Bedeutung mehr. Ich nickte bloß und beobachtete ihn, fragte mich, ob er irgendwas ahnte, aber er wirkte fröhlich, fröhlicher, als ich ihn seit Wochen erlebt hatte. Er redete von Corrine Quinn und dass sie versprochen habe, ihn noch diese Woche zu besuchen, und mich erleichterte unendlich, dass ich dann nicht mehr da sein würde.

Ich ging zur Bibliothek und blätterte in den alten Bänden von Ramsay und Morton. Dann kehrte ich zurück auf mein Zimmer. Den Rest des Tages hielt ich mich verborgen. Ich konnte nichts essen. Ich ertrug es nicht, irgendwen zu sehen. Die Zeit des Erinnerns und der Fantastereien war vorbei. Jetzt wollte ich nur noch, dass endlich die festgesetzte Stunde anbrach. Und das tat sie, ich sage Euch, das tat sie. Die Sonne ging unter, die lange Winternacht begann, und im Haus wurde es still, die Geräusche des Tages verklangen, bis nur noch ein gelegentliches Ächzen und Knarren zu hören war. Ich nahm nichts mit außer meinen Ehrgeiz, keine Kleidung, nichts zu essen, keine Bücher, nicht mal meine Münze, die ich nun aus der Tasche meines Overalls fischte, ein letztes Mal rieb und auf den Kaminsims legte. Ich traf Sophia am Rand des Pfirsichhains.

Wir orientierten uns am Weg, blieben aber im Wald, außer Sicht, damit uns keine Patrouille entdeckte. Wir redeten und lachten auf unsere vertraute, gelöste Art, wenn auch mit gedämpften Stimmen, bis wir zur Wegbiegung kamen und in der Ferne die Brücke über den Goose sahen. Und da wir spürten, dass dies der Augenblick war, der Punkt, von dem aus es kein Zurück mehr gab, schwiegen wir, vor Angst und Ehrfurcht verstummt. Einen Moment lang verharrten wir und schauten zur Brücke hinüber, die vor dem größeren Dunkel der Nacht nur als langer düsterer Bogen zu erkennen war. Ich hörte, wie die Kriechtiere der Erde einander zuriefen. Die Nacht war sternenlos und verhangen.

»Die Freiheit also«, sagte ich.

»Freiheit«, wiederholte sie. »Nimm sie dir oder lass es bleiben. Kein Theater mehr. Kein Zwischending. Entweder du stirbst jung oder eben nicht.«

Und so verließen wir den Wald und betraten den Weg, traten hinaus in die weite Nacht, und ich nahm ihre Hand, und ich spürte, wie ruhig ihre Hand war und wie sehr meine zitterte. Wir hatten unser Leben dem Leumund von Georgie Parks anvertraut. Wir glaubten an das Gerücht, an den Underground. Wir gingen über die Brücke und blickten nicht mehr zurück, gingen zum Wald und hielten uns von Starfall fern. In den Tagen zuvor hatte ich mir Zeit genommen, alle Nebenwege zu erkunden, und eine Route gefunden, über die wir schnell und unauffällig zu Georgies Treffpunkt gelangten. Als wir an den Teich kamen, an dem Georgie und ich eine Woche zuvor gestanden hatten, wurden wir beide ein wenig ruhiger.

»Was wirst du tun, wenn du es schaffst?«, fragte ich.

»Weiß nicht«, antwortete sie. »Keine Ahnung, was ein

Mädchen so treibt in den Sümpfen. Würde gern arbeiten – für mich selbst arbeiten. Ist mir das Wichtigste. Und du?«

»Schätze, ich mach, dass ich so schnell wie möglich von dir wegkomme.«

Wir mussten beide lachen.

»Ach, du bist doch völlig verrückt«, sagte ich. »Zuerst überredest du mich zur Flucht, und dann schleppst du mich auch noch hierher. Ich glaub, wenn es klappt – wenn wir es wirklich schaffen –, dann hab ich erst mal die Nase voll von Sophias Plänen.«

»Mmm, könnt jedenfalls nicht schaden, ein bisschen Ballast loszuwerden«, sagte Sophia. »Männer haben mir und den Meinen nämlich nichts als einen Haufen Ärger eingebracht.«

Wir lachten noch ein wenig länger. Ich blickte zum sternenlosen Himmel hinauf, dann zu Sophia hinüber, die zurückwich, zum Teich zurückwich. Schließlich hörte ich Schritte und Stimmen, und ich begriff, wer auch immer kam, kam nicht allein. Da überlegte ich, mich zu verstecken, hörte aber deutlich Georgies Stimme, und so blieb ich stehen. Gleich darauf verstummten die Stimmen, und wir vernahmen nur noch das Knirschen der Schritte. Ich griff nach Sophias Hand und schaute dahin, wo der Wald sich lichtete. Und ich sah die von Dunkelheit umrahmte Gestalt von Georgie Parks.

Ich lächelte, daran erinnere ich mich. Und ich sage Euch, ich erinnere mich wie immer an alles, aber vielleicht bilde ich mir diesmal etwas ein, denn die Nacht war sternenlos, und ich habe höchstens Sophias Silhouette gesehen; trotzdem könnte ich schwören, dass ich das Gesicht von Georgie Parks erkannte und dass sein Gesicht schmerzverzerrt war, traurig, nur wusste ich nicht, warum. Dann hörte ich die Schritte wieder, und ich sah fünf weiße Männer, einen nach dem anderen, aus der Dunkelheit auftauchen, und ich sah, dass einer von ihnen ein Seil in Händen hielt. Und als sie aus dem Wald heraus waren, standen sie eine gefühlte Ewigkeit vor uns, und ich hörte, wie Sophia stöhnte: »Nein, nein, nein …«

Und dann sah ich, wie einer der Männer Georgie an die Schulter fasste und sagte: »Hast du gut gemacht, Georgie.« Und daraufhin wandte sich Georgie von uns ab und ging zurück in den Wald, und diese Männer mit ihrem Seil kamen auf uns zu.

»Nein, nein, nein«, stöhnte Sophia.

Ich schwöre, sie waren wie Phantome, leuchteten weiß wie Gespenster in der Nacht, und ihre Umrisse, ihre Haltung verrieten mir genau, was sie waren.

9

Rylands Bluthunde umstellten uns mit vorgehaltenen Pistolen und führten uns durch die mondlose, sternenlose Nacht, führten uns durch eine Dunkelheit, die man meinte, mit Händen greifen zu können, eine Dunkelheit, die uns so eng umspannte wie das Seil, mit dem sie uns gefesselt hatten. Und plötzlich spürte ich die Kälte, den schneidenden Wind, scharf wie ein Schwert, weshalb ich zu zittern begann, was bei unseren Schächern für große Erheiterung sorgte, und auch wenn ich sie nicht sehen konnte, hörte ich sie doch über mich lachen, mich verspotten – »Die Zeit zu zittern ist vorbei, Bürschchen« –, glaubten sie doch, ich fürchtete mich vor dem, was sie mir antun mochten. Es stimmte schon, Rylands Bluthunde waren ein furchterregendes Pack, und dass ich vor lauter Furcht nicht wie erstarrt war, kann nur daran gelegen haben, dass all meine Gefühle – Scham, Wut, Schock – gleichsam in die Flucht geschlagen worden waren. Rylands Bluthunde hätten dort draußen alles mit uns anstellen können, hätten alles mit Sophia anstellen können, zumindest wäre dies der übliche Lauf der Dinge gewesen. Es war das notwendige Recht der niedren Weißen, die selbst keine Menschen ihr Eigen nannten, flüchtige Schwarze vorübergehend wie ihr Eigen behandeln und an ihnen all ihre grässlichen Leidenschaften auslassen zu dürfen. Und von dem Moment an, da ich Georgie verschwinden und die Rylands wie Gespenster aus dem Wald strömen sah, wusste ich, dass es dazu kommen musste. Kam es aber nicht. Sie führten uns nur aus dem Wald nach Starfall und ins Gefängnis, wo sie das Seil gegen Ketten tauschten und uns im Hof zurückließen wie Tiere, in kaltes Eisen geschlagen in jenen Augenblicken, die unsere letzten gemeinsamen sein mussten, unsere letzten Augenblicke in einer Welt, wie wir sie kannten.

Ich erinnere mich an das Gewicht der wogenden Ketten, an eine Mittelkette, die vom Halsreif hinab zu kleineren Ketten und den Eisen um meine Handgelenke sowie zu einer weiteren Kette und den Schellen um meine Fußknöchel reichte. Und dieses Gewebe aus kaltem Eisen war an den unteren Zaunholm angeschlossen, der das Gefängnis umstellte, weshalb ich weder meinen Rücken strecken noch mich setzen konnte, sondern immerzu in gebückter Haltung verbleiben musste. Mein Leben lang war ich ein Gefangener gewesen. Die besonderen Umstände meiner Geburt hatten es mir erlaubt, meine Gefangenschaft als ein Zeichen, ein Symbol zu verstehen; diesem erdrückenden Geflecht aber haftete nichts Symbolisches an. Ich konnte meinen Kopf bloß in eine Richtung drehen, bloß schmerzte mich dies auf andere Art, denn so fiel mein Blick auf Sophia, gefesselt wie ich, nur wenige Schritte entfernt. Ich hätte ihr gern etwas gesagt, das so drastisch war, wie es dieser Situation angemessen gewesen wäre. Ich wollte ihr sagen, wie sehr ich darunter litt, sie dieser noch tieferen, eindeutigeren Sklaverei zugeführt zu haben. Doch als ich den Mund aufbekam, brachte ich nichts weiter als die armseligsten Worte über die Lippen.

»Es ... es tut mir leid«, sagte ich, das Gesicht wieder zum Boden gewandt. »Es tut mir so leid.«

Sophia gab keine Antwort.

Damals wäre mir nichts lieber gewesen als eine Klinge, um mir damit die Kehle aufzuschlitzen. Ich konnte nicht leben mit dem Wissen, Sophia in diese Lage gebracht zu haben. Und es war so eiskalt da draußen. Ich spürte, wie meine Hände zu Stein erstarrten, wie meine Ohren in die Nacht verschwanden; und ich wusste, ich weinte, weil ich fühlte, wie stille Tränen auf meinen Wangen zu Eis gefroren.

Verloren in meiner Scham, hörte ich in diesem Augenblick ein leises, rhythmisches Grunzen, und bei jedem Grunzen sah ich den Zaun ein wenig erzittern. Und als ich zur Seite blickte, wurde mir klar, dass Sophia es war, die da grunzte. Sie zerrte an den schweren Ketten und rückte Stück für Stück ein wenig näher heran, nur wozu, das wusste ich nicht. Vielleicht wollte sie näher kommen, um mir einen uralten Fluch zuzuflüstern oder um mir ein Ohr abzubeißen. Es kostete sie große Kraft, und bei jedem Aufbäumen zitterte der Zaun. Ich hatte keine Ahnung gehabt, dass sie so stark war. Sie begann langsam, legte nach jedem Ruck eine Pause ein, doch je näher sie kam, desto rascher folgte Ruck auf immer größeren Ruck, weshalb ich schon glaubte, sie wolle den Zaun aus der Verankerung reißen und uns so befreien. Doch sobald sie mich erreicht hatte, hörte sie auf, erschöpft, keuchend vor Anstrengung. Sie war nun so nahe, dass ich jeden ihrer Züge sehen konnte, und Sophia schaute mich an, zärtlich erst, so zärtlich, dass mich zumindest für diesen Augenblick meine Scham verließ. Dann stemmte sie sich gegen die Ketten, reckte ihren Kopf über den Zaun, über das Gefängnis hinaus, und obwohl ich es nicht sehen konnte, wusste ich, dass ihr Kopf gen Freetown zeigte. Und sie schaute sich zu mir um, und was ich sah, war ein so harter Blick, dass ich wusste, sie hätte jetzt ebenso gern ein Messer zur Hand gehabt, doch die Kehle, die sie damit durchschneiden wollte, war nicht ihre eigene. Jetzt merkte ich, wie sich ihre Miene anspannte, wie sie die Zähne fletschte, und mit einem letzten Ruck saß Sophia direkt neben mir, so nahe, dass ich ihren Atem auf meiner Wange und ihren Arm an meinem Arm spüren, so nahe, dass sie sich an mich lehnen konnte, was sie jetzt tat, so nahe, dass ich ihre Wärme spürte, so nahe, dass die eisige Dunkelheit zurückwich; und ich zitterte nicht mehr.

ZWEITER TEIL

*Wäre ich es, der Euch von den Grausamkeiten
der Sklaverei erzählen sollte ... ich würde sie
Euch, eine nach der anderen, ins Ohr flüstern.*
WILLIAM WELLS BROWN

10

RYLANDS GEFÄNGNIS WAR JETZT mein Zuhause. Sophia wurde am nächsten Tag von mir getrennt; wohin sie gebracht wurde, wusste ich nicht – verkauft an den Hurenhandel? Zurückgeschickt zu Nathaniel? Nach Natchez? –, mir blieb jedenfalls nur dieses Bild von ihr, das ich noch heute vor Augen habe, wie sie für einen Moment der Berührung gegen die Ketten ankämpft, wie sie ihren hasserfüllten Blick nicht nach innen richtet, weder auf sich noch auf mich, sondern auf Georgie Parks, der uns so niederträchtig verraten hatte. Selbst da verstand ich im Grunde noch nicht, wie tiefgreifend dieser Verrat war, doch wusste ich genug, um einen Hass zu nähren, heiß wie ein Wintereintopf. Später, Jahre um Jahre später, wurde mir klar, wie unmöglich Georgies Position gewesen war, wie die Oberen ihn immer mehr in die Enge getrieben hatten, bis er schließlich in jenem schmalen, riskanten Areal namens Freetown landete. Damals hasste ich ihn einfach nur und tröstete mich mit der köstlichen Vorstellung, Georgie könnte eines Tages meiner Wut ausgeliefert sein.

Man brachte mich in eine feuchte Zelle mit einem Strohsack als Bett, einer schmutzigen Decke und einem Eimer, in den ich mich erleichtern konnte. Jeden Tag wurde ich zeitig geweckt, danach Frühsport und Waschen. Man rieb mir das Haar mit schwarzer Schuhcreme ein, den Körper mit Öl. Anschließend musste ich splitterfasernackt mit den übrigen Insassen im Vorderhof des Gefängnisses antreten. Dann kamen die Fleischhändler, die Geier von Natchez, und verfuhren mit mir nach Belieben. Sie boten einen grausigen Anblick, dieser Abschaum niedrer Weißer, denn anders als ihre Brüder kamen sie gleichfalls aus der untersten Schicht, waren aber durch den Fleischhandel reich geworden und schienen auf ihre minderwertige Herkunft stolz zu sein, auf ihr verlottertes Äußeres, ihre Zahnlücken, ihre üblen Ausdünstungen, ihre Angewohnheit, Tabak zu spucken, wohin und wann auch immer ihnen danach war, wie in einer absurden Theatervorstellung. Die Oberen verachteten sie, denn Sklavenhandel galt als anrüchiges Gewerbe. Sie bewirteten in ihren Häusern keine Händler, noch durften die sonntags in ihren Kirchenbänken Platz nehmen. Es würde einmal eine Zeit kommen, da Gold schwerer wog als Herkunft, noch aber war dies das alte Virginia, in dem ein fragwürdiger Gott beschied, dass jene, die einen Menschen zum Verkauf anboten, irgendwie ehrenhafter waren als jene, die den Verkauf durchführten.

Diese Verachtung sorgte für großen Unmut unter den Händlern, einen Unmut, den sie an uns ausließen. An ihrer Arbeit hatten sie eine klammheimliche Freude, und wenn sie zu uns in den Hof kamen, schienen sie zu tanzen; und wenn sie mir an die Pobacken griffen, um zu prüfen, wie fest sie waren, taten sie es mit Kraft und Elan; und wenn sie meinen Kiefer ins Licht drehten, ihre Theorien der Phrenologie an mir prüften, konnten sie sich ein kleines Lächeln nie versagen; und wenn sie mir ihre Finger in den Mund stopften und nach faulen Zähnen tasteten oder mir auf der Suche nach alten Verletzungen auf Arme und Beine schlugen, summten sie gern leise vor sich hin.

Während dieser »Untersuchungen« zog ich mich in mich selbst zurück, hatte ich doch rasch gelernt, dass ich solche Aufdringlichkeiten nur überstand, wenn ich träumte und zuließ, dass meine Seele meinem Körper entwich, zurückkehrte nach Lockless, zurück in eine andere Zeit, in der ich der Vorsänger der Arbeitslieder gewesen war – »Be back, Gina, with my heart and my song« – oder vor Alice Caulley gestanden und gesehen hatte, wie sie strahlte, nachdem ich ihr noch einmal ihre eigene Geschichte erzählt hatte, oder als ich in der Laube gesessen hatte, einen Becher Bier in der Hand, und von all meinen Hoffnungen, meinen Sehnsüchten erzählte. Das aber waren nur Träume. Tatsache war, dass ich mich im widerlichen Hier und Jetzt befand und von Männern begrapscht wurde, die ihre Macht genossen, einen Menschen wie Fleischware behandeln zu können.

Jetzt war ich also gefangen, war im Sarg der Sklaverei eingesperrt, denn was immer ich in Lockless erduldet hatte, war nicht wie dies hier gewesen und war auch nicht wie das, was gewiss noch kommen würde. Und ich war nicht allein. Da waren noch zwei in meiner Zelle. Der eine war ein Junge mit hellbraunem Haar, kaum zwölf, nahm ich an, ein Junge, der nicht lächelte und nie redete und die harte Miene eines Mannes zeigte, der schon lange Verpflichteter war. Und dennoch war er auch ein Junge, eine Tatsache, die nachts im Schlaf sein furchtsames Wimmern verriet, sein kleines Gähnen am Morgen. Jeden Abend, nachdem man uns Abfälle zum Essen vorgesetzt hatte, sah seine Mutter nach ihm. Ihre Kleider, ein wenig besser als das grobe Leinen der Verpflichteten, verrieten mir, dass sie zu den Freien gehörte, obwohl ihr irgendwie das Kind genommen worden war. Sie saß vor der Zelle auf dem Boden und hielt durch die Gitterstäbe seine Hand, und so hockten sie stumm da, Hand in Hand, bis die Rylands sie rauswarfen. Dieses Ritual hatte etwas schmerzhaft Vertrautes, etwas, das einem alten Teil in mir so bekannt schien wie eine Szene aus einem anderen, nicht erinnerten Leben.

Mein anderer Zellenkamerad war ein alter Mann. Die Zeit hatte sein Gesicht gefurcht, und der Ozean seines Rückens zeugte von den vielen Reisen, die Rylands Peitsche darauf unternommen hatte. Welche Not ich während dieser Zeit in Rylands Gefängnis auch durchlitt, was immer ich zu erdulden hatte, war nichts im Vergleich zu dem, was dieser alte Mann hatte ertragen müssen. Die Mathematik des Profits schützte mich und den Jungen. Der alte Mann aber, dessen nutzbringende Zeit vorüber war, weshalb sich mit ihm höchstens noch Pennys verdienen ließen, war ein Fressen für die Hunde. Zu jeder Tageszeit, wann immer ihnen der Sinn danach stand, zerrten die Männer den Alten aus der Zelle und zwangen ihn, zu singen, zu tanzen, zu krabbeln, zu bellen, zu glucksen oder sich auf irgendeine andere unwürdige Weise zu benehmen. Und war einer der Männer mit seiner Vorführung unzufrieden, wurde er mit Fäusten oder Stiefeln traktiert, mit Pferde- oder Kutschpeitschen geschlagen und mit Briefbeschwerern beworfen, mit Stühlen oder was auch immer zur Hand war. Wenn ich das mitbekam, fühlte ich brennende Scham, auch wenn ich sie nicht als solche erkannte, Scham darüber, dass ich mich außerstande fand, ihm irgendwie zu helfen.

Es waren dunkle Zeiten für meine Seele. Schon bald wurde

mein Mitgefühl mit den beiden von der Ahnung verdrängt, dass es ebensolch ein dummes Mitgefühl gewesen war, das mich hierhergebracht hatte. Mein Geist fieberte vor Misstrauen. Vielleicht war es eine Verschwörung. Vielleicht steckte Sophia mit denen unter einer Decke. Vielleicht hatte Thena sie gewarnt. Vielleicht saßen sie irgendwo beisammen und lachten mit Corrine Quinn, lachten gar mit meinem Vater über meine närrischen Träume von der Freiheit. Und so wichen Scham und Mitgefühl rasch einer Härte, die mich seither nie wieder verlassen hat.

Es war Nacht. Ich lag auf dem feuchten Steinboden. Die Mutter des Jungen war fort, und ich konnte die Rylands hören, die vorn besoffen Poker spielten.

Aus irgendeinem Grund empfand der alte Mann heute Abend das Bedürfnis, mit mir zu reden. Seine Stimme kam aus dem Dunkel. Erst erzählte er mir mit heiserem Flüstern, dass ich ihn an seinen Sohn erinnere. Ich ignorierte ihn und kroch auf meinem Strohsack tiefer unter die mottenzerfressene Decke, auf der Suche nach ein bisschen Wärme. Und so sagte er es noch einmal in einem Ton, der die Privilegien des Alters für sich beanspruchte.

»Zweifelhaft«, erwiderte ich.

»Dass du er bist? Natürlich«, sagte er, »aber ich hab dich beobachtet und weiß, du bist in seinem Alter und strahlst genau das aus, was er auch verkörpert hatte. Wir wurden getrennt, aber nachts, wenn ich von ihm träum, dann träum ich von einem jungen Mann, der verraten wurde. Und dieser Mann zieht genau so ein Gesicht wie du.«

Darauf erwiderte ich nichts.

»Warum bist du hier?«, fragte er.

»Weil ich abgehauen bin«, erwiderte ich. »Bin vor der Sklaverei davongelaufen und hab die Geliebte eines anderen Mannes mitgenommen.«

»Aber sie haben dich nicht umgebracht«, erklärte er völlig ungerührt. »Bist denen offenbar noch für irgendwas gut. Wenn auch sicher in einem anderen Land, wo keiner deinen Namen kennt und wo man dein Geprahle für die Lügen eines gefesselten und erniedrigten Mannes hält.«

»Warum wird dir so übel mitgespielt?«, fragte ich.

»Zum Vergnügen, nehm ich an.«

Dabei kicherte er im Dunkeln leise vor sich hin.

»Bin reif für die Schlachtbank«, sagte er. »Siehst du das nicht?«

»Genauso wie wir«, erwiderte ich.

»Du nicht. Noch nicht. Und auch der da nicht«, sagte er und deutete auf den Jungen. »Ja, aber ich kehr tatsächlich heim zu meinen Leuten, denn ich weiß, dass ich dazu verdammt bin, hier zu sterben, in Qualen, bin ich doch gewandet in die allerschlimmsten Sünden.«

Er fing an, sich warm zu reden, und obwohl es Nacht war, sah ich den Alten aufrecht dasitzen und in den Hof starren, wo Laternenlicht Schatten aus dem anderen Raum zurückdrängte und die Rylands immer mal wieder in lautes Gelächter ausbrachen. Der leise Atem des kleinen Jungen verkräuselte sich gelegentlich zu leichtem Schnarchen.

»Ich hab gelebt, wie es sich gehört«, sagte er. »Ich hab nicht allein gelebt. Und als ich mich allein dort draußen sah, der letzte Mensch, ohne eine Gesellschaft, die dem wahren Gesetz Geltung verschafft, da hab ich gewusst, dass meine Zeit gekommen ist.

Die Welt dreht sich weiter, nur ohne dieses Land. Es gab Tage, da war Elm County wie der einzige Sohn, heiß geliebt vom Herrn. Es gab Tage, da war dieses Land auf der Höhe seiner Zeit, und die Weißen lebten in Saus und Braus, nichts als große Bälle und Tratsch und Klatsch. Ich war dabei. Oft bin ich mit meinem Herrn draußen auf dem Flussboot gewesen. Und ich hab gesehen, wie sie ihren Vergnügungen nachgehen. Du bist geboren worden, als es schon bergab ging, aber ich weiß noch, wie sie von einem Fest zum anderen lebten, wie ihre Tafeln sich bogen unter feinem Brot, unter Wachteln und Rosinenkuchen, Wein, Apfelmost und allen nur erdenklichen Köstlichkeiten.

Nichts davon war für uns, das kannst du mir glauben, trotzdem hat es auch für uns was Gutes gegeben, nicht zuletzt das feste Land unter unseren Füßen. Damals war eine Zeit, da konnte ein ehrlicher Mann eine Familie gründen und seine Kinder aufwachsen sehen, seine Enkel ebenso. Mein Uropa hat das noch erlebt, ja, das hat er. Ist aus Afrika verschleppt worden und hat hier zu Gott gefunden. Er hat auch eine Frau gefunden, und sein Blick umfasste Generationen. Es war nicht unsere Zeit, das nicht, aber die Zeit war so sicher, dass selbst ein Verpflichteter wusste, wie sein Leben verlaufen wird. Junge, ich könnte dir Geschichten erzählen. Von den Rennen und von dem Tag, als Planet alle abgehängt hat. Aber egal. Du hast gefragt, warum sie mir so übel mitspielen, und ich will es dir erzählen.«

Ich hatte diese Geschichten schon gehört. Es war allgemein üblich, die Stimmung jener Tage in Worte zu fassen, den relativen Trost, die eigene Mutter zu kennen, Vettern auf einer nahen Plantage zu haben, die Erinnerung an außergewöhnliche

Weihnachtsfeiern. Doch solcher Trost ist keine Freiheit, und man kann Gewissheit haben, ohne ein Leben in Sicherheit zu kennen. Es war diese Welt, die Sophia zu Nathaniel geführt und mich geformt hatte. In der Sklaverei gibt es keinen Frieden, denn jeder Tag unter der Herrschaft eines anderen ist ein Tag im Krieg.

»Wie heißt du?«, fragte ich den alten Mann.

»Was tut das zur Sache?«, fragte er zurück. »Entscheidend ist, dass ich eine Frau geliebt habe und mich diese Liebe meinen Namen hat vergessen lassen. Das war meine Verfehlung, der Grund, der mich hergebracht hat, hierher zu dir und diesem Jungen, der Gnade dieser armseligen Weißen ausgeliefert.«

Er versuchte aufzustehen – zog sich an den Eisen in die Höhe. Ich wollte ihm helfen, aber er winkte ab. Es gelang ihm, sich ans Gitter zu lehnen, den linken Arm um eine der Stangen geschlungen.

»Ich bin als junger Mann verheiratet worden und hab viele Jahre in so großem Glück gelebt, wie es sich Frau und Mann nur erhoffen können. Wir wohnten unter den Verpflichteten, weißt du, aber die Pflicht wohnte nie in uns. Wir hatten einen Sohn. Er wuchs zu einem guten Christen heran und wurde von jedermann geschätzt – von den Oberen, den Verpflichteten wie auch den niedren Weißen. Er hat das Land bearbeitet, als wär es seins, und er hat gehofft, unsere Herren damit so zu beeindrucken, dass sie ihm irgendwann die Freiheit schenken, vielleicht auf ihrem Totenbett.

War ein Junge mit großen Ideen. Das wussten alle. Die jungen Frauen haben sich um ihn geprügelt, aber er wollt nicht heiraten. Er hat auf eine hochehrenwerte Frau gehofft und wollt keine nehmen, die geringer war als seine eigene Mutter.

Aber sie ist gestorben, meine Frau, mein Herz, ja, sie ist gestorben. Das Fieber hat sie mir genommen. Ihre letzte Bitte an mich war einfach: ›Pass auf den Jungen auf. Lass nicht zu, dass er sich unter Wert vergibt.‹

Und das hab ich gemacht, hab aufgepasst, dass er nach dem wahren Gesetz lebt. Als er sich dann eine Frau nahm, ein Mädchen aus dem Küchenhaus, war es, als ob die Seele seiner Mutter in ihr zurückkehrte, denn sie war ein ehrenhaftes Mädchen, eine Verpflichtete, die im selben Geist wie mein Sohn arbeitete.

Jahre vergingen. Und wir sind zu was Neuem zusammengewachsen, zu einer anderen Familie. Ich wurde mit drei Enkelkindern gesegnet, doch nur eines, ein Junge, hat das erste Jahr überlebt. Als die Kleinen starben, haben wir gemeinsam um sie getrauert, denn die Liebe, die uns durchströmte, war so mächtig wie der James River, und all diese Liebe schenkten wir dem einen, der überlebt hatte.

Das Land aber war nicht mehr wie früher, und die Oberen haben neue Einkommensquellen gesucht, ein neues Geschäft, und dieses Geschäft waren wir, und jede Woche haben sich beim Abzählen weniger Hände gehoben.

Eines Abends nach dem Abzählen kam dann der Vorarbeiter, um mit mir allein zu reden. Er sagte: ›Wir alle hier finden, dass du ein guter Mann bist. Du und deine Familie, ihr seid wie Kinder für uns, liegt uns am Herzen. Aber du hast sicher auch gehört, dass unser Boden jetzt das Lied vom Tod singt. Es zerreißt mich, dass ich dir das sagen muss, aber wir werden uns von deinem Jungen trennen. Tut mir leid. Ist zum Besten für uns alle. Ich bin gekommen, um es dir persönlich zu sagen, das bin ich dir schuldig. Wir haben alles getan, um es ihm so angenehm wie möglich zu machen. Und das Beste, was ich für ihn erreichen konnte, war, dass er seine Frau und seinen Jungen mitnehmen darf. Mehr kann ich nicht für euch tun.‹«

Ich stand jetzt auch auf und behielt den alten Mann im Blick, da ich fürchtete, er könnte gleich hinfallen. Das Licht im Vorhof brannte noch. Das Gelächter aber war leiser geworden, und man hörte weniger Stimmen.

»Als man mir das sagte, fühlte ich mich mit einem Mal völlig leer«, fuhr er fort. »Ich ging zurück zu meinem Quartier. Ich zitterte. Mir wurde schwarz vor Augen. Ich lief in den Wald, um zum Herrn zu beten, aber ich sag dir, ich hab kein Wort über die Lippen gebracht. Ich schlief dort draußen und kam am Morgen nicht aufs Feld. Sie müssen gewusst haben, dass ich trauere, denn der Vorarbeiter hat nicht nach mir suchen lassen.

An dem Tag streunte ich umher, bin bloß meinen Gedanken gefolgt. Ich lief herum, aber fortgelaufen bin ich nie. Ein Gedanke nagte an mir. Diese Leute waren so niederträchtig, einen Vater von seinem einzigen Sohn zu trennen. Ich hab gewusst, was ich bin. Mein ganzes Leben war auf Zeit gekauft. Bin in eine Rattenfalle hineingeboren. Es gab kein Entkommen. Das war mein Leben. Aber auch, wenn ich es mir noch so oft gesagt hab, ein mächtiger Teil in mir hat sich geweigert, es zu glauben. Bis man mir meinen Jungen genommen hat.

In der Nacht bin ich zu ihm und hab ihm gesagt, was man mir gesagt hatte. Sein Gesicht war wie aus Stein, ja, wahrhaftig. Er zeigte keine Angst, dafür war er zu stark, und an seiner Stärke zerbrach ich und weinte. ›Nicht weinen, Pap‹, hat mein Junge gesagt. ›Auf die eine oder andere Weise finden wir doch alle wieder zusammen.‹

Zwei Tage später schickt mich der Vorarbeiter auf einen Botengang in die Stadt. Bevor ich mich auf den Weg mach, seh ich vor dem Haus einen Pferdewagen, der mir bekannt vorkommt. Und aus dem Wagen steigen Rylands – und da weiß ich, jetzt heißt es Abschied nehmen. Ich ging und hab versucht, mich damit zu trösten, dass mein Junge eine gute Frau hat und dass seine Familie gewiss gedeihen würde.

Als ich zurückkehre, ist seine Frau noch da, mein Junge aber ist fort. Abends geh ich zu ihr, kochend vor Wut, und sie sagt, sie hätten meinen Sohn genommen und ihr Baby, aber alle auf einmal wollten die Rylands nicht nehmen. Und dann ist die junge Frau vor meinen Augen zusammengebrochen – klagend, vor Schmerz wie verrückt. Als sie sich wieder gefasst hatte, wieder stehen konnte, hab ich nicht ihr Gesicht gesehen, sondern bin heimgesucht worden vom Gesicht meiner Frau. Und dann fiel mir ihr letzter Wunsch wieder ein – *pass auf den Jungen auf.* Da wusste ich, meine Zeit war fast um, denn ein Mann, der ein Versprechen nicht halten kann, das er seiner Frau auf dem Totenbett gegeben hat, ist kein Mann mehr, der hat kein Leben mehr.

Die junge Frau sagte, damit kann sie nicht leben. Sie hatte Familie und viele gesehen, die diesen Weg gegangen sind, runter nach Natchez. Niemand kann wissen, wer als Nächstes an die Reihe kommt. Warum aber sollten wir ohne Verbindung zueinander leben? Unser Stammbaum war zerteilt – Äste hier, Wurzeln dort –, zerteilt, für den Profit.

Wir waren wie verrückt vor Trauer. Ich sag dir, dieses Mädchen nahm meine Hand, und als sie sich zu mir umdrehte, sah ich aufs Neue das Gesicht meiner Frau. Sie führte mich hinaus in die Nacht. Ging mit mir zum Küchenhaus, und ich hab gewusst, was sie vorhat. Die hätten uns bei lebendigem Leib die Haut abgezogen. Also brachte ich sie zurück, brachte sie ins Bett. Als es Morgen wurde, war sie wieder ganz sie selbst; und sie zog jene Uniform an, die alle Verpflichteten tragen müssen, wenn sie denn überleben wollen.«

Mir waren die Ideen des Sohnes vertraut, ich erkannte mich in seinem Streben wieder, in seiner Hoffnung, sich als edel zu erweisen und so zu erreichen, was er sich wünschte. Es war nicht schwer zu verstehen. Die Sklaverei aber verhandelt nicht, kennt keine Kompromisse, sie verschlingt.

»Es kam eine Zeit, da war sie für meine kluge Entscheidung dankbar, falls man sie denn klug nennen will. Wir waren in unserem Kummer vereint. Unsere Familien waren von uns gegangen. Aber allein leben, in Virginia, das war für uns kein Leben.«

Der alte Mann schwieg, und bevor er weiterredete, beschlich mich bereits eine ungute Ahnung, was nun kommen würde.

»Es war nur natürlich, dass ich sie liebte. Und es ist für Mann und Frau ja auch natürlich, sich zu einer Familie zusammenzufinden«, sagte er. »Auf dem großen Hof, all unsere Leute fort, von uns getrennt, da war es doch selbstverständlich, dass wir uns zusammengetan haben. Und wir waren einige Jahre zusammen. Das will ich nicht leugnen. Ihr aber mach ich keinen Vorwurf. Ich sag, in einer Welt furchtbarer Sünder hab ich gesündigt, in einer Welt, die so beschaffen ist, dass sie den Vater vom Sohn trennt, den Sohn von der Frau, und deshalb müssen wir zurückschlagen mit jeder Klinge, die uns in die Hände fällt.

Eines Tages kam ein Weißer, der seinen Besitz schon lang

an den Mississippi verlagert hatte. Sagte, er hat sein Land verkauft, da er sich an so ein wildes Volk nicht gewöhnen kann. Er brachte Männer mit. Und ich erfuhr, dass zu diesen Männern auch mein geliebter Sohn gehörte.

In dem Moment wusste ich, ich darf nicht am Leben bleiben. Ein Mann steht aus seinem Grab auf und muss erfahren, dass der Vater ihm die Frau genommen hat. Das durfte nicht sein. In jener Nacht ging ich zum Küchenhaus, um zu tun, was meine Tochter, meine neue Frau, hatte tun wollen, ich hab's angezündet. Ich wusste, was nun mit mir passiert. Dazu musste es kommen. Doch ehe es dazu kam, würde ich für meinen Anteil büßen. Und ich würde zurückschlagen.«

»Also wirst du auf Befehl deines Herrn verprügelt?«, fragte ich.

»Sie prügeln mich, weil sie es können«, sagte er. »Weil ich alt bin und nicht mehr zu verkaufen. Eines Tages wird mein Geist aus meinem Körper fahren. Das weiß ich. Doch wer wird mich im Jenseits begrüßen?«

Und dann sackte er am Gitter der Zelle zu Boden. Ich hörte ihn weinen und ging zu ihm, er sank in meine Arme, blickte zu mir auf und fragte: »Was wird mir die Mutter meines einzigen Sohnes sagen? Wird sie verstehen, dass ich nur getan habe, was ich für das Beste hielt? Oder wird sie, der ich am Totenbett ein Versprechen gab, der ich versprochen hab, was kein Farbiger halten kann, wird sie sich für immer von mir abwenden?«

Ich gab keine Antwort. Ich wusste keine Antwort. Ich half ihm aufzustehen und fühlte seine Haut, eine Haut wie rissiges Leder, die kaum noch die Knochen zusammenhielt. Ich brachte ihn zu seinem Strohsack und half ihm dann, sich hinzulegen.

Und ich hörte, wie er leise weinte und wieder und wieder sagte: »Ach, wer wird mich im Jenseits begrüßen?« Ich hörte ihm zu, bis er einschlief, und als ich kurz danach selbst in den Schlaf fiel, träumte ich wieder von dem Feld, das ich vor Monaten gesehen hatte, einem Feld mit meinen Leuten und mit Maynard, meinem Bruder, der uns an der Kette hielt.

Der Junge ging zuerst. Ich sah ihn in einer langen Reihe aneinandergeketteter Farbiger nach Westen ziehen. Ich sah ihn vom hinteren Hof aus, wohin man uns gebracht hatte, wie es von Zeit zu Zeit geschah, damit wir dort das Begutachten und Inspizieren erneut über uns ergehen ließen. Seine Mutter lief langsam neben der Reihe her, hielt Schritt mit ihrem Sohn. Sie war nicht angekettet. Sie war stumm und ganz in Weiß, und wann immer sie konnte, berührte sie den Jungen an der Schulter, umfasste seinen Arm oder hielt seine Hand. Der Zug verschwand die Straße hinunter. Das geschah am Morgen. Es war ein klarer Tag. Ich war noch draußen im Hof – wurde begrapscht, belästigt, entehrt, beraubt. Ich gab mir große Mühe, mich in mich selbst zurückzuziehen, nicht anwesend zu sein, aber der Anblick dieses Jungen, der mit dem Sklavenzug die Straße hinunter verschwand, und der Anblick seiner Mutter – so vertraut aus einem anderen Leben – hielten mich immer wieder davon ab.

Eine halbe Stunde nachdem der Zug verschwunden war, hockte ich immer noch im Hof, als ich ein Wehklagen und Kreischen hörte. Ich blickte auf und sah, dass die Mutter des Jungen zurückgekehrt war. »Ihr verdammten Kindsmörder!«, schrie sie. »Ich verfluche euch, die ihr meine Jungs ermordet habt! Zur Hölle mit euch! Möge Gott eure Tierknochen in alle Winde verstreuen!«

Ihr Wehklagen zerschnitt die Luft, und der Hof wandte sich zu ihr um. Sie kam uns entgegen, kreischte, und sie verfluchte die Rylands sowie alle, die an diesem grausamen Handel beteiligt waren. Viele von uns, die gingen, gingen in Würde und Respekt, doch kam mir jetzt der Gedanke, wie absurd es doch war, respektvolles Verhalten zu wahren, wenn man von Menschen umgeben war, die keinerlei Respekt kannten. Und so machte mir der Anblick dieser Frau Mut, die so untröstlich schrie und den Zorn Gottes erflehte. Sie schien im Näherkommen zu wachsen, und mir war, als würde jeder ihrer Schritte die Erde erschüttern, sodass selbst diese Schakale des Südens in ihrem Tun innehielten und zu ihr hinübersahen. Eine junge Mutter war die Straße hinuntergegangen, zurückgekehrt aber war etwas anderes. Ihre Hände waren Klauen, ihr Haar war lebendig und stand in Flammen. Am Zaun stellte sich ihr ein Ryland entgegen. Ihre Klauen schlugen nach seinen Augen, ihre Zähne verbissen sich in seinem Ohr. Er schrie auf vor Schmerz. Andere kamen, überwältigten sie, warfen sie zu Boden, traten zu, bespuckten sie. Ich tat nichts. Versteht, dass ich all dies sah und nichts tat. Ich sah, wie diese Männer Kinder verkauften und eine Mutter niederschlugen, ich aber tat nichts.

Sie schleppten sie fort, an jedem ihrer Arme zogen Rylands. Ihre weißen Kleider waren jetzt dreckig und zerrissen. Und während sie die Frau fortschleppten, hörte ich sie brüllen, hörte sie fast wie im Rhythmus und nach der Melodie alter Arbeitslieder schreien: »Mörder, sag ich! Habt meine verlorenen Jungen verschachert! Rylands Bluthunde, Rylands Bluthunde! Möge ein rechtschaffener Gott euch zu Wurmfutter zerfleischen! Möge schwarzes Feuer euch versengen bis auf eure widerlich krummen Knochen!«

Der alte Mann ging als Nächstes. Sie holten ihn eines Abends zu ihrem Vergnügen und brachten ihn nie zurück. Er hatte mir gebeichtet, und so mochte er jetzt seinen Lohn dafür erhalten.

Mir wurde es nicht so leicht gemacht. Meine Folter hatte erst begonnen. Drei Wochen blieb ich, hatte Hunger und Durst. Man gab uns gerade so viel, dass wir arbeiten konnten, und ließ uns gerade so viel hungern, dass wir uns elend fühlten. Ich wurde quer durchs Land zu verschiedenen Arbeiten geschickt. Ich rodete gefrorene Erde. Ich leerte Latrinen und entsorgte Fäkalien. Ich schleppte Leichen und hob Gräber aus. In jenen Wochen sah ich viele Farbige – Mann, Frau, Kind –, die hergebracht und weiterverkauft wurden. Mich überraschte, dass ich so lange blieb. Ich begann zu vermuten, dass man mich für eine ganz besondere Qual aufsparte. Ich war jung und stark, ich hätte in kurzer Zeit einen guten Preis erzielen sollen, doch die Tage vergingen, Leute kamen und gingen, ich aber blieb.

Endlich, als sich bereits die ersten Anzeichen des Frühlings bemerkbar machten, tauchte ein Käufer auf. In Ketten holten mich die Rylands nach draußen. Man verband mir die Augen und knebelte mich. Ich hörte einen meiner Gefängniswärter sagen: »Nun, Kumpel, Sie haben ja ordentlich was hingelegt, aber ich bin mir sicher, dass dieser Handel zu Ihrem Vorteil ist. Der Kerl hier ist jung, gesund und sollte auf den Feldern so viel wert sein wie zehn Arbeiter.«

Einen Moment lang herrschte Stille, dann sagte ein anderer meiner Gefängniswärter: »Wir haben ihn weit länger hierbehalten, als wir irgendwen hierbehalten sollten. Fast ganz Louisiana war auf der Suche nach ihm. Zum Teufel, Carolina auch.« Ich spürte raue Hände. Jemand begutachtete mich, woran ich mich mittlerweile gewöhnt hatte, und das war vielleicht das Schlimmste – dass man eine solche Entehrung normal finden konnte. Diesmal aber war es anders, da ich eine Augenbinde trug und den potenziellen Käufer weder sehen noch vorhersehen konnte, wohin er mit seinen Händen als Nächstes fassen würde.

»Und Sie sind für Ihre Zeit und für Ihre Mühen gut bezahlt worden«, sagte der Käufer, »nicht dafür, dass Sie sich hier aufspielen und Vorträge halten. Überlassen Sie mir, was rechtens mir gehört, und ich überlasse Sie wieder Ihrer Arbeit.«

»Wollte ja nur ein bisschen plaudern«, sagte er, »nur ein bisschen höflich sein.«

»Hat Sie niemand drum gebeten«, erwiderte der Mann.

Damit endete das Gespräch. Ware, die ich war, wurde ich in eine Kutsche verfrachtet. Wegen der Binde konnte ich nichts sehen, aber ich spürte, wie die Kutsche im raschen Trab anfuhr, hörte jedoch stundenlang kein Wort vom Fahrer, kein Flüstern, nur die zufälligen Laute des Waldes und das Rumpeln der Kutsche, bis wir schließlich zu einem Wegstück kamen, auf dem die Fahrt sich verlangsamte. Ich spürte, dass es mehrere Hügel hinauf- und hinabging. Dann hielten wir an. Ich wurde hinausgetragen. Hände machten sich an den Fesseln zu schaffen. Meine Arme wurden befreit, die Augenbinde wurde mir abgenommen.

Ich saß auf dem Boden. Ich blickte auf und sah, es war Nacht. Und dann sah ich den, der mich gefangen hielt. Ich hatte einen Riesen erwartet, bemerkte jetzt aber, dass er von gewöhnlicher Größe war und unscheinbar – ein ganz gewöhnlicher Mann. Es war zu dunkel, um sein Gesicht erkennen zu können, außerdem blieb mir keine Zeit, ihn genauer in Augenschein zu nehmen. Ich wollte aufstehen, war aber zu wacklig auf den Beinen und fiel wieder hin. Dann erhob ich mich erneut, diesmal aber versetzte mir der Mann einen sanften Stoß, und ich fiel erneut hin, doch statt auf den Boden zu fallen, womit ich gerechnet hatte, fiel ich tiefer. Und als ich hochschaute, sah ich, dass ich in einer Grube lag. Dann hörte ich, wie über mir die Falltür zu der Grube, in die ich gestürzt war, geschlossen wurde.

Wieder erhob ich mich, stand auf unsicheren Füßen, unter mir wankte der Grund, doch kaum stand ich aufrecht, stieß ich mit dem Kopf an eine harte, irdene Decke. Ich streckte eine Hand aus, die Wände waren aus Wurzeln und Holz, die das Erdreich um mich herum in Zaum hielten. Ich ertastete die Ausmaße meines Verlieses. Es war mannshoch, etwa doppelt so lang und breit. Die Dunkelheit war absolut, eine Dunkelheit, die jene der Augenbinde, der Nacht und vielleicht sogar der Blindheit selbst übertraf. Eine Art Tod. Ich dachte an *Marvells Buch der Wunder*, an den Eintrag über Ozeane, deren Masse ganze Kontinente verschlingen konnte, die ihrerseits wiederum eine unzählige Menge von Menschen wie mich verschlingen konnten. Ich sah mich als Kind auf dem Boden der Bibliothek, wie ich mit aller Macht versuchte, die Ausdehnung des Ozeans zu ermessen, bis mir angesichts der Grenzen meiner Wahrnehmung der Kopf wehtat. Und dort unten im Dunkel, im scheinbaren Tod, spürte ich nun, dass ich in einem Ozean verloren war, ein Körper, der in der großen Brandung versinkt.

Ich hatte Geschichten über Weiße gehört, die sich Farbige nur deshalb kauften, um an ihnen ihre wildesten Gelüste auszuleben – Weiße, die sie aus dem schieren Nervenkitzel einsperrten, eben dazu in der Lage zu sein; Weiße, die sich Farbige kauften, um die Ekstase eines Mordes erleben zu können;

Weiße, die sich Farbige kauften, um für ihre Experimente, ihre dämonische Wissenschaft an ihnen herumzuschnippeln. Und ich ahnte, dass ich in die Hände eines solchen weißen Mannes gefallen war, dass ich jetzt zum Opfer der perfekten Rache Virginias werden würde, der Rache Elm Countys, der meines Vaters und des kleinen May.

II

Die Zeit verlor jede Bedeutung. Minuten waren von Stunden nicht zu unterscheiden, und ohne Sonne oder Mond wurden Tag und Nacht zu bloßer Fiktion. Anfangs nahm ich den Geruch der Erde wahr und gelegentlich von oben herabdringende Laute, aber schon bald – wann genau, ließ sich unmöglich sagen – wurden sie für mich zu nutzlosem Lärm. Die Grenze zwischen Schlafen und Wachen verschwand, sodass Träume nicht länger von jenen Gespinsten und Illusionen zu unterscheiden waren, die meinen Verstand heimsuchten. Ich sah so viele Dinge dort unten, so viele Leute. Eine dieser Visionen aber gewann besondere Bedeutung, denn von allen, die mich überkamen, erwies sich diese bald nicht als Trugbild, sondern als eine wahre Erinnerung.

Wir waren jung; erst seit einem Jahr arbeitete ich im Dienste meines Bruders. Es war ein langer Sommersamstag, und die Herren von Lockless langweilten sich, weshalb sie ihre üblichen Schikanen um etwas Neues ergänzen wollten, etwas Ausgefallenes. Und so kam Maynard, damals noch ein Kind, auf den perversen Einfall, alle Verpflichteten aus dem Labyrinth heraufzuholen und draußen zu versammeln. Er trug mir auf, die Kunde zu verbreiten, was ich auch tat. Nach etwa einer halben Stunde stand jedermann draußen auf dem Bowling-rasen, und Maynard gab bekannt, dass die versammelten Verpflichteten – die alten wie die jungen, manche noch erschöpft vom Feld, andere aus dem Haus in Überzieher und polierten Schuhen – zu seiner Belustigung um die Wette laufen sollten. Auf der Skala möglicher Demütigungen und verglichen mit der sonstigen Last, die uns damals aufgebürdet wurde, war dies sicher nicht besonders schlimm. Trotzdem *war* es eine Demütigung, und mich traf sie besonders hart, weil ich noch nicht verstanden hatte, welcher Platz mir zugewiesen war, denn während ich zuschaute, wie Maynard Mannschaften einteilte, die gegeneinander antreten sollten, rief er mir zu: »Was ist mit dir, Hi? Komm her.«

Ich blickte ihn einen Moment verständnislos an.

»Komm her«, rief er noch einmal. Und da ging mir auf, was er meinte. Ich sollte mitlaufen. Meine Stunden mit Mr. Fields waren erst in jenem Jahr beendet worden. Ich erinnere mich, dass die Blicke aller Versammelten auf mir ruhten, und in ihnen erkannte ich sowohl ihr Mitgefühl für mich, unverdient vielleicht, als auch ihre Abneigung gegen Maynard. Also wurde ich mit drei weiteren Läufern aufgestellt, und wir rannten in der Augusthitze bis zum Rand der Felder. Auf dem Rückweg hatte ich sie alle überholt. Für meine Mitläufer kann ich natürlich nicht sprechen, doch was mich angeht, so rannte ich, rannte so schnell, dass ich, als ich mit dem Fuß gegen etwas Hartes stieß, einen Stein, eine alte Baumwurzel, geradezu durch die Luft flog und im Feld landete. Anschließend humpelte ich zurück zur Startlinie, wo ich Maynard, der das nächste Team zusammenstellte, lachend und in bester Laune antraf. In den folgenden drei Wochen ging ich humpelnd meinen Pflichten im

Haus nach, und bei jedem Schritt, den ich machte, erinnerte mich der stechende Schmerz im Fuß aufs Neue daran, wo mein Platz im Haus war.

Diese Bilder wiederholten sich, als säße ich in einer Art Karussell, nur dann und wann wurden sie von anderen Erinnerungen unterbrochen, von Erinnerungen an Thena, an Old Pete, Lem und an die Frau, die auf der Brücke tanzte, meine Mutter. Meist aber herrschte Dunkelheit, absolute Dunkelheit, bis irgendwann, Stunden, Tage oder Wochen nachdem man mich hier abgeladen hatte, ein Lichtspalt die Decke meines Verlieses zerschnitt. Wie eine Ratte huschte ich in den hintersten Winkel meiner Kammer. Und dann war da ein Geräusch: Irgendwas fiel zu Boden, und eine Stimme brüllte.

»Komm raus da«, erscholl sie von über mir: »Komm raus.«

Ich folgte der Stimme und griff nach den Stufen der Leiter. Als ich hochblickte, sah ich im Gegenlicht der Dämmerung die Konturen des ganz gewöhnlichen Mannes, der mich hergebracht hatte, meines Aufsehers.

»Komm raus«, wiederholte er.

Ich kletterte hoch. Oben angekommen, kauerte ich vor diesem ganz gewöhnlichen Mann, da ich kaum stehen konnte. Wir waren auf einer kleinen Lichtung im Wald. In der Ferne sah ich den letzten orangefarbenen Schimmer der untergehenden Sonne, der sich über die dunklen Finger des Waldes legte. Mein Wärter hatte auf dieser Lichtung einen absurden Empfang vorbereitet – zwei Holzstühle an einem Tisch. Er deutete mit einer Handbewegung auf die Stühle, aber ich wollte mich nicht setzen. Der ganz gewöhnliche Mann drehte sich um, ging auf den Tisch zu, kehrte sich dann wieder zu mir um und warf mir ein Päckchen hin. Ich wollte es auffangen, doch es glitt mir aus den Fingern, also suchte ich auf dem Boden danach. Ein Stück Brot, eingewickelt in Papier. Während ich es verschlang, wurde mir klar, dass ich bis zu meiner Zeit in dieser Grube nie richtig Hunger gelitten hatte. Wie lang auch immer ich ohne etwas zu essen ausgeharrt haben mochte, es war jedenfalls lang genug gewesen, dass die Hungerqualen mich verlassen hatten wie ein Besucher, der nicht länger anklopft, weil er begreift, dass niemand zu Hause ist. Dieser Bissen Brot weckte meinen Hunger allerdings aufs Neue. Mein Magen verkrampfte sich, ich krümmte mich, und dann sah ich auf dem Tisch noch mehr Päckchen und etwas viel Wichtigeres – einen Krug Wasser.

Ich habe nicht mal gefragt. Ich huschte zum Tisch und trank und ließ das Wasser die Kehle hinabrinnen und über meine Lippen, über meinen Hals und auf mein langes Hemd und den Mantel, dessen beißender Gestank mir jetzt auffiel. Die Welt der Sinne kehrte zurück. Ich war hungrig, und mir war schrecklich kalt. Ich wickelte noch ein Stück Brot aus und verschlang es rasch, dann noch eines, doch als ich erneut zugreifen wollte, sagte dieser ganz gewöhnliche Mann leise: »Genug jetzt.«

Ich drehte mich um und sah, dass er nicht allzu weit von mir entfernt saß, doch obwohl es noch dämmerte, war es bereits zu dunkel, um sein Gesicht deutlich erkennen zu können. Der ganz gewöhnliche Mann saß auf einem Stuhl und sagte nichts. Ich wartete, zitternd vor Kälte. Dann sah ich in der Ferne ein Licht, das im Näherkommen rasch größer wurde. Ich hörte Wagenräder über den Boden knirschen, und dann hielt vor uns ein großer, von Pferden gezogener Planwagen. Der Mann neben dem Kutscher hielt eine Laterne. Der Kutscher stieg ab und nickte dem ganz gewöhnlichen Mann zu, der mir daraufhin bedeutete, auf den Wagen zu steigen. Als ich mich setzte, sah ich, dass bereits einige Farbige im Wagen hockten. Und dann fuhren wir los, rumpelten die Straße hinunter, während der Wagen unter uns schlingerte und quietschte. Bei ihrem Anblick fragte ich mich, welche Demütigungen uns jetzt erwarten mochten. Mir fiel auf, dass niemand Ketten trug. Wozu auch? Wer aber die gesenkten Köpfe um mich herum gesehen hätte, der hätte gewusst, dass dies gebrochene Menschen waren. Und ich war einer davon, so tief in der Grube der Verzweiflung versunken, dass all meine Ziele auf ein einziges Ziel geschrumpft waren, das Ziel, dies hier zu überleben. Ich war kaum mehr als ein Tier. Und jetzt begann die Jagd.

Wir waren etwa eine Stunde unterwegs, dann wurden wir nacheinander vom Wagen gescheucht und stellten uns linkisch in einer Reihe davor auf, während der ganz gewöhnliche Mann uns musterte wie ein General frisch eingetroffene Rekruten. Und obwohl es dunkler geworden war, merkte ich, dass meine Augen sich an diese Dunkelheit gewöhnt hatten, als hätte die Zeit unter der Erde mich irgendwie verändert, weshalb mir nun das Mondlicht genügte, um den ganz gewöhnlichen Mann genauer in Augenschein nehmen zu können – das Haar unterm breitkrempigen Hut lang und unansehnlich; ein grauer Zauselbart, der ihm wirr und ungepflegt aus dem Gesicht wucherte. Momentan waren wir in der Überzahl, mochten wir auch noch so geschlagen und mutlos sein, doch wusste ich, dieser Mann war nicht allein, das sind weiße Männer in Virginia nie.

Und dann kamen die anderen, kündigten sich aus der Ferne an mit einem Laternenlicht, mit dem näher kommenden

Geklapper und Getrappel von Pferdehufen, dem Knirschen von Wagenrädern. Gleich darauf sah ich drei weitere Planwagen, die vor uns hielten und aus denen weiße Männer mit Laternen in den Händen stiegen. Ihr Licht überzog sie wie eine gelbliche Wolke, sodass sie wie Wesen aus einer anderen Welt und Zeit wirkten, wie Dämonen, Gorgonen oder Gespenster, heraufbeschworen, um die Rache der Oberen an uns zu vollziehen. Dann hörte ich sie reden, und die vertraute Sprachmelodie verriet mir, dass ich noch in Virginia war, dass es sich bei diesen »Wesen« nicht um Wahnbilder, sondern um eine Schar niedrer Weißer handelte. Ihre Rede war grob, ihre Mäntel waren abgetragen. Ich erschrak, und mich packte eine neue Welle der Angst. Mythische Ungeheuer wären mir lieber gewesen als diese Männer, die ich nur allzu gut kannte, denn für die niedren Weißen gab es nur einen einzigen schmalen Halt im zerklüfteten Gesicht der Gesellschaft, eine unsichere Stellung, die jene Brutalität nur noch verstärkte, mit der sie so oft gegen die Farbigen von Virginia vorgingen. Diese Brutalität war ein Angebot der Oberen an die niedren Weißen, die Währung, die sie einte. Und da kam mir der Gedanke, dies könne der Sinn des heutigen Abends sein – ein Ritual der Brutalität, bei dem wir Gefangenen die Opfer sein würden.

Der ganz gewöhnliche Mann stand auf, wechselte ein paar Nettigkeiten mit den niedren Weißen und ging dann wieder die Reihe ab, taxierte uns aufs Neue. Diesmal aber wirkte er seltsam theatralisch. War er mir zuvor ernst und reserviert vorgekommen, benahm er sich jetzt stolz und hochmütig. Er griff sich unter den Mantel, zog an seinen Hosenträgern, blieb dann stehen, begutachtete einen der Männer, schüttelte spöttisch den Kopf und zischte verächtlich durch die Zähne.

Nachdem er uns ein weiteres Mal gemustert hatte, begann er zu reden.

»Ihr Verbrecher Virginias«, rief er mit donnernder Stimme. »Der blinde Blick Justitias hat euch erfasst. Diebe! Räuber! Mörder! Verbrecher, die ihr euer Vergehen noch dadurch verschärft habt, dass ihr vor unserem Gesetz fliehen und unter falschem Namen in einen anderen Staat entkommen wolltet.«

Wieder schritt er die Reihe ab, blieb diesmal aber bei einem der Männer links von mir stehen, fast am Ende der Reihe. »Du, Jackson, hast davon geredet, deinen Herrn zu töten – und hast ein bisschen zu viel geredet, Junge! Man hat dich fortgegeben, und jetzt stehst du vor Virginias Gerichtsbarkeit.«

Der ganz gewöhnliche Mann ging weiter. »Und du, Andrew, hast gedacht, du könntest dich davonmachen mit einem Teil der Baumwollernte deines Herrn, stimmt's? Und als das aufkam, bist du geflohen.«

Andrew stand ernst und stumm vor ihm. Der ganz gewöhnliche Mann ging weiter.

»Davis und Billy«, sagte er und ging nun zum anderen Ende der Reihe. »Ehrlich, Jungs, mir wurde gesagt, ihr seid ziemlich beliebt. Was habt ihr euch bloß dabei gedacht, in einer Gasse einen guten Mann umzubringen und ihm seine Wertsachen zu stehlen?«

»Das waren unsere Sachen«, schrie einer der beiden. »War das letzte Geschenk meines Onkels, ehe er auf den Block kam!«

Einer der Männer im gelben Licht fuhr ihn an: »Nichts hat dir gehört, Bürschchen!«

»Verdammt«, rief der Mann in der Reihe. »War von meinem Onkel! Und auf den lass ich nichts kommen!«

Da sagte der Mann neben ihm in der Reihe. »Halt den Mund, Billy. Mach's nicht noch schlimmer.«

Diesmal ging der ganz gewöhnliche Mann bis zur Mitte der Reihe.

»Ihr wolltet alle fortlaufen«, sagte er, »und bei Gott, es ist nicht an mir, mich dem Willen eines anderen Menschen oder auch nur eines Negers in den Weg zu stellen.«

Der ganz gewöhnliche Mann ging zurück zum Planwagen, stieg auf den Kutschbock und rief: »Folgendes: Von nun an seid ihr in der Obhut dieser Gentlemen aus Virginia. Sie haben eingewilligt, euch einen gewissen Vorsprung zuzubilligen. Entkommt ihr ihnen bis zum Ende der Nacht, wird euch die Freiheit geschenkt. Sollten sie euch allerdings fangen, seid ihr ihnen ausgeliefert. Vielleicht habt ihr Glück, und eure Sünden werden getilgt. Wahrscheinlicher aber ist, dass ihr keine Stunde durchhaltet, bis euch die Gerechtigkeit einholt. Wie auch immer, ich habe meine Pflicht getan. Und jetzt ist es an der Zeit, dass ihr die eure erfüllt.«

Dann setzte er sich, griff nach den Zügeln, und der Wagen rumpelte davon.

Wir standen da, blickten uns um, sahen in die Nacht oder einander an, suchten nach einem Hinweis, warteten, hofften trotz wachsender Angst, dass sich dies als ein Scherz erweisen möge. Wir waren zu verblüfft, um uns zu rühren. Ich sah zu den weißen Männern hinüber, diesen Kreaturen mit ihren breitkrempigen Hüten, die darauf warteten, dass wir unsere Lage begriffen. Dann aber, die Geduld erschöpft, ging einer der Weißen aus der Gruppe auf unsere schiefe Reihe zu. Er hielt einen Knüppel in der Hand. Und mit diesem Knüppel schlug er einem der als Deserteur gebrandmarkten Verpflichteten auf den Schädel. Der Verpflichtete schien nicht glauben zu können, was geschah, denn er traf keinerlei Anstalten, sich gegen den Schlag zu schützen. Als der ihn traf, schrie er auf und brach zusammen. Daraufhin wandte sich der Mann mit dem Knüppel den anderen in der Reihe zu und sagte: »Jungs, ihr nehmt besser die Beine in die Hand.«

Sofort stoben wir in alle Richtungen davon. Nach einem letzten Blick auf den zusammengebrochenen Mann, diesem dunklen Haufen vor dem größeren, alles verschlingenden, sich immer stärker verdichtenden Dunkel, rannte ich auch. Ich rannte allein. Wie wir alle, glaube ich. Jedenfalls gab es keinen Versuch der versammelten Verpflichteten, sich zusammenzutun – die beiden Brüder, Davis und Billy, vielleicht ausgenommen –, doch wenn das Grauen sie so getroffen hatte wie mich, als der Knüppel den Mann traf, wenn sie wie ich unter der Erde gefangen gehalten worden waren, dann blieb ihnen keine Zeit zum Denken, keine Zeit für Loyalität.

Und so rannte ich, doch weder schnell noch – wie sich zeigen sollte – besonders weit. Der Hunger stahl mir den Willen; Krämpfe ließen meine Glieder hölzern werden. Der Nachtwind pfiff mir ins Gesicht; und eher hoppelnd als rennend, fiel mir auf, wie uneben der Boden war, wie feucht; selbst der sanfte Sog der sumpfigen Erde mehrte mein Gewicht.

Und wohin rannte ich überhaupt? Norden ist nur ein Wort. Waren der Underground, die Sümpfe, nur ein Mythos, verbreitet von Georgie Parks, diesem Schuft? Und wie durfte ich hoffen, dieser Meute von Raubtieren zu entkommen? Trotz Angst und Verzweiflung dachte ich jedoch nicht einmal daran, mich an den Wegrand zu kauern und aufzugeben. Das Licht der Freiheit war fast erloschen, doch noch glühte es in mir; und getrieben vom Wind der Angst, lief ich weiter, vornübergebeugt, hoppelnd, halb gelähmt, doch ich rannte, die Lunge in Flammen.

Vom Sehvermögen meiner angepassten Augen wurde die Nacht erhellt, weshalb ich den klammen, winterlichen Forst vor mir liegen sah. Und mit jedem Schritt hörte ich meine festen Schuhe einsinken, hörte Zweige unter den Sohlen zerbrechen. In der Ferne ertönte ein Schuss, und ich fragte mich, ob einer von uns eingeholt und erschossen worden war. Die Trommel in meiner Brust dröhnte lauter. Im Weg lag der dürre Stamm eines gestürzten Baumes, und ich befahl mir, drüberzuspringen, aber mein Körper versagte. Ich fiel, hatte Dreck in der Nase, Dreck im Mund und erinnere mich, wie mich ein Gefühl von Erleichterung überkam, da meine Muskeln endlich Ruhe fanden. Selbst jetzt aber, selbst dort unten, konnte ich das Licht der Freiheit noch sehen, schwach und blau. Gleich darauf hörte ich Stimmen – ein Durcheinander von Rufen, von Schreien –, und ich wusste, sie würden mich bald haben. *Steh auf*, ermahnte ich mich. *Steh auf.* Langsam krallten sich meine Finger in die feuchte Erde, drückten sich meine Handflächen tief hinein, und dann kroch ich auf Händen und Knien weiter. *Steh auf.* Und dann streckte ich ein Knie, dann das nächste, und dann stand ich wieder.

Doch kaum wieder aufrecht, spürte ich den Knüppel im Rücken. Ich fiel. Und sie fielen über mich her, traten, boxten, spuckten, fluchten und taten mir weh. Ich kämpfte nicht gegen sie an. Ich verließ meinen Körper, flog davon, schwang mich in die Höhe, zurück nach Lockless, zurück zu Thena auf unserer Straße, zurück zum Garten mit dem alten Pete, zurück in die Laube mit Sophia, weshalb ich, als sie mir die Hände fesselten, mich fortschleppten und unter mir erneut die Wagenräder rumpelten, kaum etwas mitbekam. Doch ich sage Euch, ich erinnere mich an alles – an alles, nur nicht an jene Momente, in denen ich mein Gedächtnis aufgab, in denen ich meinen Körper verließ und davonflog.

Gefesselt und verschnürt, brachte man mich zurück zum ganz gewöhnlichen Mann. Ich habe ihn nicht einmal angesehen. Man verband mir die Augen, warf mich auf einen anderen Wagen und stieß mich nach kurzer Fahrt in dieselbe Grube, in der diese Tortur begonnen hatte.

Die Jagd wurde zur Routine. Man holte mich aus der Grube, gab mir einen Brocken Brot und etwas Wasser, stellte mich in eine Reihe mit anderen Abtrünnigen, deren Vergehen aufgezählt wurden, und befahl mir zu rennen. Ich erinnere mich an die Namen, daran, wie der ganz gewöhnliche Mann sie mit tiefer, rauer Stimme hersagte – Ross, Healy, Dan, Edgar. Und jede Nacht ließ man uns rennen. Und jede Nacht wurde ich gefasst und jede Nacht zurückgebracht in meine Grube. War ich gestorben? War dies die Hölle, von der mir mein Vater erzählt hatte? In manchen Nächten rannte ich stundenlang, und ich hätte schwören können, bereits den sanften Schimmer der Morgendämmerung gesehen zu haben, den Tag in greifbarer Nähe. Dann aber holten sie mich ein, schlugen mich und warfen mich zurück ins Loch, in dem das Karussell meiner Träume und Visionen auf mich wartete – ich sah Sophia am Feuer beim Wassertanz, ich sah Jack und Arabella Murmeln werfen, ich versammelte die Verpflichteten, damit sie für Maynard um die Wette liefen.

Doch ich wurde kräftiger. Ich wurde schneller. Und das begann nicht mit dem Körper, sondern mit dem Geist, denn ich merkte, war ich in der richtigen geistigen Verfassung, rannte ich schneller und weiter; und wollte ich dieses verquere Spiel gewinnen, brauchte ich jeden Vorteil, dessen ich habhaft werden konnte. So begann ich also, im Geiste all die alten Hymnen aufzurufen, die ich mit Lem zu Weihnachten gesungen hatte:

Going away to the great house farm
Going on up to where the house is warm
When you look for me, Gina, I'll be far gone.

Das Lied verlieh mir Kraft, denn es erinnerte mich an Lem und an Weihnachten, an Thena und Sophia, an uns alle, wie wir beisammen waren. Selbst im Dunkeln lächelte da etwas in mir.

Und wenn auch nur kurz, so fühlte ich mich doch frei in jenen Nächten der Flucht. Denn obwohl ich gejagt wurde, spürte ich den kalten Wind, der mir ins Gesicht biss, den Ast, der meine Wange zerkratzte, die Erde unter meinen festen Schuhen, die wogende Hitze meines Atems. Kein Maynard, der mich zurückriss. Kein Versuch, die Motive meines Vaters zu verstehen. Keine schleichende Angst vor Corrine. Dort draußen war alles so klar. Wenn ich rannte, war das für mich wie ein Aufbegehren.

Und ich wurde gerissener. Ich erinnere mich an eine Nacht, in der ich stundenlang auf der Flucht gewesen sein musste. Ich wusste, dass es Stunden gewesen waren, denn als sie mich hatten und verprügelt und geschlagen zurück zum ganz gewöhnlichen Mann brachten, bemerkte ich etwas Unglaubliches – die Sonne, die über dem aufstieg, was, wie ich nun sah, grüne

Hügel waren. Und ich erinnerte mich an die versprochene Freiheit, und ich wusste, ich hatte es fast geschafft.

Ich lernte, meine Spuren zu verwischen, und lernte, dass ich die Männer ebenso verfolgen konnte wie sie mich. Und ich begriff, dass ich eine Gabe besaß, die mir helfen konnte – mein Gedächtnis. Es war stets dieselbe Mannschaft, und sie waren nicht sonderlich einfallsreich. Dass ich mich an das Terrain und an ihre Gewohnheiten erinnerte, verschaffte mir einen Vorteil. Ich schlich mich an ihre Flanke. Eines Nachts teilten sie sich auf. Einen schlug ich nieder, den anderen verprügelte ich. Dafür bekam ich eine besonders heftige Abreibung und musste mir die Grenzen meines Vorgehens eingestehen. Ich rannte, dabei hätte ich fliegen müssen. Nicht nur im Geiste, sondern in Wirklichkeit, in dieser Welt. Ich musste mich vor diesen niederen Weißen in die Lüfte erheben und davonfliegen, wie ich vor Maynard und dem Fluss davongeflogen war.

Nur wie? Was war das für eine Kraft, die jemanden aus den Tiefen heraufzuholen vermochte? Die einen Jungen aus dem Stall auf den Dachboden versetzen konnte? Ich begann, jene Vorfälle zu rekonstruieren. Bei beiden dieser unheimlichen Ereignisse war blaues Licht im Spiel gewesen, und beide hatten mich auf unterschiedliche Weise meiner Mutter nahegebracht oder jenem schwarzen Loch in meinem Gedächtnis, in das sie verschwunden war. Zwischen dieser Kraft und meiner Mutter musste es eine Verbindung geben. Und ich brauchte diese Kraft, denn wenn ich nicht fliegen lernte, würde ich sterben bei meinem Versuch, diesen Wölfen zu entfliehen.

Vielleicht hing die Kraft irgendwie mit der Blockade in meinem Gedächtnis zusammen, und wenn ich die eine löste, setzte ich womöglich die andere frei. Und so machte ich es mir

in den dunklen, zeitlosen Stunden in der Grube zur Angewohnheit, mich an alles zu erinnern, was ich über sie gehört,
an alles, was ich von ihr in jenen Momenten unten im Goose
gesehen hatte. Rose mit dem gütigen Herz. Rose, Emmas
Schwester. Rose, die Schöne. Rose, die Verschwiegene. Rose,
die Wassertänzerin.

Es war eine wolkenlose Nacht, und ich rannte. Ich konnte
spüren, dass es Frühling wurde, die Nächte waren nicht mehr
ganz so schlimm. Wenn ich rannte, wummerte mein Herz
nicht länger in der Brust. Die Beine bewegten sich leicht und
fließend. Die Männer mussten das gemerkt haben, denn mir
fiel auf, dass man ihre Zahl aufstockte. Und ich ahnte, dass sie,
die sich zuvor stets aufgeteilt hatten, um jeden einzelnen Flüchtigen zu verfolgen, sich nun vor allem auf mich konzentrierten.
So auch in jener Nacht, in der ich sie kommen hörte. Und da
öffnete sich der Wald, und ich sah einen Teich schillern, groß
und dunkel. Ich musste das Wasser umrunden. Hinter mir
hörte ich schon die Schreie und das Johlen der Männer. Ich lief
so schnell um den Teich, wie ich nur konnte, die Stimmen
rückten näher, aber ich wagte es nicht, mich umzudrehen. Und
dann verfing sich mein Fuß an einem Ast, einer Wurzel, ich
war mir nicht sicher, und ein stechender Schmerz, ein alter
Schmerz, fuhr mir in den Knöchel. Ich spürte, wie ich fiel,
dann lag ich unten im Farn, und ich spürte das kalte schlam-
mige Wasser an meinem Gesicht. Einen Moment lang wollte
ich davonkriechen, doch vom Schmerz benommen und in
dem Wissen, dass die Jagd vorüber war, begann ich zu singen,
diesmal nicht bloß im Geiste, sondern so laut, dass alle es
hören konnten:

Going away to the great house farm
Going up, but won't be long
Be back, Gina, with my heart and my song.

Was sahen die mich verfolgenden Männer in diesem Moment? Hörten sie mich überhaupt? Sie waren nahe, bereit, Hand an mich zu legen, griffen vielleicht in ebendiesem Moment nach mir. Haben sie gesehen, wie die Luft sich vor ihnen öffnete, wie das blaue Licht aus all unseren Geschichten die Welt durchschnitt, die Nacht erhellte? Ich jedenfalls sah, wie der Wald vor ihnen zurückwich, dann einen wallenden Nebel und darunter einen Bowlingrasen, von dem ich gleich wusste, dass er zu Lockless gehörte. Das war mein erster Gedanke. Doch dann, als die Szene näher rückte – und so kam es mir vor, fast, als käme mir die Welt entgegen, nicht ich ihr –, erkannte ich, dies war nicht das Lockless meiner Zeit, denn ich sah Verpflichtete, von denen ich wusste, dass sie nicht länger bei uns waren. Sie kommandierte ein lachender, gedankenloser kleiner May, der aussah, wie ich ihn von jenem Tag vor vielen Jahren in Erinnerung hatte. Er deutete aufs Haus, schrie etwas, und in diese Richtung gewandt, sah ich, dass er mir etwas zurief, nicht mir, wie ich über dem Boden schwebte, sondern mir, der ich mit beiden Beinen auf dem Boden stand, damals in jenem ersten Jahr in seinem Dienst, der Unterricht bei Mr. Fields gerade erst gestrichen und ich noch dabei, meinen Platz in dieser Welt zu verstehen.

Für mich war dieser Augenblick nicht eine weitere Umdrehung des Karussells, sondern etwas gänzlich Neues. Es war wie im Schlaf, wenn man, so absurd die Dinge auch sein mögen, einfach nicht begreift, dass man träumt. Das Wesen der Logik, der Erwartung war eigenartig gekrümmt, das Absurde schien normal, also beobachtete ich mich nur dabei, beobachtete Maynard, wie wir damals gewesen waren, in jener anderen Zeit. Und noch während ich zuschaute, sah ich, wie mein jüngeres Ich sich zu einer Gruppe Verpflichteter gesellte, wie sie zum Wettrennen antraten, sah mich losrennen, spürte, wie ich mit ihnen rannte, obwohl meine Beine sich nicht bewegten, was ich nicht verstand. Ich sah, wie ich mich von der Gruppe löste, sah, dass ich schneller als alle anderen war, sah mich den Feldrand erreichen, sah mich umkehren und dann stolpern, schreien, fallen, sah, wie ich mir den Knöchel hielt. Ich weiß noch, dass ich dieses Kind trösten wollte, dieses Ich aus einem früheren Leben, doch als ich mich darauf zubewegte, wich die Welt zurück, und ich war wieder in meiner eigenen Zeit.

Nicht aber am alten Ort. Wieder fuhr der Schmerz in meinen Knöchel. Schreiend lag ich am Boden. Ich versuchte zu kriechen. Und dann stand ich auf. Ich machte einen Schritt. Es war die Hölle. Ich stürzte. Und ich fühlte, ich würde gleich erneut das Bewusstsein verlieren. Ein letztes Mal blickte ich hoch und sah einen der Männer sich über mich beugen.

Nein. Diesmal war es ein anderer.

»Gib Ruhe, Junge«, sagte Hawkins. »Du weckst mit deinem Gebrüll sonst noch die Toten auf.«

12

DER SCHMERZ IM KNÖCHEL ließ mich wieder zu mir kommen, nicht mehr der stechende Schmerz von zuvor, eher ein dumpfes Pochen. Ich schlug die Augen auf und sah taghelles Licht, dieses herrliche Licht, das ich seit Wochen nicht gesehen hatte, sah es wie einen Trompetenstoß durchs Fenster schallen, so laut, dass die Welt um mich herum verschwamm. Langsam klärte sich jedoch mein Blick, und aus der Unschärfe schälten sich Konturen – am Bett ein Nachttisch, darauf eine Pfeife, gelehnt an eine Vase, die wie ein Schiff aussah, mir gegenüber auf einem Sims eine große Uhr und über meinem Kopf ein Baldachin und scharlachrote, zurückgezogene Vorhänge. Ich sah an mir herab und stellte fest, dass man mich von Kopf bis Fuß gewaschen und mir eine Baumwollunterhose sowie ein seidenes Nachthemd angezogen hatte. Mir kam der Gedanke, ich könnte noch ohne Verstand und dies nur eine weitere Umdrehung des Karussells sein. Vielleicht aber war ich auch aus der Hölle meines Verlieses aufgestiegen und erhielt nun meine himmlische Belohnung. Das dumpfe Pochen in meinem Knöchel verriet mir jedoch, dass die Welt um mich herum real war. Und ich sah, dass ich nicht allein war, denn in der Unschärfe begannen sich Gestalten abzuzeichnen. Die eine war Hawkins, der Mann, der mich nun schon zweimal nach einem wundersamen Entkommen gefunden hatte. Er saß auf einem Stuhl, und neben ihm, wenn auch nicht länger im Trauergewand, sah ich Corrine Quinn, die Frau, die Maynard Walkers Braut hatte werden wollen.

»Willkommen«, sagte sie.

Sie lächelte, und nicht nur das, sie schien sich wirklich zu freuen, und mir wurde bewusst, dass ich sie noch nie so hatte lächeln sehen. Es war, als hätte sie etwas vor Ewigkeiten Verlorenes wiedergefunden, einen Schlüssel vielleicht oder das letzte Stück eines Puzzles, das sie lange irritiert und verärgert hatte. Doch da war noch mehr, etwas in ihrer Art, denn sie lächelte nicht auf mich herab, nein, sie lächelte mich an. Ihr Benehmen war schon immer etwas seltsam gewesen, anders als alles, was ich sonst von den Oberen kannte. Dies hier aber wirkte wieder anders, denn da war nichts weiter, nichts Herrschaftliches, nichts Selbstgewisses, keine Dominanz in ihrem Benehmen, nur eine große Freude, eine Zufriedenheit, weil ein mir unbekanntes Ziel erreicht worden war.

»Weißt du, was mit dir passiert ist?«, fragte sie. »Weißt du, wo du bist?«

Da war der Duft eines Frühlingspotpourris – eine kräftige, süße Mischung aus Minze, Thymian und noch etwas anderem –, ein Duft, den es auf Lockless nie hätte geben können, wo die Atmosphäre eher von Männern geprägt war, die dergleichen nie zugelassen hätten.

»Weißt du, wie lange du weggetreten warst?«, fragte sie.

Ich sagte nichts.

»Hiram«, fragte sie, »weißt du, wer ich bin?«

»Miss Corrine«, antwortete ich.

»Nicht ›Miss‹«, sagte sie, und ihr freudiges Lächeln entspannte sich zu einem bekräftigenden Blick. »Corrine. Von jetzt an nur noch Corrine.«

Die Situation erschien mir immer unnatürlicher. Als ich zu Hawkins hinübersah, fiel mir auf, dass er nicht dienstbeflissen hinter seiner Herrin stand, wie es sich für einen Verpflichteten geziemte, sondern gerade und aufrecht gleich neben ihr saß.

Wieder fragte sie: »Weißt du, wo du bist?«

»Nein«, erwiderte ich. »Ich weiß nicht, wie lange ich bewusstlos war. Ich weiß auch nicht, wo ich war. Ich weiß nicht einmal, warum ich dort war.«

»Hiram«, sagte sie, »wir beide werden eine Abmachung treffen, ein gegenseitiges Übereinkommen. Ich werde dir wahrheitsgemäß antworten. Und du wirst es mit mir genauso halten.«

Sie musterte mich mit hartem Blick.

»Du weißt genau, warum man dich fortgebracht hat«, sagte sie. »Du bist geflohen und hast noch jemanden mitgenommen. Inzwischen wirst du erraten haben, dass wir über weit mehr Informationen verfügen als du, aber ich werde dir alles sagen, wenn du es mit mir genauso hältst.«

Als ich mich im Bett aufsetzte, spürte ich in Beinen und Rücken einen heftigen Schmerz. Die Füße waren rissig und wund gelaufen. Ich tastete mein Gesicht ab und bemerkte eine Beule über dem linken Auge. Und ich erinnerte mich an die allnächtlichen Qualen, an die in der Grube verbrachten Stunden.

»Tja, das tut uns leid, aber wir mussten uns sicher sein.« Hawkins bedachte mich mit einem anerkennenden Blick und fuhr fort: »Hatten so eine Ahnung, aber um sicher zu sein, mussten wir dich entführen.«

Tut uns leid, hatte er gesagt, was verriet, dass Hawkins, ein Verpflichteter, hier einen gewissen Einfluss besaß, nicht allein in diesem Zimmer, sondern auch in der ganzen Hölle, die ich durchgemacht hatte. Wie lange? Einen Monat? Mehrere Monate?

»Hiram«, sagte Corrine. »Du bist mit Maynard in den Goose gestürzt. Nein, du hast Maynard in den Goose mitgenommen. Ihm blieb keine Wahl. Vielleicht hast du es so gewollt, aber ob gewollt oder nicht, du hast einen Mann umgebracht und damit lang gehegte Pläne durchkreuzt. Wegen deines impulsiven Verhaltens, deines Verlangens, wegen deines Vergehens müssen bedeutende Menschen nun einen Teil ihres Lebens neu bewerten, und ganze Armeen amerikanischer Gerichtsbarkeit sind auf der Flucht. Das verstehst du noch nicht, aber ich denke, du wirst es verstehen lernen, denn ich bin fest davon überzeugt, dass dein Herumgeflatter einem Plan gehorcht, der weit größer als unserer ist.«

Während Corrine redete, löste sie mit der Linken die Pfeife von der Vase und hob mit der Rechten den Deckel an. Tabakgeruch wehte herüber. Sie steckte sich die Pfeife an, zog daran und paffte eine Rauchwolke aus. Dann reichte sie die Pfeife an Hawkins weiter, der sie erneut anzündete, sog und sie ihr zurückgab. Weißer Rauch wallte auf und hing wie Staub im Sonnenlicht, das durchs Fenster fiel. Ich dachte an unser letztes Zusammentreffen im nur matt erhellten Salon in Lockless, an Corrines bebende, zittrige Stimme; und mir fiel erneut ein, wie seltsam sie schon damals gewirkt hatte, wie sie die Mode der Zeit zugunsten eines alten, traditionellen Virginia zu scheuen schien und wie verschwörerisch, ja, wie falsch all das gewirkt hatte. Jetzt stand mir die Wahrheit plötzlich so deutlich vor

Augen, dass ich mich fragte, warum sie mir zuvor nie aufgefallen war. Sie hatte gelogen, das Ganze war eine Lüge gewesen, ihre Vorliebe für die Tradition, ihre Trauer, vielleicht sogar ihr Wunsch zu heiraten.

Während meiner Abwesenheit hatte ich offenbar jegliche Fähigkeit zur Verstellung verloren, denn Corrine sah mich an, lachte und sagte: »Du fragst dich, wie ich das gemacht habe, stimmt's?«

»Stimmt.«

»Ja, ja, verstehe schon, ehrlich«, antwortete sie. »Ist schließlich auch selten, dass es dem Herrn oder der Herrin einer Plantage gelingt, den Dienstboten etwas vorzugaukeln. Es ist ein Luxus, so prachtvoll getäuscht zu werden und mit Meineid und Hirngespinsten zu leben. Doch was auch immer du vorhast, Hiram, ich weiß, du hast nie eine solche Pracht genossen. Du bist ein Wissenschaftler. Musst einfach einer sein.

Diese Narren aber, diese Jeffersons, Madisons und Walkers, allesamt von Theorien verblendet, nun, ich bin mir sicher, dass der letzte Feldarbeiter auf Mississippis elendstem Stück Land mehr über die Welt weiß als jeder vollgestopfte, Reden schwingende, amerikanische Philosoph.

Und die Herren und Damen unseres Landes wissen das. Ebendeshalb sind sie von den Tänzen und Liedern deiner Leute so fasziniert. Für sie ist das wie eine Bibliothek aus ungeschriebenen Büchern mit dem Wissen über diese tragische Welt, einem Wissen, das sich der Sprache verwehrt. Die Macht lässt Herren zu Sklaven werden, da sie sie von jener Welt trennt, die sie zu verstehen beanspruchen. Ich habe deshalb meine Macht aufgegeben, weißt du, habe sie aufgegeben, damit ich anfangen kann zu verstehen.«

Die Pfeife in der Hand, schüttelte sie den Kopf. »Ja, du musst sehen, musst verstehen, aber weise bist du noch nicht. Dass du solche Pläne hegst, dich mit einem Mann einlässt, der in Wahrheit ein Schuft ist … nun, das mit dir, mit dieser Konduktion, die dich aus dem Wasser geholt hat, damit bist du nicht der Erste, verstehst du? Du kennst die Geschichte – Santi Bess und die achtundvierzig Farbigen …«

»Ist das etwa nie passiert?«, unterbrach ich sie.

»O doch«, erwiderte Corrine. »Und die Auswirkungen dieses Vorfalls sind der Grund, warum du hier bei uns bist. Hast du gewusst, dass es vor ihrem Fortgang kein Freetown in Starfall gab? Hast du gewusst, dass Georgies Verrat – ein Sklave im Gewand des Befreiers – eigentlich der Verrat der Herren dieses Landes ist?«

Als Georgies Name fiel, strömten Erinnerungen auf mich ein, alte Erinnerungen an einen Mann, der für mich wie ein Teil meiner Familie gewesen war. Erinnerungen an Amber und an ihr Baby. Hatte sie Bescheid gewusst? Ich dachte an unser letztes Gespräch, daran, dass sie versucht hatte, mich davon abzubringen. Und ich fragte mich, wann genau Georgie beschlossen hatte, mich auszuliefern. Und ich fragte mich, wie viele er vor mir schon ausgeliefert hatte.

»Guter Trick«, sagte Hawkins. »Das muss man ihm lassen – die beschützen Georgie und seine Kumpane, und er liefert dafür Informationen. Und wenn wieder eine Santi Bess daherkommt, liegt er längst auf der Lauer.«

»Aber das wird nicht passieren, nicht wahr, Hiram?«, sagte Corrine. »Denn Santi hat eine andere Kraft genutzt – dieselbe, die dich aus dem Goose gezogen hat, dieselbe, die dich letztlich vor dem Zugriff unsrer Häscher bewahren konnte.«

Jetzt blickte ich mich im Zimmer um. Die Dinge begannen, einen Sinn zu ergeben, und langsam formte sich in mir eine Reihe Fragen, doch brachte ich nur eine über die Lippen.

»Was ist das hier?«

Corrine langte nach ihrer Handtasche. Sie nahm ein Papier heraus und gab es mir.

»Dein Vater hat dich mit Haut und Haar an mich verkauft«, erklärte sie, »hat dich übereignet, weil er sich durch deine Flucht blamiert sah. Ein weiterer Schlag für ihn, der von Maynards Verlust schon geschwächt war, dieser Schlag aber hat ihn wütend gemacht. Er wollte nichts mehr mit dir zu tun haben. Ich konnte ihn allerdings davon überzeugen, dass du zu kostbar bist, um dich einfach aufzugeben, also hat er dich mir überschrieben. Natürlich für ein erkleckliches Sümmchen.«

Jetzt stand sie auf und ging zur Tür.

»Aber du gehörst mir nicht«, sagte sie, während sie die Tür öffnete. Ich konnte eine Treppe sehen sowie den oberen Teil eines Geländers. »Du bist kein Sklave. Weder der deines Vaters noch meiner, noch sonst irgendeines Menschen. Du hast gefragt, was das hier ist. Es ist die Freiheit.«

Ihre Worte versetzten mich keineswegs in Begeisterung. Fragen stürmten auf mich ein. Wo bin ich gewesen? Warum hat man mich in ein Loch geworfen? Wie lange war ich dort unten? Was wurde aus dem ganz gewöhnlichen Mann? Und, wichtiger als alles andere, was aus Sophia?

Corrine kehrte an ihren Platz zurück. »Aber Freiheit, wahre Freiheit, ist auch ein Herr und Meister, verstehst du – ein Herr, der verbissener ist und unablässiger als jeder noch so zerlumpte Sklaventreiber«, sagte sie. »Du wirst dich damit abfinden müssen, dass wir alle an etwas gebunden sind. Manche an den

Besitz von Menschen und das, was damit einhergeht. Andere verschreiben sich der Gerechtigkeit. Alle aber müssen einen Herrn benennen, dem sie dienen. Alle müssen wählen.

Wir, Hawkins und ich, haben uns für das hier entschieden. Wir akzeptieren das Evangelium, das da sagt, unsere Freiheit sei ein Ruf zu den Waffen gegen die Unfreiheit. Denn ebendas sind wir, Hiram. Der Underground. Wir sind, wonach du gesucht hast. Leider hast du Georgie Parks gefunden. Das bedaure ich. Dich zu retten hat uns viel gekostet, wir wären fast aufgeflogen, aber das haben wir nicht allein dir zuliebe getan, sondern weil wir dich langfristig für unglaublich wertvoll halten, deine Fähigkeit für ein Artefakt aus einer verlorenen Welt, für eine Waffe, die in diesem längsten aller Kriege die Wende herbeiführen könnte. Du weißt, wovon ich spreche, nicht wahr?«

Ich gab keine Antwort, stattdessen fragte ich: »Wo ist Sophia? Was ist aus ihr geworden?«

»Unsere Macht hat Grenzen, Hiram«, erwiderte Corrine.

»Aber ihr seid der Underground«, gab ich zurück. »Und wenn ihr seid, was zu sein ihr behauptet, wieso habt ihr Sophia dann nicht befreit? Warum habt ihr mich im Gefängnis sitzen lassen? Warum in diesem Loch? Wisst ihr überhaupt, wie es mir da ging?«

»Wissen?«, fragte Hawkins. »Wir waren dafür verantwortlich. Haben es uns ausgedacht. Und was deine Freiheit betrifft, so gibt es einen Grund, warum wir der Underground sind. Und einen Grund, warum wir schon so lange kämpfen. Es gibt nämlich Regeln. Es gibt auch einen Grund, warum du auf Georgie gestoßen bist, ehe du uns gefunden hast.«

»Jede Nacht haben mich diese Männer gejagt«, sagte ich

mit wachsender Wut. »Und ihr habt das zugelassen. Nein, schlimmer. Ihr habt sie dazu angestiftet, stimmt's?«

»Hiram«, erwiderte Corrine. »Es tut mir leid, aber diese Jagd war nur ein Vorgeschmack auf dein jetziges Leben – und die Grube ein Vorgefühl für das, was dich erwartet, falls du versagst. Dein Leben war in dem Augenblick vorbei, als du dich auf Georgie Parks eingelassen hast. Wäre es dir lieber gewesen, wir wären nicht eingeschritten? Hawkins spricht die Wahrheit. Wir mussten uns sicher sein.«

»Und worin musstet ihr euch sicher sein?«

»Dass du wirklich die Kraft von Santi Bess besitzt, die Kraft der Konduktion«, sagte Corrine. »Und das tust du. Zweimal haben wir jetzt erlebt, wie sie sich zeigt. Und es war gewiss unser Herrgott, der Hawkins' Weg beim ersten Mal zu dir geführt hat. Nachfragen haben ergeben, dass du schon früher, als Kind, wilde Geschichten über einen ganz ähnlichen Vorfall erzählt hast. Wir mussten nur darauf warten, dass es noch einmal passiert. Also haben wir uns überlegt, wohin die Kraft dich senden könnte, und dort haben wir auf deine Ankunft gewartet.«

»Und wo sollte das sein?«, fragte ich.

»In Lockless«, sagte sie. »Wir haben uns gedacht, dass du versuchen würdest, zu dem einzigen Zuhause zurückzukehren, das du je gekannt hast. Deshalb hatten wir Agenten vor Ort, die jeden Abend Ausschau nach dir gehalten haben.«

»Und jetzt bist du hier«, sagte Hawkins.

»Und wo ist das?«, fragte ich.

»Da, wo es sicher ist«, erwiderte Corrine. »Wohin wir alle bringen, die sich gerade erst unserer Sache angeschlossen haben.«

Da hielt sie einen Moment inne. Ich sah einen Anflug von

Mitgefühl auf ihrem Gesicht und wusste, ihr gefiel dies alles nicht, da sie ahnte, wie schmerzhaft und verwirrend es für mich sein musste.

»Ich weiß, es gibt so viel, was du verstehen musst. Aber wir werden es dir erklären, das verspreche ich. Du musst uns vertrauen, denn einen Weg zurück gibt es nicht. Im Augenblick ist nichts anderes auf dieser Welt wahrhaftig. Und bald wirst du auch einsehen, dass es nichts Wahrhaftigeres gibt als unsere Sache.«

Daraufhin erhoben sich Corrine und Hawkins. »Bald«, sagte Corrine, als sie gingen. »Bald wirst du alles verstehen. Bald wirst du alles ganz und gar verstehen, und dein Verstehen wird einen neuen Bund schaffen, und durch diesen Bund – durch diese hohe Pflicht – wirst du zu deiner wahren Natur finden.«

An der Tür blieb sie stehen und sagte Worte, die sich für mich wie eine Prophezeiung anhörten:

»Du bist kein Sklave, Hiram Walker«, sagte Corrine. »Doch bei Gabriels Geist, du wirst dienen.«

13

AN DIESEM ABEND, ich lag noch im Bett, hörte ich unten Stimmen und roch etwas, bei dem es sich, hoffte ich, um ein Abendessen handelte – seit meiner Flucht von Lockless hatte ich nicht mehr anständig gegessen. Das alles riss mich aus meiner Starre. Auf dem Sekretär entdeckte ich zwei Schüsseln mit Wasser, eine Zahnbürste, Zahnpasta und frische Kleidung. Ich wusch mich, zog mich um, humpelte nach unten und betrat durch das Foyer ein offenes Speisezimmer, in dem ich Corrine, Hawkins, Amy, drei weitere Farbige und niemand anders als Mr. Fields sitzen sah.

Ich blieb einen Moment in der Tür stehen, bis er mich entdeckte. Er lachte über irgendeine Geschichte, die Hawkins ihm erzählte, doch als er mich sah, wurde sein Gesicht ernst. Er sah zu Corrine hinüber, die mich daraufhin ebenfalls anschaute, und dann blickte ausnahmslos jeder am Tisch mit feierlicher Miene zu mir herüber. Sie saßen vor einem wahren Festmahl, doch alle, ob schwarz oder weiß, trugen Arbeitskleidung.

»Bitte, Hiram«, sagte Corrine. »Setz dich zu uns.«

Mit vorsichtigen Schritten ging ich zu einem leeren Stuhl am Tischende und setzte mich neben Amy, Mr. Fields direkt gegenüber. Es gab gedünstete Okraschoten und Süßkartoffeln. Es gab Salat und gebackenen Barsch. Es gab gepökeltes Schweinefleisch und Äpfel. Einen mit Reis und Pilzen gefüllten Vogel. Brot. Blutwurst. Klöße. Torte. Bier. Es war das üppigste Mahl, zu dem man mich je gebeten hatte, doch unglaublicher als das Essen war, was danach geschah.

Corrine stand als Erste auf, die anderen folgten, doch begannen alle zusammen, das Geschirr abzutragen und das Esszimmer aufzuräumen. Ein unglaublicher Anblick. Es wurden keine Unterschiede gemacht. Alle arbeiteten zusammen, nur ich nicht. Als ich helfen wollte, wurde es mir untersagt. Nach dem Aufräumen zog man sich in den Salon zurück, und ich sah zu, wie sie bis spät am Abend Blindekuh spielten. Die gehobene Stimmung, aber auch vereinzelte Kommentare verrieten mir, dass dies kein typischer Abend war, dass irgendetwas diese Feier veranlasst hatte und dass dieses Irgendetwas ich war.

Ich blieb nachts im Haus, offenbar in einem Gästezimmer, schlief lang und bis tief in den Nachmittag. Einen solchen Luxus hatte ich noch nie erlebt, nicht einmal zu Weihnachten. Ich wusch mich, zog mich an und ging nach unten. Im Haus war es still. Auf dem Küchentisch stand eine Schale mit Roggenmuffins, daneben lag ein Zettel, der mich aufforderte, es mir schmecken zu lassen. Nachdem ich zwei Muffins verschlungen hatte, wusch ich das benutzte Geschirr ab, trat durch die Haustür und setzte mich auf die Veranda. Von außen sah das Haus bescheiden und recht anheimelnd aus, verkleidet mit weißen Schindeln. Der Garten lag nach vorn raus, und darin blühten Schneeglöckchen und Glockenblumen. Hinter dem Garten begann der Wald, und in der Ferne sah ich die majestätischen Gipfel der mir bekannten Berge im Westen. Ich nahm an, dass ich irgendwo unweit der Grenze von Virginia war, wahrscheinlich in Bryceton, auf Corrines Familiensitz, also in ebendem Haus, in das sie mich, wie sie mir vor Monaten erzählt hatte, bringen wollte, sobald ich ihr gehörte.

Weiter hinten sah ich zwei Leute aus dem Wald kommen. Sie gingen in Richtung Haus, und ich erkannte bald, dass es zwei Weiße waren – ein älterer und ein jüngerer –, vielleicht Vater und Sohn. Als sie mich entdeckten, blieben sie stehen. Der Jüngere nickte mir grüßend zu, der Ältere aber packte ihn am Arm und zog ihn zurück in den Wald. Eine Stunde saß ich da, schaute ins Land, und irgendwann begann ein Tagtraum und dann, ich war wohl müder, als ich gedacht hatte, ein richtiger Traum. Ich war wieder in meiner Zelle, diesmal mit Pete und Thena, und als die Männer mich in den Vorderhof schleppten, lachten Pete und Thena, und ich konnte ihr Gelächter während der ganzen Tortur hören, als Männer mich begutachteten, mich demütigten. Ich war damals noch nicht in der Lage, es so zu sehen – als eine Demütigung. Es brauchte Zeit, ungeschminkt über das reden zu können, was mir angetan worden war, die Geschichte von meiner Zeit in Rylands Gefängnis zu erzählen, ohne das Gefühl zu haben, ich brächte mich damit um meine Menschlichkeit. Es brauchte Zeit, bis ich begriff, dass in dieser Geschichte meine größte Macht lag. Als ich aber aus dem Traum erwachte, fühlte ich nichts als eine brennende Wut. Ich war nie besonders gewalttätig gewesen, neigte auch nicht zu Temperamentsausbrüchen. Doch noch Jahre später überkamen mich unwillkürlich immer wieder sehr zerstörerische Gedanken und Gefühle, und ich war außerstande, mir den wahren Grund dafür einzugestehen.

Ich wurde wach, als hinter mir eine Tür ins Schloss fiel. Als ich mich umblickte, sah ich Amy. Sie ging aus dem Haus und blieb kurz auf der Veranda stehen, um hinüber zur Sonne zu sehen, die gerade hinter den Bergen versank. Amy trug weder Trauergewand noch Witwenschleier, sondern einen grauen Reifrock mit weißer Schürze. Das Haar steckte unter einer Haube.

»Ich nehme an, du hast Fragen«, sagte sie.

Ja. Viele. Aber ich sprach keine aus. Ich hatte das Gefühl, bereits genug gefragt zu haben, und damit meine ich, ich hatte ihnen bereits genug gesagt, wusste ich doch aus meinem ersten Leben, dass Befragungen nie einseitig verlaufen. Bis Amy sagte: »In Ordnung. Verstehe. Ich schätze, wenn ich ich du wär, würd ich erst mal auch nicht reden wollen. Aber gut, dafür red ich. Denn es gibt so einiges über dieses Haus und über dein neues Leben zu sagen, was du wissen solltest.«

Aus den Augenwinkeln sah ich, dass sie mich anschaute, doch ich hielt den Blick auf die Berge gerichtet und auf die dahinter untergehende Sonne.

»Du hast sicher schon erraten, wo du bist – in Bryceton. Corrines Haus. Aber du wirst nicht erraten haben und kannst auch nicht wissen, was dieses Haus in Wahrheit ist. Kann's dir auch gleich erzählen. Du wirst es sowieso bald genug erfahren.

Bryceton hat Corrines Eltern gehört. Weil sie als Einzige übrig blieb, als die beiden gestorben sind, hat sie das Anwesen geerbt. Ich denke, du weißt inzwischen, dass Corrine anders ist. Sicher, sie ist Virginierin, durch und durch. Doch so manches von dem, was sie hier erleben, und auch so manches, was sie oben im Norden lernen musste, hat ihre Einstellung zur Sklaverei inzwischen – sagen wir – verändert. Und diese Einstellung, die auch meine ist und die von meinem Bruder, ist eher streitbar und kämpferisch.«

Da lachte Amy heiter auf, hielt einen Moment inne und sagte dann: »Ich sollte nicht lachen. Das ist nicht lustig, manchmal aber eben doch. Und für mich auf jeden Fall, muss ich gestehen. Es ist ein Segen, hier zu sein und im Krieg mit denen. Wir sind ein Außenposten von der Armee, die du als den Underground kennst. Wer hier lebt, gehört zu dieser Armee, auch wenn wir darüber natürlich nicht reden dürfen. Würdest du jetzt einen Rundgang mit mir machen, würdest du sehen, was jedermann zu sehen erwartet – blühende Obstbäume, grüne Felder. Und wenn wir zu Gesellschaften einladen, siehst du uns bei der Arbeit und hörst uns gut gelaunt singen. Aber du solltest wissen, dass jeder, der dann singt und arbeit, zu uns gehört, dass sie sich der Aufgabe verschrieben haben, das Licht der Freiheit nach Maryland zu bringen, nach Virginia, Kentucky und sogar nach Tennessee.

Sie sind alle Agenten, ihre Arbeit aber ist unterschiedlich. Manche arbeiten vom Haus aus. Sie können lesen, so wie du, und machen sich nützlich mit dieser Fähigkeit. Papiere sind wichtig – Freilassungspapiere, letztwillige Verfügungen und Testamente. Das Haus ist ein Herrenhaus, ich weiß, aber glaub mir, die sind ein wilder Haufen. Die Hausagenten haben ihre Ohren überall. Sie machen sich schlau, kennen jeden Tratsch, lesen die Zeitschriften. Sie kennen auch jeden in dieser Gegend, der Einfluss hat, aber niemand in dieser Gegend kennt sie. Und dann gibt es noch die anderen.«

Amy verstummte, und als ich zu ihr hinüberblickte, sah ich, wie sich ihre Mundwinkel zu einem leisen Lächeln verzogen. Sie schaute nun auch zu den Bergen hinüber und sah zu, wie sie den letzten Happen Sonnenlicht verschlangen.

»Schau dir das an«, sagte sie. Ich schwieg. »Das ist, was es ist. Hier sitzen und mir die Zeit für einen Sonnenuntergang nehmen können; niemand über dir, niemand, der dir befehlen kann oder dir mit der neunschwänzigen Peitsche droht. War nicht immer so. Ich war mit meinem Bruder an den übelsten Kerl der Welt geraten, an den Kerl, der Corrine geheiratet hat, tja, jetzt lebt der nicht mehr, aber ich bin hier bei dir und kann die kleinen Dinge des Lebens genießen.

Allerdings gibt es andere, die es nicht lange im Haus aushalten, denen bald die Decke auf den Kopf fällt. Das sind diejenigen, die sich dran erinnern, wie es war, als sie das erste Mal fortgelaufen sind; das fanden sie herrlich, sich gegen alles auflehnen, was ihnen je gesagt worden war. So frei haben sie sich nie zuvor gefühlt, und wir lassen ihnen diese Jagd nach Freiheit. Das sind die Feldagenten. Feldagenten sind anders. Sie gehen auf die Plantagen und entführen die Verpflichteten. Die Feldagenten sind mutig. Rylands Bluthunde geben ihnen das Gefühl, lebendig zu sein. Der Sumpf, der Fluss, das Gestrüpp, der verlassene Hof, der Dachboden, die alte Scheune, das Moos, das Nordlicht – das alles ist der Feldagent.

Und wir brauchen einander. Wir arbeiten zusammen. Dieselbe Armee, Hiram. Dieselbe Armee.«

Danach verstummte sie aufs Neue. Und wir saßen da und schauten in den Abendhimmel, zu den aufblitzenden Sternen.

»Und was bist du?«, fragte ich.

»Wie?«

»Haus oder Feld?«, fragte ich. »Was bist du?«

Sie sah mich an, schnaubte, lachte und sagte: »Natürlich eine Feldagentin.«

Sie blickte hinüber zu den Bergen, die jetzt nur noch dunkelblaue Riesen in der Ferne waren. »Hiram, obwohl ich frei bin, könnte ich jederzeit losrennen, könnte vor nichts davonlaufen, könnte an den Bergen vorbeilaufen, an allen Flüssen entlang, durch jede Prärie, könnte in Sümpfen schlafen, mich von Wurzeln ernähren, und danach könnte ich gleich noch ein Stückchen weiterlaufen.«

Und so wurde ich zum Agenten ausgebildet, wurde in den Bergen von Bryceton ausgebildet, auf Corrines Familiensitz, zusammen mit anderen, frisch für den Underground rekrutierten Agenten. Man möge mir verzeihen, wenn ich nicht viel über meine Kameraden erzähle. Die, die ich namentlich auf diesen Seiten erwähne, leben noch und haben ihre Erlaubnis erteilt, oder sie haben ihre letzte Reise zum großen Richter über alle Seelen angetreten. Die Zeit, in der alte Rechnungen beglichen und Racheakte verübt werden, ist noch immer nicht vorbei, weshalb so viele von uns auch weiterhin im Untergrund bleiben müssen.

Ich führte jetzt zwei Leben. Ich ging wieder meiner alten Leidenschaft fürs Tischlern und Möbelrestaurieren nach. Und ich tat, was ich früher auch getan hatte, half denen, die auf Bryceton arbeiteten, wenn auch auf eine für mich sehr seltsame Weise. Es gab überhaupt keine feste Arbeitseinteilung. Die Küche, die Molkerei, die Werkstatt – unabhängig von Hautfarbe und Geschlecht arbeiteten alle überall, weshalb es keineswegs ungewöhnlich war, Corrine, sofern sie sich nicht auf Reisen befand, bei der Ernte auf dem Feld zu sehen oder wie sie im langen Speisesaal, wo wir uns allabendlich versammelten, mit Hawkins das Essen auftrug.

Nach dem Essen kehrten wir in unsere Hütten zurück, um die bei Tisch getragene Kleidung gegen die Uniform der Nacht einzutauschen – Flanellhemd, Gummibundhose und leichte Segeltuchschuhe. Dann meldeten wir uns zum ersten Teil unserer Ausbildung. Jeden Abend rannten wir eine Stunde lang und legten geschätzt sechs bis sieben Meilen zurück. Unterbrochen wurde die Strecke durch diverse gymnastische Übungen – Arme heben, Liegestützen, auf der Stelle hüpfen et cetera. Und nach dem Laufen war noch nicht Schluss – Ausfallschritte, Beine dehnen, Kniebeugen et cetera. Die Turnübungen stammten von deutschen 48ern, von Männern, die in ihrem alten Land für die Freiheit gekämpft hatten und nun gemeinsam mit dem Underground für ihre Sache kämpften. Doch wo auch immer sie herkamen, sie machten mich kräftiger. Das Brennen in der Lunge war nur noch ein leichtes Unbehagen, und ich stellte bald fest, dass ich immer längere Geländestrecken überwinden konnte, ohne eine Pause zu brauchen.

Zu unseren Ausbildern gehörten keine Verpflichteten, nur Obere und niedre Weiße. Ich vermutete, dass einige von ihnen auch zu jenen Männern gehört hatten, von denen ich tagtäglich gejagt worden war. Keine Ahnung, ob ich je darüber hinwegkam. Ihnen gegenüber fühlte ich mich wie eine Ware, zumindest, was diesen Teil Virginias betraf, wo meiner Meinung nach nur Fanatiker leben. Und auch wenn ich weiß, dass es sie geben musste, dass es für sie kein anderes Leben gab, blieb doch eine gewisse Distanz zwischen uns, denn sie führten einen Krieg gegen Verpflichtete, ich aber führte meinen Krieg für die Verpflichteten.

Wie es der Zufall wollte, gab es eine Ausnahme, allerdings frage ich mich heute, ob es vielleicht daran lag, dass einzig dieser Mann nicht aus Virginia, sondern aus dem Norden stammte. Ich spreche von Mr. Fields, den ich dreimal die Woche nach meiner Gymnastik für eine Stunde in jenen ausgedehnten Kellerräumen unterm Haus traf, zugänglich allein über eine Falltür, die erreichte, wer einen großen Aussteuerschrank betrat, dessen Boden man entfernt hatte. Zwei Treppen tiefer gab es eine weitere Tür, hinter der ein muffiges, von Laternen erhelltes Arbeitszimmer lag, mit langen, dicht bestückten Bücherregalen an den beiden Seitenwänden. In der Mitte des Zimmers stand ein langer Tisch mit im gleichen Abstand voneinander angeordneten Stühlen, und an jedem Platz lagen Bleistift und Papier.

In der hintersten Ecke standen zwei große Sekretäre, in deren Brieffächern diverse Papiere lagen, die den Underground betrafen, das Material der Hausagenten, die ich an manchen Abenden am langen Tisch sitzen und still ihr heimliches Werk verüben sah. Ich saß meist mit Mr. Fields zusammen, der unseren Unterricht wiederaufnahm, als ob nichts weiter vorgefallen wäre, als ob es die Jahre, die dazwischenlagen, gar nicht gegeben hätte.

Mein Studienplan wurde erweitert, was mich freute: Geometrie, Arithmetik, dazu noch ein bisschen Griechisch und Latein. Die letzte Stunde aber hatte ich das Arbeitszimmer für mich allein und durfte aus den vorhandenen Büchern frei wählen. Heute glaube ich, dass mein eigenes Werk, das, welches Ihr nun in Händen haltet, in jenen Momenten seinen Ursprung fand – dort, in der Bibliothek. Irgendwann nämlich las ich nicht mehr nur, ich begann auch zu schreiben. Anfangs war es bloß eine Auflistung meiner Studien. Bald aber fügte ich meine Gedanken hinzu, und nach den Gedanken meine Eindrücke, weshalb mir heute ein Protokoll nicht bloß für das vorliegt, was in meinem Kopf, sondern auch für das, was in meinem

Herzen vorging. Woher kam die Idee? Ich schätze, das habe ich Maynard zu verdanken. Zu den Dingen, die er aus den Brieffächern des Sekretärs unseres Vaters stibitzte, gehörte auch ein altes, von meinem Großvater John Walker geführtes Tagebuch, der, wie so typisch für seine Generation, glaubte, sich mitten in einer gewaltigen Anstrengung zu befinden, die das Antlitz der Erde verändern würde. Solch überstiegene Vorstellungen waren mir fremd, doch spürte ich, wie undeutlich auch immer, dass ich, und sei es noch so zufällig, in etwas hineingeraten war, das weit bedeutsamer war als mein eigenes kleines Leben.

Diese Routine hielt ich mit wenigen Änderungen einen Monat bei, bis ich eines Abends, als ich in den Keller ging, Corrine statt Mr. Fields antraf.

»Und? Wie gefällt es dir bei uns?«, fragte sie.

»Sehr seltsam«, sagte ich. »Es ist ein anderes Leben.«

Corrine gähnte leise und setzte sich, stützte die Ellbogen auf den Tisch, legte das Kinn auf eine Hand und betrachtete mich mit müden Augen. Ihre schwarzen Locken waren nach hinten gebunden. Das Licht der Laternen warf Schatten über ihr Gesicht. Auf mich wirkte sie wie eine meiner Vorfahren, dabei war sie nur wenige Jahre älter. Ich erinnerte mich an ihre Zeit mit Maynard und staunte über das Ausmaß ihrer Täuschung. Wie wenig ich damals über sie gewusst hatte; wie klug, wie gerissen, wie verschlagen sie war. Dann überkam mich die Furcht wie ein Schock. Corrine Quinn, die nach außen die Maske der Oberen trug, kam mir so rätselhaft wie mächtig vor. Und ich hatte nicht die geringste Ahnung, wozu sie fähig war.

»Selbst Sie«, sagte ich. »Ist eine Menge zu verkraften. Ich hätte einfach … ich hätte das nicht mal im Traum geglaubt. Nicht in tausend Jahren.«

»Danke«, sagte sie und lachte, sichtlich begeistert darüber, wie umfassend ihre Täuschung gelungen war.

»Schreibst du gern?«, wollte sie wissen.

»Ich hab in letzter Zeit viel erlebt«, erwiderte ich. »Das musste ich einfach aufschreiben, vor allem meine Erfahrungen hier.«

»Aber Vorsicht«, sagte sie.

»Ich weiß«, antwortete ich. »Ich geb die Seiten nicht aus der Hand. Und sie werden das Haus nicht verlassen.«

»Hmm«, sagte sie, jetzt mit einem Blitzen in den Augen. »Mir ist zu Ohren gekommen, dass du diese Bibliothek praktisch zu deinem Quartier gemacht hast. An manchen Abenden soll man dich fast mit Gewalt hinauszerren müssen.«

»Erinnert mich an zu Hause«, sagte ich.

»Und? Würdest du zurückgehen, wenn du könntest? Zurück nach Hause?«, fragte sie.

»Nein, niemals.«

Sie musterte mich einen Moment lang, doch war ich mir nicht sicher, warum sie das tat. Hier unten wurde ich ständig gemustert. Ich konnte es spüren, selbst von den anderen auszubildenden Agenten, die mich mit Fragen geradezu löcherten und mich beobachteten, wenn sie sich von mir unbemerkt glaubten. Soweit möglich, reagierte ich darauf mit Schweigen. Irgendwas an Corrine aber brachte mich zum Reden. Da war etwas in ihrem Schweigen, das mir eine tiefe, ureigene Einsamkeit verriet, und auch wenn wir nie über die Herkunft dieses Gefühls sprachen, wusste ich doch, es war mit meinem verwandt.

»Als ich drunten war in Lockless«, sagte ich, »hatte ich meine Freiheiten – und mehr als die meisten, sollte ich wohl hinzufügen. Dennoch war ich der Besitz eines anderen Menschen, und es auch nur auszusprechen, heute, hier, finde ich demütigend.«

»Wohl wahr«, sagte sie. »Manche von uns waren seit den Zeiten des Alten Roms dort unten. Manche von uns aber werden auch in die sogenannte bessere Gesellschaft hineingeboren, und es wird ihnen dennoch gesagt, dass sie kein Recht auf Bildung haben, dass Ignoranz die einzige Zierde ist, die sie anstreben sollten.«

Sie gluckste vor sich hin, schwieg einen Moment und wartete ab, ob ich verstand, worauf sie anspielte. Als dies offensichtlich schien, sagte sie: »Der Verstand einer Frau ist schwach – so hieß es, verstehst du? Heute sagt man, dass alle, die danach streben, eine Dame genannt zu werden, mit Büchern in Berührung gekommen sein sollten. Nicht mit allzu vielen, wohlgemerkt. Und bloß keine anstrengende Lektüre. Nichts, das dem zarten Verstand einer jungen Frau schaden könnte. Romane, Erzählungen, Sammlungen von Redewendungen, etwas in der Art. Keine Zeitung. Keine Politik.«

Nun stand Corrine auf und trat an den Tisch. Aus einer Schublade nahm sie einen großen Umschlag.

»Aber ich habe nicht zugelassen, dass sie mir mein Leben diktieren, Hiram«, sagte sie, in der Hand den Umschlag. »Und ich habe nicht bloß gelesen, Junge. Ich habe ihre Sprache studiert, ihre Gewohnheiten – selbst die Sprache und Gewohnheiten jener, die nicht zu meinem Stand gehörten, diese sogar ganz besonders, und das war die Saat meiner Freiheit.«

Sie kam zurück und legte den Umschlag vor mich hin.

»Öffne ihn«, sagte sie.

Das tat ich, und ich fand darin das Leben eines Mannes. Briefe an seine Familie. Genehmigungen. Verkaufsurkunden.

»Eine Woche lang gehört das dir«, sagte sie. »Ewig können wir seine Papiere nicht behalten, aber was wir haben, ist nur eine Auswahl, so zufällig, dass er vermutlich nichts davon vermissen wird.«

»Und was soll ich damit?«

»Ihn kennenlernen, was sonst?«, sagte sie. »Dies ist eine Lektion in ihren Gewohnheiten. Ein Weg, all das zu verstehen, was unseren Stand übersteigt. Er ist ein Gentleman, ein Mann mit einer gewissen Bildung, einer von den vielen großen Sklavenhaltern in diesem Land.«

Ich musste verwirrt dreingeblickt haben, denn Corrine sagte: »Was glaubst du denn, was du hier unten lernst?«

Ich erwiderte nichts. Sie fuhr fort: »Was wir hier treiben, sind keine Übungen in Muße, kein christliches Streben danach, ein besserer Mensch zu werden. Erst lernst du, was sie wissen, im Allgemeinen. Und dann studierst du sie im Besonderen – ihre Wortwahl, ihre Handschrift. Kennst du aber das spezifische Wissen eines Menschen, kennst du den Menschen. Und dann kannst du dich nach seiner Mode kleiden, Hiram, und sie für dich anpassen.«

Schon am nächsten Tag nahm ich mir die Dokumente vor und stellte bald fest, dass sie alle von derselben Hand stammten. Bei ihrem Studium begann sich ein Bild abzuzeichnen. Die Details aus dem Leben des Verfassers – die Bilanz seiner Geschäftsbücher, der Briefwechsel mit seiner Frau, die Tagebucheinträge anlässlich gewisser Sterbefälle, der Ertrag einer Abfolge von Ernten – ließen den Mann mit all seinen Allüren und Marotten vor mir erstehen. Ich kannte seine täglichen Gewohnheiten, die Routine, seine persönliche Philosophie, und nach der letzten Stunde konnte ich, obwohl ich ihn nie gesehen hatte, den Mann in all seinen Eigenheiten beschreiben.

Eine Woche später traf sich Corrine erneut mit mir in der Bibliothek. Ich berichtete ihr, was ich herausgefunden hatte, ihre gründliche Befragung aber förderte weit mehr zutage. Welches waren die Lieblingsblumen seiner Frau? Wie regelmäßig reiste er? Liebte dieser Mann seinen Vater? Hatte er schon graues Haar? Welche Stellung hatte er in der Gesellschaft inne? Und wie alt war sein Vermögen? Neigte er zu grundlosen Grausamkeiten? Ich antwortete auf jede Frage – mit meiner Gabe, mich zu erinnern, hatte ich sämtliche Fakten über das Leben dieses Mannes auswendig gelernt. Corrine aber wagte sich mit ihren Fragen schon bald über die reinen Tatsachen hinaus auf das Feld der Interpretation. War er ein guter Mensch? Was in seinem Leben war ihm wichtig? War er jemand, der sich an vermeintlichen Ungerechtigkeiten ergötzte? Am nächsten Abend setzte sie die Befragung in diese Richtung fort und drängte mich, mir diesen Mann bis auf den letzten Faden seiner Weste genau vorzustellen. Am darauffolgenden Abend ihrer Befragung merkte ich, dass mir die Antworten auf diese spekulativen Fragen immer leichter fielen, bis ich am letzten Abend schließlich so selbstverständlich antwortete, als würde ich über mein eigenes Leben sprechen. Und genau darum ging es.

»Nun«, sagte sie, »hast du über diesen Mann genug erfahren, um zu wissen, dass sich in seinem Besitz etwas befindet, das er ganz besonders schätzt.«

»Ja, der Jockey«, antwortete ich. »Levity Williams.«

»Ebender«, sagte sie. »Dieser Mann braucht einen Tagespass für die Reise, einen Empfehlungsbrief für alternative Routen und schließlich die von seinem Herrn unterzeichneten Freilassungspapiere. Du wirst sie ihm ausstellen.«

Sie entnahm ihrer Tasche eine Blechschachtel und gab sie mir. Als ich sie aufmachte, sah ich einen prächtigen Stift, und sobald ich ihn in die Hand nahm, wusste ich, er hatte dasselbe Gewicht wie das so oft vom Objekt meiner Studien benutzte Schreibwerkzeug.

»Hiram, du musst in seine Haut schlüpfen«, sagte sie. »Der Tagespass muss in derselben gleichgültigen Hast ausgestellt werden, die Briefe müssen denselben offiziellen Schwung haben, die Freilassungspapiere dieselbe Arroganz widerspiegeln, die das angeborene Recht dieser widerlichen Menschen zu sein scheint.«

Es blieb die praktische Notwendigkeit, seine Unterschrift und seine Handschrift zu kopieren. In dieser Hinsicht aber triumphierten mein Gedächtnis und mein Imitationstalent. Es war wie vor all den Jahren, als Mr. Fields mir das Bild einer Brücke gezeigt hatte. Schwieriger waren der Glaube und die Leidenschaften dieses Mannes; sie so leichthin und vertrauensvoll darzustellen, als wären sie meine eigenen, war eine wahre Herausforderung. Diese Lektion habe ich nie vergessen. Sie hatte entscheidenden Einfluss auf das, was aus mir wurde, sowie für das, was ich sah und was sich mir erschloss.

Ich weiß nicht, ob diese Dokumente Levity Williams je die Freiheit gebracht haben. Unser Tun unterlag größter Geheimhaltung. Und dennoch, während ich diese Dokumente fälschte, spürte ich etwas Neues in mir erwachen, und es war Macht. Eine Macht, die in meinem rechten Arm begann, auf den Stift überging und durch die Wildnis hinaus direkt ins Herz derer zielte, die uns verdammten.

Bald gehörte dies zu meinen regelmäßigen Aufgaben. Alle paar Wochen reichte Corrine mir einen neuen Umschlag. Und jede Woche passte ich mich besser an, sodass ich manchmal, wenn ich fertig war, nicht mehr wusste, wo ich aufhörte und wo der Sklavenhalter begann. Ich kannte sie. Ich kannte ihre Kinder, ihre Frauen, ihre Feinde. Ihre Menschlichkeit schmerzte mich, denn auch sie pflegten Familienbande; auch unter ihnen gab es junge Liebende, die von den Ritualen des Werbens umeinander überfordert waren, und auch sie besaßen ein leidvolles, grimmiges Verständnis der Sünde der Pflicht. Außerdem hatten sie Angst, dass auch sie letztlich nur Sklaven einer Macht waren, eines Gottes, eines Dämons der alten Welt, den sie unwissentlich auf die neue Welt losgelassen hatten. Fast hätte ich sie geliebt. Meine Arbeit verlangte es: Ich musste sie über meinen eigenen Hass, über meinen Schmerz hinaus in ihrer ganzen Fülle sehen, um dann meinen Stift anzusetzen, auszuholen und sie zu vernichten.

Jede in die Freiheit entlassene Seele bedeutete einen Schlag gegen diese Leute. Und wir taten weit mehr als das. Wir gaben die Dokumente verändert und überarbeitet zurück. Unsere Fälschungen lösten Fehden aus. Wir änderten das Ergebnis von Leichenschauen. Wir wiesen Ehebrüche nach. Meine Wut tobte ungezügelt und reichte viel weiter als bis zu Maynard und meinem Vater, zielte auf ganz Virginia, eine Wut, die ich jeden Abend befriedigte, wenn ich bei Laternenlicht am langen Tisch saß.

War die Arbeit getan, ging ich erschöpft zu Bett. Im Schlaf entfloh ich den Männern, an die ich den ganzen Tag gedacht hatte, und träumte von einem fernen Ort, einem kleinen Stück Land, einem Bach, der mitten hindurchlief und all meine

Sorgen fortspülte. Ich träumte von Sophia. Das waren die guten Nächte. In den schlechten Nächten waren meine Träume heiß, und ich sah das Gefängnis, den Jungen, seine Mutter, die den Zorn des Herrn auf Rylands Bluthunde herabbeschwor – »Rylands Bluthunde! Möge schwarzes Feuer euch versengen bis auf eure widerlich krummen Knochen!« Ich sah einen Mann, der eine Frau liebte und seinen Namen verlor. Und ich sah das ganze Ausmaß meines eigenen Verrats, hörte das hämische Gelächter, das Gestöhne, sah das Seil. Aus jenen Nächten erwachte ich mit einem anderen Gefühl, einem ganz eigenen, sehr unmittelbaren Gefühl, denn beim Wachwerden dachte ich an all das, was ich Georgie Parks antun würde, sollte er mir je wieder über den Weg laufen.

Und doch hatte man mich nicht zum Underground gebracht, um meiner Rache nachzugehen, auch nicht, um bloße Fälschungen anzufertigen, sondern wegen der Kraft, die ich angeblich besaß. Wenn wir nur lernen könnten, sie auszulösen, sie zu kontrollieren und zu bändigen. Es gab eine Frau, die dies konnte, eine, die war wie ich, doch anders als ich beherrschte sie diese Kraft. In ihrem Teil des Landes war sie wegen ihrer unglaublichen Heldentaten so beliebt, so berühmt, dass die Farbigen von Boston, Philadelphia und New York ihr den Ehrennamen »Moses« verliehen hatten. Und die Kraft, die sie kontrollierte, nannten sie »Konduktion« – dasselbe Wort, mit dem Corrine meine eigene Kraft beschrieben hatte –, denn wie ein Konduktor, wie ein Schaffner, führte Moses scheinbar nach Belieben einen um den anderen Zug von Verpflichteten von den Feldern der Knechtschaft im Süden in die Länder der Freiheit im Norden. Diese Moses aber erteilte keinen Rat und weigerte sich, den Underground in Virginia wissen zu lassen, wie sie arbeitete. Und so blieb ich meinen eigenen Möglichkeiten überlassen, vielmehr, korrekter gesagt, ich blieb ihren Möglichkeiten überlassen.

Wir entschieden uns zu experimentieren. Zum einen stimmten wir darin überein, dass es, um die Kraft auszulösen, eine Art Stimulanz brauchte, eine Bedrohung vielleicht oder gar einen Schmerz. Und zum anderen glaubten wir, dass die Kraft, laut meiner eigenen Beschreibung, an unauslöschliche Momente in meinem Leben gebunden war – und stillschweigend ergänzte ich, dass sie in besonderem Maße mit meiner Mutter verknüpft sein mochte. Wie aber weckte ich diese Erinnerungen und zwang sie in meine Dienste? Corrine und ihre Leutnants wandten alle möglichen Tricks an, um mir diese Kraft zu entlocken. Hawkins fesselte mich und bat mich, ihm in allen Einzelheiten von Georgie Parks' Verrat zu erzählen. Mr. Fields verband mir die Augen, führte mich in den Wald und bat mich, jedes Detail von dem Tag zu erinnern, an dem ich in den Goose gestürzt war. Amy und ich trafen uns im Stall, und ich erzählte ihr von dem Verbrechen, das mein Vater an meiner Mutter begangen hatte. Ich fuhr mit Corrine in einer Kutsche, an einem Samstag, und erinnerte mich an jedes Gefühl, das ich empfunden hatte, als ich Sophia zu meinem Onkel brachte. Doch kein blaues Licht flammte auf, und als ich mit meiner Geschichte fertig war, lauschten meine Gastgeber wie gebannt, und die Erinnerung zerriss mir das Herz, doch war ich immer noch genau dort, wo ich begonnen hatte.

Am Nachmittag nach der Kutschfahrt und nach einem weiteren vergeblichen Versuch, eine Konduktion herbeizuführen, ging ich mit Corrine zum Haupthaus und ins Speisezimmer.

Mr. Fields und Hawkins tranken dort Kaffee. Sie grüßten uns und gingen dann auseinander. Es war längst Sommer geworden, und lange Tage bedeuteten eine schlechtere Tarnung für unsere Experimente. Ich erinnere mich noch, wie ich in jenem Jahr die Erde aufbrechen spürte, und ich erinnere mich an das in mir vorherrschende Gefühl, gemeinsam mit der Erde aufzubrechen. Trotzdem kam es zu keiner Konduktion.

Wir saßen am Tisch und unterhielten uns, bis wir alles Unwichtige beredet hatten. Dann sagte Corrine: »Ehrlich gesagt, Hiram, nach allen gültigen Maßstäben hast du dich zu einem guten Agenten gemausert. Ein zusätzlicher Bonus für uns, denn wir werden dich entsprechend unseren Bedürfnissen und nicht entsprechend deinen Beschränkungen einsetzen. Dir mag das nicht viel bedeuten – aber das sollte es. Nicht jeder schafft es hier, weißt du.«

Ihr Kompliment bedeutete mir durchaus etwas. Mein Leben lang hatte ich im Dienst meines Vaters und meines Bruders gestanden. Jeder Schritt, den ich unternahm, alles, was mir gelang, auch das, was durch meinen Vater möglich geworden war, hatte man für eine Bedrohung der rechtmäßigen Ordnung der Dinge gehalten. Nun aber befand ich mich zum ersten Mal im Einklang mit der Welt.

Allerdings fragte ich mich, was mit jenen geschah, die es nicht schafften, mit jenen, denen man alle Geheimnisse des Undergrounds von Virginia anvertraut hatte und die dann zu einer Last geworden waren. Ich wusste jetzt so viel – zu viel, dachte ich, um zurück in die Welt entlassen werden zu können.

»Ehrlich gesagt, wir hatten das nicht erwartet«, fuhr sie fort. »Wir wussten, dass du lesen kannst. Wir wussten von deiner Gabe des Erinnerns. Wir wussten, man hat dich so erzogen, dass du dich in besserer Gesellschaft bewegen kannst. Nur hatten wir nicht damit gerechnet, wie problemlos du dir die Maske überstreifst. Wir wussten, man hatte dich gejagt, aber wir wussten nicht, ob du in deiner Zeit in der Grube nicht arglistig und verschlagen geworden bist.«

An dieser Stelle hielt sie inne, um sich zu sammeln, und ich wusste, wir wagten uns jetzt auf dunkleres Terrain vor. Sie blickte zu Boden, suchte nach Worten. Ich musste daran denken, wie sie mir die Obere vorgespielt hatte, damals in Lockless, in der Bibliothek meines Vaters, und dass davon jetzt nichts mehr zu spüren war, und mir wurde klar, dass es doch nichts als eine Illusion war, die diese ganze Ordnung schuf, ein Zauber, gestützt von einer ausgefeilten Inszenierung, von Ritualen und Renntagen, Dirnen und Paraden, Puder und Schminke, Kunstgriffe allesamt, jetzt aber, ohne das alles, sah ich, dass wir wirklich nur zwei Menschen waren, ein Mann und eine Frau, die hier beieinandersaßen. Mit einem Mal wollte ich nur noch ihr offenkundiges Unbehagen lindern, und deshalb tat ich, wogegen ich mich so oft gewehrt hatte. Ich redete.

»Und das reicht nicht«, sagte ich. »Das Rennen, das Lesen, das Schreiben, das ist nicht der Grund, warum ich hergebracht wurde. Also reicht es nicht.«

»Nein«, sagte Corrine. »Das stimmt. Hiram, es gibt in dieser Welt Feinde, vor denen man nicht einfach davonlaufen kann. Und es gibt jede Menge unserer Leute, die tief unten im Sarg der Sklaverei eingesperrt sind, zu weit unten, als dass wir sie erreichen könnten – in Jackson, Montgomery, Columbia oder Natchez. Deine Kraft aber – die ›Konduktion‹ –, sie ist die Eisenbahn, mit deren Hilfe sich eine wochenlange Reise in einem einzigen Augenblick zurücklegen lässt. Ohne sie können wir unserem Feind das Leben schwer machen, mit ihr aber wird Entfernung für uns bedeutungslos, und wir können zuschlagen, wo immer wir wollen. Kurz gesagt, wir brauchen dich, Hiram – nicht bloß als Hiram, den Brieffälscher, oder als Hiram, den Läufer, sondern als den, der diese Leute, unsere Leute, zurückholen und sie in die uns allen zustehende Freiheit führen kann.«

Ich verstand sie gut. Und doch musste ich immer noch an jene denken, denen es nicht gelungen war, die in sie gesetzten Erwartungen zu erfüllen.

»Und was machen Sie mit mir, falls es niemals gelingt?«, fragte ich. »Wollen Sie mich ewig festhalten, damit ich Fälschungen mache? Oder wollen Sie mich zurück ins Loch werfen?«

»Natürlich nicht«, erwiderte Corrine. »Du bist frei.«

Frei. Etwas in dem Ton, in dem sie das sagte, störte mich, wurmte mich, auch wenn ich es nicht in Worte fassen konnte.

»›Frei‹, behaupten Sie, und doch werde ich dienen. Sie haben es selbst gesagt – ich werde dienen, während Sie entscheiden und bestimmen. Ich tue, was Sie wollen. Ich gehe dorthin, wohin Sie mich schicken.«

»Du überschätzt mich«, sagte sie.

»Wen gibt es denn außer Ihnen?«, fragte ich. »Was ist der Underground anderes als das, was ich hier gesehen habe? Wer wird befreit? Ich bin noch niemandem begegnet. Was ist mit meinen Leuten? Was mit Sophia? Mit Pete? Mit Thena? Was mit meiner Mutter?«

»Wir haben ein Regelwerk«, erwiderte sie.

»Wofür?«

»Dafür, wer geholt werden kann. Und wie.«

»Na gut«, sagte ich. »Dann will ich es sehen.«

»Das Regelwerk?«, fragte sie verdutzt.

»Nein, den Underground in Aktion. Lassen Sie mich die Leute kennenlernen, die wir rausholen. Nein, besser noch. Sie behaupten, ich hätte alle Erwartungen übertroffen. Nun gut, dann lassen Sie es mich selbst tun.«

»Hiram«, sagte sie, ihre Stimme jetzt leise und voller Sorge. Ich nahm an, sie wusste, dass sie mich in diesem Moment verlieren könnte. Dass ich, sollte sie nicht beweisen, dass all dies mehr als ein bloßer Trick war, verschwinden würde und mit mir auch jede ihrer Hoffnungen auf Konduktion.

»Na schön«, sagte Corrine. »Du willst, dass ich es dir zeige. Also zeige ich es dir.«

»Keine Spielchen?«, fragte ich. »Die Wahrheit?«

»Wahrer, als du es dir vorstellen kannst«, sagte sie.

14

UM MICH INS HEILIGTUM des Undergrounds vorlassen zu können, musste Corrine sich vergewissern, dass ich niemals wieder aussteigen würde. Aus diesem Grund verlangte sie etwas von mir, das mich für immer an unsere Sache binden sollte. Sie wollte, dass ich Georgie Parks zur Strecke brachte.

Im Gefängnis und in der Grube hatte ich davon geträumt, und auch hier hatte ich mir immer wieder ausgemalt, was ich Georgie alles antun würde. Jetzt aber, unmittelbar damit konfrontiert und das Schwert in der Hand, verrauchte mein Zorn, sobald ich mir das volle Ausmaß dessen vorstellte, was notwendigerweise folgen musste.

»Du bist nicht der Erste, der von ihm verraten wurde«, erklärte Corrine. »Und du warst nicht der Letzte. Er ist längst wieder in Starfall und geht weiter seinem teuflischen Gewerbe nach.« Es war spät am Abend, und ich saß mit Hawkins und Corrine unten in der Bibliothek. Für heute hatte ich meine Studien beendet, und während ich den beiden zuhörte, begriff ich, dass ich doch noch nicht mit alldem abgeschlossen hatte, was mir Georgie angetan hatte. Etwas in mir hielt ihn weiterhin für die Legende, als die er mir beschrieben worden war –

Georgie, der Verpflichtete, der sich seine Freiheit erkämpft hatte. Wollte ich mir seinen Verrat in Gänze eingestehen, hieße dies, mir klarzumachen, was uns angetan worden war, wie umfassend wir verraten worden waren, aber auch zu begreifen, dass selbst unsere Helden, unsere eigenen Mythen dazu dienten, die Sklaverei aufrechtzuerhalten.

Der Plan, so erklärten sie mir, sehe vor, unsere Fähigkeiten zu Trug und Täuschung zu nutzen, um Georgie einen Verrat anzulasten. Nicht einen Verrat an den Verpflichteten, sondern einen Verrat an seinen eigenen Herren.

»Ihr wisst, was die dann mit ihm machen«, sagte ich.

»Wenn er Glück hat, wird er gehängt«, sagte Hawkins.

»Und wenn nicht«, erwiderte ich, »legen sie ihn in Ketten, reißen seine Familie auseinander, schicken ihn runter nach Natchez und lassen ihn arbeiten wie nie zuvor in seinem Leben. Und Gott behüte, dass die Verpflichteten je herausfinden, warum man ihn da runtergeschickt hat.«

»Sie finden's auf jeden Fall heraus«, warf Hawkins ein.

»Wir übertreten hier eine Schwelle«, sagte ich. »Oder ihr habt sie längst übertreten und bittet mich jetzt, euch zu folgen.«

»Ich bin dafür, ihn gleich umzubringen«, sagte Hawkins und überging damit meine Bedenken.

»Du weißt, dass wir das nicht können«, sagte Corrine.

Sie hatte recht – wenn auch nicht aus moralischen Gründen. Es wäre allzu offensichtlich, und auch wenn die Vergeltungsmaßnahmen uns nicht treffen sollten, würde doch jeder Verpflichtete im weiteren Umkreis darunter zu leiden haben. Nein, um Georgie Parks musste man sich kümmern, nur sollten seine eigenen Herren gegen ihn vorgehen. Wir würden sie höchstens dazu ermuntern.

»Diese Leute, die kenne ich gut«, sagte Corrine und schüttelte den Kopf. »Egal, welches Abkommen sie mit Georgie haben, ich kann euch versichern, dass sie Freigelassenen noch weniger trauen als Sklaven. Und Georgie ist als Lügner bekannt, auch in ihren Diensten, ein Mann, der sich stets den Mächtigen fügt. Da wäre es doch nicht verwunderlich, wenn er sich einer weiteren Macht fügte, oder?«

»Dem Underground«, sagte ich.

»Oder dem, was man dafür hält«, erwiderte Corrine. »Was also wäre, wenn man in einem vornehmen Haus eine Notiz fände, die das ganze Ausmaß seiner Vergehen auflistet, seine Arbeit für beide Seiten, seine verantwortungslose Hörigkeit gegenüber dem Underground? Und was, wenn man dann in Georgies Haus oder in seinen Taschen ein Päckchen mit gefälschten Pässen fände, mit Freilassungspapieren, abolitionistischen Schriften und Schreiben, die eine Reise nach Norden andeuten?«

»Wir würden ihn damit umbringen«, sagte ich.

»Ganz genau«, sagte Hawkins.

»Durch den Strang oder Ketten«, sagte ich, »wir würden ihn töten.«

»Der Mann wollte dich töten«, warf Corrine ein, in deren grauen Augen jetzt leise Wut aufblitzte. »Er wollte dich töten, Hiram, so, wie er schon viele getötet hat, und wenn wir ihn nicht aufhalten, wird er weiter töten. Georgie Parks ist ein Mann, der Menschen die letzte Hoffnung auf Freiheit nimmt, um sich damit seinen Unterhalt zu verdienen. Kleine Mädchen, alte Männer, ganze Familien, er lässt sie sterben, um selbst leben zu können. Bist du je ganz unten im Süden gewesen? Ich schon. Es ist die Hölle, schlimmer als alles, was man sich erzählt. Endlose Plackerei. Endlose Demütigung. Kein Mensch hat das verdient, und falls doch, dann zuerst die Herren und gleich danach Leute wie Georgie Parks.«

Die Logik war einleuchtend. Und doch spürte ich, wie ich in etwas Dunkles hineinglitt, in etwas, das weit jenseits der romantischen Vorstellungen lag, die ich gehegt hatte, als ich in jener Nacht mit Sophia geflohen war. Die Sklaverei war eine Falle. Selbst Georgie steckte darin fest. Wer aber war Corrine Quinn, dass sie solch einen Mann verurteilte? Wer war ich, der bei seiner Flucht keine hehreren Ziele gekannt hatte als die eigenen Hoffnungen, die eigene Haut zu retten? Jetzt verstand ich den Krieg, den der Underground führte. Es war kein alter, kein ehrenwerter Krieg. Keine am Feldrand versammelten Armeen. Auf jeden Agenten kamen Hunderte Herren, und auf jeden Herrn kamen tausend niedre, ihm verschworene Weiße. Die Gazelle kämpft nicht gegen die Klauen des Löwen – sie rennt. Wir aber taten mehr als das. Wir rannten nicht nur, wir schmiedeten Pläne. Wir zettelten an. Wir sabotierten. Wir vergifteten. Wir zerstörten.

»Es ist an uns«, sagte Hawkins. »Verstehst du das? Da draußen zerstört er Familien, schickt Leute ins Gefängnis, zur Auktion, und er tut das in unserem Namen.«

»Wir haben das nicht gewollt, Hiram«, sagte Corrine. »Du hast recht, das gehört nicht zu unserer üblichen Arbeit. Aber was sollen wir deiner Meinung nach tun? Welche Alternative haben wir nicht bedacht?«

Es gab keine.

Jetzt zückte Corrine einen weiteren Umschlag und legte ihn vor mir auf den Tisch, und ich wusste, was er enthielt – die übliche Sammlung gestohlener Dokumente, die mir helfen sollten, mich in den Kopf eines Oberen zu versetzen. Und dann schaute Corrine mich an, und ihr Blick zeigte kein Mitleid, keinen Kummer, nur Feuer.

Einen Monat später verließ ich in Flanellhosen mein Zimmer, um mit der abendlichen Routine zu beginnen. Es war jetzt Hochsommer. Die Nächte waren kürzer geworden, und der Juli brachte lange, träge Tage. Auf meinem Weg sah ich Hawkins und Mr. Fields näher kommen, beide in Arbeitskleidung. Hawkins plauderte mit Mr. Fields, dessen Augen hierhin und dorthin huschten. Ich spürte, dass sich etwas anbahnte. Hawkins musterte mich von oben bis unten und sagte dann: »Heute Abend wird nicht gearbeitet. Morgen auch nicht. Ruh dich aus.«

Ich erwiderte seinen Blick ein wenig länger als üblich, um mich zu vergewissern, dass ich ihn richtig verstanden hatte.

»Wir haben einen«, sagte er.

Aber ich ruhte mich nicht aus – nicht an jenem Abend, nicht in der Nacht und auch nicht am nächsten Morgen. Ich hatte nur eine sehr ungenaue Vorstellung davon, wie der Underground im Feld arbeitete, und ich dachte so lange darüber nach, dass mir der Kopf rauchte. Am folgenden Abend trafen wir uns draußen. Ich trug eine bequeme Hose, Hemd und Hut sowie dasselbe Paar fester Schuhe, in dem ich zu fliehen versucht hatte; außerdem achtete ich darauf, dass man mir meine Aufregung nicht anmerkte, aber kaum begegnete ich Hawkins' Blick, musste er lachen.

»Was denn?«, fragte ich.

»Nichts«, sagte Hawkins. »Nun kannst du nicht mehr zurück. Kannst auch nicht mehr aussteigen, das weißt du doch, oder?«

»Übers Aussteigen bin ich lange hinaus«, erwiderte ich.

»Ganz genau«, sagte Hawkins. »Aber wir muten dir eine Menge zu. Und ich spür alles, was du bald auch spürst, spür es in ebendem Moment, in dem ich dich anseh. Und ich erinner mich daran, wie es für mich war, damals, als man mich das erste Mal mitnahm. Wirst schon sehen.«

»Er kann es nicht wissen«, sagte Mr. Fields. »Und außerdem, was bliebe jetzt noch anderes übrig?«

Wir gingen von unseren Quartieren zum Haupthaus von Bryceton und betraten einen der Räume im Seitengebäude.

Da war ein Tisch, und darauf standen drei Becher und ein Krug, und aus dem Krug schenkte Hawkins dreimal ordentlich Apfelmost ein. Er nahm einen Schluck, holte dann tief Luft und sagte: »In gewisser Weise ist die Aufgabe heute leicht. Eine Tagesreise südlich von hier. Und eine Tagesreise zurück. Nur ein Mann.«

»Und wieso in ungewisser Weise?«, fragte ich.

»Es geht um einen Menschen, einen richtigen Menschen«, antwortete er. »Nicht um gymnastisches Rumgehüpfe, nicht darum, zu laufen oder ewig in der Bibliothek zu hocken. Dies ist eine echte Patrouille, und da draußen warten echte Bluthunde, die scharf darauf sind, dich zu stellen.«

Hawkins fuhr sich mit der Hand durchs Haar und schüttelte den Kopf. Mir war, als hätte er mehr Angst um mich als ich um mich selbst.

»Na schön, hör zu«, sagte er. »Der Mann heißt Parnel Johns. Hat was angestellt, weshalb die Verpflichteten vor Ort ziemlich sauer auf ihn sind. Hatte so eine krumme Sache am Laufen, hat den eigenen Herrn beklaut und das Zeugs an niedere Weiße verscherbelt. Sein Herr ahnte, dass was nicht stimmt, kam aber nicht dahinter, was es war.«

»Also hat er sich an allen gerächt«, sagte ich.

»Ganz genau«, sagte Mr. Fields. »Mit Zins und Zinseszins. Hat die gesamte Plantage doppelte Schichten arbeiten lassen, um den Schaden wettzumachen, und wenn sie das nicht schafften, hagelte es Prügel.«

»Aber Johns hat weiter geklaut?«

»Nein, hat er nicht«, sagte Mr. Fields. »Nur kam es darauf nicht mehr an. Sein Herr hat nämlich weitergemacht, und jetzt müssen alle nach dieser neuen Melodie tanzen.«

»Der Herr lässt es an den Verpflichteten aus …«, sagte Hawkins.

»… Und die Verpflichteten an Johns«, ergänzte ich.

»Haben es ihm doppelt und dreifach heimgezahlt. Also hat er jetzt keine Leute mehr. Und sein Land ist nicht mehr sein Land«, sagte Hawkins. »Deshalb will er raus.«

»Klingt für mich nach einem richtigen Schlitzohr«, sagte ich und schüttelte den Kopf. »Gibt doch sicher Leute, die eher ein bisschen Gerechtigkeit verdient haben.«

»Klar«, sagte Hawkins. »Aber wir wollen keine Gerechtigkeit für Johns. Sondern für seinen Herrn.«

»Wie?«

»Verstehst du, dieser Johns, der mag ja noch so ein Feigling sein, aber er ist auch ein verteufelt guter Vorarbeiter«, sagte Hawkins. »Und mehr noch. Er ist ein echtes Genie – spielt Geige. Und tischlert sogar, genau wie du.«

»Aber was hat das mit Freiheit zu tun?«, wollte ich wissen.

»Nichts«, erwiderte Hawkins. »Es geht nicht um Freiheit. Es geht um Krieg.«

Ich schwieg und sah sie nachdenklich an.

»Nein, fang nicht wieder damit an«, sagte Hawkins. »Fang

nicht wieder mit dem Nachdenken an. Vergiss nicht, wohin das beim letzten Mal geführt hat. Hier geht's um was Größeres. Um einen höheren Plan.«

»Und der wäre?«, fragte ich.

»Hiram«, sagte Mr. Fields, »es ist zu deinem eigenen Besten. Zu unserer aller Besten. Du willst nicht sämtliche Details kennen. Vertrau uns einfach.«

Er schwieg kurz, um zu sehen, ob ich begriff, und dann sagte er: »Vertrauen fällt schwer, ich weiß. Glaub mir, das tue ich wirklich. Seit unserem ersten Treffen hast du nichts als Täuschung und Irreführung erlebt. Das bedaure ich außerordentlich. Ist nicht immer ein ehrenwertes Leben. Aber vielleicht hilft es ja, wenn ich dir etwas anvertraue, auch wenn es nichts mit unserer Reise heute Nacht zu tun hat. Ich möchte, dass du meinen wahren Namen erfährst, Hiram. Der lautet nicht Isaiah Fields. Ich heiße Micajah Bland. Den Namen ›Mr. Fields‹ habe ich für meine Arbeit hier in Virginia angenommen. Und es wäre mir lieb, wenn du ihn benutzt, solange wir hier unten sind, doch ist das nicht der Name, auf den ich getauft wurde.

Ich habe dir jetzt etwas anvertraut, etwas, das mir viel bedeutet, und es wäre mein Tod, wenn es bekannt würde. Wirst du uns jetzt vertrauen?«

Und so begann unsere Reise – Hawkins, Micajah Bland und ich. Wir sind nicht gerannt. Trotz des Trainings sind wir einfach nur gegangen, wenn auch zügig, haben die Hauptstraßen gemieden und unseren Weg durch pfadlose Wälder und Berge gesucht, bis die Gegend flacher wurde, was mir, ebenso wie unsere Orientierung anhand der Sterne, verriet, dass wir gen Osten unterwegs waren. Das Land war trocken, die Nacht warm. Ich wusste inzwischen, dass dies die schlechteste Jahreszeit für solch ein Vorhaben war, allein schon, weil es nur so wenige sonnenlose Stunden gab, in denen wir reisen konnten. Im Winter war für Feldagenten Hochsaison. Im Sommer mit seinen wenigen Stunden Dunkelheit waren präzise Ankunft und Abreise entscheidend. Wir liefen gut sechs Stunden in grober Südostrichtung.

Johns war genau da, wo er sein sollte – an einer Wegkreuzung in dem durch einen Holzstapel am rechten Ende markierten Wäldchen. Im Schutz der Bäume sahen wir ihm zu, wie er nervös auf und ab lief. Das hier war meine erste Mission, und ich war damit betraut, den Kontakt aufzunehmen. Wir arbeiteten in Teams, den ersten Kontakt aber stellte nur eine einzige Person her. Sollten wir verraten worden sein, würden wir auf diese Weise bloß einen von uns verlieren.

Ich trat hinter den Bäumen hervor und ging ihm entgegen. Johns erstarrte. Er war gekommen, wie man es ihm gesagt hatte. Keine Bündel. Kein Gepäck. Nur die gefälschten Papiere, für den Fall, dass er auf Rylands traf. Ich gestehe, ich musterte ihn mit gemischten Gefühlen. Männer wie ihn hatte es immer schon gegeben, solche, die zu ihrem Vergnügen einen ganzen Verpflichtetentrupp in Gefahr brachten. In den Tagen meiner Großmutter Santi Bess wusste man mit solchen Männern umzugehen. Ein Unfall im Wald. Ein scheuendes Pferd. Eine Handvoll Kermesbeeren. Jetzt aber sollte ich so einen Mistkerl befreien, während gute Männer, Frauen und Kinder weiter unter ihrem Joch stöhnten.

Ich fixierte ihn mit hartem Blick und sagte: »Heute Nacht scheint kein Mond überm See.«

Er antwortete: »Weil der See trunken ist von Sonne.«

»Komm«, sagte ich. Er verharrte einen Moment, sah zum

Wald und winkte dann. Heraus kam eine junge Frau, vielleicht siebzehn Jahre alt, im Feldoverall, das Haar unter einem Tuch. Ebendeshalb gab man Männern wie Parnel Johns Kermesbeeren. Jede Tat einfachen Mitgefühls verstanden sie als Aufforderung, sich noch mehr herauszunehmen. Man schenkte ihnen ein Kalb, und sie verlangten die ganze Herde. Einen Moment lang hatte ich größte Lust, ihn einfach stehen zu lassen. Doch darüber sollten erfahrenere Leute urteilen. Also sagte ich kein Wort und führte sie zurück in den Wald und zu der kleinen Lichtung, auf der Hawkins und Bland warteten.

»Wer zum Teufel ist das denn?«, fragte Hawkins.

»Gehört zu mir«, sagte Johns.

»Verdammt, wovon redest du?«, sagte Hawkins. »Abgemacht war eine einzige Lieferung, und jetzt willst du uns mehr aufhalsen?«

»Ist Lucy, meine Tochter«, sagte er.

»Mir egal, und wenn's deine Mutter wäre«, sagte Hawkins. »Du kennst den Plan. Was zum Teufel soll das?«

»Ohne sie gehe ich nicht«, erklärte Johns.

»Ist schon gut, Hawkins«, sagte Bland. »Ist schon gut.« Hawkins und Bland waren Freunde. Das wusste ich, weil Hawkins ihn zum Lachen bringen konnte, nicht nur dazu, verhalten zu kichern, sondern aus vollem Hals zu lachen, und Micajah Bland war niemand, der oft lachte.

Verärgert schüttelte Hawkins den Kopf. Dann sah er Johns an und sagte: »Seh ich auch nur das leiseste Anzeichen von Rylands, lassen wir euch beide zurück. Kapiert? Wir kennen den Weg nach Norden, ihr nicht. Kommt mir irgendwas seltsam vor, war's das für euch, und wir überlassen euch den Hunden.«

Aber nichts war seltsam – zumindest nicht so, wie Hawkins es befürchtet hatte. Den Rest der Nacht kamen wir gut voran und hatten bei Tagesanbruch ein ordentliches Stück zurückgelegt. Die Gegend war von Hawkins und Bland gut ausgekundschaftet worden. Für eine Rast auf halber Strecke hatten sie eine Höhle entdeckt, die wir erreichten, als die Sonne gerade über den Bergen aufging. Wir schliefen abwechselnd und hielten Wacht über unsere Fracht. Anders als Hawkins behauptet hatte, konnten wir sie nicht einfach zurücklassen. Wir durften nicht riskieren, dass unsere Methoden bekannt wurden. Ich dachte nur ungern daran, was wohl passieren würde, wenn uns die Last zu schwer wurde.

Wir teilten den Tag in Schichten zu drei Stunden ein. Ich übernahm die letzte – vom späten Nachmittag bis zum Einbruch der Nacht. Alle schliefen, nur ich und Lucy nicht, der es schwerfiel, sich den neuen Umständen anzupassen. Als sie aus der Höhle an die frische Luft trat, behielt ich sie im Blick. Ich wollte sie nicht aufhalten, blieb aber dicht hinter ihr. Man sah ihr an, dass sie nicht Johns' Tochter war. Die beiden hatten keinerlei Ähnlichkeit. Er war eher hellhäutig, sie so schwarz wie Afrika selbst. Vor allem aber war es die Art, wie sie beim Gehen Händchen hielten und miteinander tuschelten.

»Ich weiß nicht, warum er gelogen hat«, sagte sie.

»War nervös«, sagte ich. Wir waren direkt vorm Höhleneingang. Ich saß hinter ihr auf einem Baumstumpf, und sie schaute der Sonne zu, die sich im Westen zur Ruhe begab.

»Er wollte das nicht«, sagte Lucy. »Gib ihm nicht die Schuld. Das war ich allein. Weißt du, dass er drüben Familie hat? Eine richtige Familie – eine Frau, zwei Kinder.«

Ich weiß nicht, was ich an mir habe, das die Leute denken

lässt, sie könnten sich mir anvertrauen. Doch kaum hatte sie Parnel Johns' Familie erwähnt, wusste ich, wohin das führen würde. Und so war es dann auch.

»Master Heath, unser Besitzer, hatte diese junge Frau«, fuhr sie fort. »Eine grausame Teufelin. Ich weiß das, war ihr Dienstmädchen. Sie war eine von der Sorte, die dich die Peitsche spüren lässt, wenn es draußen zu heftig regnet oder die Milch zu warm ist. Und so hübsch wie bösartig, das wussten alle Männer aus der ganzen Stadt. Master Heath hat sie schön kurzgehalten, hatte Angst, sie zu verlieren. War einer von der eifersüchtigen Sorte. Tja, eines Tages nun fand diese junge Frau zu Gott. Besonders ernst war's ihr damit nicht, würd ich sagen, war für sie wohl eine Möglichkeit, mehr von der Welt zu sehen.

Hat sich mit dem alten Pastor angefreundet, der jeden Tag kam, wegen ihrem Seelenheil. Allerdings ist mir bald klar geworden – wenn auch nicht Master Heath –, dass er nicht nur wegen ihrem Seelenheil kam.«

Lucy musste über ihre eigene Andeutung lachen und wandte sich an mich, um sich zu vergewissern, dass ich begriffen hatte, was sie meinte, doch obwohl es mir nicht entgangen war, wusste ich nur wenig damit anzufangen, was Lucy bloß noch mehr zum Lachen brachte. Und dann sagte sie: »Weißt du, eines Tages sind sie verschwunden. Sind einfach durchgebrannt. Haben sich aufgemacht und woanders ein neues Leben angefangen. Ich hab die Frau gehasst, und in einem anderen Leben, das schwör ich, da halt ich die Peitsche, und sie bekommt sie zu spüren. Trotzdem, weißt du, fand ich das alles irgendwie auch ganz schön.

Wir haben drüber geredet«, fuhr sie fort. »Haben davon

geträumt – haben ständig davon geträumt. Das hatte vielleicht eine Macht, ich sag's dir, aber wir wussten, für uns kam das nie infrage. Wir waren Verpflichtete.«

Da wandte sie sich ab, und ich hörte sie leise weinen.

»Und dann ist es passiert«, sagte sie. »Hör mal, ich sehe vielleicht jung aus, aber so jung bin ich nicht mehr. Ich bin schon mal von einem Mann verlassen worden. Weiß, wie sich das anfühlt. Ich kenn dieses Gesicht. Und er kam mit diesem Gesicht an, und noch bevor er ein einziges Wort sagen kann, bricht er zusammen und weint, weil er weiß, dass ich weiß, dass er geht. Mach ihm keine Vorwürfe. Er wollte nicht sagen, wohin. Wollte nicht mal sagen, wie. Nur, dass er am nächsten Morgen fort ist und dass er ohne mich geht.

Sie behaupten, Parnel ist ein Schuft, nun gut, dann bin ich auch nicht besser. Immerhin ist er mein Schuft. Sein Vergehen besteht darin, dass er nicht rechtschaffen ist – und wie soll er auch rechtschaffen sein, wenn es das ganze Haus nicht ist? Die geben ihm die Schuld an dem, was Master Heath ihnen antut, ich aber gebe Master Heath die Schuld.

Ich bin ihm gestern Abend gefolgt. Hab ihn auf dem Pfad eingeholt, kurz bevor er sich mit euch getroffen hat. Und ich hab ihm gesagt: ›Entweder nimmst du mich mit, oder ich lauf zurück und sag, dass du weglaufen willst.‹ Hätte ich nie getan. So bin ich einfach nicht … Ich erzähl dir das auch nur, damit du begreifst, dass es meine Schuld ist. Er hat es nicht über sich gebracht, mich zurückzulassen.«

»Macht es auch nicht besser«, sagte ich.

»Was zum Teufel geht mich das an?«, fragte sie. »Du und deine Männer, ihr kümmert mich einen Dreck. Du weißt doch, was sie drüben mit uns gemacht haben. Oder hast du's vergessen? Hast du vergessen, was sie mit jungen Frauen machen? Und schon haben sie dich, kriegen dich durch die Babys, binden dich durch dein eigenes Fleisch und Blut ans Haus, bis du irgendwann so damit verbunden bist, dass du das mit dem Weglaufen sein lässt. Tja, ich hab ebenso ein Recht dazu wegzulaufen wie Parnel. So viel Recht wie du oder irgendwer sonst.«

Lucy weinte jetzt nicht mehr. Sie hatte sich ihre Last von der Seele geredet und ging zurück zur Höhle, in der die anderen gerade aufwachten. Hawkins warf mir einen argwöhnischen Blick zu. Ich sah ihn, reagierte aber nicht darauf. Ich achtete vielmehr auf Lucy, die zu einem lächelnden Parnel Johns gegangen war und ihn freudestrahlend umarmte.

In dieser Nacht kamen wir gut voran. Um Mitternacht stand der Mond hoch am Himmel, und in der Ferne konnte ich die Berge sehen. Da wusste ich, dass es nicht mehr weit war bis Bryceton. Wir liefen dran vorbei. Ein, zwei Stunden später erreichten wir eine kleine Hütte. Rauch stieg aus dem Schornstein auf, und ein Feuer im Kamin warf seinen Widerschein ans Fenster.

Hawkins pfiff. Er wartete, dann pfiff er erneut. Wartete. Pfiff ein letztes Mal. Drinnen ging das Feuer aus. Wir verharrten noch einige Augenblicke. Dann folgten wir Hawkins um die Hütte herum nach hinten. Eine Tür ging auf, und heraus kam eine alte weiße Frau. Sie trat auf uns zu und sagte: »Der Zwei-Uhr-fünfzig kommt schon die ganze Woche zu spät.«

Hawkins erwiderte: »Nein, ich glaub, der Fahrplan wurde geändert.«

Daraufhin sagte die Frau: »Habt ihr nicht gesagt, es kommt nur einer?«

»Haben wir«, sagte Hawkins. »War nicht meine Idee. Mach mit ihnen, was du willst.«

Sie musterte die Gruppe kurz und sagte dann: »Na schön, kommt rein, aber schnell.«

Wir gingen in die Hütte und halfen der alten Frau, das Feuer wieder anzufachen. Hawkins trat mit ihr nach draußen. Sie unterhielten sich einige Minuten, kehrten zurück, und Hawkins sagte: »Schätze, es wird Zeit, dass wir uns auf den Heimweg machen.«

Micajah Bland wandte sich an Parnel Johns. Beim Licht des Kaminfeuers konnte ich die Zärtlichkeit in seinem Gesicht erkennen. »Keine Sorge«, sagte er. »Das wird schon.«

Johns nickte, doch als wir gehen wollten, sagte er: »Wenn ich in Sicherheit bin, kann ich meinem Daddy dann eine Nachricht schicken?«

Hawkins lachte leise und wandte sich noch einmal um. »Klar kannst du«, sagte er, »aber wenn der Underground das rausfindet, wird es das Letzte sein, was du je getan hast.«

Nachdem dies nun getan war und ich meine Vorkehrungen hinsichtlich Georgie Parks erledigt hatte, fanden Corrine und die anderen, es sei für mich an der Zeit, die Arbeit des Undergrounds noch ein bisschen besser kennenzulernen. Dafür sollte ich das Land der Sklaverei verlassen und in den Norden fahren. Philadelphia würde meine neue Heimat werden.

Einige Tage zuvor bekam ich Bescheid, und ich konnte von Glück sagen, dass man mir so viel Zeit gab. Der Underground ließ mir keine Gelegenheit, meinen Entschluss zu überdenken, denn auch wenn wir alle davon träumten, in den Norden zu gehen: Es stürzen doch die unmöglichsten Ängste auf uns ein, wenn ein Traum sich anschickt, Wirklichkeit zu werden. Da ist immer etwas in uns, das nicht gewinnen will, das in den Niederungen, im Vertrauten bleiben möchte. Doch mir blieb keine Zeit, meine Meinung zu ändern oder gar dem Feigling in mir nachzugeben. Die letzten Tage vergingen mit Überlegungen und Beratschlagungen. Ich fragte Micajah Bland, was mich erwarte. Ich lief durch den Wald und dachte über all das nach, was ich lange für normal gehalten hatte, was es für mich aber bald nicht mehr geben würde.

Diejenigen von uns, die auf einem neuen Gebiet arbeiten sollten, brauchten eine neue Identität und mussten mit Papieren ausgestattet werden. Ein Hausagent aber fertigte nie für sich selbst Papiere an. Sie wurden von anderen Hausagenten in anderen Stationen geliefert, da man der Meinung war, kein Mensch könne sein eigenes Leben erfinden. Als Grundlage diente meine Arbeit als Tischler bei einer regionalen Firma, einer Tarnfirma für die Aktivitäten des Undergrounds. Ich würde jemand sein, der sich seine Freiheit erkauft hatte, aber geflohen war wegen kürzlich erlassener Gesetze, welche die Rechte freier Farbiger im Süden einschränkten. Man gab mir drei Garnituren Kleidung, zwei für die Arbeit, eine für die Kirche. Und mein Name blieb mein Name, wenn auch ergänzt um einen Nachnamen: Walker.

Es blieb noch die Frage, wie genau ich hinkommen wollte. Rylands Bluthunde patrouillierten durch die Straßen, an den Häfen und Bahnstationen. Für uns sprach, dass es keine Vermisstenanzeige gab, weshalb die Rylands niemanden suchten, auf den meine Beschreibung passte. Also entschieden wir uns für die Bahn. Hawkins und Micajah wollten sich mir anschließen. Der Plan war einfach. Ich war ein freier Mann; Hawkins ein Sklave, der diesem Bland gehörte, einem Weißen, seinem Besitzer. Sollte irgendwer zu irgendeinem Zeitpunkt an meinen Papieren zweifeln, würde Bland meine Identität bezeugen können.

»Benimm dich wie ein freier Mann«, riet mir Hawkins. »Nimm den Kopf hoch. Und sieh den Leuten in die Augen – aber nicht zu lang. Bist schließlich immer noch ein Farbiger. Verbeug dich vor den Damen. Denk dran, ihnen eins von den Büchern mitzubringen, die du so gern hast. Und vergiss nicht, so zu tun, als gehörte dir die Welt, sonst durchschauen sie dich sofort.«

Am Tag unserer Abreise hielt ich mich an diese Anweisungen, und wenn mich meine Nerven im Stich zu lassen drohten, etwa, als ich die Fahrkarte vorzeigen sollte, als ich meinen Koffer jenem Jungen geben sollte, damit er ihn verstaute, und als der Zug sich in Bewegung setzte und der Süden und alles, was ich bislang gekannt hatte, hinter mir zurückblieb, da sagte ich mir, dies eine müsse meine Wahrheit werden. Ich bin frei.

15

Ich ging mit nur wenigen Habseligkeiten und ohne richtigen Abschied. An meinem letzten Abend hatte ich weder Corrine noch Amy gesehen und nahm an, dass beide mit ihren eigenen Problemen beschäftigt waren. Ich verließ Bryceton an einem heißen Montagmorgen im Sommer, vier Monate nach meiner Ankunft. Fast den ganzen Tag liefen wir, Hawkins, Bland und ich; und die Nacht verbrachten wir im kleinen Farmhaus eines alten Witwers, der unserer Sache wohlwollend gegenüberstand. Am Dienstag machten wir uns dann getrennt auf den Weg in die Stadt Clarksburg, wo der erste Abschnitt unserer eigentlichen Reise beginnen sollte. Der Plan lautete, mit der Northwestern Virginia Railroad den Staat zu durchqueren, um im westlichen Maryland Anschluss an die Baltimore & Ohio Bahn zu finden, nach Osten zu fahren, dann weiter nach Norden bis ins freie Land Pennsylvania und schließlich nach Philadelphia, dem Ziel unserer Reise. Es gab eine kürzere Route in den Norden, doch hatte es auf dieser Strecke in letzter Zeit Probleme mit Rylands Bluthunden gegeben; außerdem hieß es, es würde sicher niemand damit rechnen, dass wir so tollkühn sein würden, direkt durch den Sklavenhafen von Baltimore zu fahren.

Als ich in Clarksburg zum Bahnhof kam, sah ich Hawkins und Bland unter einer roten Markise sitzen. Hawkins fächelte sich mit dem Hut Luft zu. Bland starrte auf das Gleis, allerdings nicht dahin, woher unser Zug kommen würde, sondern in die entgegengesetzte Richtung. Ein Schwarm Amseln hockte auf der Markise, und auf dem Bahnsteig sah ich eine weiße Frau mit Haube und blauem Reifrock, die zwei gut gekleidete Kleinkinder an den Händen hielt. Etwas weiter entfernt, außerhalb des Schattens, den die Markise warf, rauchte ein niedrer Weißer eine Virginia, neben sich eine Reisetasche, die, so vermutete ich, seine gesamte Habe enthielt. Ich blieb ein wenig abseits, wollte nicht den Verdacht wecken, ich maßte mir an, im kühlen Schatten zu stehen. Der niedre Weiße rauchte seine Virginia zu Ende und begrüßte dann die Frau. Sie unterhielten sich noch, als der Schwarm Amseln von der Markise aufflog und die große Eisenkatze um die Kurve donnerte, nichts als schwarzer Qualm und ohrenbetäubendes Scheppern. Ich sah zu, wie die Räder langsamer wurden, immer langsamer, um schließlich mit einem letzten Kreischen anzuhalten. Außer in einem Bilderbuch hatte ich dergleichen noch nie gesehen. Zögerlich zeigte ich dem Schaffner Fahrkarte und Papiere. Er warf kaum einen Blick darauf. Man mag es heute, in dieser finsteren Zeit, gewiss kaum glauben, aber damals gab es keinen »Niggerwaggon«. Warum auch? Die Oberen hatten ihre Verpflichteten immer bei sich, wie eine Dame ihre Handtasche, mehr noch, war dies in unserer Geschichte doch eine Zeit, in der das Kostbarste, was ein Mensch in ganz Amerika besitzen konnte, ein anderer Mensch war. Ich ging nach hinten, folgte dem Gang zwischen den Sitzreihen. Der Zug wartete noch einige Minuten. Ich gab mir Mühe, nicht allzu nervös dreinzusehen. Doch als ich den Schaffner rufen und kurz darauf die große Katze aufbrüllen hörte, spürte ich, wie sich jede Faser in mir lockerte und entspannte.

Die Fahrt dauerte zwei Tage, sodass ich erst am Donnerstagmorgen in Gray's Ferry Station mit Blick über den Schuylkill River eintraf. Ich trat aus dem Zug in ein Gedränge von Leuten, die nach Freunden und Familie Ausschau hielten. Hawkins und Bland entdeckte ich auf Anhieb, doch hielten wir Abstand, da bekannt war, dass Rylands Bluthunde selbst hier in der Stadt nach Entlaufenen suchten. Man hatte mir keine Beschreibung meines Kontaktmannes gegeben. Ich sollte einfach warten. Auf der anderen Straßenseite stand ein von einem Pferdegespann gezogener Omnibus. Mehrere Reisende aus dem Zug stiegen ein.

»Mr. Walker?«

Ich drehte mich um und sah vor mir einen Farbigen im Anzug eines Gentlemans.

»Ja.«

»Raymond White«, sagte er und streckte mir die Hand hin. Er lächelte nicht.

»Hier entlang«, sagte er, und wir gingen zum Omnibus und stiegen ein. Der Fahrer ließ die Peitsche knallen, der Bus zog an. Wir ließen den Fluss hinter uns. Während der Fahrt redeten wir kaum, was angesichts der Gründe, die uns zusammengeführt hatten, wohl verständlich war. So aber fand ich Muße, diesen Raymond White genauer in Augenschein zu nehmen. Er war makellos gekleidet und trug einen perfekt geschnittenen, taillierten grauen Anzug, das Haar gepflegt und gescheitelt. Sein Gesicht wirkte wie aus Stein gemeißelt, und während der gesamten Fahrt zeigte sich darin weder Schmerz, Ärger, Freude oder Belustigung noch Sorge. Und doch meinte ich, in den Augen eine Trauer zu entdecken, die – Raymonds lässiger Eleganz zum Trotz – eine andere Geschichte erzählte. Ich wusste, wenn auch nicht genau, warum, dass sein Leben an die Sklaverei gekettet war. Und darüber hinaus ließ diese Trauer darauf schließen, dass er seine noble Art, seine Vornehmheit nicht von Geburt an besaß, sondern durch Leid und Arbeit erworben hatte.

Der Omnibus fuhr vom Fluss ins Herz der Stadt. Auf den Straßen wimmelte es von Menschen. Ich konnte sie durch die Fenster sehen, so viele Menschen, dass mir war, als fänden hundert Renntage zugleich statt, als wäre hier die ganze Welt versammelt, um sich an Werkstätten vorbeizuschieben, an Fellhändlern und Drogerien, um über steingepflasterte Straßen zu flanieren und die beißende Luft einzuatmen. Menschen in sämtlichen Konstellationen – Eltern und Kind, Reiche und Arme, Schwarze und Weiße. Und ich sah, dass die Reichen mehrheitlich weiß und die Armen mehrheitlich schwarz waren, dennoch gab es in beiden Gruppen Ausnahmen. Für mich war es ein Schock, dies so deutlich vor Augen geführt zu bekommen, denn auch wenn die Weißen hier die Macht besaßen, was der Fall war, besaßen sie diese Macht doch nicht allein. Und ich sage Euch, nie habe ich erbärmlichere Exemplare der weißen Rasse oder prächtiger ausstaffierte Exemplare der farbigen Rasse gesehen als an diesem Tag. Anders als in Starfall waren die Farbigen hier nicht bloß damit beschäftigt zu überleben, denn manchmal zeigten sie sich in Kleidern, die eleganter waren als alles, was ich je an meinem Vater gesehen hatte. Und sie waren da draußen im Gewoge der Stadt, trugen Hüte und Handschuhe, und ihre Damen schritten unter ihren Sonnenschirmen dahin wie Königinnen.

Dieses erstaunliche Porträt umwaberte ein Dunst, wie man ihn sich widerwärtiger nicht zu denken vermag. Ich roch ihn nicht nur, ich konnte ihn gleichsam fühlen. Er schien aus der Gosse aufzusteigen und vermengte sich mit dem Gestank der toten Pferde in den Straßen sowie mit den Ausdünstungen der Manufakturen und Fabriken, weshalb dieses Gemisch – eine Wiese voller fauligem Obst – wie ein unsichtbarer Nebel über der ganzen Stadt hing. Den ekelerregenden Geruch von Vieh war ich gewohnt, doch immer verbunden mit den Gerüchen des Gartens, der Erdbeersträucher oder des Waldes. Der Gestank von Philadelphia aber bot kein solches Gegengewicht; er war überall, auf jeder Straße, in jeder Werkstatt oder Gaststätte, ein Geruch, der, wie ich noch feststellen sollte, auch in Häuser und Schlafkammern drang, wenn man nicht aufpasste.

Nach etwa zwanzig Minuten stiegen wir aus dem Bus und liefen zu einem Eckgebäude, einem geziegelten Reihenhaus, in dem sich Bland und Hawkins bereits eingefunden hatten. Sie saßen gleich hinterm Foyer in einem kleinen Salon und tranken Kaffee mit einem weiteren gut gekleideten Schwarzen. Als sie uns entdeckten, lächelten alle. Der Mann, den ich nicht kannte, erhob sich, kam herüber und begrüßte mich mit herzlichem Handschlag und noch herzlicherem Lachen. Ich sah ihm an, dass er mit Raymond White verwandt war. Er hatte das gleiche Steingesicht, wirkte aber nicht ganz so stoisch.

»Otha White«, stellte er sich vor. »Keine Probleme in der Bahn gehabt?«

»Nichts, was der Rede wert wäre«, erwiderte ich.

»Bitte, setz dich«, sagte Otha. »Ich bring dir eine Tasse.«

Raymond und Bland unterhielten sich über Belanglosigkeiten, bis Otha zurückkehrte. Dann begann das Gespräch.

»Pass mir auf diesen Mann auf, hörst du?«, sagte Hawkins und nippte an seinem Kaffee. »Der ist was Besonderes, kein Scherz. Hab erlebt, wie er vom Fluss geschluckt hat und er sich ganz allein wieder rausgekämpft hat. Der Mann hat das Schlimmste erduldet, was wir ihm antun konnten, und er hat es überlebt. Das sagt doch wohl alles.«

Und das war das Freundlichste, was Hawkins je über mich gesagt hatte.

»Du weißt, wie überzeugt ich von unserer Sache bin«, sagte Raymond. »Ihr gehört mein Leben. Wir freuen uns deshalb sehr über deine Hilfe.«

»Wir können dich wirklich gebrauchen«, sagte Otha. »Ich kenne dich nicht, Hiram Walker, bin selbst nicht hier aufgewachsen. Doch ich habe gelernt, und das wirst du sicher auch.«

Hawkins nippte an seinem Kaffee und nickte. Mit dem als Sklaven geborenen Otha schien er besser auszukommen als mit Raymond, diesem Geschöpf des Nordens. Beim Rückblick durch die Linse der Jahre denke ich heute, dass es damit zu tun hatte, wie wir arbeiteten. In Virginia waren wir Gesetzlose, ein Umstand, der für uns bald zu einer Frage der Ehre wurde, und wir waren stolz darauf, der Moral einer Welt überlegen zu sein, die unserer Ansicht nach auf dämonischen Gesetzen fußte. Wir waren keine Christen. Christen gingen im Norden ihrem Gewerbe nach, wo der Underground so stark war, dass man ihn kaum noch Underground nennen konnte. Ich kann mich an viele Abende erinnern, in denen wir in einer Gaststätte in Philadelphia saßen und erst kürzlich befreiten Männern zuhörten, die in allen Einzelheiten mit ihrer Flucht prahlten. Ganze Straßenblöcke schienen von Flüchtlingen nur so zu wimmeln, und die wiederum füllten Versammlungen, auf denen sie zu Wachtrupps organisiert wurden, die aufeinander aufpassen und nach Rylands Bluthunden Ausschau halten sollten. Im Norden waren Undergroundler keine Gesetzlosen, vielmehr schienen sie einem ganz eigenen Gesetz zu unterstehen. Sie stürmten Gefängnisse, griffen Bundesmarshalls an und lieferten sich Schießereien mit Rylands Bluthunden. Männer wie Hawkins gingen ihren Geschäften im Verborgenen nach. Männer wie Raymond stellten sich lauthals schreiend auf Marktplätze.

Für Otha war es anders. Wegen seiner besagten Wurzeln, seiner rauen Manieren, hatte er etwas an sich, das Hawkins Respekt abverlangte, wenn auch tief verborgen und uneingestanden, denn Hawkins war ein Mensch, der sich ganz der Seelenrettung verschrieben hatte, nicht aber der Seelenbeschau, schon gar nicht der eigenen. Ich hatte genug gehört über Bryceton, bevor es von Corrine umgestaltet worden war, über die dort verübten Grausamkeiten, weshalb ich wusste, dass die Seelenbeschau der reinste Luxus sein musste.

»Na schön«, sagte Hawkins und erhob sich. »Der Junge hat keine Ahnung von irgendwas. Ich verlass mich drauf, dass du ihm alles beibringst, was er wissen muss. Wir haben unseren Teil getan. Möge er der Sache hier so gut dienen, wie er ihr bei uns unten gedient hat.«

Ich stand auf. Hawkins gab allen die Hand, auch Bland, der, so wurde beschlossen, noch ein paar Wochen in Philadelphia bleiben sollte, um eigenen Geschäften nachzugehen. Sobald Hawkins fort war, brachte Otha mich nach oben in mein Quartier, während Raymond und Bland sich noch eine Weile unterhielten. Es war nur ein kleines Zimmer, aber nach Monaten in Gemeinschaftsräumen und davor dem Leben in der

Grube und davor meiner Zeit im Gefängnis, war es einfach himmlisch. Kaum war Otha gegangen, legte ich mich aufs Bett. Ich konnte Bland und Raymond hören, deren Gespräch gedämpft von unten heraufdrang, auch etwas, das sich wie übermütiges Gelächter anhörte. Später aß ich mit Otha in einem nahen Wirtshaus zu Abend. Er sagte, dass man mir ein langes Wochenende gewähre, damit ich mich mit der Stadt vertraut machen könne. Und da ich am nächsten Tag die Gegend erkunden wollte, ging ich gleich nach dem Essen wieder nach Hause und legte mich schlafen. Otha schlief in einem Zimmer nebenan. Raymond wohnte mit seiner Frau und seinen Kindern außerhalb der Stadt.

Am nächsten Morgen stand ich zeitig auf, um mir Philadelphia anzusehen. Ich verließ unser Büro in der Ninth Street und ging zur Bainbridge Street, einer der großen Verkehrsadern der Stadt, die gleich um die Ecke lag, und beobachtete die Vielfalt menschlichen Lebens, diese Menagerie der Wünsche, Bedürfnisse und Absichten auf der brodelnden Straße, dabei war es erst sieben Uhr früh. Auf der anderen Seite entdeckte ich eine Bäckerei, und durchs Fenster sah ich einen Farbigen bei der Arbeit. Als ich eintrat, begrüßte mich ein süßer Geruch, das ideale Gegenmittel zum Dunst der Stadt. Auf Lagen von Wachspapier zeigte die Theke eine gefällige Anordnung von Leckerbissen – Kuchen, Schmalzgebäck und Teigtaschen jeglicher Art. Auf Tabletts in Regalfächern hinter der Theke gab es davon noch mehr.

»Neu hier, stimmt's?«

Ich blickte auf und sah, dass mich der Farbige anlächelte. Er war vielleicht zehn Jahre älter als ich und musterte mich mit einem Blick reiner Güte. Bei seiner Frage bin ich wohl zusammengezuckt, denn er fuhr fort: »Will dich nicht ausspionieren. Ist nicht meine Art. Ich seh's den Neuen halt an. Sind von jeder Kleinigkeit wie geblendet. Alles okay, Junge. Ist nicht schlimm, neu zu sein. Auch nicht schlimm, wie geblendet zu sein.«

Ich erwiderte nichts.

»Ich heiße Mars«, fuhr der Mann fort. »Der Laden gehört mir. Mir und meiner Hannah. Du bist drüben aus der Ninth Street, richtig? Wohnst bei Otha, nicht? Raymond und Otha sind meine Vettern – Blutsverwandte von meiner lieben Hannah –, und da du bei denen wohnst, gehörst du für mich auch irgendwie zur Familie.«

Ich sagte immer noch nichts. Wie unhöflich ich damals war. Wie tief mein Misstrauen saß.

»Wie wär's damit«, sagte er. Mars griff hinter sich, riss von einer Rolle ein Stück Papier ab und ging nach hinten. Als er zurückkam, hatte er etwas darin eingewickelt, das er mir gab; es fühlte sich warm an.

»Mach schon«, sagte er. »Probier's!«

Ich schlug das Papier auf, und der Geruch von Ingwer stieg mir in die Nase, ein Geruch, der unversehens ein bittersüßes Gefühl in mir heraufbeschwor, war es doch mit einer verlorenen Erinnerung verknüpft, die am Ende eines gewundenen Pfades in meinem Gedächtnis lauerte.

»Was bin ich schuldig?«, fragte ich.

»Schuldig?«, sagte Mars. »Wir sind doch Familie. Hab ich das nicht gesagt? Sind hier oben alle Familie.«

Ich nickte, brachte ein Danke heraus und verließ rückwärts die Bäckerei. Einen Moment lang stand ich auf der Bainbridge und beobachtete die Stadt, den in Papier gewickelten Lebkuchen noch warm in der Hand. Ich wünschte, ich hätte gelächelt, ehe ich ging. Ich wünschte, ich hätte etwas gesagt, um mich für seine Freundlichkeit zu bedanken. Doch ich kam frisch aus Virginia, frisch aus der Grube, Georgie Parks noch im Kopf, Sophia für immer verloren. Ich folgte der Bainbridge nach Westen, überquerte Straßen mit immer höheren Nummern und sann über diese Stadt nach, die so absurd groß war, dass ihr offenbar die Straßennamen ausgegangen waren. Ich lief bis zu den Docks, wo ich Farbige und Weiße gemeinsam entladen oder auf Schiffen arbeiten sah.

Ich folgte dem Fluss, der sich erst stadteinwärts, dann stadtauswärts krümmte. Am Ufer standen Werkstätten dicht an dicht, kleine Fabriken und Trockendocks. Eine kühle Brise vom Fluss milderte den bedrückenden Gestank der Stadt ein wenig. Bald stieß ich auf eine Promenade, darauf folgte eine große Grünfläche, durchkreuzt von mit Bänken gesäumten Wegen. Ich nahm Platz. Freitag, Ende der Arbeitswoche. Ein klarer blauer Tag. Die Promenade wimmelte von Philadelphiern aller Art und Hautfarbe. Gentlemen mit Strohhut auf dem Kopf begleiteten ihre Damen. Schulkinder saßen im Kreis auf dem Rasen und hingen an den Lippen ihres Lehrers. Ein Mann fuhr auf einem Einrad vorbei und lachte. Und in dem Moment wurde mir klar, dass ich in meinem ganzen Leben noch nie so frei gewesen war. Und ich wusste, ich könnte gehen, hier und jetzt, könnte den Underground verlassen und in diese Stadt verschwinden, in diesen riesigen Renntag, könnte auf der vergifteten Luft davonschweben.

Erneut schlug ich das Papier zurück, hob dann den Lebkuchen an den Mund, und als ich abbiss, brach unversehens etwas in mir auf. Der Pfad, den ich in Mars' Bäckerei gesehen hatte, jener, der vom Ingwergeruch heraufbeschworen worden war, lag wieder vor mir, doch war da diesmal kein Nebel, eigentlich auch kein Pfad, nur ein Ort. Eine Küche, von der ich auf Anhieb wusste, dass sie zu Lockless gehörte. Und ich saß nicht länger auf der Bank oder auch nur in der Nähe der Promenade. Ich war in dieser Küche, und auf dem Tresen sah ich Kekse, Gebäck, so viele Leckereien auf mit Wachspapier ausgeschlagenen Tabletts genau wie drüben in Mars' Bäckerei. Und daneben war noch ein Tresen, und dahinter sah ich eine Farbige, die leise vor sich hin sang, Teig walkte, und als sie mich sah, lächelte sie und fragte: »Warum bist du nur immer so still, Hi?«

Dann machte sie sich erneut ans Teigkneten und sang wieder vor sich hin. Eine Weile verstrich, ehe sie ein weiteres Mal aufblickte und mich anlächelte. »Ich seh doch, wie du Master Howells Lebkuchen anstierst«, sagte sie. »Magst ja ein Stiller sein, aber du bist auf dem besten Weg, mir einen Haufen Ärger zu machen.«

Sie schüttelte den Kopf und lachte in sich hinein, doch sah ich wenige Augenblicke später ihren warnenden Gesichtsausdruck, während sie mit ausgestrecktem Zeigefinger ihre Lippen versiegelte. Sie ging zur Tür, warf einen Blick nach draußen, huschte zum anderen Tresen, dem voll mit Leckereien, und löste zwei Kekse vom Papier.

»Familie muss füreinander da sein«, sagte sie und gab mir das Gebäck. »Und so, wie ich das sehe, gehört dir das hier sowieso alles.«

Ich nahm die zwei Lebkuchen, und ich muss gewusst haben, was passierte, muss bei alldem begriffen haben, dass ich mich, wo immer ich auch sein mochte, nicht auf dem Lockless von heute befand, vielleicht nicht einmal auf dem Lockless von ehedem. Es war, als wäre ich in einem Traum. Und von dieser Frau vor mir kannte ich nicht einmal den Namen, trotzdem fühlte ich einen Stich des Bedauerns, mehr noch, einen Stich des Verlustes. Die Gefühle waren so intensiv, dass ich auf die Frau zurannte, meine Lebkuchen noch in der linken Hand, und sie umarmte, fest und lang. Und als ich zurückwich, lächelte sie, ein Lächeln groß wie der Tag und so breit wie das Lächeln von Bäcker Mars, mit dem er mich an diesem Morgen begrüßt hatte.

»Nicht vergessen«, sagte sie. »Familie.«

Und dann sah ich den Nebel zurückkehren, sah ihn von allen Seiten in die Küche dringen, bis der Tresen vor mir verschwand, die Tabletts vor mir verschwanden und die Frau vor mir verschwand, und noch während sie aus meinem Blick wich, sagte sie: »Jetzt aber ab mit dir.«

Und dann war ich zurück, saß wieder auf der Bank. Ich war müde. Ich blickte auf meine jetzt leeren Hände. Ich blickte über die Promenade hinweg zum Fluss. Der Mann auf dem Einrad fuhr erneut an mir vorbei. Er winkte. Ich schaute die Bänke zu meiner Linken an, die Bänke zu meiner Rechten. Voneinander kaum zu unterscheidende Bänke säumten den Weg, auf einer allerdings – drei Bänke weiter – sah ich einen halb gegessenen Lebkuchen, und in der Sommerbrise flatterte sanft im Gras das Papier, in das er eingewickelt gewesen war.

16

JETZT WUSSTE ICH ES. Das war Konduktion. Also besaß ich die Kraft noch, auch wenn ich nicht ganz verstand, wie ich sie wecken konnte. Erschöpft schleppte ich mich zurück zu unserem Haus, und kaum auf meinem Zimmer, schlief ich ein, obwohl die Sonne noch am Himmel stand. Erst früh am nächsten Morgen wachte ich wieder auf. Ich dachte daran, noch einmal den Zugang zur Kraft zu suchen, doch Müdigkeit und Unwohlsein, die, wie ich nun verstand, mit jeder Konduktion einhergingen, hielten mich davon ab. Stattdessen beschloss ich, erneut Mars' Bäckerei aufzusuchen und mich für mein unhöfliches Benehmen zu entschuldigen. Danach würde ich vielleicht noch ein wenig durch die Stadt stromern, diesmal womöglich nach Osten zum Delaware River, ihn vielleicht sogar überqueren und bis zum Weiler Camden laufen, in dem Raymond mit seiner Familie wohnte. Doch als ich mir die festen Schuhe anzog, hörte ich es an meine Schlafzimmertür klopfen, dann Othas Stimme:

»Hiram, bist du da?«

Ich öffnete und sah Otha bereits die Treppe hinablaufen. Noch auf dem Weg nach unten blickte er sich nach mir um und sagte: »Müssen los.«

Ich folgte ihm die Treppe hinunter ins Wohnzimmer, in dem Raymond mit einem Brief in der Hand auf und ab ging. Sobald er uns sah, eilte er zur Tür, griff nach seinem Hut und stürzte ohne ein Wort nach draußen. Wir folgten ihm auf die Ninth Street, dann ins Gedränge der Bainbridge, über der auch um diese Zeit bereits Philadelphias Pesthauch lag.

»Das Gesetz unseres Staates ist da eindeutig«, sagte er, als wir ihn eingeholt hatten. »Keine Frau und kein Mann darf als Sklave gehalten werden – auch wenn er oder sie als solcher hergebracht wurde. Beantragt jemand Zuflucht, muss sie gewährt werden. Aber sie muss beantragt werden, denn wir dürfen niemanden zur Freiheit überreden, dazu verführen.«

»Die Oberen jedoch«, sagte Otha und sah mich dabei an, »die verschweigen dieses Gesetz. Erzählen den Leuten Lügen, machen ihnen Angst. Drohen ihrer Familie, ihren Freunden.«

»Haben wir aber jemanden, der seine Absichten eindeutig zur Kenntnis gebracht hat«, sagte Raymond, »sind wir ermächtigt, dafür zu sorgen, dass diese Absichten auch respektiert werden. Und diese Frau, diese Bronson, hat einen Antrag gestellt – der aber von dem, der sie gefangen hält, nicht anerkannt wird. Vergebt mir die Eile, aber die Zeit drängt. Wenn wir wollen, dass dieser Mann das Gesetz respektiert, müssen wir sofort handeln.«

Wir wandten uns nach Osten, nahmen genau den Weg, an den ich kurz zuvor gedacht hatte. Schon bald waren wir an den Docks, und ich konnte den Delaware sehen, wie er sanft gegen die Schiffe schwappte. Heute war Samstag. Wieder ein heißer Tag, in dieser Stadt war es heißer, als ich Virginia je erlebt hatte. Schatten besaß hier keinerlei Bedeutung. Die Hitze folgte einem so sicher wie der Gestank, und allein hier, an den Ufern der Stadt, ließ sich Erleichterung finden. Wir liefen an einigen

Kais vorbei Richtung Süden, bis wir vor der Gangway zu einem Flussboot standen. Rasch gingen wir an Bord. Raymonds Blick glitt über die Passagiere, doch fand er niemanden, auf den die Beschreibung jener Frau passte, von der er uns erzählt hatte. Dann sagte ein Farbiger: »Sie sind unten, Mr. White.«

Wir gingen zum Heck des Schiffes und fanden eine nach unten führende Treppe. Im Bauch des Schiffes entdeckten wir eine weitere Gruppe Passagiere. Noch vor Raymond erkannte ich »diese Bronson«. Ich brauchte keine Beschreibung. In meinen gerade mal zwei Tagen hatte ich in Philadelphia mehr als genug Verpflichtete gesehen. Sie waren hier so gut wie die freien Farbigen gekleidet, vielleicht besser, fast, als wollten ihre Besitzer damit die Kette verbergen, die sie an sie band. Beobachtete man die Verpflichteten aber lange genug, merkte man an ihrer Art, ihrem Verhalten, dass sie von einer Macht wie gefangen waren. Diese Bronson war gut gekleidet, fast, als wäre sie kostümiert, so, wie sich Sophia stets für Nathaniel kostümiert hatte, aber mir fiel auf, dass ein hochgewachsener, hagerer Weißer ihren Arm hielt, die Frau an der anderen Hand aber einen kaum sechs Jahre alten Jungen noch fester hielt. Ich sah, wie ihr Blick auf den suchenden Raymond fiel, sie dann zu mir herübersah und gleich darauf den Blick senkte, um ihren Sohn anzuschauen.

Mittlerweile hatte Raymond sie auch bemerkt, und wie er auf sie zuging, sagte er: »Mary Bronson, mir wurde gesagt, dass Sie einen Antrag gestellt haben. Wir sind hier, um dafür zu sorgen, dass diesem Antrag stattgegeben wird entsprechend den Gesetzen unseres Staates, die den Brauch der Sklaverei nicht anerkennen« – jetzt heftete Raymond seinen Blick auf den hochgewachsenen hageren Mann – »und auch nicht gutheißen.«

Ich stammte aus Virginia, aus einer Welt, in der wir heimlich vorgehen mussten, wo ich als Verbrecher galt und ebenjene Bräuche einhalten sollte, die ich abzuschaffen gedachte. Hier aber war ich in Philadelphia und sah einen Agenten des Undergrounds in aller Öffentlichkeit handeln, ganz ohne Choreografie, ohne Kostüm. Raymonds Worte zündeten wie eine Bombe, was der Weiße, der Mary Bronson festhielt, auch sofort spürte.

»Verdammtes Gesindel«, sagte der Weiße und zerrte an Mary Bronsons Arm, woraufhin sie taumelte und ein wenig das Gleichgewicht verlor. »Ich will doch nur mit meinem Besitz in meine Heimat zurückkehren.«

Raymond beachtete ihn gar nicht.

»Sie brauchen ihm nicht zu gehorchen«, sagte er zu Mary. »Solange ich hier bin, kann er Sie zu nichts zwingen, und falls Sie mit mir kommen möchten, kann ich Ihnen versichern, dass die Gesetze dieses Staates mich in all meinen Bemühungen unterstützen.«

»Verdammt, aber sie gehört mir!«, sagte der Mann, Worte, die er mit großem Nachdruck hervorstieß. Allerdings fiel mir auf, dass er Mary nicht länger festhielt. Ich weiß nicht, ob sie sich losgerissen hatte oder ob er, dessen Zorn sich ganz auf Raymond richtete, sie einfach nur für einen Moment vergessen hatte. Mittlerweile sammelte sich um uns eine kleine Gruppe, manche wollten uns unterstützen, andere wollten wissen, woher denn die Aufregung rührte. Einzelheiten über das Vorgefallene machten die Runde. Die Leute murrten und zeigten auf den Mann, der offenbar einsah, dass sein bisschen Macht immer mehr dahinschwand. Mary war dies nicht entgangen. Die Menge gab ihr Kraft. Sie griff nach der Hand des Jungen und ging zu Raymond. Der Mann kochte vor Wut und rief Mary zu, sie solle zurückkommen, die aber ignorierte ihn und stellte sich hinter Raymond, in ihrem Rücken das Kind.

»Mann«, fauchte der Fremde, und seine Augen blitzten Raymond an. »Wäre ich zu Hause, ich würde dir schon zeigen, wo dein Platz ist, würde dich endgültig brechen.« Woraufhin das Grummeln zu lautem Schimpfen, Rufen und Drohen anschwoll.

Es gibt einen Moment im stürmischen Leben einiger gesegneter Farbiger, einen Moment der Offenbarung, in dem der Himmel aufreißt, die Wolken sich teilen und ein Streifen Sonnenlicht durchbricht, um unendliche Weisheit von oben herabzusenden. Dieser Moment hat nichts mit christlicher Religion zu tun, sondern damit, dass der eine Farbige erlebt, wie ein anderer Farbiger mit einem Weißen redet, wie Raymond White nun mit diesem Weißen redete, sobald er sich umgedreht hatte.

»Aber Sie sind hier nicht zu Hause.«

Dann sah er wieder zur Menge, und der Mann folgte seinem Blick und verstand sein Dilemma. Wut und Entschlossenheit verließen ihn. Furcht und Panik überkamen ihn. Von Sekunde zu Sekunde schien der hagere Weiße blasser und bleicher zu werden. Die von den Drohungen dieses Mannes aufgebrachte Menge fragte sich bereits leise murmelnd, was sie als Nächstes machen sollte.

Nachdem wir zugesehen hatten, wie das Schiff ablegte, gingen Otha und ich mit Mary Bronson und ihrem Sohn in das Haus in der Ninth Street. Raymond zog los, um für Mary eine Unterkunft und auch eine Stelle zu suchen, die sie hoffentlich bald antreten konnte. In Philadelphia war es üblich, über jeden, der die Station passierte, einen Bericht zu verfertigen. Noch etwas, das in Virginia undenkbar gewesen wäre, da solche Berichte einen Flüchtigen gefährden konnten. Raymond aber war davon überzeugt, an einem Ereignis von historischer Tragweite teilzuhaben, und daher entschieden der Ansicht, dass alle damit zusammenhängenden Ereignisse festgehalten werden sollten.

Otha machte Kaffee und gab Marys Sohn eine Sammlung Spielzeug – aus Holz geschnitzte Kühe, Pferde und andere Bauernhoftiere. Ich nutzte die Gelegenheit, hinüber zur Bäckerei zu gehen, wo Mars mich seiner Frau Hannah vorstellte. Als ich sie sah, brachte ich ein breites Lächeln zustande und gab mein Bestes, mich für mein Betragen tags zuvor zu entschuldigen. Er reichte mir zwei noch warme Laibe Brot und sagte: »Kein Grund, sich zu entschuldigen. Familie, wie gesagt.«

Als ich zurück ins Haus kam, sah ich Mary mit ihrem Sohn auf dem Fußboden spielen und ging mit dem Brot in die Küche, um nach einem Messer zu suchen, nach einem Tablett und Tellern. Auf der Arbeitsplatte entdeckte ich neben einem Stück Käse ein Glas Marmelade. Damit bestrich ich einige Scheiben und brachte sie zum Esszimmertisch. Otha schenkte Kaffee ein und holte Mary mit ihrem Sohn an den Tisch. Bei unserem Mahl kam ein leises Gefühl von Erleichterung auf, gar von Festlichkeit.

Nach dem Essen half Mary mir beim Aufräumen. Dann zogen wir uns für das Gespräch ins Wohnzimmer zurück. Ich sah, wie Marys Sohn ein Holzpferd in jede Hand nahm, eine drohende Miene aufsetzte und die beiden Tiere dann mit einem lauten »Wumms!« ineinanderkrachen ließ.

»Wie heißt er?«, wollte ich wissen.

»Octavius«, erwiderte sie. »Fragen Sie mich nicht, warum, hab ihm den Namen nicht gegeben. Der alte Massa hat das so entschieden, wie alles andere auch.«

Otha ließ Mary auf dem Sofa Platz nehmen. Ich ging auf mein Zimmer, um Papier und einen Stift zu holen. Dann setzte ich mich an den Tisch. Otha sollte die Fragen stellen, ich würde mitschreiben.

»Ich heiße Mary Bronson«, sagte sie Otha. »Und ich bin von Geburt an Sklavin.«

»Jetzt nicht mehr«, sagte Otha.

»Nein, jetzt nicht mehr«, wiederholte Mary. »Und dafür möcht ich Ihnen danken. Sie haben keine Ahnung, was ich da unten durchgemacht habe, was jeder von uns durchgemacht hat. Hätte einfach alles getan, um von diesem Mann loszukommen, war mir aber nicht sicher, wie; Sie wissen bestimmt, dass ich nicht zum ersten Mal in der Stadt bin, und der Gedanke fortzulaufen ist mir auch schon öfter gekommen. Verstehe selbst nicht, warum ich's nicht schon längst getan habe.«

»Woher kommen Sie, Mary?«, fragte Otha.

»Aus der Hölle, Mr. Otha«, antwortete sie. »Direkt aus der Hölle.«

»Und wieso sagen Sie das?«

»Hatte noch zwei Jungen außer meinem Octavius, zwei Jungen und einen Mann. Er war Koch, ich Köchin. Allen im Haus hat's geschmeckt, was ich gemacht habe.«

»Und Sie? Haben Sie Ihre Arbeit geliebt?«

»Ist nie meine Arbeit gewesen. Aber ich war anders, verstehen Sie? Hatte mit meinem alten Massa ein Abkommen, so war das. Ich kochte, war aber nicht die einzige Köchin in der Küche. Und manchmal hat mein alter Herr mich ausgeliehen, und was ich verdient habe, hat er mit mir geteilt. Der Plan war, so viel zu verdienen, dass ich mich und meine Leute loskaufen konnte. Ich würde als Erste gehen, damit das Geld nicht mehr geteilt werden musste, dann würde ich meinen Mann nachholen, Fred, so hieß er, damit wir zu zweit verdienen konnten. Zusammen würden wir dann auch die Kleinen befreien.«

»Und was ist passiert?«

»Der alte Massa ist gestorben. Der Besitz wurde aufgeteilt, und einer der niedren Weißen – der Mann, den Sie grade kennengelernt haben – hat übernommen. Von da an gefiel mir meine Arbeit überhaupt nicht mehr. Er hat das ganze Geld selber behalten, hat behauptet, nichts zu wissen von irgendeinem Abkommen mit meinem alten Herrn. Auch nichts von irgendwelchen Geldgeschäften. Also fing ich an zu tricksen. Arbeitete langsam und nachlässig. Aber das hat er gemerkt.«

Mary Bronson legte eine kleine Pause ein. Dann riss sie sich zusammen, fasste sich und fuhr fort.

»Dann hat das mit den Schlägen angefangen. Für jede Woche hat er eine Summe festgelegt. Sagte, wenn ich die Summe nicht zusammenkriege, gibt's Prügel. Drohte auch damit, meinen Mann zu verkaufen, meine Söhne – all meine Jungs. Ich hab so hart gearbeitet, wie ich nur konnte, Mr. Otha. Verkauft hat er sie trotzdem. Nur mein Jüngster wurde verschont« – mit einem Kopfnicken wies sie auf den kleinen Jungen, der noch mit den Holztieren auf dem Fußboden spielte – »aber nicht aus Sorge oder Mitleid. Für ihn war der Junge ein Druckmittel. Sodass es immer noch was gab, das ich verlieren konnte.«

»Und warum hat er Sie in die Stadt mitgenommen?«, fragte Otha.

»Er hat hier oben Familie«, sagte sie. »Hat mit meiner Arbeit angegeben. Also ließ er mich für seine Schwester kochen. In der Küche von seiner Schwester.«

»Hier in der Stadt?«

»Ja, aber ich hab's ihm gezeigt, oder nicht?«

»Das haben Sie.«

»So eine Kette hat 'ne große Macht, Mr. Otha, richtig, richtig viel Macht. Musste dran denken, wie oft ich im Norden war und dann doch nicht weggelaufen bin. Und ich hab drüber nachgedacht, wie die mich im Griff haben. Und ich wusste, in einem Jahr oder so kommt der Junge aufs Feld, und ich wusste, dann geben sie ihn nie wieder her.«

Sie schluchzte leise in ihre Hände. Otha stand auf und setzte sich zu Mary Bronson. Dann zog er sie an sich, hielt sie und tätschelte ihr den Rücken. Und wie er sie hielt, da weinte Mary Bronson laut auf, und ihr Weinen war ein Lied für ihren Mann, ihre Jungen, für all das, was sie verloren hatte.

Was Otha tat, hatte ich nie zuvor einen Agenten tun sehen – wie er sie tröstete, sie wie eine freie Frau mit Würde behandelte, nicht wie eine entlaufene Sklavin. Er wiegte sie in den Armen, bis sie sich beruhigt hatte, dann erhob er sich und sagte: »In den nächsten paar Tagen sollten wir eine Bleibe für Sie und Ihren Jungen finden. Raymond kümmert sich darum, aber bis es so weit ist, sind Sie beide hier herzlich willkommen.«

Mary Bronson nickte.

»Es ist eine gute Stadt, Ma'am«, sagte Otha. »Und wir sind hier stark. Falls Sie aber nicht bleiben wollen, kann ich das verstehen. Doch wie Sie sich auch entscheiden, wir helfen Ihnen, so gut wir können. Und Sie werden bald merken, die Freiheit erlangt zu haben ist erst der Anfang. In Freiheit zu leben aber ist eine ganz andere Geschichte.«

Ein Moment der Stille folgte. Ich hörte auf zu schreiben, dachte, das Gespräch sei vorbei. Mary Bronson weinte nicht länger. Sie fuhr sich mit Othas Taschentuch übers Gesicht. Dann blickte sie auf und sagte: »Gibt kein Leben in Freiheit, bis ich nicht wieder mit meinen Jungen zusammen bin.«

Sie hatte sich wieder gefasst. Ich sah ihr an, wie sich Schmerz und Furcht in etwas anderes verwandelten. »Von Ihrer Kirche will ich nichts hören. Auch nichts über Ihre Stadt. Meine Jungen – die sind die einzige Stadt, die ich brauch. Sie haben eine Möglichkeit gefunden, mich und Octavius rauszuholen, und weiß Gott, dafür bin ich Ihnen dankbar. Ich bin anständig erzogen – ich bin dankbar. Meine anderen beiden Jungen aber, all meine verlorenen Jungen, die sind jetzt meine größte Sorge.«

»Mrs. Bronson«, sagte Otha. »So funktioniert das bei uns nicht. Das liegt nicht in unserer Macht.«

»Dann sind Sie auch nicht frei«, sagte sie. »Wenn Sie die nicht dran hindern können, eine Mutter von ihrem Sohn zu trennen, einen Mann von seiner gottgegebenen Frau, dann haben Sie nichts in der Hand. Dieser Junge da ist mein Ein und Alles. Für ihn bin ich weggelaufen, damit er eine andere Welt kennenlernt. Wäre ich allein weggelaufen, wäre ich gestorben, wie ich geboren bin – als Sklavin. Dieser Junge hat mich befreit, verstehen Sie? Bin ihm ganz schön was schuldig. Vor allem bin ich ihm seinen Pappy und seine Brüder schuldig. Wenn Sie es aber nicht schaffen, dass die aufhören, uns auseinanderzuhalten, so wie jetzt, wenn Sie uns nicht wieder zusammenbringen, dann ist Ihre Freiheit keinen Pfifferling wert, und Ihre Kirche, Ihre Stadt, die sind mir völlig egal.«

Am nächsten Montag trat ich meine Anstellung bei einem Tischler gleich hinter den Schuylkill-Docks an, Locust Street, Ecke Dreiundzwanzigste. Der Besitzer war ein Partner von Raymond White, und viele Leute, die für ihn tischlerten, waren Flüchtlinge. Drei Tage die Woche arbeitete ich bei ihm, drei Tage für den Underground.

Nach der Arbeit lief ich meist allein durch die Stadt und genoss dieses unfassbare Zusammenspiel aus Geräuschen, Gerüchen und Sinneseindrücken, das sich bis spät in die Nacht hinzog. Trotz alledem aber, trotz dieser unglaublichen Mischung aus Menschen, fühlte ich mich irgendwie allein. Und das lag an Mary Bronson, an ihrer Sehnsucht, an ihrem Wunsch nach einer Freiheit für alle, die von ihr abstammten. Denn was heißt es schon, in einer Stadt wie dieser frei zu sein, wenn jene, die einem am meisten bedeuten, noch Verpflichtete sind? Was war ich ohne Sophia, ohne meine Mutter, ohne Thena? Thena. Ein Junge wie du, der sollte besser auf seine Worte achten, hatte sie gesagt. Du weißt nie, ob es nicht vielleicht die letzten sind, die du zu wem sagst. Und es stimmte, ich hätte es tun sollen, das war mir damals schon klar gewesen. Jetzt aber alterte ich schneller, als die Zeit verging, sodass sich Thenas Worte zur Trauer eines Mannes addierten, der deutlich reifer war als ich mit meinen zwanzig Jahren. Sie so zu behandeln war das Schlimmste gewesen, was ich in meinem kurzen Leben je getan hatte. Heute verstand ich, dass ich damals kaum mehr gewesen war als ein Junge, der einem Traum nachhing. Und jetzt war dieser Traum fort, wie auch Mary Bronsons Jungen fort waren, so weit fortgeschafft, dass es die Mittel des Undergrounds überstieg, sie zurückzuholen.

Als ich an einem Freitagmorgen zur Arbeit gehen wollte,

kam Otha auf mich zu und sagte: »Kein Mensch sollte zu lange ohne seine Familie sein.«

Ich starrte ihn an, sagte aber nichts.

Er lächelte. »Trotzdem ist es vielleicht ganz schön, mit ein paar netten Leuten zusammen zu sein, Hiram. Abendessen? Heute? Bei meiner Momma. Was meinst du? Die ganze Familie kommt. Ich sag dir, wir sind gute Menschen, und wir würden uns freuen, dich als einen von uns begrüßen zu dürfen.«

»Na schön, Otha«, erwiderte ich.

»Gut, sehr gut«, sagte er. Dann erklärte er mir den Weg und sagte: »Also bis heute Abend.«

Das Haus der Familie White lag auf der anderen Seite des Delaware River. Am Abend nahm ich die Fähre und folgte dann einer Pflasterstraße, bis sie in einen Schotterweg und schließlich in einen staubigen Pfad überging. Die Hitze der Stadt, die feuchte, drückende Luft, all das verklang hinter mir, und eine erfrischende Brise säuselte über die Straße. Es tat gut rauszukommen. Zum ersten Mal seit meiner Ankunft war ich wieder auf dem Land, und mir fiel auf, was ich von meiner alten Heimat im Süden vermisst hatte – der Wind auf den Feldern, die durch die Bäume blinzelnde Sonne, die sich lang hinziehenden Nachmittage. In diesem Philadelphia geschah alles gleichzeitig, das ganze Leben ein einziges lächerliches Gewirr aus Gefühlen.

Die Eltern von Raymond und Otha wohnten in einem großen Haus mit umlaufender Veranda, davor ein Teich. Ich blieb eine Weile auf dieser Veranda und starrte die Haustür an. Von drinnen konnte ich Kinder und Mütter hören, Väter und Brüder, ihr Lachen, ihre Worte, die sich zu einem Glück vermischten, das mich an Weihnachten in unserer Straße zurückdenken ließ. Noch ehe ich es von innen sah, strahlte dieses Haus in alle Richtungen Wohlwollen aus. Etwas Ähnliches hatte ich schon einmal gefühlt. Im Goose. Wo ich vereint mit meiner Mutter war, an die ich mich nicht erinnern kann. Wo ich meine Vettern sah und Honas und Young P. Kaum aber erinnerte ich mich an dieses Gefühl, kam alles zurück. Die sommerliche Brise wurde kühler. Ich fröstelte. Und die Welt vor meinen Augen wurde blau. Die Tür zum Haus der Whites dehnte sich zu einer langen Reihe aus vielen Türen, die immer weiter auseinandergezogen wurden wie ein Blasebalg. Ich spürte, wie ich mich auflöste. Eine Tür wurde geöffnet. Ich sah ins Haus. Ich sah die Hand meiner Mutter, die aus dem Rauch nach mir langte. Meine Mutter kam auf mich zu, ihre Hand griff nach meiner, und als sie mich hielt, verblasste das Blau, und die gelbe Hitze des Nachmittags kehrte zurück. Und in der Tür sah ich eine Frau, die war nicht meine Mutter, aber etwa gleich alt. Und direkt dahinter sah ich Otha, der, kaum dass er mich gesehen hatte, innehielt, dann winkte und lächelte.

»Hiram?«, fragte die Frau. Doch ehe ich antworten konnte, sagte sie: »Das musst du sein. Du siehst aus, als wärst du grade dem Leibhaftigen begegnet.«

Mit festem Griff nahm sie meine Hand und sah mir dann in die Augen. »Ach, das macht der Hunger mit uns. Was geben Raymond und Otha dir da unten nur zu essen? Aber jetzt steh doch nicht da herum – komm herein!«

Ich folgte ihr ein paar Schritte, bis die Frau stehen blieb und sagte: »Viola White. Ich bin Raymonds und Othas Mutter. Kannst mich aber ruhig Tante Viola nennen, denn das bin ich für dich. Jeder, der mit Otha und Raymond zusammenarbeitet, gehört für mich zur Familie.«

Ich folgte Viola White – für »Tante Viola« würde ich eine Weile brauchen – ins Wohnzimmer und sah mich umringt von einer Schar Cousinen und Tanten. Raymond stand am Kaminsims und unterhielt sich mit einem älteren Herrn. Mars, der Bäckereibesitzer, lief mir entgegen und zog mich ins große Gedränge seiner Familie, wobei er Anweisungen erteilte und sich über die Wirkungen ausließ, die sein Lebkuchen auf mich gehabt hatte.

»Dieser Junge, der wollte einen auf abgeklärt machen, als würde ihn das alles kaltlassen«, erzählte Mars seiner Frau Hannah, »aber kaum hatte er die Nase ins Papier gesteckt, da wusste ich, jetzt hab ich ihn.«

Hannah lachte, und zu meiner Überraschung merkte ich, dass ich in ihr Lachen einstimmte. Irgendwas geschah hier. Mauern fielen in sich zusammen, Mauern, die ich unten auf der Straße errichtet hatte. Mein Schweigen, mein Beobachten, das war eine Mauer. Auf der Straße hatte es auch Liebe gegeben, das schon, Liebe so groß und heftig, wie ich sie sonst nirgendwo erlebte. Aber die Straße war brutal und unberechenbar. Selbst unter uns wurde Leidenschaft zu Wut, zu Gewalt. Meine äußere Fassade, die in Lockless einen Sinn gehabt hatte, war unter den Whites jedoch so grausam wie unnötig, und bald merkte ich, wie ich zu lächeln begann, verlegen und zögerlich, wie ich lachte und vor allem auch redete.

Nach dem Abendessen tranken wir Kaffee und Tee im hinteren Salon. Da stand ein Klavier, und eines der jüngeren Mädchen setzte sich und begann zu spielen. Deutlicher als an ihr Spiel aber erinnere ich mich an den strahlenden Stolz in den Augen der Familie White, ihr Stolz auf das Talent dieses Kindes. Und ich musste daran denken, dass ich als Kind auch Talent gehabt, mein eigener Vater sich aber gewünscht hatte, nicht ich, sondern der kleine May besäße dieses Talent. Ich diente nur der Unterhaltung, brachte die Leute zum Lachen. Und als ich sah, wie man das kleine Mädchen in seinem Können ermutigte, wie es belohnt wurde für sein womöglich recht bescheidenes Talent – aber wir alle hatten Talent –, da sah ich auch, was mir genommen worden war und was Millionen farbigen, in Sklaverei geborenen Kindern so regelmäßig genommen wurde. Mehr noch, zum ersten Mal sah ich auch Farbige in jener wahren Freiheit, nach der es Mary Bronson verlangte, nach der ich gierte, wenn ich durch die Stadt lief, jene Freiheit, auf die ich im Goose nur einen flüchtigen Blick erhascht hatte.

Im Gespräch waren mir immer wieder die Namen »Lydia« und »Lambert« aufgefallen, und so, wie über sie geredet wurde, wusste ich, dass diese zwei Mitglieder der Familie noch Verpflichtete waren. Nach dem Vorspiel des kleinen Mädchens sah ich Otha auf der großen Veranda sitzen und im Licht der Dämmerung über den Pfad in den üppig grünen Wald blicken. Ich setzte mich zu ihm und sagte: »Ich wollte mich dafür bedanken, dass ich hier sein darf, Otha. Es bedeutet mir viel.«

Otha sah mich an und lächelte. »Jederzeit wieder, Hiram. Es freut mich, dass du kommen konntest. Die Arbeit ist manchmal so eine Last.«

»Deine Mutter«, sagte ich mit einem Blick ins Haus. »Ich nehme an, die weiß Bescheid?«

»Alle wissen es. Die Babys sind natürlich noch zu klein. Aber wie sollten sie's auch nicht wissen? Sie sind doch der Grund, warum wir das überhaupt machen.«

»Na ja, du hast jedenfalls eine wunderbare Familie«, sagte ich.

Darauf schwieg er einen Moment, und sein Blick wanderte zurück zum Wald.

»Otha?«, fragte ich. »Lambert und Lydia?«

»Lambert war mein Bruder«, antwortete Otha. »Und Lydia ist meine Frau. Lambert starb, als ich noch da unten war. Und Lydia ist immer noch da unten, hab sie allerdings seit Jahren nicht mehr gesehen.«

»Kinder?«

»Klar. Zwei Mädchen. Ein Junge. Du?«

Ich schwieg einen Moment.

»Nee, gibt nur mich.«

»Tja, wüsste nicht, was ich ohne meine Kinder anfangen würde. Wüsste nicht mal, wer ich wär. Diese ganze Sache, dieser Underground, all das steht und fällt für mich mit meinen Kleinen.«

Otha erhob sich und schaute durch die Tür ins Haus. Wir konnten das leise Klirren von Geschirr hören, ein Rumoren ernster, gelegentlich vom Kichern der Kinder unterbrochener Gespräche. Dann trat Otha an den Rand der Veranda und setzte sich mit dem Rücken ans hölzerne Geländer.

»Ich bin nicht wie sie. Bin nicht hier aufgewachsen«, sagte er. »Mein Daddy ist längst alt und bucklig, war aber ein wichtiger Mann zu seiner Zeit. Geboren als Sklave. Mit einundzwanzig ist er dann zu seinem alten Master gegangen und hat ihm rundheraus gesagt: ›Ich bin jetzt erwachsen. Und ich sterbe lieber, als dass ich unterm Joch lebe.‹ Und der alte Master hat einen Tag lang drüber nachgedacht, und als er meinen Pappy das nächste Mal traf, hielt er eine Flinte in der einen und Pappys Papiere in der andren Hand. Und er hat meinem Pappy gesagt: ›Die Freiheit ist ein Joch, Junge. Wirst du früh genug merken.‹ Dann gab er meinem Pappy die Papiere und sagte: ›Und jetzt runter von meinem Land. Sehe ich dich noch einmal, überlebt das nur einer von uns beiden.‹«

Otha musste lachen. »Nur war da noch diese junge Frau, Viola – Momma –, auch eine Sklavin. Kinder gab es damals erst zwei – meinen Bruder Lambert und mich. Daddy hatte sich ausgerechnet, dass er in den Norden gehen, sich Arbeit besorgen und uns die Freiheit erkaufen würde. Er fing auf den Docks an, sparte für den Tag, an dem er uns die Freiheit schenken konnte. Aber Momma hatte ihren eigenen Kopf. Sie ist mit Lambert und mir geflohen, hat den Underground genutzt, jedenfalls das, was es damals davon gab. Als sie dann plötzlich unten an den städtischen Docks auftauchte, hat Daddy den Schock seines Lebens gekriegt.

Dann haben sie geheiratet, richtig diesmal, und noch zwei wurden geboren – Raymond und Patsy. Die am Klavier, das ist Patsys Tochter. Singt wie ein Vögelchen, die Kleine. Der alte Master hat meinen Daddy einfach gehen lassen – frag mich nicht, warum –, wer versteht schon die Weißen? Aber dass meine Mutter – eine junge Frau – ihr Leben selbst in die Hand genommen hat, das war zu viel. Vielleicht lag's daran, wie sie es gemacht hat – dass sie einfach auf und davon ist. Vielleicht lag's auch an uns. Mommy war die Gans, wir aber waren die goldenen Eier.

Jedenfalls hat dieser Mann Rylands Bluthunde in die Stadt geschickt. Und die haben mich eingesammelt, meinen Bruder Lambert, meine Momma, Raymond und Patsy – die ganze Familie, ausgenommen meinen Daddy. Und wir wurden zurückgebracht. Als wir ankamen, hat Momma es so gedreht, als wäre die Flucht allein Daddys Idee gewesen. Hat dem alten Master gesagt, sie habe nie und nimmer an Flucht gedacht. Hat ihm geschmeichelt, er ist doch ein guter Weißer. Und ich denke, der alte Master hat ihr geglaubt. Wollte ihr vielleicht auch glauben, wollte sich einreden können, er tut was Gutes, wenn er eine Familie auseinanderbringt und sie unten im Süden behält.

Jedenfalls hat es nicht lang gedauert, bis Momma wieder geflohen ist. Sollte diesmal aber anders ablaufen. Sie hat mich mitten in der Nacht geweckt. Ich muss damals um die sechs gewesen sein, Lambert acht, aber ich hab's genau vor Augen, als wär's grad erst passiert – die Erinnerung scharf wie eine Axt. Sie stand an unserem Bett, als sie es uns sagte. ›Meine Kleinen, ich muss los. Raymond zuliebe und wegen Patsy. Die beiden krepieren hier unten. Tut mir leid, Baby, aber ich muss wirklich gehen.‹

Heute versteh ich, warum sie uns zurückgelassen hat. Eigentlich hab ich's damals schon verstanden. Aber da war ein Brennen in mir, ein stiller, heftiger Hass. Kannst du dir vorstellen, die eigene Mutter zu hassen, Hiram? Der alte Master hat uns danach in den Süden verkauft – zwei Jungen, allein im tiefsten Süden. Er hat's getan, um meine Momma zu bestrafen, um ihr zu verstehen zu geben, dass sie nicht mal dran zu denken braucht, Lambert und mich zurückzuholen. Ich hab da unten ein ganz anderes Leben geführt. Lernte ein Mädchen kennen – meine Lydia –, und wir haben eine Familie gegründet. Hab hart gearbeitet. Ich war als Sklave hoch angesehen, was bedeutet, dass man mich nie als Mann gesehen hat.

Lambert wusste das. Vielleicht, weil er älter war, weil er sich an all das erinnerte, was man uns genommen hatte. Sein Hass war so stark, dass er davon zerfressen wurde. Und so ist Lambert ... na ja, Lambert ist da unten gestorben, weit weg von zu Hause, weit weg von der Mutter, die ihn geboren, vom Vater, der ihn aufgezogen hat.«

Hier hielt Otha inne. Sein Gesicht konnte ich nicht sehen, aber ich hörte das Stocken in seiner Stimme, und ich spürte diese Aura aus brennendem Schmerz, die ihn umgab.

»In mir sind so viele Löcher, so viele Teile wurden aus mir herausgetrennt. All die verlorenen Jahre, meine Mutter, mein Vater, Raymond und Patsy, meine Frau, meine Kinder. So vieles verloren.

Jedenfalls konnte ich entkommen. Mein Master brauchte das Geld dringender als mich, deswegen, und dank der Güte anderer Menschen, konnte ich entkommen. Auf der Suche nach meiner Familie kam ich in diese Stadt, auch wenn ich nur noch gerüchteweise wusste, wo wir gewesen waren. Von anderen Farbigen habe ich dann bald gehört, dass ich einen Mann namens Raymond White kennenlernen sollte, wenn ich meine Familie suchte. Also bin ich zu ihm.«

»Habt ihr euch gleich erkannt?«

»Überhaupt nicht. Ich hatte ja auch keinen Nachnamen. Er hat sich zu mir gesetzt, so, wie wir uns vor einigen Wochen zu Mary Bronson gesetzt haben, und ich hab ihm meine ganze Geschichte erzählt. Später hat mir Raymond gestanden, dass er bei jeder Einzelheit gezittert hat. Aber du kennst ihn ja, der Mann ist ein Fels. Also sitze ich da und erzähle, woran ich mich erinnern kann. Und ich frage mich, wie er es aufnimmt, weil er die ganze Zeit so still ist. Schließlich hat er mich gebeten, am nächsten Tag wiederzukommen. Um dieselbe Zeit.

Als ich am nächsten Tag zurückkam, war sie da, Hiram. Ich hab sie gleich erkannt. Das war für mich keine Frage, und ich brauchte auch nicht drüber nachzudenken. Sie war meine

Momma. Und dann hat Momma gesagt, dass dieser Mann, dieser Fels, mein Bruder ist. Und das war das einzige Mal, dass ich Tränen in Raymonds Augen sah.

Als wir noch jung waren, Lambert und ich, hatten wir viele Pläne, wie wir fliehen könnten. Schließlich wussten wir, dass unsere Familie irgendwo in Freiheit lebte. Aber als sich all unsere Pläne in Luft auflösten, senkte sich die Verzweiflung wie ein Schatten auf uns nieder. Weißt du, wir waren anders als Menschen wie du, Hiram. Seit dem Tag, da unsere Mutter verschwand, haben wir gewusst, dass wir ein Anrecht auf Freiheit haben. Und wenn meine Mutter ein Recht darauf hatte, und auch mein Vater, dann musste die Freiheit uns doch auch irgendwie zustehen.«

»Ich glaub, da sind wir uns alle gleich«, sagte ich. »Bei manchen sitzt das nur tiefer.«

»Bei uns aber nicht. Lambert konnte sich an jede Einzelheit des letzten Abends erinnern. Er erinnerte sich, wie Momma ihm über die Stirn gestrichen hatte, ihre letzte Berührung. Und als Lambert starb, Hiram, da wusste ich, ich konnte es nicht so machen wie er. Ich wusste, ich musste irgendwie überleben und entkommen. Und ich wusste, wütend zu sein war dabei die reinste Vergeudung. Ich musste an Mommas Worte an jenem Abend denken, an dem sie uns verließ. Bei meiner Arbeit, meiner Zeit beim Underground, muss ich noch heute oft daran denken. ›Raymond zuliebe und wegen Patsy‹, hatte sie gesagt. ›Tut mir leid, Baby, aber ich muss wirklich gehen.‹ Und ich, der ich noch so klein war und der ich meine Momma liebte, ich habe gefragt: ›Aber warum können wir denn nicht mitkommen, Momma?‹ Und meine Momma hat gesagt: ›Weil ich nur zwei tragen kann, und auch das nicht ewig weit.‹«

17

DIE KONDUKTIONEN GESCHAHEN jetzt immer häufiger. Plötzlich und wie zufällig verschwand die Welt um mich herum, und Augenblicke später kehrte ich zurück, wie abgeladen in einer Seitengasse, einem Keller, auf offenem Feld oder in einem Lagerraum. Jede Konduktion schien durch eine Erinnerung ausgelöst zu werden, manche davon im Ganzen, andere nur in Bruchstücken wie etwa das Bild von einer Frau, die mir Lebkuchen zusteckte. Doch dank des Klebstoffs aus Geschichten, der durch die Straße rann, konnte ich ein ungefähres Bild zusammensetzen: Die Frau, die mir Lebkuchen zusteckte, war meine Tante Emma. Ich erinnerte mich an Geschichten über ihre Kochkünste in der Lockless-Küche. Und ich glaubte auch nicht, dass ich mich irrte, wenn ich mich daran erinnerte, dass es diese Tante Emma gewesen war, die draußen im Wald mit ihrer Schwester den Wassertanz aufgeführt hatte, mit meiner Mutter.

Ich gewann den Eindruck, dass sich mir irgendwas offenbaren wollte, dass ein Teil meines Geistes, vor langer Zeit weggesperrt, sich nun zu befreien versuchte. Vielleicht hätte ich es begrüßen sollen, dass sich die Lösung eines Rätsels abzeichnete, dass neues Wissen sich offenbarte. Doch jede Konduktion fühlte sich an, als würde mir ein Knochen gebrochen und neu gerichtet. Danach blieb ich immer erschöpft zurück, das Gefühl von Verlust größer als zuvor, sodass ich nun ständig ein dunkles Summen großen Schmerzes in mir spürte, eine so tiefe Melancholie, dass es mich das letzte Quäntchen Kraft kostete, morgens auch nur aus dem Bett aufzustehen. Nach jeder Konduktion kämpfte ich tagelang mit größtem Unbehagen. Das kam mir nicht wie Freiheit vor, nicht mehr.

Und so ging ich eines Tages aus dem Büro in der Ninth Street mit der Absicht, Philadelphia und den Underground zu verlassen, die Auslöser jener Erinnerungen hinter mir zu lassen, die solche Depressionen verursachten. Ich habe nicht lange über diese Entscheidung nachgedacht. Und ich habe nichts mitgenommen. Ich bin einfach zur Tür hinaus und wollte nicht wieder zurückkommen. Ich sagte mir, anfangs würde mein Verschwinden gewiss niemandem auffallen, da man wusste, dass ich gern lange Spaziergänge durch die Stadt unternahm. Diesmal aber wollte ich einfach immer weitergehen.

Ich ließ das Büro hinter mir und ging in Richtung der Schuylkill-Docks. Unter all den Menschen, die ich in der Stadt gesehen hatte, waren mir keine so frei vorgekommen wie die Matrosen, die niemandem als sich selbst verpflichtet zu sein schienen, geeint in jungenhaften Sticheleien und frivolem Spott, der stets einen Schwall von Gelächter auslöste. Manchmal prügelten sie sich auch. Trotz ihrer Auseinandersetzungen aber kamen sie mir vor wie eine Bruderschaft. Und trotz ihrer Freiheit erinnerten sie mich irgendwie an zu Hause. Vielleicht lag es an den harten schwarzen Gesichtern, ihren rauen Händen, den krummen Fingern und eingerissenen, abgewetzten

Fingernägeln. Vielleicht lag es aber auch daran, wie sie sangen, denn ihre Lieder klangen wie die der Verpflichteten.

Ich stand an den Docks und schaute den Scheuerleuten beim Arbeiten zu, hoffte, jemand würde mir etwas zurufen, mich vielleicht sogar bitten, mit anzupacken, und erst, als nichts dergleichen geschah, ging ich wieder und wanderte den ganzen Tag umher. Ich überquerte den Fluss, kam an einem Friedhof vorbei, an ein paar Gleisen und blieb vor einem Armenhaus stehen, um mir anzusehen, wie sich die Notleidenden der Stadt versammelten. Ich lief weiter und hielt dann vor dem Cobbs Creek und einem Wald am südwestlichen Ende der Stadt inne. Es war spät geworden. Ich hatte kein Ziel, und es wurde dunkel. Ich sah wirklich keinen Ausweg, keine Möglichkeit, dem Underground oder den Fesseln der Erinnerung zu entkommen. Also kehrte ich um, und solcherart waren die Gedanken, die mich auf dem Weg zurück zur Ninth Street beschäftigten, zurück zu meinem Schicksal, Überlegungen, die mich nicht so wachsam sein ließen, wie man es mir beigebracht hatte. Plötzlich stand ich von Angesicht zu Angesicht einem Weißen gegenüber, der aus der Nacht selbst aufgetaucht zu sein schien. Er fragte etwas, aber ich konnte ihn nicht verstehen. Ich beugte mich vor, bat ihn, sich zu wiederholen, aber da erhielt ich einen heftigen Schlag auf den Kopf. Ein heller Blitz. Noch ein Schlag. Dann nichts mehr.

Als ich aufwachte, mit verbundenen Augen, war ich wieder einmal gefesselt und geknebelt, lag hinten auf einem Pferdewagen und konnte spüren, dass sich der Boden unter mir bewegte. Während ich langsam wieder einen klaren Kopf bekam, verstand ich nur zu genau, was passiert war, schließlich kannte ich all die Geschichten. Es waren die Menschenfänger – Rylands Bluthunde des Nordens –, die mich geschnappt hatten. Sie waren bekannt dafür, sich Farbige einfach von der Straße zu holen und sie gegen Geld nach Süden zu verfrachten, egal, ob Freie oder Flüchtige.

Ich hörte sie miteinander lachen, zweifellos stolz auf ihren Fang. Ich lag nicht allein auf dem Wagen. Irgendwo neben mir weinte jemand leise – ein Mädchen. Ich aber blieb stumm. Ich hatte vom Underground fortgewollt, und das war mir gelungen. Ein kleiner Teil von mir empfand Erleichterung, da ich endlich in eine Welt zurückkehrte, die ich kannte.

Wir fuhren mehrere Stunden lang über Nebenwege. Rylands Bluthunde, sagte ich mir, mieden Städte, Mautstraßen und Fähren, denn so, wie wir die Hunde fürchteten, so fürchteten sie die Bürgerwehren, Verbündete des Undergrounds, die Ausschau nach jenen Menschenfängern hielten, die freie Farbige in den Süden verschleppen wollten. Wir hielten an, um ein Lager aufzuschlagen, und ich spürte grobe Hände an meinen Armen – ein Stück weit wurde ich über den Boden geschleift, dann fallen gelassen. »Vorsichtig, Deakins«, hörte ich jemanden sagen. »Passiert dem Jungen was, sorg ich dafür, dass dir auch was passiert.« Dieser Mann, Deakins, setzte mich an einen Baum. Ich konnte meine Finger bewegen, sonst nichts. Ich lauschte ihren Stimmen, versuchte herauszufinden, wie viele es waren, als ich durch die Augenbinde einen hellen Schimmer wahrnahm. Ein Lagerfeuer. Die Männer setzten sich und unterhielten sich leise. Insgesamt zählte ich vier Stimmen, und die Art, wie sie redeten, aber auch die allgemeine Unruhe verrieten mir, dass sie aßen. Ihr letztes Mahl.

Ich hörte sie nicht kommen, wohl ebenso wenig wie

Rylands Bluthunde. Ein Schuss aus einer Pistole – zweimal –, ein Schrei, ein Kampf, dann knallte es noch zweimal, und ich vernahm ein Greinen wie von einem Kind, wenn auch nicht von dem Mädchen, das ich auf dem Wagen gehört hatte, ein weiterer Schuss, dann einen Moment lang nichts mehr. Kurz darauf hörte ich jemanden nach etwas suchen, spürte wieder Hände auf meinen Armen. Ein Schloss klickte, die Kette fiel ab. Mit einer Heftigkeit, die mich verblüffte, stieß ich Hände wie Besitzer von mir fort, zog die Augenbinde ab, löste den Knebel, und da sah ich ihn im Schein des Feuers – Mr. Fields, Micajah Bland, wie er mich mit ungerührter, regloser Miene musterte.

Ich stand auf und stützte mich am Baum ab, während ich langsam zu mir kam. Da waren noch zwei, ebenfalls geknebelt und gefesselt. Bland arbeitete rasch, ging von einem zum anderen. Ich wandte den Blick ab und entdeckte vier Leichen. Wie soll ich erklären, was gleich darauf geschah, diese blinde, besinnungslose Wut, die ich empfand? Es war, als stünde ich neben mir und beobachtete das Geschehen. Und was ich sah, war ich selbst, wie ich mit aller Kraft, die ich aufbringen konnte, eine der Leichen trat. Bland kam, um mich davon abzuhalten, aber ich stieß ihn beiseite und trat weiter auf den Toten ein – Deakins vielleicht. Bland versuchte jetzt nicht länger, mich zurückzuhalten. In diesem Augenblick kam in mir die ganze Wut hoch, wegen meiner Mutter, wegen Maynard, Sophia, Thena und Corrine, wegen all der Lügen, all der Verluste, wegen all dessen, was mir im Gefängnisvorhof angetan worden war, all der Demütigungen und wegen meiner Ohnmacht angesichts des kleinen Jungen in meiner Zelle, des alten Mannes, der die Frau seines Sohnes liebte, und wegen der Tage, die ich im Wald gejagt worden war – all das kam hoch, und ich ließ es an dem Toten aus.

Erschöpft sank ich schließlich auf die Knie. Das Feuer war fast heruntergebrannt, doch konnte ich in seinem Licht noch Bland neben einem Mädchen und einem Mann stehen sehen, und der Mann hatte sich vor das Mädchen gestellt, damit es meinen Wutausbruch nicht mitbekam, und ich fragte mich, ob er der Vater der Kleinen war.

»Bist du fertig?«, fragte Micajah Bland.

»Nein«, sagte ich. »Niemals.«

Wir stecken alle voller Widersprüche. Manchmal ergreift etwas das Wort in uns, aus Gründen, die wir selbst erst Jahre später verstehen. Die Stimme, die mich vom Underground fortlockte, war alt und vertraut. Es war die Stimme, die vorgab, von der Straße zu kommen. Es war die Stimme, die meine Mutter dem tiefen Süden übergeben hatte. Es war die Stimme, die zu Thena gesprochen und sie so kaltherzig zurückgelassen hatte. Es war die Stimme der Freiheit, einer kalten Virginia-Freiheit – Freiheit für mich und für jene, die ich auserwählte. Jetzt aber meldete sich eine neue Stimme in mir, eine um die Wärme des Hauses von Viola White bereicherte Stimme, auch um den Geist meiner Tante Emma, die von irgendwo tief in mir mahnte: Nicht vergessen, Familie.

Wir liefen durch den Wald, bis wir dorthin kamen, wo Bland Pferde, Kutsche und einen Karren zurückgelassen hatte. Ich spürte jetzt deutlich den Schlag, den man mir verpasst hatte, und mein Kopf wummerte unablässig, scheinbar im Takt mit jedem Schritt. Ich hockte mich zu dem Mädchen und dessen Vater auf den Karren. Als der Morgen anbrach, zeigte sich am Horizont ein orange-blauer Fächer. Wir hatten erst wenige Meilen zurückgelegt, da hielten wir erneut. Ich wandte mich um und sah Bland mit einer kleinen Frau am Straßenrand reden, die von oben bis unten in ein Tuch gehüllt war. Schließlich drehte sie sich um und kam zum Karren. Kaum war sie nahe genug, legte sie mir eine Hand auf den Hinterkopf, der noch gegen jede Berührung empfindlich war. Ihrem Gesicht nach vermutete ich, dass sie in meinem Alter sein musste, doch ließen mich ihre Haltung, ihr Selbstvertrauen und ihre Selbstbeherrschung annehmen, dass sie deutlich älter war.

»Hast sie gekriegt, oder?«, rief sie zu Bland zurück, obwohl ihre Hand noch auf meinem Gesicht lag.

»Ja«, sagte Bland. »Diese Narren waren noch gar nicht weit, da wollten sie sich zur Feier des Tages erst einmal ein Festmahl gönnen.«

Sie wandte sich nun direkt an Bland. »Glück gehabt.« Dann drehte sie sich wieder zu mir um und sagte mit sanfter Stimme: »Aber du, Junge, wie konnte das nur passieren? Was für ein Agent lässt die Bluthunde denn so nahe an sich heran? Tss, tss. Hätten dich fast verschleppt.«

Ich sagte nichts, spürte aber, wie mein Gesicht brannte. Sie lachte und zog die Hand zurück.

»Na schön«, sagte sie zu Bland. »Jetzt aber ab mit euch.«

Der Karren knarrte, als die Pferde sich in Bewegung setzten. Die Frau winkte uns nach, dann verschwand sie hinter uns im Wald. Ich spürte, wie aufgeregt der Mann und das Mädchen waren. Sie begannen zu tuscheln. Da ich nichts sagte, beugte sich der Mann zu mir vor. »Weißt du, wer das war?«

»Nein, eigentlich nicht.«

»Moses«, sagte er. Er wartete einen Moment, als müsste er sich erst von der Wirkung erholen, die das Aussprechen dieser Tatsache auf ihn hatte.

»Mein Gott …« Wieder schwieg er. »Das war Moses.«

Es schien von ihr so viele Namen wie Legenden zu geben. Die Generalin. Die Nacht. Die Verschwinderin. Die Moses der Ufer, die Nebel heraufbeschwor und Flüsse teilte. Sie war diejenige, von der Corrine und Hawkins gesprochen hatten, die leibhaftige Meisterin der Konduktion. So richtig war mir das in diesem Moment noch nicht klar. Zu viel war passiert, und ich stand noch unter Schock.

Eine Stunde später schlief das Mädchen im Schoß seines Vaters. Bland hielt den Karren an und bat mich, zu ihm nach vorn zu kommen. Eine Weile fuhren wir schweigend weiter, dann brach ich die Stille mit einer Frage.

»Wie habt ihr mich gefunden?«

Er schnaubte und lachte. »Wir haben zugesehen, Hiram.«

»Aber wenn ihr zugesehen habt«, sagte ich, »warum habt ihr sie nicht aufgehalten, bevor die mir eins übergezogen und mich aus der Stadt gebracht haben?«

Bland schüttelte den Kopf. »Die Männer, von denen du geschnappt worden bist, operierten schon eine ganze Weile in Philadelphia. Sie hatten es auf freie Farbige abgesehen. Vor allem auf Kinder. Im Grunde können wir solche Leute nicht aufhalten. Nur manchmal bietet sich eine Gelegenheit, ihnen eine Botschaft zukommen zu lassen, die sagt, wie gefährlich diese Menschenfängerei für sie werden kann.«

»Also hattet ihr alles geplant?«

»Nein, aber du wolltest wissen, warum wir sie nicht früher aufgehalten haben. Und das ist der Grund – um ihnen eine Nachricht zukommen zu lassen, eine Warnung. Damit diese Kohorten kapieren, wie gefährlich ihr Treiben ist. Eine solche Botschaft hätten wir ihnen kaum innerhalb der Stadtgrenzen zukommen lassen können. Aber hier draußen im offenen

Gelände, kein Mensch weit und breit, der uns verraten könnte ...«

»Mord«, sagte ich.

»Mord? Hast du eine Ahnung, was die mit dir gemacht hätten?«

»Ja, hab ich«, sagte ich. Und in diesem Moment durchlebte ich aufs Neue jene schreckliche Nacht, angekettet an einen Zaun, Sophia an meiner Seite. Und ich erinnerte mich, dass ich damals hatte aufgeben wollen, dass ich an Ort und Stelle hatte sterben wollen, erinnerte mich, wie Sophia mir Mut gemacht hatte, wie sie ohne Worte mit mir geredet hatte, wie stark sie gewesen war, als ich sie am dringendsten brauchte, und wie dumm ich gewesen war, als sie mich brauchte. Und jetzt war sie fort, und diese Leute, Rylands Bluthunde, haben ihr wer weiß was angetan.

Ich sagte: »Was mich angeht, kennen Sie nur die halbe Geschichte. Sie wissen über die junge Frau Bescheid – über Sophia –, die, mit der ich weggelaufen bin. Aber Sie wissen nicht, was ich für sie empfinde und wie es mich schmerzt, dass sie noch in Gefangenschaft ist, während ich hier oben bin und die Luft der Freiheit atme. Ich kann nur sagen, von uns beiden war sie die Bessere. Manchmal denke ich sogar, ihr habt euch den Falschen als Agenten geholt. Sie sollte an meiner Stelle sein.«

Ich begann zu weinen. Leise und still, doch zwang ich mich, damit aufzuhören und mich wieder zu fassen.

»Sie hat sich auf mich verlassen«, sagte ich. »Aber ich hab versagt. Und hab Sophia mit ins Unglück gerissen. Und jetzt bin ich hier, im Norden, und sie ist ... Ich weiß nicht mal, wo sie ist. Ich weiß nur, sie hätte wen Besseres verdient als mich.

Sie hätte mehr verdient als einen Mann, der sie den Rylands direkt in die Arme lockt.«

Und da verlor ich jede Beherrschung. Ich weinte hemmungslos. Jetzt war alles gesagt. Ich hatte eine Frau, die ich liebte, in die Fänge der Bluthunde gelockt. Und die Last, die mir das bedeutete, war nun ausgesprochen und bekannt. Bland versuchte gar nicht, mich zu trösten. Er behielt den Blick auf den Weg gerichtet. Erst als ich aufhörte zu weinen, begann er zu reden.

»Weißt du, das, was du für deine Sophia empfindest?«, sagte er. »Wie es dich quält, was aus ihr geworden ist? Die vielen Momente, in denen du dich verzweifelt fragst, wie die Dinge hätten anders laufen können? All die Nächte, in denen du wach liegst und wissen willst, ob sie noch lebt? Hiram, genau dieses Gefühl kennt eine ganze Nation in Ketten. Ein ganzes Land, das aufschaut und sich fragt, was mit seinen Vätern und Söhnen geschehen ist, mit den Müttern und Töchtern, den Vettern, Neffen, Freunden und Geliebten.

Du sagst, ich hätte die Männer dahinten ermordet. Ich aber sage dir, ich habe das Leben zahlloser Unbekannter gerettet. Die, die dich ermorden wollten – die dich deiner Familie, deinen Freunden entreißen wollten –, ohne sich dabei was zu denken, die dürfen nicht leben, zumindest nicht ohne Angst, ohne ein Schreckgespenst, und wenn du das Mord nennen willst, von mir aus.«

Eine Weile fuhren wir schweigend weiter.

»Danke«, sagte ich. »Das hätte ich als Allererstes sagen sollen: danke!«

»Kein Grund, sich bei mir zu bedanken, Hiram. Diese Arbeit, dieser Krieg, sie geben meinem Leben einen Sinn. Ich habe keine Ahnung, was ich ohne sie machen würde. Und ich muss sagen, ich glaube, lässt du dich drauf ein, wird es auch deinem Leben einen Sinn geben …«

Bland redete noch weiter, aber der Kopfschmerz nahm überhand, und erleichtert stellte ich fest, wie kurz darauf die Welt um mich herum versank. Ich wurde ohnmächtig.

Mit einem dumpfen Schmerz im ganzen Leib wachte ich erst spät am nächsten Tag auf. Ich zog mich an, ging nach unten und sah Raymond, Otha und Bland in ein Gespräch vertieft. Sie baten mich zu sich. Ich setzte mich vor sie hin, musterte ihre Mienen und hatte das Gefühl, dass sie sich wegen irgendwas schämten – vielleicht, weil ich so dumm gewesen war, mich schnappen zu lassen. Dann aber kam mir der Gedanke, sie seien zusammengerufen worden, um etwas Schlimmes, doch Notwendiges zu erledigen.

»Hiram«, sagte Raymond. »Bland ist ein alter Freund. Ich vertraue ihm mehr als der eigenen Familie, oder sagen wir ehrlicherweise, mehr als gewissen Mitgliedern meiner Familie. Wie du weißt, ist er nicht bloß ein Agent dieser Station. Er hat überall im Underground Bekannte, und im Umgang mit diesen Bekannten verfolgt er gelegentlich Projekte, die ich nicht gutheißen kann. Und du gehörst, so sehe ich das, zu diesen Projekten.«

Ich merkte, wie die Temperatur im Raum fiel.

»Ich kenne ihre Methoden und auch den Ruf, den Corrine Quinn genießt, aber es sind nicht meine Methoden, Hiram, auch wenn das Ziel stimmen mag.«

Raymond schüttelte jetzt den Kopf und sah zu Boden. »Dieser Grubenritus, die Hatz, die Jagd, das ist mir zuwider.

Und ich möchte dir unbedingt sagen, dass du eine Entschuldigung verdienst. Ich finde, das, was man dir angetan hat, war einfach falsch, ganz unabhängig vom Ziel.«

»Du hast ja nichts getan.«

»Stimmt, trotzdem ist es auch meine Sache. Meine Armee. Corrines offene Rechnungen kann ich nicht begleichen, aber ich kann mich um meine eigenen kümmern. Und deshalb sage ich, es war falsch, sage es nicht nur in ihrem Namen, sondern auch im Namen unserer Sache« – hier schwieg Raymond einen Moment, um mich dann wieder anzusehen – »welche Kraft auch immer in deiner Brust pulsiert.«

»Verstehe«, sagte ich. »Ist schon in Ordnung. Ich verstehe.«

Nun holte Raymond tief Luft. »Nein, Hiram«, sagte er, »Ich glaube, du verstehst das noch nicht.«

»Ich weiß nämlich mehr, als du denkst, Hiram«, sagte Bland.

»Wie meinst du das?«

»Ich meine, ich habe alles gewusst. Ich wusste über Sophia Bescheid, über deine Gefühle für sie. So etwas zu wissen gehört zu meinen Aufgaben. Und deshalb weiß ich nicht bloß, wie du dich damals gefühlt hast oder wie du dich jetzt fühlst. Ich weiß auch, wo Sophia festgehalten wird.«

»Was?«, rief ich. Mein Kopf schmerzte jetzt fast so heftig wie am Abend zuvor.

»Wir müssen das wissen«, sagte Bland. »Was wären wir denn für Agenten, wenn wir nicht genau wüssten, mit wem du fliehst und was aus ihnen wird?«

»Ich habe Corrine gefragt«, sagte ich. »Und sie meinte, das übersteigt ihre Macht.«

»Ich weiß, Hiram, ich weiß. Es war falsch. Rechtfertigen lässt sich das nicht. Ich kann dir nur sagen, was du bestimmt schon ahnst – wenn man, wie Corrine Quinn, auf der anderen Seite arbeitet, dann muss man anders kalkulieren. Ist einfach so. Und du warst Teil dieser Kalkulation.«

Ich blendete den Kopfschmerz aus und fragte: »Wo?«

»Auf der Plantage deines Vaters. Lockless. Corrine hat ihn überredet, Sophia zurückzunehmen.«

»Und ihr habt sie nicht rausgeholt? Bei all der Macht, die der Underground hat …?«

»Für Virginia gelten eigene Regeln. Wir haben so viele geholt, wie wir konnten, aber wir können nicht alle holen.«

»Und das war's?«, fragte ich. »Ihr lasst sie da unten?«

»Nein«, sagte Otha. »Wir überlassen niemanden seinem Schicksal. Niemals. Die haben ihre eigenen Regeln, aber bei Gott, wir haben unsere.«

»Hiram«, sagte Raymond. »Wir wollten uns nicht bloß entschuldigen. Wir bieten dir außer Worten auch Taten an, um unsere Worte zu untermauern.«

»Hör mal, wir wissen nicht bloß, wo Sophia ist«, sagte Bland. »Wir wissen auch, wie wir sie da rausholen können.«

18

OB ICH WÄHREND DER NÄCHSTEN PAAR TAGE durch die Straßen Philadelphias lief, ob ich mit dem Meißel oder an der Drehbank arbeitete, Briefe fälschte oder Ausweise – ich konnte an kaum etwas anderes denken als an Sophia. Ich sah sie am Feuer beim Wassertanz, sah uns in der Laube sitzen, wie wir uns einen Krug Bier teilten, erinnerte mich an ihre langen Finger, die über die staubigen Möbel in der Werkstatt strichen. Ich dachte an uns unten in der Schlucht und wünschte mir so sehr, ich hätte sie umarmt. Und ich dachte an die vielen Möglichkeiten, die das Leben hier oben im Norden bot – eine eigene Familie, Lebkuchenerinnerungen und Töchter, die nach dem Essen vorsangen, lange Spaziergänge am Ufer des Schuylkill. Und ich wollte ihr so gern diese Welt zeigen, wollte wissen, was sie davon hielt – den Zügen, dem Gedränge, dem Omnibus –, von alldem, was mir Tag für Tag vertrauter wurde.

Zwei Wochen nachdem die Menschenfänger mich erwischt hatten, bat Raymond mich in sein Haus auf der anderen Flussseite. Er begrüßte mich auf der Veranda und sagte, er sei allein, Frau und Kinder seien in der Stadt, und seiner Miene entnahm ich, dass dies kein Zufall war. Immer gab es so viele Geheimnisse.

Wir gingen ins Haus und nahmen die Treppe in den ersten Stock, wo er nach oben an die Decke langte und nach einem Metallring griff, der in eine hölzerne Falltür eingelassen war. Sachte zog er daran, bis sich die Decke auftat und eine Treppe nach unten glitt. Wir stiegen ins Dachgebälk, und Raymond ging in eine Ecke, in der mehrere kleine Holzkisten standen. Er wählte zwei aus. Wir trugen sie aus dem Gebälk nach unten, verschlossen die Decke wieder und brachten die Kisten ins Wohnzimmer.

Raymond öffnete die Kisten und sagte: »Sieh dir das mal an, Hiram.«

Ich langte hinein und fand eine Auswahl an Papieren, Schreiben von Geflohenen – Briefe voll freundlicher Worte, Familienberichte, zudem wichtige Zeugnisse über die Vorgehensweise von Rylands Bluthunden, die Machenschaften und Intrigen der Sklavenmacht, vor allem aber auch Gesuche zur Befreiung von Verwandten. Ich sah, dass jene markiert worden waren, die Raymond bestätigt hatte, aber auch welche, die er noch zu befreien hoffte. Diese Papiere besaßen großen Wert, und er hatte kistenweise davon, Papiere, die viel über die Aktionen unserer Feinde verrieten, die aber auch viel über uns verraten würden, sollten sie in den Besitz unserer Feinde geraten. Fielen sie in die falschen Hände, würden sie zahllose Agenten enttarnen.

»Diese Geschichten hier übertreffen jegliche Vorstellung – selbst die Vorstellung jener, die unmittelbar daran beteiligt gewesen sind«, sagte Raymond. Ich blätterte noch durch die Papiere, verblüfft über ihre Vielfalt. Es schien einen Bericht von so gut wie jedem zu geben, der je aus dem Sklavendasein geflüchtet und von der Station Philadelphia gerettet worden war. Kurz kam mir der Gedanke, dass ich hier irgendwo auch mein

Gespräch mit Mary Bronson finden würde. »Es tut gut, sich dran zu erinnern, warum wir machen, was wir machen. Ich habe mit Agenten jeden Kalibers zusammengearbeitet, und ich könnte nicht behaupten, dass sie stets aus den aufrichtigsten Motiven handeln.«

»Schon möglich, dass keiner von uns ganz aufrichtig ist«, sagte ich. »Schon möglich, dass wir alle unsere Gründe haben, warum wir machen, was wir machen.«

»Stimmt auch wieder«, sagte Raymond. »Könnte ich behaupten, ich wäre hier, wenn meine Familie nicht unmittelbar betroffen gewesen wäre? Hätte ich mich ohne sie auch in solchem Maße auf das hier eingelassen? Natürlich nicht. Aber Familie ist, was wir dir versprochen haben, nicht? Deine geliebte Sophia – die mit dir geflüchtet ist, und zwar fast so, wie es die vielen Geschichten in diesen Papieren erzählen, ja, fast so wie meine eigenen Eltern.«

»Ein bisschen anders war es schon«, sagte ich. »Schließlich haben wir die Sache nie ganz durchschaut. Wir waren zu jung. Klingt sicher merkwürdig, ich weiß. Ist ja nicht mal ein Jahr her, dass man mich gefasst hat. Aber da wuchs was zwischen uns, eine zarte Pflanze, die vielleicht zu einer Familie erblüht wäre. Nun, vielleicht auch nicht. Vielleicht habe ich mir all das auch bloß eingebildet.«

»Tja«, sagte er. »Wenigstens solltest du die Gelegenheit bekommen, es herauszufinden.«

»Der Meinung bin ich auch.«

»Ist nicht gerade einfach, das mit Sophia. Aber man hat dich zu sehr wie ein Spielzeug benutzt, Hiram, also will ich dir alles, was dich unmittelbar betrifft, direkt sagen, der Rest kommt später.«

Ich holte tief Luft, wappnete mich für das, was kommen mochte.

»Wir müssen noch Kontakt zu ihr aufnehmen – ist ein bisschen heikel, wie du dir denken kannst, und braucht ein wenig Zeit. Bland hat für ihre Konduktion allerdings schon einen Plan ausgeheckt. Ja, er hat sich sogar bereit erklärt, diesen Fall persönlich zu betreuen. Es gibt da nur ein Problem – nicht mit Sophia, sondern mit uns. Du bist in schwierigen Zeiten zu uns gestoßen, eigentlich sind wir nämlich mit einer anderen Operation beschäftigt«, sagte er. »Otha hat mit dir über seine Frau gesprochen?«

»Über Lydia?«, fragte ich.

»Ja, über Lydia. Und nicht nur über Lydia, sondern auch über ihre Kinder ... meine Nichten und Neffen. Wir planen schon lange, sie rauszuholen. Otha kam zu uns wie eine Erscheinung. Wir hatten ihn schon verloren gegeben, aber Glück und die Gnade Gottes haben ihn zu uns zurückgebracht. Und sosehr es ihn freut, wieder unter uns zu sein, und sosehr es uns freut, ihn wieder unter uns zu haben, sind wir doch nicht vollzählig.

Lydia ist in Alabama, und ihr Besitzer hat unsere Angebote, sie freizukaufen, ausnahmslos abgelehnt. Schlimmer noch, wir glauben, dass sie seinen Verdacht geweckt und ihn misstrauisch gemacht haben. Lydia und die Kinder sind wahrhaftig im Sarg des Südens begraben, Hiram, und mit jedem weiteren Tag dort werden die Schrauben fester angezogen.«

»Verstehe«, sagte ich. »Alle – aber ein jeder zu seiner Zeit.«

»Genau«, sagte Raymond. »Ein jeder zu seiner Zeit. Aber noch was. Diese Operation ist nicht bloß sehr persönlich, sondern auch sehr aufwendig. Wir brauchen jemanden, der Bland zur Seite steht, jemanden, der dafür sorgt, dass er im geeigneten Moment nach Alabama aufbrechen kann.«

»Natürlich, dafür bin ich doch da.«

»Nein, wie gesagt, dies ist eine persönliche Angelegenheit und keineswegs der Underground, wie du ihn kennst. Und es ist auch ganz gewiss nicht in Corrines Sinne. Es wird Leute geben, die dagegen sind, und deshalb musst du verstehen – das Ganze geht nur, wenn du aus freien Stücken mitmachst. Allerdings werden wir mit der Rettung der Familie auch dann fortfahren, wenn du uns nicht helfen kannst. Wie gesagt, mein Gefühl sagt mir, dass du mehr erdulden musstest, als gerecht war. Wir tun dies für dich, um die Sache ins Lot zu bringen, was auch immer Corrine davon hält.«

»Hab ich mir schon fast gedacht«, sagte ich. »Ist nicht gerade Corrines Art, die Dinge zu regeln. Ich denke, Corrine ist eine gute Frau. Und sie kämpfen drüben zweifellos einen guten Kampf. Doch alles, was ich hier oben gesehen habe, all das, was ich bei deiner Momma, deinen Vettern und Onkeln gesehen habe, hat nicht bloß mit Kämpfen zu tun. Ich habe die Zukunft gesehen. Ich habe gesehen, warum wir kämpfen. Für Corrine bin ich dankbar. Für den Kampf bin ich dankbar, aber am dankbarsten macht mich, dass ich sehen durfte, was kommen wird.«

Und da tat ich etwas sehr Seltsames – ich lächelte. Und es war ein offenes, ein großherziges Lächeln, eines, das jenem Gefühl entsprang, das ich nur so selten empfand – Freude. Ich freute mich, wenn ich an das dachte, was kommen würde. Ich freute mich, wenn ich an meine Rolle in alldem dachte.

»Also gut, Raymond, ich bin dabei«, sagte ich. »Was immer das auch heißt, ich bin dabei.«

»Ausgezeichnet.« Raymond lächelte und sagte: »Und du darfst dich mit diesen Papieren gern so lange befassen, wie du willst. Oben gibt es davon noch mehr, hast du ja gesehen. Meine Frau ist bald zurück, die Kinder kommen am Nachmittag, aber lass dich davon nicht stören. Studiere die Dokumente so gründlich, wie du nur magst. Auf dass wir nie vergessen, Hiram, warum wir dies tun.«

Den Rest des Tages verlor ich mich in Raymonds Unterlagen, die ich spannender fand als Sir Walter Scotts *Ivanhoe* oder *Rob Roy*. Am Abend aß ich mit der Familie und nahm die Einladung an, auch über Nacht zu bleiben, sodass ich bei Lampenlicht weiterlesen konnte. Nach einem kleinen Frühstück verließ ich sie dann am nächsten Morgen. Von dem vielen, was ich so rasch in mich aufgenommen hatte, fühlte ich mich wie aus dem Gleichgewicht gebracht, denn erst jetzt, erst durch diese Unterlagen, begann ich, die große Spannweite der Operationen des Undergrounds zu begreifen und auch, wie lange jene oft gewartet hatten, die mithilfe des Undergrounds der Sklaverei entkommen waren. Die Akten in meinen Händen machten Legenden lebendig – die Wiederauferstehung von »Box« Brown, die Saga von Ellen Craft, die Flucht von Jarm Logue. Einfach unglaubliche Geschichten, die zusammen eine ungefähre Ahnung davon vermittelten, wieso Raymond und Otha es wagen wollten, jemanden aus dem Alabama-Sarg zu befreien. Sie hatten schon so viel riskiert. Unmittelbarkeit und Unsichtbarkeit waren es, worauf es in Virginia ankam. Raymond wollte nicht, dass die Welt von diesen Akten erfuhr, noch nicht jedenfalls, aber die Sicherheit eines freien Staates machte ihn verwegen. Nichts war ihm wichtiger als die Freiheit. Freiheit war sein Evangelium, sein täglich Brot.

Beim Durchblättern der Papiere spürte ich, wie die Geschichten für mich lebendig wurden. Ich hatte sie vor Augen, als wäre ich dabei gewesen, sah Scharen von Farbigen auf dem Weg zur Fähre, auf der Fähre selbst und auf der ganzen Strecke zur Station Philadelphia und sah, wie die Panoramen ihrer großen Fluchten die Geografie überlagerten, bis alles wie vor mir ausgebreitet lag, sah sie aus Richmond und Williamsburg heraufkommen, aus Petersburg und Hagerstown, aus Long Green und Darby, aus Norfolk und Elm. Und ich sah sie aus Quindaro entkommen, um Zuflucht in Granville zu finden, sah sie nächtigen in Sandusky und jubeln gleich westlich von Bird in Hand, unweit von Millersville, auf dem Weg nach Cedars.

Und ich sah sie mit jungen Irinnen fliehen, mit dem Andenken an verlorene Kinder, sah sie mit Pökelfleisch und Crackern flüchten, davonlaufen mit Keksen, Rindsscheiben, in der Lunge den Duft der letzten Schildkrötensuppe des Herrn, auf der Zunge noch einen Tropfen von seinem Jamaikarum, hinaus in den Winter, gedankenlos und ohne Schuhe, der Freiheit entgegen. Schwarze Mägde rannten, träumend von heiliger Wiedervereinigung, rannten mit doppelläufigen Pistolen und Langdolchen, und wenn sie auf Rylands Bluthunde trafen, schrien sie: »Schieß! Schieß!« Sie flohen mit kleinen, in Schlaf gehüllten Kindern, mit alten Männern, die in den Frost hinausschlurften und ungeschützt im Wald starben, auf den Lippen die Worte: »Der Mensch hat uns zu Sklaven gemacht, Gott aber will, dass wir frei sind.«

Und in all diesen Worten, in all diesen Geschichten entdeckte ich mindestens so viel Magisches wie im Goose, Seelen, welche die Konduktion so sicher in die Freiheit geführt, wie sie mich dem tiefen Fluss entrissen hatte. Und ich sah sie kommen auf Schienen, auf Kähnen und in Kajaks oder auf Barken, versteckt in Kutschwagen. Sie kamen auf Pferden über hart gefrorenen Schnee, über tauendes Märzeis. Sie trugen Frauenkleider, und sie kamen, sie trugen Männerkleider, und sie kamen, sie trugen Kopfverbände, und sie kamen, sie trugen Armschlingen, und sie kamen, sie trugen Lumpen, die die Wäscherin nicht wert waren, aber sie kamen. Sie bestachen niedre Weiße und stahlen Gäule. Überquerten den Potomac im Finstern bei Wind und bei Sturm. Sie kamen wie ich, getrieben von der Erinnerung an Mütter oder Frauen, verkauft in den Süden wegen des schweren Vergehens, sich Lüstlingen verweigert zu haben. Sie kamen, vom Frost gezeichnet. Sie kamen mit Geschichten von schweren Trinkern, von Vorarbeitern, denen es Spaß machte, Sklaven zu verprügeln. Sie kamen in Booten, verstaut wie Kaffeesäcke, ertrugen Terpentin, vernarbt, versengt, mit Salzwasser getauft, schuldbeladen, weil man sie so gebrochen hatte, dass sie sich dankend verneigten, ehe sie ausgepeitscht wurden, weil sie ihre Brüder hielten, als der Herr sie auspeitschte.

Die Geschichten an jenem Tag zeigten mir, wie sie in den Wald rannten, die Reisetasche fest unterm Arm, und ich hörte sie schreien: »Mich kriegt ihr nie!« Ich sah sie Fähren besteigen und hörte sie dabei leise vor sich hin singen:

God made them birds and the greenwood tree
And all has got their mate, but soul-sick me.

An jenem Tag sah ich sie bei den Docks von Philadelphia und hörte sie beten: »Verbirg die Gejagten und verrate nicht die Flüchtigen!« Ich sah sie über die Bainbridge ziehen und um ihre Toten weinen, um jene, die das Schiff zum letzten Hafen bestiegen hatten, aus dem niemand je wiederkehrt. Sie alle kamen zu mir, kamen aus den Papieren, aus den Erinnerungen, heraufbeschworen aus dem Pandämonium der Sklaverei, aus den Fängen der Abscheulichkeit, hervorgelockt unter den Rädern des Molochs, singend im Angesicht des Zauberwerks dieses Undergrounds.

Am nächsten Abend ging ich zu Micajah Bland. Es verstörte mich noch immer, dass man mich von den Straßen dieser Stadt geraubt hatte. Schon von Weitem nahm ich jeden Menschen genau in den Blick. Ging jemand dicht hinter mir, wartete ich, um ihn vorbeizulassen. Niedre Weiße eines bestimmten Schlages, gekleidet in bestimmter Weise, fand ich besonders verdächtig, da Rylands Bluthunde in ihren Reihen oft Verbündete fanden. Und es gab in ganz Philadelphia niedre Weiße, sie machten sogar die größte Schicht aus – und es gab sie besonders zahlreich bei den Schuylkill-Docks unweit von Blands Haus. Farbige fanden sich dort auch. Ich stand Blands Haus schräg gegenüber, beobachtete es volle zehn Minuten und sah einen schäbig gekleideten Farbigen aus dem Reihenhaus nebenan stürzen. Er hastete die heiße Straße hinunter, gejagt von einer Farbigen, die ihm alle möglichen Obszönitäten hinterherschrie. Und dieser Farbigen wiederum schrie eine ältere Schwarze hinterher und folgte ihr dicht auf den Fersen; in der Tür standen zwei kleine Mädchen und heulten. Ich überlegte noch, ob ich mich einmischen sollte, als die ältere Frau zurückkam – womöglich die Großmutter – und die kleinen Mädchen ins Haus scheuchte; die Tür blieb offen.

Ich hatte Geschichten von Farbigen wie ihnen gehört, von Farbigen, die anders waren als Raymond und seine Familie, die jeden Penny dreimal umdrehen mussten, die verprügelt und aus Jobs gedrängt wurden, weil sie es wagten, sich Arbeit anzumaßen, die Weißen vorbehalten war. Anfangs waren sie mir kaum aufgefallen, da mich vor allem die relative Wohlhabenheit der übrigen Farbigen verblüfft hatte. Doch während ich das Haus von der gegenüberliegenden Straßenseite aus beobachtete, erinnerte ich mich daran, dass Otha Passagiere des Undergrounds vor diesem Schicksal gewarnt hatte, Männer und Frauen, die keinen Zugang zur Gesellschaft fanden, zu gewissen Kirchen, und feststellen mussten, wie schwer es sein konnte, in Freiheit zu leben. Und mir kam der Gedanke, dass diese Angst, die ich empfand, dieses Gesichterstudium, zu ihrem Leben gehörte, ja, dass sie noch schlimmer dran waren, denn falls die Bluthunde sie schnappten, kam ihnen kein Bland zu Hilfe.

Was nun den Mann selbst betraf, so fand ich ihn zu Hause vor, wo er auf mich wartete. Eine junge Frau kam an die Tür, lächelte und rief ihn dann mit Namen. Sie stellte sich als Laura vor und sagte, sie sei Blands Schwester. Das Haus war bescheiden – eines der besseren in dieser Gegend, aber nicht so schön wie das von Raymond oder wie das Heim der Familie White auf der anderen Seite des Flusses. Dennoch, es war sauber und schön eingerichtet.

Wir gaben uns die Hand und tauschten die üblichen Nettigkeiten aus. Ich war erleichtert, dass ich meine kleine Aufgabe bewältigt und es unbehelligt zu Blands Haus geschafft hatte. Und da mir dies geglückt war, nagte jetzt die Ungeduld an mir, endlich mit der Arbeit zur Befreiung von Lydia zu beginnen und somit auch mit der zur Befreiung von Sophia, meiner Sophia. In meinem Kopf existierte sie nicht als jemand mit eigenen Vorstellungen und Ideen, nein, sie war selbst nur eine

Vorstellung, eine Idee, sodass ich, wenn ich an meine Sophia dachte, eine Frau vor mir sah, für die ich ehrliche und ernste Gefühle hegte, die aber auch die Erfüllung meiner Träume war, meine Erlösung. Es ist wichtig, Euch das zu sagen. Es ist wichtig, dass Ihr begreift, wie wenig ich über ihre Träume wusste, über ihre Erlösung. Heute ist mir klar, dass sie versucht hatte, mir das zu sagen, aber ich, der ich so stolz darauf war, ein guter Zuhörer zu sein, hatte sie schlichtweg nicht gehört.

Jedenfalls war dies die Stimmung, übereifrig und ungeduldig, mit der ich zu Micajah Bland kam, sodass ich kaum fünf Minuten auf meinem Platz saß, als es aus mir herausbrach. »Und? Wie gehen wir es an?«

»Mit Sophia?«, fragte Bland.

»Nun, ich hatte an Lydia und die Kinder gedacht, aber wenn Sie wollen, können wir auch mit Sophia anfangen.«

»Mit Sophia ist es einfacher. Ich muss nur Corrine überzeugen und einige Mittel lockermachen, aber das sollte kein Problem sein.«

»Corrine …« Ich sagte ihren Namen und verstummte für einen Moment. »Sie war es, die Sophia zurückgelassen hat.«

»Es ist ihre Station, Hiram. Sie verdient es, dass wir ihr Bescheid geben, mehr noch, sie verdient es, zurate gezogen zu werden.«

»Corrine …« Ich schüttelte den Kopf.

»Kennst du die ganze Geschichte dieser Frau?«

»Nein«, sagte ich. »Ich weiß nur, dass sie Sophia im Sarg unten zurückgelassen hat.«

Und jetzt geschah etwas, das mir damals nicht bewusst war. Ich weiß nicht, ob es geschah, weil etwas von mir Besitz ergriff, ich weiß nur, ich spürte diese Wut in mir aufsteigen, eine Wut, die mit mir selbst zu tun hatte, mit den erlittenen Demütigungen, der Zeit im Gefängnis, mit dem, was mir angetan worden war. Und doch war es nicht meine Wut. Und die Stimme, die jetzt sprach, war nicht so sehr meine eigene als eine, die mir kürzlich aufgezwungen worden war. Und diese Stimme sagte: Du weißt, was sie uns dort angetan haben. Du weißt doch, was sie drüben mit uns gemacht haben. Oder hast du's vergessen? Hast du vergessen, was sie mit jungen Frauen machen? Und schon haben sie dich, kriegen dich durch die Babys, binden dich durch dein eigen Fleisch und Blut …

In diesem Moment brach Blands gewohnt gefasste Miene auf und legte etwas in ihm frei, das ich nie zuvor an ihm gesehen hatte und nie wieder sehen sollte – Furcht. Dann verschwanden die Wände, und an ihre Stelle rückte ein großes, grenzenloses Nichts. Tisch und Stühle waren noch da, doch wie Bland waren sie nun ins vertraute Blau gehüllt. Ich war mir meiner selbst bewusst, meiner hellen Wut – mehr noch allerdings meines gutturalen Schmerzes, den ich seit jenem Tag kannte, an dem ich Maynard an die Tiefe verloren hatte. Wichtiger aber ist, dass mir, während es geschah, zum ersten Mal bewusst wurde, was genau geschah, und deshalb versuchte ich jetzt, es zu steuern, zu lenken, so, wie man einen Traum in eine bestimmte Richtung zu lenken versucht. Im selben Moment jedoch, da ich meine Umgebung direkt zu beeinflussen versuchte, wandelte sich die Welt wieder zurück. Das große Nichts schimmerte, bis die Konturen der Wände wiederkehrten. Das Blau verblich, und ich sah jetzt, dass wir erneut im Zimmer saßen, nur hatten wir die Positionen vertauscht, sodass ich auf Blands und er auf meinem Platz saß. Ich stand auf, berührte die Wände, ging aus dem Zimmer, stolperte auf den Flur und lehnte mich an die Wand. Ich hatte die Orientierung verloren, allerdings war die Müdigkeit nicht so stark wie sonst. Dann ging ich zurück ins Esszimmer und setzte mich.

»Das ist es, nicht?«, sagte ich. »Das ist es, was Corrine will.«

»Ja, das ist es«, sagte er.

»Haben Sie's vorher schon mal gesehen?«

»Ja«, sagte er, »aber nicht so.«

Minutenlang sagte ich kein Wort. Bland stand jetzt seinerseits auf und verließ das Zimmer; aus Rücksicht, vermutete ich, schien er doch zu wissen, dass ich einen Moment für mich allein brauchte. Als er zurückkam, war seine Schwester Laura bei ihm. Sie erwähnte, dass es bald Zeit fürs Abendessen sei, und bat mich zu bleiben.

»Iss mit uns, Hiram«, sagte Micajah Bland. »Bitte.«

Ich nahm die Einladung an.

Nach dem Essen machten wir einen Spaziergang, schlenderten schweigsam durch die abendlichen Straßen Philadelphias. Schließlich aber fragte ich ihn.

»Bei wem haben Sie's gesehen? Bei Moses?«

Er nickte.

»Und das war sie? Neulich abends?«

»Ja.«

»Und so haben Sie uns gerettet?«

»Nein. Für den Trupp haben wir nichts so Jenseitiges gebraucht.«

»Mr. Bland, wenn Moses das kann, warum lassen wir sie dann nicht Othas Familie holen?«

»Weil sie Moses ist, nicht Jesus. Sie hat ihre eigenen Versprechen einzuhalten. Und alles hat Grenzen. Ich respektiere Corrine. Ich respektiere, was sie mit dir versucht hat, nur versteht sie die Kraft im Grunde nicht, auch nicht, wie sie funktioniert.«

Schweigend liefen wir weiter. In unserem Rücken ging die Sonne unter. Seit ich unweit der Docks von Rylands Bluthunden überwältigt worden war, hatte ich keinen Abendspaziergang mehr gemacht. Mit Micajah Bland aber fühlte ich mich seltsam sicher, vielleicht, weil er mein ältester Freund im Underground war, sofern ich dort überhaupt Freunde hatte. Und er war es auch gewesen, der auf seine ihm eigene Weise stets daran geglaubt hatte, dass wirklich etwas in mir steckte.

»Wie in Gottes Namen sind Sie in die Fänge von Corrine geraten?«, fragte ich.

»War eher andersrum«, sagte Bland. »Als ich Corrine kennenlernte, war sie eine Studentin, eine junge Frau an einem Institut in New York, an das Virginier einer gewissen Schicht gern ihre Töchter schicken, um ihnen die Bildung einer Dame angedeihen zu lassen – Französisch, Hauswirtschaft, Kunst, ein bisschen Literatur. Corrine aber war etwas Besonderes, und die Stadt verzauberte sie. Oft schlich sie sich aus dem Institut, um sich Vorträge von Abolitionisten anzuhören. Und so sind wir uns begegnet.

Siehst du, es gab unter uns damals welche, die den Krieg in den Süden ausweiten wollten. Corrine ließ sich leicht rekrutieren und zu unserer wichtigsten Waffe formen, die wir mitten ins Herz der dämonischen Sklaverei stoßen wollten. Und sie war wahrhaft eine Waffe – die sittsame Southern Belle, Schmuckstück ihrer Zivilisation, die nun auf diese selbst zielte. Und Corrine hat sich wiederholt bewiesen, Hiram. Du kannst dir kaum vorstellen, welche Opfer sie gebracht hat.«

»Die eigenen Eltern«, sagte ich.

»Opfer, Hiram«, sagte er. »Ungeheure Opfer der Art, wie Raymond und Otha sie nie akzeptieren würden, und auch unsere Moses hätte denen nie zugestimmt, noch würde ich selbst jemals irgendwen darum bitten. Das war ungefähr zu der Zeit, als ich dich kennenlernte. Damals arbeitete ich als Mr. Fields auf dem Gebiet der Aufklärung. Und auf Lockless habe ich zum ersten Mal Geschichten über Santi Bess gehört, allerdings ohne einen Zusammenhang mit dir zu sehen, dem Jungen mit dem unfehlbaren Gedächtnis, mit der Gabe der Konduktion. Lockless gehörte zu jenen alten Herrensitzen, auf die Corrine es abgesehen hatte, aber nur Lockless hatte einen Erben, der sich, glaubten wir, relativ leicht täuschen ließe. Kaum aber befasste sich Corrine näher damit, begriff sie, dass die Virginia Station dadurch nicht bloß ein altes Elm-County-Anwesen, sondern auch jemanden gewinnen würde, der eine große Kraft unter unsere Kontrolle bringen konnte.«

»Aber Sie hatten doch schon Moses«, sagte ich.

»Nein, Hiram«, erwiderte er. »Niemand hat Moses. Und Corrine schon gar nicht. Moses geht ihre eigenen Verpflichtungen ein; außerdem ist sie eng mit der Station hier in Philadelphia verbunden. Corrine sucht eine ähnliche Kraft, sieht sich aber an Virginia gebunden.«

»Sind also alle unbescholten, ja? Und niemand muss sich was vorwerfen lassen?«

»Nein, Hiram, unbescholten ist sie nicht. Sie hat einfach nur recht. Hast du je daran gedacht, was sie mit ihr machen, sollte man ihr auf die Schliche kommen? Kannst du dir vorstellen, was man mit einer Frau wie ihr machen würde, einer, die ihre geheiligsten Prinzipien verspottet und versucht, ihre ganze Lebensweise zu vernichten?«

Wir waren mittlerweile in einem großen Bogen zurück zum Büro in der Ninth Street gekommen. Zu Hause. Aus meinen Gefühlen stieg der Gedanke auf, dass Bland mich heimgebracht hatte. Ich schaute ihn an, lachte leise und schüttelte den Kopf.

»Was denn?«, fragte er. »Wir können doch nicht zulassen, dass du noch mal überfallen und entführt wirst.«

Ich lachte wieder, ein bisschen lauter diesmal. Und da legte mir Bland einen Arm um die Schultern und stimmte in mein Lachen ein.

19

An jenem Abend war ich noch lange wach und ging die kleine Konduktion durch, die ich in Blands Haus zuwege gebracht hatte. Die Kraft war in mir, lag eigentlich aber nicht in meinen Händen, sondern ich in ihren, denn wenn sie sich bemerkbar machte, wenn das blaue Glühen begann und die Nebelvorhänge sich über mich senkten, war ich nur noch ein Passagier in meinem eigenen Körper. Ich musste verstehen lernen, und dafür brauchte ich jemanden, der bereits verstand, und Moses war die Einzige, der das gelungen war.

Zuerst aber ging es um das Schicksal von Lydia White und deren Kindern. Am nächsten Tag traf ich mich mit Micajah Bland, Otha und Raymond im Wohnzimmer, um die verschiedenen Wege zu besprechen, über die wir sie rausschaffen konnten.

»Wir brauchen einen Satz Pässe«, erklärte Bland. »Und die müssen alle im Namen dieses Daniel McKiernan ausgestellt sein, denn das ist der Mann, Hiram, dem Otha gehört hat und der heute noch seine Familie festhält. Die Pässe müssen so echt wie nur irgend möglich aussehen. Es wird nämlich eine lange Reise, und unsere Agenten scheitern immer wieder an Kleinigkeiten – weil sie zu einer Zeit unterwegs sind, zu der es ihnen irgendein obskures Gesetz verbietet, weil sie die genaue Ankunft einer Fähre vergessen haben oder einfach bloß aus Pech.«

»Die Pässe kann ich machen«, sagte ich, »aber ich brauche Originale als Vorlage. So viele davon wie möglich. Vielleicht Othas Freilassungspapiere?«

»Nee«, sagte Otha. »Geht nicht. Um mich von McKiernan freikaufen zu können, musste ich mich auf jemand anderen einlassen, und dieser andere Mann war es, der meine Papiere ausgestellt hat.«

»Es gibt noch eine Möglichkeit«, sagte Raymond. »Ist noch gar nicht so lange her, da war es gleich auf der anderen Flussseite legal, einen Menschen zu besitzen – in gewisser Weise ist es das immer noch. Aber wie auch immer, zu den Männern, die an der Sklaverei am meisten verdient haben, gehört einer, der für meine Familie von besonderer Bedeutung ist – Jedikiah Simpson. Meine Mutter, mein Vater, Otha und ich, wir haben alle diesem Mr. Simpson gehört.«

»Dann ist er also der Mann, vor dem deine Mutter davongelaufen ist?«, fragte ich. »Der, der Otha nach Süden verkauft hat?«

»Genau der«, sagte Raymond. »Dieser Jedikiah Simpson ist schon lang tot, aber die alte Plantage gehört jetzt seinem Sohn. Ihm gehört auch ein Haus hier in der Stadt, gleich nördlich vom Washington Square. Dank seines Reichtums hält man Elon Simpson in den respektabelsten Kreisen der Stadt für einen Gentleman, nur wissen wir, dass er alles andere als respektabel ist. So ist uns zum Beispiel bekannt, dass er weiter an der Sklaverei verdient, indem er seine Leute nach Süden verkauft.«

»Seid ihr ihm je begegnet?«, wollte ich wissen.

»Nein, noch nicht«, sagte Raymond.

»Aber wir haben ihn im Auge«, sagte Otha. »Sowohl hier in der Stadt wie unten im Süden. Und daher wissen wir, dass Elon Simpson Geschäfte mit diesem Daniel McKiernan macht.«

Einen Moment lang blieben alle stumm und warteten ab, ob ich begriff, was sie planten, doch hätten sie nicht abzuwarten brauchen, denn noch während sie redeten, war mir klar geworden, was sie vorhatten. Also sah ich zu Otha hinüber und deutete mit einem Kopfnicken an, dass ich verstand.

»Ein Brief, eine Quittung, irgendwas«, sagte ich. »Ich brauche nur irgendeinen Briefwechsel zwischen Simpson und McKiernan. Vielleicht ein Einbruch?«

»Nein«, sagte Raymond. »Bland weiß da was Besseres.«

Jetzt lächelten sie alle drei wie Kinder, die ein Geheimnis teilen.

»Und was?«, fragte ich.

»Wie wär's, wenn ich's dir zeige?«, sagte Bland.

Und so fand ich mich mit Bland an jenem Abend in einer Seitengasse wieder, von der aus wir im Schein der Gaslaternen die Straße im Auge behielten, so positioniert, dass wir von der Straße aus nicht zu sehen waren. Wir beobachteten das Haus von Elon Simpson, ganz in der Nähe des Washington Square, eines Teiles der Stadt, geprägt von schönen Brownstones mit Fensterläden sowie einem Park, der noch aus den Gründungszeiten des Landes stammte. Hier hatten die Oberen dieser Stadt ihren Platz – und wir unsere Toten.

Ich hatte inzwischen so einiges über Philadelphia gelesen und wusste folglich, dass die Stadt zu einer anderen Zeit, als es in Pennsylvania noch Verpflichtete gab, von einer Fieberwelle heimgesucht worden war. Und zu jenen, die gegen dieses Fieber ankämpften, gehörte Benjamin Rush, ein berühmter Arzt, was man kaum zu glauben vermag, wenn man hört, welche Theorie er zur Rettung der Stadt aufstellte. Farbige seien gegen das Fieber immun, erklärte er ganz Philadelphia, mehr noch, allein durch ihre Anwesenheit verändere sich die Luft, nähmen wir den Pesthauch doch in uns auf und hielten ihn in unseren stinkenden schwarzen Leibern gefangen. Und weil unsere Körper vermeintlich zur schwarzen Magie fähig waren, brachte man Verpflichtete zu Hunderten herbei. Sie starben ohne Ausnahme. Und während sich die Stadt mit ihren Leichen zu füllen begann, suchten ihre Herren nach einem Ort fernab von den Weißen, die von der Krankheit dahingerafft wurden. Und sie entschieden sich für einen Flecken, auf dem niemand lebte, und warfen uns dort in Gruben. Jahre später, als das Fieber längst vergessen war und der Krieg dieses neue Land geboren hatte, bauten sie auf unseren Leichen Reihe um Reihe ansehnlicher Häuser und benannten den Platz nach ihrem Befreier-General. Da wurde mir klar, dass selbst der Luxus des freien Nordens direkt auf unseren Körpern errichtet worden war.

»Wie kommt man dazu?«, fragte ich. Wir standen schon seit Stunden da, Bland und ich, und ließen das Haus nicht aus den Augen.

»Du meinst, wie ein Weißer dazu kommt, für den Underground zu arbeiten?«

»Nein, Sie selbst, wie sind Sie dazu gekommen?«

»Mein Vater starb, als ich noch ein Kind war, und meine Mutter konnte uns allein nicht durchbringen. Ich tat, was ich konnte. Ich übernahm jede Arbeit, die sich mir bot, auch schon in jungen Jahren. Doch Laura und ich wurden getrennt, und kaum war ich alt genug, lief ich so weit fort von zu Hause, wie ich nur konnte. Ich war ein junger Mann auf der Suche nach Abenteuer. Ich ging nach Süden und kämpfte in den Seminolenkriegen, und danach war ich nicht mehr derselbe. Ich hatte erlebt, wie Männer Indianerlager niederbrannten, wie sie Unschuldige erschossen und Kinder stahlen. Meine eigenen Kämpfe, begriff ich, konnten von noch größeren Kämpfen in den Schatten gestellt werden.

Mir wurde bewusst, dass es mir an der nötigen Bildung fehlte, um begreifen zu können, warum Menschen gegeneinander kämpfen. Ich bin stets neugierig auf die Welt gewesen, hatte aber nie Gelegenheit, zur Schule zu gehen. Dann starb meine Mutter, und ich kehrte nach Hause zurück, um mich um Laura zu kümmern. Ich fing an, auf den Docks zu arbeiten, doch jede freie Minute verbrachte ich in den Lesesälen der Stadt. Und dort war es auch, wo ich auf die Sache der Abolitionisten stieß und schließlich auf den Underground. Ich arbeitete überall, in Ohio, Indiana oder Massachusetts, und dann in New York, wo ich Corrine Quinn kennenlernte, was mich letztlich nach Lockless führte.«

Bland wollte noch mehr erzählen, aber da tauchte vor uns endlich der Anlass für unsere Nachtwache auf. Ein Weißer trat aus dem Haus von Elon Simpson, blieb auf dem Bürgersteig stehen und wartete. Bland zog eine Zigarre aus seinem Mantel, zündete sie an, paffte einmal und drehte sich zu mir um; im Licht der Zigarrenglut sah ich ihn lächeln. Dann spazierte er aus der Gasse hinaus und blieb auf der Straße stehen. Der Mann ging rasch auf ihn zu, und Bland wandte sich wieder in Richtung Gasse. Der Mann folgte ihm.

»Die haben mir gesagt, dass Sie allein kommen«, sagte der Mann. »Die haben mir gesagt, das geht schnell und schmerzlos.«

Einen Augenblick lang fragte ich mich, ob Elon Simpson persönlich vor mir stand, doch sogar im Dunkeln erkannte ich, dass der Mann nicht wie ein Gentleman angezogen war.

»Nichts im Leben ist schnell und schmerzlos, Chalmers«, sagte Bland. »Zumindest nichts Wichtiges.«

»Nun, na ja, ich habe meinen Teil jedenfalls getan«, sagte er und gab Bland ein Päckchen.

»Wir müssen uns das hier ansehen«, sagte Bland. »Gehen wir ins Haus.«

»Einen Teufel tun wir«, sagte Chalmers. »Schnell und schmerzlos, das haben eure Leute versprochen, aber ihr habt nicht Wort gehalten, weil ihr den da mitgebracht habt, und jetzt wollt ihr auch noch …«

»Ich will, dass Sie uns ins Haus bringen«, sagte Bland. »Geht doch ganz rasch. Sie haben uns Papiere versprochen, die an eine gewisse Person adressiert sind. Und ich muss mich vergewissern, dass diese Papiere dem Gewünschten entsprechen. Dafür muss ich sie lesen können. Und um sie lesen zu können, brauche ich Licht, und das nächste Licht ist nun mal im Haus Ihres Herrn.«

»Mr. Simpson ist nicht mein Herr«, gab Chalmers wütend zurück.

»Sie haben recht, ist er nicht. Das bin ich. Und Sie bringen uns jetzt in dieses Haus, damit wir die Papiere sichten können. Falls nicht, werden wir unsererseits ein Schreiben an diesen Mann schicken, diesen Elon Simpson, der nicht Ihr Herr ist. Und dieses Schreiben dürfte ihn darauf aufmerksam machen, welcher Art die unbegleiteten Spaziergänge sind, die Sie offenbar regelmäßig mit seiner Schwester unternehmen, sooft sie in der Stadt ist. Ich bin mir sicher, es wird ihn freuen zu hören, dass Sie alles dafür tun wollen, seine Familie in einen Skandal zu verwickeln.«

Es war zu dunkel, um seine Miene erkennen zu können, aber ich sah, wie Chalmers einen Schritt zurückwich. Ich malte mir aus, was er in diesem Moment empfand – dieser Impuls, einfach wegzulaufen. Vielleicht hatte er die Sachen schon gepackt, diese Schwester vielleicht schon alarmiert. Vielleicht auch nicht, vielleicht würde er sie die Folgen des Schreibens allein ausbaden lassen. Vielleicht wartete aber auch eine Kutsche auf ihn, die ihn in die gnädigen Arme einer Familie höher im Norden brachte. Oder er wagte sich ins Oregon meiner Vorstellungen, sofern er nicht die freiheitliche Gesellschaft von Seeleuten bevorzugte, die ich so sehr liebte.

»Denken Sie genau nach, Chalmers«, sagte Micajah Bland. »Sie können es mit einem Gentleman aufnehmen, der über enorme Mittel verfügt. Oder Sie bringen uns ins Haus. Niemand sonst braucht davon zu wissen. Es wird sein wie ein Traum. Niemand muss davon erfahren, sage ich. Nur wir wissen Bescheid. Wir können das hier und jetzt zu Ende bringen. Schnell und einfach.«

Chalmers zögerte einen Moment, ging dann aber aufs Haus zu. Wir folgten ihm die Treppe hinauf, in den Flur, am Salon vorbei und schließlich in ein Hinterzimmer, das Elon Simpson als Büro diente. Chalmers drehte das Lampenlicht auf, und Bland setzte sich an den Tisch, um zu lesen. In dem Päckchen waren mehrere Papiere, und Bland blätterte sie rasch durch.

»Nein«, sagte er. »Mit diesen Schriftstücken können wir nichts anfangen. Mit keinem davon.«

»Die haben mir gesagt, Sie brauchen ein paar von Mr. Simpsons Papieren«, sagte Chalmers. »Die haben mir gesagt, ich brauche nur diese Kleinigkeit zu erledigen, und dann bin ich frei.«

»Nein, ich denke, die haben Ihnen weit mehr gesagt«, erwiderte Bland. »Haben Sie sich denn auch nur die Mühe gemacht, einmal nachzusehen, an wen sich diese Papiere richten?«

»Es hieß, ich soll Ihnen Papiere bringen. Und ich hab Ihnen Papiere gebracht.«

»Tja«, sagte Bland, den Blick auf mich gerichtet. »Wir brauchen jedenfalls andere Papiere.«

Er nickte in meine Richtung, stand auf und begann, mithilfe einer Lampe das Büro zu durchsuchen. Da ich wusste, was von mir erwartet wurde, setzte ich mich an den Tisch und begann, die Schubladen durchzugehen, schlug ein Tagebuch auf, überflog ein paar Briefe an Bekannte und musterte einige Einladungen, fand aber kein Anschreiben an McKiernan, auch keine Empfangsbestätigung. Als ich wieder aufschaute, sah ich, dass Bland sich auf eine schmale Eichentruhe in der Ecke konzentrierte. Er kniete sich hin und strich mit beiden Händen über das Eisenschloss. Dann stand er wieder auf, langte in seine Tasche und zückte eine kleine Mappe, der er einen Draht entnahm. Ich sah zu, wie er sich am Schloss zu schaffen machte, dann schaute ich zu Chalmers hinüber, der jetzt nervös in einem hohen Armsessel saß. Bland brauchte eine Minute, vielleicht auch zwei, dann sah er zu Chalmers hinüber und lächelte, während der Deckel der Truhe mit einem Ächzen aufging.

Bland griff hinein, entnahm ihr einen großen Stapel säuberlich geöffneter Briefumschläge und legte sie mir auf den

Tisch. Kaum begann ich, sie durchzusehen, da wurde mir klar, dass sie eine ganz andere Art von Schriftwechsel enthielten. Es waren Berichte über Transaktionen – Berichte über den Handel mit Menschen, gekauft und verkauft. Und es war ein reger Handel; die Zahlen, die den Namen anhingen, machten deutlich, dass dieser Handel das Fundament von Elon Simpsons Reichtum bildete. Ich hatte keinen der Simpsons kennengelernt, stellte mir aber unwillkürlich den Sohn vor, wie er sich vor den Oberen des Nordens als ein Mann der Gesellschaft gerierte, ein Mann aus gutem Hause mit ehrenwerten Verbindungen und respektablem Geschäft. Verschlossen in dieser Truhe aber lag sein unreines Leben – die Beweise eines großen Verbrechens, Zeugnisse seiner Mitgliedschaft in jener finsteren Gesellschaft, die sein opulentes Heim erst möglich machte, ein Heim, das seinerseits auf einem weitläufigen Grab mitten im Herzen dieser angeblich sklavenfreien Stadt stand.

Es gab mehrere Briefe von McKiernan. Ich nahm sie alle an mich. Je mehr Muster, desto besser.

»Aber er merkt doch, dass sie fehlen«, protestierte Chalmers.

»Nur, wenn Sie's ihm sagen«, erwiderte Bland.

Chalmers folgte uns zur Tür.

»Irgendwer setzt sich nächste Woche mit Ihnen in Verbindung. Laut einer verlässlichen Auskunft wird Mr. Simpson, Ihr Nicht-Herr, vorher nicht heimkehren. Die Briefe erhalten Sie zurück. Legen Sie die wieder zurück in die Truhe und schließen Sie sie ab«, sagte Bland, »und dann sind Sie mit uns fertig. Schnell und einfach.«

Ich brauchte nur zwei Tage, um die Pässe auszustellen und ein paar Briefe zu schreiben, die Blands Kontakte in einigen der tückischeren Gegenden bezeugten, durch die er reisen würde.

Noch am nächsten Tag gingen die Dokumente an Chalmers zurück, und wir sollten nie wieder von ihm hören. Selbst als dann alles anders lief, fiel es nicht auf Raymond, Otha oder irgendwen von unserer Station zurück. Bland machte sich kurze Zeit später auf den Weg nach Alabama. Ich habe mich nicht von ihm verabschiedet. Mir wurde so selten das Recht zuteil, mich verabschieden zu dürfen. Aber dieser Abschied schien besonders bedeutsam, da ich von Raymond über den ganzen Plan aufgeklärt worden war.

Es war die kühnste Rettung, die je in Philadelphia versucht worden war. Laut Plan fuhr Bland nach Westen, um in Cincinnati bei einem der fähigeren Agenten Unterkunft zu finden. Er würde den Ohio River erkunden und in Indiana oder Illinois eine angemessene Anlegestelle suchen. Sobald Bland diese sichere Anlegestelle gefunden hatte, wollte er sich tiefer ins Sklavenland vorwagen, weit hinein in den Sarg, nach Florence, Alabama, um Kontakt mit Hank Pearson aufzunehmen, einem langjährigen, vertrauenswürdigen Freund von Otha, der noch auf McKiernans Plantage arbeitete. Hank würde dann Lydia holen, die an dem Schal, den sie Otha zur Erinnerung geschenkt hatte, erkennen würde, dass sie Bland vertrauen konnte. Bland würde sich daraufhin als ihr Besitzer ausgeben und die Familie aus dem Süden hinausführen. Sollten sie getrennt werden, würden die Pässe bestätigen, dass Lydia mit ihren Kindern unterwegs sein durfte. Der Plan war nicht nur in seinen einzelnen Schritten riskant, sondern auch wegen der Jahreszeit. Es war Anfang August, also noch weit hin bis zu den schier endlos langen Winternächten, die Agenten des Undergrounds so guten Schutz boten. Und doch musste der Plan jetzt umgesetzt werden, da die Geschäfte für McKiernan angeblich schlecht liefen, weshalb er jeden Augenblick auf die Idee kommen konnte, Arbeiter zu verkaufen – und dann wären all unsere Vorbereitungen und Planungen umsonst gewesen.

20

Der Sommer neigte sich dem Ende zu, eine ruhige, für Rettungsaktionen kaum geeignete Zeit, weshalb wir nur wenig anderes tun konnten, als auf Neuigkeiten von Blands Mission zu warten. Zum Glück fiel in diese Zeit auch eine Versammlung derer, die den rechtmäßigen und offenen Krieg gegen die Sklaverei führten – besorgte Bürger, die in Zeitschriften, in Vorträgen oder an der Wahlurne für die Abschaffung der Sklaverei kämpften. Wir im Underground kämpften einen Krieg im Verborgenen, heimlich, mystisch, brutal, sahen uns im Stillen aber als Verbündete in einem offenen Krieg, und das Treffen im August bot die einzige Gelegenheit, zu der die Mitglieder beider Fraktionen aus dem ganzen Land zusammenfinden konnten. Die Aussicht einer Wiederbegegnung mit Virginia, mit Corrine, erfüllte mich allerdings mit Sorge. Nach Blands Abreise begannen wir, unsere Vorbereitungen zu treffen, und zwei Wochen später waren Raymond, Otha und ich in einer privaten Postkutsche unterwegs, sodass wir uns, während Bland nach Süden fuhr, auf dem Weg nach Norden befanden, in die bergige Gegend von New York.

Nach und nach erfuhr ich, dass Raymond und Otha an beiden Fronten kämpften. Sie genossen unter den Abolitionisten einen hervorragenden Ruf, hatten aber auch auf jener dunkleren Seite, auf die es mich verschlagen hatte, ihre Hände im Spiel. Keine Station östlich des Mississippi führte mehr Farbige in die Freiheit als jene in Philadelphia. Diesen Ruhm mehrte noch die Kunde von Othas Odyssee aus den Abgründen Alabamas, aus den Abgründen eines Waisenhauses, in die Arme seiner wartenden Familie. Am zweiten Abend unserer Kutschfahrt bekamen wir dann Gesellschaft von jener Person, die weit mehr Respekt genoss als jeder andere von uns. Moses.

Ich kannte sie inzwischen nicht nur als ein Geschöpf der Legende, sondern auch von ihren vielen, in Raymonds Unterlagen beschriebenen Heldentaten. Und doch war ich, als sie, vom Hauch ihrer Abenteuer umweht, die Kutsche bestieg, so überwältigt, dass ich kaum einen Gruß hervorbrachte. Moses tauschte sich herzlich mit Raymond aus, nickte Otha zu und richtete ihren Blick dann auf mich.

»Wie kommst du zurecht, mein Freund?«, fragte sie. Es dauerte einen Moment, bis mir wieder einfiel, dass sie mich zuletzt gesehen hatte, als ich mich gerade vom Überfall der Rylands erholte.

»Gut«, antwortete ich.

Wie in jener Nacht draußen im Wald hatte sie wieder ihren Stock dabei, doch sah ich jetzt, bei Tageslicht, dass ihn eine Reihe Schnitzereien und Symbole zierte. Moses sah, wie aufmerksam ich dieses Ding musterte, und sagte: »Mein verlässlicher Gehstock, der Ast eines Eukalyptusbaums. Begleitet mich überallhin.«

Die Kutsche rollte weiter. Es fiel mir geradezu unerträglich schwer, Moses nicht anzustarren. Auch ohne die Kraft der

Konduktion wäre sie die kühnste Agentin des Undergrounds gewesen. Ich hatte genug von der Welt gesehen, hatte genügend Einsicht in Raymonds Dokumente gehabt, um zu wissen, dass ihre Seele von den schlimmsten Vergehen der Sklaverei zwar gezeichnet, aber nicht gebrochen worden war. Und ich dachte an die Zeit in der Grube zurück, an die Zeit im Gefängnis und an jene Nächte, in denen man mich wie ein Beutetier gejagt hatte. Vielleicht war das nötig gewesen. Vielleicht musste ich mehr von alldem sehen, um wirklich zu begreifen, wie erniedrigend und schlimm es werden konnte. Raymond nannte die Frau Harriet, ein Name, der ihr, so behauptete sie, besser als irgendwelche Ehrennamen und Titel gefalle. Dennoch erwies Raymond ihr jenen Respekt, den ein Soldat einem großen General erweisen würde, antwortete auf all ihre Fragen, stellte selbst nur wenige und umsorgte sie unablässig, auch wenn sie nur selten um etwas bat.

Einen Tag später rollten wir auf das Gelände der Versammlung, einen Lagerplatz auf einem abgeernteten Feld unweit der Grenze zu Kanada. Das Land gehörte einem der größten Wohltäter des Undergrounds, und es hieß, er plane, eine Gemeinschaft von Farbigen anzusiedeln, die hier nur für sich selbst wirtschaften sollten. Einen Tag vor unserer Ankunft hatte es zu regnen begonnen, und unsere Schuhe versanken im Schlamm, kaum dass wir aus der Kutsche gestiegen waren. Zu dritt ergatterten wir einen kleinen Platz am etwas höher gelegenen Rand des Lagers und verschwanden dann, jeder mit eigenem Ziel.

Ich blickte mich um, sah am Waldrand schlammbespritzte Zelte, ging hin und sah lachende, debattierende Mitglieder der Versammlung, und in den größeren Zelten hörte ich Redner, die von behelfsmäßigen Plattformen Reformen predigten. Sie liebten das Spektakel und schienen untereinander um die meisten Anhänger für ihre Sache zu wetteifern. Ich drängte mich durch die Menge, blieb aber vor einem Weißen mit Zylinder und Stiefelhose aus Kattun stehen, der in ebendiesem Moment in seinen Mantelärmel schluchzte. Unter Tränen erzählte er eine Geschichte, der das Publikum gebannt lauschte, seine Geschichte darüber, wie ihn Bier und Rum um Haus und Familie gebracht hatten, bis ihm nur noch jene Kleider geblieben waren, die er nun am Leib trug. Und er sei fest entschlossen, sagte er, während er sich wieder fasste, sie anzubehalten, bis dieses Land vom Geisterfluch gereinigt worden sei.

Ich lief weiter, blieb vor einem Gedränge stehen und hörte zwei Frauen zu, beide im Overall und mit rasiertem Kopf, die von dem Recht der Frauen redeten, sämtliche Freiheiten der Männer auch für sich zu beanspruchen. Und während sie redeten, wurden sie immer lauter, bis auch das anwesende Publikum nicht länger verschont, sondern direkt angesprochen wurde, als die Frauen darauf bestanden, dass wir, solange wir uns nicht auf ebendieser Versammlung entschlössen, die Frage nach dem Wahlrecht aufzugreifen, Mittäter blieben in dieser gewaltigen Verschwörung, die dazu beitrage, dass die Hälfte der Welt ausgebeutet werde.

Und diese Ausbeutung ging noch weiter, begriff ich, während ich zum nächsten Zelt weiterlief, in dem ein Weißer neben einem stummen Indianer in traditioneller Tracht stand. Und der Weiße erzählte von dem großen Leid, das er gesehen hatte, von den Ungeheuerlichkeiten, die diese Georgier, Caroliner und Virginier willentlich im Namen von Land und Boden begingen. Und ich wusste sehr wohl, was auf diesem Land geschah, wie die Sünde Diebstahl durch die Sünde Knecht-schaft vervielfacht wurde.

Und ich lief weiter, bis ich eine Schar Kinder im Rücken eines Mannes sah, der gegen die Fabriken dieses Landes wetterte. Weil sie nicht länger für ihre Kleinen sorgen konnten, hatten die Eltern sie der Schinderei in den Fabriken überlassen, bis sie schließlich von der Wohltätigkeit jenes Vereins gerettet wurden, in dessen Namen der Mann zur Menge sprach. Allein dank der Bemühungen dieser wohltätigen Organisation hatten die Kinder aus den Fängen des Kapitals befreit werden können und gingen nun zur Schule. Und ein Stückchen weiter hörte ich, dass sich seine Argumente um die eines Gewerkschaftlers ergänzten, der nachdrücklich erklärte, dass man den in Saus und Braus lebenden Besitzern die Fabriken nehmen und sie jenen überlassen sollte, die darin schufteten.

Und noch ein Stückchen weiter hörte ich gleichfalls verwandte Argumente, dass man die Fabriken insgesamt abschaffen müsse und man die Gesellschaft für rechtlos erklären möge, auf dass Mann und Frau sich zu neuen Gemeinschaften zusammenfänden, in denen alle zusammenarbeiteten und allen alles gehöre. Doch selbst dies war keineswegs der Gipfel des Radikalismus, traf ich am äußersten Rand des Lagers doch eine alte Jungfer, die darauf beharrte, dass ich und sämtliche Anwesenden gegen die Bande der Ehe rebellieren sollten, da diese selbst wiederum nur Besitz sichere und eine Art der Sklaverei sei, weshalb ich mich zu einem Anhänger der »freien Liebe« erklären möge.

Mittlerweile war es schon später Vormittag. Die Sonne brannte vom wolkenlosen Augusthimmel herab. Ich wischte mir mit dem Jackenärmel über die Stirn und setzte mich kurz auf einen Baumstumpf etwas abseits von den Zelten und dem Treiben der Versammlung. Es war so viel auf einmal – eine ganze Universität hier draußen im Grünen. Noch vor einem Jahr hätte ich das meiste abgelehnt, doch hatte ich seither vieles gesehen, weit mehr, als ich aus den Büchern meines Vaters auch nur hatte erahnen können. Wo sollte das enden? Ich wusste es nicht, und das quälte mich und erfüllte mich zugleich mit Freude.

Als ich aufblickte, sah ich eine Frau, kaum älter als ich selbst, am Rand jenes Lagerbereichs stehen, den ich gerade erst verlassen hatte. Sie beobachtete mich aufmerksam. Als unsere Blicke sich trafen, lächelte sie und kam auf mich zu. Sie hatte ein zartes hellbraunes Gesicht, umrahmt von dickem schwarzem Haar, das ihr über die Wangen hinab auf die Schultern floss.

Aus Respekt erhob ich mich, und ihr Lächeln schwand. Sie betrachtete mich von oben bis unten, als müsste sie erst etwas prüfen, ehe sie das sagte, womit ich am wenigsten gerechnet hatte.

»Wie geht es dir, Hi?«

Hätte ich das woanders gehört, unter anderen Umständen, es wäre eine Erleichterung gewesen, weil es mich an zu Hause erinnert hätte. Gleich kamen mir eine Reihe Fragen in den Sinn, deren vordringlichste lautete, woher die Frau meinen Namen wusste.

»Alles ist gut«, sagte sie. »Jetzt wird alles gut.« Dann streckte sie eine Hand aus und sagte: »Ich heiße Kessiah.«

Ich reichte ihr nicht die Hand, was sie aber nicht zu beleidigen schien, denn sie fuhr fort:

»Ich bin aus deiner Gegend – Elm County, Virginia. Lockless. Du erinnerst dich nicht an mich. Erinnerst dich an alles, nicht aber an mich. Ist schon in Ordnung. Als du noch ein Baby warst, habe ich auf dich aufgepasst. Deine Mutter hat dich bei mir gelassen, wenn es nicht anders ging ...«

»Wer?«

»Deine Mutter – Momma Rose, so haben wir sie genannt –, sie hat dich bei mir gelassen. Hab gehört, dass du auch meine kennst – Thena heißt sie. Hat vor ein paar Jahren ihre Kinder verloren. Alle fünf. Wurden auf der Rennbahn von Starfall verkauft und Gott weiß wohin verschickt. Aber jetzt bin ich beim Underground und hab gehört, da ist einer, der auch frisch angekommen ist, der es wie ich erst vor Kurzem rausgeschafft hat, und ich hab gehört, dass du das bist.«

»Wollen wir spazieren gehen?«, fragte ich.

»Aber gern.«

Ich führte sie etwas weiter fort von der Versammlung auf eine Anhöhe, die jene Grünfläche säumte, auf der wir unsere Kutsche abgestellt und unser Zelt errichtet hatten. Ich half ihr in die Kutsche und setzte mich neben sie.

»Das stimmt«, sagte sie und schaute dabei vor sich hin. »Das stimmt alles. Wenn du willst, erzähl ich dir gern mehr.«

»Aber natürlich will ich«, sagte ich.

»Also, weißt du, es ist so, wie ich gesagt habe. Ich bin Thenas Baby – ihre Älteste. Wir haben an der Straße gewohnt, und ich hab schöne Erinnerungen an diese Zeit. Mein Daddy war damals ein wichtiger Mann, Vorarbeiter bei den Tabakerntern, was heißt, er war so wichtig, wie man es als Verpflichteter nur werden kann.

Wir haben unser eigenes Haus gehabt, am Ende der Straße, ein wenig abseits und etwas größer als die anderen. Ich hab immer geglaubt, das ist wegen meinem Daddy, weil der bei denen da oben so gut angesehen ist. Ein harter Mann, keine Frage. Kann mich nicht daran erinnern, dass er je viel geredet hat, aber ich weiß noch, wenn die Oberen runterkamen, um mit ihm zu sprechen, dann redeten sie so respektvoll mit ihm wie mit keinem anderen Verpflichteten.«

Kessiah verstummte, denn plötzlich schien sie etwas zu begreifen. Dann sagte sie: »Vielleicht bilde ich mir das alles aber auch nur ein. Vielleicht ist es die Erinnerung eines Kindes, das versucht, sich die Dinge so zurechtzurücken, wie es die gern gehabt hätte. Ich weiß es nicht. Aber ich sag dir, so hab ich es nun mal im Kopf. Ich weiß noch, was wir gespielt haben und wie unsere Murmeln aussahen. Ich erinnere mich an den Ball mit der Schnur. Ich weiß noch, dass wir Der Ritter der Flöte gespielt haben. Vor allem aber erinnere ich mich daran, dass meine Momma die warmherzigste, liebevollste Frau war, die ich je gekannt habe. Ich weiß noch, wie wir uns sonntags an sie drängten – wir alle fünf –, wie kleine Kätzchen. Mein Daddy war ein harter Mann, aber ich glaub, ich hab schon damals gewusst, dass er uns irgendwie beschützt, dass er was tut oder getan hat, damit wir alle in dieser Hütte leben können, der Hütte am Ende der Straße. Hinten raus hatten wir unseren eigenen Garten mit unseren eigenen Kamelien. Und das war mein Leben.«

In Gedanken verloren, schaute Kessiah hinüber zu den Zelten, die wir gerade verlassen hatten. Und ich war verloren in meinen eigenen Überlegungen, dachte an Thena vor all den Jahren, daran, wie sie Pfeife paffte und von ihrem Mann erzählte, von Big John, den sie so geliebt hatte. Dass diese Kessiah ihre Tochter war, schien mir unglaublich, auch, dass ich sie ausgerechnet hier traf.

»Aber ich wurde größer, und man hat mich bald arbeiten geschickt – erst musste ich den Leuten auf dem Feld Wasser bringen, später war ich dann selbst auf den Feldern. Aber mir hat das nichts ausgemacht, alle meine Freunde waren da, und ich war bei meinem Daddy. Die Arbeit war schwer, das war mir klar, aber gegen harte Arbeit hab ich noch nie was gehabt, deswegen bin ich auch hier beim Underground. Aber damals waren die Felder und die Straße meine Welt, und von der Straße kenne ich dich, Hi, deine Mutter und auch deine Tante Emma. Die Älteren sind an den Wochenenden gern für einen ihrer kleinen Tanzabende in den Wald verschwunden. Mich haben sie dann auf die Babys aufpassen lassen, und du warst eines davon. Dass ich dich hier treffe, überrascht mich eigentlich nicht. Du warst schon immer anders. Hast alles angeschaut, hast dir immer alles angeschaut, und als ich dich hier gesehen hab, hab ich gedacht, der hat sich nicht verändert, schaut sich noch immer alles an. Für mich ist es ein Segen, dich hier wiederzusehen, so weit fort von Lockless.

Damals war alles einfach so anders, und ich wundere mich drüber, schäm mich fast dafür, dass ich glücklich gewesen bin, aber ich glaub, so war das eben, zumindest eine Zeit lang war ich glücklich, und ich weiß genau, wann sich das geändert hat. Es begann an dem Tag, an dem mein Daddy starb. Fieber, weißt du. Ein schwerer Schlag für meine Momma. Sie blieb so warmherzig wie immer, aber sie war auch so traurig. Weinte jede Nacht und rief uns zu sich: ›Kommt und legt euch zu eurer Momma‹, hat sie immer gesagt, und wir – alle Kätzchen –, wir haben uns zu ihr gelegt, aber sie hat bloß geweint, und wir haben alle mitgeweint. Aber ich sag dir, Hi, das war nichts im Vergleich zu dem, was noch kommen sollte. Als mein Daddy von uns ging, haben wir wenigstens noch uns gehabt. Tja, bald danach aber nicht einmal mehr das – es war, als wären alle von mir gegangen, wären gestorben, und ich wär in eine andere Hölle verbannt worden.«

Kessiah drehte sich nun zu mir um und sagte: »Es heißt, du kennst meine Momma, jedenfalls ein bisschen.«

Ich nickte, wollte aber nicht mehr sagen, da ich es noch nicht über mich brachte, ihre Geschichte vorbehaltlos zu glauben. Aber ich sah Kessiahs Blick voll mit jenen Erwartungen, die ich so gut kannte.

»Wie du sie beschreibst, war sie nicht«, sagte ich, »aber ich glaub, es ist dieselbe Frau. Und außerdem glaub ich, dass sie allen Grund hatte, so zu sein, wie sie geworden war, als ich sie gekannt habe. Allerdings glaub ich nicht, dass es darauf ankommt. Entscheidend ist, dass sie gut zu mir war. Dass Thena für mich das Beste an Lockless war.«

Kessiah wölbte die Hände und legte sie auf ihr Gesicht, sodass sie Mund und Nase bedeckten; sie weinte leise vor sich hin.

Dann sagte sie: »Du weißt das mit der Rennbahn?«

»Ja.«

»Stell dir das nur vor. Wir alle, meine Brüder und Schwestern, hingebracht und verkauft. Weißt du, dass ich sie nie wiedergesehen hab? Und weißt du, dass ich überall nach ihnen gesucht hab? Aber so viele sind fort, Hi. Wie Wasser zwischen den Fingern zerrinnt. Einfach weg.«

»Ich … ich weiß«, sagte ich. »Das war nicht immer so, aber jetzt weiß ich es. Deine Mutter, sie wollte mir davon erzählen, weil ich nicht begriffen hab, was es bedeutet, wenn man so behandelt wird. Jetzt aber versteh ich es.«

»Es heißt, dein Daddy ist ein Weißer?«

»Ist er.«

»Hat dir auch nicht geholfen, oder?«

»Nein, hat niemandem von uns geholfen.«

»Nein, wahrscheinlich nicht. Und es ist reiner Zufall, dass ich hier mit dir sitze. Die meisten aus meiner Familie sind nach Natchez gebracht worden, ich bin aber nach Maryland und musste im Wald arbeiten, und da hab ich schon bald diesen Mann kennengelernt, und wir haben uns ineinander verguckt. Elias war frei, ein Freier, der für seinen eigenen Lohn arbeitete, und er wollte mich kaufen, damit ich auch als Freie leben konnte.

Die Arbeit im Wald war hart, aber ich hab mir eine neue Familie gesucht und hab mich auf dieses neue Leben eingestellt, auf meinen Mann, und ich war fast glücklich. Ich hab gewusst, ich werd nie wieder dieses Mädchen sein. Und ich hab auch gewusst, dass ich gezeichnet war, schwer gezeichnet, von dem, was zuvor passiert ist. Aber ich hatte was Neues gefunden, aber grade jetzt, Hi, da wollten sie mich wieder auf den Block stellen. Allerdings hatte ich diesmal was für sie parat, weißt du. Ich hatte in eine ganz bestimmte Familie hineingeheiratet, und zu dieser Familie gehörte jemand, den du als Moses kennst.«

Bei der Erinnerung daran musste Kessiah lachen. »Das hättest du sehen sollen. Elias und ich, wir hatten uns voneinander verabschiedet. Es war so schlimm. An dem Tag aber taucht er dann bei der Auktion auf und fängt an zu bieten. Und ich bin so froh, dass er da ist, nur ist da auch noch dieser andere Mann, der eigens aus Texas gekommen ist. Und zwischen den beiden geht es hin und her, bis mein Elias mich mit seinem allertraurigsten Blick ansieht, und da weiß ich, er hat verloren und der Texaner gewonnen. Und der Texaner bezahlt und sperrt mich in eine Zelle ein. Hättest ihn hören sollen, was er alles vorhatte. Er war so hochnäsig, so großspurig. ›Bei Sonnenaufgang brechen wir auf‹, sagt der zu mir. Ha! Sonnenaufgang. Er hatte keine Ahnung. Die Sonne ging auf, das schon, aber Moses war vor ihm da.«

Moses, dachte ich. Konduktion.

Jetzt schaute Kessiah mich an. »Es war alles geplant, verstehst du? Sie haben so hoch geboten, wie sie konnten. Haben den Mann dann zahlen lassen und mich rausgeholt. Mein Gott, nachdem ich das erlebt hatte, nachdem ich gesehen hatte, was Moses mit ihnen gemacht hat, da konnt ich nicht mehr zurück in mein früheres Leben. Ich dachte immerzu dran, wie sie mir dort das Leben zur Hölle gemacht hatten. Und dran, wie gut es tat, ihnen das wenigstens ein bisschen heimzuzahlen. Und ich hab dran gedacht, wie sehr ich gelitten hab und dass es noch vielen so geht wie mir, und von da an wollte ich nur noch zum Underground.

Seither bin ich bei Moses. Und so hab ich auch von dir gehört, Hi. Ein Junge, hieß es, aus Virginia – aus Elm County, aus meinem County. Also hab ich mich schlau gemacht, hab deinen Namen gehört und konnte es nicht fassen, aber mein Gott, du warst es tatsächlich. Kaum hab ich dich herumlaufen sehen und wie du dir alles anschaust, da hab ich gewusst: Du bist es.«

Daraufhin zog sie mich an sich und umarmte mich, und dabei spürte ich zu meiner großen Überraschung, wie mir warm ums Herz wurde. Ich war schon so lange von zu Hause fort. Und jetzt war ich mit jemandem zusammen, der sich auch daran erinnerte, mit jemandem, der eine ähnliche Reise zurückgelegt hatte. Es wurde spät, und wir mussten zurück zu unseren Leuten. Wir standen auf und umarmten uns noch einmal, dann sagte Kessiah: »Wir werden noch Zeit miteinander haben, du und ich. Wir sind noch ein paar Tage hier.«

Dann schaute sie mich an. »Herrje, wie konnt ich nur vergessen, dich das zu fragen. Hab wohl zu viel geredet. Sag, wie geht es Momma Rose? Wie geht es deiner Mutter?«

Bald lief ich wieder zwischen den Zelten umher und sah, dass die Mahnreden allgemeiner Unterhaltung gewichen waren. Es gab Gruppen von Jongleuren, die einander Obst oder Flaschen zuwarfen, Teufelskerle, die hoch oben zwischen zwei Bäumen ein dünnes Seil spannten, um darüberzulaufen und den ganzen Weg gleich wieder zurückzutanzen, ein Lied auf den Lippen. Es gab Akrobaten, die durch die Gegend purzelten, Verrenkungen und Luftsprünge machten.

Und wie ging es meiner Mutter? Wie ging es Momma Rose? Ich konnte mich immer noch nicht an sie erinnern, kannte nur die Geschichten, die ich von jenen wie Kessiah sammelte, von Leuten, die meine Mutter erlebt hatten, weshalb es, wenn ich an sie dachte, war, als sähe ich die Skizze von einem alten Mythos, nicht so, wie wenn ich an Sophia dachte, an Thena – Thena, die mir nie näher gewesen war als in den Momenten mit Kessiah, als sich die Erinnerungen der Tochter mit meinen eigenen vermengten. Und mir wurde klar, ich wusste jetzt genug, um zu begreifen, warum sie so hart zu mir gewesen war. Ihre Mahnung: So, wie ich hier stehe, bin ich mehr deine Mutter, als dieser Weiße auf seinem Gaul je dein Vater sein wird.

Wir trafen uns zum Abendessen – Otha, Raymond, Kessiah, Moses und ich –, und anschließend, die Sonne stand schon tief, sammelte sich eine Gruppe Farbiger um ein Lagerfeuer. Mit unendlich langsamen, eindringlichen Stimmen begannen sie zu singen, Lieder, wie sie nur im Sarg entstehen konnten. Seit ich geflohen war, hatte ich sie nicht mehr gehört, und jetzt war es, als zerrten sie an mir, und ich merkte, wie ich in der Augusthitze ins Taumeln geriet. Es war einfach zu viel. Ich entfernte mich und lief wieder gedankenverloren auf den schlammigen Wegen zwischen den Zelten umher.

Ich setzte mich gleich hinter den Zelten auf einen Flecken trockenes Gras, von wo aus ich meine Leute noch wie von weit her singen hören konnte. Mir schwindelte von diesem Tag – Kessiah, die Erinnerungen an Thena und Big John, die Argumente und Ideen, die ich über Frauen, Kinder, Arbeit, Land, Familie und Besitz gehört hatte. Und mir kam der Gedanke, dass eine Untersuchung der Sklaverei nicht bloß jene für Virginia typischen Übel aufdecken würde, die meiner alten Welt, sondern auch die große Sehnsucht nach einer ganz und gar neuen Welt. Die Sklaverei war der Ursprung allen Kampfes, hieß es doch, dass sogar die Fabriken die Kinder versklavten, dass Schwangerschaften den Körper der Frau versklavten, und Rum versklave die Seelen der Menschen. Dank des heutigen Wirbelwinds an Ideen verstand ich, dass dieser geheime Krieg sich nicht allein gegen die Sklaventreiber von Virginia richtete und dass es nicht darum ging, die Welt nur zu verbessern, sondern sie neu zu erschaffen.

Ich wurde von einem Mann aus meinen Gedanken gerissen, der sich in der Nähe aufhielt, ein Bote, der mich grüßte und mir einen Umschlag gab, auf dem ich gleich Micajah Blands Siegel erkannte. Mein Herz machte einen Satz. Am liebsten hätte ich den Brief sofort geöffnet, doch ging es um

Othas Familie, und es sollte auch Otha sein, der als Erster von ihrem Schicksal erfuhr. Ich fand ihn neben Raymond am Lagerfeuer, immer noch verzaubert von den Liedern der Sklaven. Weil Raymond der bessere Leser war, gab ich ihm den Brief. Im Schein des Feuers spiegelte sich auf Othas Gesicht all das Bangen, das in diesem Moment zu erwarten war. Dann aber lächelte Raymond. »Micajah hat Lydia und die Kinder. Sie sind raus aus Alabama. Als er den Brief schrieb, durchquerten sie gerade Indiana.«

»Mein Gott«, rief Otha. »Mein Gott.«

Er wandte sich zu mir um und sagte: »Es passiert wirklich. Nach all den Jahren! Meine Lydia, meine Jungs – sie alle –, mein Gott, ich wünschte, Lambert könnte das noch erleben.«

Dann drehte sich Otha wieder zu Raymond um und fing an zu weinen. Raymonds sonst so ernste Miene brach auf, und er hielt Otha im Arm, während sie beide weinten. Ich wandte mich ab, da ich fand, sie brauchten Zeit für sich, überwältigt, wie sie waren, von diesem mit weit mehr Wundern angefüllten Tag, als ich es zu fassen vermochte.

21

FRÜHER EINMAL HATTE ICH davon geträumt zu herrschen, auf Lockless, genau wie mein Vater, und es fällt mir schwer, es zuzugeben, doch war es mein Traum, auch wenn ich damals noch nicht alles durchdacht hatte. Dann fand ich zum Underground, oder der Underground fand mich, und das war gut. Der Underground gab meinem Leben einen Sinn. Und mit Raymond White, Otha und Micajah Bland gab er mir eine Familie. Und dank Kessiah war mir jetzt, als hätte ich einen verlorenen Teil von mir wiedergefunden.

Am nächsten Abend, nach einem weiteren Tag voller Belehrungen und Belustigungen, entschied ich mich, zum Wald zu gehen, hinauf in die Hügel überm Feld, und da traf ich sie, Moses, auf einem großen Stein, die Beine übereinandergeschlagen. Sie wirkte in sich gekehrt, mit sich im Frieden, und ich fragte mich, ob ich sie nicht vielleicht ihren Gedanken überlassen sollte, doch als ich mich abwenden wollte, drang ihre Stimme durch die stille Abendluft.

»Guten Abend.«

Ich drehte mich um und sah, dass sie mir bereits entgegenkam, den Blick auf meinen Kopf gerichtet. Kaum war sie nahe genug, langte sie an die Stelle, wo der Knüppel von Rylands

Bluthunden mich getroffen hatte. Dann trat sie zurück, lächelte und sagte: »Ich wusste, dass wir Zeit finden würden, miteinander zu plaudern, und es ist gut, dass es hier passiert, weit weg von den anderen«, sagte sie. »Hab viel von dir gehört. Und dann hat Kessiah gesagt, du hättest gestern auch noch allerhand erzählt.«

»Ja. Wie es der Zufall will, kommen wir von derselben Plantage.«

»Mhmmm, das hat sie mir bereits gesagt. Tut gut, jemanden von daheim zu sehen, nicht? Gibt einem das Gefühl, Wurzeln zu haben. Für dich ist es sicher schwer, so weit fort von deinen Wurzeln zu sein.«

»Geht es uns nicht allen so?«

»Nein«, sagte sie. »Was mich betrifft, so bin ich ziemlich oft zu Hause, auch wenn den Oberen dort das nicht gefällt. Ich arbeite nur an einem Ort, und zwar da, wo ich mich am besten auskenne, an den entlegenen Ufern von Maryland, meiner Heimat. Irgendwann einmal werde ich endgültig dahin zurückkehren, wenn auch nicht als Agentin, nein, sondern am helllichten Tag. Bis dahin aber bin ich ziemlich oft dort, und es tut gut, daheim zu sein, sich zu erinnern.«

»Ich erinnere mich an ziemlich viel.«

»Weiß ich doch. Und nach dem, was ich so gehört habe, bist du für die Arbeit im Haus in Philadelphia so begabt wie für die auf den Feldern. Außerdem wurde mir zugeflüstert, gerade du könntest vielleicht sogar noch viel mehr tun.«

»Ist mir auch zu Ohren gekommen«, erwiderte ich. »Ist aber nur Gerede, nichts dahinter.«

»Ach ja?«, sagte sie. »Lass dir Zeit.«

»Ich glaub, es geht nicht nur um mich. Ich will meine Leute

345

rausholen, aber ich sehe, es gibt so viele. Und jetzt sehe ich sie alle.«

»Freut mich, das zu hören«, sagte sie und lächelte verschmitzt. Ich fühlte, nein, ich wusste, dass ich mich gerade auf etwas einließ. »Folgendes, mein Freund, ich arbeite in kleinem Rahmen, und ich arbeite allein. Ich ziehe los, wenn ich es für richtig halte und mit der Wachsamkeit, die mir grade angebracht scheint. Für diesen einen Auftrag aber brauche ich einen Mann, der so schnell rennen wie schreiben kann, und mir wurde gesagt, du gehörst zu den wenigen im Underground, die dafür infrage kommen.«

»Wüsste nicht, warum Sie meine Hilfe brauchen. Ich weiß, dass man Sie Moses nennt. Und den Namen haben Sie doch dank Ihrer majestätischen Kraft, oder nicht?«

»Majestätisch«, sagte sie, »ein großes Wort für was so Schlichtes.«

»Aber die Geschichten«, sagte ich. »Ich weiß, was man sich erzählt. Als Kind zähmte Moses einen Stier und pflügte das Feld wie ein Mann. Moses spricht mit den Wölfen. Moses holt die Wolken auf die Erde. Moses' Kleider lassen Messer schmelzen, und Lederpeitschen in den Händen der Sklaventreiber zerfallen zu Staub.«

Sie lachte. »Das erzählt man sich, ja?«

»Das und noch viel mehr.«

»Tja, so viel kann ich dir verraten: Meine Methoden sind nicht verhandelbar. Dies ist der Underground, nicht die Öffentlichkeit. Also kein Theater. Ich mache auch keine Reklame wie Box Brown. Kriegen sie's mit etwas zu tun, das sie nicht verstehen, fangen die Leute gern an zu reden – und machen was Größeres draus als das, was sie tatsächlich gesehen haben.

Aber was immer man sich auch erzählt, du solltest wissen, dieses Gerede stammt nicht von mir. Ich sage nicht mehr als nötig, überlass meinen Passagieren die wilden, bunten Geschichten. Und was Namen angeht, ich habe nur einen – Harriet.«

»Also keine Konduktion?«, fragte ich.

»Noch so ein großes Wort«, sagte sie. »Dabei will ich nur wissen, ob du bereit bist, mit mir zu arbeiten. Ich mach mich auf den Weg zurück nach Hause. Und du bist mir empfohlen worden als einer, der mitkommen könnte. Also, willst du nun arbeiten? Oder willst du die Zeit damit vertrödeln, mir ein Loch in den Bauch zu fragen?«

»Natürlich will ich arbeiten. Wann brechen wir auf? Und um wen geht es?«

Erst da hörte ich den Eifer in meiner Stimme, das mächtige Verlangen, mit dieser Frau zu arbeiten, über die ich so viele Geschichten gehört hatte.

»Tut mir leid«, sagte ich. »Ich bin bereit, wann immer Sie wollen.«

»Geh zurück zum Lager«, sagte sie. »Genieß das Spektakel.«

Dann ging sie wieder zu ihrem Stein, wandte sich von mir ab und sagte: »Wir brechen bald auf. Solltest dir vielleicht schon mal einen Sattel besorgen.«

Am nächsten Morgen weckte mich ein großer Tumult direkt vorm Zelt. Ich hörte Othas Stimme, verloren, fast hysterisch. Und dann hörte ich Raymond und noch ein paar andere, die ich nicht gleich erkannte. Sie versuchten, ihn zu beruhigen, und ich glaube, in diesem Moment habe ich begriffen, denn Otha war niemand, der zu Hysterie neigte, wie groß auch immer der Schlamassel war, in dem wir steckten. Also musste etwas Schreckliches passiert sein. Ich trat vors Zelt. Der Morgen war kaum angebrochen, aber ich sah Otha klar und deutlich vor mir, wie er den Kopf an der Schulter seines Bruders barg, sah, dass er schwankte und sich kaum auf den Beinen halten konnte.

Raymond entdeckte mich zuerst. Seine Augen weiteten sich, und er schüttelte den Kopf. Otha, der meine Anwesenheit gespürt haben musste, wandte sich von seinem Bruder ab und drehte sich zu mir um. Sein Gesicht war leichenblass.

»Hast du es schon gehört?«, fragte Otha mich. »Hast du gehört, was sie getan haben?«

Ich gab keine Antwort.

»Hiram«, sagte Raymond. »Wir können das später klären. Wir müssen ...« Dann aber schüttelte Raymond ungläubig den Kopf und versuchte, Otha fortzuführen. »Komm schon, Otha«, sagte er. »Jetzt komm ...«

»Komm? Wohin denn?«, fragte Otha. »Wohin können wir gehen, Raymond? Um was zu tun? Es ist aus und vorbei. Verstehst du denn nicht, dass es aus ist? Sie halten Lydia im Sarg unten fest. Wo können wir da noch hin? Micajah Bland ist tot. Wie könnte da noch irgendwer von uns irgendwohin?«

Und dann wandte sich Otha an mich. »Hast du's gehört, Hiram?«, fragte er. Und ich sah, wie sich der Schmerz in seinem Gesicht in Wut verwandelte. »Hast du gehört, was sie getan haben? Sie haben ihn umgebracht. Haben ihn in Ketten gelegt, ihm den Schädel eingeschlagen und ihn in den Fluss geworfen.«

Bei diesen Worten brach Otha in Tränen aus, und Raymond sowie mehrere andere Männer zogen ihn vom Zelt fort. Anfangs hätte er sich fast mit ihnen geprügelt. Er schrie,

348

brüllte, trat um sich, bis Raymond ihn zu fassen bekam. So führten sie ihn fort, trugen ihn fast, aber ich hörte Otha weiterschreien. »Hast du gehört, was sie getan haben? Micajah Bland im Wasser! Und was sollen wir jetzt machen?«

Ich stand da wie angewurzelt, bis ich sie nicht mehr sehen konnte. Und blieb noch länger reglos stehen, völlig erstarrt. Erst als sich die Starre löste, nahm ich die Unruhe um mich herum wahr. Wie ein Lauffeuer verbreitete sich die Neuigkeit im Lager. Ich sah Leute, die sich in Grüppchen unterhielten, und ich sah, wie Bewegung in diese Grüppchen kam, als es darum ging, die Gerüchte und Informationen weiterzutragen, die man über Micajah Blands Schicksal aufgeschnappt hatte. Dann aber blickte ich zu Boden und entdeckte eine Umhängetasche unweit von dort, wo Otha und Raymond gestanden hatten. Instinktiv griff ich danach und trug sie in mein Zelt. Als ich sie aufmachte, fand ich mehrere Zeitungen, die über Micajah Bland und Lydia White berichteten. Der erste Artikel sagte schon alles – »Entlaufene Neger gefasst«. Der zweite bestätigte, dass es sich tatsächlich um die Familie von Otha White handelte. Meine Hände zitterten, als ich den dritten überflog: »Negerdieb wieder zurück in Alabama«. Und abschließend einen Bericht von einem Agenten in Indiana, der mit großem Kummer die Nachricht überbrachte – Micajah Blands Leiche sei am Morgen angespült worden. Schädel eingeschlagen. Die Hände auf den Rücken gekettet.

Man hatte mich damals längst gelehrt, Kummer von mir fernzuhalten. Und so verdrängte ich gleich jeden Gedanken an Micajah Bland und dachte nur an die simple Aufgabe, die Papiere zurück zu Raymond und Otha zu bringen. Ich bewegte mich durch die Menge. Einige Leute, die meine Verbindung zur Station Philadelphia kannten, wollten mich aufhalten und fragen, was ich wisse, aber ich ignorierte sie, während ich herauszufinden versuchte, in welches Zelt man Otha gebracht haben mochte. Vor einem entdeckte ich dann Agenten des westlichen Undergrounds. Einer winkte mich zu sich – »Hier«, sagte er. Ein anderer schlug die Zeltklappe für mich zurück, und beim Hineingehen sah ich Otha neben Raymond sitzen. Er wirkte jetzt ruhiger, doch brodelte es offensichtlich noch in ihm. Weitere Leute waren anwesend, eindeutig hochrangige Vertreter aus dem informellen Führungsgremium des Undergrounds. Harriet war da und – welch ein Schock – eine gefasst wirkende Corrine Quinn.

Es blieb keine Zeit, mich zu fragen, was ihre Anwesenheit bedeuten mochte. Das Gespräch verebbte, als ich eintrat.

»Tut mir leid«, sagte ich und ging zu Raymond, »aber ich dachte, ihr braucht dies hier vielleicht.«

Raymond dankte mir, und ich verabschiedete mich, damit das Treffen weitergehen konnte, und ging fort vom Lager, zurück in den Wald, dahin, wo ich tags zuvor Harriet getroffen hatte, und ich setzte mich auf eben den Stein, auf dem auch sie gesessen hatte. Könnte ich in diesem Wald doch nur eine Tür öffnen, dachte ich, und die Baumwollfelder Alabamas hinauf zu den Wäldern New Yorks ziehen. Aber ich hatte nichts. In mir gab es diese Kraft, aber ohne die geringste Ahnung, wie ich sie aktivieren oder kontrollieren konnte, war ich verloren.

Als ich zurückkam, herrschte noch immer Trauer im Lager. Mittlerweile war es Nachmittag geworden. Ich ging in mein Zelt und legte mich hin. Als ich aufwachte, saß Otha neben mir auf einem Stuhl. Otha war ein Mann wahrhaftiger Gefühle, aber nie wild vor Leidenschaft, nie ausfallend in seiner

Wut. Und so hatte ich ihn vor Freude auch noch nie so außer sich erlebt wie vor zwei Tagen, und noch nie war er so betrübt gewesen wie an diesem Morgen.

»Otha«, sagte ich. »Es tut mir leid … ich weiß nicht, was ich sagen soll. Ich habe Lydia oder deine Kinder nie kennengelernt, aber so viel von ihnen gehört, dass sie für mich wie eine Familie sind.«

»Er war mein Bruder, Hiram«, sagte Otha. »Ich bin mit Micajah Bland nicht blutsverwandt, aber er war so sehr mein Bruder, dass er für mich und die Meinen starb. Das alles hier ist mir nicht neu. Ich hab lange getrennt von meiner Familie gelebt, hab, wo ich auch hinkam, Brüder getroffen und hab getrauert, wenn wir getrennt wurden – und wir wurden immer getrennt. Aber niemals, nicht eine einzige Sekunde lang, hab ich neue Verbindungen gescheut, die Liebe.

Mein Wutanfall heute Morgen tut mir leid. Raymond hat das nicht verdient, und ich bedaure, dass du ihn mit ansehen musstest.«

»Dafür brauchst du dich doch nicht zu entschuldigen, Otha.«

Er schwieg eine Weile. Ich sagte nichts, fand, ich sollte ihm Zeit lassen.

»Ich möchte dir eine Geschichte übers Träumen erzählen. Ich will sie dir erzählen, weil ich weiß, wie du darum kämpfst, deinen Platz zu finden, wie du darum kämpfst, an die Kraft in dir zu gelangen, die, wie alle sagen, in dir steckt. Und wenn ich dir in meinem Schmerz etwas geben könnte, würde mich das sehr trösten.«

Ich richtete mich auf meiner Pritsche auf und hörte zu.

»Lydia, meine Frau, habe ich kurz nach Lamberts Tod kennengelernt. Lambert war älter, stärker, tapferer als ich. Er war mein Herz, meine Zuversicht, und wann immer ich verzagte, war es sein ungebrochener Glaube an mich, der mir wieder aufhalf. Und ihn dann so untergehen zu sehen, zu wissen, dass wir es nie wieder zurück nach Hause schaffen würden, dass Gott uns wahrhaft vernichten wollte … Hässliche Dinge überspülten mich wie eine Woge. Viele Abende habe ich in dem Zustand verbracht, in dem du mich heute Morgen gesehen hast. Vielleicht kennst du das ja, ein Schmerz, der sich über dein Herz legt wie die finstere Nacht.

Den einzigen Trost fand ich in der Arbeit, obwohl ich Sklave war. Mein Geist kroch in meine Hände, und das Feld tröstete mich. Die Weißen glaubten, es läge an meiner unbeugsamen Moral. Sie fanden, unter der Peitsche bewahrte ich Haltung. Aber ich hasste sie ausnahmslos, Hiram, denn so sicher, wie sie mich aus der Wiege meiner Kindheit gerissen hatten, so sicher hatten sie auch meinen Bruder ermordet.

In diesem Zustand lernte ich Lydia kennen. Weil sie in Alabama geboren worden war, war sie die Last vielleicht noch mehr gewohnt als ich und eher geeignet, die große Bürde eines Lebens in Ketten zu erdulden. Ich tobte, sie aber lachte, und bald stimmte ich in ihr Lachen ein. Und dann wurde ich wütend, weil sie mich zum Lachen gebracht hatte, nur um gleich darauf wieder mit ihr über all das zu lachen. Wir wollten heiraten, und ich spürte, wie ich in die Welt zurückkehrte. Ich war wieder mit jemandem verbunden, verstehst du?

Einige Tage vor unserer Heirat ging ich zu Lydia und stellte fest, dass ihr Rücken wund war. Lydia war bei allen beliebt und wurde von den Oberen geschätzt; noch nie hatte sie jemand die neunschwänzige Katze spüren. Der Vorarbeiter sei schuld, erzählte sie. Er war scharf auf sie, aber sie wollte nicht. Also hat er sie ausgepeitscht; als Grund gab er an, sie habe ihn ausgeschimpft.

Als ich das hörte, kochte ich vor Wut. Ohne ein Wort stand ich auf. Sie fragte, was ich wolle, und ich sagte: ›Den bring ich um.‹

›Wag es ja nicht‹, erwiderte Lydia.

›Warum nicht?‹

›Weil man dich erschießen wird, und das weißt du genau.‹

›Warten wir's ab‹, sagte ich. ›Aber ich bin ein Mann, und ich werde mich rächen.‹

›Verflucht sei dein Mannesstolz und jeder Zentimeter von dir, wenn du diesem Weißen auch nur ein Haar auf seinem Kopf krümmst.‹

›Aber du gehörst mir, Lydia‹, sagte ich. ›Und es ist meine Pflicht, dich zu beschützen.‹

›Und beschützt du mich vielleicht, wenn du die Radieschen von unten siehst?‹, fragte sie. ›Ich hab dich nicht grundlos ausgewählt. Du hast mir deine Geschichte erzählt, und ich weiß, du hast Ziele, die über das hier hinausgehen. Otha, es geht um mehr. Es muss um mehr gehen als um Wut, mehr als um Mannesstolz. Wir haben Pläne, du und ich. Und das ist nicht unser Ende. So werden wir beide nicht sterben.‹

Diese Worte habe ich nie wieder vergessen, Hiram, verstehst du? Ich träume davon – das ist nicht unser Ende, höre ich sie sagen. So werden wir beide nicht sterben. Man hatte sie ausgepeitscht, aber ich war es, der behauptete, verwundet zu sein. Ich sollte sie lieben und habe im Grunde doch nur mich selbst geliebt.

Ich weiß, du kannst dir das Grauen vorstellen, das wir in unserer gemeinsamen Zeit erlebt haben, ein Grauen, das meine

Lydia, meine Kinder, noch in diesem Moment erleben. Wichtig ist mir aber, dass du begreifst, was ich zu retten versuche und was für Bland das Ende war, nämlich all das, was zwischen Lydia und mir gewachsen ist – die Scherze, die nur wir verstehen, unsere Kinder, die uns zur Ehre gereichen, dieses Gefühl, das so tief ist, dass man es über den ganzen Kontinent hinweg spüren kann. Lydia hat mir das Leben gerettet, Hiram, und nun gebe ich alles, um sie zu retten.

Micajah Bland hat das gewusst. Und deshalb haben sie ihn umgebracht. Meine Trauer ist größer, als irgendwer ermessen kann.«

Mit diesen Worten stand er auf und schlug den Zelteingang zurück.

»Meine Lydia kommt frei«, sagte er. »So werden wir nicht sterben. Meine Lydia kommt frei.«

22

AM NÄCHSTEN MORGEN wurde es Zeit, das Lager abzubre-
chen, und sobald ich alle Sachen in meiner Reisetasche
verstaut hatte, lief ich übers Feld und sah zu, wie diese wunder-
same Stadt der Visionen, der neuen Ideen und einer befreiten
Zukunft für Männer und Frauen sich in nichts auflöste. Ich
spazierte in den Wald, um ein letztes Mal die Landluft zu genießen, ehe ich wieder in den Lärm und Qualm der Stadt zurückkehrte. Als ich zurückkam, beendeten Raymond, Otha
und Harriet gerade ihre Vorbereitungen. In der Nähe sah ich
Kessiah ihre Reisesachen verschnüren. Kaum entdeckte sie
mich, legte sie eine Hand an den Mund, kam zu mir, nahm
mich in ihre Arme und sagte: »Es tut mir leid, Hi. Es tut mir
wirklich schrecklich leid.«

»Danke«, sagte ich, »aber wie es mir geht, ist jetzt nicht so
wichtig. Otha ist derjenige, der immer noch ohne seine Familie
leben muss.«

»Ich weiß, aber ich weiß auch, wie viel Micajah Bland dir
bedeutet hat«, sagte sie. Und sie packte meinen Arm fast so fest
wie eine Mutter ihr Kind.

»Ehe ich dich kennengelernt habe«, sagte ich, »war Micajah
Bland meine engste Verbindung zu meinem alten Zuhause.

Nicht, dass das mein Wunsch gewesen wäre, aber es ist doch typisch für ihn, dass er mich erst verlässt, nachdem du gekommen bist.«

»Tja, so war er«, sagte sie. »Vielleicht hat jemand ein Auge auf dich.«

Sie lächelte, und ich spürte die Wärme zwischen uns. Erst vor drei Tagen hatte ich Kessiah kennengelernt, fühlte mich aber schon zu ihr hingezogen. Sie war die ältere Schwester, von der ich geglaubt hatte, sie nie zu brauchen, der Stöpsel für das Loch, von dem ich nicht einmal gewusst hatte, dass es existierte.

»Danke, Kessiah«, entgegnete ich. »Ich hoffe, wir sehen uns bald wieder. Ehrlich gesagt, wenn du etwas Zeit hast, würde es mich freuen, wenn du ein paar Zeilen an mich schreiben könntest.«

»Natürlich, gern«, sagte sie. »Allerdings bin ich Feldagentin, weiß also nicht, ob ich so gut mit Worten bin wie du. Sei's drum; wir begleiten dich übrigens nach Philadelphia, Harriet und ich. Micajah Blands Tod hat einiges verändert. Gut möglich, dass wir uns auch verändern müssen.«

Wir umarmten uns erneut. Ich griff nach ihrer Tasche, brachte sie zur Kutsche und verstaute sie dort. Als ich noch einmal zurückblickte, sah ich, dass sich Corrine und überraschenderweise auch Hawkins und Amy zu Raymond, Otha und Harriet gesellt hatten. Sie waren in ein Gespräch vertieft, umarmten sich und richteten alle ein paar freundliche Worte an Otha. Ich hatte sie noch nie so behutsam miteinander umgehen sehen, hatte aber auch noch nie erleben müssen, dass der Underground einen der Seinen verlor. Corrine sah anders aus. Sie hatte die Maske abgelegt, die sie in Virginia gewöhnlich trug – das Haar fiel ihr bis auf die Schultern, sie hatte ein schlichtes elfenbeinfarbenes Kleid an und weder Puder noch Rouge aufgelegt. Als Hawkins mich sah, nickte er und warf mir, soweit ihm derlei überhaupt möglich war, einen besorgten Blick zu.

Wir fuhren in einem aus drei Kutschen bestehenden Tross. Otha, Raymond und ich in der ersten Kutsche, Corrine, Hawkins und Amy in der zweiten und als Schlusslicht Harriet, Kessiah und ihr Fahrer, ein junger Mann, der erst vor Kurzem von Harriet gerettet worden war und sich ihr seither ganz verschworen hatte. Die Nacht verbrachten wir in einem kleinen Gasthaus gut eine Reitstunde nördlich von Manhattan. Nur brachte mir der Schlaf nicht den geringsten Frieden, denn sobald ich die Augen schloss, fand ich mich in einem grässlichen Albtraum wieder, unter Wasser, im Goose-Fluss, und kaum tauchte ich aus den Wellen auf, sah ich alles noch mal, sah May vor meinen Augen ertrinken. Ich glaubte, wieder dort zu sein, und da ich schon sah, wie sich um mich blaues Licht sammelte, und da ich die Kraft in mir spürte, beschloss ich, dass es diesmal anders laufen würde. Erst als ich nach dem kleinen May langte, erkannte ich, dass es nicht mein Bruder war, sondern Micajah Bland.

Ich erwachte mit einem schrecklichen Gedanken. Ich hatte die Pässe ausgestellt, ich hatte die Empfehlungsbriefe gefälscht. All das konnte nur meine Schuld sein. Ich musste an Simpson denken. An McKiernan. An Chalmers. Ich ging sämtliche Ereignisse jener Nacht durch, auch die der folgenden Tage, dachte an die makellosen Fälschungen. Und mir fiel ein, dass es manchmal gerade die Perfektion war, die einen Hausagenten verriet, dass die Pässe zu gut waren, zu makellos, und dass sie deshalb Verdacht erregten. Ich war schuld gewesen, davon war ich nun überzeugt.

Ich hatte Micajah Bland umgebracht. Ich hatte beinahe auch Sophia umgebracht. Und vielleicht war ich irgendwie auch für das Schicksal meiner Mutter verantwortlich und konnte mich deshalb nicht an sie erinnern. Ich spürte, wie es mir die Brust zusammenzog. Ich bekam kaum noch Luft. Ich stand auf, zog mich an und taumelte nach draußen, setzte mich auf die hintere Veranda, beugte mich vornüber und atmete und atmete und atmete. Erst als ich mich aufrichtete, sah ich den Garten hinterm Haus. Es war noch Abend. Ich ging durch den Garten und hörte im Näherkommen vertraute Stimmen. Hawkins, Corrine und Amy saßen auf einer Rundbank und rauchten jeder eine Zigarre. Wir grüßten uns kurz, und ich setzte mich zu ihnen. Im Mondlicht sah ich, wie Corrine den Rauch einatmete und gleich wieder in einer großen Wolke ausblies. Minutenlang war nichts weiter zu hören als die Nachtmusik der Insekten. Dann sprach Corrine aus, was wir alle dachten.

»Er war ein besonderer Mann«, sagte sie. »Ich habe ihn gut gekannt und habe ihn sehr gemocht. Er war wirklich besonders. Er hat mich vor all den Jahren gefunden und gerettet. Er hat mir eine Welt gezeigt, von der ich noch nicht einmal etwas geahnt hatte. Ohne ihn wäre ich heute nicht hier.«

Wieder herrschte Stille, und ich beobachtete ihre Gesichter in der Glut der Zigarren. Schuldgefühle packten mich, und ich sagte: »Mich hat er auch gerettet. Hat mich vor den Rylands gerettet. Vor meinen dummen Vorstellungen über die Sümpfe. Er war's, der mich mit der Welt der Bücher bekannt gemacht hat. Ihm verdanke ich mehr, als ich jemals sagen könnte.«

Amy nickte und griff dann in ihre Handtasche. Sie bot mir eine Zigarre an. Ich nahm sie, nickte dankend und spielte damit zwischen meinen Fingern. Dann beugte ich mich zu Hawkins vor, der ein Streichholz anzündete. Ich nahm einen kräftigen Zug und sagte: »Aber ich hab was gelernt; ich sag euch, ich hab ein paar Dinge gelernt.«

»Das wissen wir doch, Hiram«, sagte Hawkins. »Jemand hat gesagt, du machst dich auf den Weg nach Maryland, gehst mit Moses runter, heißt es.«

»Falls sie mich noch haben will.«

»Oh, bestimmt«, sagte Hawkins. »Moses würde wegen Bland nicht aufhören, so wenig, wie Bland ihretwegen aufgehört hätte. Wartet vielleicht ein paar Tage, aber sie wird gehen. Es ist wirklich schlimm, aber es ist auch so, wie er es sich gewünscht hätte – ein besonderer Mann, du hast es gehört –, und er ist so von uns gegangen, wie wir es alle gern tun würden.«

Mir wurde übel. Ich musste an meinen Traum denken. »Und zwar?«, fragte ich.

»Bist du sicher, dass du das wissen willst?«, fragte Amy. Sie sprach leise, und so traf mich der Schlag irgendwie mit noch größerer Wucht. Aber ich wollte es wissen. Wollte so viel wie möglich wissen, und meine Schuldgefühle ließen keine anderen Überlegungen zu. Als ich erneut einen Zug von der Zigarre nahm, musste ich keuchen und husten, was Hawkins mit einem lauten Lachen quittierte, in das alle anderen einfielen. Und ich sah sie lachen, bis sie allmählich wieder still wurden. Dann sagte ich leise: »Die Papiere. Ich hab die Papiere ausgestellt. Ich glaub, ich bin schuld, dass er umgebracht wurde.«

Was Anlass für erneutes Gelächter gab, diesmal aber nur von Hawkins und Amy.

»Ich hab die Papiere ausgestellt«, sagte ich noch einmal. »Wie hätte ein Mann wie Bland sonst geschnappt werden können? Nur durch meine Hand, gibt keine andere Möglichkeit.«

»Was soll das heißen: Gibt keine andere Möglichkeit?«, fragte Hawkins. »Gibt jede Menge Möglichkeiten.«

»Vor allem in Alabama«, sagte Amy.

»Die Papiere«, sagte ich. »Man hat ihn wegen der Papiere geschnappt.«

»Nein, so ist es nicht gewesen«, sagte Corrine. »Mit den Papieren hatte das nichts zu tun.«

»Wie ist es dann gewesen?«

»Er hatte es fast geschafft«, sagte Corrine. »Aber eben nur fast. Hat wochenlang die Ufer des Ohio River abgesucht, bis er die perfekte Anlegestelle fand. Wie ihm das genau gelungen ist, wissen wir nicht, aber er hat Lydia und ihre Jungen gefunden, sich als ihr Besitzer ausgegeben und ist mit ihnen den Tennessee runtergefahren, bis sie das freie Land Indiana erreichten. Soweit ich weiß, ist dann aber eines der Kinder krank geworden, also wurde es schwierig, weiterhin bei Nacht zu reisen.«

»Und so wurden sie geschnappt«, sagte Hawkins. »Ein Weißer hat sie angehalten, Fragen gestellt und Blands Geschichte irgendwie merkwürdig gefunden. Hat sie ins Gefängnis gesteckt und sich erkundigt, ob irgendwo entflohene Sklaven gesucht wurden.«

»Und genau so war es«, sagte Amy.

»Bland hätte jederzeit gehen können«, sagte Hawkins. »Hatten nichts gegen ihn in der Hand. Aber aus der Zeitung und von den Agenten vor Ort wissen wir, dass er immer wieder versucht hat, Lydia und die Kinder zu sehen, bis er schließlich selbst eingesperrt wurde.«

»Wie er schließlich umgebracht wurde, wissen wir nicht«,

fuhr Corrine fort. »Aber ich kenne Bland so gut, dass ich weiß, er hat nicht aufgehört, nach einer Fluchtmöglichkeit zu suchen. Und seine Wärter haben sicher bald begriffen, dass es ihnen leichterfallen würde, die Gefassten abzuliefern und ihre Belohnung zu kassieren, wenn ihnen kein Agent im Weg steht, der sie unbedingt befreien will.«

»Gott«, stöhnte ich, »o Gott.«

»Seid verflucht, weil ihr ihn hingeschickt habt«, sagte Hawkins. »Nach Alabama? Gibt so viele Möglichkeiten, geschnappt zu werden. Runter in den Sarg wegen ein paar Babys?«

Ich hätte Hawkins erzählen können, was ich erfahren hatte. Ich hätte ihm von Otha White erzählen können. Ich hätte ihm vom Lebkuchen erzählen können. Ich hätte ihm von Thena und Kessiah erzählen können. Ich hätte ihm sagen können, dass der Underground so viel mehr war, mehr als bloße Mathematik, mehr als jeder Blickwinkel darauf, mehr als die Bewegung selbst.

Aber ich wusste, Hawkins trauerte auf seine eigene Weise. Ich spürte es jetzt noch deutlicher, denn das Gewebe aus Trauer und Verlust begann, sich aufzuribbeln. Sophia, Micajah Bland, Georgie, meine Mutter. Ich war deswegen nicht mal mehr wütend. Inzwischen wusste ich, dass es zu meiner Arbeit gehörte, mich mit Verlust abzufinden. Aber ich wollte mich nicht damit abfinden.

23

ZURÜCK IN PHILADELPHIA, nahm ich meinen Alltag wieder auf und arbeitete wechselweise als Tischler oder für den Underground. Fürs Trauern blieb kaum Zeit. Mittlerweile war September, und bald begann die hohe Zeit der Konduktionen. Es herrschte die Sorge, Bland könnte irgendwie verraten worden sein. Wir überprüften unser gesamtes System. Codes wurden geändert. Typische Abläufe überholt. Einige Agenten nahm man genauer unter die Lupe. Und die Beziehungen zu den Leuten vom westlichen Underground sollten nie wieder sein wie früher, da man vermutete, dass sie, ob wissentlich oder nicht, bei der Zerstörung Blands eine Rolle gespielt hatten.

In jenem Monat sah ich Kessiah ziemlich oft, und das war das einzig Gute an der ganzen Sache, kam es mir doch vor, als hätte ich eine lange vermisste Verwandte wiedergefunden. Anfang Oktober kam Harriet vorbei. Sie schlug einen Spaziergang durch die Stadt vor. Also machten wir uns auf den Weg zu den Schuylkill-Docks und liefen dann über die South Street Bridge zur westlichen Stadtgrenze.

Es war ein frischer, kühler Nachmittag. Die Blätter wechselten ihre Farbe, und die Menschen hüllten sich in dicke dunkle Mäntel und Wollschals. Harriet trug ein langes braunes

Kleid, und sie hatte sich ein Baumwolltuch um die Hüfte gewickelt und eine Tasche umgehängt. Während der ersten zwanzig Minuten oder so redeten wir nur über belanglose Dinge. Erst als wir weiter draußen waren und es einsamer wurde, wandte sich unser Gespräch den eigentlichen Themen zu.

»Wie geht es dir, mein Freund?«, fragte Harriet.

»Nicht so gut«, erwiderte ich. »Ich weiß nicht, wie andere das aushalten. Bland war nicht der Erste, stimmt's? Nicht der erste Agent, den wir verloren haben, meine ich. Zumindest war er nicht für Sie.«

»Nein, mein Freund, war er nicht«, sagte Harriet. »Und er wird auch nicht der Letzte sein. Darüber solltest du dir besser klar sein.«

»Bin ich mir«, sagte ich.

»Nein, bist du nicht«, sagte sie. »Wir sind im Krieg. Soldaten ziehen aus den unterschiedlichsten Gründen in den Krieg, aber sie sterben, weil sie es nicht ertragen, in einer Welt zu leben, die so ist, wie sie ist. Das da draußen war der Micajah Bland, wie ich ihn kannte. Er konnte nicht leben. Nicht hier, nicht so. Und er hat alles riskiert – sein Leben, seine Verbindungen, die Zuneigung seiner Schwester –, weil er wusste, dies ist eben das Risiko, mit dem wir alle, der Rest von uns, leben müssen.«

Einen Moment lang blieben wir stehen.

»Ich weiß, dass du das nicht verstehst«, sagte Harriet, »aber du wirst dich diesen Tatsachen fügen müssen. Du hast keine andere Wahl. Es wird weitere Tote geben. Du könntest der Nächste sein. Oder ich.«

»Nein, Sie niemals«, sagte ich und lächelte jetzt.

»Irgendwann werde ich es sein«, sagte sie. »Und dann kann

ich nur hoffen, dass die einzigen Hunde, vor denen ich mich rechtfertigen muss, die Hunde des Herrn sein werden.«

Danach wandte sich das Gespräch dem zu, was noch zu tun war. »Der Sarg ist es nicht, zugegeben, trotzdem ist Maryland noch Pharaonenland. Ich weiß, was man sich über mich erzählt, aber du solltest wissen, ich selbst würde so etwas nie über mich sagen. Wenn die Bluthunde unsere Spur aufnehmen, sind wir alle gleich. Und wenn die Axt fällt, kann sie jeden von uns treffen. Falls es dazu kommt, ist alles, was ich gelernt habe, nichts weiter wert, nur noch Staub auf unserem langen Weg. Du wirst nicht erleben, dass ich an meine eigenen Wunder glaube, nur an die gestrengen Grundsätze des Undergrounds.«

Und dann lächelte sie sanft und sagte: »Aber Wunder gibt es viele. So hat man mir von einem Mann erzählt, der nicht nur geflohen, sondern aus eigener Kraft zu neuem Leben erwacht ist, sich selbst aus eisigen Fluten zog, ein Mann, der sich, von Bluthunden gehetzt, so sehr nach zu Hause sehnte, dass er nur einmal blinzeln musste, und schon war er dort.«

»Erzählt man sich das, ja?«, fragte ich.

»Das erzählt man sich«, sagte sie. »Aber dir habe ich nie erzählt, was mir widerfahren ist, oder?«

»Sie reden sowieso nicht viel über sich. Sind keine große Geschichtenerzählerin, haben Sie selbst gesagt.«

»Tja, stimmt. Also warten wir damit lieber noch ein bisschen. Kommt auch nicht drauf an. Ich möchte dich nur bitten, mehr Vertrauen in mich zu setzen als in deine eigenen Misserfolge.«

Wir kehrten um und gingen zurück zur Bainbridge Street, meist wieder in Schweigen versunken. Kaum zu Hause angekommen, setzten wir uns ins Wohnzimmer.

»Maryland also«, sagte ich.

»Maryland«, bestätigte sie, langte dann in ihre Tasche und entnahm ihr ein Bündel Briefe.

»Ich brauche zwei Dinge: einen Pass, in dieser Handschrift ausgestellt. Und der Pass muss für zwei gelten.«

Ich fing an, mir Notizen zu machen.

»Außerdem brauche ich einen von einem Sklaven geschriebenen Brief. Adressiert an Jake Jackson in Poplar Neck – Dorchester, Maryland. Von seinem Bruder Henry Jackson, Beacon Hill, Boston. Mit all den lieben Grüßen, wie sie Brüder einander schicken; schreib, was dir in den Sinn kommt, aber ein Satz muss wortwörtlich drin stehen: Sag meinen Brüdern, sie mögen allezeit wachsam sein und beten, und wenn das gute alte Schiff Zion auftaucht, mögen sie bereit sein, an Bord zu gehen.«

Ich nickte, kritzelte noch immer mit.

»Der Brief geht morgen zur Post. Wir müssen ihm Zeit lassen, seine Wirkung zu entfalten. Dann machen wir uns auf den Weg. In zwei Wochen brechen wir auf. Wir werden eine Nacht unterwegs sein.«

Verwirrt hielt ich inne und blickte sie an.

»Moment mal«, sagte ich. »Eine Nacht? Das reicht nicht, um nach Maryland zu kommen.«

Sie erwiderte meinen Blick und lächelte.

»Nicht einmal annähernd«, sagte ich.

Und so verließ ich zwei Wochen später mitten in der Nacht die Ninth Street Station und ging über die Market Street, wo alles schlief, um Harriet bei den Docks am Delaware River zu treffen. Wir wandten uns nach Süden, vorbei am Kohlelager und an der Pier der South Street, wo die Red-Bank-Fähre schaukelnd vor Anker lag, bis wir zu einer älteren, arg ramponierten Pier kamen, kaum mehr als fauliges Holz, das stöhnend und ächzend im nachtschwarzen Fluss schwankte. Ich schaute die Pier hinunter und sah, dass diese schemenhafte Holzruine in blanken, aus dem Wasser ragenden Pfählen endete.

Der Oktoberwind blies vom Fluss herüber. Ich blickte auf und sah, dass Wolken die Sterne und den Mond verdeckten, die uns so oft den Weg wiesen. Nebel wogte heran. Harriet stand an der Pier und blickte in die Nacht, in den Nebel und hinüber zum unsichtbaren Ufer von Camden, eigentlich aber noch weit darüber hinaus. Sie stützte sich auf ihren treuen Gehstock, jenen, den sie auch schon auf unserem Weg nach New York dabeigehabt hatte. »Für Micajah Bland«, sagte sie, und dann lief sie über die halb verfallene Pier direkt hinaus auf den Fluss.

Dass ich ihr nachging und keine Fragen stellte, verrät, wie sehr ich Harriet da bereits vertraute. Sie war unser Moses, und selbst in meiner Angst glaubte ich, dass sie irgendwie das Wasser teilen würde, das vor uns lag. Also folgte ich ihr.

Ich hörte Harriet sagen: »Für all jene, die in den Hafen segelten, von dem es keine Wiederkehr geben kann.«

Ich hörte das nasse Holz der Pier unter meinem Gewicht ächzen, aber die Planken unter meinen Füßen wirkten stabil. Ich schaute zurück, nur wogte der Nebel jetzt von allen Seiten heran, so dick, dass ich die Stadt in meinem Rücken nicht länger sehen konnte. Ich schaute nach vorn und sah, dass Harriet immer weiter hinausging.

»Wir haben nichts vergessen, du und ich«, sagte Harriet. »Vergessen heißt, wahrhaft zum Sklaven werden. Vergessen heißt sterben.«

Und mit diesen Worten blieb Harriet an Ort und Stelle stehen. Irgendwo in der Schwärze glomm nun ein Licht. Erst dachte ich, Harriet hätte eine Laterne angezündet, denn das Licht war klein und schwach, dann aber sah ich, dass das Licht nicht gelb war, sondern von einem fahlen, gespenstischen Grün, und ich sah, dass Harriet das Licht nicht in Händen hielt, sondern dass es von ihr selbst ausging.

Sie wandte sich zu mir um, in ihren Augen dasselbe grüne Feuer, das aus der Nacht aufzulodern schien.

»Erinnere dich, mein Freund«, sagte sie, »denn Erinnerung ist das Vehikel, und Erinnerung ist der Weg, und Erinnerung ist die Brücke vom Fluch der Sklaverei zum Segen der Freiheit.«

Und da sah ich, dass wir im Wasser waren. Nein, nicht im, sondern überm Wasser. Wir hätten versinken müssen, denn ich wusste, wir hatten die Pier längst hinter uns gelassen, und unter unseren Füßen war nichts mehr von dieser Welt. Der Delaware River ist so tief, dass Dampfschiffe in den Hafen einlaufen können, das Wasser aber benetzte kaum meine Stiefel.

»Bleib bei mir, Freund«, sagte Harriet. »Streng dich nicht an. Es ist wie beim Tanzen. Bleib bei der Melodie, bleib bei der Geschichte, und alles wird gut. Und wie gesagt, die Geschichte ist all jenen gewidmet, die im Schlund des Dämons verschwunden sind. Wir kennen das schon unser ganzes Leben. Es fängt an, wenn du noch klein bist und noch kaum was weißt von dieser Welt, aber selbst da ahnst du schon, dass es falsch ist. Das weiß ich noch.«

Was dann geschah, war eine Art Kommunion, eine Kette von Erinnerungen, die sich zwischen uns spannte und mehr vermittelte, als ich hier in Worten auszudrücken vermag, denn die Kette war an jenem tief verborgenen, fest verriegelten Ort verankert, wo meine Tante Emma lebte, wo meine Mutter lebte, wo eine große Kraft lebte, und in Harriet reichte die Kette bis hinab an denselben Ort, dorthin, wo all die Verlorenen Wache hielten. Und dann blickte ich auf und sah sie, herumflirrende Phantome, flirrend wie jener unheilvolle Tag auf dem Goose-Fluss, und ich wusste genau, wer diese Phantome waren und was sie Harriet bedeuteten.

Als ich daher neben uns den Jungen sah, draußen im Dunst, kaum älter als zwölf Jahre und in ein gespenstisches Grün gehüllt, wusste ich, dass er Abe hieß, und ich wusste, er gehörte zu denen, die runter nach Natchez geschickt worden waren, über »den Fluss ohne Namen«. Und jetzt konnte ich auch wieder Harriets Stimme hören, an jenem Ort tief dort unten, wo die Kette festgemacht und verankert war.

»Du hast Abe nicht gekannt«, sagte sie, »aber im Lichte dieser Konduktion wirst du ihn gut kennenlernen. Es schmerzt mich, dass er sich uns auf dem Rückweg nicht anschließen kann. Dieser Schmerz war es, der mich zum Underground gebracht hat.«

Jetzt öffnete sich das Licht um Harriet, strahlte heller, und ich sah vor uns einen Pfad durch das Wasser, das kein Wasser war. In der Ferne lag kein Dock, doch im Dunkeln und aus dem Dunkeln kommend, sah ich die Phantome aus Harriets Erinnerungen – sah sie tanzen, wie sie wohl getanzt hatten, als Harriet sie kannte. Und als wir näher kamen und als wir an ihnen vorübergingen, verschwanden die Phantome.

»Du kennst mich gut, mein Freund«, sagte sie. »Ich wurde von der Peitsche geformt. Ich war erst sieben Jahre alt, als Master Broadus mich in die Sümpfe schickte, um Kleingetier zu jagen. Ich hätte da draußen einen Arm oder ein Bein verlieren können, aber ich kam unversehrt zurück – aus dem Dschungel, nicht aus dem Käfig. Kaum war ich neun, rief man mich ins Herrenhaus und vertraute mir die Pflege des Salons an. Ich hab viel falsch gemacht. Meine Mistress hat mich geschlagen, jeden Tag, mit einem Tau. Und ich begann zu glauben, dies sei Gottes Plan, und ich sei wirklich jenes elende Wesen, für das sie mich hielten, weshalb ich nichts weiter als die Misshandlungen verdiente, die sie mir zufügten.

Tatsache trotz all dieser Demütigungen aber ist, dass ich in einige Winkel der Hölle zum Glück nicht eingeladen wurde. Ich rede vom Marsch der Namenlosen, vom langen Weg nach Natchez, dem Trauerzug nach Baton Rouge. Ich habe alles gesehen, mein Freund. Ja, mein Onkel Hark verlor einen Arm, nur weil er an die Namenlosen dachte, nur weil er die weißen Männer, die ihn beobachteten, seinerseits etwas zu aufmerksam beobachtete. Eines Morgens stand er auf und sagte sich, wie schwer es werden würde, einen Krüppel zu verkaufen, also hob er die Axt mit einer Hand und überließ die andere seinem Herrn. ›Ich mag jetzt zwar ein Krüppel sein‹, sagte Hark, ›aber dafür schicken sie mich nicht weg.‹

Hark war ungewöhnlich. Die meisten machten den Marsch, ließen wehklagende Weiber, gebrochene Ehemänner und Waisen zurück. Und dann war da Abe, unser Junge –, dessen breites, staunendes Gesicht ich jetzt so deutlich vor mir sehe wie in jenem anderen Leben – ein wohlerzogener Junge, der tat, was man ihm sagte. Seine Momma starb bei seiner Geburt; sein Daddy war längst verkauft. Sosehr er auch litt unter diesen Trennungen, er ließ es sich nie anmerken. Er redete bloß, wenn ein Kind reden soll, dann nämlich, wenn es von Älteren angesprochen wird, und diese Älteren, die sein Leid

369

kannten, auch wenn er es zu verbergen wusste, waren lieb zu ihm.

Jene aber, die hart waren, jene, die der neunschwänzigen Katze huldigten, für die war Abe ein Ärgernis. Ich sage dir, mein Freund, der Junge war einfach nicht zu halten. Wäre ein teuflisch guter Agent geworden, denn er rannte, als hätte er die Lunge eines Löwen. Wenn Master Broadus auch nur daran dachte, ihn zu bestrafen, war der Junge auf und davon.

Manchmal rief uns der Vorarbeiter, damit wir halfen, Abe einzufangen. Wir taten dann nur so als ob, denn in unserem Herzen hielten wir zu dem Jungen. Du weißt, wie es ist – Verpflichtete müssen ihre Siege nehmen, wie sie kommen. Und wenn du Abe gesehen hättest, wie wir ihn sahen, wenn du gesehen hättest, wie er durchs Weizenfeld fegte, durchs hohe Korn flog, dann hättest du auch das zuinnerst Unausgesprochene in uns gesehen – Freiheit, mein Freund, Freiheit. In den Momenten, da er rannte, unbeschwert von den Trennungen, ungebrochen von der Neunschwänzigen, da war er frei. Und wenn ich ihn so sah, bekam ich einen ersten Vorgeschmack auf die Konduktion, auf die große Kraft, die noch in den kleinsten Fluchten steckt.«

Harriet schwieg einen Moment, und wieder gingen wir stumm voran. Was sie erzählte, rührte mich, und ich sah die Ereignisse, als geschähen sie vor meinen Augen. Und so hell war das Leuchten, das von ihr ausging, dass sich jedes Detail unseres Weges grün vor uns abzeichnete.

»Ich war vorm Warenhaus der Stadt und ging meiner Wege, als ich den jungen Abe vorbeiflitzen sah, schnell wie der Blitz. Er sprang über eine Bank, hechtete unter einen Wagen, kam wieder hoch und hastete weiter. Und gleich hinter ihm sah ich den alten Galloway, wie er ihm nachstolperte und bei jedem Schritt keuchte.

Galloway rief einem Verpflichteten zu: ›He da, Junge! Komm, hilf mir, den Kerl zu schnappen.‹ Sie trieben Abe in die Enge, aber ebenso gut hätten sie versuchen können, die Luft selbst einzufangen. Wie ein Boot unter einer Brücke, so leicht glitt er zwischen Galloways Beinen hindurch und sauste davon, während Galloway aufschrie und seine eigenen Hände verfluchte. Das war der Moment, in dem ich hätte weitergehen sollen, aber ich war wie gebannt von der Geschichte, die sich da vor meinen Augen abspielte. Und je länger ich blieb, desto mehr Männer kamen, bis ich sie alle vor mir sah, die Verpflichteten, die niedren Weißen und Galloway, wie sie dastanden, vornübergebeugt und keuchend, die Köpfe gesenkt vor Scham.

Galloway hätte am liebsten aufgegeben, aber ihn umstand jetzt eine Menschenmenge, also hieß ihn sein Stolz weitermachen. Kann kein Sklaventreiber zulassen, dass ihm sein Nigger trotzt. Galloway raffte sich auf und rannte wieder los. Ich beobachtete sie noch ein wenig, wie sie einander umtanzten, dann aber wandte sich Abe mir zu. Meine eigene Haltung zur Sklaverei war noch nicht entschieden. Klar wäre ich gern ein Mädchen gewesen, das nur für sich selbst arbeitet, aber ich war jung. Ich kannte keine Glaubensgrundsätze, doch Abe auf der Flucht, das war für mich mein höchstes Glück.

Abe schoss also in meine Richtung. Und dann hörte ich Galloway, wie er mir zurief, was er allen anderen zugerufen hatte: ›Halte den Jungen!‹, nur konnte ich das nicht. Ich wollte auch nicht. Ich war keine Vorarbeiterin. Und wäre ich eine gewesen, hätte ich Besseres zu tun gehabt, als einen Jungen wie Abe zu fangen. Er schlug einen Haken, rannte, kam zu mir zurück. Und aus gedankenlosem Frust griff sich Galloway einen Stein und warf ihn nach Abe. Keine Ahnung, was er sich dabei gedacht hatte, denn Abe besaß auch hinten im Kopf Augen.

Harriet aber hatte nicht so ein Glück.«

Harriet glühte inzwischen so hell wie zwanzig Laternen, und das fahle Grün dehnte sich weit aus ins helle Weiß. Da war kein Wasser mehr. Ich spürte meine Beine nicht länger. Eigentlich spürte ich gar nichts mehr. Ich war nur noch bloße Präsenz, eine Essenz, die einer Stimme folgte.

»Der Stein segelte direkt an Abe vorbei und traf mich am Kopf, krachte gegen meinen Schädel. Und dann brach die lange Nacht des Herrn über mich herein.

Ich wachte nicht in Dorchester, sondern woanders wieder auf und sah Abe über das Land jagen; mit jedem Abdruck seiner Füße setzte er Bäume in Flammen, Wälder verbrannten zu Schlacke, Asche regnete zu Boden. Und mit dem Wind erhob sich die Asche wieder, formte sich zu einer ganzen Kompanie schwarzer, blau gewandeter Männer mit Gewehren über der Schulter. Und ich war unter ihnen, Hiram. Und wir waren viele. In den Augen dieser Armee, die vor mir Gestalt angenommen hatte, sah ich die Demütigungen der Sklaverei wie Feuer brennen. Und jeder dieser Männer trug das Gesicht des jungen Abe.

Ich stand auf einem hohen Fels, in Reihen um mich herum die Soldaten. Unten sahen wir die weite Flur unseres in Ketten liegenden Landes, die Ernten, in Fleisch verwurzelt, in Blut getränkt. Und von diesen Männern – dieser Legion aus lauter Abes – stieg ein Lied auf, wie sie da in Reih und Glied standen, und das Lied war ein altes, in eine Melodie verwandeltes

Gefühl, und auf mein Zeichen fielen wir über das sündige Land her, und unser Schlachtruf war so mächtig wie ein gewaltiger Fluss, der durch ein hohes, enges Tal rauscht.

Ich wachte auf. Ich sah meine Momma weinen. Monatelang war ich ohne Bewusstsein gewesen. Alle hatten mich aufgegeben. Niemand wusste, dass ich gerettet worden war. Das ganze Jahr brauchte mein Körper, um sich zu erholen, ganze Wochen vergingen, in denen ich kein Wort sprach. Dabei waren jede Menge Worte in meinem Kopf. Und selbst in diesem jungen Alter wusste ich, dass eines Tages die Zeit des Rennens vorbei sein würde, dass wir unsere Siege nehmen würden, wie wir wollten, nicht, wie sie kamen, und dass wir im Namen jener, die man über den Namenlosen gebracht hatte, über dieses Land herfallen würden. Und wir würden dieses Natchez geißeln. Und wir würden dieses Baton Rouge niederbrennen.«

Harriets Leuchten nahm jetzt ab, ließ so langsam nach, wie es gekommen war. Und allmählich spürte ich meinen Körper wieder – mein hämmerndes Herz, die pumpende Lunge, meine Hände, Beine, Füße, sie fanden Halt, nicht im Wasser, sondern auf festem Boden.

»Kleiner Abe. Ich hab dich nicht vergessen. Vor dem Underground und der Konduktion, vor den Agenten und den Waisen, vor Micajah Bland hast du mir, als ich noch ein Mädchen war, eine erste Ahnung von dem gegeben, was es bedeutet, frei zu sein. Es heißt, man hätte dich bei Hampton's Mark gefasst, unweit von Elias Creek. Es heißt, sie hätten dich schließlich kleingekriegt, auch wenn es eine ganze Stadt brauchte, um dich zu stellen. Ich glaube ihnen kein Wort. Wer dich gesehen hat, der kennt die Wahrheit. Man kann dir die Flügel stutzen, aber niemals würdest du dich fortbringen lassen.«

Das Licht war zu einem schwachen Grün verblasst, mein Sehvermögen kehrte zurück. Ich schaute mich um. Die Docks, der Fluss, die Piers, allesamt fort, und als ich aufblickte, sah ich, wo eben noch Wolken gewesen waren, einen klaren Himmel, aus dem herab der Polarstern blinkte. Ich stand auf einer Felszunge, hinter uns ein schmaler Riegel Wald, vor und unter uns ein großes, leeres Feld. Ich blickte den Weg zurück, den wir gekommen waren, sah aber nichts als Wald. Dann hörte ich Harriet stöhnen, und ich sah, wie sie sich auf ihren Stock stützte. Mit zittriger Stimme sagte sie: »Pferd ... Sattel.«

Sie wich einen Schritt zurück, stolperte. Ich rannte zu ihr, hielt ihren Kopf. Sie verdrehte die Augen und stöhnte leise. Und da hörte ich das Horn. Ich ließ sie zu Boden sinken, wandte mich um, schaute übers Feld und sah sie, wenn auch nur als Schatten – Verpflichtete, unterwegs in die Freiheit. Und da wusste ich, wir waren nicht länger in Philadelphia. Eine Tür hatte sich geöffnet, und wie ein Tuch war das Land zusammengefaltet worden. Konduktion. Konduktion. Konduktion.

24

Ich war in einem neuen Land – die Bäume, die Gerüche, die Vögel –, und just da brach die Sonne durch, und alles wurde lebendig. Den Straßen musste ich fernbleiben. Rylands Bluthunde würden sie im Auge behalten. Außerdem gab es sicher Verpflichtete, deren Loyalität nicht bedingungslos war und die versucht sein würden, das große Lösegeld einzufordern, das man auf Moses' Kopf ausgesetzt hatte. Einen Moment lang stand ich nur da und blickte die Felszunge hinab. Die Sonne schüttete gerade ihr erstes Gelb über den Horizont. Ich hob Harriet auf und legte sie mir, so sanft ich nur konnte, über die Schulter. Dann bückte ich mich, nahm ihren Stock und ging zurück zum Wald, langsam, doch entschlossen, teilte Äste und Gestrüpp mit ihrem Stock und drängte mich dann durch die Lücke, die ich mir so geschaffen hatte. Nach einer Stunde mit einigen kurzen Pausen entdeckte ich unter einem Gebüsch eine trockene Senke, die genügend Platz bot, Harriet dort abzulegen. Ihre Sicherheit ging über alles. Mich konnte ich den Gefahren des Zufalls aussetzen. Also drang ich tiefer in den Wald vor und dachte, sollte man mich schnappen, dann lieber allein. Bei Anbruch der Nacht wollte ich zu Harriet zurückkehren, die bis dahin hoffentlich wieder zu sich gekommen war.

Am frühen Nachmittag hörte ich Waldarbeiter aus einem nahen Holzfällerlager auf Erkundungsgang. Ich blieb absolut regungslos, aber das war nichts, gemessen an der Zeit, die ich in der Grube in Virginia verbracht hatte. Später sah ich niedre Weiße, die mit ihren Hunden auf Jagd gingen, doch da ich Friedhofserde um mich verstreut hatte, wusste ich, sie konnten meine Fährte nicht aufnehmen. Und ich sah eine Schar spielender Kinder – einige von Oberen, andere von Verpflichteten – und fürchtete, sie könnten sich in meinem Versteck verkriechen wollen, aber sie huschten weiter. Und dann, nach diesem längsten Tag meines Lebens, sah ich endlich erleichtert die langen Schatten der Nacht auf die Erde fallen. Der Mond ging auf und leuchtete hoch am Himmel, aber auch in meinem ungeduldigen Herzen.

Ich kehrte zurück zur Senke, zog das Gesträuch beiseite und sah, dass Harriet noch ebenso dalag, wie ich sie verlassen hatte, den Stock quer über ihre Brust, als wäre sie eine einbalsamierte Pharaonin. Ich strich ihr übers Gesicht, wie sie es so oft bei mir gemacht hatte. Sie fühlte sich kalt an. Ich blickte an ihr hinab und sah, dass ihre Brust sich kräftig hob und senkte, und als ich ihr wieder ins Gesicht schaute, hatte sie die Augen geöffnet. Sie lächelte und sagte: »Guten Abend, mein Freund.«

Ein paar Augenblicke später war sie abmarschbereit, fast, als hätte sie nur ein Nickerchen gemacht. Wir liefen eine Weile, folgten einem Sandweg, blieben aber im Wald, damit wir mögliche Patrouillen sehen konnten, ehe sie uns erreichten.

»Entschuldige, mein Freund. Ich dachte, ich wäre stark genug, es ohne einen dieser Aussetzer zu schaffen«, sagte sie. »Der Sprung gelingt kraft unserer Geschichte. Er zieht Energie aus unseren jeweiligen Erlebnissen, aus dem, was wir geliebt, und aus dem, was wir verloren haben. All die damit zusammenhängenden Gefühle werden wach, und die Intensität unserer Erinnerungen verhilft uns zum Sprung. Manchmal kostet er weniger Kraft, manchmal mehr, und was dann passiert, hast du gesehen. Dabei habe ich diesen Sprung schon so oft gemacht. Keine Ahnung, warum mich dieser so umgehauen hat.«

Wir liefen weiter, bis sich der Wald zu einer Lichtung öffnete, auf der die Männer aus dem Holzfällerlager gearbeitet hatten. Auf der anderen Seite der Freifläche entdeckte ich eine Holzhütte und sah durch ein Fenster das Flackern eines Kaminfeuers.

»Unser Ziel«, sagte sie. »Aber du hast sicher einige Fragen, und da uns, wenn das hier vorbei ist, nicht viel Zeit bleiben wird, schlag ich vor, du stellst sie jetzt.« Wir setzten uns auf Baumstümpfe. Die Nacht war kühl. Ein leichter Wind blies aus dem Wald über die Lichtung.

Auf der Straße lebten wir in einer Welt aus Erzählungen und Geschichten über Unglücksbringer und angebliche Zaubereien, über Verbote – kein Schweineschlachten bei Mondlicht, lauf nie mit nur einem Schuh. Ich habe an diese Welt nicht geglaubt. Auch als ich wusste, was mir widerfahren war, wie ich zu Thena gekommen und dem Goose entronnen war, glaubte ich noch, es ließe sich alles erklären, würde durch Bücherwissen verständlich. Und vielleicht lässt es sich auch erklären, vielleicht ist dies das Buch dazu. Trotzdem, als ich den Sprung machte, erlebte ich eine drastische Umdeutung der Welt um mich herum, der Wunder und Mächte, die darin walteten.

»Meine Großmutter war eine vollblütige Afrikanerin. Wurde Santi Bess genannt«, sagte ich. »Es hieß, diese Bess konnte eine afrikanische Geschichte so wirkungsvoll erzählen, dass sich der erste Frost manchmal anfühlte wie die Hitze der Prärie.«

Harriet hockte auf ihrem Baumstumpf und sagte kein Wort.

»Bess' Begabung, Geschichten zu erzählen, wurde dermaßen geschätzt, dass die Oberen sie zu ihren Festen holen ließen, und Santi Bess formte ihre Geschichten zu Rhythmen und Liedern, wie man sie noch nie gehört hatte. Die Oberen fanden das amüsant; man warf ihr Münzen zu. Bess lächelte dann und sammelte die Münzen in ihre Schürze. Sie hat sie nie behalten. Hat sie an die Kinder in den Hütten verteilt. Sie behauptete, keinen Bedarf dafür zu haben, und ich glaube, jetzt verstehe ich, wieso.

Es heißt, dass Bess eines Abends zu meiner Momma kam und ihr sagte, sie müsse zu einem Ort, an den Momma ihr nicht folgen könne. Sie beide seien in zwei verschiedene Welten geboren, sagte sie – die meiner Momma sei hier, die meiner Großmutter aber weit fort. Und jetzt müsse Bess eine Geschichte erzählen, die älteste Geschichte, die sie kenne, eine, die die Zeit selbst zurückdrehen und sie zurückführen werde an jenen Ort, an dem ihre Väter in Ehren bestattet worden seien und ihre Mütter eigenen Mais ernteten. In jener Nacht dann ging Bess hinunter zum Fluss, mitten im Winter, und verschwand.

Und Bess war nicht die Einzige, die verschwand. In derselben Nacht verließen achtundvierzig Verpflichtete die Plantage und wurden nie wieder gesehen. Und sie alle waren vollblütige Afrikaner, genau wie Bess.

Ich habe nicht gewusst, Harriet, was ich von dieser Geschichte halten sollte. Meine Momma ließen sie allein zurück. Ihr Vater wurde verkauft. Dann wurde auch sie verkauft. Ich dachte, ich bin fertig mit alldem. Ich weiß kaum noch, wie ihr Gesicht aussah, da ich keine Erinnerung mehr an sie habe, aber diese Geschichte und diese Santi Bess …« Ich verstummte, mich erschreckten die Worte, die mir über die Zunge wollten. Fassungslos wandte ich mich dann an Harriet: »Wie haben Sie das gemacht?«

»Klingt, als wüsstest du es schon, mein Freund«, sagte Harriet. »Denk dir Inseln in einem großen Fluss. Und vergiss nicht, normale Menschen müssen von Insel zu Insel schwimmen – vergiss nicht, dass es für sie keinen anderen Weg gibt. Du aber, mein Freund, du bist anders. Denn anders als die anderen kannst du eine Brücke sehen, die über den Fluss führt, viele Brücken sogar, die alle Inseln miteinander verbinden, viele Brücken, jede geschaffen aus einer Geschichte. Und du kannst diese Brücken nicht nur sehen, du kannst sie benutzen, kannst drüberlaufen, kannst sogar mit einem voll besetzten Zug drüberfahren, kannst ihn lenken wie ein Zugführer. Das ist die Konduktion. Diese vielen Brücken. Diese vielen Geschichten. Sie sind der Weg über den Fluss.

Den Alten war das nicht unbekannt. Und soweit ich gehört habe, sind manche sogar von Sklavenschiffen in die Wellen gesprungen und wurden fortgeführt, wurden von der Konduktion zurück in ihre alte Heimat Afrika gebracht.« Harriet seufzte, schüttelte den Kopf und fuhr fort: »Jetzt aber sind wir hier. Und wir haben die alten Lieder vergessen und so viele unserer Geschichten verloren.«

»Da ist vieles«, sagte ich, »so vieles, an das ich mich nicht erinnern kann.«

»Ich finde, du kannst dich an eine Menge erinnern«, erwiderte Harriet.

»Das stimmt auch. An alles. An jede Kleinigkeit, aber da ist eine Lücke in alldem, eine Lücke in mir, eine Lücke, die meine Mutter ausfüllen müsste. Blicke ich zurück, sehe ich meine Kindheit wie ein Theaterstück vor mir ablaufen, nur da, wo die Hauptdarstellerin sein sollte, ist Nebel.«

»Ach ja?«, sagte sie, stützte sich auf ihren Stock und erhob sich. »Hast du dich je gefragt, ob du sie wirklich sehen willst?«

»Nein«, antwortete ich. »Eigentlich nicht. Ich glaube, genau das Gegenteil ist der Fall. Ich versuche mit aller Macht, sie zu sehen.«

Harriet nickte, dann gab sie mir ihren Stock. Ich drehte ihn in meinen Händen, betrachtete die Symbole.

»Diese Markierungen sagen dir nichts. Sie sind in einer Sprache verfasst, die nur ich verstehen kann. Wichtig sind aber nicht die Markierungen, wichtig ist nur der Stock selbst. Abgebrochen von einem Eukalyptusbaum. Erinnert mich an jene Zeit, in der ich bei den Holzfällern war. Schlimmste Zeit meines Lebens, und doch auch eine Zeit, die mich zu der gemacht hat, die ich heute bin. Manchmal denke ich daran zurück, denke an das, was damals geschah da draußen, und dann könnte ich weinend zusammenbrechen. Was sie uns angetan haben, tut weh. Und ein Teil von mir würde es gern vergessen, nur wenn ich diesen Ast eines Eukalyptusbaumes in Händen halte, dann kann ich nicht anders, als mich zu erinnern.

Was dir passiert ist, Hiram, kann ich nicht erklären. Doch wollte ich eine Vermutung wagen, würde ich sagen, ein Teil von dir will vergessen, will mit aller Macht vergessen. Du brauchst etwas von außerhalb deiner selbst, von jenseits deiner selbst, eine Art Hebel, mit dem du aufbrechen kannst, was du in dir verschlossen hast. Nur du allein weißt, was das sein könnte.

Aber ich glaube, wenn du diesen Hebel findest, dann findest du auch deine Mutter, und wenn du sie findest, dann findest du auch die Brücken.«

»Hat das für dich so funktioniert? Du hast den Eukalyptusstab in die Hand genommen, und alles war da?«

»Nein, so geht das nicht, aber ich bin auch nicht wie du. Kessiah hat mir ein bisschen was erzählt. Offenbar können wir beide Konduktionen herbeiführen, doch machen wir es nicht auf dieselbe Weise. Weißt du, als ich damals aus dem tiefen Schlaf erwachte, habe ich mich nicht nur erinnert, ich habe auch Farben gesehen, Lieder gehört, hatte die Düfte der ganzen Welt in der Nase. Stimmen brandeten von allen Seiten heran, und Erinnerungen alt wie unsere Vorfahren waren nicht verblasst, sondern leuchteten hell wie Fackeln. Ich sah sie vor mir Gestalt annehmen, und wo immer ich hinging, war es, wie du gesagt hast: als führte die Erinnerung ein Theaterstück auf.

Mir wurde oft gesagt, ich sei nicht ganz richtig im Kopf. Also lernte ich, die Kraft zu regulieren, Stimmen aufzurufen, andere zu verdrängen. Manchmal waren sie zu stark und überwältigten mich, wie gestern Abend. Doch wenn ich mich anschließend erhob, stand ich auf anderem Boden. Das war die Brücke, Hiram«, sagte sie.

»Zauberei?«, fragte ich.

»Nein. Die Geschichte ist immer real. Sie wird nicht von mir, sondern von den Leuten gemacht. Und wie das Fundament einer Brücke ist die Geschichte an bestimmten Stellen verankert, die weder ich noch du, noch Santi ändern könnten.«

»Weiß nicht«, sagte ich. »Klingt für mich ziemlich beliebig. Als ob mich diese Sache sonst wo hinbringen könnte – in den Stall, auf eine Brücke, auf ein Feld. Einfach überallhin.«

»War da ein Trog im Stall?«, fragte sie,

»Klar. Voll mit Wasser. Kam mir vor, als würde ich davon angesaugt werden.«

»Kann ich mir denken«, erwiderte sie, »aber mit beliebig hat das nichts zu tun.«

»Verstehe ich nicht.«

»Siehst du's denn nicht, mein Freund? Du hast am Brückengeländer gestanden. In all diesen Geschichten – Santi in den Fluss, du aus dem Goose, wir über die Pier ...«

Ich kam mir so dumm vor.

Und ich verstand es immer noch nicht. Da musste Harriet lachen.

»Wasser, Hiram. Wasser. Eine Konduktion braucht Wasser.«

Mir muss die Kinnlade runtergefallen sein, denn Harriet lachte noch lauter. Und ihr Lachen war mehr als angebracht. Im Nachhinein kommt es mir so offensichtlich vor. Jedes Mal, wenn ich diese Anziehungskraft spürte, spürte, wie der Fluss der Konduktion heranrauschte – vom Wassertrog im Stall, zum Goose, der Maynard und mich von der Brücke zog, zum Schuylkill unweit von Blands Haus –, immer war Wasser in Sichtweite gewesen. Und da musste ich an Corrines absurde Anstrengungen denken, Zugang zu dieser Kraft zu finden, und dass uns dabei kein einziges Mal dieses Element in den Sinn gekommen war, das mir jetzt so offensichtlich zu sein schien.

»Warum haben Sie sie nicht bei Lydia angewendet?«, fragte ich. Wir gingen jetzt auf die Hütte zu.

»Weil man die Geschichte eines Menschen nur erzählen kann, wenn man ihr Ende kennt«, antwortete Harriet. »In Alabama bin ich nie gewesen. Kann aber nicht ans Ende springen, wenn ich es noch nicht kenne. Und selbst wenn ich Anfang und Ende kenne, muss ich was über denjenigen wissen, den ich herbringen will, damit die Konduktion klappt. Dieser Luxus ist mir aber meist nicht vergönnt. Weshalb ich normalerweise arbeite wie jeder andere Agent auch. Diesmal geht es allerdings um Leute, die ich kenne.«

Wir gingen zur Hütte, in der sie auf uns warteten. Als wir näher kamen, wurde die Tür geöffnet; ein Hauch Wärme strömte heraus. Es war jetzt tiefe Nacht, die Hütte aber gedrängt voll. Wir wurden von einer Gruppe von vier sehr unterschiedlichen Männern begrüßt, die alle noch ihre Arbeitskleidung trugen. Zwei Männer besaßen eine gewisse Ähnlichkeit mit Harriet, weshalb ich annahm, dass es sich um ihre Verwandten handelte. Ein dritter kümmerte sich um das Feuer, das ich schon durchs Fenster gesehen hatte. Mein Blick ruhte auf der vierten Person, da ich spürte, dass mit ihr irgendwas anders war, bis mir aufging, dass der Kopf der Frau geschoren war. Ich musste an die beiden weißen Frauen bei der Versammlung unweit der Grenze zu Kanada denken, die Gleichheit in jeder Hinsicht gepredigt hatten, nur wusste ich, dass es hier um was anderes ging.

»Hiram, das ist Chase Piers«, sagte Harriet und deutete auf den Mann, der sich um das Feuer kümmerte. »Er ist unser Wirt, und wir sind ihm dankbar für seine Hilfe.«

Daraufhin drehte sie sich zu den beiden Männern um, die ich für ihre Verwandten hielt, und sagte: »Für diese Schlingel hab ich allerdings kein freundliches Wort übrig.« Dann umarmte sie beide, und alle lachten.

»Das sind meine Brüder Ben und Henry«, sagte Harriet. »Haben sich endlich ein Herz gefasst, was ja lang genug gedauert hat. Aber wäre Henry nicht hier unten geblieben, hätte er auch nie seine Frau kennengelernt.«

Und damit wandte sich Harriet an die Frau mit dem abrasierten Haar, strich ihr über den eirunden Kopf und lachte.

»Und das hab ich allein dir zu verdanken«, sagte die Frau und wirkte leicht angespannt, obwohl sie lächelte. »Weiß der Himmel, warum er uns aus dem Sarg holen muss, wo er doch nicht wollte, dass so ein Mädchen wie ich auch nur eine Locke von ihrem Haar einer neuen Kette opfert.«

»Hat doch geklappt, oder?«, sagte Harriet.

Die junge Frau nickte und lächelte, nun weniger angespannt.

»Das hier ist Jane«, sagte Harriet. »Henrys Frau.«

Daraufhin lächelte Jane mich an. Weil sie keine Haare hatte, war mein Blick auf ihr markantes Gesicht konzentriert, die deutlich hervortretenden Wangenknochen, die schmalen Augen und großen Ohren. Und Jane strahlte eine fröhliche Gewissheit aus, die auch all jene ansteckte, die um den Kamin standen. Mittlerweile hatte ich an genügend Rettungsaktionen teilgenommen, um zu wissen, dass so etwas nicht gerade normal war. Angst war normal. Geflüster war normal. Diese Leute aber lachten, als wären sie schon im Norden. Das glich nicht im Mindesten dem, was ich in Virginia gesehen oder auch mit jenen Leuten erlebt hatte, die durch die Philadelphia-Station geschleust worden waren. Harriet machte den Unterschied, denn mithilfe der Konduktion und mithilfe der Legenden, die sich um sie rankten, führte sie im Alleingang ihren Krieg gegen die Sklaverei und gegen das Land, das sie zu der gemacht hatte, die sie war. Und obwohl ich die Konduktion erlebt hatte, kam ich erst jetzt, da ich dies hier sah, zu der Überzeugung, dass alle

384

Geschichten über Harriet wahr sein mussten. Sie hatte den Feigling tatsächlich mit der Pistole bedroht. Sie hatte tatsächlich mitten im Winter eine Flucht über einen Fluss durchgeführt. Die Peitsche war in der Hand des Aufsehers wahrhaftig zu Staub zerfallen. Und sie war die einzige Agentin, die jede Flucht erfolgreich leitete, die nie auch nur einen einzigen Passagier auf der Strecke verlor. Und selbst wenn dies bloß Geschichten waren, so kannten Harriet doch alle, auch jene, die sich in der Hütte ums Feuer drängten. Denn wer von Weggang sprach, sprach davon wie von seinem gottgegebenen Recht. Hier waren sie also, warteten darauf, dass sich eine Prophezeiung erfüllte, und vor ihnen stand ihr Prophet, Moses, eine Frau, die ihnen Gewissheit gab.

Harriet legte jetzt ihren Plan dar. »Es ist Brauch, dass jede Rettung möglichst einfach und unauffällig bleibt, und das ist nicht nur ein guter Brauch, es ist auch klug«, sagte sie. »Euch aber kenne ich, jeden Einzelnen; und ich habe euren Bedingungen zugestimmt und ihr meinen, und die beschränken sich auf – niemand kehrt zurück!«

Stärker noch als während der Konduktion wurde mir in diesem Moment klar, dass Harriet sich all die Namen, unter denen man sie kannte, verdient hatte. Allein ihre Art, ruhig und unbeugsam, hätte genügt, aber es war die Wirkung, die sie auf andere ausübte. Niemand sagte ein Wort. Es schien, als wäre die Nacht selbst erstarrt und als gäbe es nur noch Harriet, die unsere Aufmerksamkeit gefangen hielt. Und als sie ihre Bedingung nannte – niemand kehrt zurück –, da machte uns das keine Angst, hörte es sich für uns doch nicht an wie eine Drohung, sondern wie eine Prophezeiung.

»Jane und Henry, ihr bleibt hier bei Chase, und ihr bleibt

bis morgen Abend in der Hütte. Weil Sonntag ist, wird es eine Weile dauern, bis sie merken, dass ihr beide abgeholt worden und verschwunden seid. Ben, ich weiß, du arbeitest nicht auf dem Feld, aber tu mir den Gefallen und sorg dafür, dass man dich sieht – nur für alle Fälle. Wir wollen doch nicht, dass der alte Broadus und seine Leute die Fäden entdecken, ehe sie im Netz gefangen sind. Morgen Abend um diese Zeit treffen wir uns dann in Daddys Haus, ruhen uns kurz aus und machen uns dann auf den Weg.«

Sie schwieg, wich zurück, stützte sich auf ihren Stock und stand auf.

»Und jetzt kommen wir zum eigentlichen Problem. Hiram, es gibt einen, der noch nicht hier ist. Mein Bruder Robert wird Vater, das Baby ist unterwegs, weshalb er gar nicht wegwollte, würde Broadus ihn nicht auf den Auktionsblock ihn stellen wollen. Robert muss also fliehen, nur will er unbedingt bei seiner Frau bleiben, so lange es irgendwie geht. Das ist nicht in meinem Sinne, aber Familie liegt einem am Herzen, und wenn sie Druck macht, kommt selten was Vernünftiges dabei raus.

Ich hab nur unter der Bedingung zugestimmt, dass er, was unsere Pläne betrifft, bis zum Schluss im Ungewissen bleibt. Wie euch erzähl ich ihm erst davon, wenn ich vor ihm stehe. Robert muss also noch geholt werden, und das, Hiram, mein Freund, wirst du erledigen.«

Der Auftrag war neu, kam aber nicht gänzlich unerwartet. In ihrer Beschreibung dessen, was uns erwartete, war Harriet auffällig ungenau geblieben. Vielleicht, damit ich nicht zu viel drüber nachdachte oder damit man mir meine Bedenken nicht allzu deutlich anmerkte. Das hier war nicht Virginia, trotzdem würde ich auf mich allein gestellt sein.

»Ich würde gern mitkommen«, fuhr sie fort, »aber Robert ist auf meiner alten Plantage, und wenn ich mich dort blicken lasse, weckt das Verdacht. Man hält nach mir Ausschau. Dir gegenüber wird man längst nicht so misstrauisch sein, und falls doch, hast du die Pässe, die es dir und Robert gestatten, auf der Straße zu sein.«

Ich nickte. »Und wann soll ich mich auf den Weg machen?«

»Jetzt sofort, mein Freund«, sagte sie. »Du musst es vor Tagesanbruch bis zu Robert schaffen. Dann warte, bleib außer Sichtweite, aber sobald es Nacht wird, lauft ihr zum Haus von meinem Daddy – Robert kennt den Weg.«

»Ich hole ihn«, sagte ich.

»Noch was, Hiram«, sagte Harriet und wandte sich dann an Chase Piers. »Gib sie ihm, Chase.«

Chase trat an einen kleinen Schrank und nahm etwas heraus, das in ein Tuch gewickelt war. Er gab es Harriet, die den Stoff zurückschlug, und jetzt sah ich, dass sie eine im Feuerschein blitzende Pistole in der Hand hielt. »Nimm«, sagte sie und reichte mir die Waffe. »Ist für die. Vor allem aber für dich. Wenn du sie benutzen musst, ist es vermutlich zu spät, und du wirst sie für die und für dich brauchen.«

Also trat ich hinaus in den Wald und hielt mich an ihre Anweisungen. Geheime Markierungen zeigten mir den Weg. Und obwohl es Nacht war, konnte ich sie im Mondlicht erkennen, vor allem, weil ich wusste, wonach ich suchen musste – ein Stern, in die Borke einer dunklen Eiche geritzt; fünf abgebrochene Äste, so auf den Boden gelegt, dass zwei nach Osten zeigten; ein großer Stein mit einem Halbmond auf der Ober- und einem Pik auf der Unterseite. Ein paar Markierungen fand ich nicht und merkte irgendwann, dass ich den Weg wieder zurücklief, trotzdem war ich vor Sonnenaufgang am Ziel, hatte sogar noch Zeit übrig. Die Broadus-Plantage war längst nicht so gut in Schuss wie mein Lockless, die Sklavenquartiere kaum mehr als im Wald beliebig verteilte Hütten. Broadus hatte nicht mal die umstehenden Bäume fällen lassen. Und ich sagte mir, wenn diese chaotische Anordnung verriet, was es bedeutete, auf dieser Plantage als Verpflichteter zu leben, dann verstand ich nur zu gut, warum Harriet ihre Zeit hier unten vergessen wollte.

Jetzt war es Sonntagmorgen, also wurde heute nicht gearbeitet, und keine Arbeit hieß, dass auch nicht abgezählt wurde, weshalb dem Vorarbeiter frühestens am nächsten Tag auffallen sollte, dass Robert fehlte. Dann aber würden wir längst in Philadelphia bei Raymond und Otha sein und den nächsten Reiseabschnitt nach Kanada oder New York vorbereiten. Der Plan, soweit ich ihn kannte, sah vor, dass Robert kurz vor Sonnenaufgang vor die Hütte trat, einmal pfiff und dann in den Wald ging, wo wir uns treffen sollten. Und sobald Robert auf mich zukam, sollte ich ihm die Losung sagen, damit er wusste, woran er war; dann würde er mit seiner Losung antworten. Falls irgendwas davon unterblieb, wusste ich, dass was nicht stimmte, und würde sofort zurück zu Chase Piers' Hütte laufen. Also wartete ich in einiger Entfernung, bis ich eine dunkle Gestalt heraustreten und sich umschauen sah. Ich hörte einen Pfiff, dann ging diese Gestalt in Richtung Wald. Ich näherte mich und sagte: »Der Zion-Zug ist eingetroffen.«

»Und ich würde gern mitfahren«, erwiderte Robert. Er war ein Mann von normaler Statur, aber mit einer traurigen Miene, die so gar nichts von der Freude und jenem Selbstvertrauen verriet, wie ich es von Harriets übriger Familie kannte. Etwas belastete ihn, und nur selten hatte ich jemanden gesehen, den die Aussicht, aus dem Sklavendasein gerettet zu werden, so betrübt stimmte.

»Wir brechen auf, wenn es dunkel wird«, sagte ich. »Triff alle nötigen Vorbereitungen, und wir sehen uns hier wieder.«

Robert nickte erneut und ging dann zurück zu seiner Hütte.

Ich zog mich tiefer in den Wald zurück. Obwohl heute nicht gearbeitet wurde, wollte ich doch keine Aufmerksamkeit erregen. Also lief ich, bis der Waldboden anstieg, kletterte einen Hügel hinauf und fand eine Höhle, in der ich mich bis zum Einbruch der Dunkelheit ausruhte. Zur verabredeten Stunde ging ich zurück, aber von Robert keine Spur. Ich wartete, und als er sich nicht blicken ließ, fragte ich mich, ob er zur falschen Zeit hergekommen war; ich war jedenfalls pünktlich, das wusste ich. Dann fragte ich mich, ob ich ohne ihn gehen sollte, denn Harriet würde keine Ausnahme machen, und ich glaube, wäre ich in Virginia gewesen, hätte ich das auch gemacht. Die Monate aber hatten mich verändert, und seit der New Yorker Versammlung hatte ich oft daran gedacht, wie Micajah Bland gestorben war, wie er Lydia verlassen und dann doch wieder zu ihr zurückgegangen war. Er wäre Otha wohl lieber im nächsten Leben wiederbegegnet als in diesem, hätte er das nicht getan. Außerdem besaß ich zur Sicherheit noch immer die Pässe. Und so entschied ich ganz allein, entweder mit Harriets Bruder Robert oder gar nicht zurückzukehren. Ich verließ den Wald und ging zur Hütte.

Im Näherkommen hörte ich eine Frau schreien und sah sie dann durch die offene Tür ziellos herumlaufen, während

Robert auf dem Bett hockte, den Kopf in den Händen. Einen Moment lang sah ich von draußen zu, wie die Frau in einer Mischung aus Schmerz und Wut über Robert herfiel.

»Ich weiß, du verlässt mich, weil du was mit der kleinen Jennings hast«, sagte sie. »Ich kenn dich, Robert Ross. Ich weiß, dass du mich verlässt, jetzt sei wenigstens so anständig und gib's zu.«

»Mary, ich hab's dir gesagt – ich geh zu meinem Bruder und zu Ma und zu Pa«, erwiderte Robert. »Wie an jedem anderen Sonntag auch. Das weißt du doch. Guck, da ist Jacob« – und mit diesen Worten zeigte Robert auf mich in der Tür – »hab dir von ihm erzählt. Kommt von den Harrisons und hat drüben auch Verwandte, stimmt doch, nicht, Jacob?«

Mary drehte sich zu mir um, der ich draußen stand, musterte mich von oben bis unten und verdrehte die Augen.

»Hab diesen Jacob noch nie gesehen«, sagte sie.

»Steht doch direkt vor dir«, sagte Robert.

»Du hast doch sonst nie wen gebraucht, der mit dir mitkommt«, sagte sie. »Und jetzt auf einmal? Den Kerl da kenn ich jedenfalls nicht. Weiß nur, der ist nicht von hier. Wie wär's, wenn ich selbst mit dir gehe? Ich weiß genau, was du vorhast, Robert Ross. Ich weiß alles über diese kleine Jennings.«

Ich stand in der Tür zur Hütte, trat aber jetzt erst ein und konnte Mary nun deutlich sehen – eine kleine Frau voll rechtschaffenen Zorns. Sie kannte ihren Robert tatsächlich ziemlich genau, auch wenn sie keine Ahnung hatte, wohin er in Wirklichkeit wollte. Wieder sah sie mich an und meinte: »Jacob, ja? Wie wär's, wenn ich zu den Jennings geh und mich mal nach dir erkundige?«

»Das machen wir nicht«, sagte ich.

»Wir nicht, nein. Das mach ich ganz allein, und zwar gleich jetzt.«

»Nein, ich kann Sie nicht gehen lassen.«

»Ach ja? Und wie willst du mich davon abhalten?«

»Mir wäre es am liebsten, Ma'am«, sagte ich, »dass Sie sich selbst davon abhalten.«

Mary warf mir einen ungläubigen Blick zu. Ich musste jetzt schnell sein.

»Sie haben recht«, sagte ich. »Jacob gibt's keinen. Aber wenn Sie das tun, was Sie tun wollen, geht das für Sie und für alle, die Sie lieben, viel schlimmer aus, als wenn Robert mit einer anderen Frau herumpoussiert.«

Hinter mir hörte ich Robert stöhnen: »Baby …«

»Mrs. Mary«, sagte ich. »Wie es aussieht, hat man Sie nicht eingeweiht. Es stimmt, Robert macht sich davon. Robert muss sich davonmachen, und Sie sollten nicht das Geringste dagegen unternehmen.«

»Das wär ja noch schöner«, sagte sie.

»Nein, Ma'am«, sagte ich, »glauben Sie mir. Ich weiß, Robert war nicht ehrlich zu Ihnen, aber ich sag's ganz offen, Broadus bringt diesen Mann zur Auktion. Und wenn das passiert, gehen Sie eher über Wasser, als dass Sie Ihren Mann in diesem Leben noch mal wiedersehen.«

»Der macht seine Arbeit hier jetzt seit einem Jahr«, sagte sie, »und Broadus hat sich nie beklagt. Robert ist viel zu gut, als dass der ihn loswerden will.«

»Gerade weil Robert so ein guter Arbeiter ist, wird er ihn loswerden wollen. So ein starker Kerl wie er bringt gutes Geld. Und welchem Nigger hätte es je den Hals gerettet, dass er ein guter Arbeiter ist? Haben Sie wirklich so viel Vertrauen in diese

Leute? Ich konnte mich ein bisschen umschauen auf der Plantage. Die macht's nicht mehr lang. Hab schon so manche von diesen Farmen gesehen. Verkaufen die Arbeiter, weil sie es müssen. Passiert nicht zum ersten Mal. Und ich sag's Ihnen, wie es ist: Ihrem Robert bleiben zwei Möglichkeiten – er geht auf den Auktionsblock, oder er flieht mit mir.«

Hätte es ein Handbuch mit Regeln für den Underground gegeben, hätte ich gerade gegen die allerwichtigste verstoßen. Agenten gaben sich stets größte Mühe, nur von denen gesehen zu werden, die sie befreiten. Und unter keinen Umständen verrieten sie anderen ihr wahres Anliegen, erzählten lieber irgendwelche Geschichten. Ich aber hatte dagegen verstoßen, weil die Zeit knapp wurde und weil ich hoffte, Mary davon überzeugen zu können, dass sie uns gehen ließ.

»Der Underground bietet die Chance für ein Wiedersehen«, sagte ich. »Ich trenne euch wirklich nur ungern voneinander, weil ich weiß, wie das ist, das könnt ihr mir glauben. Wurde selbst getrennt – hab ein Mädchen unten in Virginia, an das ich Tag und Nacht denken muss. Wurde gewaltsam von ihr getrennt. Aber lieber lass ich mich vom Underground in den Norden holen, als mich tiefer hinein in den Sarg drängen zu lassen. Ich sag euch, dies ist der einzige Weg.

Ich hab gehört, Sie haben gerade erfahren, dass Sie schwanger sind, und ich weiß, welche Last das ist. War selbst ein Waisenkind, Mrs. Mary. Meine Momma wurde verkauft, und mein Daddy war keinen Pfifferling wert. Ich verstehe, dass Sie Angst davor haben, das Kleine könnte ohne seinen Daddy aufwachsen, und Sie können sich nicht vorstellen, wie gut ich Ihnen das nachfühlen kann.

Aber Sie müssen sich drüber im Klaren sein, Ma'am. Der

Robert wird Ihnen genommen – ob von uns oder von denen, aber genommen wird er Ihnen auf jeden Fall. Sie wissen, wer wir sind. Sie wissen, was wir tun. Und Sie wissen, was man über uns sagt. Wir sind ehrenwerte Leute, Ma'am. Und ich geb Ihnen mein Wort. Wir werden nicht eher ruhen, als bis ihr wieder vereint seid, Sie und Robert.«

Wie betäubt stand sie da, wich einen Schritt zurück und stöhnte dann: »Nein, nein«; und da erinnerte ich mich daran, wie Sophia gestöhnt hatte, damals, als Rylands Bluthunde auf uns zukamen. Fast gleichzeitig aber erinnerte ich mich an etwas anderes – an damals, in Virginia, in Bryceton, ehe wir loszogen, Parnel Johns zu retten. Ich erinnerte mich, wie misstrauisch ich gewesen war und wie Isaiah Fields zu Micajah Bland wurde und ich durch sein Vertrauen selbst Vertrauen fasste – in alles, was folgen sollte. Genau das war der Geist, den ich jetzt heraufbeschwören musste.

»Ich heiße«, sagte ich, »ich heiße Hiram, Ma'am. Robert Ross ist mein Passagier, und ich bin sein Schaffner. Bei meinem Leben versichere ich, Ma'am, dass er es schaffen wird. Genau wie Sie auch.«

Eine Träne rollte Mary über die Wange, dann riss sie sich zusammen und schob sich an mir vorbei. »Ich schwör dir, Robert, wenn eine Frau dahintersteckt, dann find ich dich, und ich sag dir, dann kann dich auch dieser Kerl, dieser Hiram mit all seinem geschwollenen Gerede, nicht mehr retten.«

Ich spürte, dass ich den Blick abwenden sollte. Sie hatten ein Recht auf diesen gemeinsamen Augenblick; es würde für eine ganze Weile der letzte sein. Aber als ich daran dachte, was ich gesagt hatte, als ich an Virginia dachte, an Sophia, da konnte ich mich nicht rühren.

Robert zog sie an sich und küsste sie sanft und innig. »Ich geh nicht zu einer Frau, Mary«, sagte er. »Ich geh wegen einer Frau, und diese Frau bist du.«

Ihr Streit hatte uns aufgehalten. Normalerweise hätten wir durch den Wald laufen können und wären rechtzeitig zur Abreise bei Harriet gewesen, jetzt aber mussten wir die Straße nehmen, was ich nicht gerade ideal fand. Harriet – Prophetin, die sie war – hatte das vorhergesehen, ich hatte die Pässe. Also nahmen wir die Straße. Ich traute Robert, der uns jetzt zum Haus seiner Eltern führte, zu Ma Rit und Pop Ross. Jeden Teil des Plans hatte Harriet in einem je eigenen Kästchen verwahrt, damit – falls man einen von uns fasste – niemand in der Lage sein würde, alles zu verraten, wie sehr er auch verprügelt und ausgepeitscht wurde.

Robert schwieg auf dem ersten Abschnitt unserer Route meist, er redete nur, um Richtungen anzugeben. Ich ließ ihn in Ruhe. Der Abschied musste schlimm genug gewesen sein, und trotz meiner Neugier hätte ich ihn sicher nur dazu gebracht, noch einmal zu durchleben, was gerade vorgefallen war. Dann aber geschah, was mir so oft geschieht. Irgendwann begann Robert, sich mir anzuvertrauen.

»Du weißt, dass geplant war, Mary zu verlassen, oder?«, fragte er.

»Ja, und das hast du ja auch gemacht«, antwortete ich.

»Nicht so«, sagte Robert. »Der Plan war, sie für immer zu verlassen. Mich allein durchschlagen und oben im Norden ein neues Leben anfangen.«

»Und dein Kind?«

»Gibt kein Kind – jedenfalls nicht von mir, das weiß ich. Und sie weiß es auch.«

Wir schwiegen einen Moment.

»Broadus«, sagte ich.

»Sein Sohn«, sagte Robert. »Er und Mary sind ungefähr gleich alt. Haben als Kinder zusammen gespielt. Dann wurden sie getrennt, wie wir alle. Schätze, er hatte damals was für sie übrig, und als Erwachsener glaubte er wohl, er kann da weitermachen, wo er aufgehört hat, auch wenn Mary eine ehrliche Haut und in festen Händen ist. Vielleicht ging's ihr ähnlich. Gewehrt hat sie sich jedenfalls nicht.«

»Wie hätte sie das auch machen sollen?«, sagte ich.

»Mann, was weiß denn ich«, erwiderte Robert frustriert. »Wie soll man hier unten überhaupt irgendwas machen? Aber ich sag dir, eher will ich verdammt sein, als dass ich ein Balg von einem Weißen aufzieh.«

»Also wolltest du abhauen.«

»Also wollt ich abhauen.«

»Broadus will dich gar nicht verkaufen?«

»Doch, klar. Weiß zwar nicht, wann, aber ist so. Eine Zeit lang hab ich gedacht, ist vielleicht sogar gut für mich. Wollte zwar nicht unbedingt nach Natchez, nein, aber wenn's half, Mary zu vergessen und wie ich gedemütigt worden bin, war's vielleicht gar nicht so schlecht.«

»Ist immer schlecht, wenn ein Mann verkauft wird.«

»Weiß ich«, sagte Robert. »Dann sind Harriet und die Familie gekommen, haben mich aus meiner Verzweiflung rausgeholt. Haben mir von diesem anderen Leben erzählt, das im Norden auf mich wartet. Natürlich haben sie auch nach Mary und dem Baby gefragt, aber ich hab Harriet gesagt, nie und nimmer zieh ich das Balg von wem anders auf. Sie ist nicht so, ist überhaupt nicht so, aber ich hab gesagt, entweder ein ganz

395

neues Leben, oder ich bleib bei Broadus und nehm's, wie's kommt.

Als es dann aber Zeit für den Abschied wurde, als ich mich wirklich dem stellen musste, was es heißt, meine Mary zu verlassen, ich … ich weiß nicht. Kann nur sagen, bin schwach geworden und hab gedacht, das alte Leben ist doch vielleicht gar nicht so übel. Und dann bist du gekommen und hast dein Versprechen gegeben …«

»Tut mir leid, ich dachte …«

»Muss dir nicht leidtun. Im Gegenteil, was du gesagt hast, ist genau, was ich fühle. Ohne Mary kann ich nicht leben. Ich will keine Freiheit, wenn Mary darin keinen Platz hat … Ist nur das Kind. Das Baby von wem anders aufziehen, das kann einem Mann ganz schön zu schaffen machen …«

»Ja, allerdings«, sagte ich. Und das meinte ich auch so. Ich verstand. Aber ich hatte auch begonnen, noch etwas anderes zu verstehen, denn ich dachte nicht bloß über mich und meine Sophia nach, nicht bloß über Robert und Mary, sondern auch über den Tag damals, an dem ich Kessiah kennenlernte. Und ich dachte zurück an die große Universität aus Sklaverei und Verpflichtung, an die Frauen in ihren Overalls, an die große Verschwörung, laut der die halbe Welt ausgebeutet wurde. Und ich dachte nach über die Rolle, die ich bei dieser Ausbeutung spielte, über meine Träume, über das Lockless, das meine Fantasie erschaffen hatte, größtenteils erschaffen dank meiner Sophia.

»Für uns gibt's keine Reinheit«, sagte Robert. »Ist immer irgendwie getrübt von was. Diese Märchen von Rittern und Jungfrauen, die sind nichts für uns. Wir kriegen nichts Reines. So was gibt's nicht für uns.«

»Tja«, sagte ich. »Für die aber auch nicht. Ist eine ziemlich trübe Angelegenheit, den eigenen Sohn, die eigene Tochter der Pflicht zu überlassen. Ich seh das so, dass es keine Reinheit gibt, aber wir sind gesegnet, weil wir wissen, dass es so ist.«

»Gesegnet, ja?«

»Gesegnet, genau, denn wir sind frei von der Last, so tun zu müssen, als wären wir rein. Ich will nur sagen, es hat eine Weile gedauert, bis ich das begriffen hab. Musste erst wen verlieren und lernen, was Verlust überhaupt bedeutet. Aber ich bin von da unten gekommen und hab meinen Anteil von denen gesehen, die da oben leben, und ich sag dir, Robert Ross, ich würd lieber unten leben, bei denen, die ich verloren hab, in all dem Dreck und Durcheinander, als bei denen, die selber im Dreck leben, aber so davon geblendet sind, dass sie meinen, sie sind rein. Gibt nichts Reines, Robert. Gibt nichts Ungetrübtes.«

25

NOCH AM ABEND stießen wir auf einen schmalen Pfad, der zu einer Lichtung und dann weiter zur Hütte der Familie Ross führte. Ich sah ein Wohngebäude, dahinter einen Stall. Und mir fiel wieder ein, dass Harriets Eltern frei waren, ihre Kinder aber nicht.

»Kann mich nicht von meiner Momma verabschieden«, sagte Robert.

»Warum nicht?«, fragte ich.

»Die ist zu dicht am Wasser gebaut, und wenn sie mich sieht, wenn sie Bescheid weiß, würde sie plärren wie ein Baby, und wenn die Weißen kommen und fragen, was passiert ist, kann meine Momma sie nicht anlügen. Harriet ist schon vor zehn Jahren fort. Ich hab sie seither ein paarmal gesehen, aber mit Momma hat sie nie wieder ein Wort geredet. Nicht, weil sie's nicht will. Aber wie soll sie's machen?«

Und dann stieß Robert einen Pfiff aus. Nach wenigen Minuten trat ein älterer Mann, den ich für seinen Vater hielt – Pop Ross nannte er ihn –, vor die Tür, schaute in keine bestimmte Richtung und wies hinters Haus. Wir liefen zur Rückseite, suchten uns einen Weg durch den Wald. Auf halber Strecke blickten wir durch das Fenster und sahen sie, Ma Rit, wie sie den Boden fegte. Robert erstarrte, als würde ihm erst jetzt bewusst, dass er sie vielleicht nie wiedersehen würde, dann folgten wir weiter dem gewundenen Pfad. Nach hinten raus fanden wir den Stall, und als ich die Tür öffnete, fand ich sie drinnen alle stumm versammelt. Wir sagten kein Wort. Harriet trat aus einer Ecke vor, den Blick unverwandt auf Robert gerichtet. Sie packte ihn am Revers, schüttelte ihn und zog ihn an sich, umarmte ihn fest. Und dann saßen wir im Stall, warteten auf die Sicherheit der tiefen Nacht. Einige verzogen sich auf den Heuboden und schliefen. Pop Ross brachte was zu essen, öffnete die Tür und wandte den Kopf ab, um uns nicht anzusehen, steckte den rechten Arm ins Innere und wartete darauf, dass ihm irgendwer das Tablett abnahm.

Zweimal sah ich die ältere Frau zum Wegrand gehen und in die Ferne blicken, um dann wieder zurückzukehren. Ich fragte mich, ob sie spürte, dass Robert in der Nähe war.

Es begann zu regnen. Ben und Robert lugten durch einen Spalt im Stall, der ihnen einen Blick auf das hintere Fenster der Hütte gewährte, durch das sie Ma Rit sehen konnten, wie sie, der die Last der fehlenden Kinder ins Gesicht geschrieben stand, vom Feuer beleuchtet, ein Pfeifchen paffte. Harriet, die ihre Mutter seit Jahren nicht mehr gesehen hatte, wollte sie auch jetzt nicht sehen. Sie linste nicht einmal durch den Spalt. Sie riskierte keinen Abschied, auch nicht aus der Ferne.

Schließlich löschte Ma Rit das Feuer und ging zu Bett. Ich blickte nach draußen und stellte fest, dass dichter Nebel aufgekommen war. Harriet sah uns der Reihe nach an. Es wurde Zeit. Wir gingen nach draußen. An der Tür stand Pop Ross, die Augen verbunden.

»Wenn man mich fragt, ob ich euch gesehen hab«, sagte er, »kann ich sagen, bei Gott, keinen einzigen.«

Wir gingen hinaus in den Nebel. Jane nahm den alten Mann an einem Arm, Henry griff nach dem anderen, und so stapften wir in den matschigen Wald. Beim Gehen summte Harriets Vater erst leise vor sich hin, dann stimmte er das vertraute Abschiedslied an, und einer nach dem anderen fiel ein, bis die ganze Gruppe leise vor sich hin sang.

Going up to the great house farm
Going on up, for they done me wrong
Day too short, Gina. Night so long.

Dann öffnete sich der Wald, und wir kamen an einen weitläufigen Teich, der so groß war, dass wir die andere Seite bei Nebel und Dunkelheit nicht sehen konnten. Nach und nach verstummten die Stimmen, bis nur noch der Regen auf den Blättern zu hören war, die fallenden Tropfen, die ins stille Wasser schlugen.

»Nun, alter Mann«, sagte Harriet und wandte sich an ihren Vater, »wird Zeit, dass ich übernehme.«

Ich glaube, sie hatten alle eine ungefähre Ahnung von dem, was passieren würde, denn kaum hatte Harriet geendet, ließen Jane und Henry die Arme von Pop Ross los und traten ans Wasser. Mit Blick auf den Teich stellten sich Henry, Robert und Ben in einer Reihe auf. Jane nahm meine Hand und zog mich direkt hinter sich. Ich blickte zurück und sah Pop Ross, der mit verbundenen Augen reglos dastand. Harriet trat zu ihm und ging einmal um ihn herum, als wollte sie jedes Detail von ihm in ihrem Gedächtnis speichern, dann küsste sie ihn

400

sanft auf die Stirn und strich ihm über die Wange. Und ich sah, wie das grüne Licht der Konduktion ihre Hand umfloss, und in diesem Licht sah ich die Tränen, die Pop Ross übers Gesicht liefen.

Einige Sekunden verharrten sie so. Dann wandte Harriet sich ab, stellte sich vor ihre Brüder und ging hinaus auf den Teich. Ihre Brüder folgten ohne ein Wort, und Jane und ich folgten ihnen. Ich allein blickte noch einmal zurück und sah Pop Ross, die Augen noch immer verbunden. Und während wir hinaus auf den Teich liefen, sah ich, wie er langsam zurückwich, wie er uns entglitt, so wie uns Erinnerungen manchmal entgleiten, sah ihn im Dunkeln und im Nebel verschwinden.

Als wir aufs Wasser traten, war es überhaupt kein Wasser, genau wie zuvor. Harriet schimmerte bereits. Sie sah an ihren Brüdern vorbei zu mir und sagte: »Keine Angst vor irgendeinem Zauber, diesmal habe ich einen Chor dabei. Und der Chor hat mich dabei.«

Sie lief weiter, glühte heller mit jedem Schritt und durchschnitt den Nebel vor uns, wie ein Schiffsbug die See. Dann hielt sie an, und die kleine Prozession hinter ihr blieb gleichfalls stehen. Harriet sagte: »Diese Reise heute ist John Tubman gewidmet.«

»John Tubman«, rief Ben.

»Der sich uns, zu meinem ewigen Kummer, nicht anschließen konnte. Und sie ist Pop Ross und Ma Rit gewidmet, die, wie ich wohl weiß, sehr bald zu uns stoßen werden.«

»Bald!«, rief Ben. »Sehr bald!«

»Wir sind der Zug.«

»Bald! Sehr bald!«

»Unser Leben sei der Schienenstrang, unsere Geschichten

seien die Bahn, und ich bin die Schaffnerin, die diese Konduktion führt.«

»Konduktion«, schrie er.

»Doch diese Geschichte ist nicht traurig.«

»Mach weiter, Harriet, immer weiter.«

»Auch wenn ich traurig war, vor langer Zeit.«

Jetzt stimmten Harriets übrige Brüder in die Antwort ein.

»Mach weiter«, riefen sie, »immer weiter.«

»John Tubman, meine erste Liebe, der Einzige, dem ich je folgen wollte.«

»Du sagst es!«

»Für ihn stehe ich mit meinem Namen – Tubman.«

»Du sagst es!«

»Es begann, da war ich noch ein kleines Ding, und von der Sklaverei waren meine Kinderhände schon hart wie Mühlsteine.«

»Hart, Harriet! So hart!«

»An den Masern wäre ich fast gestorben.«

»Hart, so hart!«

»Die Last erdrückte mich. Und ich wurde wachsam.«

»Konduktion!«

»Ich ging in den Wald. Sah mit eigenen Augen. Erblickte den Pfad.«

»Konduktion!«

»Konnte ihm aber erst folgen, als ich groß war.«

»Bald, so bald!«

»Ich arbeitete wie ein Mann.«

»Mach weiter, Harriet, immer weiter!«

»Besorgte mir ein Ochsengespann.«

»Einen Ochsen holte sich Harriet!«

»Hab mich geschunden. Pflügte das Land.«

»Einen Ochsen holte sich Harriet! Das Land pflügte Harriet!«

»Der Herr hat mich schwer geprüft. Hat mich hart gemacht wie Moses vorm Pharao.«

»Weiter, Moses, immer weiter!«

»Doch ich sing von John Tubman.«

»Tubman!«

»Männer mögen's nicht, wenn Frauen sie überragen.«

»Moses pflügt das Land!«

»John Tubman aber war anders.«

»Du sagst es!«

»Meine Stärke ehrte ihn. Meine Mühen machten ihn weich.«

»Weiter, Moses, immer weiter!«

»Und ich liebte ihn, denn ein Mädchen muss den lieben, der es liebt.«

»Moses hatte einen großen starken Ochsen!«

»John Tubman liebte meine Stärke. Liebte meine Mühen.«

»Sei stark, Moses, sei stark!«

»So wusste ich, er liebt mich.«

»John Tubman!«

»Wir wollten uns durch langsame, stete Plackerei die Freiheit erkaufen.«

»Bleib hart, Moses, bleib hart!«

»Wir hatten Pläne. Unser Land, unsere Kinder – dem Ochsen sei Dank.«

»Moses hat einen Ochsen!«

»Nur war da einer, der liebte mich noch mehr als John Tubman.«

»Du sagst es, Harriet. Du sagst es!«

»Der Herr schenkte mir Wachsamkeit. Der Herr warf sein Licht auf den Pfad.«

»Konduktion!«

»Der Herr rief mich nach Philadelphia.«

»Konduktion!«

»Mein John aber wollte nicht mit.«

»So hart, so hart!«

»Im Norden bereitete ich alles vor. Und sah viel Neues.«

»Moses hat einen Ochsen!«

»Und als ich zurückkam, war ich nicht länger dieselbe.«

»Moses pflügt das Land.«

»Aber ich hielt Wort.«

»Sei stark, Moses!«

»Und ich kam zurück, um meinen John zu holen.«

»Ja, du kamst zurück.«

»Er aber hatte eine andere gefunden.«

»So hart, Moses, so hart!«

»Und ich hab getobt. Dachte, ich finde die beiden, mach ihnen die Hölle heiß.«

»Moses hat einen Ochsen!«

»War mir egal, wie laut ich wurde. War mir egal, ob Broadus mich vor Wut toben hörte.«

»John Tubman.«

»War mir egal, ob man mich wieder in Ketten legte.«

»Hart, so hart!«

»Einer aber hat mich aufgehalten.«

»Sei stark, Moses!«

»Mein Daddy, Big Ben Ross. Er hat mich gepackt und mir gesagt, Harriet muss den lieben, der Harriet liebt.«

»Mach weiter, Pop Ross! Immer weiter!«

»Und Brüder, ich sage euch, was mir Pop Ross gesagt hat – ihr müsst den lieben, der euch liebt.«

»Mach weiter!«

»Und mein Herrgott war es, der hat mich immer am meisten geliebt.«

»Mach weiter!«

»Mein John hat mich verlassen, Brüder, aber ich weiß, ich hab ihn zuerst verlassen.«

»John Tubman!«

»Gott, der Herr, zog in meine Seele ein, denn wieder war er es, der mich am meisten liebte.«

»Moses hat einen Ochsen!«

»John Tubman.«

»Sei stark, Moses.«

»Wo immer du auch sein magst.«

»Sei stark, Moses, sei stark!«

»Ich kenn dein Herz, und du kennst meins.«

»Sei stark, Moses.«

»Möge dich kein Laster befallen, mögen deine Nächte ruhig sein.«

»Sei stark.«

»Mögest du Frieden finden, auch drunten im Sarg.«

»Bald, sehr bald.«

»Mögest du eine Liebe finden, eine, die dich liebt, selbst in diesen harten Zeiten.«

»So soll es sein!«

26

UND DA WAREN WIR, früh am nächsten Morgen, noch vor dem Sonnenaufgang, waren unten bei den Docks an der Delaware Avenue, waren am anderen Ende der Konduktion. Nebel wogte über das Wasser heran, legte sich über die Stadt. Ich blickte zurück zur Gruppe und sah eine ermattete Harriet, die einen Arm um Henrys und einen um Roberts Schultern schlang. Ich übernahm die Führung und brachte die Gruppe zum ausgemachten Treffpunkt, einem Lagerhaus keine zwei Minuten von dort entfernt, wo wir aufgetaucht waren. Otha und Kessiah erwarteten uns. Henry und Robert legten Harriet auf eine Reihe Kisten, und sie sagte: »Jetzt ist Schluss mit dem Gehätschel, hört ihr? Ich hab doch gesagt, wenn ich meine Familie um mich hab, geht's mir gut. Sieht man mir doch an, oder nicht?«

»Das war wunderbar, Harriet«, sagte ich. »So was hab ich noch nie erlebt.

»Wirst es wieder erleben, mein Freund«, sagte sie und sah mir dabei fest in die Augen. »Wirst es wieder erleben.«

Sanft strich Kessiah einen Moment lang über Harriets Stirn, dann wandte sie sich zu mir um. Sie lächelte stumm, nickte, und im selben Augenblick spürte ich die wahre Bedeutung dessen, was ich gerade erlebt hatte, spürte sie wie eine große Welle aus Trauer und Freude über mich hereinbrechen. Etwas, nach dem ich lange gesucht hatte, ein Bedürfnis, das ich spürte, aber nicht hatte benennen können, wurde mir jetzt endlich bewusst. Es lag an Harriet, ihren Brüdern, ihrem Vater, einer Familie, die darum kämpfte, als solche leben zu können. Und da wusste ich, es konnte keinen heiligeren, keinen gerechteren Krieg als diesen geben. Und wie ich nun Kessiah ansah, die meine Brücke nach Virginia war, meine Brücke zu meiner Mutter, meine Brücke zu Thena, da spürte ich, sie war meine Familie, weshalb mir nur natürlich schien, was ich da tat, dass ich sie nämlich bei den Schultern packte und an mich zog und sie fest drückte, dass ich den Blumenduft ihrer Haare einsog und ihre weiche Wange an meiner spürte. All das war so neu. Und ich war so neu. Ein Gewicht fiel von mir ab, und das Gewicht, das war nicht bloß die Sklaverei, die Arbeit, die Bedingungen, sondern auch die Mythen, die damit verbunden waren – mein Vater als mein Retter, mein Plan, unsere Straße hinter mir zu lassen, meine Hoffnung, Lockless könnte allein durch meine Hand gerettet werden. Mein Vergessen. Ich vergaß meine Mutter. Und dann zog ich ins Herrenhaus von Lockless, als hätte ich keine Mutter. Und dann die Konduktion, die mich aus dem Sarg befreite, aus der Sklaverei befreite. Und jetzt konnte ich spüren, dass ich die Lüge abstreifte, als sei sie eine alte Haut, und ein echterer, strahlenderer Hiram kam darunter zum Vorschein.

»Ist schon gut, Hi«, sagte Kessiah. »Alles wird gut.« Und ich spürte, wie sie mir über den Rücken strich und mich tätschelte, als müsste sie ein Kind beruhigen. Dann schmeckte ich Salz auf meinen Lippen, und mir wurde klar, dass ich weinte, und ich schluchzte in ihren Armen, und als mir das bewusst wurde, schämte ich mich. Dann aber blickte ich auf und sah, dass die anderen um mich herum, die ganze Gruppe, die Harriet hergebracht hatte, auch Otha und Kessiah, dass sie sich alle in den Armen lagen und schluchzten.

Um keine unnötige Aufmerksamkeit zu erregen, brachten wir die Gruppe in mehreren Fuhren mit Pferd und Wagen zum Büro in der Ninth Street. Bei Sonnenaufgang waren wir wieder vereint, alles war genau geplant. Raymond schenkte Kaffee ein und verteilte Brötchen, Brot und Apfelkuchen aus Mars' Bäckerei. Wir waren wie ausgehungert und gaben uns Mühe, unsere Manieren zu wahren, futterten aber nach Herzenslust.

»Das also ist es, ja?«, sagte Robert. Er stand abseits am Fenster in der Ecke des Wohnzimmers und sah den anderen beim Essen zu.

»Das und mehr«, sagte ich. »Manches ist gut, manches schlecht.«

»Aber im Großen und Ganzen besser, als gefangen gehalten zu werden, oder?«

»Im Großen und Ganzen«, erwiderte ich. »Trotzdem gibt es Sachen im Leben, von denen man sich nicht befreien kann, und ich musste lernen, dass wir letzten Endes alle irgendwie gefangen gehalten werden. Nur kann man sich hier im Norden meist aussuchen, wer oder was einen gefangen hält.«

»Schätze, damit könnte ich leben«, sagte Robert. »Und ich muss sogar sagen, ich könnte mir auch gut vorstellen, von meiner Mary gefangen gehalten zu werden.«

»Musst lieben, wer dich liebt«, sagte ich.

»Scheint so.«

»Schon mit Harriet geredet?«

»Noch nicht. Weiß nicht, wie ich sie fragen soll, ob …«

»Ich frag sie. Ich hab ja auch das Versprechen gegeben.«

Raymond bat jeden Passagier zu einem Gespräch. Ich schrieb die Berichte. Das dauerte den ganzen Tag. Abends wurden alle auf verschiedene Häuser in der Stadt verteilt oder nach Camden geschickt, und es wurde ihnen geraten, nicht vor die Tür zu gehen, da ihre Flucht mittlerweile bekannt und Harriet die Hauptverdächtige sein dürfte. Ende der Woche würden sich dann vermutlich jede Menge Bluthunde in Philadelphia herumtreiben, aber danach sollten sie auf dem Weg höher hinauf in den Norden sein. Ich saß unten im Wohnzimmer, Harriet lag oben in meinem Zimmer. Sie schlief tief und fest, seit unserer Ankunft im Büro der Ninth Street.

Raymond wollte mit Jane und Henry aufbrechen, um ihnen eine sichere Bleibe zu suchen, doch ehe er ging, sagte er: »Ich dachte mir, das hier würde bis zu deiner Rückkehr warten können.« Mit diesen Worten gab er mir einen Brief. »Du solltest allerdings wissen, Hiram, dass du niemandem mehr was schuldig bist. Mir nicht. Und auch Corrine nicht.«

Ich saß im Wohnzimmer, den Brief in der Hand. Er kam von der Virginia-Station, weshalb ich wusste, was drinstand, noch ehe ich ihn aufmachte. Man rief mich zurück in den Schmutz. Raymonds Worte wusste ich zu schätzen, doch war es mir unmöglich, nicht zurückzugehen. Längst fühlte ich mich als Teil des Undergrounds. Er hatte mich zu dem geformt, der ich war, und ich hatte keine Ahnung, was ich ohne ihn mit meinem Leben anfangen sollte. Außerdem war da dieses Versprechen, das ich erst vor einem Jahr gegeben hatte, auch wenn es mir vorkam, als wären zehn Jahre vergangen, mein Versprechen, Sophia rauszuholen. Und obwohl Bland von uns gegangen war, begann ich bereits einen Weg zu erahnen, wie dies möglich sein könnte.

Etwa eine Stunde nach Raymonds Abschied stakste Harriet die Treppe herunter, ihren Stock in der Hand. Sie setzte sich aufs Sofa und holte tief Luft.

»Das war's dann also?«, fragte ich.

»Ganz genau«, sagte sie, »das war's.«

»Na ja, noch nicht ganz.«

»Wie meinst du das?«

»Eigentlich wollte ich Ihnen das nicht sagen, aber um Ihren Bruder Robert rausholen zu können, musste ich ein Versprechen geben. Es geht um Mary. Sie wollte ihn nicht gehen lassen. Also habe ich ihr alles erzählt.«

»Alles?«

»Ich weiß, war nicht besonders schlau.«

»Nein, allerdings«, sagte Harriet. Dann wandte sie den Blick ab und seufzte schwer. Einen Moment lang saßen wir schweigend da.

»Zugegeben, ich war nicht dabei. Ich hab dir gesagt, was getan werden muss, und bin mir sicher, du hast genau das getan. Dafür danke ich dir. Will Robert das auch?«

»Ja.«

»Der Junge ist doch immer für eine Überraschung gut.«

»Da ist noch was.«

»Was denn noch? Soll der Underground den ganzen Staat herholen?«

Ich lachte und sagte dann: »Nein, ich wollte Ihnen nur sagen, dass ich gehe. Harriet, ich geh zurück nach Hause.«

»Soso, tja, hab ich mir schon gedacht. Vor allem jetzt, wo du die Kraft erlebt hast.«

»Darum geht es nicht. Und so ganz versteh ich es selbst noch nicht.«

»Du verstehst genug. Jedenfalls genug, um Folgendes zu wissen: Vergiss nicht, dass ich es nur dir gezeigt habe, dir allein. Und zwar, weil du der Träger bist, niemand sonst. Vergiss das nicht. Setzt du dich mit einem Zug erst mal in Bewegung, und das wird eines Tages der Fall sein, wird es immer welche geben, die dir vorschreiben wollen, wie du ihn zu führen hast. Du weißt, was ich meine. Ich liebe unsere Leute in der Virginia-Station, ihre Herzen sind wahrhaft beim Herrn. Aber lass dich nicht in ihre Machenschaften hineinziehen, Hiram. Sie werden dich zu allen möglichen Torheiten überreden wollen, nur vergiss nicht, dafür zahlst du einen Preis, den zahlt man immer. Du hast mich erlebt, als wir runter nach Maryland sind. Hast mich auch heute erlebt. Es gibt einen Grund, warum wir vergessen. Und diejenigen unter uns, die sich erinnern, nun, das ist verdammt hart. Es laugt uns aus. Selbst diesmal habe ich es nur mithilfe meiner Brüder geschafft.

Wenn du drüber reden willst, wenn du dir mal nicht sicher bist, schreib Kessiah ein paar Zeilen. Sie ist immer in meiner Nähe. Wenn du was brauchst, wenn du mal nicht weiter weißt, rede mit mir, bevor du versuchst, ganz allein damit zurechtzukommen. Man kann sich leicht verlieren da draußen, und du weißt nie, wohin dich eine Geschichte führt. Wenn es so weit ist, melde dich bei mir, Hiram, verstanden?«

Ich nickte und lehnte mich zurück. Wir haben dann noch ein bisschen geplaudert, bis Harriet müde wurde und wieder nach oben ging. Ich bin auf dem Sofa eingeschlafen. Am nächsten Tag wurde ich von fröhlichen Stimmen geweckt. Ich stand auf, ging ins Esszimmer und sah Otha, Raymond und Kessiah am Tisch sitzen.

»Sind wir gerade drauf gekommen«, freute sich Otha. Seit Lydias Gefangennahme und Blands Tod hatte ich ihn nicht mehr so hoffnungsfroh erlebt.

»Worauf denn?«, fragte ich.

»Es geht um Lydia und die Kinder, Hiram«, erklärte Otha. »Wir glauben, wir haben einen Weg gefunden.«

»Und welchen?«

»McKiernan«, sagte Raymond. »Er will verkaufen. Wir haben uns über einen Mittelsmann mit ihm in Verbindung gesetzt.«

Kessiah langte daraufhin in einen Koffer und entnahm ihm ein schmales Buch.

»Ist nicht unser Weg«, sagte sie. »Aber wir alle müssen unsere Geschichten erzählen.«

Sie gab mir das Buch. Auf dem Umschlag las ich: Die Entführten und Befreiten. Ich blätterte in dem Band und begriff, dass es um die Geschichte von Otha Whites Flucht in die Freiheit ging.

»Alle Achtung«, sagte ich und gab ihr das Buch zurück. »Und? Wie lautet der Plan?«

»Mit einigen anderen Leuten zusammen macht Otha eine Lesereise durch den Norden«, sagte Raymond, »um das Buch Gegnern der Sklaverei anzubieten und mit dem Erlös Lydia und die Familie freizukaufen.«

»Wird McKiernan so lange warten«, fragte ich, »nachdem wir ihn so zum Narren gehalten haben?«

»Du meinst, nachdem er uns zum Narren gehalten hat«,

sagte Otha. »Bland ist tot. Liegt buchstäblich im Sarg, was aber Lydia angeht, so geben wir nicht auf, und das weiß der Mann. Natürlich geht es mir gegen den Strich, Lösegeld für die eigenen Leute zu zahlen, aber ich schätze, jetzt ist nicht die Zeit für irgendwelche Schrullen.«

»Stimmt wohl«, erwiderte ich. »Und was das angeht, muss ich euch noch was sagen …«

»Zeit für dich zurückzugehen, wie?«, sagte Otha.

»Es ist …«, sagte ich. »Ich … ich bin nicht mehr der, der ich war.«

Ich bin mir nicht mal sicher, ob sie mich verstanden haben. Kessiah vielleicht. Aber auch wenn sie mich nicht verstanden, wollte ich, dass sie wussten, wie sehr Philadelphia mich verändert hatte, Mars, Otha, Mary Bronson und all die anderen. Ich wollte, dass sie wussten, wie gut ich sie verstand. Die vielen Jahre aber, in denen ich mir jedes Wort verkniffen, in denen ich nur zugehört und nicht geredet hatte, steckten mir noch in den Knochen, weshalb ich meine Gefühle nur so ausdrücken konnte: »Ich bin nicht er. Ich bin nicht er.«

»Wissen wir doch«, sagte Otha und stand auf, um mich zu umarmen.

27

EHE ICH IN DEN SARG zurückkehrte, musste ich einige Versprechen einlösen. An einem recht frischen Sonntag im November spazierte ich mit Kessiah zur Promenade am Schuylkill. Der Wind fegte durch die Bainbridge, diese herrliche, breite Straße – herrlich, ja, das war sie für mich inzwischen, denn wo für mich einst nur Chaos geherrscht hatte, nahm ich heute die Symphonie der Stadt wahr, im Unrat der Gassen, im furchtbaren Gestank, in der großen Vielfalt der Menschen, die aus ihren Ziegelhütten strömten, sich in den Omnibus schoben, in den Zinnwarenladen drängten, im Kurzwarenladen keiften oder um Lebensmittel feilschten.

Wir liefen weiter, zählten die nummerierten Querstraßen, bis wir an den Fluss kamen, dem wir zu der an diesem Morgen ziemlich unbelebten Promenade folgten. Kessiah zog ihren Schal enger um die Schultern und sagte: »Weißt du, für so was sind wir nicht geschaffen. Es heißt, wir sind ein tropischer Menschenschlag.«

»Meine liebste Jahreszeit«, erwiderte ich. »In diesen Wochen ist die Welt so schön. Über alles breitet sich eine Art Friede, sogar hier oben. Mir will es immer vorkommen, als würde der

Sommer die Welt erschöpfen, weshalb sie im Herbst ein Nickerchen braucht.«

»Weiß nicht«, sagte Kessiah, schüttelte den Kopf, lachte leise und zog den Schal noch fester um sich. »Der Wind, wie der jetzt vom Fluss heranfegt? Da ist mir der Frühling doch allemal lieber. Die grünen Felder. Die Blüten.«

»Die Zeit des Erwachens, wie?«, sagte ich. »Nee, mir ist die Zeit des Vergehens lieber, des Sterbens, weil ich finde, dass die Welt dann ihr wahres Gesicht zeigt.«

Wir setzten uns auf eine Bank und schwiegen eine Weile. Kessiah nahm meine Hand, hielt sie, rückte näher heran und küsste mich dann auf die Wange.

»Wie geht es dir, Hi?«, fragte sie.

»Jede Menge Gefühle«, sagte ich.

»Kein Wunder«, erwiderte sie. »All dies Kommen und Gehen, meine Güte, ich spüre es jedes Mal, wenn ich meinen Elias daheim zurücklasse, spüre, wie mir das Herz aus dem Leib gerissen wird.«

»Und wie geht's ihm?«

»Elias? Na ja, ich bilde mir ein, dass es ihm nicht besonders gefällt, wenn ich gehe, aber ich frag nicht. Und du darfst nicht vergessen, bin schon immer eine gewesen, die sich nichts sagen lässt. Gibt nur wenige Männer, die damit klarkommen. Mein Elias ist anders. Vor allem wegen Harriet, glaub ich. Wir sind vom selben Schlag, und als Elias sich in mich verguckt hat, fand er mich gar nicht so seltsam. War vielleicht der Grund, warum er sich überhaupt in mich verguckt hat. Ich bin das, was er schon kannte. Für ihn war ich so, wie eine Frau sein soll.

Zu Hause könnten wir allerdings Hilfe gebrauchen. Jede Menge Arbeit. Und ich kann ihm kaum zur Hand gehen. Er redet davon, sich noch eine Frau anzuschaffen, und ich hab ihm gesagt, kann er machen, wenn er will, aber dann verliert er auch eine.«

Wir lachten einen Moment lang, und dann sagte ich: »Vielleicht auch nicht.«

»Ganz bestimmt«, sagte sie. »Pass bloß auf, dass dir das Gerede von der freien Liebe nicht zu Kopf steigt.«

»Mir geht's nicht um freie Liebe. Mir geht's um deine Mutter.«

Kessiah blickte über den Fluss und sagte nichts.

»Ist nicht richtig«, sagte ich. »Ist nicht richtig, was da passiert ist.«

»Passiert aber öfters, Hi«, sagte Kessiah. »Hast du jetzt auch noch vor, dich mit Virginia anzulegen?«

»Es gab Versprechen«, sagte ich. »Noch ehe Bland gestorben ist.«

»Nicht für Thena.«

»Nein, für Thena nicht. So ganz hab ich's noch nicht durchschaut, aber ich finde, man schuldet mir was. Ich bin gern im Underground, und ich bin froh, dass es ist, wie es ist. Aber man hat mich nie gefragt, ich wurde verpflichtet. Und ich denke, es ist nicht zu viel verlangt, wenn ich drum bitte, dass Virginia die Frau freigibt, die dafür gesorgt hat, dass ich all die Jahre überleben konnte.«

»Nein, sicher nicht. Und hier oben, nur mit Raymond und Otha, auch mit Harriet und Maryland wäre das keine Frage, aber Virginia … die sind anders.«

»Ich weiß«, sagte ich. »Auf die eine oder andere Weise hab ich mich fast mein halbes Leben mit denen rumgeschlagen, aber ich sag dir, ich bin fest entschlossen, Thena rauszuholen.

Wie, das kann ich noch nicht sagen. Auch nicht, wann, aber ich hol sie da raus.«

Kessiah lehnte sich zurück und blickte über das Wasser. Aus den Bäumen flog ein Schwarm Spatzen auf. In seiner Mitte segelte und kurvte ein Raubvogel.

»Nun ja, kann nicht behaupten, dass ich sie nicht gern hier hätte«, sagte Kessiah, »aber du wirst verstehen, dass ich auch nicht aus dem Häuschen bin vor lauter Freude. Ich hab mich vor langer Zeit von ihr verabschiedet, Hi, und es ist nicht leicht, der eigenen Mutter Lebwohl zu sagen, weißt du.«

»Ja, das weiß ich«.

»Wenn du es bis zu ihr schaffst und wenn du sie herbringen kannst, schön … Sie ist jederzeit willkommen. Wir haben eine hübsche Farm westlich von hier. Richtung Lancaster. Ein traumhafter Anblick, muss ich schon sagen. Und da ist immer für sie Platz.«

Bereits am nächsten Morgen kleidete ich mich nach Art der Verpflichteten, wie ich sie hier oben gesehen hatte, jene, die sich weit besser als standesgemäß kleideten – schöne Hose, Weste aus Damast, dazu ein hoher Zylinder. Es war noch früh, noch vor Sonnenaufgang, als ich zu Raymond, Otha und Kessiah ging. Ein paar Minuten lang plauderten wir entspannt. Raymond hatte eine Privatkutsche gemietet, die unser Grüppchen zu Gray's Ferry Station bringen sollte, da alle darauf bestanden hatten, mich zu verabschieden. Die Kutsche kam, wir stiegen ein und wollten gerade Richtung Bainbridge losfahren, als ich sah, wie Mars auf uns zulief, laut brüllend, in der einen Hand eine Tüte, die andere schwenkte er wild durch die Luft.

»Heda!«, rief er im Näherkommen, und ich grüßte ihn mit einem Lächeln und lüpfte vor ihm meinen Hut.

»Hab gehört, du verlässt uns für eine Weile«, sagte er. »Wollte dir noch eine Kleinigkeit mit auf den Weg geben.«

Und mit diesen Worten reichte er mir die Tüte. Ich machte sie auf und sah eine Flasche Rum sowie in Papier eingewickelte Lebkuchen.

»Nicht vergessen«, sagte er. »Familie.«

»Vergess ich nicht«, sagte ich. »Wiedersehen, Mars.«

Als wir am Bahnhof ankamen, stand der Zug schon unter Dampf, und die Passagiere trafen vorm Einsteigen noch letzte Vorkehrungen. Nach einem Blick über die Menge entdeckte ich meinen Kontakt, einen weißen Agenten, der mir zu Hilfe kommen würde, wenn etwas schieflaufen sollte. Ich drehte mich zu allen um, sagte: »Tja, das hier ist dann wohl mein Zug«, und umarmte sie der Reihe nach. Dann ging ich und mischte mich unter die Menge, zeigte meinen Fahrschein vor, stieg ein und suchte mir einen Platz, der so abgelegen war, dass ich meine neue Familie nicht länger anschauen musste, da ich mich vor dem fürchtete, was geschehen mochte, sollte ich sehen, wie sie immer kleiner wurden und verschwanden. Dann dachte ich an Sophia, und daran, wie gern ich sie herbringen würde, damit sie diese Leute kennenlernte und von ihren wilden Abenteuern erfuhr, damit sie Lebkuchen auf der Promenade essen und weiße Männer von Einrädern herabwinken sehen konnte. Und gleich darauf hörte ich den Schaffner rufen und die große Katze aufbrüllen; und meine Fahrt hinunter in den Schlund des Südens begann.

Lang bevor wir über die Grenze fuhren, noch vor Baltimore, ehe der Schaffner den Gang entlangging und jeden Farbigen musterte und lang bevor die Berge des westlichen Maryland nach Virginia ausliefen, spürte ich die Veränderung. Jeder Verpflichtete trägt eine Maske, und jetzt merkte ich deutlich, wie sehr ich Philadelphia vermissen würde, denn in dieser Stadt unerträglicher Gerüche war ich die wahrste Version meiner selbst gewesen, ungebrochen vom Verlangen anderer und deren Ritualen, weshalb die Veränderung, die mich jetzt überkam – die Brust wurde enger, der Blick senkte sich, die Hände öffneten und schlossen sich, der ganze Körper sackte in sich zusammen –, kompletter Selbstverleugnung glich, einer vollständigen Lüge. Und als ich in Clarksburg aus dem Zug stieg, spürte ich, wie sich Fesseln um meine Hände legten und ein Schraubstock sich um meinen Hals schloss. So gelebt zu haben, wie ich gelebt hatte, die eigene Freiheit geschmeckt, ganze Gesellschaften schwarzer, doch freier Menschen gesehen zu haben, ließ mich dieses Gewicht als so unerträglich empfinden wie nie zuvor.

Am folgenden Abend, einem Dienstag, war ich wieder in Bryceton und zurück in meiner alten Hütte. Corrine hatte mir einen freien Tag gegönnt, einen Tag für mich allein. Ich verbrachte ihn größtenteils mit Spaziergängen im Wald, auf denen ich mir, wie ich es früher oft getan hatte, ausmalte, ich liefe durch Philadelphia. Wieder dachte ich daran, wie gern ich Sophia mitnehmen würde, auch, dass ich Thena gern dorthin brächte, und an diesem Tag wurde mir klar, wie froh es mich stimmte, zurückgekehrt zu sein, denn niemals mehr wollte ich die Luft der Freiheit atmen, solange die beiden noch in Ketten lebten.

Bland hatte mir versprochen, Corrine davon zu überzeugen, dass wir Sophia retten mussten, aber Bland war tot. Und so musste ich Corrine nun selbst überreden, die beiden zu befreien. Von Blands Tod einmal abgesehen gab es noch weitere Hindernisse. Sophia war Nathaniel Walkers persönlicher Besitz; jeder Rettungsversuch würde also seinen Zorn wecken und Verdacht erregen. Thena war so alt, dass sich der Underground in Virginia vermutlich gegen ihre Rettung aussprechen würde, war man doch der Ansicht, es solle zuerst denen ein Leben in Freiheit gewährt werden, die damit noch viel anfangen konnten. Und doch hatte ich Kessiah erzählt, wir würden sie herausholen, und ich war fest entschlossen.

Früh am nächsten Morgen traf ich Corrine und Hawkins im Salon des Haupthauses, doch noch während ich den Flur entlangging, überfielen mich Erinnerungen an früher, an meinen ersten Besuch auf Bryceton, an die Offenbarung unglaublicher Geheimnisse. Und ich sah meinen alten Lehrer, meinen Mr. Fields, meinen Micajah Bland, sah ihn lachen, als Hawkins eine Geschichte erzählte, sah ihn, wie er sich mit unvorstellbar ernstem Blick zu mir umwandte, und in seinen Augen erahnte ich bereits all das furchtbare Wissen, das er bald an mich weitergeben würde.

»Hiram«, sagte Corrine, während wir Platz nahmen. »Als du mit Maynard in den Fluss gestürzt bist, hat das zweierlei bewirkt. Zum einen war es für mich eine Erleichterung – du hast mich vor einem Bund mit diesem Mann und all den Schrecken bewahrt, die das gewiss mit sich gebracht hätte. Und dafür danke ich dir.«

»Es geschah nicht mit Absicht«, erwiderte ich, »immerhin aber hat es Ihr Los verbessert.«

»Zweierlei, Junge«, schob Hawkins ein. »Zweierlei, hat sie gesagt.«

»Leider«, fuhr Corrine fort, »hast du diese Station auch um die Möglichkeit gebracht, Zugang zu den höchsten Kreisen von Elm County zu finden.«

»Was Hohes hatte Maynard nun nicht gerade an sich«, sagte ich.

»Stimmt, aber du weißt, worauf ich hinauswill«, antwortete sie. »Jetzt bin ich dazu verdammt, eine alte Jungfer zu werden, ohne Zugang zu den Damen dieses Landes. Wäre ich den Bund mit Maynard eingegangen, hätte unsere Ehe für den Underground vorteilhaft sein können, hätte unseren Einfluss, unsere Kenntnisse vermehrt. Ich denke, das kannst du nachvollziehen.«

»Kann ich.«

»Durch Maynards Tod haben wir eine Investition verloren. Monatelange Planung war vergebens, und wir sahen uns gezwungen, mit dem auszukommen, was uns geblieben war.«

»Damit meint sie dich«, sagte Hawkins bekümmert. »Mussten dich befreien.«

»Und auch wenn du uns nicht geben konntest, was wir uns von Maynard erhofft hatten, hast du doch durchaus deinen Teil beigetragen. Wir wissen, was du in Philadelphia und Maryland geleistet hast. Hast du nun Zugang zu der Kraft gefunden, die du vor einem Jahr noch so undeutlich wahrgenommen hast?«

Darauf erwiderte ich nichts. Ich hatte tatsächlich Zugang gefunden, doch irgendwas fehlte noch, damit ich nach Belieben zu meinen tiefsitzenden Erinnerungen vordringen konnte, etwas, wodurch es mir möglich sein würde, jeden Zug nach eigenem Gutdünken über die Gleise zu führen. Und selbst wenn ich die Kraft ganz verstehen würde, vergaß ich doch nicht Harriets Warnung, denn ich hatte ihr geglaubt, als sie sagte, diese Kraft sei allein meine, und gehöre niemandem sonst.

»Wir sind nicht undankbar und auch nicht ohne Bewunderung für dich, Hiram, nur bedeutet das nicht, dass dein Konto bei uns ausgeglichen ist.«

»Ich bin hier«, erwiderte ich. »Und das vorwiegend aus eigenem freiem Willen. Sagt mir, was ihr braucht. Fragt mich, und ich werde tun, was ich kann.«

»Gut, gut«, sagte Corrine. »Erinnerst du dich an Roscoe, den Diener deines Vaters?«

»Natürlich, hat mich ins Haus hinaufgeholt.«

»Tja, Roscoe ist von uns gegangen. Seine Zeit war gekommen.«

»Tut mir leid, das zu hören«, sagte ich.

»Als es mit Roscoe zu Ende ging«, sagte Hawkins, »hat der alte Howell einen Brief an Corrine hier geschickt. Er will, dass du zurückkommst, dass du Roscoes Platz einnimmst.«

»Du weißt noch, welche Informationen wir uns von meinem Bund mit Maynard versprochen haben?«, fragte Corrine. »Nun, vielleicht möchtest du ja der Quell dieser Informationen sein. Wir hätten gern gewusst, wie es um deinen Vater und um die Zukunft von Lockless bestellt ist. Wirst du uns helfen?«

»Werde ich«, sagte ich. Mein rascher Entschluss schockierte sie, denn ich verpflichtete mich, zu jenem Mann zurückzukehren, der nicht nur mein Herr, sondern auch mein Vater war. »Allerdings möchte ich, dass ihr dafür auch etwas für mich tut.«

»Ich finde, wir haben schon jede Menge für dich getan«, sagte Corrine.

»Nicht mehr, als mir zustand«, erwiderte ich.

Da lächelte Corrine und nickte. »Also schön«, sagte sie. »Was soll es sein?«

»Da unten sind noch zwei – eine alte und eine junge Frau«, sagte ich. »Ich möchte, dass ihr sie rausholt.«

»Ich nehme an, die junge Frau ist die, mit der du geflohen bist. Sophia«, sagte Corrine. »Und die alte Frau dürfte deine Ziehmutter aus Kindertagen sein. Thena.«

»Die beiden, genau«, sagte ich. »Ich möchte, dass sie mithilfe der Station in der Ninth Street nach Philadelphia zu Raymond White gebracht werden.«

»Vergiss es«, sagte Hawkins. »Damit lockst du nur Rylands Bluthunde an, führst sie wahrscheinlich direkt zu uns. Die junge Frau, mit der du fortgelaufen bist, verschwindet gleich nach deiner Rückkehr? Und dann noch die Frau, die wie eine Mutter für dich war? Nein, daraus wird nichts.«

»Und diese Thena«, sagte Corrine, »die ist doch schon viel zu alt, um so eine Rettung noch zu rechtfertigen.«

»Ich kenne die Gefahren, und ich kenne die Probleme«, sagte ich. »Und es muss nicht sofort sein, aber ich will, dass ihr das auf dem Zettel habt. Ihr sollt mir versprechen, dass ihr sie befreit, sobald der rechte Zeitpunkt gekommen ist. Hört zu, ich bin nicht mehr derselbe Mensch wie früher. Ich weiß, was dieser Krieg bedeutet, und ich stehe auf eurer Seite, aber ich kann sie nicht bloß rein symbolisch befreien. Sie sind meine Familie; sie sind alles an Familie, was ich noch habe. Und ich will, dass sie rauskommen. Bis sie draußen sind, kann ich nicht mehr ruhig schlafen.«

Corrine maß mich mit ihren Blicken, dann sagte sie: »Verstehe. Gut, wir werden es tun. Zur rechten Zeit, aber wir werden es tun. Und jetzt mach dich bereit. Du brichst morgen auf. Ich habe deinem Vater schon gesagt, dass er dich erwarten soll.«

Und so wachte ich früh am nächsten Morgen auf und streifte mir die alten Sachen über, die Kleider eines Verpflichteten, und als der grobe Stoff über meine Haut scheuerte, krachte vor meinen Augen ein schwarzes Tor ins Schloss. Das war's also. Ich war tatsächlich wieder unten. Und mich überkam eine seltsame Erleichterung, denn der scheuernde Stoff brachte mich erneut all jenen nahe, die von der Sklaverei aufgerieben wurden. Ich wusste, Corrine hatte meine Sklavenurkunde verbrannt, die Besitzurkunde meiner Seele, nur hatte das keinerlei Bedeutung an einem Ort, an dem ich für die Gesellschaft ein Sklave war. Und da erinnerte ich mich an Georgie Parks, dessen trügerische Freiheit an die Verhaftung jener Farbigen geknüpft war, die einen solchen Aufstieg anstrebten, wie er ihm gelungen war. Ich aber war nicht Georgie. Erst wenn die Sklaverei selbst in Flammen stand, würde meine Besitzurkunde wirklich zu Asche werden.

Ich traf Hawkins bei den Stallungen, und wir brachten die Pferde zum Haupthaus. Schweigend warteten wir auf Corrine, und als sie mit Amy herauskam, wurde mir erst die wahre Größe der Anstrengungen klar, die die Virginia Station leistete. Ich kannte jetzt zwei verschiedene Versionen von Corrine, so verschieden, dass es sich gar nicht um dieselbe Person zu handeln schien. Es gab die Corrine, die für den Underground und bei der New Yorker Versammlung arbeitete; ihr fiel das offene Haar auf die Schultern, und sie hatte ein ungezügeltes, ausgelassenes Lachen. Und es gab diese Corrine, sittsam, eine Frau, die dahinschritt wie eine königliche Hoheit, im makellos geschminkten Gesicht jener Hauch Rosenrot, den alle Frauen der Oberen anstrebten. Doch trug sie noch Trauer, weshalb sie sich raffinierter als üblich gekleidet und ein Kleid mit schwarzer Turnüre angezogen hatte, der schwarze Schleier so lang, dass er, wenn sie ihn anhob und nach hinten warf, bis zur Hüfte herabhing. Corrine hatte offenbar meine Überraschung bemerkt, denn sie musste unwillkürlich kichern. Mit Amys Hilfe zog sie sich dann aber den Schleier übers Gesicht, und das Spiel begann.

Es war seltsam, das Land aus diesem neuen Blickwinkel zu sehen, die Wälder, durch die ich so manches Mal gerannt war, das weite Gelände, das ich bei meinem brutalen Training durchmessen hatte. Ich konnte die vielen Birken und Eisenbäume ausmachen, die Roteichen, die ihre schönen rostroten, goldenen Laubfächer zeigten; und direkt hinter uns die Berge mit ihren Felsnasen und Lichtungen, von wo aus sich die Welt öffnete und man die Fülle dieser todbringenden Jahreszeit meilenweit sehen konnte. In meinem Herzen aber spürte ich Angst, Angst, weil ich ins Sklavenland zurückgekehrt war, in diese Welt, die nun ein Auge auf mich hatte.

Am späten Nachmittag trafen wir in Starfall ein, und beinahe auf Anhieb bemerkte ich, wie sehr der Verfall fortgeschritten war, dessen Anfänge bereits vor meiner Flucht deutlich geworden waren. Alles war zu still an diesem Donnerstag, früher ein geschäftiger Tag, doch als wir in die Stadt fuhren, grüßte uns in der Main Street nur das vom Wind aufgepeitschte Laub. Wir überquerten den Stadtplatz, der zu anderer Zeit ein Ort quirligen Lebens gewesen war, und ich sah, dass die hölzerne Plattform, auf der die bedeutsamsten Männer der Oberen gestanden und zur Stadt gesprochen hatten, zersplittert war, morsch und halb verfallen. Gebäude, die früher Pelzhändler, Stellmacher und Warenhäuser beherbergt hatten, standen jetzt leer. Wir rollten an der Rennbahn vorbei, und ich sah, dass der Kiefernzaun, durch den ich früher die Rennen verfolgt hatte, in sich zusammengefallen war und dass das Unkraut vom Feld die Bahn eroberte.

Ich wandte mich an Hawkins, der den Wagen fuhr und neben mir saß. »Renntag?«

»Dieses Jahr nicht«, antwortete er. »Vielleicht nie wieder.«

Wir brachten die Pferde in den Stall und gingen dann über die Straße zum Wirtshaus. Als wir eintraten, sah ich Folgendes: ein großer Raum, darin verteilt zehn Weiße, niedre Weiße, allem Anschein nach. Sie redeten nicht miteinander; offenbar zogen sie es vor, unter sich zu bleiben und in ihr Bier zu starren oder ihren Gedanken nachzuhängen. Ganz rechts, halb versteckt in einem kleinen Vorzimmer, saß ein Kommis und kümmerte sich um das Kassenbuch. Niemand nahm von unserer Ankunft Notiz. Irgendwas Seltsames ging hier vor, nur hätte ich nicht sagen können, was es war. Ich blieb hinter Corrine und folgte ihr zum Kommis, der nicht einmal den Kopf hob.

Dann sagte Corrine: »Wann kommt der Kentucky Comet an?«

Jetzt sah der Kommis auf, schwieg noch einen Moment und sagte dann: »Ist heute Morgen entgleist.«

Da blickte Corrine zu Hawkins hinüber und nickte, woraufhin er rasch zur Tür eilte und abschloss. Zwei der Männer am Tisch schauten jetzt von ihrem Bier auf und traten ans Fenster, um die Jalousien herunterzulassen. Und schon zum zweiten Mal an diesem Tag begriff ich, wie großartig Corrine

Quinn war. Ich sage Euch, an diesem Punkt meines Lebens hatte ich bereits so viel gesehen, dass ich ohne Weiteres geglaubt hätte, Corrine habe die Tabakfelder von Virginia ganz allein zugrunde gerichtet, und als ich mich nun umblickte, bemerkte ich, dass mir die Gesichter dieser Männer, dieser niedren Weißen, keineswegs unbekannt waren, handelte es sich dabei doch um jene Leute, die ich damals bei meinem Training in Bryceton gesehen hatte, und mit einem Mal wusste ich genau, was geschehen war – Corrine Quinn hatte hier, mitten im Herzen von Elm County, eine Starfall-Station eröffnet.

Noch in derselben Stunde fanden alle zu einer Sitzung zusammen. Ich war entschuldigt, da man mir meinen Auftrag, der am nächsten Tag beginnen sollte, bereits zugeteilt hatte. Also verließ ich die Gaststätte durch die Hintertür und ging einmal ums Gebäude, bis ich wieder auf der Straße und dort ankam, wo wir das Haus betreten hatten. Ich schlug den Mantelkragen hoch und zog mir den Hut ins Gesicht. In dem Moment packte mich eine fieberhafte Neugierde – was war mit Freetown? Was mit Edgar und Patience? Mit Pap und Grease? Mit Amber und dem Baby? Ich hätte ohne Weiteres Hawkins oder Amy fragen können, aber ich glaube, ich wusste schon, was sie antworten würden, denn tief in meinem Herzen fand ich das, was geschehen sein musste, weder rätselhaft noch verwirrend, ahnte ich doch nur zu gut, welchen Preis es gefordert hatte, was Georgie Parks von uns auferlegt worden war.

Und so sah ich, was ich erwartet hatte, und worauf Rylands Gefängnis, in dem die Hälfte derer einzusitzen schien, die noch in Starfall geblieben waren, seine Schatten warf. Freetown lag in Trümmern, doch nicht so wie das übrige Starfall. Die Baracken waren fast vollständig zerstört, das Feuer hatte nur schwarze Balken übrig gelassen, Asche; und auch in den Mauerresten, die noch standen, waren die Türen aus den Angeln gerissen wie von einer gewaltigen Macht. Das ehemalige Haus von Georgie Parks sah nicht anders aus. Ich ging hinein, alles war zertrümmert – das Bett entzweigebrochen, ein Schrank mittendurch zerhackt, Porzellanscherben, eine kaputte Brille. Eine Weile blieb ich stehen und betrachtete das Ergebnis meiner Handlungen, die Ernte, die der Underground eingefahren hatte, das Werk einer grausamen Rache, die nicht allein Georgie Parks, sondern ganz Freetown getroffen hatte. Und ich empfand tiefe, schmerzliche Scham. Dann sah ich es – in einer Ecke, jenes kleine Spielzeugpferd, das ich Georgie zur Geburt seines Kindes geschenkt hatte. Ich bückte mich, hob es auf und ging wieder nach draußen. Der Abend war angebrochen. Rylands Gefängnis stand unweit in steinernem Schweigen. Letzte Sonnenstrahlen fielen über die Bäume in der Ferne, und ich spürte eine trübe Bedrohung die verlassene Straße heraufwehen, steckte mir das Spielzeugpferd in die Manteltasche und ging.

DRITTER TEIL

*Die Schwarzen unterdes, die von Bord gesprungen
waren, tanzten noch in den Wellen und schrien mit
aller Macht, schrien, was für mich wie ein Lied
des Triumphes klang …*

ALEXANDER FALCONBRIDGE

28

AM NÄCHSTEN NACHMITTAG holte ich Pferd und Wagen aus dem Stall und verließ Starfall, mied aber die Steinbrücke, die Dumb Silk Road und die Landstraße über Falling Creek, um den offiziellen Weg nach Lockless einzuschlagen. Ich drohte in einer Woge aus Gefühlen zu ertrinken, doch nicht das anstehende Treffen mit meinem Vater, auch nicht meine Scham wegen der letzten Worte, die ich an Thena gerichtet hatte, ja, nicht einmal der Gedanke an ein Wiedersehen mit Sophia war es, was mich am meisten aufwühlte. All das war da, doch darüber ragte die drängende, kindliche Hoffnung auf, der Verfall, unter dem, wie ich jetzt sah, ganz Elm County litt, möge Lockless irgendwie verschont haben.

Wer weiß, warum wir lieben, was wir tun? Warum wir sind, wie wir sind? Ich sage Euch, ich war dem Underground längst verpfändet. Alles, was ich über wahre Menschlichkeit wusste, über Loyalität und Ehre hatte ich in diesem letzten Jahr gelernt. Ich glaubte an die Welt von Kessiah und Harriet, von Raymond und Otha und Mars. Und dennoch war der kleine Junge in mir nicht gestorben. Ich war, der ich war, und konnte mir meine Familie nicht aussuchen, selbst wenn sie mich zurückwies, so wenig wie ich mir ein Land aussuchen konnte, das uns ebenso zurückwies.

Als ich von der West Road in Richtung Lockless abbog, begriff ich beinahe sofort, dass mein Wunsch sich nicht erfüllen würde. Wie schon die Rennbahn hatte das Unkraut auch den Hauptweg erobert. Und im Weiterfahren, vorbei an den Feldern, stellte ich fest, dass der Arbeitstrupp nicht länger seine gewohnte Größe hatte, und bei genauerem Hinsehen merkte ich dann auch, dass ich niemanden mehr kannte.

Einen Hauch Hoffnung verbreitete der Obstgarten etwas näher am Haus, wirkte er doch makellos gepflegt und roch auch nicht nach am Boden verfaulenden Äpfeln. Besser noch als der Obstgarten sah der Garten aus späten Astern direkt am Haupthaus aus. Ich hielt mit dem Wagen bei den Stallungen, band das Tier an, und mir fiel auf, dass außer dem Pferd, mit dem ich gekommen war, nur noch ein weiteres im Stall stand. Mein Gaul schnaubte vor Durst. Ich trug den Trog zur Quelle, füllte ihn mit Wasser und brachte ihn zurück in den Stall. Als mein Blick aufs Wasser fiel, sah ich ein Schimmern. Komme bald, dachte ich und machte mich dann auf den Weg zum weißen Palast von Lockless.

Ich sah ihn, ehe er mich sah. Ich stand am Ende der Straße unweit vom Haupthaus, und er saß in seinem Jagdanzug auf der Veranda gleich hinter dem Mückengitter und hielt, das Gewehr neben sich, einen nachmittäglichen Digestif in der Hand. Ich trug einen Korb mit Präsenten, die Corrine schickte. Der Abend brach an, die Herbstsonne versank. Einen Moment lang stand ich da und betrachtete ihn, dann rief ich laut: »Guten Tag, Sir.« Ich sah, wie er zu sich kam, blinzelte und wie, als er begriff, seine Augen groß wie Vollmonde wurden. Er schien weniger zu laufen, als in bizarrer Selbstvergessenheit auf die Straße zu rudern, bewegte sich durch die Luft, als sei sie Wasser. Dann zog er mich an sich, nahm mich in die Arme, gleich dort in aller Öffentlichkeit, und sein alter herber Geruch umhüllte mich.

»Mein Junge«, sagte er. Und dann trat er einen Schritt zurück, hielt mich an beiden Schultern fest, und Tränen liefen ihm über das Gesicht. »Mein Junge«, sagte er aufs Neue und schüttelte den Kopf.

Ich weiß nicht, was für einen Empfang im Haus meines Vaters ich erwartet hatte. Das Erinnern ist meine Stärke, nicht die Fantasie. Doch da war er, mein Vater, und er führte mich höchstpersönlich zur Veranda hinauf, wo wir uns setzten und ich ihn genauer in Augenschein nehmen konnte. Er erinnerte mich an die Stadt Starfall. Ich war nur ein Jahr fort gewesen, er aber wirkte wie um zehn Jahre gealtert. Er kam mir schwächer vor. Seine gestrenge Miene war weicher geworden, und er schien im Sessel in sich zusammenzusinken. Unter den Augen hingen münzgroße Tränensäcke, das pockennarbige Gesicht hatte sich verfärbt, und ich spürte, wie sein Herz um jeden Schlag ringen musste.

Aber da war noch etwas – so etwas wie Freude über meine Rückkehr, eine Freude, wie ich sie ihm vor all den Jahren angesehen hatte, als ich die rotierende Münze auffing, ohne dabei meinen Blick von ihm abzuwenden.

»Mein Gott«, sagte er und musterte mich. »Wir können dich um einiges besser kleiden. Selbstachtung, mein Sohn. Denk an den alten Roscoe. Immer wie aus dem Ei gepellt, Gott sei seiner Seele gnädig.«

»Ja, Sir«, sagte ich.

»Freut mich, dich zu sehen, mein Sohn. Ist zu lang her, viel zu lang.«

»Ja, Sir.«

»Wie gefällt es dir bei Miss Corrine, Junge?«

»Gut, Sir.«

»Nicht zu gut, will ich hoffen?«

»Sir?«

»Hat sie es dir nicht gesagt, mein Sohn? Du gehörst wieder zu Lockless. Wie findest du das?«

»Finde ich prima.«

»Gut, gut. Dann wollen wir mal sehen, was wir hier haben.«

Ich half ihm, die von Corrine geschickten Geschenke durchzusehen – diverse Süßigkeiten und Leckereien, aber auch manches mehr, so unter anderem einen neuen Roman von Sir Walter Scott. Als es Zeit fürs Abendessen wurde, ging ich mit meinem Vater nach oben und half ihm, sich umzuziehen.

»Sehr gut, einfach bestens«, sagte er. »Du bist wirklich ein Naturtalent. Und jetzt zieh dich auch um. Ich fürchte, der alte Roscoe war ein wenig kleiner, doch von Maynards Sachen sollte dir was passen. Der Junge hatte mehr Anzüge, als er jemals tragen konnte. Trotzdem fehlt er mir, wirklich. Aber verdammt, man hatte nichts als Ärger mit ihm.«

»War ein guter Mann, Sir.«

»Ja, das war er, aber was anfangen mit Sachen, die keiner mehr will? Such dir da oben was Anständiges aus, Junge. Kannst auch in den alten Zimmern deines Bruders wohnen, hier im Haus, nicht unten im Labyrinth.«

»Ja, Sir.«

»Noch eins, Junge. Während du fort warst, hat sich hier manches verändert; was mal war, das ist nicht mehr. Wir haben so viele verloren, dabei habe ich getan, was ich konnte; und was ich getan habe, war nicht zu vermeiden. Junge, ich bin alt geworden. Mir geht es jetzt nur noch darum, einen netten Nachfolger für dieses Haus und für unsere Leute zu finden. Ich will, dass du weißt, wie wichtig mir das ist, hörst du?«

»Ja, Sir.«

»Es war nicht recht, dass ich dich gehen ließ. Ich war damals in Trauer, und diese Frau, Corrine, nun, die hat dich mir abgeschwatzt, aber kaum warst du weg, habe ich ihr in den Ohren gelegen, sie solle dich zurückbringen, hierher, weil ich wusste, dass du nirgends lieber sein willst. Und bei Gott, ich habe es geschafft. Du bist wieder da, Junge. Du wirst bestimmt ein guter Ersatz für den alten Roscoe sein und dich um mich kümmern, wie du dich schon um meinen kleinen May gekümmert hast. Aber ich erhoffe mir von dir noch mehr. Früher brauchte ich deine Hände, mein Sohn, solche Leute habe ich genug. Jetzt brauche ich deine Augen. Muss schließlich alles in Ordnung halten. Kann ich da auf dich zählen, Junge?«

»Ja, Sir«, sagte ich.

»Gut, gut. Ich bin nun mal ein widersprüchlicher Mann, dafür kann ich nichts. In meinem Leben habe ich zwei Fehler gemacht. Den ersten, als ich deine Momma gehen ließ; den zweiten, als ich dich gehen ließ. Und beide Male war ich in einem grässlichen Zustand. Kommt nicht wieder vor. Ich bin ein alter Mann geworden, aber auch ein neuer Mensch.«

An diesem Abend fand ich mich also untergebracht in den Räumen meines toten Bruders, und ich trug die Sachen meines toten Bruders. Und als es Zeit fürs Abendessen wurde, ging ich in die Küche und kannte niemanden mehr. Statt wie früher fünf arbeiteten dort nur noch zwei Leute, und beide waren schon ein wenig älter, was an sich bereits genug darüber aussagte, mit welchen Engpässen Lockless zu kämpfen hatte. Da sie keine Kinder mehr zur Welt brachten und wohl kaum noch viele Arbeitsjahre vor sich haben würden, waren ältere Sklavinnen am billigsten. Sie hatten, wie sie mir sagten, von »dieser Ryland-Sache« gehört, doch schien es sie seltsam zu freuen, dass mein Vater so zufrieden mit mir war. Und sie erzählten lang und breit davon, wie stolz er auf mich war und wie traurig es ihn gemacht hatte, dass ich fortgelaufen war. Ich glaube, sie hofften, ja, beteten vielleicht sogar, dass ich mich für das Haus als stabilisierende Kraft erweisen würde.

Ich trug das Abendessen auf – eine Schüssel Suppe, dazu Koteletts – und räumte mit dem Personal anschließend das Geschirr wieder ab, brachte meinen Vater in sein Arbeitszimmer und holte ihm einen Schlummertrunk. Nach getaner Arbeit blieb mir nichts weiter übrig, als mich der Schande zu stellen. Ich ließ meinen Vater sitzen, der, leger in Schottenweste und Hemdsärmeln, seinen Träumen von Lockless in vergangenen Tagen nachhing, schob die Wand im Arbeitszimmer beiseite und betrat die geheime Treppe, die hinab ins Labyrinth führte. So viele waren fort, und wo einst Leben gewesen war, fand ich nur noch Leere; die verlassenen Quartiere wirkten mit ihren offenen Türen und den Sachen, die zurückgelassen worden waren – Waschschüssel, Murmeln, Brillen –, wie ein Geisterhaus. Während ich durch das Labyrinth ging, mich beim Licht der Laterne umsah, mit der Hand über die von Spinnennetzen verdeckten Türen zu den Zimmern jener Menschen strich, die ich gekannt hatte, Cassius, Ella, Pete, da packte mich eine große Wut, nicht allein, weil ich wusste, wie man sie fortgeschafft hatte und wie sie voneinander getrennt worden waren und dass mich diese vielen Trennungen erst hervorgebracht und geformt hatten. Nein, vor allem, weil ich besser als je zuvor das ganze Ausmaß dieses Verbrechens verstand, das ganze Ausmaß dieses Diebstahls, die vielen wertvollen Augenblicke, Zärtlichkeiten, Streitereien und Bestrafungen, alles geraubt, damit Männer wie mein Vater wie Götter leben konnten.

Mein altes Zimmer war so, wie ich es verlassen hatte, Waschschüssel, Gläser und Bett, nur war ich nicht in der Stimmung, es mir näher anzusehen, denn ich hörte nebenan eine Frau vor sich hin summen, und da ich die Stimme kannte, ging ich langsam aus meinem Zimmer zum angrenzenden Raum, stieß die nur angelehnte Tür auf und sah Thena, die, zwei Stecknadeln zwischen den Lippen, auf dem Bett saß und summte, im Schoß ein Kleidungsstück, das sie gerade flickte. Ich stand da und wartete einige Augenblicke darauf, dass sie mich zur Kenntnis nahm; erst als das nicht geschah, kam ich näher, zog einen Stuhl vor und setzte mich ihr gegenüber.

»Thena«, sagte ich.

Sie summte weiter und schaute nicht auf. Inzwischen hatte ich gelernt, welchen Preis ich für mein Schweigen zu zahlen hatte, was es mich kostete, mein Herz mit Worten zu schützen wie mit einem Schild. Und ich wusste, wie es sich anfühlte, wenn Menschen, die man wirklich liebte, von einem gingen und man ihnen niemals mehr sagen konnte, was sie einem bedeuteten. Doch wie ich bei Thena saß, von der ich geglaubt hatte, ich hätte sie verloren, Thena, deren Stimme und Präsenz dadurch, dass ich Kessiah kennengelernt hatte, nur noch verstärkt worden waren, spürte ich, dass sich mir jetzt eine zweite Chance bot, und ich beschloss, sie nicht zu vergeuden.

437

»Ich habe mich geirrt«, platzte es aus mir heraus. Ich redete, ohne mich zu verstellen. Ich wusste nicht, wie ich sonst hätte reden sollen. Die Empfindungen des vergangenen Jahres waren noch so neu, und ich selbst war in mancher Hinsicht noch ein Junge, der nicht begriff, wie sich derlei Empfindungen ertragen ließen. Aber ich wusste, zu vieles war ungesagt geblieben, und ich wusste auch, dass wir Zeit miteinander verbringen konnten, war keineswegs selbstverständlich.

»Ich bin gekommen, um dir zu sagen, wie sehr ich bereue, was ich bei unserer letzten Begegnung gesagt habe und dass ich dich so schlecht behandelt habe, dich, die alles an Familie ist, was ich habe, die für mich mehr Familie ist als irgendjemand sonst, der je in diesem Haus gewohnt hat.«

Hier sah Thena kurz auf, um dann, immer noch summend, den Blick wieder zu senken. Und obwohl sie kein Mitgefühl erkennen ließ, ihre Augen sogar eiskalt wirkten, hielt ich ihr skeptisches Aufschauen doch für einen kleinen Fortschritt.

»Es fällt mir nicht leicht, das zu sagen. Du kennst mich schon mein ganzes Leben. Du weißt, dass es nicht leicht ist. Aber es tut mir leid. Und ich hab so lange Angst gehabt, jene Worte könnten die letzten Worte gewesen sein, die ich an dich gerichtet hab. Und dass du nun hier bist … dass ich dich wiedersehe …, jetzt hör doch: Was ich getan habe, war falsch. Es tut mir leid.«

Sie summte nicht mehr. Und sie schaute erneut auf und legte das Kleidungsstück – eine Hose, wie ich jetzt sah – aufs Bett. Dann nahm sie meine Rechte in beide Hände, drückte sie fest, sah mich aber immer noch nicht an, und ich hörte sie tief ein- und ausatmen. Dann gab sie meine Hand frei, griff wieder nach der Hose und sagte: »Reich mir doch mal den Kordflicken.«

Ich ging zur Kommode, nahm den Flicken und gab ihn ihr, und während ich das tat, rückte sich etwas in mir zurecht. Meine Mutter hatte ich verloren, wohl wahr, aber vor mir saß eine Frau, die genauso wie ich Menschen verloren hatte, die mich aus Kummer, aus Sehnsucht zu sich genommen hatte und die, genau wie sie es gesagt hatte, zu meiner einzigen unverbrüchlichen Familie auf Lockless geworden war. Und während ich befürchtet hatte, sie würde mir meine Worte zum Vorwurf machen, merkte ich ihr nun in jeder noch so spröden Geste nichts als Freude über meine heile Rückkehr an. Sie musste nicht lächeln. Sie musste nicht lachen. Sie musste mir nicht einmal sagen, wie sehr sie mich liebte. Für mich war nur wichtig, dass sie meine Hand nahm, und das hatte sie getan.

»Tja, wohn jetzt oben«, sagte ich. »In Maynards altem Zimmer. Gefällt mir nicht, aber Master Howell will es so. Ruf mich, wenn du mich brauchst.«

Ihre einzige Antwort auf diese neue Information war, dass sie wieder zu summen begann, doch als ich zur Tür hinausging, hörte ich sie sagen: »Hast's Abendessen verpasst.«

Ich wandte mich um und erwiderte: »Hab 'ne ganze Menge verpasst.«

Ich kehrte zurück in mein altes Zimmer und nahm einige Dinge an mich – meinen Wasserkrug, Bücher, alte Kleider und sogar meine geliebte Münze lag noch da, lag unbehelligt auf dem Kaminsims. Ich legte alles in die Waschschüssel und stieg die geheime Treppe wieder hinauf ins Arbeitszimmer, in dem mein Vater still vor sich hindöste. Ich trug meine Sachen in Maynards altes Zimmer, kehrte zu meinem Vater zurück und brachte ihn nach oben in seine Räume, griff ihm unter die

Arme, half ihm aus seinen Kleidern und ins Bett und wünschte ihm eine gute Nacht.

Am nächsten Morgen zog ich mich an, sah nach meinem Vater und fuhr daraufhin mit dem Wagen nach Starfall, um Corrine, Amy und Hawkins abzuholen. Corrine und mein Vater aßen gemeinsam zu Mittag und machten im Anschluss einen Spaziergang. Eine Stunde später kehrten sie zurück, und wir trugen den Tee auf. Abends, sobald die Besucher sich verabschiedet hatten, servierte ich meinem Vater das Abendessen und ging dann nach unten ins Labyrinth zu Thena.

Früher, in einer anderen Zeit, hatte das Labyrinth von Menschen nur so gewimmelt, von geschäftigen Verpflichteten, die ihre Lieder sangen, Geschichten erzählten und ihrem Ärger Luft machten, es war fast eine Welt für sich, und man konnte mit ein wenig Mühe beinahe vergessen, dass man hier festgehalten wurde. All die menschliche Wärme früherer Jahre fehlte diesem Ort jetzt, und das Labyrinth offenbarte sich als das, was es schon immer gewesen war – ein Verlies unter einem Schloss, klamm und grau, ein Eindruck, der noch dadurch verstärkt wurde, dass viele Lampen kaputt und die langen Gänge des Labyrinths in Dunkelheit getaucht waren.

Als ich kam, war Thena nicht da. Also setzte ich mich und wartete. Wenige Minuten später kam sie, sah mich und sagte: »'n Abend.«

»'n Abend.«

»Schon gegessen?«

»Nee.«

Es gab Gemüse, Rückenspeck und Aschefladen. Wir aßen schweigend, so wie wir es immer getan hatten, als ich noch klein gewesen war. Nach dem Abwasch wünschte ich Thena eine gute Nacht und kehrte auf mein Zimmer zurück. Und so hielten wir es eine Woche lang. An einem ungewöhnlich warmen Abend aber trugen wir auf meinen Vorschlag hin unsere Teller ans Ende des Tunnels, dorthin, wo ich ihn vor all den Jahren zum ersten Mal mit ihr betreten hatte. Wir setzten uns, aßen und sahen der Sonne zu, wie sie über dem Land unterging.

Thena sagte: »Und? Hast du Sophia schon gesehen?«

»Noch nicht«, sagte ich. »Nehme an, sie verbringt die meiste Zeit jetzt drüben bei Nathaniel, oder?«

»Ach was«, sagte Thena. »Sie wohnt gleich da unten auf der Straße. Nathaniel ist jetzt fast ständig in Tennessee. Gibt für sie also keinen Grund, drüben zu bleiben. Nathaniel und Howell und Corrine haben ihretwegen irgendwas ausgemacht. Keine Ahnung, worum's da geht; weiß nur, dass sie in Ruhe gelassen wird.«

»In Ruhe gelassen?«, fragte ich.

»Schätze, bis sie wissen, was sie mit ihr anfangen sollen. Weißt du, die binden mir nicht grade auf die Nase, was sie vorhaben.«

»Dann sollte ich wohl mal zu ihr gehen«, sagte ich.

»Erst, wenn du so weit bist«, sagte Thena. »So was überstürzt man besser nicht. Hat sich nämlich ganz schön was verändert.«

Der nächste Tag war ein Sonntag, mein Tag. Bis zum Nachmittag hielt ich mich zurück. Dann aber wurde mir klar, dass ich sie irgendwann sowieso sehen musste, wohl aber nie dazu bereit sein würde, weshalb ich schließlich die Straße hinunter zum Haus meiner Geburt ging. Und wie erwartet, war auch die Straße verfallen. Es liefen keine Hühner mehr herum, und die alten Gärten waren ins Kraut geschossen. Die Tage des riesigen Reiches im Süden mit dem Stammsitz Virginia waren gezählt. Und es heißt, schuld an diesem Niedergang waren seine Herren, denn hätten sie an den alten, hohlen Tugenden festgehalten, hätte das Reich noch tausend Jahre bestehen können. Ihr Untergang aber war vorherbestimmt, denn die Sklaverei macht die Oberen verschwenderisch und träge. Maynard war vulgär gewesen, sein größtes Vergehen in vielerlei Hinsicht eine Verkörperung dessen, was die Oberen ausmachte. Ihm hatte es schlicht an der nötigen Raffinesse gefehlt, dies zu verbergen.

Wie eine Decke hatte sich der erste Frost des Winters über Elm County gelegt, und ich sehnte mich zurück nach den Sommersonntagen, nach jener anderen Zeit, in der all meine jungen Freunde draußen ihre kleinen Spiele gespielt hatten, Murmeln oder Fangen. Von Thena wusste ich, dass Sophia in eben dieselbe Hütte gezogen war, in der ich mit Thena nach dem Verschwinden meiner Mutter gewohnt hatte. Und wie ich die Reihe der Häuser entlangblickte, sah ich eine Frau mit einem Baby auf der Hüfte vors Haus treten. Dann wiegte sie das Kind in ihren Armen, schaute auf, entdeckte mich und musterte mich verwirrt mit fragendem Blick, ehe sie bestätigend nickte und wieder in die Hütte ging. Ich blieb noch einen Moment stehen, doch kam die Frau gleich wieder heraus, diesmal ohne Kind, und erst jetzt ging mir auf, dass es Sophia war.

Als Sophia wieder heraustrat, wirkte sie irgendwie verändert. Sie stand da, nur wenige Schritte entfernt, am anderen Ende der Straße, Sophia, meine Sophia, stand da, ohne zu lächeln. Ich wusste nicht, was das zu bedeuten hatte. War sie wütend auf mich, weil ich sie in die Fänge der Rylands geführt hatte? Hatte ich den Abend nur geträumt, wir beide dort draußen, vereint? War das zwischen uns nichts weiter als ein kindischer Flirt gewesen? Liebte sie jetzt einen anderen? Und von wem war das Baby?

»Willst du den ganzen Tag da rumstehen?«, rief sie mir zu und ging dann zurück ins Haus. Ich folgte ihr, bis ich vor Thenas alter Hütte stand, und die Erinnerungen daran, wie ich mit nichts als ein bisschen Essbarem davorgestanden hatte, stürzten auf mich ein. Ein Blick ins Innere zeigte mir, dass Sophia das Baby wieder auf die Hüfte genommen hatte, dass sie es wiegte, wie sie es draußen getan hatte, und ihm dabei ein Lied vorsang.

»Hallo«, sagte ich.

»Nun, hallo, Hiram«, antwortete Sophia. Sie strahlte etwas Selbstzufriedenes aus, doch hätte ich nicht sagen können, ob sich dahinter ihre gewohnte Spöttelei oder etwas Bedeutungsvolleres verbarg. Sie saß auf einem Stuhl am Fenster und lud mich ein, auf ihrem Bett Platz zu nehmen. Das Baby hatte eine hellbraune Haut, etwa meine Farbe, und es gluckste zufrieden in Sophias Armen. Erst da begann ich nachzurechnen. So vieles hatte sich verändert. Mir musste was anzumerken gewesen sein, vielleicht hatte ich eine Braue hochgezogen, oder die Augen waren größer geworden, jedenfalls sog Sophia die Luft durch die Zähne ein, rollte mit den Augen und sagte: »Keine Sorge. Ist nicht von dir.«

»Ich mach mir keine Sorgen«, sagte ich. »Ich mach mir überhaupt keine Sorgen mehr.«

Und ich sah, wie sie sich ein wenig entspannte, auch wenn sie weiterhin jene Distanz zu wahren versuchte, die ihr anhaftete, seit ich zu ihr gekommen war. Sie stand auf und trat ans Fenster, das Baby noch in den Armen.

»Wie heißt die Kleine?«, wollte ich wissen.

»Caroline«, erwiderte sie und sah immer noch aus dem Fenster.

»Ein schöner Name.«

»Ich nenn sie Carrie.«

»Und das ist genauso schön.«

Jetzt setzte sie sich mir gegenüber hin, mied aber meinen Blick. Sie konzentrierte sich auf das Kind, wenn auch auf eine Art, die mir verriet, dass es ihr nur den Vorwand gab, mich nicht anschauen zu müssen.

»Hätte nicht erwartet, dass du zurückkommst«, sagte sie. »Kommt doch keiner nie zurück. Hat geheißen, du bist bei Corrine Quinn. Und irgendwer hat auch gesagt, du bist irgendwo oben in den Bergen. In den Salzminen, glaub ich.«

»Wer soll das sein, ›irgendwer‹?«, fragte ich leise lachend.

»Ist nicht komisch«, erwiderte sie. »Hab mir Sorgen um dich gemacht, Hiram. Ich sag's dir, ich hatte schreckliche Angst.«

»Tja, bin nicht mal in die Nähe der Minen gekommen. In den Bergen war ich allerdings, das stimmt«, sagte ich. »Oben in Bryceton. In den Minen nicht. War da eigentlich gar nicht so übel. Ziemlich schön sogar. Solltest du dir irgendwann auch mal ansehen.«

Und da lachte Sophia und sagte: »Bist ein Witzbold geworden, wie?«

»Lachen ist wichtig, Sophia«, sagte ich. »Man muss in diesem Leben auch mal lachen, so viel habe ich immerhin gelernt.«

»Stimmt, ist wichtig«, sagte sie. »Merke bloß, dass es mir jeden Tag schwerer fällt. Muss an was Gutes denken, an bessere Zeiten. Weißt du, dass ich viel von dir rede, Hi?«

»Du redest viel von mir? Mit wem?«

»Mit meiner Carrie. Erzähl ihr alles.«

»Aha«, sagte ich. »Scheint mir, es gibt nicht mehr viel, worüber sich reden lässt. So leer wie das hier geworden ist.«

»Tja«, sagte Sophia. »So viele verloren. So viele gegangen. Natchez hat sie geschluckt. Tuscaloosa. Cairo. Verschleppt ins große Nichts. Wird jeden Tag schlimmer. Long Jerry drüben von der MacEaster-Plantage war erst vor zwei Wochen hier. Und ich war mir sicher, der ist zu alt, dass er geholt wird. Da stand er, gleich da vorn, hatte Süßkartoffeln mitgebracht, Forellen und Äpfel. Sogar Thena ist runtergekommen. Und wir haben das alles gebrutzelt und hatten ein gutes Abendessen miteinander. Ist erst zwei Wochen her. Und jetzt ist er weg.

Es sind so viele, Hi. So viele. Keine Ahnung, wie die das alles hier am Laufen halten. Vor ein paar Monaten kam eine junge Frau, Milly. War ein schönes Mädchen – und das war ihr Pech. Hat sich kaum eine Woche gehalten. Natchez. Als Dirne verkauft.«

»Aber du bist noch hier«, sagte ich.

»Ja, stimmt«, sagte sie. Da begann Caroline, unruhig zu werden; die Kleine wand sich in den Armen ihrer Mutter, bis sie den Kopf drehen und mich genauer in Augenschein nehmen konnte. Und sie musterte mich mit so intensivem, absichtsvollem Blick, betrachtete mich auf eine Weise, wie Kinder es tun, wenn sie jemand Unbekannten sehen. Ich habe noch nie gewusst, wie ich auf einen solchen Blick reagieren soll. Er verursacht mir Unbehagen. Das war aber nicht alles, denn diesen Blick hatte sie von ihrer Mutter, dies genaue Studieren des Gegenübers. Vielleicht ein Echo der vielen Augenblicke, die ich damit zugebracht hatte, Sophias Gesicht heraufzubeschwören, es mir in allen Einzelheiten vorzustellen. Und dazu kam noch etwas anderes, weitere Beobachtungen. Caroline hatte die wie Sonnentropfen glänzenden Augen ihrer Mutter, die Farbe aber – ein ungewöhnliches Graugrün – hatte sie von jemand anderem. Ich wusste das, weil meine Augen von derselben Farbe sind, und diese Farbe ist ein Erbe der Walkers, das nicht nur mir, sondern auch meinem Onkel Nathaniel mitgegeben worden war.

Wieder musste mich mein Blick verraten haben, denn Sophia sog die Luft durch die Zähne ein, drückte Caroline an sich, stand auf und wandte sich ab.

»Hab's dir doch gesagt«, sagte Sophia. »Ist nicht deins.«

Ich weiß jetzt, wie es ist, etwas zu empfinden, wozu man kein Recht hat; ich wusste es damals schon, auch wenn mir dafür die Worte gefehlt hätten. Ich erinnere mich, dass eine Hälfte von mir fort von Sophia wollte, dass sie nie wieder mit ihr reden wollte, dass sie in den Underground verschwinden und die Frau aus sich herauslösen wollte, die niemals meine Sophia sein würde. Die andere Hälfte von mir aber, jene im Hader mit meiner Mutter geborene und im Underground herangereifte Hälfte, jene, die wie geblendet war von der ›Universität‹ oben im Norden, jene, die so weise gewesen war, Robert zu erzählen, dass es Gott sei Dank gar nichts Reines gab – diese Hälfte war schockiert darüber, wie viel Verbitterung noch immer in mir steckte.

Einen Moment lang sah ich zu, wie Sophia ihr Baby anschaute, dann wandte ich den Blick ab und fragte: »Und wie viele von uns sind noch da?«

»Weiß nicht«, sagte Sophia. »War mir nie sicher, wie viele wir eigentlich sind. Und um mir Kummer zu ersparen, hab ich auch aufgehört zu zählen, wer von uns geht. Die Tage von Lockless sind bestimmt gezählt. Man bringt uns um, Hi. Und nicht nur hier. Überall in Elm County. Man bringt uns alle um.«

Sie setzte sich mit Caroline wieder hin.

»Aber du bist zurückgekommen«, sagte sie. »Und du siehst gut aus. Ist ein Segen für mich zu sehen, dass du zu uns zurückgekehrt bist, dass du neu geboren bist, zum zweiten Mal in deinem Leben – hast dich erst aus dem Goose befreit und nun aus den Fängen der Rylands. Hat sicher mächtig viel zu bedeuten, schließlich sind wir nicht in Natchez, wir zwei, sondern hier, zusammen. Muss also was Bedeutsames mit uns auf sich haben, was richtig, richtig Bedeutsames.«

Herauszufinden, was es mit dieser Bedeutsamkeit auf sich hatte, würde noch warten müssen. Am Abend ging ich zurück, kümmerte mich um meinen Vater, trug ihm sein Mahl auf und ging dann runter ins Labyrinth, um mit Thena zu essen. Weder vor der Tür noch oben im Haus rührte sich etwas. Mir kam es vor, als wären wir ganz allein am Ende der Welt, und ich verstand, wie es in den ersten Tagen auf Lockless gewesen sein musste, damals, als der Gründervater allein mit seinen Verpflichteten hier gewesen war, umringt von der Natur.

Sobald wir mit dem Essen fertig waren, gingen wir nach draußen und setzten uns ans Ende des Tunnels.

Thena musterte mich und sagte: »Bist also bei ihr gewesen.«

Ich blickte zu Boden und schüttelte den Kopf.

Thena lachte in sich hinein.

»Hättest mir ja was sagen können«, sagte ich.

»Du mir damals auch, oder?«

»Das war was anderes.«

»Nee, war genau dasselbe. Du hast beschlossen, dass mich das nichts angeht. Fand ich nicht. Aber ich hab auch nicht gewusst, wie ich dir sagen soll, dass Sophia eine Strohwitwe ist, ohne zum Klatschmaul zu werden. Es gibt Dinge zwischen euch beiden, mit denen ich rein gar nichts zu tun habe.«

Sie hatte recht. Ich dachte an jenen Moment vor meiner Flucht zurück, da ich sie zuletzt gesehen hatte, dachte an meine herben Worte, und ich wusste, auch wenn ich mich für den ihr damit verursachten Schmerz entschuldigt hatte, blieb der Bruch real. Das Kind war aus dem Haus, es konnte nicht zurück.

»Ich bin nicht wütend auf sie«, sagte ich. »Ist ja nicht so, dass sie mir je gehört hat.«

»Nein, hat sie nicht.«

Meiner Schätzung nach war Caroline etwa vier Monate alt, was bedeutete, dass Sophia schon schwanger gewesen war, als sie mit mir fortlief. Und da ich wusste, wie klug Sophia war, da ich ihren Unabhängigkeitswillen kannte und nun an all unsere Gespräche zurückdachte, begriff ich nicht nur, dass sie schwanger gewesen war, als wir zusammen fortliefen, sondern auch, dass sie vermutlich geflohen war, gerade weil sie ein Kind erwartet hatte.

»Ich glaube, Thena, sie hatte Gründe für ihre Flucht, Gründe, die sie mir nicht sagen wollte.«

»Glaub ich auch.«

»Und das hat … Gefühle in mir geweckt. Als hätt ich mich vor dieser Frau entblößt. Und als ich fortlief, hab ich ihr all meine Gründe genannt. Ganz offen und unverblümt.«

»Offen und unverblümt, hm?«

»Ganz genau.«

»Na gut, hör zu, ich sag dir was – niemand ist jemals ganz offen und unverblümt, Hi. Schon gar nicht zwei so junge Leute wie ihr beide, und so scharf, wie ihr aufeinander gewesen seid.«

»Immerhin hab ich sie nicht angelogen«, sagte ich.

»Klar doch, warst ›ganz offen‹«, sagte Thena und schüttelte den Kopf. »Aber bist du dir da so sicher? Hast du ihr wirklich alles gesagt? So wie ich es seh, fehlt da noch was. Und ich könnt die Essensration von nächster Woche drauf verwetten, dass Sophia das genauso sieht.«

29

DER HERBST GING IN DEN WINTER über, und die Tage waren grau und kalt, die Nächte trüb und einsam. In jenen ersten Tagen nach meiner Rückkehr arbeitete ich wie ehedem Roscoe, hatte allerdings weniger Pflichten, da die Zahl der Gäste, die es zu bewirten galt, deutlich abgenommen hatte. Die alte Zeit des königlichen Elm County, die Zeit der Sonnenschirme und gepuderten Gesichter, der Rosinenkuchen und Kartenspiele, die alte Zeit, in der ich ganze Festgesellschaften mit dem Zauber meines Erinnerungsvermögens verblüfft hatte, war vorüber. Hin und wieder kamen ältere Herrschaften zu Besuch, alt wie mein Vater. Sie verbrachten Stunden damit, sich über die jungen Leute zu mokieren, die, aufgrund der Geschichten über das grenzenlose Land im Westen wie von Sinnen, ihrem Geburtsrecht als Virginier entsagt hatten. Zudem war da noch mein Onkel Nathaniel Walker, dem Sophia gehörte und der sich und seine Plantage irgendwie über Wasser hielt. Bis auf eine kleine Mannschaft zur Instandhaltung aber hatte er all seine Verpflichteten nach Westen gebracht. Harlan arbeitete weiterhin auf Lockless und trieb die Verpflichteten an, noch das Letzte aus dem sterbenden Land herauszuholen. Seine Frau Desi herrschte allerdings nicht länger im Haus, da der Haushalt so verkleinert worden war, dass für ihr Wirken kein Bedarf mehr bestand. Stete Begleiterin meines Vaters aber war Corrine, die auch nach Maynards Tod für ihn die Tochter blieb, die er nie gehabt hatte. Sie wurde von Hawkins kutschiert, kam stets im Trauerkostüm und tröstete meinen Vater, ließ sich von ihm mit Geschichten über die alten Zeiten vor dem endlosen Verfall unterhalten, als auf dem Land noch Tabak in schier unerschöpflicher Menge wuchs.

Die Pflichten der alltäglichen Betreuung fielen jedoch vor allem mir zu. So zündete ich jeden Tag, sobald ich für meinen Vater das Abendbrot aufgetragen und selbst mit Thena gegessen hatte, im Salon das Kaminfeuer an, schenkte warmen Apfelmost ein und hörte dem letzten wahren Herrn von Lockless zu, wenn er mal wieder all das aufzählte, was er bereute. Zwischen uns entspann sich ein seltsames Verhältnis, eines, wie ich es mir in jüngeren Jahren insgeheim gewünscht hatte. Ich war sein Sklave, das Wesen unserer Beziehung aber änderte sich, sodass er mich an den trüben Abenden, an denen die Argand-Lampe lange Schatten über die alten Familienbüsten warf, darum bat, mich zu ihm zu setzen und ein Glas mit ihm zu trinken. Und in diesen Augenblicken war mir, als wiche die alte Welt zurück, versinke in der Grube von Natchez, und ich allein sei übrig, um Zeugnis davon abzulegen. Und an jenen Abenden, an denen er ein Glas zu viel trank, sprach mein Vater vor allem über das, was ihn am tiefsten bekümmerte, über Maynard Walker.

Anfangs schien meist nicht klar, worauf er hinauswollte, dann aber wurde er genauer, und seine Worte verrieten eine Trauer, bei der es um mehr ging als nur um Maynard.

»Mein Vater hat mich nie geliebt«, sagte er. »Das war damals eine andere Zeit, Junge. Nicht so wie heute, wo man die jungen Leute offen herumpoussieren sieht. Die einzige Sorge von meinem Daddy galt unserem Stand. Und bei allem, was ich tat, hatte ich stets die Ehre meiner Familie zu berücksichtigen. Natürlich habe ich eine Lady geheiratet, Gott hab sie selig, und sie war auch recht hübsch, doch war sie keine Frau, nach der ich mich verzehrte, und das wusste sie. Als Maynard zur Welt kam, nahm ich mir daher vor, ihn niemals in eine solche Situation zu bringen.

Ich wollte, dass er einzig seiner Natur folgte, also ließ ich ihm viel Freiraum – zu viel, wie sich herausstellte. Ihm fehlte es an Schliff, und für die bessere Gesellschaft war er nicht geschaffen, aber da ich dafür selbst nicht viel übrig habe, ließ ich ihn gewähren. Und als dann seine Mutter starb, nun ja … Er war mein Junge.«

Er schwieg, den Kopf in die Hände gestützt, und ich spürte, es kostete ihn viel Kraft, nicht in Tränen auszubrechen. Dann nahm er die Hände fort und starrte lange ins Feuer.

Er sagte: »Manchmal denke ich, May wurde aus seinem Elend erlöst. Ich weiß jedenfalls, dass ich aus meinem erlöst wurde. Schrecklich, so etwas zu sagen. Aber hier gab es doch nichts für ihn, verstehst du? Ich hatte ihn nicht auf dieses Leben vorbereitet. Ich war ja selbst kaum darauf vorbereitet. Und heutzutage ziehen die jungen Leute alle gen Westen. Da wäre er sicher von einem Indianer skalpiert worden, oder er hätte alles an einen Betrüger verloren. Ich weiß, dafür war der Junge nicht gemacht, und das ist meine Schuld.

Ich bin kein guter Mensch, Hiram. Du solltest das am besten wissen. Ich habe nicht vergessen, was dir angetan wurde.«

Ich weiß noch, dass er bei diesen Worten unverwandt ins

Feuer starrte. Damit kam er einem Eingeständnis so nahe, wie es ihm möglich war, einer Entschuldigung für etwas, das ich kannte, woran ich mich jetzt aber nicht erinnern konnte. Und obwohl wir so zusammensaßen, mit unserem Apfelmost, einander so nahe, wie Obere und Verpflichtete sich in Virginia nur kommen können, brachte er es nicht über sich, mich anzusehen und die Wahrheit beim Namen zu nennen. Für Reue war er so schlecht geeignet wie Maynard für die Oberen. Seine Welt – die Welt Virginias – basierte auf einem Fundament aus Lügen. Es hier und jetzt einzureißen hätte ihn, in seinem Alter, das Leben kosten können.

»Dieses Land, die Führung und Verwaltung der Neger, das verlangt besondere Fähigkeiten«, sagte er. »Und die habe ich nie gehabt. Eigenartig ist nur, dass ich immer dachte, du hättest sie. Du warst kälter als wir alle, kälter als Maynard, kälter als ich, vielleicht wegen der Dinge, die man dir angetan hat. Jedenfalls hättest du das Zeug dazu gehabt, und ich glaube, zu einer anderen Zeit hätten unsere Rollen vertauscht sein können, und ich wäre ein Farbiger und du vielleicht der Weiße gewesen.«

Ich hörte mir das an wie ein alter Mann, dem eine Jugendliebe ihre wahren Gefühle aus längst vergangenen Tagen gesteht – ein Gemenge aus Trivialem und Nostalgie, eine alte Wunde, die der Regen wieder aufweicht, der Schatten eines einst tiefreichenden Gefühls, jetzt kaum mehr als eine flüchtige Erinnerung an etwas, das mir wie ein anderes Leben vorkam.

In diesem Leben aber schaute ich zu meinem Vater hinüber, der eingenickt war, nahm mein Glas, immer noch halb mit Apfelmost gefüllt, und ging nach oben in sein Arbeitszimmer im ersten Stock. In der Ecke sah ich eine Aufsatzkommode aus Mahagoni, eben jene, die ich erst vor einem Jahr restauriert hatte. Ich nahm einen Schluck, stellte das Glas auf dem Fenstersims ab, öffnete die Schubladen der Kommode und fand drei dicke, gebundene Kontobücher. Während der nächsten Stunde ging ich sie langsam durch, prägte sie mir ein. Zusammengenommen ergaben sie ein Bild, ein trostloses Bild, das helfen sollte, meine Mission zu erfüllen, und das es Corrine erlauben würde, die Lage in Lockless einzuschätzen.

Sobald ich sie durchgesehen hatte, schloss ich die Kontobücher und legte sie zurück in die Kommode. Ich dachte an Maynard, daran, wie wir die Sachen unseres Vaters durchwühlt hatten, als wir noch klein gewesen waren. Ich musste lachen und öffnete eine zweite Schublade. Darin lag ein kleines Schmuckkästchen, das ich schon herausnehmen und öffnen wollte, als ich wieder an Maynard denken musste und daran, wie beschämend ich es gefunden hatte, wenn er unserem Vater was stibitzte. Also schloss ich die Schublade wieder und kehrte nach unten zurück. Mein Vater schnarchte sanft. Ich weckte ihn, um ihn ins Bett zu bringen.

»Ich habe Pläne mit dir, Junge. Pläne«, sagte er.

Ich nickte und machte mich daran, ihm aus dem Sessel zu helfen, doch schaute er mich an wie ein dem Tode geweihter Mann, fast als fürchtete er, wenn er einschliefe, würde er nie wieder aufwachen.

»Erzähl mir eine Geschichte«, sagte er. »Bitte, irgendeine Geschichte.«

Also trat ich zurück, setzte mich erneut in meinen Sessel und hatte das Gefühl, schlagartig zu altern, füllte sich vor meinen Augen doch das Zimmer mit den Gespenstern der Caulleys, Mackleys und Beachams, mit all den Familien der Oberen, die mich ehedem um eine Geschichte, um ein Lied gebeten hatten. Nein, dachte ich. Nicht weit genug zurück. Und so nahm ich meinen Vater an die Hand und führte ihn mit meinen Worten zurück durch die Jahre, zurück zum Denkmal auf dem Feld, zu Bowie-Messern, Pumas und Bären, zu den Verpflichteten, die Steine beiseiteräumten und Flussfurten anlegten, zurück in die Zeit unseres Gründervaters.

Am nächsten Tag kam Hawkins aus Starfall und brachte Corrine, die sich für einige Zeit dort eingerichtet hatte, zu einem ihrer Besuche nach Lockless. Bryceton wurde Amys Obhut und der einiger Agenten überlassen, die den Schein zu wahren wussten. Während Corrines Besuchen unterhielt ich mich mit Hawkins und übermittelte ihm alles an Information, was ich herausfinden konnte. So auch an diesem Tag. Wir gingen die Straße entlang und dachten, sie böte uns die nötige Abgeschiedenheit, da die Hütten meist leer standen. Ich hegte zudem die heimliche Hoffnung, Sophia zu sehen, auch wenn ich angefangen hatte, sie auf Abstand zu halten. Ich war mit mir uneins. Die heftigen Gefühle, die ich noch vor einem Jahr für sie empfunden hatte, waren kaum weniger geworden, waren eher noch gewachsen, sodass es mich krank machte zu wissen, dass Sophia zwar hier auf Lockless war, aber nicht bei mir. Und dieses Gefühl bereitete mir Angst, denn ich wusste jetzt, dass mein Wohlergehen zum Teil in den Händen einer Person lag, die ihre eigenen geheimen Ziele und Pläne verfolgte.

»Und? Was hältst du davon?«, fragte Hawkins.

Wir saßen in einer der verlassenen Hütten, die dem Haupthaus am nächsten standen und am weitesten entfernt waren von Sophias Haus. Wir konnten die jetzt größtenteils brachliegenden Tabakfelder sehen.

»Nicht viel«, erwiderte ich, »nicht viel.«

»Tja, ich weiß«, sagte Hawkins mit einem Blick über die Felder. »Sieht tot aus.«

»Das ganze Land kommt mir tot vor. Niemand besucht ihn noch. Kein Nachmittagstee. Keine großen Dinner mehr. Keine Feste.«

»Ehrlich, bin mir nicht sicher, wieso Corrine glaubt, das hier würde uns irgendwas bringen. Ist vielleicht ganz gut, dass sie diesen Jungen nie geheiratet hat.«

»Ich sag dir, sie hätte einen riesigen Schuldenberg geheiratet.«

Hawkins musterte mich. »Wie hoch sind die Schulden?«

»Tja, ich erfahr kaum mehr was von anderen Leuten, weil ja keine mehr kommen«, sagte ich, »aber gestern Abend hab ich mir die Kontobücher angesehen. Er ist bis über beide Ohren verschuldet. Fast jeder Quadratzentimeter ist belastet. Und er spielt auf Zeit, hofft auf irgendeine Hilfe.«

»Na ja, tät ich an seiner Stelle auch«, sagte Hawkins. »Was bleibt ihm anderes übrig. Der Reichtum steckte im Boden, und der ist zu Staub geworden. Mein Pappy hat mir früher Geschichten über das Land erzählt, über die rote Erde. Aber aus dem Boden wurde an Tabak rausgeholt, was rauszuholen ging. Ist eine Schande, sag ich dir. Sie haben ihn völlig ausgelaugt, und jetzt verkrümelt sich die ganze Bande nach Westen.«

»Mit den Verpflichteten.«

»Genau. Was ist mit dem Bruder? Nathaniel? Hilft ihm der?«

»Laut den Büchern schon öfters, aber Howell hat nie was

zurückgezahlt. Denke, er hat gutes Geld schlechtem Geld hinterhergeworfen.«

»Hmm«, sagte Hawkins. »Nathaniel ist clever, cleverer als jeder andere in diesem Geschäft. Lebt jetzt drüben in Tennessee. Ist hingezogen, als es sich noch gelohnt hat. Darum geht's ja bei diesem ganzen Zirkus, weißt du? Hol alles aus dem Boden raus und zieh weiter. Irgendwann aber geht denen das Land aus, und ich hab keine Ahnung, was sie dann anfangen.«

Wir gingen zurück zum Haus, um uns mit Corrine zu treffen. Kurz vor der Auffahrt blieb Hawkins stehen.

»Mir geht noch durch den Kopf, was du gerade gesagt hast. Der eigene Bruder lässt ihn im Stich, ja?«

»Sieht so aus.«

»Bleib an diesen Büchern dran. Vielleicht werden wir da fündig.«

Und doch gab es jene, die von diesem neuen Arrangement auf ganz eigene Weise profitierten. So verdingte sich Thena jetzt zusätzlich an andere Leute und wusch nicht länger nur die Wäsche für Lockless, sondern gleich für eine ganze Reihe alter Plantagen in der Umgebung, deren eigenen Wäscherinnen längst verkauft worden waren. Und mit meinem Vater hatte sie eine Abmachung getroffen, der zufolge er ihr gestattete, die Einkünfte mit ihm zu teilen, sodass sich Thena irgendwann vielleicht ihre Freiheit erkaufen konnte.

»Und wo willst du dann hin?«, fragte ich, als ich mit ihr zu den Ställen ging, da ich sie bei ihrem neuen Geschäft als Fahrer unterstützte.

»Jedenfalls weiter weg, als du gekommen bist«, erwiderte sie süffisant.

Wir nahmen eine der alten Kutschen, stabil, noch aus der Jugendzeit meines Vaters, und fuhren die Auffahrt hinunter. An der Kreuzung zur Hauptstraße des Anwesens sah ich Sophia stehen, von Kopf bis Fuß in ein Tuch gehüllt. Daraus lugte der Kopf der kleinen Carrie hervor. Thena hieß mich anhalten, was ich tat, dann stieg ich vom Wagen.

»Kommt sie mit?«, fragte ich Thena.

»Freu dich bloß nicht zu früh«, sagte Sophia.

»Sie kommt mit«, sagte Thena. Sophia reichte ihr die Kleine und stieg, ohne weiter auf Hilfe zu warten, hinten ein. Ich setzte mich wieder auf meinen Platz, griff nach den Zügeln, trieb das Pferd an und fragte: »Wie lange macht ihr das schon?«

»Eine ganze Weile, seit du weg bist«, sagte Sophia. »Als ich zurückkam, musste ich mich einfach anders als vorher nützlich machen. Also fing ich an, Thena beim Waschen zur Hand zu gehen, bis Caroline mich völlig in Beschlag nahm und ich keine Zeit mehr für was anderes hatte.«

»Haben ein paar Dinge richtiggestellt«, sagte Thena. »Hatten den ein oder anderen Plausch.«

»Worüber?«, fragte ich.

»Über dich«, erwiderte Thena.

Ich schüttelte den Kopf und schnaubte abschätzig, woraufhin es eine Weile ruhig blieb, bis wir schließlich in die Hookstown Road einbogen, was in Thena alte Erinnerungen weckte.

»Ich hatte hier überall Familie«, erzählte sie. »Onkel, Tanten, Vettern und Kusinen. Man musste mir sagen, wen ich heiraten durfte und wen nicht. Gab so viele familiäre Verbindungen. Die Alten haben sich alle gemerkt. Wussten, wer zur Verwandtschaft gehört, wer nicht.«

»Dafür sind sie doch auch da«, sagte Sophia. »Um sich die

alten Geschichten zu merken, für einen guten Stammbaum zu sorgen.«

»Jetzt sind sie weg«, sagte Thena. »Gibt heut keinen mehr, der Bescheid weiß, können nur anhand von Nase, Augenbrauen oder besonderen Merkmalen Vermutungen anstellen. Ist aber auch egal. Sind ja nur noch so wenige von uns da. Noch so ein Jahr wie das letzte, und von Elm bleibt bloß Staub übrig.«

Wir fuhren weiter, hielten nur vor den alten Gutshäusern an, um Wäsche einzusammeln. Das Laub der Bäume hatte sich verfärbt, Blätter bedeckten in braunen Lagen den Waldboden. Und im Herbstlicht schimmerten die alten Gebäude, die sich noch vor einem Jahr mit letzter Energie behauptet hatten. Wie Lockless hatten die meisten Plantagen die Zahl der Arbeiter auf ein Minimum reduziert, und ich meinte zu spüren, dass der Winter nicht allein in Virginia, sondern vor allem in Elm Einzug hielt und wohl nie wieder vergehen würde.

Ich hörte, wie Carrie hinten im Wagen unruhig wurde. Thena bat mich anzuhalten, und wir sahen zu, wie Sophia die Kleine in den Armen wiegte und ihr etwas vorsang, während sie auf einem nahen Feld mit ihr auf und ab ging. Thena packte eine gepökelte Schweinelende aus und teilte sie mit mir.

Sophia kam zurück, wiegte Carrie weiter im Arm und sang dazu:

Who's been here since I been gone?
A pretty little girl with a blue dress on.

Wir fuhren weiter, und Thena knüpfte an ihre Erinnerungen an.

»Dieser Weg da drüben, der führte rauf zum Haus der Phinnys«, sagte sie. »Da hatte ich jede Menge Verwandte, auch eine Tante, die noch für den ersten Phinny gekocht hat. Und früher, als ihr zwei noch ganz kleine Knirpse gewesen seid, feierten die hier in ihrem Quartier die tollsten Feste.«

»Hab davon gehört«, sagte ich. »Als ich klein war, war der zweite Phinny vor allem für seine Bösartigkeit bekannt. Es wurde erzählt, er hätte Pap Wallace erschossen, ihn einfach kaltgemacht, weil Pap sich nicht züchtigen lassen wollte.«

»Von wem hast du das denn gehört?«, fragte Thena.

»Meinem Onkel Creon«, erwiderte ich.

Eine Weile fuhren wir schweigend weiter. Inzwischen war es später Nachmittag geworden, und wir mussten nur noch auf der Granson-Plantage anhalten, um dann nach Lockless zurückzukehren.

»Das war dein Onkel?«, fragte Thena.

»War er«, sagte ich.

»Er kam abends immer auf die Straße. Trieb sich beim Haus deiner Momma rum und hoffte auf ein paar Essensreste. War nicht gerade seine beste Zeit. Kann mich gut an ihn erinnern.«

»Ich mich auch«, sagte ich. »Allerdings nur an ihn; ich sehe ihn vor der Tür, alles andere ist im Nebel.«

»Ist vielleicht ganz gut so«, sagte Sophia. »Wer weiß schon, was hinter diesem Nebel lauert.«

»Was soll daran gut sein?«, widersprach ich.

Wir hielten bei den Gransons. Caroline war eingeschlafen, und Sophia wickelte sie in ihren Schal und schuf für sie eine Kuhle in der in Bettlaken gewickelten Schmutzwäsche. Sie langte nach einem Bündel, das noch auf dem Boden lag, und wuchtete es auf den Wagen.

»Ich nehm das«, sagte ich.

»Lass mich helfen«, erwiderte sie.

»Du hast schon genug geholfen«, sagte ich in schärferem Ton, als ich beabsichtigt hatte. Sophia sagte nichts, aber ihre Augen weiteten sich. Sie ging zurück zum Wagen, und wir luden weiter die Wäsche auf.

Bei unserer Rückkehr hing die Sonne noch über den Bäumen. Sophia stieg ab, verabschiedete sich von Thena und wandte sich dann an mich. Erst jetzt begriff ich, dass irgendwas falsch gelaufen war.

»So ist das also, ja?«, sagte sie; Carrie hatte sie sich mit ihrem Schal auf den Rücken gebunden.

»Was denn?«, fragte ich ungnädig.

»So einer bist du also geworden? Als so einer bist du zurückgekommen?«

»Ich weiß gar nicht, was …«

»Hör auf, mich zum Narren zu halten. Sonst hättest du gleich wegbleiben können. Hör bloß auf! Du solltest es besser machen. Mach's besser, hab ich zu dir gesagt. Und ich hab dir gesagt, dass ich einen Weißen nicht gegen einen Farbigen eintausche. Und jetzt sieh dich an, regst dich über was auf, was dir nicht gehört, was keinem Mann auch nur im Mindesten gehören sollte. Dabei wolltest du es doch besser machen.«

Noch während sie die Straße hinunterging, bebte sie vor Wut.

Sobald wir am Haus waren, lud ich die Wäsche aus; Thena bereitete das Abendbrot zu. Dann ging ich in die Küche, holte das Essen für meinen Vater und brachte es ihm. Er wollte Gesellschaft. Also blieb ich, sah ihm zu und ließ mich über meinen Tag ausfragen, wobei ich langsam in mir selbst verschwand, bis mein Gesicht nur noch eine unterwürfige Maske zeigte. Anschließend ging ich über die Treppe nach unten zu Thena. Wir setzten uns an ihren Tisch und aßen schweigend, wie immer. Erst als wir fertig waren, sah sie auf und sagte: »Du bestrafst das Mädchen.«

»Ich …«

Thena ließ mich nicht zu Wort kommen. »Du bestrafst sie.«

Ich ging wieder nach oben und sah meinen Vater in der Bibliothek, wie er in einem Buch blätterte. Ich betrat das Esszimmer, räumte ab, wärmte den Apfelmost an, servierte ihn und zog mich auf mein Zimmer zurück. Das alte Spielzeugpferd, das ich für Georgies Sohn geschnitzt hatte, stand auf dem Kaminsims. Ich nahm es, ließ meine Finger drübergleiten und dachte an Sophias Worte, an ihr Geheiß, es besser zu machen. Ich verließ das Zimmer, ging runter in die Bibliothek, vorbei an meinem dösenden Vater, betrat das Labyrinth und lief durch den Tunnel nach draußen. Ich folgte dem langen Pfad vorbei an der Obstwiese und am Wald, bis ich unten auf der Straße war. Und ich ging sie bis zum Ende hinunter, wo ich Sophia fand, die allein auf den Türstufen saß.

Sophia musterte mich mit gnadenlos kühlem Blick, dann ging sie hinein. Ich trat näher, blickte ins Haus und sah Carrie schlafend auf dem Bett liegen. Sophia schaute mich nicht an. Ich setzte mich neben sie.

»Es tut mir leid«, begann ich. »Es tut mir schrecklich leid. All das, was ich dir zugemutet habe, es tut mir sehr leid.«

Ich verschränkte meine Finger mit ihren Fingern. All die Tage, an denen ich von ihr geträumt hatte, all die Stunden, in denen ich mich gefragt hatte, ob sie allein dort draußen war, all mein Staunen, als ich erfuhr, dass sie hier unten lebte, all meine

Sorge, weil ich nicht wusste, was aus ihr geworden war, all meine Ungewissheit darüber, wen sie liebte und von wem sie geliebt wurde, all die Träumereien, die Fantasien, das sehnsuchtsvolle Flüstern in meinem Kopf, all das war nun Wirklichkeit geworden, war hier, zwischen meinen Fingern.

»Ich will es besser machen«, sagte ich. »Ich will versuchen, es besser zu machen.«

Und Sophia zog meine Hand an ihre Lippen und küsste sie und wandte sich mir zu und sagte: »Du willst, dass ich dir gehöre, das versteh ich. Schon immer. Aber was du verstehen musst, ist, dass ich, um die Deine sein zu können, dir niemals gehören darf. Begreifst du, was ich damit sagen will? Ich darf niemals einem Mann gehören.«

Sophia, meine Sophia – die Vorstellungen, die ich hatte, die Leben, von denen ich geglaubt hatte, dass wir sie uns aufbauen könnten, Vorstellungen und Leben, alles nur in meinem Kopf, erschaffen auf allein meinem Fundament, einsame Ziele. Ich saß da und blickte in ihre großen, wie Sonnentropfen glänzenden Augen. Sie war so wunderschön, so schön, wie man es meiner Mutter nachsagte. Und wie ich sie betrachtete, wusste ich, all diese Vorstellungen, diese Leben hatten nie Sophia berücksichtigt, jedenfalls nicht die Sophia, wie sie sich selbst sah. Denn meine Sophia war für mich keine Frau. Sie war ein Emblem, ein Ornament, ein Symbol für jemand längst Verlorenen, für jemanden, den ich heute nur noch durch einen Nebel wahrnahm. Oh, meine geliebte, meine dunkle Mutter. Die Schreie. Die Stimmen. Das Wasser. Du warst für mich verloren, verloren, und ich konnte nichts tun, um dich zu retten.

Doch wir müssen alle unsere Geschichten erzählen und dürfen uns von ihnen verführen lassen. Das habe ich an jenem

Abend gedacht, dort in der alten Hütte unten an der Straße. Und deshalb langte ich in meine Tasche, fischte das kleine Spielzeugpferd heraus, das ich bei Georgie aufgelesen hatte, und legte es in Sophias Hände.

»Für Carrie«, sagte ich.

Da lachte Sophia leise und sagte: »Dafür ist sie noch ein bisschen zu klein, Hi.«

»Ich gebe mir Mühe«, erwiderte ich lächelnd. »Wirklich.«

30

AM ENDE WAREN WIR – Thena, Sophia, die kleine Carrie und ich – die Letzten, die auf Lockless übrig waren, durch Blutsbande vereint. Sophia war Nathaniels Auserwählte und Carrie ihre Tochter. Ich war der Sohn meines Vaters, und was Thena betraf, nun, für meinen Vater verkörperte sie eine vergangene Epoche. Er hatte ihre Kinder verkauft, was für ihn zu einem Wendepunkt auf eben jenem Weg geworden war, der zum Ende eines Virginia geführt hatte, wie er es kannte. Er selbst redete nie direkt darüber, aber er mied es, mehr als unbedingt nötig mit Thena zu sprechen, und wenn er über sein Anwesen spazierte und Thena auf sich zukommen sah, machte er kehrt oder schlug eine andere Richtung ein. Ich glaube heute, dass er sich auch deshalb auf eine Abmachung mit ihr einließ, weil er die Schuldgefühle beschwichtigen wollte, die ihn plagten, seit er ihre Kinder auf der Rennbahn verkauft hatte.

Schuldgefühle hin oder her, die Abmachung mit ihm hat Thena gerettet, und in jenen grauen Tagen fanden wir vier zusammen, fanden zu festen Gewohnheiten, aßen gemeinsam. Danach versorgte ich stets meinen Vater und brachte anschließend Sophia und Caroline zu ihrer Hütte an der Straße. Dabei kam Sophia eines Abends auf Thena zu sprechen. »Sie wird langsam alt, weißt du.«

»Ich weiß«, sagte ich.

»Ist ein hartes Leben, Hi, ein hartes Leben für eine Frau – dieses Waschen, das Hin- und Hergeschleppe, die ätzende Lauge. Ich helfe ja, so gut ich kann, aber es ist hart. Jedenfalls bin ich froh, dass du zurückgekommen bist. Thena braucht eine Pause. Sag ihr morgen, sie soll sich Ruhe gönnen. Du und ich, wir kümmern uns um die Wäsche. Und auch am Montag übernehmen wir ihre Arbeit.«

Sobald ich zurückkam, erzählte ich Thena von unserem Plan. Sie blickte mich an und protestierte halbherzig, willigte aber ein, nachdem sie erklärt hatte, auf Caroline aufpassen zu wollen, solange wir uns um die Wäsche kümmerten. Der nächste Tag war ein Sonntag. Corrine kam, um mit meinem Vater in die Kirche zu gehen. Da Hawkins die beiden begleitete, konnte ich die zusätzliche Arbeit übernehmen. In jener Nacht lag ich im Bett und dachte an Thena und ihre Pläne. Sie hoffte immer noch, sich mit dem Waschgeld ihre letzten Tage in Freiheit erkaufen zu können. Ich aber hielt mich nicht an ihren, sondern an meinen eigenen Plan, den Plan des Undergrounds. Der Winter war angebrochen, die Nächte wurden länger. Ich dachte an Kessiah und daran, was für ein Gesicht sie machen würde, wenn sie herausfand, dass ihre Mutter befreit worden war, und selbst damals wusste ich schon, dass ihr Gesicht beim Anblick ihrer Mutter für mich nicht bloß die Erfüllung eines Versprechens bedeuten würde, sondern auch, dass eine alte Wunde in mir heilen konnte.

Waschen war keine leichte Arbeit. Wir trafen uns früh am Morgen, der Himmel noch schwarz, wenn auch erhellt

von der Sichel des Mondes und dem Geflimmer der steck-
nadelkopfgroßen Sterne. In der ersten Stunde schöpften wir
Wasser aus dem Brunnen und füllten unsere Kessel. Während
ich Holz sammelte und mich um die Feuer kümmerte, trennte
Sophia die Wäsche und suchte nach kleinen Rissen. Die wenigen beschädigten Teile brachte sie zum Flicken zu Thena,
der wir also nicht gänzlich jede Arbeit ersparen konnten. Sobald die Feuer brannten und die schwarzen Kessel heiß wurden, griffen wir nach Kleidern und Bettzeug und schlugen
den Staub aus der Wäsche. Sophia schlug noch, als ich drei
große Waschzuber aus dem Labyrinth holte und dorthin
brachte, wo wir das Wasser erhitzten. Die Sterne verblassten,
und ich konnte sehen, wie sich der fahle Silbermond im Dun-
kelblau der frühen Morgenstunden auflöste. Kaum standen
die Zuber an Ort und Stelle, zogen wir unsere Arbeitshand-
schuhe an, holten die Kessel und gossen Wasser ein. Und dann
schrubbten wir stundenlang, spülten die Wäsche, wrangen sie
aus, schrubbten sie noch zweimal, spülten und wrangen sie
erneut aus.

Erst nach Sonnenuntergang wurden wir fertig. Nachdem
wir die Wäsche aufgehängt hatten, gingen wir zur Laube; mir
schien ein ganzes Leben vergangen zu sein, seit wir zuletzt hier
gewesen waren. Arme und Rücken taten uns weh. Die Hände
waren wund gescheuert. Fast zwanzig Minuten saßen wir einfach nur stumm da, dann gingen wir zu Thena, um zusammen
zu Abend zu essen.

»Gar nicht so leicht, wie?«, sagte sie, und deutlicher als
unser erschöpftes Schweigen hätte eine Bestätigung nicht ausfallen können. Anschließend begleitete ich Sophia zur Straße
und blieb noch, während sie Caroline wusch und für die Nacht

zurechtmachte. Ich trat vors Haus und pochte mit den Fingerknöcheln rund um die Lücken zwischen den Bohlen. Ein Stück platzte ab.

Ich ging wieder ins Haus und sagte: »Der Lehm fällt aus den Fugen. Fürchte, ich muss mich demnächst mal drum kümmern.«

Sophia sang leise vor sich hin, während sie dem Baby frische Windeln anlegte, hörte jetzt aber auf zu singen und fragte: »Ist die Kleine für dich ein Problem?«

Ich lachte nervös. »Muss mich noch an sie gewöhnen.«

»Willst du dich denn an sie gewöhnen?«

»Das hab ich vor«, sagte ich.

Ich kam näher und setzte mich neben Sophia aufs Bett. »Erinnerst dich sicher dran, was passiert ist, als du das letzte Mal was vorhattest.«

»An jede Kleinigkeit«, sagte ich, »allerdings weniger an die Bluthunde oder an das, was später passiert ist. Ich erinnere mich vor allem an dich. Ich erinnere mich, an diesen Zaun gekettet gewesen zu sein und dass ich geglaubt hab, ich muss sterben, und dann hab ich mich zu dir umgedreht, und du hast überhaupt nicht wie wer ausgesehen, der ans Sterben denkt – trotz allem, was Georgie uns angetan hatte.«

»Georgie«, sagte sie. Und ich sah die Wut in ihrem Blick, sobald sie diesen Namen aussprach. »Als ich zurückkam, war er weg. Ein Glück für ihn. Hast keine Ahnung, was ich mir für den Kerl schon alles ausgemalt hatte, grausame, gemeine Sachen.«

»Dann war es vielleicht besser so, dass er nicht mehr da war«, sagte ich.

»Besser für ihn«, sagte sie. »Besser für ihn.«

Eine Weile schwiegen wir. Sophia hatte sich Caroline an die Schulter gelegt und rieb sanft ihren Rücken.

»Hiram«, sagte sie. »Warum bist du weggelaufen?«

»Von wegen ›laufen‹. Die haben mich gepackt und verschleppt«, erwiderte ich. »Hast du doch gesehen.«

»So mir nichts, dir nichts, ja?«, sagte sie. »Einfach verschleppt?«

»Weißt doch, wie's ist«, sagte ich. »Wir waren nicht die Ersten. Da draußen schnappen dich die Bluthunde. Verschleppen dich.«

»Na ja, ist nur so, als ob da noch was war. Etwas, worüber du nicht reden kannst, etwas, worüber nicht geredet werden soll. Vielleicht, weil du mit den Walkers verwandt bist. Kommt mir bloß so vor, dass das nicht alles ist, weil ich doch weiß, dass Leute hier unten, die Leute, die wie Howell Walker an die Pflicht glauben, also, dass die keine Sekunde zögern würden, ihr eigen Fleisch und Blut zu verkaufen, und wenn auch nur, damit sie die Folgen ihrer Sünden nicht länger sehen müssen.«

»Aber ich bin ein Verpflichteter«, sagte ich. »Genau wie du eine Verpflichtete bist. Fleisch und Blut ändern daran nichts. Ist genauso simpel, wie es sich anhört. Corrine war in Trauer. Und weil Maynard gestorben ist, hat sie Howell leidgetan, und er hat mich zu ihr geschickt, um sie zu trösten. Dass wir weglaufen wollten, hat es ihm nur leichter gemacht.«

»Auch so eine Sache. Während du weg warst, hab ich Corrine oft gesehen – öfter sogar als Nathaniel. Sie kommt alle paar Wochen vorbei, nur weiß ich nicht, was sie für einen Grund hat, mich zu sehen. Und ich versteh auch nicht, dass sie mich nicht runter nach Natchez geschickt haben. Warum sind wir hier, Hiram? Warum sind wir noch da?«

»Scheint mir eine Frage für Nathaniel zu sein.«

»Hi«, sagte sie. »Ich glaub, er weiß gar nicht, dass wir weglaufen wollten. Wenn ich ihn seither gesehen habe, und das war nicht oft, hat er es nicht mal erwähnt.«

»Was weiß ich. Man steckt nicht drin, im Kopf von wem anders.«

»Hab ich ja auch nicht gesagt.«

»Nee. Na ja, aber irgendwas sagst du ja immer.«

Mit der freien Hand schlug sie mir auf die Schulter und runzelte die Stirn. Lange Zeit blieben wir still. Ich dachte an Corrine und fragte mich, warum sie das Bedürfnis hatte, Sophia aufzusuchen. Und ich fragte mich, wie viel genau man mir eigentlich gesagt hatte. Dann sah ich zu Sophia hinüber, die sich Caroline jetzt auf den Schoß gesetzt hatte und ihr leise und beruhigend etwas vorsang. Baby Caroline boxte in die Luft, kämpfte mit dem Schlaf, kämpfte mit den eigenen schweren Lidern.

Einen Moment lang war ich zurück in Philadelphia, war wieder bei Mars, und ich erinnerte mich daran, wie offen er zu mir gewesen war, wie offen die ganze Familie White zu mir gewesen war und wie viel mir das bedeutete; wie ehrlich Bland zu mir gewesen war und wie seine Worte mich von jeder Schuld an Maynards Tod freigesprochen hatten. Und ich spürte, ein bisschen davon musste ich Sophia gegenüber wiedergutmachen.

»Ich weiß, dass ein Kind nicht nur Anlass zur Freude ist. Hab's selbst erlebt. Und trotzdem, wie oft hab ich Frauen gesehen, die kein Kind wollten und dann doch ihr ganzes Leben danach ausgerichtet haben. Und ich seh, wie du dein ganzes Leben nach dieser Kleinen ausgerichtet hast, noch ehe sie da war. Für sie würdest du fliehen. Für sie würdest du töten. Und ich sehe, wie du die Kleine jetzt ansiehst, und ich weiß noch, ich weiß noch genau, was du gesagt hast. ›Ich weiß, so weit wird es kommen, Hiram. Dann muss ich mit ansehen, wie man meine Tochter einarbeitet, so wie ich eingearbeitet wurde.‹ Diese Worte sind gefallen, das weiß ich genau. Aber auch wenn ich mich an alles erinnere, heißt das nicht, dass ich auch alles höre. Aber jetzt hör ich dich, und noch viel mehr.

Und ich weiß, was für schreckliche, was für erbärmliche Sachen Männer einem Kind antun, das nicht ihr eigenes ist. Kann sein, ich gehöre zu diesen Männern. Kann sein, ich bin so verblendet, so voller Zorn und Hass, dass ich ...« Ich schüttelte den Kopf. »Will nur sagen, die Kleine ist nicht das Problem, und du bist auch nicht das Problem; ich bin das Problem.« Ich verstummte, und Sophia drückte meine Hand.

»Ich meine«, fuhr ich fort, »ich hab gewusst, wer ihr Daddy ist, als ich sie zum ersten Mal gesehen hab. So ist es eben. Ich komm zurück und seh dich mit Caroline, deinem Baby, das nicht von mir ist ...«

Und ich schwöre, in diesem Moment war es, als könnte die kleine Caroline meine Worte verstehen, blickte sie doch zu mir herüber und streckte ihre Hand nach mir aus. Und ich zog meine aus Sophias Hand und hielt sie dem Baby hin, das meinen kleinen Finger mit seiner Faust umschloss.

»Bloß, dass sie trotzdem mit mir verwandt ist«, sagte ich. »So hellbraun wie ich, dazu Augen so grüngrau wie meine – aber nicht nur wie meine. Das sind Walker-Augen, und das ist Walker-Haar. Stammt vom ersten, vom Gründervater, jedenfalls hab ich das in allen Beschreibungen von ihm in der Ortsgeschichte von Elm County so gelesen.

Und das Seltsamste ist, dass die Natur Maynard übergangen hat, weil seine Augen nämlich nicht grüngrau waren, und doch hat Caroline sie geerbt, Baby Caroline, nicht zu übersehen.

Das tut weh. Ist nicht rein. Ist schmutzig. Ich hab das schon anderen Leuten erklärt, trotzdem fällt es mir schwer, die eigene Medizin zu schlucken. Du sollst wissen, was ich gesehen habe, welche Menschen ich getroffen habe, als ich fort war. Menschen, die entscheiden mussten, was ihnen wichtiger ist, die Fülle, die sie vor sich haben, ob schön oder hässlich, oder der eigene Zorn, ihre Selbstachtung. Und ich hab den Schmutz dieser Welt gewählt, Sophia, hab mich für die Fülle entschieden.«

Jetzt kamen ihr die Tränen.

»Kann ich sie mal halten?«, fragte ich.

Und sie lachte unter Tränen und sagte: »Aber vorsichtig, sonst nimmt sie dich gleich völlig gefangen.«

Dann lachte sie wieder, hob Baby Caroline von ihrem Schoß, legte eine Hand unter den Po der Kleinen, eine an ihre Schultern und reichte sie mir. Und ich sah Baby Caroline mit ihren grüngrauen Augen zu mir aufblicken, mit intensiver kindlicher Neugier, und ich streckte die Arme nach ihr aus und gab mir Mühe, es Sophia gleichzutun, legte meine Hände direkt unter ihre. Und Sophias Hände glitten weg, ich zog die Kleine an mich, bis ihr Kopf in meiner Armbeuge ruhte, und ich spürte, wie sie sich zurechträkelte, und sie weinte nicht, und sie greinte nicht, und während ich diese warme Unreinheit in meinen Armen hielt, dachte ich an meinen Vater, daran, dass er mich nie so gehalten hatte, weder bildlich noch tatsächlich. Und ich erinnerte mich, wie ich ihm in meiner Kindheit, meiner

Jugend aufgelauert, wie ich auf einen solchen Moment gehofft hatte. Und ich dachte an die Frau, die mir diesen Moment geschenkt hatte, denn alle sagten, meine Mutter hätte mich mehr als alles auf der Welt geliebt und dass sie ihr Leben auf mich ausrichtete, bis sie mir entrissen wurde, meine Mutter, an die ich mich nicht erinnern kann.

Während Lockless verfiel, das Labyrinth grau und gespenstisch, und die Zeit des Vergehens in den Winter überging, wurde Caroline zum Licht unserer Welt. Da niemand anders dafür infrage gekommen oder dazu bereit gewesen wäre, hatte Thena bei Carries Geburt geholfen, was Gefühle in ihr weckte, die sie so manches Mal auf das Baby aufpassen und für Sophia einspringen ließen. Dies tat sie auch am nächsten Sonntag, an dem ich die Lehmfugen von Sophias Hütte ausbesserte. Ich arbeitete eine Stunde, dann ging ich ins Haus. Sophia hatte Feuer gemacht, sich in Decken gewickelt und saß mit ausgestreckten Händen vor dem Kamin.

Sie sah mich an und fragte: »Ist dir nicht kalt?«

»Doch«, sagte ich. »Fühl mal!« Und ich legte ihr meine Hände an die Wange, ließ sie ihren Hals hinabgleiten, und Sophia lachte und kreischte: »Junge, hör auf damit!«

Ich jagte sie durch die Hütte und hinaus auf die Straße, bis wir lachend zu Boden sanken.

»Okay, jetzt ist mir richtig kalt«, sagte ich.

»Und mir erst«, erwiderte sie.

Wir gingen hinein und setzten uns vor den Kamin. »An so einem Tag«, sagte sie, »wäre eine Korbflasche Rum genau das Richtige. Mercury, mein Mann aus Carolina, ich sag dir, der hatte immer was auf Vorrat.« Dann schaute sie mich an und setzte hinzu: »Verzeih, Hi, wollte dir nicht mit dem alten Zeug kommen.«

»Die Meine kannst du nur sein, wenn du nicht mir gehörst«, erwiderte ich. »Außerdem hab ich da eine Idee. Wart mal kurz.«

Ich lief zurück zum Haupthaus und zum Labyrinth, blieb kurz vor Thenas Zimmer stehen, da ihre Tür einen Spaltbreit offen stand, warf einen Blick hinein und sah, dass Caroline an ihrer Brust schlief, ganz so, wie Kessiah es mir von früher berichtet hatte. Ich lief weiter zu meinem Zimmer und holte die Flasche, die Mars mir zum Abschied geschenkt hatte. Als ich zurückkam, saß Sophia noch genauso da wie vorher, die Hände unter den Achseln, und als ich ihr die Flasche zeigte, lächelte sie und sagte: »Ich weiß, irgendwas ist mit dir; das, wo du gewesen bist, hat dich verändert.«

Und während ich die Flasche öffnete, sagte sie: »Du bist nicht mehr der, der du vor unserer Flucht gewesen bist. Versuch ruhig, mich zu täuschen, aber du bist einfach nicht mehr derselbe, das merk ich doch. Kannst es vor mir nicht verheimlichen.«

Ich reichte ihr die Flasche, und sie setzte sie an, legte dabei den Kopf in den Nacken, als reckte sie ihr Gesicht in den Regen, dann nahm sie einen Schluck. »Aach«, sagte sie und wischte sich mit dem Ärmel über den Mund. »Mann, du bist ganz schön rumgekommen.«

»Aber jetzt bin ich hier«, sagte ich und nahm auch einen Schluck. »Außerdem – was ist mit dir?«

»Was soll schon mit mir sein?«, gab sie zurück. »Was willst du wissen? Ich kann dir alles haarklein erzählen.«

Ich nahm noch einen Schluck, dann stellte ich die Flasche auf den Boden.

»Was war damals?«, fragte ich. »Was ist nach der Nacht passiert, in der sie uns da draußen geschnappt haben?«

»Tja«, sagte sie. »Nun, ich saß im Gefängnis, womit ich ja auch gerechnet hatte. Und ich kann dir sagen, ich hab gewusst, das ist mein Ende. Natchez rief, Natchez! Und eine Frau wie mich, ob mit Kind oder ohne, die würde man gleich zu den Dirnen stecken. Ich hatte schreckliche Angst. In der Nacht da draußen, Hi, da habe ich versucht, stark zu sein, aber das war bloß deinetwegen, weil ich gemeint hab, ich muss mich um dich sorgen, und solange ich das versucht hab, blieb kaum Zeit, an mich selbst zu denken.

An dem Tag aber, als die Bluthunde mich ins Gefängnis steckten, da stürzte es auf mich ein, all das Übel, das mich erwartete. Wollte weinen und wusste doch, dass ich stark sein musste. Also hab ich mit meiner Caroline geredet, die ganze Zeit. Hab nur mit ihr geredet, und ich sag dir, das hat mich beruhigt. Weil ich irgendwie gespürt hab, dass ich nicht mehr allein bin. Ganz wie du gesagt hast; um sie gebeten hab ich nicht, aber damals war ich unglaublich froh, sie zu haben, obwohl sie doch nur diese kleine Knospe war, die in mir wuchs.

Und ich glaub, das war die Zeit, in der ich für sie zur Mutter wurde. Ich war wütend darüber, was dieser Kerl, dieser Nathaniel, mir angetan hatte. Was er mir aufgebürdet hatte. Und auch wenn ich für die Kleine dankbar bin, ihm werd ich niemals dankbar sein. Caroline gehört mir und meinem Gott. Ich hab sie nach meiner verlorenen Heimat benannt, nach meinem Carolina, dem Land, das man mir genommen hat, ohne dass ich was dafür konnte. Und das ist auch schon alles – im Gefängnis, mit Natchez am Hals wie ein Messer, und Caroline – meine Heimat –, sie hat mich gerettet.«

Ich reichte ihr die Flasche, und sie nahm noch einen Schluck, schüttelte sich und sagte: »Mmmm.« Dann wischte sie sich den Mund mit dem Ärmel ab und schwieg einen Moment, ich aber saß nur da und betrachtete sie stumm. Dann gab sie die Flasche an mich zurück, und mir fiel auf, dass Sophia anders aussah, fast, als hätte sich ihre Geschichte in ihr Gesicht geätzt.

»Nein, das war noch nicht alles«, fuhr sie fort. »Später am Abend, noch in derselben Nacht, bin ich eingedöst, zusammengekauert in der Ecke, Ratten huschten durch die Zelle, und dann hab ich einen kalten Zug gespürt, und ich hab aufgesehen, und da war ein Schatten, einer, der mich beobachtete. Dann wich dieser Schatten ein paar Schritte zurück, und ich hab gedacht, ich hab das alles nur geträumt, gleich darauf aber kam der Schatten mit einem der Bluthunde zurück, der die Zellentür aufgeschlossen und gesagt hat: ›Verschwinde.‹

Das hätt er nicht zweimal gesagt, weißt du? Also stand ich auf, und da hab ich gesehen, dass das gar kein Schatten war, sondern Corrine Quinn in ihrem Trauerkleid. Und als ich nach draußen lief, stand da ihre Kutsche mit ihren Leuten. Sie ließen mich hinten, neben Corrine Quinn, Platz nehmen, und sie sagte, sie weiß, was mich erwartet, was mir bevorsteht, wenn Nathaniel von meiner Flucht hört. Aber er muss kein Wort davon hören, ganz bestimmt nicht. Niemand muss was davon hören. Und dass ich wieder zurück in mein altes Leben kann. Das Einzige, um was sie mich bitten wollte: ob sie hin und wieder auf die Straße kommen und sich mit mir unterhalten dürfe.«

»Sich mit dir unterhalten? Worüber denn?«, fragte ich.

»Meist über das, was hier so vor sich ging«, sagte Sophia. »Und wie schon gesagt, manchmal kommt sie vorbei und fragt, wer noch hier lebt und wer runter nach Natchez ist. Fand ich immer irgendwie seltsam, weißt du. Aber seit Caroline da ist, will ich nur noch mein Baby in Sicherheit wissen. Alles andere kümmert mich nicht mehr besonders.

Nach dir hab ich allerdings doch gefragt«, fuhr Sophia fort und schlang, während sie redete, ihren Arm um meinen. »Ich habe sie gefragt, was mit dir passiert. Und sie hat gesagt, ich soll mir keine Sorgen machen. Dass du eine Weile weg sein wirst, aber wiederkommst. Dass du zurückkommst.

Kann nicht behaupten, Hi, dass ich ihr geglaubt hab. Du weißt, ich hab damals so viele verloren, und deshalb hab ich mir gesagt, wer weg ist, der ist weg, mehr ist nicht.

Nur du. Du bist zurückgekommen«, sagte sie. Und sie sah mich an, sah durch mich hindurch, ihre Blicke wie Dolche. Ich spürte, wie der Raum um mich herum sich drehte. »Ich kann es kaum fassen, aber du bist zurückgekommen. Bist zu mir zurückgekommen.«

Und da hörte ich auf zu denken. Ich wusste um die Balken und Dachsparren und die Lehmfugen der Hütte und wusste zugleich um die Balken und Sparren und Fugen der gesamten Welt, die uns umgab, uns beide umschloss. Die ganze Schöpfung schien mitzuwirken, sodass ich, als ich den Rum auf ihren Lippen schmeckte, vom Zucker des Lebens kostete.

Und erst da begriff ich, dass ich mich im Grunde nicht an alles erinnerte, dass es außer meiner Mutter noch mehr gab, was ich lieber vergaß – nicht die Bilder, aber die Gefühle, die damit zusammenhingen. Ich hatte vergessen, wie ich Sophia von ganzem Herzen vermisst und wie sehr ich mich nach ihr gesehnt hatte; hatte jene Tage in Philadelphia vergessen, als ich von Raymond und Otha nur noch in Ruhe gelassen werden wollte, damit ich einsam meinen Erinnerungen an Sophia nachhängen konnte, Erinnerungen daran, wie sie zu Weihnachten um das große Feuer tanzte. Und ich hatte die dumpfe, heftige, von der Sehnsucht verursachte Übelkeit vergessen, die mir durch die Adern gebraust war wie ein Zug über die Schienen. Ich hatte vergessen, wie sehr ich mich mit dieser Übelkeit abgefunden hatte, als wäre sie ein Husten, den man nicht wieder los wird, hatte die Tage vergessen, in denen ich, allein, vornübergebeugt, die Arme an den Bauch gepresst, geglaubt hatte, die Einsamkeit würde mich verschlingen. Ich liebte Sophia, und da ich vielleicht schon von Anfang an geahnt hatte, welch große Gefahr solche Gefühle unter dem Joch der Pflicht, der Sklaverei und sogar des Undergrounds bedeuten können, wollte ich sie möglichst vergessen, nur dass sie mich nie vergaßen. Und jetzt waren sie hier, diese Gefühle, bei uns, zwischen uns, und als Sophia mit ihrer Hand über mein Gesicht strich, als sie meinen Arm in ihre Hände nahm, nicht sanft, sondern fest, voller Verlangen, da wusste ich, dass all das, was ich empfand, all diese Sehnsucht in mir, all die gezügelte, blinde, heftige Gier der Jugend und das dumpfe Begehren, sie auszuleben, nicht allein meines war.

Stunden später lagen wir auf dem Dachboden und starrten an die Decke. Ihr Arm lag auf meiner Brust, ihre Finger berührten meine Schulter, als spielte sie Klavier.

»Mein Gott, du bist es wirklich«, sagte sie. »Deine Hände. Deine Augen. Dein Gesicht.«

Es war schon lange dunkel, so lange, dass ich wusste, bald würde der Morgen anbrechen, und dann würden die Sparren der Welt nachgeben, und wir würden uns an unseren gewohnten

Plätzen in Lockless wiederfinden, mit unseren gewohnten Aufgaben. Einiges aber ließ sich nicht wieder ungeschehen machen, so auch diese neue Überzeugung, die ich empfand, jene Überzeugung, die auch Otha White zugesetzt hatte, der Wahn, der ihn befallen hatte, ohne Lydia nie wieder richtig schlafen zu können. Zum ersten Mal verstand ich die Konduktion, verstand, dass sie ein Gefühlsrelais war, zusammengesetzt aus so tiefgreifenden Momenten, dass sie real wie Stein und Stahl wurden, real wie die eiserne Katze, die über die Gleise grollte und Amseln von den Markisen verscheuchte.

Ich zog mich an, Sophia sah vom Dachboden aus zu, und mein Blick fiel auf den Kaminsims, und ich sah das Spielzeugpferd, das ich aus dem Haus von Georgie Parks mitgenommen hatte, und ich schwöre, es schien zu glühen. Sophia stieg vom Dachboden herab, stellte sich hinter mich, schlang ihre Arme um meine Hüfte und legte den Kopf an meinen Rücken, während ich das hölzerne Pferd in meinen Händen betrachtete.

»Ist in Ordnung«, sagte sie. »Nimm es. Hab dir ja gesagt, dass so was für sie noch ein bisschen früh ist.«

»Tja«, sagte ich. »Stimmt wohl.«

Da drehte ich mich zu Sophia um, das kleine Holzpferd noch in der Hand, und ein letztes Mal, dort im Dunkeln, zog es meine Lippen an ihre, und wir hielten uns, als umklammerten wir einen Schiffsmast in einem heftigen Sturm.

»Also gut«, sagte ich. »Dann geh ich wohl besser.«

»Ja, dann geh du mal.«

»Also gut«, sagte ich noch einmal, und als ich hinaus trat in eine veränderte Welt, tat ich es rückwärts, um mir ihren Anblick in diesen frühen Dämmerstunden zu erhalten, ihn so lang wie möglich festzuhalten.

Alles wäre leichter gewesen, wäre ich einfach zurück ins Labyrinth gegangen, hätte meine Schuhe gewienert und mich gewaschen. Dieses neue Verstehen aber, dieses Entschlüsseln alter Ahnungen, hielt mich weiterhin gefangen. Und so folgte ich dem Pfad, der mich durchs Dunkel zur Dumb Silk Road führte. Ich riskierte, auf Bluthunde zu treffen, die auf der Suche nach den letzten Flüchtigen eines entvölkerten Elm County noch immer an diesen Straßen patrouillierten. Beim Gehen aber befühlte ich das Holzpferd in meiner Hand, und ich wusste, selbst wenn die guten Jahre noch fortdauern würden, hätten die Bluthunde mir nichts mehr anhaben können.

Zwanzig Minuten später war ich zurück, war wieder am Goose, der mir jetzt nicht länger wie ein Fluss vorkam, sondern wie eine breite schwarze, sich durchs Land schlängelnde Masse. Ich ging auf diese Masse zu, bis ich den Fluss sanft ans Ufer plätschern hörte. Der Himmel war verhangen, also leuchtete kein Mond, doch dort, am Ufer, streckte ich meine Hand aus, die Hand, in der ich das Holzpferd hielt, und sah das blaue Licht der Konduktion glühen. Und als ich wieder auf den Fluss schaute, sah ich, wie der nun schon vertraute Nebel auf mich zuwallte.

Niemand musste mir sagen, was ich als Nächstes zu tun hatte. Es war, als gehorchte ich einem animalischen Instinkt – es war die einfachste Bewegung, ein fester Druck, den ich aufs Holzpferd ausübte –, und schon sah ich den neuen Nebel vom Fluss heranrollen, sah ihn nach mir greifen und mich in sein Maul ziehen, als schnappten die Lefzen eines fantastischen Tieres nach mir.

31

Das Beschwören einer Geschichte, Wasser sowie jener Gegenstand, der die Erinnerung greifbar machte wie einen Ziegelstein – das war Konduktion. Was ich mit einer solchen Kraft anfangen konnte, interessierte mich erst einmal nicht, wichtiger war, wie ich den Tag überstand. Die Müdigkeit machte mir schwer zu schaffen, eben jene Müdigkeit, die ich schon kannte, dieselbe, die ich bei Harriet bemerkt hatte. Irgendwie erledigte ich meine Pflichten, doch kaum war ich damit fertig, verschlief ich das Abendessen, schlief bis zum nächsten Tag, und nach dem Aufwachen half ich Howell beim Ankleiden und bei seinen kleinen, tagtäglichen Verrichtungen. Als es erneut Zeit fürs Abendessen wurde, leuchtete etwas in mir so hell wie die Konduktion selbst, denn ich wusste, ich würde Sophia wiedersehen. Und als ich sie sah, an jenem Abend, hatte ich das Gefühl, in einer anderen Welt zu wandeln. Ich fragte mich erstaunt, ob ich all das nicht nur träumte, doch sie war da, direkt neben mir, mit Thena und mit Caroline, und als sie mich sah, lächelte sie und sagte nur: »Du bist zurückgekommen.«

Es folgten glückliche Wochen. Anfangs versuchten wir, die neue Entwicklung vor allen anderen geheim zu halten. Nach dem Abendessen, als sich Sophia mit Caroline demonstrativ verabschiedet hatte, nachdem ich meinem Vater den Apfelmost gebracht, bei ihm gesessen, ihm zugehört und ihn dann zu Bett gebracht hatte, ging ich runter zur Straße. In den frühen Morgenstunden legte ich mich schließlich in mein eigenes Bett, ruhte mich etwa eine halbe Stunde lang aus und begann dann, meiner Arbeit nachzugehen. Das klingt seltsamer, als es war. Für viele Verpflichtete auf Lockless, die Frau und Kinder in anderen Herrenhäusern hatten, war das lange Zeit Normalität gewesen. Das Bizarre an meiner Variante war nur, dass wir davon ausgingen, Thena würde davon nichts mitbekommen. Aber sie war nicht blind. Es hätte mich also keineswegs überraschen sollen, als sie eines Abends nach dem Essen, Caroline auf dem Arm, sagte: »Ich freu mich für dich.« Kein weiteres Wort wurde darüber verloren.

Doch nicht nur Thena machte uns Sorgen. Nathaniel Walker erhob bekanntermaßen immer noch ein besonderes Anrecht auf Sophia und Caroline, und ich wusste nur allzu genau, was mit Verpflichteten geschah, die sich gegen ein solches Anrecht stellten. Corrine mochte uns jenes eine Mal gerettet haben, aber nichts würde uns vor Nathaniels hochmütigem Zorn schützen können. Es war eine schöne Zeit, eine der besten in meinem langen Leben, doch war ihr Fundament der schwankende Grund der Sklaverei, und wir wussten, früher oder später würde die Erde erneut zu beben beginnen.

Anfang Dezember hörten wir von Nathaniels Rückkehr, und eine Woche später erfolgte zwangsläufig die Anweisung, Sophia zu ihm zu bringen. Mein Vater, der immer noch nicht ahnte, was um ihn herum geschah, trug mir auf, Sophia zu ihm zu fahren. Ich kann nicht behaupten, ich hätte mich darüber gefreut. Allerdings hatte ich meine Lektion gelernt – damit Sophia die Meine seine konnte, durfte sie mir niemals gehören. Das, was uns verband, hatte nichts mit Besitzansprüchen zu tun, sondern mit dem Versprechen, so lange wie möglich zusammenzubleiben, koste es, was es wolle. Dazu gehörte auch, an jenem Wintertag den Schein zu wahren, als ich Sophia zu Nathaniel Walkers Haus fuhr.

Wir machten uns frühzeitig auf den Weg. Sophia verschlief die erste Hälfte der Fahrt, während der zweiten unterhielten wir uns.

»Wie ist denn so der Alltag mit Corrine?«, fragte sie. »Hat sie eine Wanne mit Klauenfüßen? Dazu fünf weiße Mägde, nackt, wie Gott sie geschaffen hat?«

Wir lachten.

»Du streitest es also nicht ab.«

»Ich habe kein Wort gesagt, Sophia.«

»Wie über die Zeit, in der du nicht hier gewesen bist«, erwiderte sie. »Junge, was um alles in der Welt haben sie nur mit dir gemacht?«

»Eigentlich nichts; ich meine, da gibt's nicht viel zu erzählen.«

»Mir geht's dabei nicht um dich, Hi. Ich frag mich nur, was sie eigentlich von mir will. Es will mir einfach nicht in den Kopf, warum sie mich nicht nach Natchez geschickt hat.«

»Weiß nicht. Vielleicht mag sie dich einfach.«

»Weiße, die die Sklaven von wem anders mögen? Seit wann gibt es denn so was?«

Ich schwieg.

»Es heißt, sie kommt ganz schön rum. Es heißt auch, sie redet mit deinem Daddy ständig über die ganzen skandalösen

Sachen, die sie oben im Norden erlebt hat. Einen Schwarzen würde Corrine aber wohl nie auf so eine Spritztour mitnehmen, oder?«

»Weiß nicht. Keine Ahnung.«

»Natürlich weißt du das, Hi. Entweder warst du mal mit oder nicht.«

Ich blickte unverwandt auf den Weg.

»Egal. Musst mir nichts vormachen. Du bist noch nie über die Grenzen von diesem County rausgekommen, warst schon gar nicht oben im Norden. Weil wenn, dann wärst du nie zurückgekommen; das weiß ich genau.«

»Und wieso?«

»Wärst du oben bei den Freien gewesen, müsstest du ja blöd sein wie Bohnenstroh, wenn du wieder hierhin zurückkommst. Ich sag dir eins, wenn ich je meinen Fuß auf freien Boden setz, siehst du mich nie wieder.«

»Ach? Und das war's dann mit uns beiden?«

»Na ja, jedenfalls bist du keiner, der zum Fliehen taugt. Hast es ja mal versucht, aber du bist mit Lockless verbunden. Beweist doch schon deine Rückkehr.«

»War nicht meine Entscheidung, ganz und gar nicht.«

Am späten Vormittag erreichten wir Nathaniel Walkers Anwesen und bogen in den Seitenweg, wo wir auf den Kurier warten wollten, der uns begrüßen und dann mit Sophia verschwinden würde. Und ich würde sie dann sich selbst überlassen müssen. Wie es mir damit ging? Tja, es gibt bestimmt Erhebenderes, als die Frau, die man liebt, einem anderen Mann zu überlassen, aber ich hatte jahrelange Übung im Verheimlichen, und ich wusste, egal, welche Qualen ich litt, Sophia würde es doppelt so schwer haben. Außerdem war ich jetzt

484

älter. Ich verstand Dinge, die ich mir vor wenigen Monaten noch nicht einmal hatte vorstellen können, und so war mir in diesen Augenblicken nichts wichtiger, als es Sophia so leicht wie möglich zu machen. Daher sagte ich, kaum dass ich merkte, dass ihre üblichen Flachsereien ausblieben und zwischen uns ein angespanntes Schweigen aufkam: »Wie bist du denn hergekommen, als ich nicht da war?«

»Zu Fuß.«

»Die ganze Strecke?

»Ja, mitsamt dem Kostüm und allem. Thena sei Dank. Sie hat am Wochenende auf Caroline aufgepasst. Musste nur einmal herkommen, aber ich sag's dir, als er mich zu sich bestellt hat, ich war völlig fertig. Hab's trotzdem geschafft, mich geschminkt und mir drüben im Gebüsch das Kleid und die Unterwäsche angezogen.«

»Mein Gott …«

»Hab mich noch nie so gedemütigt gefühlt. Musste mich splitternackt ausziehen, und dabei ständig die Angst, irgendwer kommt vorbei und macht Gott weiß was mit mir. Blieb mir nichts anderes übrig, als zu singen, still und leise, mir Mut zuzusingen.«

Sophia atmete aus, schwer und lang, dann sagte sie: »Zweifle nie daran, dass ich sie hasse. Wag es ja nicht, daran zu zweifeln.«

Und als sie das sagte, glich ihr Gesicht einer Henkersmaske, zeigte weder Stirnfalten noch hochgezogene Brauen, der Mund ein Strich, in den braunen Augen kein Funkeln. Ihr Gesicht spiegelte den Hass, den ihre Worte ausdrückten. Sie schüttelte den Kopf und sagte: »Was ich denen antun könnte, Hi. Wozu ich fähig wäre. Du siehst mich in diesem schmächtigen

Körper ... Wären meine Hände, meine Arme aber die eines Mannes, was glaubst du, was ich dank meiner Energie mit denen machen würde. Denk selbst oft drüber nach. Darüber, wozu ich auch mit diesem Körper fähig wäre, mit einem Küchenmesser, mit ein paar Tropfen im Tee, einem weißen Pülverchen im Kuchen ... So oft hab ich mir das ausgemalt, aber weißt du, ich hab meine Caroline, und das sagt alles. Außerdem bin ich ein guter Mensch, Hi, kannst du mir glauben. Nur was ich mit denen machen würde, wenn es an der Zeit ist, was ich mit denen machen würde ...«

Sie verlor sich in Gedanken. Gut zwanzig Minuten später zeigte sich ein schmucker Verpflichteter auf dem dicht belaubten Weg, ging zum Wagen und musterte uns mit strengem, missbilligendem Blick. »Er kann dich heute nicht empfangen. Wenn es ihm passt, schickt er wieder nach dir.«

Mit diesen Worten wandte er sich ab und ging den Weg zurück.

»Hat er sonst noch was gesagt?«, rief Sophia ihm nach, aber der Mann drehte sich nicht mehr um, und selbst wenn er Sophia gehört haben sollte, war doch klar, dass er sich zu keiner Antwort herablassen würde.

Einige Augenblicke lang blieben wir einfach sitzen und wussten nicht so recht, was wir tun sollten. Dann wandte sich Sophia mit leicht schiefem Lächeln zu mir um. »Und? Zufrieden?«

»Jedenfalls nicht unzufrieden«, erwiderte ich, »Außerdem, so wie du klingst, geht es dir nicht anders.«

»Stimmt schon«, sagte sie, »aber das ist irgendwie seltsam. Ist noch nie zuvor passiert.«

Sie schwieg eine Weile und dachte nach, überlegte, was das bedeuten könnte.

»Was?«, fragte ich.

»Ist bestimmt wegen dir«, sagte sie. »Ich könnte wetten, dass du irgendwie dahintersteckst.«

Mit einem Lachen wollte ich ihre Bemerkung abtun, schüttelte dann aber den Kopf und sagte: »Ist schon erstaunlich, was du mir alles zutraust, fast, als hätte ich Macht über diese Weißen. Oder als wäre ich eine Art Schwindler.«

»Du bist mir schon einer, so viel ist sicher.«

Wir lachten. Ich zog die Zügel an, wendete den Wagen, und wir fuhren zurück nach Lockless.

»Tut mir leid, Hiram«, sagte sie. »Du weißt, ich will da nicht hin. Ich will so weit davon wegbleiben wie nur möglich. Aber wenn's sein muss, dann will ich es auch schnell hinter mich bringen. Hasse es, wenn das über mir schwebt wie so ein Schwert über meinem Kopf. Bei ihm bin ich eine Sklavin. Aber seit du wieder da bist, fühle ich mich so frei wie nie zuvor. Und auch wenn ich weiß, ganz so ist es noch nicht, möchte ich es nicht mehr missen.«

Dann beugte sie sich vor und küsste mich flüchtig auf die Wange. »Ich will so viel davon, wie ich kriegen kann.«

Ach, nur einmal wieder dort sein, einmal noch jung sein, in der Morgenröte meines Lebens, damals, als die Sonne gerade über dem Horizont aufging, alle Verheißungen, alle Tragödien noch vor mir. Noch einmal dort in der Kutsche zu sein, mit einem Tagespass, neben mir die Frau, die ich mehr als alles andere auf der Welt liebte, in jenen letzten traurigen Tagen des alten, verwüsteten Virginia. Ach, noch einmal dort zu sein und Zeit zu haben, Zeit, hinauszufahren, so weit, wie die Straße von Elm County reichte.

Auf der Fahrt unterhielten wir uns über die alten Zeiten

und über die vielen Verlorenen von Elm County – Thurston, Lucille, Lem, Garrison. Wir redeten darüber, wie sie gegangen waren, wie Natchez sie sich geholt hatte. Manche still und leise, manche haben gesungen, manche gelacht, manche waren ganz beschwingt.

»Und was ist mit Pete?«, fragte ich.

»Wurde über die Brücke geschickt, ungefähr einen Monat vor deiner Rückkehr«, sagte Sophia.

»Dachte, Howell würde sich nie von dem trennen«, sagte ich. »Der hatte so ein Händchen für die Obstwiesen.«

»Fort«, sagte sie. »Nach Natchez. Genau wie alle anderen. Wohin man uns auch bald schickt. Alle fort, alles vorbei.«

»Nee«, widersprach ich. »Ich denke, wir überleben, du und ich. Notfalls im Bund mit dem Teufel, aber wir überleben. Hat vielleicht sonst nichts weiter mit uns auf sich, aber wir gehören zu denen, die überleben.«

Noch hatte der Winter eigentlich gar nicht richtig begonnen, doch war der Morgen schon winterlich klar und frisch. Die Straße führte nun hoch hinauf, und ich konnte den Goose sehen, konnte über seine Ufer hinweg bis Starfall sehen und sah in weiter Ferne auch die Brücke, von der ich in ein neues Leben gestürzt war.

»Und was, wenn nicht, Sophia?«

»Wenn nicht was?«

»Wenn nicht alle fort sind, wenn nicht alles vorbei ist?«, antwortete ich. »Was, wenn es einen Weg gäbe, auf dem uns mehr erwartete als dieses Elend, das wir hier gesehen haben?«

»Ist das wieder einer von deinen haltlosen Träumen? Mit denen dann alles schiefläuft? Du weißt schon noch, wie das beim letzten Mal ausgegangen ist?«

»Ich erinnere mich sehr genau. Aber wie du gesagt hast, wir sind jetzt eins. Und wir sind vor der Zeit gereift. Das hat dieser Ort gemacht, all das, was wir hier erlebt haben. Uns läuft die Zeit davon, dir und mir. Was für andere noch groß und prächtig war, verfällt vor unseren Augen. Aber mal angenommen, wir könnten uns dem entziehen? Wir wissen, dass dies hier dem Ende entgegengeht, Sophia, aber nur mal angenommen, wir gehen einfach nicht mit?«

Sie schaute mich jetzt direkt an.

»Ich kann nicht, Hiram«, sagte sie. »Nicht so. Nicht noch einmal. Ich weiß, irgendwas ist mit dir. Und wenn du bereit bist, davon zu erzählen, steh ich zu dir. Aber dein Wort genügt nicht, diesmal nicht. Bin nicht mehr allein. Wenn da also was ist, dann muss ich es genau wissen. Und wie ich dir gesagt hab: Ich bin bereit zu töten, um mich von all dem zu befreien und um es meiner Tochter zu ersparen.«

»Mit Töten ist es nicht getan«, sagte ich.

»Nein«, erwiderte sie. »Bleibt nur weglaufen, aber ich muss wissen, wie, wann und wohin.«

Danach redeten wir nicht mehr viel, mussten wir doch beide darüber nachdenken, was wir besprochen hatten und was heute vorgefallen war. Bei unserer Rückkehr nach Lockless sahen wir Thena am Ende des Tunnels sitzen, den Kopf in die Hände gestützt. Um die Stirn trug sie einen Verband, und sie hatte ihre Arbeitskleidung, aber keinen Mantel an. Von Caroline keine Spur.

»Thena!«, rief ich.

»Ja?«

»Was ist passiert?«, wollte Sophia wissen. »Wo ist Caroline?«

»Im Haus; sie schläft«, erwiderte Thena.

Sophia hastete in den Tunnel. Ich hockte mich hin und berührte Thenas Schläfe, wo ein Blutfleck die Bandage verfärbte.

»Was ist passiert, Thena?«, fragte ich.

»Weiß nicht«, sagte sie. »Ich … ich kann mich nicht erinnern.«

»Dann erzähl mir, was du noch weißt.«

Sie kniff die Augen zusammen. »Ich … ich …«

»Schon gut, schon gut«, sagte ich. »Komm, gehen wir hinein.«

Ich legte einen Arm um ihre Schultern, half ihr auf und sah Sophia aus dem Tunnel zurückkommen.

»Der Kleinen geht es gut. Sie schläft, genau wie Thena gesagt hat. Sieht aus, als hätte Thena sie in dein Bett gelegt, und … ich kann mir vorstellen, warum.« Sophia begann zu weinen und sagte: »Hiram, sie haben es sich genommen. Ich weiß, was die wollten. Haben es sich einfach genommen.«

Wir gingen ein paar Schritte, und ich sah, dass Thenas Beine nachgaben, also fing ich sie auf und trug sie. »Gleich da«, sagte ich. Wir kamen an ihrem Zimmer vorbei; auf dem Boden sah ich einen halben Stuhl und überall Holzsplitter. Ich ging dran vorbei zu meinem alten Quartier, in dem sich Caroline gerade zu regen begann. Sophia schlug die Decke zurück und nahm die Kleine auf den Arm. Stattdessen legte ich Thena aufs Bett und deckte sie zu.

Ich wandte mich an Sophia. »Was zum Teufel ist hier passiert?«

Sie schüttelte den Kopf. Sie weinte noch.

Ich ging zurück auf Thenas Zimmer. Es sah aus, als wäre jemand mit einer Axt drüber hergefallen – Bett, Kaminsims,

ihr einziger Stuhl, alles in Trümmern. Während ich mich umsah, entdeckte ich das eigentliche Ziel dieses Überfalls. Thenas
Kassette, sie war aufgebrochen. Ich kniete mich hin und fand
darin ein paar alte Andenken – Perlen, eine Brille, mehrere
Spielkarten. Was ich aber nicht fand, das war das Wäschegeld,
das Thena sorgsam jede Woche darin deponiert hatte, ihre
Ersparnisse für die Freiheit. Einen Moment lang stand ich nur
da und versuchte zu begreifen, wer zu so etwas fähig war. Ich
hatte Geschichten von den Oberen gehört, die sich auf solche
Abkommen einließen und sie dann wieder rückgängig machten,
das Geld für sich behielten. Aber in Thenas Fall ergab das keinen
Sinn – sie war alt und willens, Howell für ihre Freiheit zu be-
zahlen, sodass er nicht länger für ihre Obhut aufzukommen
brauchte. Diese Gewalt aber, die Axt, das deutete auf jemanden
hin, der keine andere Möglichkeit sah, Thena einzuschüchtern;
und mit einem Mal wusste ich, dies konnte nur das Werk eines
Sklaven gewesen sein.

Man weiß so recht erst, wie dringend man die Seinen
braucht, wenn sie fort sind. Auf Lockless lebten inzwischen
nur noch gut fünfundzwanzig Menschen, und es war längst
nicht mehr wie früher, als es zwar viele von uns gegeben hatte,
wir uns aber auch alle kannten. Jetzt kannte ich nur noch wenige
von denen, die auf der Straße lebten, und noch weniger von
denen unten im Labyrinth. In den alten Tagen hätten sich
Sklavenärzte um Thena gekümmert. Die aber waren nicht
mehr da, fortgeschickt, und wir waren uns selbst überlassen.
Ich dachte an Philadelphia, an die Geborgenheit, die ich dort
empfunden hatte, weil ich wusste, dass immer jemand für
mich da sein würde, und ich stellte fest, dass sich auf Lockless
eine Art Gesetzlosigkeit breitgemacht hatte. Wem sollte ich von

dem Überfall auf Thena erzählen? Meinem Vater? Und wie würde seine Antwort lauten? Würde er noch mehr über die Brücke schicken? Und durfte ich dann hoffen, dass der Schuldige dazugehörte?

In der kommenden Woche nahmen wir einige Änderungen vor. Wir zogen um, gemeinsam, zogen aus dem Labyrinth in Thenas alte Hütte an der Straße. Dort fühlten wir uns am sichersten, und für mich hatte dies nur zur Folge, dass ich morgens etwas früher aufstehen musste, um rechtzeitig meinen Pflichten gegenüber meinem Vater nachkommen zu können. Wir ließen Thena nicht allein. Sophia kümmerte sich um die Wäsche, und an den Sonntagen half ich ihr, holte Wasser, sammelte Holz und wrang die Kleidungsstücke aus. Nach einer Woche war Thena über den Berg. Der Schrecken des Überfalls aber hatte sie verändert, und zum ersten Mal, seit ich sie kannte, sah ich wahre Angst in ihrem Gesicht, Angst vor dem, was passieren könnte, wenn wir auf Lockless blieben. Und da musste ich an Kessiah denken, und ich wusste, es war an der Zeit, das Versprechen, das ich gegeben hatte, einzulösen.

Thena war nicht meine einzige Sorge. Von meinem Vater erfuhr ich später, dass Nathaniel Sophia zu sich gerufen hatte, obwohl er nie aus Tennessee zurückgekehrt war, weil ihn irgendwelche dringenden Geschäfte dort aufgehalten hatten. Worum es sich dabei handelte, wusste ich nicht, aber ich fragte mich, ob seine Absichten hinsichtlich Sophia nicht weit über das hinausgingen, was ich bislang vermutet hatte. Und ich war nicht der Einzige, der sich diese Frage stellte.

Sophia fragte: »Hast du schon mal dran gedacht, dass ich da auch hin muss?«

Wir waren auf dem Dachboden, starrten durch das Dunkel hinauf zu den Sparren. Caroline schlief zwischen uns, während Thena leise unter uns schnarchte.

»Hab ich«, sagte ich. »Vor allem in letzter Zeit.«

»Weißt du, was ich gehört hab?«

»Was denn?«

»Ich hab gehört, dass in Tennessee manches anders ist. Hab gehört, da geht's anders zu als bei uns. Es soll andere Regeln und andere Bräuche geben und Weiße, die mit farbigen Frauen zusammenleben. Und mir sind Nathaniels Vorlieben eingefallen, zum Beispiel, dass ich mich verkleiden muss wie eine ...«

Sie verstummte, als müsse sie den Gedanken erst zu Ende denken, und sagte dann: »Hiram, will dieser Mann mich auf irgendwas vorbereiten? Will er mit den alten Traditionen brechen und mich in Tennessee zu seiner Frau machen?«

»Tennessee? Ist es das, was du willst?«, fragte ich.

»Verdammt, glaubst du das wirklich?«, fragte sie zurück. »Solltest du es nicht längst besser wissen? Was ich will, ist, was ich schon immer gewollt hab, und das hab ich dir von Anfang an gesagt. Ich will meine Hände, meine Beine, meine Arme, mein Lächeln – all das soll mir gehören, mir allein.«

Sie drehte sich jetzt zu mir um, und obwohl ich weiterhin zum Dach hinaufstarrte, spürte ich, dass sie mich musterte.

»Sollte ich je das Bedürfnis haben, sollte ich je das Verlangen haben, das alles wem anders zu schenken, dann nur, weil es mein eigenes Bedürfnis ist, mein eigenes Verlangen. Verstehst du das, Hiram?«

»Ja.«

»Nein, verstehst du nicht. Kannst du nicht verstehen.«

»Und warum erzählst du es mir dann immer wieder?«

»Ich erzähl's nicht dir. Ich erzähl's mir selbst. Ich erinnere mich an die Versprechen, die ich mir und Caroline gegeben hab.«

Schweigend lagen wir da, bis wir einschliefen, doch vergaß ich kein Wort von unserem Gespräch. Es war ganz offensichtlich an der Zeit. Ich hatte meine Aufgaben vorbildlich erfüllt, hatte Hawkins mit Informationen versorgt, mehr noch, ich war dem Geheimnis der Konduktion auf die Spur gekommen. Und mir wurde klar, jetzt war der Moment gekommen, von Corrine Quinn ihren Teil unseres Abkommens einzufordern.

Weihnachten war nicht mehr weit, und es versprach, ein einsames Fest zu werden. Die Familie Walker kam dieses Jahr nicht auf Besuch, und da Maynard nicht mehr unter uns weilte, würde mein Vater die Feiertage wohl allein durchstehen müssen. Corrine Quinn aber, die ihm mehr und mehr bedeutete, wollte meinem Vater dies ersparen, weshalb sie mit ihrem eigenen Gefolge nach Lockless kam – und zwar mit weit mehr Leuten als nur mit Hawkins und Amy. Sie brachte vertrauenswürdige Köche mit, Mägde und auch sonstiges Personal. Außerdem hatte Corrine zur Unterhaltung meines inzwischen doch recht alt gewordenen Vaters eine Reihe von Verwandten und Freunden eingeladen. Und diese Schar sagte ihm sehr zu, hatte er doch jetzt ein Publikum, das verzückt seinen Geschichten über das alte Virginia lauschte.

Das Ganze war natürlich eine Scharade. Ob Koch, Dienstbote oder Verwandter, sie alle waren Agenten – einige kannte ich von meiner Ausbildungszeit in Bryceton, mit anderen hatte ich in der Station Starfall zusammengearbeitet. Corrines Plan wurde mir jetzt klar. Da Elm County verkümmerte und der Veralterung anheimfiel, da die Oberen das Land verließen, würde der Underground in dem Spalt, der sich dadurch öffnete, eigenem Treiben nachgehen und seinen Krieg ausdehnen. Jetzt, Jahre später, muss ich gestehen, dass ich voller Bewunderung bin. Corrine war kühn, skrupellos und genial; und während Virginia sich vor dem nächsten Propheten Gabriel oder einem neuen Nat Turner fürchtete, hätte es eher fürchten sollen, was sich in seiner eigenen Mitte befand, gewandet wie eine vornehme Dame, ein Vorzeigemodell bester Erziehung, porzellanhafter Eleganz und unsterblicher Grazie.

Damals konnte ich die Genialität dieses Vorgehens nicht erkennen, denn obwohl wir ein gemeinsames Ziel verfolgten, fühlten wir uns doch zu sehr unseren unterschiedlichen Wegen verpflichtet. Für mich waren Sklaven Menschen, keine Waffen und keine Fracht, sondern Menschen mit ihrem eigenen Leben, ihren Geschichten und ihrer je eigenen Herkunft, Menschen, an die ich mich ausnahmslos erinnerte, und mit der Zeit, die ich dem Underground diente, war dieses Gefühl nicht schwächer, sondern eher noch stärker geworden. Und so kam es, dass wir auch an jenem Tag gegen Ende des Jahres, als ich auf dem beharrte, was nun getan werden musste, ganz verschiedener Ansicht waren.

Wir waren unten auf der Straße, unter einem simplen Vorwand – Corrine hatte um einen Gang durch die alten Quartiere gebeten, und ich sollte sie führen. Also begleitete ich sie vom Haupthaus hierher, und bis wir die Gärten und Obstwiesen hinter uns hatten und dem gewundenen Pfad zur Straße folgten, unterhielten wir uns über belanglose Dinge.

»Ich bin nur mit dem Versprechen zurück zu Howell gegangen, dass eine Familie in den Norden geführt wird«, sagte ich dann, »und die Zeit für diese Konduktion ist jetzt gekommen.«

»Und warum jetzt?«, fragte Corrine.

»Vor zwei Wochen ist etwas passiert«, sagte ich. »Irgendwer ist auf Thena losgegangen. Hat ihr mit dem Axtstiel einen Hieb versetzt und dann das Zimmer verwüstet. Das ganze Geld ist weg, alles, was sie sich mit ihrer Wäscherei erspart hatte.«

»Herrje«, sagte sie, und echte Besorgnis durchbrach die Maske der vornehmen Dame. »Habt ihr den Schuldigen gefunden?«

»Nein«, erwiderte ich. »Sie kann sich nicht an ihn erinnern. Außerdem, bei diesem Kommen und Gehen … schwer zu sagen. Ich kenne die Leute, die Sie mitgebracht haben, besser als die, die hier Tag für Tag arbeiten.«

»Sollen wir Nachforschungen anstellen?«

»Nein«, sagte ich. »Wir sollten sie hier rausholen.«

»Aber nicht nur sie, richtig? Es gibt da noch eine – deine Sophia.«

»Nicht meine«, widersprach ich. »Einfach nur Sophia.«

»Also ehrlich«, sagte Corrine mit einem feinen Lächeln, »was bist du in einem Jahr doch gewachsen. Wirklich verblüffend. Du bist tatsächlich einer von uns geworden. Verzeih, aber daran muss ich mich noch gewöhnen.«

Sie musterte mich erstaunt, auch wenn ich heute glaube, dass sie in jenem Moment nicht mich sondern die Frucht ihrer Mühen bestaunte und dabei weniger von mir als von ihren eigenen Fähigkeiten verblüfft war.

»Erinnerst du dich jetzt?«, fragte sie.

»Woran?«

»An deine Mutter. Sind die Erinnerungen zurück?«

»Nein, aber ich hatte auch andere Sorgen.«

»Natürlich, verzeih. Sophia.«

»Ich fürchte, Nathaniel Walker wird seine Rechte geltend machen und sie zu sich nach Tennessee holen.«

»Ach, keine Angst, das wird nicht passieren.«

»Wieso nicht?«

»Weil ich schon vor einem Jahr gewisse Vorkehrungen getroffen habe. In einer Woche wird ihre Besitzurkunde an mich übertragen.«

»Ich verstehe nicht«, sagte ich.

Corrine musterte mich mit einem Blick amüsierter Besorgnis.

»Nein?«, sagte sie. »Sie hat doch ein Kind von ihm, oder?«

»Ja?«

»Dann solltest du es verstehen«, sagte sie. »Schließlich bist du selbst ein Mann, eine schlichte Kreatur mit heftigen, aber kurzfristigen Interessen, ein Opfer zu- und abnehmender Phasen der Lust. Was ebenso auf deinen Onkel zutrifft, einen der Oberen, Nathaniel Walker. Seit der in Tennessee lebt, hat sich ihm für seine Passionen ein weites Feld aufgetan. Was soll er da noch mit Sophia?«

»Aber er hat sie zu sich bestellt«, warf ich ein. »Vor noch nicht mal zwei Wochen.«

»Glaub ich gern«, sagte sie. »Der alten Zeiten wegen?«

Corrine Quinn gehörte zu den fanatischsten Agenten, die ich im Underground je kennengelernt habe. Und alle Fanatiker waren ausnahmslos Weiße. Für sie war die Sklaverei eine persönliche Kränkung, eine Beleidigung, etwas, das ihren Namen beschmutzte. Sie hatten gesehen, wie Frauen zu Dirnen gemacht wurden, hatten erlebt, wie ein Vater vor seinem Kind ausgezogen und ausgepeitscht worden war oder wie ganze Familien in Eisenbahnwaggons, Dampfer oder Gefängnisse gepfercht wurden, als wären es Schweine. Die Sklaverei beleidigte sie, da die Sklaverei ihrem Grundverständnis des guten Menschen widersprach, der sie zu sein glaubten. Und wenn ihre Verwandten diesen niederen Gepflogenheiten anhingen, erinnerte sie das daran, wie leicht es für sie wäre, es ihnen gleichzutun. Sie verachteten ihre barbarischen Brüder, doch waren und blieben es ihre Brüder. Ihr Widerstand entsprach einer Art Eitelkeit, einem Hass auf die Sklaverei, der von jedem Mitgefühl für den einzelnen Sklaven weit übertroffen wurde. Mit Corrine verhielt es sich nicht anders, und eben das war der Grund, weshalb sie, obwohl unerbittlich gegen jegliche Form von Sklaverei, mich so leichthin zur Grube oder Georgie Parks zum Tode verdammen oder sich belustigt über jenen Frevel äußern konnte, der Sophia angetan werden sollte.

Damals war mir das alles noch nicht klar, da meine Überlegungen nicht von Logik, sondern von Ärger bestimmt waren, nicht dem Ärger darüber, dass jemand übel beleumundete, was mir gehörte, sondern dem Ärger darüber, dass jemand schlecht über jemanden sprach, der mir in der finstersten Nacht meines Lebens beigestanden hatte. Doch ich machte meinem Ärger nicht Luft. Ich trug meine Maske schon viel länger, als ich Corrine kannte. Also sagte ich nur: »Ich will, dass sie rausgeholt werden. Alle beide.«

»Das wäre unnötig«, sagte Corrine. »Ich bekomme die Besitzurkunde deiner Freundin, sie ist also sicher.«

»Und Thena?«

»Dafür ist jetzt nicht die Zeit, Hiram«, sagte sie. »Viel Großes ist in Vorbereitung, und das dürfen wir nicht gefährden. Das Ende von Elm County ist angezählt, und wir werden mit jedem Tag stärker, aber wir müssen vorsichtig sein. Und ich habe bereits manches getan, was Verdacht erwecken könnte. Zum einen wegen unseres Vorgehens in Starfall, zum anderen wegen der Tatsache, dass ihr beide fortgelaufen seid, ihr beide zusammen. Hat sie dir gesagt, dass ich mich um sie kümmere?«

»Hat sie.«

»Dann musst du Verständnis haben. Wir können uns nicht um alles gleichzeitig kümmern. So viele müssten leiden, sollte man uns je auf die Spur kommen.« Sie hatte ihren belustigten Ton fallen gelassen und klang jetzt fast flehentlich. »Hör zu, Hiram«, sagte sie. »Deine Dienste sind für den Underground von größtem Wert. Die Berichte über deinen Vater haben Möglichkeiten eröffnet, die wir bislang noch nicht mal in Betracht gezogen hatten. Selbst wenn du die Konduktion nie in den Griff bekommst, hast du längst bewiesen, dass du die Risiken deiner Befreiung wert gewesen bist. Allerdings müssen wir so manches abwägen und berücksichtigen. Wie stünde ich etwa da, wenn ich mir die Besitzurkunde von Nathaniel Walkers Dirne überschreiben ließe, um dann nicht zu reagieren, wenn sie gleich darauf verschwindet? Und diese Frau, Thena, die hat ihre Wäscherei wie ein Unternehmen aufgezogen. Würden sich die Leute nicht wundern, wenn sie plötzlich nicht mehr käme? Wir müssen wirklich sehr vorsichtig sein, Hiram.«

»Sie haben es versprochen«, sagte ich.

»Ja, das stimmt«, erwiderte sie. »Und ich habe auch vor, mein Versprechen zu halten. Wir brauchen nur mehr Zeit.«

Ich musterte Corrine mit hartem Blick. Zum ersten Mal ließ ich es dabei an jenem Respekt fehlen, den Virginia verlangt. Was sie sagte, war nicht unvernünftig. Sie hatte sogar recht. Aber ich war aufgebracht, weil sie sich über Sophia lustig gemacht hatte, und dann waren da meine eigenen Gefühle, meine Scham darüber, Sophia so oft zu diesen schändlichen Treffen gefahren zu haben, darüber, dass ich Thena verlassen hatte, um zu fliehen, und auch nicht bei ihr gewesen war, als sie überfallen wurde, darüber, dass ich meine Mutter, die verkauft worden war, nicht hatte beschützen, nicht hatte rächen können. All das brodelte in mir und brach nun hervor, in dem Blick, mit dem ich Corrine ansah.

»Du kannst das nicht tun«, sagte Corrine. »Du brauchst uns, und wir verweigern unsere Zustimmung. Wegen deiner kurzsichtigen, bedeutungslosen Schwärmerei laufen wir nicht ins offene Messer. Ohne uns kannst du das nicht tun.«

Doch in einem Moment des Begreifens leuchtete ihr Gesicht auf, bevor es zu einer Maske des Entsetzens erstarrte.

»Oder vielleicht doch«, sagte sie. »Hiram, du bringst uns in Teufels Küche. Denk nach. Lass die Emotionen aus dem Spiel. Denk nach und vergiss deine Schuldgefühle. Du hast kein Recht, alle zu gefährden, die ansonsten gerettet werden könnten. Denk nach, Hiram.«

Und ich dachte nach. Ich dachte an Mary Bronson und ihre verlorenen Jungen. Ich dachte an Lambert unterm Joch von Alabama und an Otha, der für die Freiheit seiner Lydia durch die Lande reiste. Und an Lydia, die für ihre Hoffnung auf eine Familie Unmögliches erdulden musste.

»Denk, Hiram«, sagte sie.

»Sie haben mir gesagt, die Freiheit sei ein Herr und Meister«, sagte ich. »Sie haben gesagt, die Freiheit sei wie ein Sklaventreiber. Sie haben gesagt, niemand könne fliegen, wir seien alle an die Schiene gebunden. ›Ich weiß es‹, haben Sie gesagt, ›und weil ich es weiß, muss ich dienen‹.«

»Ich habe durchaus Mitgefühl«, sagte sie. »Ich weiß ja, was du durchgemacht hast.«

»Nein, das wissen Sie nicht«, sagte ich. »Das können Sie nicht wissen.«

»Hiram«, sagte sie, »versprich mir, dass du uns nicht in die Verdammnis führst.«

»Ich verspreche, dass ich uns nicht in die Verdammnis führe«, sagte ich, aber meine Haarspalterei entlockte ihr kein Lächeln, und je weniger über unser weiteres Gespräch gesagt wird, desto besser, denn auch nach all den Jahren hege ich größten Respekt für sie. Corrine glaubte an das, was sie sagte; sie meinte es ehrlich. Genau wie ich.

32

ICH WAR JETZT AUF MICH ALLEIN GESTELLT, und wenn es zur Konduktion kommen sollte, dann durfte ich dabei nur auf mich zählen. Außerdem schien mir, dass es keinen Grund gab, noch länger zu verschweigen, was während meiner Abwesenheit alles geschehen war. Ich würde es ihnen beiden sagen müssen – Sophia und Thena. Und ich entschied, es ihnen einzeln zu erzählen, denn bei meinem Bekenntnis gegenüber Thena würde es um weit mehr als nur um den Underground gehen. Also fing ich mit der Beichte an, die ich für die leichtere hielt – mit Sophia.

Thena litt seit einiger Zeit unter Albträumen, vermutlich wegen des Überfalls. Und so gewöhnten wir uns an, Caroline in schwierigen Nächten unten bei ihr zu lassen und sie an ihre Brust zu legen, da sie das beruhigte. Es war in einer dieser Nächte, dass ich glaubte, der richtige Moment sei gekommen.

»Sophia«, sagte ich, »ich bin jetzt bereit, dir alles zu erzählen.«

Sie hatte zu den gekreuzten Dachsparren hochgesehen, drehte sich jetzt um, zog die Sacktuchdecke über sich und wandte sich mir zu.

»Ich meine, wo ich gewesen bin, als ich weg war«, fuhr ich fort. »Wo ich war und was dort geschah.«

»Warst also nicht in Bryceton«, sagte sie.

»Doch«, sagte ich, »aber nur am Anfang.«

Selbst im Dunkeln konnte ich ihre Augen sehen, aber ihr Anblick war mir zu viel. Ich drehte mich um, sodass ich mit dem Rücken zu ihr lag, holte tief Luft und stieß sie langsam wieder aus.

Und dann erzählte ich ihr, dass ich in der Zeit, in der ich fort gewesen war, ein anderes Land gesehen hatte, dass ich ungezwungen die Luft des Nordens geatmet hatte, dass ich aufgestanden war, wann ich wollte, und getan hatte, wozu ich Lust hatte, dass ich mit dem Zug nach Baltimore gelangt, durch den Karneval von Philadelphia spaziert und durch die Berge nördlich von New York gefahren war und dass ich all dies dank meiner Verbindung mit jener Agentur der Freiheit getan hatte, die sie nur vom Hörensagen und aus Erzählungen kannte – dem Underground.

Und ich erzählte ihr, wie es dazu gekommen war, wie Corrine Quinn mich gefunden und wie man mich in Bryceton ausgebildet hatte und dass Hawkins und Amy in alles eingeweiht waren. Ich erzählte ihr, wie Georgie Parks das Handwerk gelegt worden war und wie ich dabei geholfen hatte. Ich erzählte von den Whites, wie sehr sie mich mochten, davon, wie Mary Bronson gerettet worden war und wie Micajah Bland sich geopfert hatte. Ich erzählte, wie ich Moses kennengelernt hatte, wie es Kessiah auf der Rennbahn ergangen war, dass Kessiah sich an Thena erinnerte und dass ich ihr versprochen hatte, Thena rauszuholen, und dass ich vorhätte, nun auch sie, Sophia, rauszuholen.

»Ich habe versprochen, dich rauszuholen«, sagte ich. »Und ich habe vor, mein Versprechen zu halten.«

Dann drehte ich mich wieder um, und ihre Augen warteten auf mich, doch sie wirkten jetzt seltsam tot – kein Schock war darin zu erkennen, keine Überraschung, kein Gefühl.

»Deshalb bist du also zurückgekommen«, sagte sie. »Um dein Versprechen zu halten.«

»Nein«, erwiderte ich. »Ich bin zurückgekommen, weil man mich darum gebeten hat.«

»Und hätte man dich nicht drum gebeten?«

»Sophia, ich hab da oben ständig nur an dich gedacht«, sagte ich, streckte meine Hand aus und streichelte ihr Gesicht. »Ich hab mir Sorgen um dich gemacht, Sorgen, was man dir antun könnte …«

»Du hast dir Sorgen gemacht«, sagte sie, »aber ich war hier unten. Wusste nicht, was los war. Wusste nicht, was mit dir ist. Wusste nichts über die Absichten von dieser Frau, Corrine …«

»Sie hat Nathaniel deine Besitzurkunde abgekauft«, sagte ich. »Du musst also nicht nach Tennessee.«

Sie schüttelte den Kopf. »Und was soll ich davon halten? Du kommst zurück, tischst mir diese Geschichte auf, und ich glaub dir sogar, ehrlich, nur, Hiram, dich kenn ich, die aber kenn ich nicht.«

»Du kennst mich wirklich«, sagte ich. »Und es tut mir leid, wie es gelaufen ist, aber jetzt hab ich dich gehört, jedes einzelne Wort. Und ich versteh, dass es nicht nur um dich geht, sondern auch um Caroline. Ich hol euch hier raus. Und Thena auch.«

»Und was ist mit dir?«, fragte sie.

»Ich bleib, bis ich andere Anweisungen erhalte«, sagte ich. »Ich bin jetzt ein Teil von dem, und das ist wichtiger als ich selber und alles, was ich will.«

»Wichtiger auch als ich«, sagte sie. »Wichtiger als das kleine Mädchen, das, wie du sagst, dein Fleisch und Blut ist.«

Es folgte ein langes Schweigen, dann drehte sich Sophia wieder auf den Rücken und starrte hinauf zu den Sparren.

»Und wie du es machen willst, hast du mir immer noch nicht erklärt, dabei hab ich dir gesagt, genau das muss ich wissen.«

»Wie ich es machen will, ja?«

»Genau, wie?«

»Dann komm«, sagte ich.

»Was?«

»Du hast gesagt, du willst wissen, wie. Also, willst du's nun wissen oder nicht?«

Als ich das sagte, stieg ich bereits die Leiter hinab. An der Tür zog ich meine festen Schuhe an, hüllte mich in meinen Mantel aus Furchtlosigkeit, blickte zurück und sah, dass Sophia ihre Tochter betrachtete, die leise schnarchend an Thenas Busen lag.

»Jetzt komm«, sagte ich.

Wir gingen den Weg, der mir inzwischen heilig geworden war. Ich hatte geübt, hatte mit Kraft und Ausmaß der Erinnerung experimentiert, sodass ich, als wir Minuten später zu den Ufern des Goose kamen, wusste, ich hatte meine Kraft unter Kontrolle.

Ich drehte mich zu Sophia um. »Bereit?«, woraufhin sie mit den Augen rollte und den Kopf schüttelte. Mit der einen Hand hielt ich sie, und mit der anderen Hand umklammerte ich das Holzpferd.

Und dann führte ich sie an die Ufer, und im Gehen erzählte ich von jenem Abend, dem letzten Heiligabend, an dem wir alle zusammen waren, erzählte nicht nur davon, sondern erlebte ihn erneut, ließ ihn für mich Wirklichkeit werden – Conway und Kat, Philipa und Brick und die am Feuer wütende Thena –, »Land, Nigger«, rief sie. »Land.« Und dann erinnerte ich mich an Georgie Parks, an Amber und ihren kleinen Jungen. Und ich erinnerte mich an die Freien – an Edgar und Patience, Pap und Grease. Und kaum dachte ich an sie, spürte ich, wie Sophia zusammenzuckte und meine Hand drückte, und ich wusste, es hatte begonnen.

Eine Nebelbank lag über dem Fluss, und obenauf sahen wir sie – vor uns im gespenstischen Blau flackernde Phantome, all die vielen, die an jenem Heiligabend dort gewesen waren. Georgie Parks spielte auf der Maultrommel, Edgar auf dem Banjo, Pap und Grease grölten, und die anderen tanzten im Kreis ums Feuer. Wir konnten sie hören, nicht mit den Ohren, wir hörten sie tief unter der Haut. Es war, als wäre der Nebel lebendig, denn seine luftigen Tentakel schienen sich wie Finger im Rhythmus der Musik zu bewegen, schienen sich nach uns auszustrecken und uns im Takt sanft zum Mittanzen aufzufordern.

Es war einfach, diese Einladung anzunehmen – dazu musste ich nur einmal das Holzpferd drücken. Dann schossen die Tentakel auf uns zu, griffen nach uns, rissen uns an sich und gaben uns wieder frei. Ich spürte, wie Sophia taumelte und nach meiner Hand griff. Und als wir nun aufschauten, war vor uns der Wald; und der Fluss, die Nebelbank und die Phantome waren hinter uns. Zurückblickend sahen wir, was geschehen war – die Konduktion hatte uns über den Fluss ans andere Ufer geführt.

Wir blickten an uns hinab und bemerkten, wie sich die

blauen Tentakel zurückzogen, und sogleich hörten wir die Musik erneut lauter werden, lauter und lauter – Georgie noch immer an der Maultrommel, Edgar am Banjo, die anderen grölten und tanzten, und wieder sahen wir, wie die Nebelfinger nach uns griffen, uns im Takt zu sich lockten. Jetzt zog ich das Holzpferd aus der Tasche und hielt es hoch – und es glühte blau in meiner Hand. Und ich sah zu Sophia hinüber, und ich drückte wieder das Pferd, und der Nebel schoss nach vorne, griff nach uns und zog uns hinüber zum anderen Ufer. Als er uns freigab, stolperte Sophia und fiel. Ich half ihr auf, und wir drehten uns aufs Neue um und hörten die Musik wieder anschwellen und sahen die lockenden Nebelfinger zurückkehren.

»Ist wie tanzen«, sagte ich.

Und ich drückte wieder zu, doch diesmal lehnte sich Sophia mit all ihrem Gewicht in den Nebel, gab ihm nach und ließ sich von ihm tragen, sodass sie auf ihren Füßen landete. Ich drückte, und wieder eine Konduktion ans andere Ufer. Drückte erneut, wieder eine Konduktion. Drückte erneut, wieder eine Konduktion. Dann aber dachte ich an Thena, an unsere alte Hütte, an all die Zeit, die ich dort verbracht hatte, und die blauen Tentakel griffen nach uns, trugen uns fort, und als sie uns diesmal freigaben, waren wir zurück auf der Straße, und als der Nebel sich verzog, war das letzte Bild, das er uns zeigte, eine Wassertänzerin, einen Krug auf dem Kopf, die von uns forttanzte, bis sie, mit unfassbarer Anmut, den Kopf so neigte, dass der Krug ins Rutschen geriet, und sie langte nach oben, fasste den Krug am Henkel, trank daraus und bot ihn jemandem an, den wir nicht sehen konnten, ehe sie schließlich verblasste.

Als wir die Hütte betraten, stieg Sophia zum Dachboden

hinauf. Ich wollte ihr folgen, brach aber zusammen und fiel so laut zu Boden, dass Thena davon wach wurde.

»Was zur Hölle treibt ihr da?«, schrie sie.

»Nur ein bisschen frische Luft geschnappt«, sagte Sophia.

»Frische Luft, ach ja?«, sagte Thena.

Sophia half mir auf und die Leiter hoch, und kaum war ich oben, fiel ich in einen traumlosen Schlaf. Ich wachte früh am nächsten Morgen auf und schleppte mich durch den Tag.

Am folgenden Abend lagen wir wie üblich auf dem Dachboden und führten eines unserer spätabendlichen Gespräche.

»Wo hast du den Wassertanz zum ersten Mal gesehen?«, fragte ich.

»Kann mich nicht erinnern«, sagte Sophia. »Wo ich her bin, da tanzen ihn alle. Manche besser als andere. Und sie fangen schon früh damit an. Ist typisch für unsere Gegend, weißt du.«

»Nein, wusste ich nicht«, sagte ich. »Hab nicht gewusst, woher er kommt.«

»Steckt eine Geschichte dahinter«, sagte sie. »War einmal ein großer König, der kam auf einem Sklavenschiff mit seinem Volk aus Afrika. Kurz bevor sie das Ufer erreichten, haben er und seine Leute das Schiff übernommen, haben die Weißen getötet und über Bord geworfen, und dann wollten sie nach Hause zurück. Sind aber auf Grund gelaufen, und als der König Ausschau hielt, hat er die Armee von Weißen gesehen, die sie mit ihren Gewehren verfolgt hat. Also hat der König zu seinem Volk gesagt, es soll hinaus aufs Wasser gehen, soll dabei tanzen und singen, denn die Wassergöttin hat sie hergebracht, und die Wassergöttin bringt sie auch zurück in ihre Heimat.

Und wenn wir tanzen, wie wir nun mal tanzen, mit dem Wasserkrug auf dem Kopf, dann lobpreisen wir damit diejenigen, die auf den Wellen getanzt haben. Haben das Ganze nur umgedreht, das Wasser oben statt unten, verstehst du? Haben was anderes draus gemacht, wie immer. Das hast du gestern Abend doch auch getan? Das tust du doch die ganze Zeit? Alles auf den Kopf stellen? Was anderes hat Santi Bess auch nicht getan, oder? Als wir gestern Abend zurück sind, konnt ich an nichts anderes mehr denken. Dieser König. Der Wassertanz. Santi Bess. Du.

›Ist wie tanzen‹, das hast du doch gesagt? Hat Santi Bess doch auch gemacht. Ist nicht ins Wasser gegangen. Hat getanzt und hat dir diesen Tanz weitervererbt.

Und deshalb hat der Underground dich geholt«, sagte sie.

»Ja«, sagte ich. »Ich hab's früher schon mal getan, aber ohne Absicht. Und der Underground hat davon gehört und hatte mich seitdem im Auge. Und dann war das mit Maynard, na ja …«

»Ach, so ist das also gewesen? Deshalb hast du es aus dem Goose geschafft? Und so willst du uns auch aus Lockless wegbringen.«

»Genau«, sagte ich. »Nur gibt es da ein Problem, eines, mit dem ich nicht richtig weiterkomme. Das Ganze funktioniert über Erinnerung, und je tiefer die Erinnerung reicht, desto weiter führt dich die Konduktion. Meine Erinnerung an den Heiligen Abend ist an Georgie gebunden, und an dieses Pferd, das war mein Geschenk für ihn und für das Baby. Damit ich euch alle aber so weit wie möglich von hier fortbringen kann, brauch ich eine tiefer reichende Erinnerung, und ich brauch einen anderen Gegenstand als meinen Leitstern, einen, der an diese Erinnerung gekoppelt ist.«

»Was ist mit der Münze, die du immer bei dir trägst?«

»Hab ich schon versucht. Damit komm ich nicht weit. Von einem Ufer zum anderen zu hüpfen ist das eine, aber was anderes, ein ganzes Land zu durchqueren. Muss tiefer gehen.«

Sophia schwieg einen Moment und sagte dann: »Was für eine Kraft! Kein Wunder, dass du für den Underground so wichtig bist.«

»Hat Corrine auch gesagt.«

»Und deshalb will sie dich nicht gehen lassen.«

»Hat noch mehr damit auf sich«, erwiderte ich, »aber ja, vor allem geht es wohl darum.«

»Also dann, Hiram«, sagte sie. »Was hast du vor mit mir? Und mit Caroline? Wie soll unser Leben aussehen?«

»Weiß nicht«, sagte ich. »Ich dachte, ich bring euch irgendwo unter und besuch euch dann von Zeit zu Zeit.«

»Nein«, sagte sie.

»Wie?«

»Wir gehen nicht«, sagte sie.

»Aber Sophia, das haben wir doch gewollt. Deshalb sind wir doch geflohen.«

»›Wir‹, Hiram«, sagte sie. »›Wir‹, hörst du?«

»Ich würde nichts lieber tun, als mit dir zu gehen und das alles hinter mir zu lassen. Aber das kann ich nicht, versteh mich doch. Nach allem, was ich dir erzählt hab, nach allem, was ich von diesem Krieg, in dem wir uns befinden, gesehen hab, musst du verstehen, warum ich nicht mit dir kommen kann.«

»Ich hab nicht gesagt, dass du gehen musst. Ich sag nur, wir, meine Carrie und ich, wir gehen nicht ohne dich. Ich hab hier so lang gelebt und so oft mit ansehen müssen, wie Familien in die Brüche gehen. Und jetzt hab ich mit dir selber eine, mit einem Mann, der, und das hast du selber gesagt, ein Fleisch und Blut ist mit meiner Caroline. Sie ist mit dir verwandt, und ich weiß, wie schlimm es ist, so was zu sagen, und trotzdem sag ich's, du bist ihr Daddy, und du bist der einzige Daddy, den die Kleine je haben wird.«

»Weißt du, was du da redest?«, fragte ich. »Weißt du, was du für ein Leben haben könntest?«

»Nein«, antwortete sie, »aber eines Tages werd ich es wissen, und dann will ich dieses Leben nur mit dir haben.«

In dem Moment empfand ich etwas Tiefes und Wunderbares. Etwas, das von hier unten aus der Straße stammte und aus all diesen Straßen in ganz Amerika. Etwas, das im Labyrinth geboren und genährt worden war. Es war die Wärme des Schmutzes. Es war die Freiheit derer, die von niederer Geburt sind.

Ich drehte mich auf die Seite, um zu schlafen, und spürte, wie sich Sophia an mich schmiegte, wie sie ihren Arm unter meinen gleiten ließ, wie ihre Hand den warmen, weichen Teil von mir fand.

»Du weißt, du kettest dich hier an was.«

Und eine Weile war die einzige Antwort ihr sanfter warmer Atem in meinem Nacken, und dann sagte sie: »Tu ich nicht, ist ja meine Entscheidung.«

Am nächsten Tag machten Thena und ich unsere übliche Runde, um die Wäsche einzusammeln. Und den übernächsten Tag verbrachten wir damit, Wasser und Zuber zu schleppen und die Jacken und Hosen auszuschlagen und sie im Labyrinth unten in den Trockenraum zu hängen. Sophia war nicht dabei, sie gab vor, Caroline sei krank, was jedoch nicht zutraf, sondern Teil unseres Plans war, kein gut durchdachter Plan, wie ich fand, denn jetzt, am Ende des Tags, mit kraftlosen Händen und müden Armen, war Thena schlecht auf die abwesende Sophia zu sprechen.

»Was ist nur mit ihr los, Hi?«, sagte Thena. Wir gingen langsam über die Straße zurück. Die Sonne war schon längst untergegangen, und wie Schatten folgten wir dem Weg, vorbei an den Obstwiesen und durch den Wald. »Warum hast du dir keine Frau mit ein bisschen mehr Rückgrat gesucht? Deine Sophia, die weiß gar nicht, was arbeiten heißt.«

»Sie arbeitet gut«, widersprach ich. »Hat doch auch für dich gearbeitet, als ich nicht da war.«

»Das nennst du Arbeit?«, sagte Thena. »Wenn du mich fragst, hat sie damit erst richtig angefangen, seit du wieder zurück bist. Wie willst du denn mit so einer Frau weiterkommen, Hi? Ein Mann muss so viel ertragen in seinem Leben, wie soll denn das gehen mit einer, die nur so tut, als ob sie arbeitet? Als ich jung war, hab ich mehr geackert als alle anderen auf der Plantage, mehr als jeder Kerl, mehr als mein eigener. War der Schrecken der Tabakfelder und hab mich außerdem noch um den Haushalt gekümmert. Natürlich frag ich mich manchmal, wozu eigentlich – für einen Hieb über den Kopf und den Diebstahl von dem, was ich für meine Freiheit zurückgelegt hatte. Tja, deine Kleine weiß scheinbar doch was, was ich nicht weiß.«

»Ich hab Kessiah gesehen«, sagte ich. Den ganzen Tag hatte ich schon versucht, dies irgendwie in unserem Gespräch unterzubringen, und da es mir auf halbwegs passende Art nicht gelungen war, entschied ich mich für den direktesten Weg.

Thena blieb stehen und drehte sich zu mir um. »Wen?«

»Deine Tochter«, sagte ich. »Kessiah. Ich hab sie gesehen.«

»Bist du jetzt wütend, weil ich so über dein Mädchen rede?«

»Ich habe sie gesehen«, wiederholte ich so fest und bestimmt, wie ich nur konnte.

»Wo?«

»Im Norden«, sagte ich. »Sie lebt außerhalb von Philadelphia. Nachdem sie von dir getrennt wurde, hat man sie nach Maryland gebracht. Von da aus ist sie dann in den Norden geflohen. Sie hat Familie. Einen Mann, der gut zu ihr ist.«

»Hiram …«

»Sie will, dass du zu ihr kommst«, sagte ich. »Sie will, dass du da oben mit ihr zusammenlebst. Thena, das ist kein Scherz. Beim Abschied hab ich ihr gesagt, ich bring dich zu ihr. Ich hab's versprochen, und jetzt will ich mein Versprechen einlösen.«

»Einlösen? Wie denn?«

Und dort, im Wald, erklärte ich ihr, was ich Sophia erklärt hatte, was mir passiert und was aus mir geworden war.

»Dann ist dies der Underground?«, fragte sie.

»Ja«, sagte ich. »Und nein.«

»Also was denn jetzt?«

»Ich bin's«, sagte ich. »Ich. Und ich frage dich, ob dir das genügt.«

»Kessiah?«, fragte sie an niemanden gewandt. »Sie war noch so klein, als ich sie zuletzt gesehen hab. Ein teuflischer Sturkopf. Und ihren Daddy hat sie geliebt, weißt du? Dabei war er so schrecklich hart. Früher hatten wir Kamelien. War eine andere Zeit damals, eine andere Zeit. Sie ging immer hinten raus und hat sie gepflückt, bis ich …«

Sie hielt inne, und auf ihrem Gesicht machte sich Verwirrung breit.

»Kessiah …«, sagte sie leise. Und dann kamen die Tränen, langsam, lautlos, ohne dass sie weinte oder klagte. Sie wiederholte den Namen ihrer Tochter, und dann wandte sie sich zu mir um und fragte: »Hast du auch welche von meinen anderen Kindern gesehen?«

Ich schüttelte den Kopf und sagte: »Tut mir leid, nein.«

Und da brach das Wehklagen aus ihr heraus, tiefe, kehlige Laute, und sie seufzte »Gott, o Gott« und schüttelte den Kopf. »Warum tust du mir das an? Warum? Du und dein Underground. Mir doch egal. Hatte mich längst mit allem abgefunden. Warum tust du mir das an?«

»Thena, ich …«

»Nichts da, du hast schon geredet, jetzt rede ich. Weißt du, was mich das gekostet hat? Gerade du, du musst es doch wissen. Du, den ich aufgenommen hab, ausgerechnet du kommst mir mit so was! Du tust mir das an.

Ausgerechnet du, den ich als Dreikäsehoch aufgenommen hab; du kommst daher und tust mir das an? Du musst doch wissen, was es mich gekostet hat, mich mit dem allen abzufinden?«

Sie wich jetzt vor mir zurück, setzte sich rückwärts in Bewegung.

»Thena …«

»Nein, bleib mir vom Leib. Du und dein Mädchen, bleibt mir beide nur ja vom Leib.«

Sie flüchtete hinaus in die Nacht, und ich rannte ihr nach, versuchte, sie am Arm zu fassen. Sie schüttelte mich ab, hieb mit dem Ellbogen nach mir, mit der Faust, riss sich los.

»Bleib weg, sag ich!«, schrie sie. »Bleib weg! Wie kannst du es wagen, mir damit zu kommen. Bleib weg, so weit wie's geht, Hiram Walker! Mit dir bin ich fertig!«

Es hätte mich nicht überraschen dürfen. Ich wusste doch längst, wie sehr die Vergangenheit auf uns lastet. Ich wusste es besser als die meisten anderen. Ich kannte Männer, die beim Auspeitschen ihre eigenen Frauen festgehalten hatten. Ich kannte Kinder, die dabei zugesehen hatten, wie diese Männer ihre Mütter hielten. Ich kannte Kinder, die mit Schweinen im Dreck nach Essbarem gewühlt hatten. Das Schlimmste aber war, dass ich wusste, wie sehr uns solche Erinnerungen verändern, Erinnerungen, denen wir nie entkommen können, die zu einem schrecklichen Teil von uns werden. Und ich hatte das schon in jungen Jahren erfahren. Warum sonst war mir diese eine Erinnerung, die Erinnerung an meine Mutter, genommen worden, und warum blieb sie mir verschlossen?

Wie also hätte ich ihr in jenem Moment, da ich Thena in die Nacht verschwinden sah, den Wunsch nach Vergessen verübeln können? Ach, ich verstand ihn gut. Ich ging zurück in die Hütte, saß lange Stunden wortlos da und wusste, dass mir Thenas Wut nur allzu vertraut war. Und die ganze Nacht dachte ich darüber nach, bis ich, neben Sophia liegend, die kleine Caroline zwischen uns, schließlich wusste, was ich zu tun hatte. Kessiah würde Thena stets an das erinnern, was sie verloren hatte, an das, was ihr genommen worden war, weshalb sich Thena, wenn sie ihre Tochter wiedersehen wollte, dieser Erinnerung stellen musste. Und ich wusste, ich konnte das nicht von ihr verlangen, wenn ich nicht bereit war, dasselbe zu tun.

33

Früh am nächsten Morgen stand ich auf, holte Wasser und wusch mich. Und wie ich in dieser frühen Stunde zum weißen Palast ging, dachte ich an all die Einzelteile, die nun vor mir versammelt waren, Brotkrumen am Wegesrand. Ich dachte an den alten afrikanischen König, der es umgekehrt hatte, der auf den Wellen tanzte, so wie meine Großmutter, der mit dem Segen der Wassergöttin sein Volk zurück in die Heimat tanzte. Und was mochte es bedeuten, dass ich an jenem Abend mit Maynard meine Mutter gesehen hatte, dass ich sie auf der Brücke tanzen sah, wie sie den Juba steppte, über und unter Wasser, es umgekehrt hatte?

Selbst wenn sich Thena anders entschied und fliehen wollte, würde ich dafür eine machtvolle Erinnerung brauchen. Und so ging ich an jenem Morgen, nachdem ich meinem Vater das Frühstück gebracht und mit ihm einen Rundgang über das Anwesen gemacht hatte, in sein Arbeitszimmer, während er sich im Salon ausruhte, trat an den Tisch, an dem er seine Korrespondenz erledigte, und setzte ein paar Zeilen an den Philadelphia Underground auf. Ich musste natürlich vorsichtig sein, verwandte ein Pseudonym und adressierte mein Schreiben an eines unserer konspirativen Häuser bei den Süddocks des Delaware, um mittels Code und Irreführung Harriet wissen zu lassen, dass ich jetzt einen Versuch wagen würde. Ich weiß nicht, was ich erwartet habe. Wusste nicht einmal, auch wenn es um die Familie ging, auf welche Seite sich Harriet in der Auseinandersetzung stellen würde. Und doch hatte sie gesagt, falls ich in Not sei, solle ich mich an sie wenden. Und das hatte ich hiermit getan.

Sowie ich das erledigt hatte, holte ich meinen Vater und ging mit ihm die Korrespondenz durch – die mittlerweile fast ausschließlich aus dem Westen kam. Seine Augen und Hände waren längst zu schwach, sodass ich ihm die Briefe laut vorlas, mir seine Antworten notierte, die Briefe schrieb und mich dann daran machte, sie für den Versand vorzubereiten. War das erledigt, gingen wir auf sein Zimmer, und ich half ihm, angemessene Arbeitskleidung anzulegen. Danach lief ich ins Labyrinth, zog meinen Overall über, und wir trafen uns im Garten hinterm Haus, wo wir uns bis kurz vor Sonnenuntergang mit Spaten und Forke zu schaffen machten. Jetzt war der Zeitpunkt gekommen.

Ich ging nach oben ins Arbeitszimmer meines Vaters, betrachtete die Mahagonikommode und dachte erneut beschämt an Maynards Angewohnheit, Dinge zu durchwühlen, die ihm nicht gehörten. Es war eine absurde Scham – nichts in diesem Haus, in diesem Land, gar auf dieser Erde, konnte Howell Walkers rechtmäßiger Besitz genannt werden. Doch da er zu den Oberen zählte, zu den Piraten, hatte ihn nie etwas davon abgehalten, Anspruch auf alles Mögliche zu erheben. Dass Maynard es ihm gleichgetan hatte, war daher nur natürlich. Vielleicht sollte ich dasselbe tun.

Als ich die untere Schublade aufzog und das kleine Schmuckkästchen aus Rosenholz mit den glänzenden Spangen sah, hätte ich nicht sagen können, was es verbarg. Doch als ich mit der Hand drüberstrich, spürte ich, falls ich mich entschloss, es zu öffnen, würde nichts mehr sein wie vorher. Und so war es auch.

Mein Blick fiel auf eine Muschelkette, und sofort wusste ich, dass es genaue diese Kette war, die ich damals gesehen hatte, in jener Nacht, in der mein Bruder starb, die Kette, die am Hals der Wassertänzerin baumelte, am Hals meiner Mutter. Und schon griff ich nach dieser Kette und legte sie mir um den Hals, und als ich den Verschluss zuhakte, war es, als fiele ein verlorenes Puzzleteil an seinen Platz, und eine Welle rann durch meine Finger, durch Handgelenke und Arme bis in die tiefsten Tiefen meiner selbst, sodass ich einen Schritt zurücktaumelte. Kaum hatte ich mich wieder gefasst, wusste ich, diese Welle, die erst allmählich abklang, war die Kraft der Erinnerung. Die Erinnerung an meine Mutter. Und jetzt formte sich all das, was ich nur als die Worte anderer Leute gekannt hatte, zu Bildern und Porträts. Nebel und Dunst der Jahre waren wie fortgeblasen, ich sah meine Mutter jetzt in ihrer ganzen Gestalt, sah unsere wenigen gemeinsamen Jahre und sah auch ihr Ende. Und ich sah genau, wie es zu diesem Ende gekommen war, und ich sah genau, wer dafür verantwortlich war.

Ich kann euch sagen, es kostete mich all meine Kraft, nicht die Treppe hinabzustürzen und in den Garten zu laufen, wo Spaten und Forke noch in der kalten Erde steckten, sie herauszuziehen und meinen Vater damit um die kurze Lebensspanne zu bringen, die seiner sterblichen Hülle noch blieb. Dass ich es nicht tat, beweist nur, dass ich spürte, was für jene auf dem Spiel stand, die ich liebte und die, wie ich jetzt wusste, darauf zählten, dass ich mich erinnerte, und um mich erinnern zu können, musste ich leben.

Ich schloss das Kästchen und legte es zurück in die Kommode. Dann verbarg ich die Kette unter meinem Hemd, ging wieder nach unten und sah, dass mein Vater noch nicht wach geworden war, doch erst als ich aus dem Fenster blickte, merkte ich, dass der Abend bereits angebrochen war. Was sich für mich wie wenige Sekunden angefühlt hatte, hatte offenbar deutlich länger gedauert. Ich ging in die Küche, wo das Essen für meinen Vater zubereitet wurde, und mir fiel ein, dass er heute nicht allein zu Abend aß. Gleich darauf trug ich den ersten Gang auf – Brot und eine Terrine Suppe – und sah Corrine Quinn mit meinem Vater am Tisch sitzen. Sie ließ sich an diesem Abend nichts anmerken, erst später, als man sich zum Tee in den Salon zurückzog, erwähnte sie wie beiläufig, dass sie glaube, Hawkins würde mich auf ein Wort sprechen wollen.

Ich ging nach draußen zu den Ställen und meinte genau zu wissen, was er mir sagen würde. Hawkins war dem Underground Virginias treu ergeben und somit auch dem Wort von Corrine Quinn. Zweifellos dachte sie sich, wenn sie mich schon nicht aufhalten konnte, dann könnte mich vielleicht jemand, der die Welt einst gesehen hatte, wie ich sie sah, zur Vernunft bringen. Inzwischen war es spät geworden, die Luft frisch und kalt. Hoch am Himmel hing ein heller Mond. Als ich Hawkins fand, saß er in der Kutsche und paffte eine Zigarre. Sobald er mich erkannte, lächelte er, streckte die Hand aus und bot mir einen Platz an.

»Ich weiß, warum du hier bist«, sagte ich. »Aber egal, was du sagst, nichts kann ändern, was geschehen wird.«

»Soso«, sagte er und griff in seine Tasche. »Dabei will ich dir doch nur eine Zigarre anbieten.«

»Nein, das ist nicht alles.«

»Stimmt.«

Er gab mir die Zigarre.

»Glaub, ich bin zu streng mit dir gewesen«, sagte er. »Liegt zum Teil sicher an meiner Stelle, aber auch daran, was ich erlebt hab und wie ich dazu gekommen bin. Du weißt, dass meine Amy und ich von Corrine befreit worden sind?«

»Weiß ich, ja.«

»Und du weißt auch, dass wir schon vor ihrer Zeit auf Bryceton waren?«

Ich nickte.

»Schätze, dann musst du nur noch wissen, dass Bryceton mal die Hölle gewesen ist. Dieser Edmund Quinn war nicht nur irgendeiner dieser typischen, Sklaven haltenden Unmenschen. Bin fest davon überzeugt, dass er der bösartigste Weiße war, den diese Welt je gekannt hat. Und du weißt, wie Bryceton heute ist. Du weißt, was für ein Theater wir aufführen, wenn Obere vorbeikommen. Dann sieht's doch aus wie im alten Virginia, oder? Aber kaum sind sie weg, gehen wir wieder unseren eigentlichen Geschäften nach.

Bryceton ist schon immer so gewesen, trug schon immer zwei Gesichter, nur sind Edmund Quinns Geschäfte was ganz anderes gewesen. Viele Jahre hab ich mit angesehen, wie er sich als rechtgläubiger Mann von Ehre aufgespielt hat, auf Festen Reden hielt, Geld an Armenhäuser spendete, Geld, das er mit unserer Hände Arbeit verdient hatte. Verzeih, Hiram, aber ich kann über sein Tun nicht reden. Kann dir nur sagen, es war so schlimm, ich hätte alles getan, um ihn loszuwerden, um mich und die Meinen vor seinem Zorn zu retten. Und diese Chance hat uns Corrine Quinn gegeben.

Dafür bin ich Corrine dankbar. Das schwör ich dir – dankbar für alles, was sie für meine Schwester und mich und für jede Seele getan hat, die sich an den Virginia Underground wandte. Gibt nicht viel, was ich nicht für sie tun würde, denn sie hat uns vom Teufel befreit, mehr noch, sie hat uns zu unserer neuen Aufgabe verholfen, uns auch noch von jenem größeren Teufel zu befreien, dem er gedient hat.«

Hawkins lehnte sich zurück und paffte an seiner Zigarre, sodass deren Spitze im Dunkeln rot glühte und weiße Rauchwölkchen davon aufstiegen.

»Als sie also zu mir gekommen ist und gesagt hat, dass einer unserer eigenen Leute, einer, den wir rausgeholt haben wie so viele andere auch, dass der nun plant, gegen sie vorzugehen, gegen uns, und als sie mich deswegen gebeten hat, zu ihm zu gehen und ihm mit Wahrheit und Weisheit ins Gewissen zu reden, hab ich ihr den Gefallen schlecht abschlagen können.«

»Vergiss es«, sagte ich. »Du weißt nicht, was ich gesehen hab.«

Er aber redete weiter, als hätte ich nichts gesagt.

»Ich hab jede Menge Leute durch die Station Virginia kommen sehen, und ich kann dir sagen, die bringen ausnahmslos Probleme. Keine Rettungsaktion verläuft so, wie sie verlaufen sollte. Hast es selber erlebt. Bland in Alabama. Der Kerl letztes Jahr, der sein Mädchen mitgebracht hat. Du weißt, wovon ich rede. Es läuft nie so, wie man es geplant und sich vorgestellt hat. Und wenn man da draußen im Feld ist und die Leute nicht das tun, was sie sollen, wird's hart.

Nehmen wir dich. Uns war zu Ohren gekommen, dass du der Eine bist, der, der Türen öffnet, der nur mit dem Finger schnippen oder die Nase rümpfen muss, um ganze Plantagen verschwinden zu lassen.« Hawkins lachte vor sich hin. »Klappt wohl nicht so ganz, wie?«

»Ich hab's ja versucht«, sagte ich. »Ich hab …« Doch wieder unterbrach er mich.

»Aber ich glaub, man lernt nie aus. Weil, manchmal vergessen wir es – es ist die Freiheit, der wir dienen, und es ist die Sklaverei, die wir bekämpfen. Und Freiheit ist das Recht eines Menschen, zu tun, was er will, und nicht, was er soll. Und wenn du nicht tust, was du sollst, dann hast du dich genau so verhalten, wie es sich für einen freien Menschen gehört.«

Daraufhin schwieg Hawkins für einen Moment, und wir saßen da und rauchten, und der kühle, frische Wind fuhr uns in die Glieder.

»Ich weiß nicht, was du gesehen hast, Hiram. Auch nicht, was mit den Leuten ist, die du unbedingt rausholen willst. Und ich würd dir gern sagen, dass ich's anders machen würde. Kann ich aber ehrlich gesagt nicht, weil ich nicht weiß, was ich alles getan hätte, um mich selbst oder meine Amy rauszuholen. Du bist frei, und du musst tun, was du für richtig hältst. Nicht, was ich für richtig halte, und auch nicht, was Corrine für richtig hält.«

»Ist sowieso egal«, sagte ich. »Wie's aussieht, wollen sie gar nicht raus.«

Hawkins lachte leise.

»Doch, wollen sie«, sagte er. »Jeder will. Geht nicht ums Ob. Raus wollen alle. Geht ums Wie.«

Am nächsten Sonntag traf ich mich früh am Morgen mit Thena, um die Wäsche auszubringen, die sauber und gefaltet in Kisten verstaut lag. Schweigend fuhren wir unsere Runde, und als ich den Wagen zurückbrachte und das Pferd anband, verließ mich Thena ohne ein Wort. Ich folgte ihr in den Tunnel und fand sie in ihrem alten Quartier, in dem sie die vergangene Woche wieder gewohnt hatte.

»Und?«, fragte sie sarkastisch und blickte zu mir auf.

»Das war's dann also?«, fragte ich zurück.

»Sieht ganz so aus.«

»Na schön«, sagte ich und ging hinunter zur Straße. Als ich aber am nächsten Tag zu meinem Vater wollte, wartete sie gleich vor der Geheimtreppe, die aus dem Labyrinth ins Haus hinaufführte. Beim Licht der Laterne merkte ich Thena an, dass sie geweint hatte. Sobald sie mich sah, schüttelte sie den Kopf und wischte sich über die Wangen.

»Ist eine Menge, was du mir da zumutest, Hi. Ist eine Last. Eine ganz andere Art von Verpflichtung.«

»Ich weiß«, sagte ich. »Ich hab jetzt alles gesehen, erinnere mich an alles, und ich weiß es.«

»Wirklich?«, sagte sie. »Glaub ich nicht. Ich glaub, du weißt, wie die Geschichte für dich endet, nämlich, wie das Kind von der Mutter fortgerissen wird. Weißt du aber auch, wie sie für die andere Seite endet? Weißt du, wie schwer es für mich gewesen ist, dich so zu lieben, wie ich dich geliebt hab, Hiram? Wieder an diesem Punkt zu sein nach dem, was sie mit meinem Silas gemacht haben, meiner Claire, meinem Aram, meiner Alice, meiner Kessiah? Es war so verdammt schwer. Aber als ich dich da auf dem Dachboden sah, wie du zu mir heruntergeguckt hast, und weil ich gewusst hab, meine Kinder werd ich nie wiedersehen, und deine Familie kommt nie mehr zurück, und wenn uns auch sonst nichts weiter verbunden hat, das wenigstens hatten wir gemeinsam.

Und ich hab dich geliebt, Hi. Ich bin noch mal dahin zurückgegangen. Und wie du mich verlassen hast, wie du mit deinem Mädchen weg bist, da hab ich mich einen Monat lang jede Nacht in den Schlaf geweint. Ich hab solche Angst gehabt, was sie mit dir machen. Ich hab's fast nicht glauben können, aber ich hatte schon wieder eines verloren – und dieses Kind nicht mal an die Sklaverei. Also muss es an mir liegen, hab ich mir gedacht. Irgendwas an mir vertreibt alles, was ich liebe. Es hat mich zerrissen, was Schreckliches. Und dann bist du zurückgekommen, du bist aber nicht allein gekommen. Du bist mit Geschichten gekommen, mit Geschichten über mich, wie ich verletzt worden bin, wie man sich gegen mich vergangen hat. Und jetzt sagst du mir, ich muss dahin zurück.

Was soll ich ihr denn sagen, Hi? Wer werde ich sein? Was werd ich tun, wenn ich sie anschaue und nichts anderes seh als die, die ich verloren hab?«

Sie hatte das Gesicht in die Hände gelegt und weinte leise und still vor sich hin. Ich zog sie an mich, zog ihren Kopf an meine Brust, und so hielten wir uns, und so begann der Countdown unserer letzten Stunden auf Lockless.

Wir hätten auf keinen Fall bleiben können, nicht auf dem Lockless, wie es jetzt war, nicht auf dem Lockless, zu dem es unserer Meinung nach werden würde. Sophia war jetzt in der Obhut von Corrine, stand unter ihrem Schutz, denn bei allem, was ihr vorzuwerfen war, sie stand zu ihrem Wort. Was Thena anging, so trieben ihr fortschreitendes Alter und der Überfall die Dinge für mich voran. Mein Vater war längst nur noch damit beschäftigt, seine Leute anzubieten und zu verschachern, tat er doch alles nur Denkbare, um sich zu halten und die Schuldner abzuwehren, die ihn regelrecht zu umschwärmen schienen. Lange konnte er so nicht mehr weitermachen, und das würde er auch nicht, auch wenn ich das damals noch nicht wusste. Doch selbst wenn ich es gewusst hätte, hatte ich Kessiah ein Versprechen gegeben, und ich war fest entschlossen, dieses Versprechen zu halten.

Ich wartete zwei Wochen auf eine Antwort von Harriet, als sie aber ausblieb, entschied ich, dass ich mit keiner Unterstützung rechnen durfte, was mich weder besonders verärgerte noch beunruhigte. Ich war erst seit einem Jahr beim Underground, und da ich wusste, wie intensiv diese Arbeit war, verstand ich auch, wie wichtig es sein konnte, loyal zu bleiben. Ich blieb folglich auf mich allein gestellt, war meine eigene Underground-Station. Ich hatte die Konduktion auf kleiner Strecke an den Ufern des Goose geübt, aber eine Konduktion wie der alte afrikanische König zuwege zu bringen, wie Santi Bess, wie Moses, das schien für mich noch in fantastischer Ferne zu liegen. Und dennoch, ich hatte meine Erinnerungen. Alle. Und ich hatte jenen Gegenstand, durch den ich hoffte, die Energien der Jahre, die ich verloren und wiedergefunden hatte, bündeln zu können.

Unser letzter gemeinsamer Abend war der kälteste dieses Winters. Wir hatten uns für einen Samstag entschieden, damit ich mich, ohne Verdacht zu wecken, einen Tag ausruhen und am Montag wieder meinen Pflichten nachgehen konnte. Wir trugen an Essen zusammen, was für uns einem Festmahl gleichkam – Aschkuchen, Fisch, Kohl und gepökeltes Schweinefleisch. Wir aßen still und machten es uns dann in der Hütte bequem, in die Thena wieder eingezogen war. Und dann unterhielt Thena uns mit Geschichten über ihre Jugend, und es wurde viel gelacht, bis die Stunde gekommen war. Es gab einen kurzen Abschied, und ich sagte Sophia, sie solle in der Hütte auf mich warten, wäre ich aber bis zum Morgengrauen nicht zurück, solle sie unten an den Ufern des Goose nach mir suchen.

Vor der Hütte blickte ich hinauf in die Nacht, die weit war und klar, der Mond hell wie eine Göttin, die Sterne ihre Nachkommenschaft, all ihre Schicksale, die Dryaden und Nymphen, über den ganzen Kosmos verteilt. Dann nahm ich Thena an die Hand und entfernte mich mit ihr von der Hütte, lief auf Nebenwegen durch den Wald, unter unseren Schritten knirschte und krachte die Erde, bis wir schließlich am Ufer des Goose standen. Ich hatte Thena nicht erzählt, was sie erwartete. Mir hätten die Worte dafür gefehlt. Sie wusste nur, ich hatte die Route von Santi Bess gefunden, und Sophia hatte es bezeugt. Was vielleicht erklärt, warum Thena, die meine Hand fest umklammerte, nun abrupt stehen blieb, denn als ich mich zu ihr umdrehte, sah ich, dass sie aufschaute, und als ich ihrem verwunderten Blick folgte, sah ich, dass der Nachthimmel, eben noch hell und weit, jetzt von Wolken verdunkelt wurde. Nebelfetzen waberten vom Fluss heran, der sich nur durch jene Laute zu erkennen gab, mit denen das Wasser sanft an die Ufer platschte. Die Muschelkette fühlte sich warm an.

Und wir liefen weiter, folgten den Ufern nach Süden, bis vom Fluss sanft die Nebelfetzen aufstiegen und sich zu einer Suppe verdickten, über der wir jene Brücke aus dem Dunkel aufragen sahen, die so viele von uns in Richtung Natchez entführt hatte. Wir waren auf Nebenwegen gekommen, um keinen Bluthunden zu begegnen, die dieses County auch in seinem entvölkerten Zustand noch heimsuchten. Nun aber schloss sich der Kreis, und wir näherten uns der Brückenzufahrt, und als ich mich umschaute, sah ich, der Nebel war so dicht geworden, dass man hätte meinen können, Wolken hätten sich herabgesenkt, um alles zuzudecken. Nein, nicht alles, denn in der Ferne, dort, wo das Wasser sein musste, stiegen überall blau schimmernde Lichtkränze auf, deutlich wie Erinnerungen, und ich spürte, dass die Kette unter meinem Hemd nun so hell leuchtete wie das Nordlicht. Ich zog sie hervor, so dass sie nun über meinem Hemd baumelte.

Es wurde Zeit.

»Für meine Mutter«, sagte ich. »Für all die vielen Mütter, die über diese Brücke dorthin gebracht wurden, von wo es kein Zurück gibt.«

Und dann blickte ich zu Thena und sah sie in dem weichen blauen Licht, das die Muschelkette verströmte.

»Und für alle Mütter, die geblieben sind«, sagte ich, hielt mit der einen Hand Thenas Hand und legte ihr die andere an die Wange, »die im Namen jener weitermachen, die nicht zurückkehren.«

Ich drehte mich wieder zur Brücke um, ging darauf zu und sah bereits die Nebeltentakel über die Brücke züngeln, und sacht tanzten die blauen Lichter in der Ferne, dort, wo das andere Ende sein musste, auch wenn ich wusste, dass es in dieser Nacht nicht unser Ziel sein würde.

»Thena«, sagte ich. »Meine liebe Thena. Ich habe dir viel von mir erzählt, habe dir aber nie das Innerste dessen offenbart, was mich leitet, denn all das war lang verborgen, versteckt in einem Nebel so dicht wie jener, der uns umgibt. Und das musste so sein, denn ich war zu jung, um ertragen zu können, was geschehen war, zu jung, um mit dieser Erinnerung leben zu können.

Du weißt, dass Rose meine Mutter ist. Und Howell Walker ist mein Vater. Ich war die Frucht ihrer schändlichen Vereinigung. Und ich war nicht allein. Maynard, mein Bruder, wurde der Lady von Lockless zwei Jahre vor mir geboren, und man glaubte, in Maynards Blut floss alles zusammen, was gut und edel an dieser alten Familie war, weshalb er eines Tages einen weisen und gewissenhaften Erben abgeben würde, denn das Blut war Magie, war Wissenschaft und Schicksal. Ich aber trotzte dem Blut und trotzte so dem Schicksal, und ich glaube heute – weil ich weiß, was ich weiß –, dass es meine verlorene Mutter war, die dafür gesorgt hatte.

Denn lang konnte ich nichts sehen, konnte mich nicht erinnern, jetzt aber sehe ich alles klar und deutlich. Ihre hellen, freudestrahlenden Augen, ihr Lächeln, ihre dunkle, fast rote Haut. Und ich erinnere mich an ihre Geschichten von jener Welt, die einst war, Geschichten, die übers Wasser zu uns kamen, Geschichten, die sie nur abends erzählte, vor dem Einschlafen, falls ich denn tagsüber ein guter Junge gewesen war. Ich erinnere mich, wie die Geschichten in meinem Kopf zu leuchten begannen, wie sie unsere Nächte mit Farben füllten. Ich erinnere mich an Cuffee, der den Rhythmus der Trommel im Blut hatte. Und an Mami Wata, die im gelobten Land unter den Wellen hauste, wohin wir nach der Sklaverei alle kommen, um unsere Belohnung zu erhalten.«

Und nun sammelte sich der Nebel um uns, und ich spürte, wie die Brücke unter meinen Füßen verschwand. Thena hielt noch meine Hand, und ich spürte die Hitze, die von der

Muschelkette ausging, und die Wellen, die eben noch den Lauf des Flusses verraten hatten, waren nun flach und leise.

»Cuffee aber, der den Rhythmus der Trommel im Blut hatte, lebte in der Gegenwart, mitten unter den Verpflichteten. Und auch meine Mutter hatte die Trommel im Blut. Und die Geschichten, die sie tanzte, waren womöglich noch wahrer als die Geschichten, die ihre Worte erzählten. Ich erinnere mich, wie sie mit ihrer Schwester Emma den Juba steppte, wie die Muschelkette bebte, wie der Wasserkrug dabei auf ihrem Kopf blieb. Und das waren die guten Jahre, die guten Jahre für uns Verpflichteten. Sklaverei aber bleibt Sklaverei, und ich bin überzeugt, meine Mutter und meine Tante Emma tanzten, wie sie tanzten, weil sie wussten, unsere guten Jahre waren gezählt.«

Und mit diesen Worten kamen sie, die Phantome, die ich an jenem schicksalhaften Abend hatte vorüberhuschen sehen. Sie waren überall, und ich konnte sehen, es war Weihnachten, eine Weihnacht, an die ich mich erinnerte, damals war ich fünf, in den besten Zeiten von Elm County, und Howell Walker hatte Korbflaschen runter zur Straße geschickt. Und am Lagerfeuer sah ich sie, sah meine Mutter und meine Tante Emma, sah sie abwechselnd tanzen. Da blieb ich stehen, um zuzusehen, denn auch wenn ich selbst diesen Moment heraufbeschworen hatte, wollte ich ihn genießen, nur während ich das versuchte, begannen sie sich aufzulösen, verflüchtigten sich wie das irdische Leben, wie die irdische Erinnerung, und ich wusste, ich musste weitererzählen.

»Die Welt änderte sich. Mit dem Tabak war es vorbei. Ich erinnere mich an die fremden Männer mit ihren besorgten Gesichtern. Ich erinnere mich an die Erde, die nun hart geworden war, und an die alten Anwesen längs des Goose, die man den

529

Opossums und Feldratten überließ. Und ich erinnere mich, dass die Onkel weniger wurden, dass Vettern zu langen Ausflügen aufbrachen, die nie endeten. Und ich erinnere mich, wie wir über die Brücke runter nach Natchez geführt wurden. Und ich erinnere mich, weil ich dort war.«

Wir sahen jetzt, dass die Phantome, die ehedem vor uns getanzt hatten, dass dieselben Männer und Frauen jetzt vor uns herliefen, und ihre Gesichter, früher voller Freude, waren nun voller Kummer, und in den Augen lag eine Sehnsucht tief wie der Fluss, und ich sah, dass ihre Arme und ihre Beine, die sich eben noch im Rhythmus bewegt hatten, jetzt an Knöchel und Handgelenk aneinandergekettet waren.

»Ich erinnere mich, wie meine Mutter an meinem Bett kniete, mich weckte und hinaus in die Nacht trug. Und drei Tage und drei Nächte lebten wir im Wald unter den Tieren, schliefen bei Tag, rannten bei Nacht. Und meine Mutter sagte, wir müssten laufen, sonst würde es uns gehen wie Tante Emma, und obwohl ich noch klein war, verstand ich, dass man meine Tante Emma verkauft hatte. Wenn wir es nur bis in die Sümpfe schafften, die waren ihr Ziel, bis dahin, um dann endgültig zu entkommen, denn sie konnte nicht übers Wasser gehen wie ihre Mutter.

Doch sie spürten uns auf, die Bluthunde. Fingen uns ein und brachten uns zurück. Und man hielt uns im Gefängnis von Starfall gefangen. Ich war dort mit meiner Mutter und verstand das alles nicht recht. Ich war so verwirrt, dass ich, als mein Vater kam, wirklich glaubte, er käme, um uns zu retten. Er war so sanft, Thena. Er hielt eine Hand an meine Wange, und wenn er meine Mutter ansah, war sein Gesicht schmerzverzerrt.

›Warum nur bist du fortgelaufen?‹, fragte er. ›Was habe ich dir denn getan?‹

Meine Mutter aber antwortete ihm bloß mit Schweigen, und als er sie noch einmal fragte, wollte sie immer noch nichts sagen. Und da sah ich, wie der Schmerz in seinem Gesicht der Wut wich, und da begriff ich, dass dieser Schmerz nicht meiner Mutter galt, sondern ihm selbst. Denn meine Mutter hatte ihn durchschaut, hatte die noble Fassade durchschaut, und sie wusste, was er für ein Mensch war – und deshalb war sie geflohen –, sie hatte verstanden, dass er sie genauso sicher verkaufen würde, wie er ihre Schwester verkauft hatte, so sicher, wie er seinen eigenen Sohn verkaufen würde.

Mein Vater ging fort, und meine Mutter verstand. Sie nahm die Muschelkette ab und gab sie mir und sagte: ›Was auch immer passiert: Das hier soll dich an mich erinnern. Vergiss nie, was du gesehen hast. Bald bin ich für dich nur noch ein Geist. So gut ich konnte, habe ich versucht, dir eine Mutter zu sein. Aber unsere Zeit ist jetzt gekommen.‹

Und dann kehrte mein Vater mit den Bluthunden zurück, und sie zerrten mich von ihr fort, schreiend, weinend, zerrten mich fort von meiner Mutter und ließen sie dort zum Verkauf, während man mich zurück nach Lockless brachte.«

Und zum ersten Mal seit Beginn unserer Reise hing Thena mir wie ein Gewicht am Arm. Es war seltsam – als versuchte eine Macht, sie meinem Arm zu entreißen und zurück ins Loch zu zerren. Die Worte, die ich sprach, hatten Kraft. Wir gingen nicht, wir schwebten über dem Nebel. Ich spürte die Hitze an meiner Brust, spürte, wie das blaue Licht strahlte. Ich konnte nicht loslassen.

»Wir kehrten mit einem Pferd nach Lockless zurück, denn dagegen hatte mein Vater Rose eingetauscht. Er hatte mir meine Mutter genommen, aber das war ihm noch nicht genug. Er nahm mir auch die Erinnerung, denn als wir gingen, riss mein Vater, so wütend, wie ich ihn nie zuvor erlebt hatte, die Kette an sich. Und ich bin vor ihm davongelaufen. Und am nächsten Morgen bin ich zu den Ställen gelaufen, wo ich das Pferd sah, gegen das meine Mutter eingetauscht worden war, und dort, beim Wassertrog, spürte ich zum ersten Mal das, was wir jetzt erleben – die Konduktion.

Ich saß im Stall und weinte. Schmerz füllte mich, bis meine Haut aufplatzte, bis die Knochen aus den Gelenken sprangen und meine kleinen Muskeln entlang der Sehnen auseinander-rissen. Ich umklammerte mich, versuchte, mich zusammenzu-halten. Aber eine Welle rauschte durch mich hindurch, trug mich fort aus dem Stall, vorbei an den Obstwiesen, vorbei an den Feldern und zurück zu meiner Hütte.

Der Schmerz der Erinnerung, die Erinnerung so deutlich und scharf, war mehr, als ich ertragen konnte, sodass ich ver-gaß, auch wenn ich sonst nichts vergaß. Ich vergaß den Namen meiner Mutter, vergaß die Gerechtigkeit meiner Mutter, ver-gaß die Kraft von Santi Bess, von Mami Wata, und ich wandte meinen Blick dem großen Haus von Lockless zu.«

Jetzt spürte ich ein Zerren, und Thena war eine so schwere Last, dass ich meinte, mir würde der Arm ausgerissen, und um mich waren nur Nebel und blaues Licht.

»So viele ... so viele haben mir Worte geschenkt ... aber sie konnten mir keine Erinnerung schenken. Sie konnten mir keine Geschichte schenken ...«

Meine Worte kamen nur noch stockend. Und ich spürte,

wie wir zurücksanken ... wie wir in etwas versanken, in den Nebel.

»Ich aber werde bleiben ... und Sophia wird bleiben ... Und das Kind, Caroline, sie wird den Nordstern sehen, den ...«

Und dann hatte ich keine Worte mehr. Die Hitze in meiner Brust hatte sie gelöscht, und mir war, als würden wir von einer Klippe geschleudert. Und im Fallen zerstob um mich herum ein Bündel Erinnerungen wie Laub im gelben September. Ich esse Lebkuchen unter einer Weide. Sophia reicht mir die Korbflasche. Georgie Parks rät mir, nicht fortzulaufen. Ich falle tiefer.

Und dann drang eine Stimme durch den Nebel, und während mein Licht abnahm, sah ich ein anderes – grün und hell – aus der Ferne näher kommen.

»... was nur beweist, dass kein Mensch sein Netz vor den Vögeln auswerfen sollte, und das sind wir, Hi, auch wenn man uns aus dem Horst geholt und ins Tal der Ketten gebracht hat.«

Und schon schwebte ich wieder. Thena hielt meine Hand.

»Was ist das?«, schrie sie in den Nebel.

Das grüne Licht kam näher und antwortete: »Das ist die Konduktion, meine Freundin. Es sind die alten Bräuche, die bleiben und immer bleiben werden.«

Ich blickte ins Licht, und dort sah ich sie, Harriet, den Gehstock fest in der Hand, und in der anderen Hand, mein Gott – Kessiah.

»Tut mir leid, dass ich so spät dran bin, Hiram Walker«, sagte Harriet. »Aber es war noch einiges zu tun.«

Ich konnte nichts sagen. Ich spürte, ihre Worte waren das Seil, an dem ich jetzt hing. Ich schaute dorthin, woher Harriet gekommen war. Und ich sah mitten im Nebel die Docks von Delaware.

»Ist alles gut, mein Kleiner«, sagte Kessiah. »Geh zurück. Wir haben sie. Es wird alles gut.«

Da war noch mehr, das versichere ich Euch. Doch kann ich die Müdigkeit und den Schmerz nicht beschreiben, die mich überkamen. Gern lieferte ich Euch ein letztes Bild, einen Blick auf Thenas Gesicht beim Wiedersehen mit ihrer von den Verlorenen erretteten Tochter, doch ich fiel erneut, fiel kopfüber durch die Erinnerungen meines Lebens, taumelte zurück durch die Jahre, vorbei an Micajah Bland und Mary Bronson, taumelte durch meine vielen Leben, vorbei an den Anhängern der freien Liebe und den Fabriksklaven, vorbei an den Brüdern White, taumelte zurück in die Welt.

34

AM NÄCHSTEN MORGEN wachte ich im Bett eines Fremden auf, und wie an jenem Morgen vor einem Jahr, nachdem die Konduktion Maynard und mich in den Fluss geworfen hatte, fühlten sich meine Muskeln bleischwer an. Ich schaute mich um und sah Sonnenlicht durch die zugezogenen Jalousien schimmern. Wie so oft kurz nach dem Aufwachen befand ich mich in einem leicht konfusen und verwirrten Zustand, doch kehrten die Erinnerungen an letzte Nacht langsam zurück. Thena war fort.

Ich stand auf, und da ich wissen wollte, wie spät es war, ging ich vorsichtig zu den Jalousien, zog an der Stange und ließ die Sonne ins Zimmer. Es war ein strahlender, heller Januarmorgen. Als ich mich umdrehen und zurückgehen wollte, stürzte ich zu Boden und wäre vermutlich dort liegen geblieben, hätte Hawkins nicht in eben diesem Moment die Tür geöffnet.

»Hast sie rausgeholt, wie?«, sagte er, bückte sich und half mir zurück ins Bett. Ich schaffte es mich hinzusetzen und konnte meine Beine wieder spüren. »Hast sie einfach rausgeholt«, sagte er noch einmal.

Ich rieb mir die Augen, drehte dann den Kopf zu Hawkins und fragte: »Wie?«

»Das solltest du besser wissen als ich«, erwiderte er.

»Nein. Wie?«, fragte ich noch einmal. »Wie bin ich hierhergekommen?«

»Dein Mädchen hat uns gerufen«, sagte er. »Deine Sophia. Sagte, sie hätte dich gestern früh gefunden, direkt vor der Hütte, hättest zitternd auf der kalten Erde gelegen, gefiebert und vor dich hin gestammelt. Sie ließ uns aus Starfall holen. Wir wussten Bescheid. Haben mit Howell geredet. Haben gesagt, du musst in die Stadt, zur Behandlung, natürlich.«

»Natürlich.«

»Weißt du, wir hatten keinen Schimmer, was du in deinem Zustand sagst, mit wem du redest und wer was weitererzählt. Also hielten wir es fürs Beste, dich herzubringen. War eine gute Idee, denn Thena ist fort, und auch wenn Howell nicht mehr alles mitbekommt, könnte er das doch merkwürdig finden. Ist ja auch seltsam, wie das zusammenfällt, ihr Verschwinden und dein Fieber. Aber davon haben wir natürlich keine Ahnung, nicht? Nicht einmal hier. Kannst ja schließlich unmöglich was damit zu tun haben. Würdest doch niemals gegen Corrines Anweisungen verstoßen, würdest den Underground in Virginia doch niemals in Gefahr bringen.«

»Natürlich nicht.«

»Wusste ich's doch. Und sobald es dir besser geht, kannst du dich anziehen und Corrine das selber erzählen.«

Gegen Abend war ich wieder halbwegs ich selbst, zog mich an und ging zum Schankraum des Starfall Inn. Etwas abseits saßen drei Männer an einem Tisch und gönnten sich ein Bier. Am anderen Ende des Raums unterhielt sich ein Kellner mit Corrine, die gerade über einen Witz oder eine Geschichte lachen musste. Sie war ganz Dame – Schminke, Ballonkleid und Handtasche. Ich blieb am Eingang stehen, gleich neben der Treppe, sah ihr einen Moment zu und fragte mich, warum gerade sie; und was hatte es mit Virginia oder mit dem Norden auf sich, das dort den Geist der Revolution weckte? Und was ließ diese Frau, diese Lady, die doch alles hatte, alles riskieren? Ich schaute mich im Schankraum um und staunte über das, was Corrine hier, mitten im Zentrum von Starfall, mitten im Herzen der Sklaverei, aufgezogen und in Gang gesetzt hatte.

Irgendwann blickte sie hoch, sah mich, und jede Heiterkeit verschwand aus ihrem Blick. Sie wies mit einem Kopfnicken zu einem Tisch am Kamin. Wir gingen hin, und als wir uns setzten, sagte sie: »Du hast es also getan.«

Ich gab keine Antwort.

»Du brauchst nicht zu antworten. Wir wussten, wozu du fähig bist, und dass so etwas möglich ist, wissen wir ja spätestens seit den Geschichten über deine Großmutter. Hawkins war das klar.«

»Mir nicht«, sagte ich. »Und es ist auch nicht so gelaufen, wie ich wollte.«

»Aber sie ist fort.«

»Sie ist fort«, bestätigte ich.

»Das gefällt mir nicht«, sagte Corrine. »Und das ist ein Problem. Ich muss mich auf meine Agenten verlassen können. Ich muss wissen, was in ihnen vorgeht.«

Ich schüttelte den Kopf und lachte. »Hören Sie eigentlich, was Sie da sagen?«

Sie schwieg einen Moment, dann lächelte sie.

»Allerdings«, sagte sie. »Allerdings. Hin und wieder muss ich aber wohl dran erinnert werden.«

»Ich zweifle nicht an Ihnen«, sagte ich, »aber meine Großmutter, Santi Bess, die gab es schon lang vor all dem, denn
diese Konduktion, die ist viel älter als der Underground. Und
so sicher, wie ich Ihnen treu bleiben muss, so sicher muss ich
auch den Alten treu bleiben.«

»Und die andere, deine Sophia? Wirst du sie auch raus-
bringen?«

»Ich werde ihr treu sein«, sagte ich. »Mehr kann ich dazu
nicht sagen. Und ich werde dem treu bleiben, was sie für mich
getan hat. Sie hat mich jetzt zum zweiten Mal gerettet. Ich
werde nicht vergessen, wofür ich arbeite, und es darf keine
Kluft geben zwischen dem, wofür ich arbeite, und denen, für
die ich arbeite.«

Der Kellner brachte uns zwei Gläser angewärmten Apfelmost. Die Agenten waren noch in ihrem Gespräch versunken.
Ich trank einen Schluck und sagte: »Diese Leute sind für mich
keine Fracht. Sie sind die Rettung. Sie haben mich gerettet,
und sollte ich es mit Umständen zu tun bekommen, die mir
sagen, ich müsse sie retten, dann werde ich sie auch retten.«

»Na schön, müssen wir eben dafür sorgen, dass solche Umstände nicht eintreten«, sagte Corrine.

»Und wie wollen Sie das anfangen?«, fragte ich. »Wir sind
hier im Zentrum des Geschehens, der Höhle des Löwen. Sie
haben ihre Besitzurkunde – was wollen Sie denn noch?«

Und nun war es Corrine, die verstummte, und still trank
sie von ihrem Most und blickte in den Schankraum, bewunderte ihr Werk.

Es sollte noch ein Jahr vergehen, bis ich Corrines rätselhafte
Andeutungen verstand, heute jedoch meine ich, ich hätte von

Anfang an erkennen müssen, worauf es hinauslaufen würde. Mein Vater starb im darauffolgenden Herbst, und bei der Testamentsverlesung wurden die Einzelheiten der letzten Jahre bekannt. Er hatte Lockless in den Ruin getrieben – war jedoch von Corrine Quinn gerettet worden, allerdings unter der Bedingung, dass das gesamte Anwesen und alles, was sich innerhalb seiner Grenzen befand, nach seinem Ableben auf sie überging.

Und so begannen wir einen Monat nach dem Tod meines Vaters mit der Umwandlung seines Besitzes in etwas, das in Form und Funktion Bryceton gleichkam, will sagen, rein äußerlich glich Lockless einer Plantage, typisch für das alte Virginia, war in Wirklichkeit aber eine Station des Underground. Wir sorgten dafür, dass die wenigen noch verbliebenen Verpflichteten unauffällig auf die Staaten New York, New England und ein paar Gegenden im Nordwesten verteilt wurden, wo Leute des Underground eigenes Land besaßen.

Und jene, die wir fortschickten, ersetzten wir durch Agenten, die im ganzen Staat und auch darüber hinaus, in den angrenzenden Staaten, ihrer Arbeit nachgingen. Offiziell war es Corrines Besitz, das Amt des Verwalters aber fiel mir zu. Das war nicht so, wie ich es mir einmal vorgestellt hatte, aber im Grunde war ich nun der Herr des Hauses, Agent der Station Lockless.

Zwei Tage nach Thenas Fortgang fuhr Hawkins mich zurück nach Lockless. Als wir eintrafen, war es schon spät, und meinem Vater wurde das Abendessen aufgetragen. Ich sah nach ihm, und er lächelte.

»Geht's dir wieder besser?«, fragte er.

Ich beugte mich zu ihm vor, sodass die Kette aus Kaurimuscheln, die ich immer noch trug, schaukelnd aus meinem Hemd fiel.

»Viel besser«, sagte ich zu meinem Vater. Ich machte mir nicht die Mühe, ihn anzusehen, als ich das sagte. Seine Reaktion interessierte mich nicht, aber ich wollte ihn wissen lassen, dass ich jetzt alles wusste, was er wusste, dass Vergebung unwichtig, Vergessen aber der Tod war.

Und dann lief ich bis ans Ende der Straße zur Hütte und traf Sophia dabei an, wie sie das Abendessen zubereitete. Carrie lag auf dem Bett, zupfte an der Decke und brabbelte kindlichen Unsinn vor sich hin. Als Sophia mich sah, lächelte sie, kam mir entgegen und küsste mich sanft. Und während sie sich weiter um das Essen kümmerte, spielte ich mit Carrie. Wir aßen gemeinsam in der hinteren Ecke, derselben, in der ich früher mit Thena gegessen hatte. Sophia setzte sich, betrachtete uns einen Moment lang nur, lächelte dann und begann zu essen.

In jener Nacht legten wir uns alle oben auf den Dachboden, denn obwohl Thena fort war, fanden wir es irgendwie angemessen, ihren Platz im Haus zu ehren. Mitten in der Nacht waren wir immer noch wach. Sophia blickte zu den gekreuzten Dachsparren hoch, Carrie schlief an ihrer Brust. Meine Finger spielten mit Sophias dickem Haar, verflochten die Strähnen behutsam zu nichts Bestimmtem.

»Und was ist mit uns?«, fragte ich. »Was sind wir jetzt?«

Sophia schob Carrie von ihrer Brust, sodass die Kleine zwischen uns beiden lag, drehte sich auf die Seite und blickte mich an.

»Wir sind, was wir immer waren«, sagte sie. »Der Underground.«

Anmerkung des Autors

Die Geschichte der Familie White geht auf die authentische Geschichte von William und Peter Still sowie deren Familien zurück. Mehr darüber – und über die Geschichten, die sie von anderen ehemals Versklavten sammelten – erfahren Sie in der neuen Ausgabe von William Stills »The Underground Railroad Records«, herausgegeben von Quincy Mills (Modern Library).

Nachbemerkung des Übersetzers

Ta-Nehisi Coates' Roman *Der Wassertänzer* ist über weite Strecken in Black American English, respektive African American Vernacular English (AAVE) geschrieben, ein Englisch, das vor allem eines signalisiert: Hier spricht ein Schwarzer! Eine Möglichkeit, das Deutsche mit einem ähnlichen Marker zu versehen, gibt es nicht. Folglich gibt es auch keine standardisierte Form, dieses Englisch zu übersetzen. Und eines gilt es unmissverständlich klarzustellen: AAVE ist kein Slang, ist kein Englisch voller Fehler; es ist eine eigene Sprache mit eigener Grammatik und eigenem Vokabular, ein, sagen wir, *alternatives* Englisch und in seinen Ausdrucksmöglichkeiten, so Salman Rushdie in einem Gespräch, oft vielfältiger und nuancenreicher als Standardenglisch. Ein irgendwie vergleichbares alternatives Deutsch gibt es nicht, weshalb Dr. Ungewitter, der erste Übersetzer des Romans *Onkel Toms Hütte*, zur Übersetzungsproblematik der in »Neger-Englisch geführten Gespräche« Folgendes anmerkte: »Sie würden, vollständig wiedergegeben, [auf den deutschen Leser] ungefähr den nämlichen Eindruck machen wie auf den Engländer oder Nordamerikaner plattdeutsche Gespräche zwischen Bauern in den deutschen Marschländern der Nordseeküste bei Abschließung eines Mastochsen- oder Pferdehandels.«

Woraufhin Dr. Ungewitter größtenteils darauf verzichtete, Dialoge zu übersetzen, und sich mit einer inhaltlichen Zusammenfassung begnügte.

Inzwischen gibt es viele Beispiele, wie Übersetzerinnen und Übersetzer dieses Problem angegangen sind. Oft wird dazu die deutsche Sprache verschliffen, es wird verbogen, gebrochen und zusammengezogen (*haste, hamse, willste* oder *is, nich*, gar mit Apostroph *so'n*), es wird ausgelassen, oder es werden vermeintliche Fehler eins zu eins übersetzt: »He don't eat. They is running. She done ran. I done cooked the meat.« Das Ergebnis ist schlechtes Deutsch, das nicht signalisiert: Hier spricht ein Schwarzer. Sondern: Hier sprich ein ungebildeter Mensch. Hiram Walker in *Der Wassertänzer* aber ist alles andere als ungebildet. Schon frühzeitig hat er freien Zugang zur Bibliothek seines Vaters, des Plantagenbesitzers Howell Walker. Er hat Charles Dickens gelesen, kennt seinen Sir Walter Scott.

Schlechtes Deutsch kam für Hiram Walker also nicht infrage. Um dennoch wenigstens einen Anklang vom alternativen Englisch im Deutschen zu vermitteln, blieben mir nur wenige sprachliche Mittel, hin und wieder elliptische Konstruktionen, mal Perfekt statt Imperfekt, die Nähe zur gesprochenen Sprache und natürlich der Ton, der Blues der Sprache, die Trommel des *und, und, und,* die immer wieder einen ganz eigenen Rhythmus schafft.

Durch »gebrochenes Deutsch« nähme ich Hiram Walker zudem mit meiner Übersetzung ein weiteres Mal jene menschliche Würde, die ihm durch sein Dasein als Sklave aberkannt wird und um die er in diesem Buch auf jeder Seite kämpft. Ich würde mit meiner Sprache den Zugriff des weißen Sklavenhalters auf »seinen Besitz« wiederholen.

Der Hintergrund

Von Nicolas Freund

250 Jahre lang folgten in den USA Generationen auf Generationen von Sklaven, die nichts als Gefangenschaft und brutale Unterdrückung kannten

Im 19. Jahrhundert waren die Vereinigten Staaten gespalten. Zur Kolonialzeit, etwa ab Mitte des 17. Jahrhunderts, hatte sich in der Neuen Welt eine auf Sklaverei gestützte Wirtschaft entwickelt. Im industrialisierten Norden war bereits 1787 die erste Verordnung zur Abschaffung der Sklaverei erlassen worden, im Süden bildeten die Arbeit afrikanischer Sklaven und der Handel mit ihnen weiter das wirtschaftliche Rückgrat ganzer Bundesstaaten. Plantagenbesitzer im Süden herrschten wie europäische Feudalherren, während im Norden bald die Fabriken und die Lohnarbeit das demokratische Prinzip der noch jungen Nation stützten. Im Süden bestimmten Geburt und Hautfarbe den Verlauf des Lebens, im Norden konnte schon früher jeder, wenn auch mit starken Einschränkungen, sein eigener Herr werden. Dieser Konflikt zwischen Nord und Süd gipfelte schließlich im amerikanischen Bürgerkrieg, der von 1861 bis 1865 andauerte und dessen

Ende auch das Ende der Sklaverei einläutete. Aber die Gewalt der Sklaverei hatte die Gesellschaft schon Jahrzehnte zuvor so sehr gespalten, dass einige beschlossen hatten, eigenmächtig so viele Sklaven wie möglich aus der Gefangenschaft zu befreien.

Als »Underground Railroad«, manchmal auch einfach »Railroad« oder »Underground«, wie sie in *Der Wassertänzer* genannt werden, wurden die Helfer erst später bekannt, etwa ab der zweiten Hälfte des 19. Jahrhunderts, als sich die Eisenbahnen und Schienennetze wie die Signaturen eines industriellen und gesellschaftlichen Epochenwechsels in die Landschaften des nordamerikanischen Kontinents eingeschrieben hatten. In der Geheimsprache der Underground Railroad, wie sie auch in Ta-Nehisi Coates' Roman benutzt wird, waren die Helfer »Schaffner« oder »Lokführer«, die befreiten Sklaven »Passagiere« oder »Gepäck«, sichere Orte waren »Bahnhöfe«. Die Underground Railroad und ihre Chiffren haben sich in den USA bis heute in Geschichten, Musik, bildender Kunst, Filmen und sogar Computerspielen als Mythos und Metapher für Untergrundorganisationen aller Art gehalten.

Schon etwa um 1800, bevor die Eisenbahnen einen Geheimcode bereitstellen konnten, entstanden die geheimen Strukturen und Netzwerke, die jahrzehntelang dabei halfen, Sklaven aus den amerikanischen Südstaaten die Flucht in den freieren Norden zu ermöglichen. Im Roman verheißt der Underground zunächst ein freies Leben, versteckt in der Wildnis der Sümpfe und in Sicherheit vor den Sklavereigesetzen des Staates. Später zeigt er sich als eine Art Widerstandsbewegung im Untergrund, die auch vor Gewalt nicht zurückschreckt. Die historische Underground Railroad führte keinen Krieg, ihr ging es vor allem darum, Sklaven, die fliehen wollten, nicht nur von ihren Plantagen zu befreien, sondern sie auch möglichst weit in den liberaleren Norden zu bringen. Sie war keine »Armee« oder militante Untergrundorganisation, sondern eher eine geheime humanitäre Organisation. Oft wurden dazu Helfer auf den Plantagen eingeschleust, um Kontakte herzustellen und den genauen Zeitpunkt der Flucht festzulegen. Für die Reise in den Norden galt es viele Faktoren zu beachten und Gefahren zu bedenken. Die Entflohenen reisten zum Schutze vor Verfolgern stets bei Nacht, wenn möglich in kleinen Gruppen von selten mehr als drei Personen. Tagsüber harrten sie in den Schutzunterkünften der Underground Railroad aus, in alten Scheunen, stickigen Dachböden oder, wenn es keine andere Möglichkeit gab, auch in Höhlen oder ausgetrockneten Flussbetten.

Trotz vieler bewährter Routen in den Norden – teilweise sogar mit dem Zug und mit Booten über das Meer oder die großen Seen im Norden nach Kanada –, trotz sicherer Unterkünfte und vieler selbstloser Helfer war die Flucht ein entbehrungs- und risikoreiches Unterfangen. Auch in den Nordstaaten und bis hinauf zur kanadischen Grenze waren professionelle Sklavenjäger eine ständige Bedrohung. Theoretisch konnte jeder Schwarze von ihnen entführt und als Sklave in den Süden gebracht werden. Dazu kam die Gefahr, durch vermeintliche Helfer des Underground verraten zu werden, denn Bürger und Behörden mussten geflohene Sklaven laut Gesetz ausliefern. Viele Sklaven konnten, anders als die Hauptfigur Hiram im Roman, nicht lesen und wussten wenig über die Welt jenseits der Plantagen, auf denen sie arbeiten mussten, auf denen sie oft geboren waren und wo sie in der Regel auch starben. Ohne fremde Hilfe war die Flucht deshalb fast unmöglich. Sie war nicht nur eine Reise in die Freiheit, sondern auch ins Unbekannte. Einige entflohene Sklavenwurden später selbst zu Mitgliedern des Underground, wie zum Beispiel Harriet Tubman, die unter dem Decknamen Moses, nach dem biblischen Moses, der sein Volk aus der Sklaverei in Ägypten geführt hat, selbst mehr als siebzig Sklaven befreit haben soll. Trotzdem dauerte es auch im Norden bis zum Ende des Bürgerkriegs, bis die Sklaverei wirklich vollständig abgeschafft wurde. Noch 1840 gab es auch in den Nordstaaten mehr als tausend Sklaven. Sklaverei wurde dort kritisch gesehen, aber mehr als geduldet. In den Südstaaten dagegen waren Sklaven für mehr als zwei Jahrhunderte allgegenwärtig. Fast vier Millionen schwarze Sklaven arbeiteten 1860 vor allem auf den Tabak- und Baumwollplantagen. Die Zahl war seit dem späten 17. Jahrhundert immer weiter angestiegen, immer mehr Afrikaner waren aus ihrer Heimat entführt und als billige Arbeitskräfte in die Kolonien der neuen Welt gebracht worden. Viele überlebten schon die Überfahrt nicht. In Virginia, wo Ta-Nehisi Coates' Roman spielt, gab es so viele Sklaven wie in keinem anderen Bundesstaat.

Wie viele Sklaven durch die Underground Railroad in die Freiheit gerettet wurden, lässt sich heute nur noch schwer nachvollziehen, obwohl manche Helfer, wie William Still, über die von ihnen Geretteten Aufzeichnungen führten, auch, um später Familienzusammenführungen zu erleichtern. Die Zahlen schwanken sehr stark zwischen nur 3 000 und bis zu 100 000 geretteten Sklaven. In seinem Bestseller *Zwischen mir und der Welt* erinnert Ta-Nehisi Coates daran, dass 250 Jahre lang in den USA Generationen auf Generationen von Sklaven folgten, die nichts als Gefangenschaft und brutale Unterdrückung kannten. Eine Flucht mit der Underground Railroad muss ihnen wie ein Wunder erschienen sein.

LESEPROBE

Ta-Nehisi Coates

The Beautiful Struggle –
Der Sound der Straße

1

There lived a little boy
who was misled ...[1]

Sie stellten uns unten auf der Charles Street, und sie waren genau so, wie ich sie mir vorgestellt hatte. Sie schwenkten keine Fahnen, trugen keine Amulette, gaben sich keine geheimen Zeichen. Und trotzdem spürte ich ihren furchtbaren Namen aus Legenden aufsteigen. Sie waren der Wahnsinn. Trugen Hollis-Stetsons, aber kein Gold, ihre Schatten riesig, so als könnten sie dich aus einem Block Entfernung mit drei Hieben auf die Matte schicken – Jab, Uppercut, Jab. Sie hatten keine Augen. Sie brüllten, johlten, feuerten sich gegenseitig an, tanzten wie wild herum und riefen: Rock 'n' Roll is here to stay. Der Mond duckte sich in seinen schwarzen Mantel, als die Murphy Homes anrückten und die Fell's-Point-Dilettanten auf uns zustiefelten.

Schon ihre Zahl verriet sie – die anderen tauchten nie in solchen Rudeln auf. Sechs, acht um uns herum und Trupps an jeder Kreuzung. Ich war mit den Gedanken wie immer

---

[1] Slick Rick: »Children's Story«, 1988: Es gab da einen kleinen Jungen, der auf Abwege geriet ...

woanders, irrte durch die Caves of Chaos oder war noch ganz gebannt davon, wie Optimus Prime sich in einen Truck verwandelt hatte. Es dauerte, bis ich einigermaßen klar wurde. Big Bill sah sie von Weitem, wurde nervös, aber ich kapierte nichts, selbst dann nicht, als sie meinem älteren Bruder einen rechten Haken verpassten, wenn auch so ungeschickt, dass ich ihn für eine Begrüßung hielt.

Ich bekam erst mit, was abging, als seine Fäuste Löcher in die Luft boxten. Bill war k.o.; und Murphy Homes gingen auf mich los.

Baltimore war in jenen Tagen gespalten, aufgeteilt unter Gangs, die wie die örtlichen Bürgervereinigungen hießen. Walbrook Junction hatten das Sagen, bis sie es mit North und Pulaski zu tun bekamen, die einen feige und ehrlos vor der eigenen Freundin fertigmachen konnten.

Murphy Homes aber thronten über allen. Das Maß ihrer Skrupellosigkeit machte sie zum Mythos. Wo sie auch auftauchten – in der Old Town, im Shake & Bake oder im Hafen –, zertrümmerten sie Knie, schlugen Fressen ein. Im ganzen Land hatte ihr Name einen Klang: Murphy Homes verprügelten Nigger* mit Tankstutzen. Murphy Homes rissen dir das Rückgrat raus und streuten Salz in die Wunden. Murphy Homes hatten ihre Augen überall, kamen lautlos wie auf Fledermausschwingen und feierten schwarze Messen auf Druid Hill.

Ich wollte zu Bill, aber sie schnitten mir den Weg ab. Ein Goblin löste sich aus der Meute –

---

* Dieser Ausdruck mit der Endung »-er« wird in der Übersetzung genau wie von Coates im amerikanischen Original angegeben verwendet.

Fuck, wo willst du hin, Pussy?

– und hätte mich mit seiner Rechte fast ausgeknockt. Im selben Moment wurden meine Converse zu Stollenschuhen; ich schoss los, trat Dellen und Riefen in den Beton. Das Straßenlicht flackerte, wogte um mich herum, während ich ein paar Knöchel brach, vorbeiflog, und als die Banditen nach mir langten, mich aufhalten wollten, war ich bloß noch Wunschvorstellung und Lufthauch. Ich rannte zurück zum Lexington Market. Von Bill keine Spur. Ich schaffte es zu einer Telefonzelle.

Dad, sie sind hinter uns her.

Okay, Sohn, such dir einen Erwachsenen. Bleib möglichst in seiner Nähe.

Ich steh vorm Lexington Market. Hab Bill verloren.

Sohn, ich bin unterwegs.

Ich hatte eine Grenze überschritten, was schlimmer war als Dads schwarzer Ledergürtel – ich wusste, wie das enden würde. Aber ich schwör's bei Tuckers Kobolden, das, was da in Kohorten kam, das waren *lost boys*, die nichts zu verlieren hatten, die in Rudeln um die Blocks zogen, überall Randale machten, eine echte Meute, grausam und wahllos. Und als könnten Lebensjahre mich schützen, stellte ich mich zu einem Mann in Dads Alter, der an der Bushaltestelle wartete. Er musterte mich ungerührt und blickte dann wieder in die Straßen, auf das anschwellende Schlachtgewühl rasender Jugendlicher.

An diesem Abend wollten wir zum Wrestling, unsere neuste Leidenschaft. Wrestler veredelten Kneipenprügeleien zu Kampfkunst, stürmten in den Ring, aufgepeitscht von Jubel und Applaus – wummernde weiße Musik, flatterndes Van-Halen-Haar –, das Kinn gereckt, als wären ihre Egos auf Augenhöhe mit Gott. Griffe wurden erfunden, benannt, patentiert, gefürchtet – Bob Backlund im Camel Clutch, Gott steh ihm bei –, und wir liebten dieses Sprachgebräu, das einer Prügelei Stil und Anmut verlieh, das einen Schlag aufs Auge zur rituellen Handlung kürte.

Samstagmittags lümmelten wir meist auf dem Wohnzimmerboden rum und richteten die Kleiderbügelantenne an unserem gebraucht gekauften Farbfernseher aus, bis aus Wellengeflimmer und statischem Geflacker die Fabulous Freebirds auftauchten, Baby Doll und Ron Garvin. Diese Wrestler tourten durchs Land und perfektionierten ihre irre Show. Sie waren voll von der Rolle, salbaderten im Rhythmus Schwarzer Prediger, trugen Seidenroben, Bikinis und paillettenbesetzte Gürtel, hielten Sonnenschirme und rezitierten Gedichte. Aus dem Nichts tauchten Hochglanzpostillen auf, verbreiteten ihr Evangelium, zeigten ihre finsteren Visagen, druckten ihre leeren Drohungen und ihre Weisheiten. Diese Typen gaben Interviews in der Garderobe und hieben in die Luft, wenn sie Klartext reden wollten. Geschichte wurde geplündert, Mythen wurden ausgeschlachtet, bis Hercules Hernandez vom Olymp herabstieg und Iron Sheik dem Mittleren Westen den Nahen Osten erklärte. Sie hielten Gipfeltreffen ab und gingen in Verhandlungen, die jedes Mal mit einem Hagel Fausthieben endeten.

Es gab Fans, die ihren Hulkster liebten, andere den goldenen Von Erich, für mich aber gab es nur The American Dream. Zu Feuerwerk und tosendem Applaus wuchtete er sich in den Ring. Die Wampe quoll übers Bikinihöschen, in den Augen finstere Storys.

Die Four Horsemen drängten Dream in die Seile und prügelten auf ihn ein, bis sein Haar nur noch eine blutblonde Masse war. Ich wand mich, trommelte auf den Boden, schrie, er solle endlich aufstehen. Bill aber hielt es stets mit den Bösen und gackerte vergnügt, als Ric Flair in den Ring stolzierte und sich das Haar seiner platinblonden Perücke in den Nacken warf. Endlich ging Dream zum Angriff über, ein Figure Four Leglock, dann sein Bionic Elbow und gleich darauf der Sonny-Liston-Haken. Die Gegner geschlagen – Tully Blanchard zu Boden gestreckt, Arn Anderson erledigt –, blieb er mitten im Ring stehen, blickte über die aufgepeitschte Menge und schnappte sich das Mic wie KRS:

Ich bin der Größte. König im Ring. Hab's euch doch gesagt: Der Dream, DAS ist professionelles Wrestling. Ich bin ganz oben, und noch wurde der Höllenhund nicht geboren, der mich von hier vertreibt.

Wir mussten sie unbedingt sehen, was aber nur mit der Erlaubnis von Dad möglich war, für den das Leben allein aus Arbeit bestand. Er schuftete sieben Tage die Woche. Big Bill nannte ihn den Papst, denn als hätte er zu Gott einen direkten Draht, erließ er Woche für Woche umfangreiche Edikte. Mit einer schmerzlichen Predigt verbot er uns, an Thanksgiving zu essen. Klimaanlagen, Videorekorder und Atari erklärte er für tabu und schickte uns mit einem Handmäher auf den Rasen. Morgens lief NPR, der öffentlich-rechtliche Rundfunksender, und Dad fragte nach unserer Meinung, nur um zu widersprechen und eine Diskussion vom Zaun zu brechen. Einmal analysierte er mehrere Tage hintereinander *Tarzan* und *The Lone Ranger*, bis ich, mit gerade mal sechs Jahren, an meinen Helden den Schandfleck der kolonialen Macht entdeckte. Witzigerweise hat ihn genau das auf unsere Seite gebracht, da bin ich mir sicher.

Er schenkte uns zwei Tickets fürs Wrestling und machte einen Witz:

Geht, seht ihn euch an, Kamala, The Ugandan Giant, dann wird euch wie mir klar, dass dieser Nigger aus Alabama stammt.

In der Baltimore Arena waren wir in unserem Element. Von unseren billigen Plätzen ganz oben gafften wir in den Ring wie in eine Geschenkbox. Überall Weiße, so viele, wie ich noch nie auf einen Schlag gesehen hatte. Sie trugen Schirmmützen, abgeschnittene Jeans und hüteten Scharen von Kids, die Hotdogs und Popcorn in sich reinstopften. Ich fand, sie sahen prollig aus, und wurde zu einem stolzen Rassisten.

Ich würde euch gern erzählen, was dann passiert ist, aber ich erinnere mich nicht. Ich war zu allem bereit und wollte dem Birdman zujubeln, der beknackt aussah mit seiner Wraparound-Sonnenbrille, den Jheri-Locken und den goldblauen Lycrapants. Seine Einlaufmusik schien er nie zu hören. Er hatte seinen eigenen Rhythmus im Kopf, aber sicher tänzelte er auch an diesem Abend federnd zum Ring, fuchtelte dabei mit den Armen und plauderte mit den Sittichen, die links und rechts auf seinen Schultern hockten. Ich wollte The American Dream auf dem Höhepunkt seiner Fehde mit den Horsemen sehen, wie er sich Guerillataktiken zu eigen machte – Masken, Capes, Hinterhalte –, Kämpfe, die sich bis auf die Parkplätze, Zufahrten und Fantreffen ausweiteten. Aber nichts davon habe ich mitgekriegt, und wenn ich in meinen Erinnerungen von diesem Abend krame, sehe ich nur die Tentakel der Murphy

Homes gegen den Kopf meines Bruders klatschen. Big Bill war schon immer ein Straßenkid gewesen, dieser Angriff aber, dieser hinterhältige Übergriff auf unser Selbst, riss eine Grenze ein. Er hatte die Verzweiflung gespürt und wusste jetzt voll und ganz, was auf dem Spiel stand.

Ich weiß, dass Dad und Ma mich gerettet haben, weiß, dass sie irgendwann mit ihrem silbernen Rabbit vorgefahren sind und Dad sich ins nächtliche Gewusel stürzte, um seinen ältesten Sohn zu finden. Zum ersten und einzigen Mal hatte ich Angst um ihn. Ich weiß auch, dass Linda, Bills Mutter, zum Hafen jagte und dass sie es war, die Bill aufspürte und ihn zurück in ihre Bleibe nach Jamestown brachte. Ich weiß, dass Bill erst Tage später wieder nach Tioga kam, und als ich ihm erzählte, wie ich den Murphy Homes durch die Lappen gegangen war, flink wie Kid Flash, kein Scheiß, da sagte er ungläubig:

Du Idiot, die haben dich laufen lassen, weil sie es auf mich abgesehen hatten.

Falls die Zeitungen, die Dad überall im Haus herumliegen ließ, recht hatten, dann war die Welt da draußen besessen vom Absturz der Challenger und vom Bankenskandal. Wir aber waren ein Land für sich, ein Land, das an den Rändern bröckelte. Überall um uns herum zerfaserten alte Gewissheiten. Die Statistiken waren übel und wurden oft zitiert – einer von 21 von einem unter 21 getötet; mehr von uns im Gefängnis als auf dem College.

Eine Expertenrunde um die andere erklärte uns unser Schicksal. Jawanza Kunjufu ging es in diesen Tagen bestens, sein Buch *Countering the Conspiracy to Destroy Black*

Boys versprach Antworten auf die Verschwörung zur Vernichtung Schwarzer Jungs und wurde folglich ständig zitiert. Schwarze Jungs versammelten sich zu Konferenzen. In den Schulen wurden wir in die Aula gescheucht. Daheim riefen uns die Mütter an den Esstisch und machten klar: Für uns tickte die Uhr.

Wir wohnten in einem Reihenhaus am unteren Ende vom Tioga Parkway in West Baltimore. Es gab eine kleine Küche, drei Schlafzimmer und drei Toiletten – von denen aber nur eine wirklich benutzbar war. Wir schliefen oben. Meine Leute im bescheidenen Elternschlafzimmer, meine Schwestern Kris und Kell – wenn sie nicht auf der Howard University waren – in der Kammer, in der Dad auch seine Bücher stapelte. Nach hinten raus gab es einen halb verfaulten Holzbalkon. Einmal wäre ich fast gestorben. Ich lehnte mich ans morsche Holz und fiel kopfüber nach unten, bekam aber den Dachrand vom hinteren Vorbau zu fassen und landete zum Glück auf den Füßen.

Mein Zimmer war das kleinste, und überall lagen Bände der *World-Book-Enzyklopädie*, der *Child-Craft-Anthologie*, Romane der *Drachenlanze*-Reihe oder die *Chroniken von Narnia*. Ich schlief in einem Etagenbett aus massiver Kiefer, teilte mir das untere Bett mit meinem kleinen Bruder Menelik. Big Bill schlief oben, mir wie immer überlegen. Er war bloß wenige Monate älter als John, aber der erstgeborene Sohn meines Vaters, ein minimaler Vorteil, für ihn aber ein Trumpf, den er bei jeder Gelegenheit ausspielte. Er begann Sätze mit: »Als ältester Sohn …«, und wollte seine jüngeren Geschwister zu seinen Kriegern heranziehen. Big Bill kannte keine Angst. Allein sein Gang beeindruckte und ließ Ärger gar nicht erst aufkommen. War ihm langweilig, hielt er sich bei Laune, indem er über deine widerliche Fresse herzog, deine Akne oder deine Billo-Sneakers.

Bill: Verdammt, Ta-Nehisi, verpiss dich mit deinen Loser-latschen. NBA? Weißt du, was der Scheiß heißt? *Next time buy Adidas.* Und du, Gary, mit deinen vier Streifen auf den Cugas, brauchst gar nicht so zu grinsen. Weißte, was Cugas heißt? Nigger, can u get Adidas …

In jenen Tagen terrorisierte Crazy Chuckie unsere Gegend. Beim Basketball, fünf gegen fünf, nahm er jede Attacke persönlich, jeder Block war für ihn eine Kampfansage. Einmal riss er eine Metallstange aus dem Boden und ging damit auf den fetten Wayne los, der bis in unser Wohnzimmer floh. Aber dann kam Dad, sein Blick so: Schluss mit lustig. Chuckie fluchte und fuchtelte mit der Stange rum, verzog sich aber. Abends im Bett spielte ich seinen Auftritt für Bill nach.

Ich: Mann, Chuckie ist total crazy.
Bill: Scheiß auf Chuckie. Den fick ich, wenn er mir blöd kommt.

Im selben Herbst hat Chuckie seinen Alten umgebracht, wurde von den Bullen kassiert und ist im Jugendknast verschwunden, im Hickey Juvenile oder im Boys' Village.

Privatschulen-Stevie wohnte zwei Türen weiter. Ich hab oft mit seinen G.I.-Joe-Figuren gespielt, bis mir klar wurde, dass mich das zur Zielscheibe machte. Auf der anderen Straßenseite lag die Mondawmin Mall, der Modetempel von West Baltimore, Arena für Sex, Prügeleien und Coolness. Jedes Schaufenster protzte mit Leder, Pelz und Silber, daran Preissticker mit durchgestrichenen roten Riesenziffern. Diese Etiketten und die knackärschigen Honeys machten Killer aus den Jungs. Ein Fehltritt auf die Wildleder-Pumas bedeutete Dschihad. Kokain war angesagt; und auch wenn ich nie gesehen hab, wie ein Junkie was aufkochte, verdüsterte der Rauch die Gegend und verwandelte unsere schöne Stadt in einen Basar minderwertiger, aber teuer gehandelter Glitzerkristalle, ins Gomorra von Inner Harbor. Der Wert eines jungen Mannes maß sich daran, wie breit seine fettgelbe Goldkette war. Ringe an zwei, drei oder vier Fingern verrieten, wer zum Fußvolk, wer zur Kavallerie und wer zum Adel dieser finsteren Ära zählte. Wir träumten davon, in schwarzen Cherokee-Jeeps durch die Straßen zu cruisen, an der Ecke Hot und Live zu parken, während »Latoya« und »Sucker M.C.'s« gegen unser Trommelfell wummerte. Selbst ich träumte davon, dabei war ich erst zehn.

Wegen meines schlichteren Gemüts und meines vorpubertären Alters konnte ich noch nicht mithalten, Big Bill aber war vom Glamour hin und weg. Das war der Sommer des Jahres 86. KRS-One hatte gerade Queensbridge den Kampf angesagt. Ich stand in meinem Schlafzimmer und skandierte mit gereckten Fäusten Todd Smith – »Walkin' down the street to the hardcore beat/While my JVC vibrates the concrete«. Bill und mein Bruder John kellnerten den ganzen Sommer. Bill war scharf auf eine dicke Kette, so eine, die sündhaft lang vom Hals baumelte. Aber das Geld reichte nie, und er hatte keinen Bock, noch monatelang zu warten. Also kam er eines Tages aus der Mall mit zwei Miniplastiktüten groß wie Frauenfäuste, die so hell strahlten wie er selbst. In jeder Tüte ein fetter Ring, der eine mit einem goldenen Drachen verziert, der andere mit einem zwei Finger breiten Dollarzeichen.

Er hielt sie mir unter die Nase, und ich fand's krass, wie mit dem glitzernden Metall sein Stolz anschwoll. Er prollte rum, hin und weg von seiner eigenen Herrlichkeit, bis Dad ihn sich zur Brust nahm.

Lesen Sie weiter in:

Aus dem Amerikanischen von Bernhard Robben
Mit einem Namen- und Begriffsglossar von Julian Brimmers

Hardcover mit Schutzumschlag, 304 Seiten, € 22
ISBN: 978-3-89667-704-4

HEYNE ‹